한승원 중단편전집·2

아리랑 별곡

한승원 중단편전집·2

아리랑 별곡

문이당

작가의 말

　어둠 속에서 불을 밝히는 것은 머릿속에 있는 어둠 감지 기능이 작동하기 때문이다. 불은 빛을 필요로 하는 자, 잠들어 있지 않고 깨어 있는 자, 어둠을 인식하는 자가 밝히는 것이다.
　어둠이 내리자마자 불을 밝히는 자동 가로등은 내부에 어둠 감지 장치를 장착하고 있다. 그 어둠 감지 장치는 자기 불빛 속에 있어서는 안된다. 자기 불빛의 파장이 미치지 않는 어둠 속에 있어야만 한다. 그 불은 그 가로등이 어둠을 감지한 결과물이다.
　세상의 모든 불, 모든 빛은 어둠을 먹고 산다.
　소설도 그러하다. 소설가는 어둠 감지 기능이 살아 있는 한 소설을 쓰지 않을 수 없다.
　'중단편전집'이라는 말을 앞세운 6권의 책들을 한꺼번에 펴내는 일이 지금의 나로서는 매우 어색하다. 그것은 나의 어둠 감지 기능이 싱싱하게 살아 있다는 증표일 것이다. 주위의 이런저런 어둠을 감지한 결과 전과 다른 새 빛깔, 새 파장의 불을 밝히려 하고 있는 자궁의 반발.

　여인의 유방과 엉덩이가 아니었으면 그림을 그리지 않았을 거라고 말한 르누아르는 늙음으로 말미암아 그림 그리는 데 필요한 손이 마비되자, 간병인에게 붓을 손끝에 묶어달라고 해서 끊임없이 그렸다. 그를 후원하는 한 화상이 찾아왔을 때 그는, 「손은 똥이야」하고 말했다. 손으로 그림을 그리는 것이 아니고 영혼으로 그린다는 말이었을 터이다. 그는 또 죽음을 몇 개월 앞둔 어느 날 아들에게 말했다.

「이제야 보이기 시작한다.」

생물학적인 생명과 작가적인 생명에 대하여 늘 생각하곤 한다. 엽총 자살을 한 어니스트 헤밍웨이, 가스관을 물고 죽은 가와바타 야스나리, 할복 자살한 미시마 유키오의 삶과 죽음이 나를 그러한 생각 속으로 빠져들게 하곤 했다.

나를 생각해 주는 사람들에게 나의 존재 이유에 대하여 말하곤 한다. 나는 살아 있는 한 소설을 쓸 것이고 소설을 쓰는 한 살아 있을 거라고.

중편 혹은 단편으로 발표했지만, 나중에 그것들 네댓을 한데 모아 책으로 묶을 때는 장편소설이라는 표찰을 단 경우들이 더러 있었다. 「불배」「불곰」「신의 딸」「불의 아들」「불의 문」을 〈불의 딸〉이라 묶었고, 「포구」「포구의 달」「달의 회유」를 〈포구〉라 묶었고, 「밤기차」「당신들의 축제」「겨울폐사」「불꺼진 창」을 〈아버지와 아들〉이라 묶었었다. 그것들은 이 전집에서 뺄 수밖에 없었다.

이 책을 묶으면서 보니, 나는 연작으로 중·단편을 많이 썼다. 「석유등잔불」「안개바다」「꽃과 어둠」「어둠의 맥」이 그러하고, 「극락산·1」「극락산·2」「물너울 한너울」「미망하는 새」가 그러하고, 「신화·1」「신화·2」 따위가 그러하다.

호흡이 긴 까닭이었을까. 아니면 크고 유장한 생각 줄거리를 한데 모아 어우를 덩치 큰 작품을 한몫에 써서 발표할 수 없는 시장 사정 때문에 그렇게 길들여진 것이었을까.
아, 나도 이제 조금 알 것 같다.
내가 쓴 모든 단편과 중편과 장편, 내가 쓴 모든 시편과 산문 들은 모래알처럼 알알이 흩어지고 외로운 섬들처럼 서로 동떨어진 것들이 아니고, 줄거리를 달리한 하나의 큰 강물줄기 같은 연작이다. 그 연작으로 우주 속에 어떤 모양새의 꽃 한 송이를 그려놓으려고 몸부림치고 있다. 아니, 감히 우주를 나의 목소리, 나의 색깔, 나의 냄새로 칠하고 있다.
내 몸 속의 피와 기름이 다 닳을 때까지 색칠을 계속할 것이다. 그 색칠을 잘하기 위해서는 어둠 감지 기능이 녹슬지 않아야 한다.

너무 미워, 도저히 어떻게 할 수 없어서, 이번의 전집 속에 넣지 않고 비정하게 버린 중·단편이 예닐곱 편쯤 있음을 고백한다.
열악한 출판 시장을 아랑곳하지 않고 이 책들 6권을 동시에 펴내 준 문이당에 감사한다.

단기 4332년 9월
해산 토굴에서 한 승 원

차 례/아리랑 별곡

작가의 말·5

참 알 수 없는 일 —— 11
출렁거리는 어둠 —— 30
해신의 늪 —— 56
낙지 같은 여자 —— 77
아리랑 별곡 —— 118
여름에 만난 사람 —— 156
신길동전 —— 172
아들나무에 젖 뿌리기 —— 192
석유등잔불 —— 220
안개바다 —— 244
꽃과 어둠 —— 321

해설 : 욕망의 바다, 바다의 신화·황도경 —— 387

참 알 수 없는 일

1

참 알 수 없는 일이었다. 내가 정씨네 문중의 도장손인 정수복을 본 것은 그해 3월 초순 무등산정엔 아직도 희끗희끗한 눈이 남아 있던 어느 날이었다. 대덕에서 중학교를 마치고 광주 어느 고등학교에 들어가게 된 아들놈이 자취를 한다기에, 냄비며 바께쓰며 밥그릇이며를 사주려고 그놈을 따라 양동시장엘 나갔는데, 그가 한 아동복점 앞에서 서성거리고 있었다. 그의 행색이 너무 초라했다. 쇠털색 잠바에 작업복 바지를 입는다고 입었지만, 그것은 거뭇거뭇한 땟국이 흐르고 있었으며, 발에는 흙투성이인 검정 고무신이 철떡거리고 있었다. 이발하고 빗질한 지가 오래인 듯 머리칼은 부스스하게 흐트러져 있었고, 구레나룻과 코밑수염은 길게 자라 있었다. 거기에, 돌이 갓 지났을까 말까 한 아기 하나를 허름한 군용 담요에 싸서 등에 업고 있었다. 그 아기가 흘러내리지 않도록 띠를 앞가슴에서 가새질러 두 어깻죽지 너머로 걸쳐 맸는데, 그러한 그의 모습은 흡사 거지 행색이었다.

정말 너무 어처구니없는 일이었다. 이날 밤, 아들놈의 자취방으로 돌아온 나는 내내 그와 관련된 이런저런 생각들 때문에 잠을 이룰 수가 없었다.

2

　정수복, 그는 해방 전후까지만 하더라도 덕도의 새텃몰 안에서는 떵떵거리고 살던 정씨네 삼대 독자였으며, 날아가는 새도 떨어뜨릴 만큼 세도를 부리던 아버지 정만수 씨의 힘을 업고, 당시 또래 아이들을 지렁이 밟듯 하던 사람이었다.
　수복이는 여느 아이들보다 두 살이나 많아서 학교엘 들어갔기 때문에, 반 아이들 가운데서 힘이 제일 셌었다. 거기에 아버지 정만수 씨가 학교 후원회 임원이어서 담임선생은 그를 옹호하였고 맡아놓고 반장을 하곤 했었다. 마을의 또래 아이들은 학교를 오가는 길엔 그를 뒤따라 바다가 내려다보이는 산굽이길을 돌아 오가야 했으며, 가을철 같은 때엔 그의 지시에 따라 고구마밭이나 수수밭이나 무밭에 뛰어들어, 고구마, 수수, 무, 당근 따위를 훔쳐다가 그에게 바쳐야 했다. 한데, 산굽이길 주위의 밭에 훔쳐오도록 지시할 건덕지가 없는 이른봄이나 여름철 같은 때엔 묘한 심술을 부려서 또래 아이들을 골탕먹이곤 하였다. 그가 노상 두고 쓰곤 하던 방법은, 아이들을 모두 한데 몰아 세워놓은 다음, 두어 걸음 마을 쪽으로 가서, 허리춤을 툭 까고 고추를 꺼내 오줌을 갈겨, 실뱀 길바닥을 동강이내어 놓고 「이 오짐 금 넘어오는 놈은 내 아들놈이고, 즈그 어메는 내 각시다」 하고 선언을 한 다음, 싱글거리며 길 가장자리 풀밭에 주저앉거나 밭언덕에 걸터앉아, 오줌 금 건너편의 아이들을 하나씩 훑어보는 것이었다. 아이들은 무르춤히 선 채 자기들의 갈 길을 막는 오줌 금을 멍히 내려다보기만 했었다. 물론 이 방법을 그가 처음 썼을 때, 몇몇 약삭빠른 아이들은 그 오줌 금을 피하여 산언덕 쪽이나 길 밑의 골짜기 쪽으로 우회하려고 했었다. 그러나 풀밭에 버티고 앉아 있던 그가, 「야, 새끼들아, 이 오짐 금은 여기서 이쪽으로는, 산을 넘고 또 넘고 또 넘고 해갖고 저그저 시베리아 벌판까지 쭉 뻗어 있고, 또 저쪽으로는 이 바다를 건네갖고, 저 섬을 넘어갖고 태평양 너머에서 반듯하게 한정없이 그어졌은께, 그 골짝으로 내려가 갖고 오그나, 그 언덕으로 올라가 갖고 오그나, 내 아들놈 되고 즈그 어메가 내 각시 되기는 마찬가지란 말이여. 만약에, 여그 건네와 갖고 나보고, '아부지'라고 안하는 놈은 콱 잡아 쥑일 텐께 그리 알아라」하고 엄포를 떠는 바람에, 산언덕 쪽이나 바다 쪽 골짜기로 내려섰던 아이들은 그 자리에 우뚝 멈춰서고 말았던 것이었다. 그런 일이 있은 후부터 아이들은, 그가 오줌 금을 그어두고 심술을 부리기 시작하면, 당분간 그쪽에서 무슨 조건을 제시하고 나올 때까지 기다리곤 하였다. 어느 때고, 한동안 오줌 금 건너에서 우물거리고 있는 아이들을 바라보던 그는 이윽고, 「그럼, 내일 쌀 다섯 주먹 갖고 올 사람은 그냥 건네와도 내 아들놈이라고 안하게 건네온나」하고 조건을 내놓곤 하기 때문이었다. 이 조건에 순응하기로 하고 건너오지 않는 아이가 없었고, 대부분의 아이들은 이튿날 학교에 나오면서, 자기들 집에서는 기껏 꽁보리밥알들을 서로 엉기게 하느라고 얹어먹는 정도이기 때문에, 금싸라기같이 깊숙이 보관하곤 하는 마루 구석의 찻독그릇 속에서 쌀을 식구들 몰래 호주머니에 퍼 담아오게 마련이었다. 만일 그걸 이행하지 않으면, 다음날로 기한을 연기해 주는 대신 열 줌으로 불려 가져오게 하고, 다음날 또 어기면 스무 줌으로 불려 가져오게 하기 때문이었다.

또 아이들은 자기 집에 제사가 있거나 무슨 잔치가 있거나 하면, 이튿날은 반드시 떡이나 과일 같은 것을 가지고 와서 그에게 바쳐야 했다. 그렇지 않았다가는 언제 그로부터 불벼락을 맞든지 맞게 되는 것이었다. 그 불벼락이란 대개 이런 것이었다. 학교에서 돌아오는 길에 그는 그가 지목한 한 아이만을 남기고 다른 아이들을 앞에 가서 기다리고 있게 하였다. 그리고는 그 아이 앞에 오줌을 갈기고, 「이 오짐 금 건네는 놈은……」 하고 선언한 뒤 기다리고 있는 아이들에게로 가는 것이었다. 만일, 지목된 그 아이가 집에 돌아가는 대로 자기 아버지한테 일러바치겠다고 하며, 이를 갈고 울면서 그 오줌 금을 건너오기라도 하면, 그는 기다리고 있는 아이들로 하여금 「누구는 수복이 아들이고, 누구 즈그 어메는 수복이 각시라네」 하고 소리쳐 놀려대도록 하는 것이었다. 그러면 그 아이는 별수없이 개밥에 도토리 신세가 되어버리는 것이었다.

저녁 무렵에 산에 땔나무를 주우러 갈 때도, 그는 또래의 아이들을 거느리고 다녔고, 또래 아이들은 맨 먼저 주워온 땔나무를 그의 나무 지게에 그가 만족해 할 만큼 가득 짊겨놓은 뒤에야 자기들의 몫을 주우러 다니곤 하였다. 그렇게 하기 싫어서 딴 데로 피해 가는 아이가 있으면, 그는 또 기어이 그 아이에게 복수를 하는 것이었다. 때문에 아이들은 싫으나 좋으나 그를 따라다닐 수밖에 없었다.

간혹 아이들이 자기 부모에게 수복이의 소행을 일러바치고 복수해 주기를 바라는 경우가 없잖아 있었지만, 그 부모들은 대개 그의 아버지 정만수의 앞뒤 가리지 않고 덤벼드는 사나움과 어려운 때 돈 얻어 쓸 구멍이 막히게 될 것을 염려하여, 극히 조심스럽게 자식을 타이르는 정도로 말아버리곤 하였다.

나도 그의 발 아래서 지렁이 밟히듯 밟히면서 살아온 아이였음은 말할 것이 없었다.

이러한 그로 하여금 고향을 등지도록 한 것은 6·25였는데 내가 알기로만 하여도 그 6·25는 그에게 아주 많은 것들을 가져다주었고, 또 빼앗아갔다.

그는 장흥읍에 있는 중학교 1학년엘 다니다가 인민군이 밀고 내려오자 고향으로 돌아왔는데, 그 난리통에 그의 아버지가 보안서로 끌려갔던 것이었다. 풀물을 들인 군복에 붉은 완장을 두른 보안서 사람들이나 마을의 세포위원들은 거의 날마다 그의 집으로 몰려들었고, 몰려들어서는 뒤란의 곳간에 쌓인 쌀이며 보리며를 자꾸 보안서로 가져오라고 지시를 하곤 하였다. 모든 사유 재산을 공산화한다는 바람에 머슴이 나가버렸다. 그의 집에는 보안서 사람들의 요구대로 쌀가마니를 보안서로 날라다 줄 힘센 사람이 없었다. 하릴없이 난리 몰려오면서부터 맥이 쭉 빠져버린 그의 어머니와 그의 손위 누님이 쌀자루를 이고, 그가 등에 엉기지 않은 지게에 보릿자루 쌀자루를 얹어 짊어지고, 7~8월 땡볕 속에서 땀을 멱감듯이 하며 하늘재를 넘어 보안서엘 가곤 하였다. 그러던 것을 나도 한두 차례가 본 적이 있었다. 요구하는 대로 가져다 바치면 아버지 정만수 씨를 풀어줄 줄 알았던 모양이었다. 보안서 놈들도 낯짝이 있긴 있는 놈들이었던지, 한 달인가 동안이나 가두어두었던 정만수 씨를, 아침저녁으로 살랑살랑한 바람이 불어들기 시작한 어느 날, 땅거미가 기어들 무렵에 풀어 내주었다. 그러나 그날 밤으로 마을의 세포위원들 손에 숙청을 당하고 말았던 것이었다. 마을 앞 바다의 넓바위 틈에 정만수 씨가 피투성이가 된 채 구기박질러져 있더라는 소문이, 그때 마을을 조용한 가운데 술렁거리게 했다. 한데 그 사건에는 바로 그 마을 정씨 문중의, 평소에 정만수 씨를 '당숙'이라고 부르거나 '성님'이라고 부르던 청년들이 수없이 관련되어 있었다.

경찰이 밀고 들어오자, 그때 열여덟 살 나던 그는 학도호국단에 들어가게 되었는데, 그것이 그로 하여금 고향을 등지게 한 결정적인 요인이 되었다.

그의 아버지 숙청 사건에 관련되었다가 입산을 했거나, 이 마을 저 마을로 피신을 했거나 한 사람들을 쫓아다니느라고, 수복되던 그 이듬해까지를 다 허비하였을 때 그는 어느덧 스무 살이 되어 있었고, 그제서야 아차 큰일이다 싶어 다니던 학교엘 다시 들어가려 했지만, 돈 벌어 대줄 사람이 없었다. 아버지가 돌아가신 이후 몸져누워 있기만 하는 어머니와, 금방 마땅한 자리만 있으면 시집 보내야 할 누님, 학교에 다니고 있는 누이동생이 있을 뿐인데, 누가 농사일을 돌볼 것이며, 김 막는 철이 된다 하더라도 누가 있어 김 발을 막으며, 또 그걸 뜯는 철이 된다 하더라도 누가 그걸 뜯어 돈을 만들 것인가. 이때, 그에게 신체검사 통지서까지 날아들었다. 이해 겨울, 그의 어머니는 그의 누님을 장터 옆의 연평마을로 시집보냈는데, 바로 그 무렵에 그는 병무청으로부터 군 소집영장을 받았다. 이때껏 몸져누워 있던 그의 어머니가, 그를 군대에 보내느니 차라리 죽고 말겠다고 하는 바람에, 연평 사위가 나서서 면사무소의 병사계 직원과 짜고 암암리에 일을 벌인 것이었다. 먼저, 그해 김 팔아 모은 돈을 끌어다가 대어 일차적으로 면제받도록 도와주었다.

 탈은 여기에 있었다. 그가 돈을 써서 군대엘 가지 않게 되었다는 것을 냄새 맡은 사람들이 몰려들기 시작한 것이었다. 한번은 병무청 쪽에서 날아왔고, 다음엔 보안서 쪽에서 날아왔다. 그 다음은 경찰서 쪽에서, 또 그 다음은 헌병 파견대 쪽에서 날아왔다. 그들은 한꺼번에 몰려오는 법이 없었다. 마치 약속이라도 한 듯이 윤번으로, 번갈아가며 다녀가곤 했다. 그들이 한 번씩 다녀갈 때마다 그의 집에서는 그들에게 그들이 만족해 할 만큼 먹고 마시고 집어넣고 갈 국물을 제공해야 했다. 김이 한창 나는 철이라 여기저기에 나도는 돈들을 끌어다가 댔다. 소를 팔아 갚기로 하고, 논을 팔아 메우기로 하고……. 허나, 그것도 한두 번이지 일 년 내내 거의 여남은 차례를 계속 당하고 보니, 더이상 끌어낼 빚돈이 없었다. 어찌할 수 없이 어머니는 그를 골방 속에 들어앉아 있게 하고, 「논 몇 마지기 값을 손에 들려서 내보냈는데, 서울 어디로 갔는지, 부산 어디로 갔는지 알 수가 없다」 하는 소문을 퍼뜨렸다.

 이게, 내가 스무 살 나던 해 늦은 여름의 일이었다. 이때, 나의 어머니나 아버지는 이해 봄에 신체검사를 한 나를, 입대하기 전에 장가들게 하겠다는 생각으로, 같은 마을에 사는 홀어미로서, 정월이라는 딸을 가진 진도댁한테 은밀하게 중매쟁이를 들여보내곤 했었다. 그걸 눈치챈 나는 나대로 정월 어머니 쪽에서 얼른 허락해 주기를 바라고 있던 참이었다.

한데, 수복 어머니가 퍼뜨린 소문말고, 또하나의 묘한 소문이 같은 무렵에 퍼지기 시작했다.

「수복이하고 정월이하고 배가 딱 맞어부렀닥 하더라.」

이 소문은 삽시간에 온 마을 안을 들썽거리게 하였다. 이 마을에서 정월이는 비록 진도 어디선가 살다가 굴러 들어온 홀어미의 딸이라고는 하여도, 그 미모며 육덕이며가 크렁크렁하고 태깔이 고와서, 그녀를 욕심내지 않는 청년들이 없었다.

이 소문에 아연실색을 한 것은 중매를 선 탱자나뭇집 할머니의 밑을 부지런히 긁어서, 정월이네 집에 들여보내곤 하던 어머니와 아버지였다. 거기에 못지않게 맥 풀려버린 것은 나였다. 중매쟁이가 들랑거리기 시작하기 전부터, 아니 열 몇 살 먹었을 때부터, 나는 은근히 정월이의 얼굴을 가슴 깊숙한 데 묻어놓은 채 속을 태우곤 하여온 것이었으니 말이었다.

그래도 입이 건 중매쟁이 할머니는, 이미 맥이 풀려버린 우리집엘 와서, 그 소문이 맹랑한 것이라는 것을 누차 말뚝 박은 다음, 정월이네의 말이, 양친 엄연히 살아 있는 내 쪽을, 난리중에 억지 죽임당한 정만수의 아들한테 어떻게 비할 수 있겠느냐고 분명히 말했었다며, 금방 승낙할 것이니 걱정 말라고 했다.

그 중매쟁이의 혀 짧은 소리가 있은 이튿날, 마을에는 수복이가 정월이를 데리고 밤봇짐을 쌌다더라는 소문이 돌았다.

그것은 사실이었다. 그때 우리 집안 사람들은, 남의 훗국만 마시려다가 그것도 못 마시고 꿩 떨어진 매 신세가 되었다고 마을 사람들이 비웃을 일을 생각하며 바깥 출입을 하지 않았고, 나는 울화가 끓어 방바닥에 번듯이 누워 있기만 했었다. 해변에 사는 여자답지 않게, 살결이 배꽃같이 흰 데다가 육덕이 좋고, 태깔 있는 정월이를 아내로 맞지 못하게 되었다는 아쉬움도 아쉬움이었지만 하필 정수복이라는 놈한테 그 정월이를 빼앗겼다는 분함과 억울함이 가슴을 들끓게 하기도 하고, 아프고 쓰리게 하기도 하던 것이었다.

 사흘을 꼬박 엎치락뒤치락하기만 하다가 나는 도망이라도 치듯 군대엘 들어가 버렸고, 제대를 하자마자 지금의 아내한테 장가를 들었다. 그리고, 정수복 그놈과 정월이 그년이 잘살면 얼마나 잘사나 보자, 너희들보다는 기어이 내가 더 잘살 것이다. 두고 보아라, 하는 생각으로 이를 갈고 팔뚝을 물어뜯으며, 논밭을 일구기도 하고 바다에 나가 김발을 막아 돈을 건져내기도 했다. 그렇게 살아온 보람인지 내 나이 마흔이 되는 오늘날, 우리 마을에서는 상에서도 상 쪽에 드는 부자가 되었다. 아들 농사 또한 꽤나 잘 지은 쪽이어서, 큰놈이 대덕중학교 안에서는 늘 1등을 차지하곤 해쌓으므로 나는 비록 못 배웠지만 이놈만은 기어이 대학까지 보내주리라 작정한 터였다. 아들 농사도 정수복보다는 잘 지어야 한다. 암, 그래야 하고말고. 정수복이, 그놈이 내 앞에서 무릎 꿇을 날이 있고야 말도록 하여야 한다……. 이런 다짐으로 어스름 새벽부터 곤한 잠 몰아가며, 소를 돌보기도 하고 논밭을 둘러보기도 하고 바닷일을 하러 나가기도 하면서, 아들놈 중학교에 보내고부터는 술, 담배마저도 피우고 마시는 횟수를 줄여보자고 애를 쓰면서 살아오고 있는 것이었다.

3

 그런데 이날 본 정수복의 모습은 너무나 비참한 것이었다. 놈은 등에 업은 아이의 옷이라도 하나 사려는지 어쩌려는지 아동복점 안을 기웃거리고 있었다. 나는 아들놈과 함께 양은그릇 점포 안에서, 튼튼하고 모양새 있는 것으로만 고른 냄비며 바께쓰를 앞에 놓고 흥정을 하고 서 있다가 그의 모습을 발견했던 것이었다. 나는 한동안, 길 건너편 아동복점 앞에서 수복이가 하는 양을 물끄러미 바라보면서, 그가 내 쪽으로 돌아서기를 기다렸다.
 그는 그 울긋불긋한 옷들이 주렁주렁 걸려 있는 아동복점 앞을 그냥 지나쳐 가고 있었다. 나는 산 물건들을 들고 나가자고 아들놈을 재촉하였다. 정수복을 뒤쫓아가서, 그 동안에 쌓인 회포를 나누어보고 싶었다. 거짓말 손톱만큼도 안하고 그때 내 가슴속에는, 평소에 그를 향하고 있던 울분이나 증오심 같은 것은 씨도 없었고, 그가 어찌하여 그런 거지 행색을 하고 있는가 하는 것이 마냥 궁금하였으며, 동시에 안쓰런 생각이 앞서 있기만 하던 것이었다. 내가 냄비와 밥그릇 등속을 넣은 바께쓰를 집어들고 황망히 나서려는데, 아들놈이 「아버지, 돈 치러야지라우」 하였다. 그제서야 나는 아차 하고 호주머니에서 돈을 세어 주었다. 거스름돈을 받아들고 옷점들이 늘어서 있는 상가로 달려갔다.
 그 사이에 어디로 박히었는지, 정수복의 모습은 보이지가 않았다. 아들놈에게 바께스 등속을 모두 맡기어둔 채 이 골목 저 골목을 휘돌고, 주변의 싸구려 간이음식점이며 포장집 들을 기웃거려보았지만, 그것도 허사였다.
 그에 관해 전혀 새로운 소식을 들은 것은 내가 고향엘 내려와서였다. 고향 마을에 돌아온 날 밤, 마침 회관에서 회의가 있었다. 그 회의는 봄보리에 쓸 비료 배분에 관한 논의였기 때문에 집집의 어른들이 다 모였다. 거기서 나는 문득 생각난 것처럼, 「아니, 나 참 이참에 광주 갔다가 묘하게도 수복이를 봤네」 하고 말한 다음, 나도 미처 캐어내지 못한 그 정수복에 관한 궁금증을, 「하고 댕기는 꼴로 본께 정녕 아조 불쌍하게 돼뿌렀는갑데」 하고 털어놓았다가, 그에 관한 소식을 들었던 것이었다.
 병영에 처가가 있는 칠성이가, 「글씨 말시」 하고 나서더니, 자기는 오랜만에 친정엘 다녀온 자기 마누라한테서 들었다면서, 「참말로 안됐데, 안됐어」 하고, 쓴 입맛부터 다셔놓고 말을 잇던 것이었다.

「글씨, 여그서 그 좋다는 전답들 몽땅 팔아갖고 나간 것을 어떻게 볶아묵고 지져묵었는지 몰라도, 언제부턴가 술장시를 하드라 하등만, 그란디 또 정월이란 년이 이때까지 새끼를 낳으면 죽고 낳으면 죽고 해쌓다가 얼마 전에 또 아들 하나를 낳기는 낳았든가 보데. 그란디 그년이 돌도 안 지낸 새끼를 놔두고 어느 놈과 붙었는지, 도망을 가부렀닥 하드란께.」

이 말에 누군가가 「정월이, 그년이 원래 화냥기가 있는 년이었제」하였고, 이어 칠성이가 「그란께, 제일 첨에는 저 대덕 장터로 나가서, 차표도 끊고 어짜고 함스롱 까딱없이 안 살든가? 그란디, 수복이가 장흥읍으로 소리 배우러 댕기는 당골네 딸 하나를 봤닥 하든가 어쨌닥 하든가……. 그런께 그냥 정월이가 그 꼴을 죽어도 못 보겠단다고 기어이 장흥읍으로 이사를 가자고 들볶았든 모양이데. 읍으로 가서도 처음에는 참 쓸 만한 가게를 열었든 모양이드구만. 그란디, 가게 옆에다가 술을 놓고 폼스롱 일이 붙었든 모양이여. 또 그쩍에는 정월이가 어느 놈하고 붙었든가 보제. 일이 요렇게 된께, 수복이가 서둘러서 부랴부랴 강진으로 갔든가 보데. 그래 갖고 거그서 어쩌다가 그냥 사기를 당해갖고, 병영으로 갔든 모양이데」하였고, 다시 또 누군가가, 「종자는 못 속이는 법이시」하던 것이었다.

따지고 보면, 정월이는 그런 여자였는지도 모를 일이었다. 어디서 무엇을 하다가 굴러 들어왔는지 알 수 없었던 홀어미의 딸인 정월이는, 눈이 서글서글한 데다 항상 축축하게 젖어 있는 듯한 입술로, 이 남자를 보고도 쌩긋거리고 저 남자를 보고도 쌩긋거리곤 하던 것이었다. 그렇기 때문에 정월이가 처녀로 있을 때, 이 마을에 살던 총각쳐놓고 그년한테 홀리지 않은 사람이 한 사람도 없었을 정도였다. 어쩌면 그만큼 줏대가 실하지 못한 여자였는지도 몰랐다. 종자가 그러한 종자인 것인지, 정월 어머니 또한 묘한 여자이던 것이었다. 마을 사람들은 그 여자를 마을의 사랑방 모퉁이 같은 데 놓아둔 '오줌받이통'에 비유해 말하고들 있었다. 말하자면, 정월이가 수복이하고 배가 맞아 나가버린 이후로, 이 마을에 사는 중년 남자나 노총각인 머슴들쳐놓고 그 여자를 보듬어보지 않은 남자가 없었다는 것이었다. 또 당시 마을에 흘러다니던 말대로 한다면, 정월 어머니는 원래 진도의 어느 마을에서 살았었는데, 그 마을에서도 그와 같은 못된 잡년질 때문에 똥물벼락을 맞고 쫓겨났다던 것이었다.

회관엘 다녀온 날부터, 나는 또, 정월이가 어느 놈을 얼싸안고 어디로 도망을 쳤을까 하는 생각 속으로 빠져 들어갔다. 광주 양동시장에서 본 수복이의 행색으로 보아, 돌이 갓 지났을까 말까 한 아기를 등에 짊어진 채로 그 정월이를 찾으러 다니는 모양이던데, 좁다면 좁고 너르다면 너른 세상에서 과연 그 여자를 찾아내기나 할까, 찾아낸다면 그는 그 여자를 어떻게 족쳐댈까 하는 궁금증이 좀처럼 가시지를 않았다.

그것도 져근덧이고, 바쁜 살림살이에 쫓기면서 차차 수복이에 관한 것들을 잊고 말았다. 그랬다가 내가 다시 수복이를 만난 것은, 그로부터 몇 달이 지난 이른 가을, 바야흐로 수수 모가지가 패기 시작하고 그 밭언덕에 억새풀들이 무성하게 어우러질 무렵의 어느 날이었다.

해가 설핏해졌을 때, 덕도와 우산도 사이의 간척지 논의 나락을 대강 둘러보고, 낭떠러지 밑으로 호수같이 펼쳐진 득량바다가 내려다보이는 사굽이길, 어린 시절 학교를 오가던 그 솔숲길을 돌아오는데, 정씨들 선산 있는 골짜기에서 남자의 컬컬한 노랫소리가 들려오던 것이었다.

나는 걸음을 멈추고, 한국의 재래종 소나무숲이 거멓게 덮인 정씨네 선산을 쳐다보았다. 컬컬한 듯하면서도 카랑카랑하게 맑은 구석이 있는 그것은 분명 정수복의 목소리라고 직감되었다.

산천은 험준하고
수목은 침잠헌디…….

그는 「적벽가」 중에서, 몰살당한 조조의 백만 군사가 새로 환생하여 조조를 원망하면서 우짖고 있음을 내용으로 한 '새타령'을 뽑고 있었는데, 어쩌면 애끓는 탄식이 서린 듯한 그 소리는 자줏빛 그늘이 잠긴 골짜기를 울리고 그 밑으로 펼쳐진 수수밭 언덕을 스쳐 낭떠러지 아래의 잔잔한 해면으로 스미어가고 있었다.

산굽이길을 돌아 수수밭 언덕길로 들어서면서 나는 담배 한 개비를 꺼내 물었다. 밭 주인의 낫 끝에 모질어진 찔레꽃나무 한 무더기 주위로 억새풀 포기들이 무성하게 어우러진 밭두둑에 앉았다. 그가 내려오기를 기다릴 참이었다. 묘하게도 내가 앉은 밭언덕은, 어린 시절에 그가 길 한복판에 오줌 금을 그어두고, 그 건너편에서 우물거리고 서 있는 또래 아이들을 건너다보며 히물거리고 앉아 있곤 하던 그 자리였다.

만학은 눈 쌓이고
천보의 바람이 칠 제
화초목실이 바이없어
애모 원한이 그쳤는디…….

그의 노랫소리가 가까워졌을 때, 나는 담배연기를 깊이 들이마시고 바다를 내려다보았다. 우산도 끝의 검은바위 아래에서, 저물녘의 불그스름한 햇살을 받은 쌍돛단배 한 척이 나타나고 있었고, 바다는 더욱 짙은 쪽빛으로 밋밋하게 다져지고 있었으며, 소록도나 녹동 뒤편으로 피어난 구름 끝은 꽃처럼 불그죽죽하게 물들어 있었다.

수수밭 두둑길로 들어서면서 그가 노래를 그쳤으므로, 나는 꽁초가 다된 담뱃불을 발 아래 놓고 밟으면서 일어섰다. 그는 나를 보자마자 발을 멈추고 우두커니 서서 내 얼굴을 건너다보기만 했다. 나 또한 아무말도 나오지가 않아 그저 마주보았을 뿐이었다.
 그와 나는 너무 대조적이었다. 나는 이해 들면서, 아내가 시장에서 가는 베 비슷한 테토론이라는 옷감을 떠다가, 간편히 걸쳐 입을 수 있도록 중의적삼을 지어주었는데, 바로 그것을 입고 있었으므로 아주 산뜻한 '샌님'의 모습이었을 것이었다. 그의 모습은 몇 달 전 광주 양동시장에서 보았던 것 이상으로 험했다. 아기를 업지 않은 홀몸인 그는 구레나룻과 수염이 터불터불하게 긴 얼굴에, 몇 달 전의 쇠털색 잠바와 검정 작업복 바지를 그대로 입고 있었는데, 그 잠바의 팔꿈치나 바지의 무릎 부분이 너덜너덜해져 있었다.
「워메, 어짠 일인가 수복이 자네?」
 나도 모르는 사이에 흘러나간 내 말에, 수복이는 고개를 떨어뜨리고 서 있더니 내 옆으로 걸어왔다. 내 손을 두 손으로 감싸 잡으면서 밭두둑에 주저앉았다.
 내가 담배 한 개비를 건네고 불을 붙여주자, 온 얼굴에 수염이 터불터불한 수복이는 소록도 위로 피어오른 구름을 멀거니 바라보면서, 「이렇게 됐네야」 하고 울음 우는 듯한 웃음을 입가에 띠는 것이었는데, 잠시 후 나는 그의 등에 아기가 없어졌음이 궁금해지기도 하여 「금년 봄에 광주 갔다가 양동시장에서 자네를 보기는 봤는디 말이시, 물건 산 돈을 조깐 주고 나온께 금방 어디로 가고 없드라 말이시, 어떻게 서운하든지……」 하고 말을 했다가, 「맞네, 그때 그년을 찾아나섰드니, 찾기만 찾는 날에는 아주 너 죽고 나 죽자 하고 말이시」 하고 시작하는 그의 이야기를 모두 들을 수 있었다. 정씨네 선산 너머에서 바야흐로 저녁놀이 벌겋게 피고 있었는데, 그 저녁놀은 우리들이 내려다보는 바다는 물론, 우리를 에워싼 수숫잎마저도 숫제 핏빛으로 물들여놓고 있었다.

4

 갔으면 어디를 갔을 것이냐고, 기껏 이 남한 땅에 있을 것이 아니냐고, 정월이하고 붙어 나간 놈이, 기껏해야 시장 길목 같은 데서 싸구려 옷점을 벌이고 떠벌리는 재주밖에는 없는 놈이므로, 그저 간단히, 이 전라도 지방의 시장 변두리만 샅샅이 훑으면 잡아낼 수 있으리라는 생각만 한 채, 찾아나선다고 찾아나선 것이 참 무모하고 미련한 짓이었다는 것이었다.
 전세돈 빼낸 것을, 이를 갈고 아끼어 쓰면 그걸로 오 년은 버티어낼 수 있으리라는 단순한 생각을 한 채, 그걸 전대에 말아 허리에 묶고, 등에 돌이 갓 지난 아들을 짊어진 채 나선 것은 보통 독심을 품은 행위가 아니었다. 돈이란 참 허망한 것이어서 그가 해남, 목포, 무안, 영암, 나주, 남평, 영산포 근방의 면소재지에서는 장바닥을 훑고, 읍소재지의 상설시장을 더듬고, 광주에 들어가는 대로 시내에 산재한 상설시장들을 샅샅이 뒤진 것은, 막연히 찾아나선 지 두 달이 조금 더 지난 때였는데, 그때 벌써 전세돈 반 이상을 써버렸던 것이었다. 그는 그저 하루 두어 끼, 아무거나 닥치는 대로 먹으면 되었지만 등에 업은 아기는 때에 밥 씹어 먹이는 것 외에도, 목이 마르거나 배가 고프거나 한 듯 칭얼거릴 때마다 비스킷을 사서 들려주기도 하고, 우유 같은 것을 사서 빨려보기도 하고, 과일 같은 것을 사서 들려주기도 하곤 하여야 했기 때문에, 여인숙에서 잠자고 차비로 내주곤 하는 돈 외에도 돈이 검불처럼 헤프게 나가던 것이었다.
 귀가 빠지는 영광, 법성포를 둘러 나와서 담양, 곡성, 구례를 돌아보고, 광양, 순천, 여수를 훑고 났을 때는 광주를 떠난 지 석 달이 조금 못된 세월이었지만, 그간에 3분의 2에 가까운 돈을 써야 했다. 거기다가 순천에 들어왔을 때부터 등에 업은 아기가 아프기 시작했다. 이질 배앓이가 생겼던지 어쨌던지 자꾸 뻗지르면서 울어대곤 하여, 그때마다 약방으로 가서 약을 사먹이곤 했다. 가뜩이나, 여수에 갔을 땐 순천에서 먹인 약의 효험이 없었던지, 아기의 몸이 불같이 달기 시작했다. 아기를 업은 등덜미가 화롯불이라도 짊어진 듯 뜨겁고, 아기가 숫제 악을 쓰고 울어댔다. 별수없이 해안통에 있는 중앙병원이란 델 갔다. 의사의 말이 이질 배앓이에 홍역이 겹쳤다고 했다. 꼬박 닷새나 입원을 하여 치료를 하니 열이 내리고 우는 횟수도 주는 것을 보고, 더 치료해야 한다는 것을 그냥 도망치듯 퇴원했다. 그만큼 치료를 했으면, 이젠 그럭저럭 약방 약을 쓰면서 완쾌시킬 수 있을 것이라는 생각에서였다. 벌교를 거쳐 보성, 화순을 둘러보고 전라북도 쪽을 더듬을 생각으로 버스를 탔다. 그런데, 벌교 역 앞에 내렸을 때, 홍역이 덜 떨어진 데다 갑자기 바람을 쐬고 흔들린 탓인지, 아기의 온몸이 불덩어리가 되면서 숨결이 급해졌다. 거기서 제일 영하다는 남도의원으로 달려갔다. 원장이 급성폐렴이 겹쳤다고 하면서, 한 스무 날 정도는 입원을 하여 치료를 해야겠다고 하였다. 원장의 말대로 입원을 시켰다. 이때 돈은 기껏 8~9만 원이 남았을 뿐이었으므로, 그는 조급한 생각이 들었다. 그래도 일주일 동안이나 입원을 한 채로 치료를 시켰다. 아기의 얼굴에 제법 화색이 돌고, 밥을 씹어 먹이면 뻗지르지 않고 조금씩 받아먹는 것을 보고 도망치듯 퇴원을 했다. 전대 속에 든 돈도 생각해야 했기 때문이었다. 입원비를 치르고 났을 때엔 기껏 4만 원이 남아 있었을 뿐이었다. 돈이 줄고, 아기가 칭얼대거나 악을 쓰고 울어대거나 하면, 그는 부득부득 이가 갈렸다. 이년을 잡기만 하면 가랑이를 찢어 죽이겠다고 혀를 깨물었다.

 득량, 조성에 장 서는 것을 기다렸다가 더듬어본 뒤 보성으로 들어갔다. 이날 밤에도 아기가 열이 많고 계속 칭얼대는 것이었으나 약방 약을 지어다가 먹여 재웠다. 이튿날 상설시장을 둘러보고, 이 양면 소재지에 서는 장을 훑고 저녁때 기차를 탔다. 화순에 내렸을 때엔 밤이었다. 싸구려 여인숙에서 하룻밤을 묵었다. 한데, 아기가 먹여주는 약을 모두 토해내고 밤새도록 뻗지르고 울어댔다. 불덩어리처럼 열이 나고 숨이 가빠져 있었다. 목까지 부었는지 들이쉬는 숨소리가 항아리 깨진 소리였다. 그때가 새벽 두시쯤이나 되었을 것이었다. 들쳐업고 나와 시내를 돌면서 약방문을 두드리고 다녔다. 어둠이 잠긴 골목 골목을, 숫제 아기의 울음소리를 짊어진 채 누비었지만 약방들은 문을 열어주려고 하지도 않았다. 이번엔 화순 안엔 셋밖에 없는 병원문을 두드리고 다녔다. 이 병원에서 문을 안 열어주면 저 병원으로 가서 문을 두드리고, 저 병원에서 안 열어주면 다시 다른 병원으로 가서 문을 두드렸다. 그때, 지나가던 방범대원이 보기가 딱했던지, 한 병원의 문을 두드려주었다. 그 병원 의사는 주사 한 대를 놓아주고, 광주 대학병원으로 빨리 가보라고 했다. 이 말을 듣는 순간, 이제 이 아기를 살리기는 틀린 것이라는 생각이 들었다. 그때, 아기는 주사약 기운으로인지 밤새 울다가 지친 때문인지, 눈언덕이 꺼진 눈꺼풀을 내리 감은 채 가쁜 숨만 쉬었다. 그래도 열이 설설 끓고 있는 것은 마찬가지였다. 그는 방범대원이 택시를 불러주겠다는 것을 마다하고 아기를 짊어진 채 화순 너릿재 밑의 터널을 향해 걸었다. 광주 대학병원으로 가야 한다는 생각을 한 것도 아니요, 살리지 못할 바에야 아기를 너릿재 기슭 어디에다가 파묻어 버려야 한다는 생각을 한 것도 아니었는데, 그냥 그렇게 가고 있었다.

　참 가엾은 목숨이었다. 너릿재 터널을 빠져나왔을 때, 아기의 숨소리에 가래 끓는 소리가 섞이어 있었다. 등에서 내려 안아보니, 이놈의 숨이 가고 있었다. 놈은 입을 벌린 채 드글드글 끓어대는 가래 속으로 간신히 들이쉴 숨을 뽑아들이고 있었다. 풀섶에 주저앉았다. 그때, 놈이 눈을 허옇게 뒤집으며 온몸에 경련을 일으켰다. 뽀드득 이를 갈면서 숨을 거두고 있었다. 그것을 들여다보는 순간, 어뜩 현기증이 일어나는가 했는데, 눈앞이 온통 캄캄해졌다. 그런 그의 머릿속에는 달아난 그녀의 얼굴만 그려졌다. 이놈의 주검을 그녀의 눈앞에 기어이 보여주어야 한다는 생각이 머릿속을 채웠다. 그리고, 고향 마을의 어부들이 여름철이면, 잡아온 고기를 소금에 절이던 것이 생각났다.
 그놈의 주검을 들어다가 보리밭 고랑 속에 숨겨두고 시내로 들어갔다. 날이 밝기가 무섭게 학동 상설시장에서, 정부미 자루에다가 소금 한 말을 사 담았다. 그걸 어깨에 걸메고, 아기의 주검을 놓아둔 너릿재 밑의 보리밭 고랑으로 갔다. 이를 갈면서, 놈의 입과 코와 눈과 귀와 항문 속에다가 소금을 쑤셔넣었다. 다음, 소금자루 속에다가 아기를 파묻어 담고 자루를 죄어맸다. 그 자루를, 이때껏 아기를 싸가지고 다녔던 담요로 둘둘 말았다. 그것을 띠로 얽어 짊어졌다.
 6~7월의 때가 때인지라, 소금으로 절인다고 절였지만, 사흘이 지나면서부터 아기의 주검은 썩어 문드러지기 시작했고, 그걸 짊어진 그의 코에도 물씬물씬 피어나는 송장 썩은 냄새가 맡아졌다. 다시 비닐종이를 사다가 몇 겹으로 쌌다. 그러나, 결국 장성을 거쳐 정읍에 들어서 가지고, 들통이 나고 말았다.
 장성에서 정읍으로 가는 버스를 탔다가, 그 버스 안에 탄 사람들이 소동을 일으킨 것이었고, 낌새를 챈 버스 운전수가 파출소 문전에다 버스를 세웠던 것이었다.

5

「애기를 뺏기고, 문초를 받었제. 참말로 기맥힌 일 다 당했구만. 글쎄 나보고 고의적으로 새끼를 죽였다고 말이여. 모가지를 졸라 죽였는가, 독약을 먹여 죽였는가 본다고 말이여, 새끼를 토막토막 잘라 두벌 죽음 세벌 죽음 시키고……. 결국 보름 만에 내보내주기는 내보내주데마는…….」
 벌겋게 물들어 있던 저녁놀이 스러지면서 땅거미가 기어들고 있었는데, 그 땅거미 속에 밋밋하게 펼쳐진 바다를 내려다보며, 한숨을 내쉬는 수복이의 얼굴에는, 그 땅거미와 같은 어둠이 서리어 있는 것 같았다.
「따지고 보면은 새끼를 내가 죽였다는 말도 틀린 말은 아닌 것 같애. 그 모진 목숨한테 무슨 죄가 있다고, 금메 소금에다가 ……」
격한 소리로 울부짖으려던 그는 고개를 떨어뜨리더니 실성한 사람처럼 키들키들 웃었다.
나는 그가 자기 아들의 시체를 매장하고 오는 길임에 틀림없다고 생각하며, 조금 전에 그가 내려온 그의 문중산 골짜기의 검은 소나무숲을 바라보았다. 삽이나 괭이는 고사하고 호미 한 자루 없이 어디다 어떻게 가져온 시체를 매장했을까 하는 생각이 들어, 다시 그의 차림새를 더듬어보는데, 그가 몸을 일으켰다.
회진 쪽을 향해 두어 걸음 걸어가더니 「들어가소, 동네 사람들한테는, 나 만났다는 소리 하지 말소」하고 말했다. 내가 두어 걸음 쫓아가면서 「이 사람아, 이래서 쓴당가? 들어가서 우리집서라도 하룻밤 자고 내일이나 가소. 그리고, 웬만하면 그 사람 찾을 생각 걷어치우고 그냥 농사나 지음서 살소. 새사람 얻어갖고……」 여기까지 말했을 때, 그는 벌써 몸을 돌려 몇 걸음 걸어가서 고개를 젓고 이어 손을 저었다. 한데 하필 그가 그렇게 손을 저으며 잠깐 서 있던 그 자리는, 어려서 그가 고추를 꺼내어 오줌 금을 그어둔 뒤, 「이 오짐 금 건네는 놈……」 하고 선언하였기 때문에, 또래 아이들이 감히 건너오지를 못하고 우두커니 서 있곤 하던 바로 그 자리였다. 내가 그의 이름을 소리쳐 부르며 달려가 그의 소매를 잡으려 했지만 그는 도망치듯 어둠에 잠기고 있는 숲길로 묻혀버렸다.

백만 군사를 자랑터니
금일 패군이 웬일인가.

「적벽가」 중에서 '새타령' 한 대목을 이어 뽑는 그의 카랑카랑한 노랫소리가 산비탈의 숲을 울리고, 그 숲 위로 열린 불그레한 하늘과 그 하늘 아래 밋밋하게 열린 해면으로 절절하게 사위어가고 있었다.

(1976)

출렁거리는 어둠

1

　김 목수는 나의 처이숙 되는 분으로, 소리를 뽑아내는 솜씨가 일품이었다. 평소에 말소리를 들어보면 목이 약간 쉰 듯 컬컬한 데가 있지만, 일단 소리를 뽑을 때엔, 컬컬한 목소리의 어디에 그렇게도 카랑카랑한 것이 들어 있었느냐 싶게 촉기(觸氣) 있는 소리를 내놓곤 하는 분이었다.
　내가 처이숙을 좋아하게 된 것은, 물론, 그분이 구슬프게 뽑는 소리 때문이었다. 한데 그분한테는 그 소리말고도 나를 그분 곁으로 끌어당길 힘이 있었고, 일단 당겨진 나를 떨어지지 않게 풀칠을 해두는 묘한 마력 같은 것이 있어 일종의 불가사의한 데가 있는 분이었다. 그분의 그러한 불가사의한 점을 내가 훔켜잡은 것은 이해 봄 무렵이었다. 그분은 어디서 어떻게 누구한테서 소리를 익혔는지 말하려고 하지를 않았다. 장인어른한테 물었더니, 옛날 유성기에서 귀동냥으로 배우기도 하고 새끼 목수 시절에 오야 목수한테서 배우기도 했다는데, 장인어른의 말로는 그의 소리 솜씨가 그냥 사랑방 구석 사람들의 그것 정도만이 아니라고 했다.

처이숙이 특히 존경한다는 사람은 '임방울'이었는데, 그래서 그런지 그분의 소리는 얼핏 전축을 통해 들을 수 있는 임방울의 소리와 비슷한 데가 있는 것 같기도 했다. 그분의 소리는 특히, 바윗덩이를 정으로 꽝꽝 쪼아대자 그 속에 들어 있던 향 맑은 물이 와르르 쏟아지는 것처럼 생명력이 넘치는가 하면, 흙탕물 속에서 퐁퐁 치솟는 생수처럼 촉기가 있었는데, 그 촉기는 마치 피를 뿜듯이 뻗쳐올리는 대목에서, 그걸 듣는 내 가슴을 써르르하게 울려놓곤 하였다. 나는 어려서, 이른 봄 소쩍새가 울면서 한 방울 한 방울 토해낸 핏방울이 결국 진달래꽃이 된 것이라는 이야기를 들은 적이 있었다. 울음과 한(恨)이 서렸다고 해야 할지, 피가 맺혔다고 해야 할지 알 수 없는 그분의 찌릿한 뻗쳐올림 소리를 들으면서, 나는 늘 그 진달래의 애절하고 한스러운 모습을 머리에 그려보곤 했다.

나는 이 촉기 어린 뻗쳐올림의 아슬아슬하고 가슴 아픈 대목을 듣기 위해 간혹 처이숙을 찾아가곤 하였다. 처이숙은 소주를 좋아했다. 소주도 독한 삼십 도짜리 삼학을 좋아했다. 안주로는 김치 아니면 된장에 풋고추나 마늘이 있으면 족해했다. 그리고, 두 홉들이 한 병만 사다 대접을 해드리면 내 쪽에서 원하는 대로 소리를 들려주시곤 하는 것이었다.

이해의 이른 봄 무렵, 장모는 우리집엘 와서 자기 집의 소방도로에 인접한 부속건물의 방을 길 쪽으로 차내고 구멍가게라도 하나 차리고 싶다고 했었다. 그리고, 내가 처이숙 집엘 더러 드나든다는 것을 안 장모는, 만일 '자네 처이숙'이 일을 하러 나다니지 않고 집에서 노는 기미가 보이거든 그 일을 해달라고 하라 하였었다.

마침 그분의 소리를 들은 지가 꽤나 오래여서 한번 들으러 가고 싶던 차에 장모가 다녀간 이튿날이 알맞게 일요일이었으므로, 나는 소주 한 병을 사들고 그차저차해서 풍향동 교육대학 입구에 있는 처이숙댁엘 갔었다. 갑자기 일이 생겨 작업현장엘 나갔을지도 모른다는 생각을 한다고 하긴 했었지만 그래도 혹시나 하고 헛걸음 삼아 간다고 갔는데 마침 계셨다. 배라도 아픈 듯 부순방에 배를 깔고 엎디어 있다가 처이숙은 엎드려뻗치기를 하는 사람처럼 두 손을 짚고 윗몸을 일으키며 나를 반겼다.
「편찮으신디…….」
 일어나지 말고 누우시라고 해도 처이숙은 아무데도 아프지 않음을 보이기 위해서인 듯 두 팔을 양 옆으로 휘둘러대며 「아프기는?」하고 고개를 젓고, 얼른 안주를 내어오라고, 내 뒤에 서 있는 처이모에게 소리쳤다.
 이날 나는 그분에게서 참으로 희한한 이야기를 들었다. 간밤 술이 좀 지나쳤으므로 속이 쓰리던 김에 마침 잘되었다며 소주 석 잔을 거듭 마시고 난 그분은 「이 서방, 나 참말로 기맥힌 꼴을 다 보고 사네」하더니, 그 기막힌 꼴이라는 것을 나한테 들려주기 시작했다. 이 이야기를 듣고 나는 이때껏 그분을 범상하게 대해온 나의 눈을 수정하지 않을 수가 없게 되었던 것이다.

2

「내가 원래 평생 못대가리만 두드려 묵고 살도록 점지된 사람 아닌가. 못이라는 놈이 원래 그렇네. 망치로 두드리는 만큼만 들어가 주지 더이상은 들어가 주지를 않는단 말이시. 반드시 그런 못대가리만 두드리고 살아왔대서가 아니라, 나한테는 지독스럽게 싫은 말이 있네. 요즘 뭐라고 하드라, 그 '인간적'으로 어짜고저짜고 한다는 말 안 있는가. 나는 이 말을 들으면 금방 구역질이 날 지경으로 속이 메슥메슥해진단 말이시. 그렇게 이참에 나한테 골탕을 묵은 박 선생도, 실은 내가 지독스럽게 싫어하는 그 말을 지껄인 때문이네. 따지고 보면, 내가 기분 상한 것이 비단 열흘 전에 비롯했던 것만은 아녔제. 박 선생이 우리집엘 와서 나한테 일을 맽겼을 때부터 나는 사실 기분이 잡쳐뿠렀드니. 그래도 그

때는 참었제. 대부분 사람들은 처음 만났을 때는 대뜸 혓바닥이라도 베어줄 듯이 달디단 말을 늘어놓제마는, 일이 일단 시작되면 싹 달라져서 일전 일리를 톡톡 떨어낸게 말이여. 어쨌든지 내가 참아낸 덕택으로 나는 그 사람 일을 맡을 수 있었제. 그 사람한테서 맡은 일이란 것이 실은 뭐 별다른 것은 아니네. 문화동 뒤에서 두암 쪽으로 넘어가는 언덕에다가 이태리 식 집을 한 채 짓는 것이었은게. 그것도 내가 청부를 맡은 것이 아니고, 그 사람이 직영을 하고, 나는 필요한 물건을 사오라고만 해가지고 인부를 끌고 와서 일을 하는 것이제. 그런게, 그 사람은 내 머리를 십분 활용하는 것이고, 그렇게 활용하는 대신 나한테 노임을 돈 천 원씩 더 얹어주는 것이 고작이네. 왜 그렇게 해사만 되냐 하면, 내 입이 열림에 따라서 서끌에 걸 나무의 굵기가 달라지고, 거기 따라 돈의 액수에 어마어마한 차이가 생겨지는 때문이제. 그 사람도 그걸 십분 감안한 듯 나한테는 언제나 곰살갑게 굴드구만. 호리가다를 파고 시멘트를 다지고 벽돌을 쌓고, 목재소에서 나무를 사다가 깎고 하는 사이에, 그 사람은 내 정확한 계산과 정결함에 매양 고마워하곤 하데. 필요 없는 인부를 쓰지 않는 것은 물론, 물자도 직신직신 죽어묵지 않는 게 평소 내 일하는 태도인디 말이여, 그게 그대로 나타난 데다가, 내 밑에서 일한 인부들한테 그날그날 주어사 쓸 공임 외에는 돈을 끄집어낼라고 하지를 않은게 더욱 그랬을 것이로구만. 언제 받든지 받을 돈인게 미리 받아 쓴다든지, 한데 모아두었다가 일이 다 끝나 다음에 받는다든지 하는 것을 나는 제일 싫어하네. 안 그런가? 바지가 질면 저고리가 짧고, 저고리가 질면 바지가 짧아지게 마련인 것이 우리 목수들의 일인게 말이여. 안 그런다고? 미리 받으면 나중 받을 것이 없고, 나중 받기로 하면 지금 답답하고 따분하기로 마련 아니라고? 나는 언제든지 못대가리 두드려 박는 식으로 일을 하고 돈을 받단 말이시. 박으면 박은 만큼 못이 들어가 주

출렁거리는 어둠　33

어사 쓰는 것이시. 들어가 주지 않는 못은 휘거나 튕겨쳐서 달아나게 마련 아닌가? 그런께, 그날 일한 만큼의 돈을 받아가면 되는 것이란 말이시. 이것이 제일로 부담 없고 뱃속 펜한 노릇이라네. 대부분의 일을 시키는 사람들은 우리들의 이런 질서를 깨뜨려놓기 일쑤란 말이시. 그것이 바로 그 사람들이 말하는 '인간적'이라는 것이시. 인간적으로 볼 때, 날마다 삼사천 원의 노임을 위해서 '고드록 포도록' 일하는 것이 안타깝고 짠하니, 며칠 분을 한꺼번에 주는 선심을 쓰겠다는 것이시. 한꺼번에 주고, 한꺼번에 받으닌께 오죽 좋은 노릇이냐고 할 사람이 있을지 모르제. 그러제마는, 이건 전혀 다르네. 나로 볼 때는 손톱만큼도 좋을 것이 없네. 오히려 이것이야말로 모멸이네. 사기네. 아니, 은근한 착취 행위제……. 그런디, 이참에 박 선생이 나한테 이런 '은근한 착취행위'를 할라고 대들드란 말이시. 그런께, 어제였네. 우리는 그 박 선생네 집에 기와를 얹었드니. 박 선생 집의 공정은 예상 밖으로 빠른 것이었제. 물론, 박 선생이 내 주문대로 물건을 잘 대주고, 우리들 노임을 그날그날 잘 줬기 때문이기도 했겠제마는, 내가 또 그 일을 그렇게 해사만 쓸 사정이 생긴 것이란 말이시. 두 달 전엔가 길거리에서 자네 장인을 만났는디, 혹 틈이 생기면 자네 처갓집 모퉁이방 안 있든가 거? 그것을 점포로 차내는 일을 맡아서 해줘사 쓰겠다고 부택이를 하드란 말이시. 자네 장인어른하고 나하고 어뜬 사이라고, 나 바쁜께 못하겠소 해불고 말겠든가? 금방 해드리마고 했제. 그랬는디 이놈의 일이 자꼬 끝내고 나면 또 생기고 또 생기고 해서, 와하이, 이거, 일을 해드리마고 한 지 벌써 석 달이 다되어가네. 그래서, 박 선생 일을 막 끝내고는 귀 콱 뚜드려 막고 그 일을 해줘뿔라고 작정을 하고 있든 판이라, 한사코 일을 재촉해 오는 것이었제. 자네, 들어보소마는, 사실 말해서, 우리 목수쟁이들의 곤조라는 것이 그렇네. 정말로 기분만 잘 맞으면, 하루 동안에 이틀 일을 해낼 수도 있고, 사흘 할 일을 할 수도 있네. 그놈의 것 맘 묵고 찍어내고 깎어내고 짜르고 뚜드려 박으면 뭐 지격지격 되는 일인께 말이여. 그런디 그 박 선생이 나한테 그런 어리숙한 수작을 걸어옴으로 해서 나는 생각이 싹 달라졌단 말이시. 박 선생은 그날 기와를 얹고 나서 이러드란 말이시. '김 목수, 날마다 돈을 찔금찔금 준께 나도 귀찮고, 김 목수도 성가실 텐께 아주 메칠 것을 한꺼번에 가져가뻔지시오' 함스롱 글쎄 십만 원을 내 손에 잽혜주지 않겄는가? 그라고, 공정이 자기 예상 이상으로 빨리 진척되는 것이 고마워서 그런다고 함스롱, 거기다가 만원짜리 한 장을 더 얹어주고는, '이건 애기들 과자나 조깐 하고, 아주머니 옷감이라도 한 벌 떠드릴 수 있도록 하십시오, 작습니다마는' 하드라마시. 나는 거절을 했제. 그럴수록 강경하게 박 선생은 떠다 밀등만. 어짜겄는가? 감사하다고 하고 호주머니에 넣었제? 그런디 이날 밤 나는 새끼 목수, 벽돌쟁이, 잡인부 들한테 하루 노임을 지불하고 남은 돈 구만 원을 넣고 돌아섬스롱, 가슴이 화끈 뜨거워지는 것을 느꼈단 말이시. 이것은 참 나도 알 수 없는 일이었제. 거기다가 또 박 선생이 '내일은 일요일인께 내가 일찍 나와서 시멘벽돌 실어오는 것 볼랍니다. 푹 쉬고 조깐 느직하게 나오십시오' 하고, 크게 무슨 선심이나 쓰대끼 말을 하드라 말이시. 이 말에 나는 흥, 하고 코방귀를 뀜스롱 발을 돌렸드니. 좋다, 이거였제. 너는 지금 나한테 아주 주어버리는 것도 아닌 노임 십만 원을 선불해 주고, 거기다가 뽀나쓰 만 원을 얹어주었다는 것으로 해서 백만장자라도 된 듯한 만족감을 맛보았을 것 아니냐? 나를 수단으로 백 퍼센트 기분 좋았을 것이다. 이런 생각이 들드란 말이시. 즉, 말하자면, 역시 돈이란 좋다, 받고 나서 기분 나빠하는 놈은 없다, 돈을 십만 원 선불해 주는 것하고 거기다 만 원을 더 얹어주는 것이 앞으로 얼마만큼 효력을 발생할 것인가…… 하고 생각하고 있을 것 같드란 말이여. 돈 만 원의 웃돈을 받은 목수 놈은 지금 감격하여 돌아가고 있다. 저놈은 내일부터는 참말로 부지런히 착실하게 일을 감독할 것이다. 시멘트를 알맞게 배합하고, 나뭇대를 크지도 작지도 않은 것으로 알맞게 사다가 쓸 것이며, 인부들을 요령껏 얼러갬스롱 부릴 것이다. 그런께, 얹어준 웃돈 만 원은 십만 원 이상의 효력을 나타나게 할 것이다…… 하고 박 선생은 회심의 미소를 지을지도 모른다는 생각이 들드란 말이시. 그런 어수룩한 박 선생 심보를 못 알아채릴 내가 아니시. 나는 그래서 분했고, 이를 부득부득 갈아댐스롱 가래침을 퉤퉤 뱉어댔제. 이날 밤, 그런께 어젯밤이시. 나는 내가 늘 댕기는 '제비집'이란 데를 가서, 갈보 한나를 끼고 농탕을 침스롱 밤새 술을 마셨드니. 나도 그런 디에 술 마시러 댕길 중도 아네. 갈보 년들한테 일금 이천 원 정도만 팁을 주면 어짠지 안가? 서비스가 보통이 아니시. 안 그란가? 뜨겁고 끈끈하고…… 한말로 말해서 요것들은 팁이 선불되면은 그냥 사죽을 못쓰니. 그냥 눈을 휘뚱굴림스롱, 골방을 흘끔거리기도 하고, 남자들 가슴에다가 얼굴을 묻고 꼭 암말같이 흥흥거리기도 하고, 남자 아랫배 밑으로 손을 가져가기도 하고, 흐흐흐…….그년들은 돈 이천 원을 그저 공짜로 받어묵어서는 죄가 되기라도 한다는 듯이 그 이천 원 값어치를 하느라고 요동을 치는 셈이제. 어젯밤에는 특히 더하데. 자꼬 골방에서 술자리가 끝나기를 기다리느라고 골방 안을 흘끔거리기도 하고, 그러다가 거기서 안주 시켜 들어가는 것을 눈여겨봄스롱, 뭔놈의 술을 저릏게 진창나게 처묵을까? 하고 투덜거리기도 하드란 말이시. 나를 그 골방으로 데리고 들어가서 나한테 그 이천 원 어치 서비스를 해주고 싶은디, 골방 안의 술자리가 오래갈 것 같은께 짜증이 날 것 아니겠는가? 그러든 차에 내가 주문한 술이 떨어졌제. 그런께 그년이 내 말도 안 듣고 술하고 안주하고를 더 청하드니, 그것은 자기가 사주는 것이라고 함스롱 권하기 시작하데. 이 바람에 나는 골방이 비워진 뒤로, 그리로 들어가서 밤새 그년을 껴안고 농탕을 칠 수밖에 없이 되어뿌렀제. 그년은 분멩히 나한테서 돈 이천 원을 받고 나서 감격한 나머지 만 원 이상의 서비스를 한 셈이었단 말이시. 새벽에 나는 그년이 활딱 벗은 채 시체같이 늘어져 있는 몸뚱이를 그대로 두고 집으로 돌아왔제. 자네 이모가 까치집 모냥으로 부스스하게 된 머리를 긁어댐스롱 나를 그때까지 기대리고 있데. 눈 한번 깜박 안하고 기대린 모양이여, 흐흐흐······. 하도 불쌍하고 미안해서, '어디서 자빠졌다가 오요' 하고 따지고 드는 것을, 노름판에서 한판 하고 오는디 조금 땄은께 걱정 말라고 함스롱 달랬드니. 그라고, 호주머니 속에 들어 있는 구만 원에서 삼만 원을 빼갖고 줌스롱, '찬바람 나기 전에 연탄도 띠고, 새끼들 내의도 조깐 사주소' 하고 말을 했드니. 그래도 자네 이모는 찌뿌둥해 있데. 이럴 때 해주는 방법이 안 있는가, 거? 예편네 화내는 것 달래기는 홍어 대가리 안주를 씹어대는 것보다 쉬운 법이시. 흐흐흐······ 아침에 일찌감치 쇠고깃국을 끓여갖고 자네 이모가 깨우데. 일어나 그걸 둘러 마시고 다시 자리에 누워버렸드니. 이불을 뒤집어쓰고 누웠는디, 박 선생의 얼굴이 떠오르데. 흥, 어제는 기분 좋았을 것이다, 오늘부터 그 기분 좋았던 것만큼 골탕을 한번 묵어봐라. 미안하지마는, 나한테는 그런 어리숙한 수작이 통하지 않을 것이다. 덤으로 건네주는 척하고 준 웃돈 만 원으로 그것 몇 배 되는 착취를 할라고 하는 수작이 나한테 통할 것 같으냐? 그것은 아직도 숫보기 갈보 년들한테나 통하는 수작일 뿐이다. 이런 생각들을 머릿속에 굴리다가 잠이 들었는가 했는디, 새끼 목수 영보가 나를 데리러 왔데. 열두시가 가까워 있드구만. 사실은 말이시, 오늘 내가 나가야만, 미쟁이를 불러오는 일이랑, 문 집에 문 맽기는 일이랑, 새끼 목수한테 중천장 만들고 마루 놓을 나뭇대 깎도록 시키는 일이랑을 할 수 있게 된단 말이시. 박 선생은 아마 늦어도 열시경까지는 내가 나오리라고 기대했다가, 나한테서 아무런 연락이 없은께 새끼 목수를 보낸 모양이었어. 나는, 언제 보아도 천연덕스럽든 박 선생이, 오늘 한낮이 됨스롱부터 우거지같이 얼굴을 일그러뜨린 채, 치민 울화를 삭이지 못하고 안절부절못하고 있을 것을 머릿속에 그려보았제. 속으로 박 선생을 실컨 비웃고 나서 새끼 목수를 일부러 들어오라고 했드니. 나는 방바닥에 배를 붙인 채 몸살에 배탈까지 겹쳐서 도저히 나갈 수 없다고, 일부러 끙끙 앓는 소리를 섞어감스롱 말을 했제. 그런께, 새끼 목수가 미장이 불러오는 일이랑, 문 집에 문 맽기는 일이랑을 자기에게 지시를 해주면, 자기가 연락을 해서 착수하도록 하겠다고 말을 하드라 마시. 이 말을 들은께 그냥 가슴에서, 이렇게 주먹같이 뭉쳐진 것이 막 끓어오르드란 말이시. 나는 엎드리고 있든 몸을 벌떡 일으키고, '잔소리 말고, 아침나절 일만 한 것으로 하고 쉬란 말시. 낼 아침에 내가 연락할 것인께' 하고, 목에 심줄을 세우고 소리를 질렀드니. 그런디 이 잡놈이 소가지 없이 '시방 잡일꾼도 둘이나 나와 있는디 어짜 꺼시오?' 하는 것이 아닌가. 나는 뭣 할라고 그 사람들을 불러왔냐고, 당장 들여보내라고 했제. 그런께 또, 와이, 이 미련한 자식은 글쎄, 또, '박 선생은 오늘하고 낼하고 해서 방 놓고 벽 바르고 했으면 좋을 요량이등만……' 하고 주둥이를 놀리고 안 있는가? 나는 끓어나는 심통을 어쩌지 못하고 다시 요때기 위로 드러누워뿌렸제. 새끼 목수는 암만해도 내 속셈을 짐작 못하겠는지 어쩌겠는지, 쓴 입맛을 다시고 돌아가뿔데. 그런 뒤로 막 잠을 한숨 붙일라고 하는 판인디, 마침 자네가 찾아왔구만. 돈을 뭉청 선불한 다음날부터 당장 맛보게 되는 낭패 땀시 속이 쓰리려 견딜 수 없어할 박 선생을 한번 생각해 보소, 흐흐흐……. 직장에 나가지 않는 오늘 같은 일요일에, 하루종일 목수들 일하는 것을 감독하겠다고 잔뜩 별렀다가, 그것이 틀려뿌렀으니 어쩌겠는가, 흐흐…….」

3

　말을 마치고 난 그분은「참, 이차시에 자네 처가 점포 차내뿌러사 쓰겠네」하고 말했다. 나는 그 박 선생이란 자가 딱하게 여겨져서「그래도 그 일 끝낸 다음에나 시작해사제, 그래서 된다요?」하고 말했다. 그러자, 그분은「쓸데없는 소리 말소. 낼부터 자네 처갓집 일을 시작할란께 집에 가는 대로 전화로라도 말을 해두소」하는 것이었다. 처이모가 뚱뚱한 몸을 기우뚱거리며 들어오다가 듣고「아니, 당신, 시방 짓고 있는 집 일도 다 안 끝내고 뭔 일을 해준다고 그라씨요?」하고 눈을 휘뚱굴렸다. 처이숙은「당신이 뭣을 안다고 참견이여. 당신은 벌어다 준 돈 쓸 연구만 하면 돼」하고 일축하더니, 자기가 박 선생을 골탕먹이는 것은 아주 당연하고 떳떳한 일이라고 했다. 설사, 박 선생 쪽에서 따귀를 치면서,「이 사람이 나를 완전히 호인 취급하고 있어?」하고 따지고 들더라도, 자기는 자기대로 할말이 있다는 것이었다.
　그 뒤로 내가 처이숙을 만난 것은, 그로부터 닷새쯤 지난 날 처가에서였다. 내 처가는 황금동의 술집들이 즐비한 서광주 세무서 입구에 있었는데, 그분은 그러니까, 이날까지 계속해서 처가의 점포 차내는 일을 하여온 듯했다. 내가 처가엘 들어선 것은 봄날씨답지 않게 선뜩선뜩한 토요일의 저녁 무렵이었는데, 처이숙은 새끼 목수를 데리고 점포의 양철로 된 덧문짝 다는 일을 하고 있었다. 들어서는 나를 보자 그분은 씩 웃으며「뭔 놈의 처가를 그르쿨로 보지란히 댕긴가?」하고 우스갯소리를 하였다.
　이날 나는 그분하고 겸상을 하여, 처제들이 차린 저녁을 먹으면서, 다시 그 박 선생에 관한 이야기를 들었다.
　「박 선생이란 사람한테는 무슨 말을 해두기나 하고 이러십니까, 어쩌십니까?」하는 나의 물음에, 그분은 고개를 몇 번 주억거리면서 쿡쿡거리고 웃더니,「새끼 목수를 시켜서, 날마다 병원에 댕긴다고 하라고만 했제. 그랬드니, 박 선생, 이 사람 그냥 요동을 치고…… 우리집을 거의 매일 오다시피 하드락 하등만, 그란디 그때마다 집사람이 병원에 갔다고 속여왔든 모양이여. 그것도 하루 이틀이제, 아무리 학교 선생질로 늙어왔기 때문에 세상 물정에 어두운 그 사람이라고 눈치가 그렇게 막혀만 있으란 법이 없었을 것 아닌가. 그로부터 나흘째 되던 날, 그런께 바로 어지께로구만. 그 사람이 여길 왔드란 말이시. 어지께 생각으로, 오늘까지는 점포 일이 다 끝날 것 같아서, 모레부터나 박 선생 집으로 가야겠다고 생각함스롱, 새끼 목수나 잡일꾼들한테 간조(노임지불)를 하고 있는디, 어떻게 찾았는지 헐레벌떡 달려왔데. 그 사람, 아따 그냥 나를 막 대함스롱, 얼마나 분이 끓고 있는지, 한참 동안 가슴만 벌떡거리고 있데. 이거 화 한번 되게 났구나, 하고 나는 그 사람 앞으로 썩 나섰제. 이런 때일수록 태연스럽게 상대를 요리하는 아니리를 잘 구사하는 것이 내 장기(長技) 아닌가 흐흐……. 나는 우선 눈을 휘둥굴림스롱 반가와서 어쩔 줄 모르는 흉내를 냈제. '아니 박 선생님, 어짠 일이시오?' 내가 이런께, 박 선생이 이를 꼭 물고 코를 벌름거리기만 하등만. 마침 기어드는 땅거미가 붉으락푸르락하는 그 사람 얼굴을 감싸고 있었기 땀시, 나는 그 사람 표정을 못 읽은 척할 명분이 섰제. 나는 그냥 그 사람 얼굴만 물끄러미 들여다보고 있었제. 그랬드니, 한참 만에 그 사람이 '여기가 병원이오?' 하고 떨리는 목소리로 따지듯 묻데. '아이구, 박 선생님 농담은……' 하고 잠시 얼버무리고, 나는 '그렇잖아도 모레부터는 박 선생님 집 일을 하러 갈라고 금방 생각을 하고 있든 참이오. 아, 생각해 보시오. 일이라는 것이 그라는 벱입니다. 원래, 기와를 막 얹어놓고 안일(내부공사)을 하면, 암만해도 그것이 실하지 못한 벱이오. 집장수 놈들은 얼릉 뚝딱뚝딱 끝내서 폴아묵을 생각으로, 지붕 올림서, 안일 함서 합디다마는……. 그래도 박 선생이 일부러 저한테 믿고 맽기신 일인디, 지가 그냥 지 일만 생각하고 쑤염에 불끄대끼 해줘 뿌러서 쓰겠소?' 하고 장황한 아니리를 농창거렸드니. 하기사 나도 물론, 그 박 선생이 내 수작에 넘어가리라고 생각하고 그런 것은 아니었제. 사실은 말이시, 너는 이 세상 살아가는 데 있어서 잘 참아내는 훈련을 받아왔을 것이고, 기왕에 나를 인간적으로 이해하고 있다고 내세우든 판일 것인께 아주 한번 더 참아두어라, 하는 생각으로였제. 그런께, 박 선생이 '이젠 나도 더 일을 해주씨요, 어짜씨요, 하고 쫓아댕기지 않을 텐께 알아서 하십시오' 하고는 힝 돌아가뿔데. 그래서 나는, 빌어묵을…… 지가 안 쫓아댕기고 어떻게 할 것이여? 하늘을 잡어서 꿰기치는 재주가 있어서, 가만 앉어 갖고 나를 잡어다가 족침스롱 일을 부릴 권세 같은 것이라도 있단 말이여? 지가 나를 무슨 재주로 어떻게 하겠다는 것이냔 말이여? 이런 생각이 아니 드는 게 아녔제. 그라제마는, 고양이도 낯짝이 있어사 망건을 쓰드라고 말이여, 내가 아무리 박 선생을 골탕먹이기로 작정을 했다고는 하여도 꼬박 일주일 동안이나 일을 중단한 채 있었으니, 나도 박 선생한테 너무 지나쳤다는 생각이 들드란 말이시. 그래서, 오늘 완전히 점포 일을 끝냈은께, 내일부터는 가서 착실하게 일을 해주기로 했네」 하고 말했다.

4

이날 저녁, 식사를 마친 처이숙이 돌아간 뒤, 나는 그분이 왜 그토록 상대방의 선의를 악의로 해석해서 골탕을 먹이는가 하는 것이 마냥 궁금해서 견딜 수가 없었다. 그런 내 뜻을 장인어른한테 이야기했고, 그 어른한테서 처이숙의 어머니에 관한 이야기를 듣게 되었다.
「그런께 사람마다 다 자기 본위로 세상을 사는 뱁이다」 하고 말을 하고 난 장인어른은 이렇게 이야기를 꺼냈다.
「느그 처이숙이란 사람 모친 되는 분이 거참 지독스럽게 고생을 많이 하신 분이다.」
한데, 그분이 그렇게 고생할 수밖에 없었던 것은 처녀 시절에 당한 어처구니없는 일 때문이라는 것이었다. 아니, 그것은 어처구니 없는 일이라기보다 어쩌면 당연한 일이었는지도 몰랐다. 그때, 그분 어머니의 처녀 시절 이름이 그냥 '가이네'였다. 가이네는 '계집아이'라는 뜻의 전라도 지방의 사투리이니 결국 그분의 어머니는 이름이 별도로 없던 여자인 셈이었다. 가이네가 열여덟 살 나던 해 봄부터, 평소 소주가 신기하게 잘 취한다고 즐겨 주막을 쫓아다니며 마시곤 하던 아버지는 배를 깔고 엎디어버렸다. 이렇게 되니, 이해엔 김발을 막지 못했던 것이었다. 이해야말로 김 풍년이 들어서 김을 흥청흥청 건져내는 굿인 데다가, 김 시세 또한 좋아서, 돈이 그 김 다발같이 집집에 굴러들곤 하는 것이었는데, 가이네네 집은 아버지가 누운 때문으로 콧짐이 썰렁한 겨울을 보내야만 했었다. 하기야, 돌부처도 운다는 고추알바람에 바위 끝에 성에가 허연 날, 무릎 치는 갯물에 들어가 김 이삭을 주워다가 한두 속(束)씩 떠 널곤 하긴 했었다. 그러나, 그것으로는 아버지의 약시시하기에도 바빴다. 가이네와 어머니는 날이면 날마다 오리발처럼 빨갛게 부은 다리로 물을 디딘 채 김 이삭을 주웠다. 그때 세상이라고 어찌 허벅다리에까지 차오르는 장화가 없었으랴마는, 그것을 살 엄두도 못 낼 처지인 그들이었으므로, 물에 들어갈 제는 오리발이 되어야만 했었다. 해가 떨어지고 껌껌해지는 물때에도, 그들은 물에 뜬 한 방울 두 방울의 김잎을 바가지로 떠서 바구니에 받여댔다. 그래도 그런대로 그 겨울 한철을 별 탈 없이 살아오는가 했었다. 그러나, 이해 들어 가장 썰물이 많이 져서 물 아래에 있는 김발까지가 모두 거멓게 드러나는 섣달 그믐 무렵의 늦은 저녁 물때에 일이 벌어졌었다.

「멀리 가지 마라, 엥간히 하고 들어가자이.」

어머니가 이렇게 말하는 것이었으나, 가이네는 「어메 먼저 가소. 나는 조깐 더 건져갖고 들어갈란께」 하고 노루목 쪽으로 계속 나아가면서 김 이삭을 주웠다. 김발 밑을 뀌어다니며 김 달린 대쪽 떨어진 것을 줍기도 했다. 석돌이네가 살짝 귀띔을 해준 말이 있었기 때문이었다. 「껌껌해지면, 보는 사람 아무도 없은게, 그때 아무 발(簾)에서나 닥치는 대로 조깐씩 뜯어 담제 어째?」 하고 말하던 석돌이네는 벌써 노루목 쪽으로 들어서고 있었다. 석돌이네는 홀로 되어 있기는 했지만, 아직 서른 몇 살밖에 되지 않은 여자였다. 가이네는 부지런히 김발 밑을 뀌어서 석돌이네 뒤를 쫓았다. 이날은 기어이 한 바구니의 김 이삭을 주워야겠다는 생각이었다. 이렇게 이삭 줍기를 하고 있다가, 바로 앞의 김발 너머에 있는 사람마저도 잘 보이지 않을 정도로 어두워지기만 하면, 꺼먼 김들이 늘어진 발 대에서 여남은 주먹 뜯어 바구니를 채우겠다 했다. 어머니가 「가이네야, 고만 가자아」 하고 소리치는 게 아스라이 들렸으나, 가이네는 못 들은 척하고 김발 밑을 자꾸 뀌어 노루목 쪽으로 갔다. 땅거미가 내리고 있었다. 선창 쪽에서 물받침으로 쓰는 양철판 끌리는 소리들이 갯바다을 울렸다. 잔물결들이 정강이 부근을 쓸었다. 이젠 물이 차다는 느낌이 없었다. 그저 온몸이 조금씩 으스스 춥곤 할 뿐이었다. 어둠이 깔리자, 김발들이 시꺼먼 김 가닥을 실은 대쪽을 날개같이 늘어뜨린 채 걸리어 있었다. 밤중에 검은 하늘을 휘저으며 날아다니곤 하는 큰 괴물들이 잠시 갯바다에 내려와 숨을 죽이고 엎드려 있는 듯했다. 그 발들의 시꺼먼 날개와 말목들 사이로 별들이 노랗게 빛나고 있었다. 선창 위에서 지잉지잉 하고 징치는 소리가 득량만의 김 양식장을 채웠다. 그 징은 바닷일을 그만하고 들어오라는 뜻으로 치는 것이었다. 징소리를 듣고 김발을 손대는 사람은 그것이 아무리 자기 김발이라고 할지라도 도둑질을 하는 것으로 간주하기로 되어 있는 것이 이 해변 마을의 법률이었다. 징소리는 가이네의 가슴속 깊숙한 자리까지를 절절히 채우고 있었다.

  가이네는 징소리를 들으면서 으쓱 하고 소름을 치고 까맣게 늘어진 김발 밑으로 들어갔다. 김발의 날개 속은 칠흑같이 어두웠다.

가슴이 콩콩 뛰었다. 꾸물거리고 있다가는 도둑김을 한 줌도 뜯어 보지 못한 채 도둑으로만 몰리고 말게 되는 것이었다. 이 마을에선 도둑질을 하다 들키면, 도둑질을 한 사람은 물론이요, 그 가족들까지도 모두 마을 밖으로 쫓아내도록 되어 있었다. 그렇더라도 들키지만 않으면 되는 것이었다. 가이네는 이를 물고 김을 훔쳐 뜯었다. 그때, 아랫목 갯벌 쪽에서 물을 차는 발소리가 들려왔다. 석돌이네였다. 어느새 한 바구니 남짓을 뜯은 모양이었다. 석돌이네는 태연스럽게 가이네가 있는 쪽으로 걸어왔다. 석돌이네는 해해마다 겨울이 되면 그렇게 김 이삭을 주우면서도, 남 보기 싫게 신세타령을 홍얼홍얼 늘어놓는다든지, 궁색을 떨면서 김 구걸을 한다든지 하지를 않고, 그 겨울을 혼자 사는 여자 같지 않게 살아나곤 하는 여자였다. 얼굴이 반반한 데다 말말이 여물고 솜씨 신명스럽기로 이름난 석돌이네는 딴 데로 시집갈 생각도 하지 않고, 거미만한 아들 둘을 보고 살아가고 있었다.

「엥간히 하소.」

석돌이네가 낮게 말해주고 옆을 지나쳐갔다. 석돌이네가 지금 간다고 가긴 하지만, 실은 바구니의 김을 모래밭 언덕 어디에다 비워두고 다시 한 바구니 뜯으러 올지도 모른다는 생각이 들었다. 몇 주먹만 더 뜯으면 바구니가 찰 듯했다. 김 가닥 속에 돋은 쭈뼛쭈뼛한 쩍이 손끝을 찢어대곤 했다. 가뜩이나 얼어 부풀었던 손끝이라, 쩍에 걸려 찢길 때마다 눈에 불이 번쩍하도록 온몸이 찌릿찌릿했다. 이를 악물고 김을 뜯었다. 얼마를 어떻게 뜯었을까. 석돌이네가 사라져간 모래밭 언덕 쪽에서 모래를 거칠게 밟는 소리가 잔 물결소리에 섞여 들려왔다. 김 뜯던 손을 멈추고 귀를 기울였다. 석돌이네가 한 바구니를 뜯었다고 그냥 갈 여자인가, 하고 가이네는 생각했다. 욕심이 부엉이 같은 그 여자가 분명히 조금 전에 들고 나간 김을 모래밭 언덕 어디다가 부어놓고 다시 한 바구니를 뜨으려고 오거니 하며, 다시 김을 훔치기 시작했다. 아까 석돌이네가

「노루목 담당이 질만인께 설사 들키드라도 눈감아준단 말시. 그런께 안심하고 나 따라오소」 하던 말을 생각했다. 석돌이네가 두 바구니 아니라 세 바구니를 뜯더라도 자기는 한 바구니만 뜯으면 나가겠다면서 손을 바삐 놀렸다.

 한데, 이게 어찌된 일인가. 발소리는 점점 가이네가 몸을 숨기고 있는 김발 쪽으로 가까워지고 있는 것이었다. 아차, 도망갈 것을 이러고 있었구나, 하고 생각을 했을 때는, 이미 그 발소리를 낸 시꺼면 그림자가, 가이네가 몸을 숨기고 있는 김발머리에 와 있었다. 김 훔치던 손을 멈추고 김발 그늘에 몸을 감추며 숨을 죽였다. 발머리에 나타난 검은 그림자가 우뚝 섰다. 노루목 연안의 아랫바다에서는, 바야흐로 밀려들고 있는 밀물이 거슬러 내리는 높바람을 헤치고 있었다. 거친 파도들이 와르르 갯벌로 밀려들었다. 거기서 일어난 왁악 하는 해조음이, 시꺼먼 어둠 속에 잠겨 있는 노루목 연안과 산언덕을 울리고 있었다.

「아까부텀 다 보다가 왔은께 좋게 이리 나오시오. 누구요?」

 굵은 남자의 목소리가 낮게 연안을 울렸다. 가이네는 가슴이 콩콩 뛰었다. 눈앞이 아득해졌다. 이제 죽었구나, 하였다. 온몸에 힘이 빠졌다. 다리가 후들거렸다. 옆에 서 있는 말목을 꽉 부여안고, 부들부들 떨리며 허물어지려는 몸을 지탱했다. 검은 그림자가 말목 밑을 더듬으며 다가왔다. 가이네 옆에 와서 서면서 「누구요?」 하고 달래듯이 나직하게 말했다. 그것은 질만이였다. 가이네는 다리가 떨려 더 서 있을 수가 없었다. 말목을 부여안은 채 쪼그려앉으면서, 두 손으로 얼굴을 감쌌다. 이 노루목 개포 책임자가 질만이라는 것을 미리 알고 있기는 했지만, 막상 도둑김을 뜯고 있는 현장에 그 질만이가 나타나니, 가이네는 더욱 가슴이 뛰면서 몸이 떨리고 맥이 빠져가고 있었다. 알 수 없는 일이었다. 이 마을의 구장을 하는 질만이는 꼭 친오빠처럼 가이네네 집안일을 잘 거들어 주곤 했다. 두 해 전에 금당도로 장가를 들었고, 이해 들어서는 딸을 낳아 기르고 있었는데, 그는 마을에서 배급 설탕을 나눌 때라든지, 배급 나온 보리나 안남미를 나눌 때에는 기어이 가이네네 어머니를 차례에 넣어주곤 하던 것이었다. 자기네를 평소에 잘 위해주는 질만이한테 도둑김을 뜯다가 들켰다는 사실이, 가이네의 가슴을 더욱 아프게 하고 있는 것이었다.

　질만이는 이 김도둑을 얼른 확인해 두기만 하고 가겠다는 듯 옆으로 바싹 다가서며, 얼굴을 감싼 가이네의 두 손을 떼어냈다. 그 얼굴 옆으로 눈을 가져다 댔다.

　「아니?」

　그는 전혀 예상 밖이라는 듯 놀라고 있었다. 가이네는 흑 하고 울음을 터뜨렸다. 아랫바다에서 밀려드는 해조음이 그들을 감싸고 돌았다. 질만은 하늘을 찌를 듯이 촘촘 박힌 김발의 말목들 사이로 빛나는 별들을 쳐다보고 한걸음 물러서면서 「난 또 누구라고?」 하더니 가이네의 손을 잡았다. 시치미를 떼고 「가자, 울기는 어째서 우냐? 이삭 줍는 것도 죄라냐?」 하며 가이네를 모래밭으로 끌어냈다. 가이네는, 들통이 나는 한이 있더라도, 차라리 다른 사람 담당인 개포에 가서 도둑김을 뜯을 것을 그랬다고 혀를 깨물었다. 그러한 가이네의 심사를 짐작한 듯 모래언덕에 나온 질만은 가이네가 들고 있는 바구니를 들어보며 「아따, 이삭 많이 주웠다잉」 하고 너털거렸다. 그의 태도는, 도둑질했다고 적발하지 않겠으니 걱정 말라는 뜻이 들어 있었다. 가이네는 김 바구니를 든 채 고개를 떨어뜨리고, 질만의 뒤를 따랐다. 한데, 질만이의 태도는 노루목 뒷산 기슭을 넘어가면서 달라졌다.

　해송숲이 거멓게 우거진 기슭 한가운데로 뚫린 길 옆에 무덤 두 봉이 있고, 주위에 여남은 평 정도의 벌이 있었다. 공동묘지가 건너다보이는 이곳은, 노루목 뒷산의 골짜기와 기슭을 오르고 굽잇길을 돌아야 하는 곳이어서, 한낮에도 이 길을 통해 다니는 사람들이 드물었다. 질만이 구태여 이 호젓한 길을 택해서 마을로 들어가 주고 있는 것은, 오로지 도둑질을 한 가이네 쪽의 입장을 생각하여서 인 듯했다. 그런데, 여기 이르른 질만이가 갑자기 돌아서서 뒤따르는 가이네의 손을 잡으며 「여그서 조깐 쉬어가자」 하더니, 다른 한 손으로 가이네 손의 김 바구니를 빼앗아 무덤 옆에 놓았다. 가이네는 섬뜩한 생각이 들어 한걸음 물러섰다. 가이네 쪽에서 그러리라 예상했던 듯한 질만이, 가이네의 손을 세차게 잡아당겨서 자기 옆에 주저앉혔다.

「달리 생각 말고 내 말을 들어봐라. 나도 니 입장을 잘 이해한다. 니가 해우 이삭을 왜 이렇게 주워쌓는가 하는 것을 말이여. 나도 도와주고 싶은 생각이 없는 것이 아니라 있기는 있어야. 그러제마는 옆엣사람들 이목이 있기도 하고, 혹시 예펜네가 알면 또 어쩔지도 몰겄고, 그래서……..」

이렇게 말을 하여갔을 때, 가이네의 가슴에선 주먹같이 뭉쳐진 뜨거운 덩어리가 목구멍을 막았다. 두 눈에서는 불비 같은 물방울이 볼을 적셨다.

「죄될 생각인지는 몰라도 이런 생각을 다 해봤드니라. 내가 아직 장가만 안 갔으면, 참말이제 예펜네한테 딸린 새끼만 없다고 하면, 싹 쓸어 없애뿔고 너한테 새로 장가를 들었어야. 그래 갖고, 내가 느그 부모들을 모시고 살겄어야. 그란디, 일이 어디 맘대로 되기나 하냐? 이건 참말이다.」

질만은 어느새 가이네의 손목을 두 손으로 부여잡고 있었고, 가이네는 숨길이 막힐 정도로 차오르는 설움을 이길 수가 없어, 모로 쓰러진 채 얼굴을 마른 잔디 속에 묻고, 더욱 뜨거운 눈물을 흘리고 있었다. 이때껏 아버지 약시시를 하기 위해, 가을철이면 낟품을 들러 이리 뛰고 저리 뛰고, 겨울 들면서부터는 어스름 새벽 할 것 없이 김 이삭을 주우러 다니고…… 하는 속을 이렇듯 절절이 알아주는 사람이 어디 있기나 하던가. 더구나, 말이 김 이삭을 주웠지, 사실은 도둑김을 뜯은 것인데 이렇게 감싸주는 사람이 어디 또 있기나 할 것인가. 배급 보리가 나오면 차례에 닿지도 않는데도 한 줌이라도 주어보려고 애를 쓰곤 했지, 울력이 있으면 빼주곤 했었지…… 하던 이 모든 것들이 자기를 속으로 좋아한 까닭으로 그러한 것이었구나 싶으니, 가이네는 질만이의 가슴에 얼굴을 묻고 엉엉 울어버리고 싶어지기까지 하였다. 이때 질만이 「가이네야, 나 참말이제 섬으로 장가간 것 후회한다. 시방이라도 너한테 새장가 들었으면 좋겠다」 하고 말했다. 이 말을 듣고 펀득 고개를 들었을 때 질만이 가이네를 덥석 끌어안으면서 「가이네야, 나하고 살자. 내가 느그 어메 아배 잘 모실 것인께」 하고 거친 숨을 귀밑 목덜미에 뿜어댔다. 그리고, 무명베 몸빼 허리를 끌어내렸다. 워메, 이 일을 어찌할까. 가이네는 질만이가 자기를 어떻게 하려 하고 있다는 것을 짐작했다. 후닥닥 몸을 사리면서 질만이의 가슴을 걷어밀었다. 그러자 「가만있어라이, 끽소리를 했다가는 너 죽고 나 죽는 다잉」 하며 질만이가 가이네의 두 손을 잡다가 한데 합쳐 잡고 「나하고 정 두고 살면, 내가 느그 어메 아배 걱정 없이 모시마」 하는가 하면 「우리 각시 쫓아내고 너를 데리고 살아뿔면 될 것 아니냐?」 하기도 하고 「만약에 내 말 안 들었다가는 참말로 좋지 못할 것이다잉」 하기도 하였다. 가이네는 어느새 자기의 허리 밑에 질만이 걸치고 다니던 갯두루마기가 깔리고, 그 위에 놓여진 자기의 엉덩이와 다리 살결에 찬바람이 스치고 있음을 의식하면서, 이를 악물고 몸부림쳤다. 질만이의 가슴을 걷어밀었다. 그러나 벌써 질만이의 벌거벗은 아랫몸이 밀착되어지고 있었다. 가이네는 눈앞이 아찔했다. 자기도 모른 새에 질만이의 가슴팍 걷어밀던 손을 내동댕이치듯 마른 풀섶 위에 놓아버렸다. 가이네의 볼은 흥건히 물에 젖어 있었고, 검은 해송숲 끝에 달린 별들은 물이 퉁퉁 불어 부풀어나고 있었으며, 밀물이 지고 있는 듯한 노루목 연안의 물결소리는 해송숲 속으로 와르르 밀려들고 있었다.

　이런 일이 있은 뒤부터, 가이네는 늘 이렇게 김 이삭을 저녁 늦게까지 줍곤 하였고, 질만은 그럴 때마다 노루목 주변을 빙빙 돌면서 가이네를 지켜주곤 하였다. 그리고, 장에서 김 판 돈을 쪼개두었다가 밤이면 만나 가이네의 손에 잡혀주곤 하였다. 이런 일이 그 겨울 내내 계속되었다. 한데, 마을에는 누가 퍼뜨린 것인지 질만과 가이네가 그렇고 그런 사이라더라는 소문이, 왁악거리는 새벽 해조음처럼 파다해졌다.

이른봄 들면서, 어머니는 부랴부랴 중매쟁이를 불러들였다. 이웃 장산마을에서 머슴살이를 하는 늙은 총각을 신랑감으로 정하고 날을 받았다. 가이네는 중매쟁이가 드나들면서부터, 집 안에 들어박혀 눈이 통통 붓도록 울기만 했다. 이때, 질만이는 갑자기 김장사를 한답시고 마을에서 김을 몰아쳐 가지고 나가버렸다.

노모를 모신 채, 서른이 넘도록 장가를 못 가고 있던 장산마을의 억보는, 가이네가 질만이를 안고 돌았다는 소문을 못 들은 게 아니라 듣긴 들었지만, 인물 좋고 심덕 좋은 가이네한테 그런 티가 없으면, 어떻게 너 같은 놈의 차지가 될 수 있기나 할 줄 아느냐는 중매쟁이의 말을 곧이곧대로 믿고, 이른봄 들면서 감지덕지 싸안아 갔다.

한데, 가이네가 하필 시집간 지 여덟 달 만에 아들을 낳아버렸던 것이었다. 가다가는 여자가 여덟 달 만에 아기를 낳은 경우도 있단다, '팔삭둥이'라는 말이 그래서 생겼단다, 하고 억보를 얼르는 사람도 있었지만, 대개의 사람들은 입을 삐쭉거렸다. 그 입 삐쭉거리는 사람들의 말을 옳게 들은 억보가 가이네의 머리채를 잡아 끌어 내동댕이치며, 이게 어느 놈의 아기냐고, 악을 써댔다. 이게 당신 아기가 아니면 누구의 아기일 것이냐고, 가이네는 통사정을 아니 해본 게 아니라 수없이 하긴 해보았다. 그러나, 뚝심만 셀 뿐 빡빡하기가 모과 같은 억보는, 통사정을 하면 할수록 더욱 기세가 당당해져서, 숫제 머리채를 훔켜잡고 나댔다.

하는 수 없었다. 가이네는 아기를 안고 친정으로 왔다. 밤에 은

밀하게 질만을 만나, 이게 아무래도 당신 아기임에 틀림없다며, 이제 부서진 내 팔자를 어떻게 하리냐고 울며불며 말을 해보았다. 질만은 펄쩍 뛰었다.

「이것이 어떻게 해서 내 아기란 말이여? 여덟 달 만에 난 애기도 수없이 많다 하드라. 누구한테 억보 새끼를 떠다 냉길라고 이라냐? 참말로 나를 따러 살라고 했으면 말이여, 그때 시집을 가지 말었어사 쓸 것 아니라고? 그란디, 인자 와서사 이거 뭔 소리라냐? 말도 안되는 소리 하지도 말아라잉. 참말로, 너 이것 살인 날 소리다잉!」 하고 악을 써댔다. 가이네는 이러지도 저러지도 못한 채, 친정살이를 하며 아비 없는 아이를 키우게 된 것이었다.

5

「그 당신네가 참말로 억척스러웠든 모양이드라. 삼동가진 데다가, 얼굴 곱고, 일솜 노릇하는 것이나 음식 맨드는 솜씨가 워낙 뛰어난께 더러 욕심낸 사람도 많고, 옆에서도 엥간히들, 좋은 자리가 있은께 작은방으로라도 들어가라고 들볶았제마는 귀를 꽉 뚜드려 막고 어메 아배 모시고 느그 처이숙 한나만 키움스롱 그라고 살었드란다.」

말을 잠시 끊고 있던 장인어른은 담배를 태워 물면서 「한디, 느그 처이숙이 커남스롱 또 어떻게나 즈그 어메한테 잘하든지, 대덕면 관내서는 소문이 난 사람이다. 그란 데다가 손재주까지 있어서, 그 사람이 스무 살 되든 해부터는 대목(大木) 말을 들었고, 아주 그냥 단독으로 집을 맡아서 지으러 댕겼드란다」 하고 말했다. 이때껏 옆에서 듣고만 있던 장모가 「애비 없는 놈한테 시집보낼락 한다고 온 집안 식구들이 다 소댕이를 냈제마는, 울 아부지가 들어서, '놈은 여문 놈인게 지 계집 한나는 허리끈에 차고 댕기드라도 굶게 죽이지 않을 것'이라고 함스롱 동상을 그 사람한테로 여의었드라네」 하고 말참견을 하였다.

내가 장인어른한테서 이런 이야기를 들은 지 한 주일이 지나서, 그러니까 그 다음 일요일에 나는 일부러 처이숙을 찾아갔다. 물론, 그분의 카랑카랑한 소리를 듣고 싶은 생각도 생각이었지만, 그분이 박 선생네 집 일을 어떻게 매듭지어 주었는가 하는 궁금증이 나를 가만 앉아 있게 하지 않았기 때문이었다. 토요일 저녁 무렵에, 박 선생의 집을 짓는다는 곳이 문화동 어디라 하던 생각만을 짚고 찾아 나섰던 것이었다.

박 선생의 이태리 식 건물은 문화동에서 두암으로 넘어가는 언덕빼기에 세워져 있었다. 다져서 석축들을 하여놓았을 뿐 별로 집들을 짓지 않고 있는 그곳에, 석재를 써가며 쌓아올린 그 이층집은, 갓 없은 지붕의 녹색 기와를 비낀 햇살 아래서 빛내며 동그마니 서 있었다.

처이숙은 이날 문달이 일을 했던 모양으로, 은빛 나는 철제문들을 이리저리 여닫아보고 있다가, 들어서는 나를 보고는 「어짠 일인가, 조카?」 하고 반기며 육각 벽돌을 간 마당으로 내려섰다. 여느 때와 달리 내 손을 덥석 잡았는데 그런 처이숙의 거친 손은 뜨거웠다. 소주를 몇 잔 한 듯 술 냄새가 확 풍겨왔다. 이날 저녁, 나는 그분을 막걸리집으로 모시고 「박 선생이 이제 쓸데없는 소리 않습디까?」 하고 물었다. 그랬더니 처이숙은 「천만에, 새로 일 시작한 지 꼭 사흘잰가 나흘잰가 되는 날 참말로 더러운 꼴 한번 봤드니」 하면서 어처구니없어했다.

「그날 저물어서, 방매를 다한 미장이들을 돌려보내고, 새끼 목수하고 막걸리나 한잔 해사 쓰겄다고 생각을 하고, 이 밑에 있는 술집으로 갈라는디 박 선생이 부르데. 또 술을 대접하겠단다고 그런 모양이다 싶어, 마다고 했제. 그래도 박 선생이 우리를, 삼 거리에 있는 '정들어' 집으로 데리고 가데. 아마 그 집은 박 선생이 잘 댕기는 집인갑데. 뚱뚱한 과부가 혼자 장사를 하는 집인디, 나도 몇 번 댕게본 데다구만. 한디, 거그서 문제가 생겼단 말이시. 박 선생은 이런저런 안주를 시켜놓고는, '나야 뭐, 시방 짓고 있는 집이 문제가 아닙니다' 하고 말을 시작하드라마시. 그러드니, '나는 무엇보다도 김 목수하고 인간적으로 가까워지고 싶을 뿐입니다. 지내면서 보니까 김 목수 참 기맥히게 멋진 분이 드구만요. 술 잘하지, 노래 잘하지, 일 잘하지, 그리고 그 하는 일들이 모두 시원시원하지…… 안 그렇습니까? 나 아주 오늘 저녁에 터놓고 말씀드리겠어요. 제 동료 직원들한테, 내가 집 한 채 지음서 목수하고 사이에 이러고저러고 해서 복잡한 일이 있었노라고 말을 했드니, 나보고 미친놈이라고 그럽디다마는, 나는 그게 아니라고 생각합니다. 그 사람들 말이, 목수들은 원래 곤조가 있다고 그러데요. 목수들한테는 그날그날 돈을 줘야지, 만일 한꺼번에 잡혀주었다가는 단단히 물린다고 말이지요. 그렇지만, 나는 그렇게 생각하지 않습니다. 난 김 목수를 믿었습니다. 사실 말해서 나는 김 목수한테 선불해 준 것 십만 원, 그 같은 것이야 아주 떼여도 좋다고 생각을 했었습니다. 또 나는 김 목수가 쩨쩨하게 돈 십만 원 떼어먹고 내 일 안해주거나 할 그런 사람이 아니라고 믿었습니다. 나도 상당히 사람 볼 줄을 압니다' 하드란 말이시. 박 선생이 이때까지는 놓고 치더니, 이제부터는 들고 치기 시작하는 셈이었제. 나 참 기가 맥혀서. 그렇게 이야기하면 내가 당장 인간적으로 감화돼 갖고 우쭐해질 것이고, 그런 나머지 다음날부터는 참말로 삭신 안 돌보고 일을 할 뿐만 아니라, 자기의 돈을 아껴줌스롱도 튼튼하고 실속 있게 집 일을 하여갈 것으로 계산을 한 것임에 틀림없다 싶었단 말이시. 아니, 돈 몇 푼 들여 막걸리를 사줌서 나를 우쭐하게 추켜올려 준 뒤에, 내가 감개무량해 하고 들떠 있는 것을 건너다봄스롱은 나를 어디다가 더 이용했으면 좋을까 하고 연구하고 있는 수작임에 틀림없었단 말이시. 가령, 나하고 아주 짜고 집 지어 팔아묵기 장사 같은 것을 했으면 좋겠다든지 어쩌겠다든지 하는 수작 말이시. 어쨌든지, 박 선생 요놈이 수를 쓰고 있다는 생각이 들자, 나는 내가 마시는 막걸리가 너무 싱겁고 밍근하게 느껴지드란 말이시. 나는 보통 때 기분이 팩 상했다든지, 손끝이 덜덜 떨릴 정도로 기분이 들떠 있다든지 할 때는 술이 그렇게 싱겁고 밍근하게 느껴지곤 하네. 이럴 때 나는 소주를 몇 잔이고 마구 마심스롱 담배를 들입다 피워사 직성이 풀리곤 하네. 이런 경우, 내 허파 속에 있는 폐포란 놈들은 어쩌면 모다 입들을 떡떡 벌리고 담배연기를 쪽쪽 뽈아들이고, 창시 속에 있는 융털들은 밤송이 가시들 모양으로 살을 딱 벌린 채 들썩들썩함스롱 아루코루를 삼켜대는지 어쩌는지 알 수가 없어. 나는 소주 한 고뿌를 달라고 해서 내 막걸리잔에 부었드니. 새끼 목수하고 박 선생이 눈을 휘뚱굴리는 것을 모르는 척하고 그것을 단숨에 마셨제. 꼭 그렇게 거듭 석 잔을 타서 마시고 난께 속이 그냥 쓰르르 함스롱 눈앞이 금방 아찔아찔해지데. 이런 나를 보던 박 선생이, 내가 자기 말에 감동된 나머지 그러는 줄 알았든지 어쨌든지, 갑자기 덩달아 호주머니에서 예금통장을 꺼내더니, 그걸 후르르 넘기드라 말시. 그러고는 나를 보고 뻥긋 웃음스롱, '김 목수, 혹시 임금을 더 선불해 가실 필요가 있으시거든 말만 하십시오. 언제든지 꺼내드리겠습니다. 돈이란 건 역시 꼭 필요한 때에 필요한 만큼 있어서 유용하게 쓰는 데에 가치가 있는 것이지, 이걸 쌓아놓고 쓰는 데 가치가 있는 건 아닙니다. 그러니까……' 함스롱 그 통장을 접어갖고 호주머니 속에 집어넣드란 말시. 순간, 내 눈앞이 빙그르르 돌데. 속까지 그냥 울렁울렁하고 온몸에 힘이 쭉 빠지데. 순전히 피가 거꾸로 흐르는 것 같드란께. 그란 데다가 목구멍 속에서 역한 술 덩어리가 기어 넘어올라고 하드란 말시. 그래도 이를 악물고 참았드니. 심호흡을 하느라고 두 어깨를 거들먹거림스롱 가슴을 짝 피었제. 이때 내 얼굴은 아마 종잇장같이 새하얘져 있었을 것이로구만. 그렇게 쇠주를 너무 많이 타서 마셔뿐 셈이여, 암만해

출렁거리는 어둠 53

도 토해뿌러사 쓰겄길래 벌떡 일어섰드니. 그런께, '왜 이러시오. 김 목수?' 하고 박 선생이 나를 쳐다봄스롱 눈을 크게 벌려 뜨더란 말이시. 나는 그 동그란 눈을 내려다봄스롱 '기분 좋았지라우, 박 선생님?' 하고 혀꼬부라진 소리로 말을 했제. 박 선생이 몸을 일으킬라고 탁자에 두 손을 짚음스롱 엉거주춤한 자세를 취하데. 이때였제. 참말로 나도 알 수가 없다고, 내 속 어디에 그런 개뼉다구 같은 성미가 들어 있었는지 말이여. 그냥 내가 '야, 이 새끼야, 니가 돈이 많으면 얼마나 많으냐, 기껏해야 돈 이삼백만 원밖에 없는 새끼가 어디 와서 인간적으로 골탕을 멕일라고……' 이렇게 소리를 질러댄 것까지만 해도 좋았제. 그런디, 그만 내 입에서 시금털털한 막걸리하고 소주하고 낙지 안주하고 짬뽕된 것들이 왁 쏟아져 뿐 것이여.」

이렇게 말을 하는 처이숙의 얼굴은 어둡게 일그러져 있었다. 나는 그 박 선생이란 자가 참 안됐다 싶어 「아이고, 이숙님이 너무해 준 것 같소」 하고 말을 했다. 처이숙이 눈을 휙 치켜뜨고 나를 건너다보면서 「이 사람아, 나는 못대갱이만 두드려 묵고 사는 사람이시. 슬그머니 봐주는 척하고 등을 탁 쳐서 간을 쏙 뽑아 처묵는 놈들의 대갱이는 못대갱이 두드리대끼 꽝꽝 두드려줘사 쓰네. 젊어서부터 죽자사자 못대갱이를 두드렸는디도, 이렇다 하게 돈을 못 모은 것이, 내 이놈의 빌어묵을 창아지 때문인지 어짠지 모르기는 하네. 그라제마는 돈이란 것이 뭣인가?」 하고 쓰게 웃더니, 조카사위인 내가 권하는 술을 마시면 언제든지 이렇게 흥이 난다면서, 나에게 장단을 쳐보라고 하고 소리를 시작했다. 여느 때의 그 컬컬한 듯하면서도 축기 있는 목소리가 좁다란 술집 안을 채웠다.

「쑥대머리 구신 헨용…….」

임방울이 부른 더늠 그대로였다. 어머니의 한스런 그늘 속에서, 그 한스러움을 호흡하며 자란 그분은, 가슴 밑바다 깊숙한 자리에, 조개가 진주를 키워가듯이 퍼렇게 멍이 든 듯한 주먹 같은 덩어리를 키워온 모양이고, 그 덩어리는 요술처럼 저렇게 카랑카랑한 목청을 통해, 이른 봄날 사태밭 언덕에 소쩍새가 흘린 핏방울로 핀다는 꽃망울 같은 모습으로 뿜어지고 있는 모양이었다.

  막걸리집 창 너머로 어둠이 밀려들고 있었는데, 그 어둠은 조용히 그 소리 속으로 빨려들면서 무겁게 출렁거리고 있었다.

(1977)

해신의 늪

 잠을 자면 눈썹에 서캐가 서리처럼 허옇게 슨다는 음력 정월 열나흗날 초저녁이었다.
 진메 잔등의 검은 솔숲 위에 올볏짚으로 엮은 샛노란 맷돌방석 같은 달이 솟았다. 안마당에 절진했던 어둠이 구정물통에 맹물을 퍼넣은 듯 묽어졌다. 달을 보는 순간, 얼굴이 달떡같이 둥글납작한 달식이가 생각났다. 총에 맞아 죽는 날까지, 그 무렵 머리를 길게 땋아 늘이고 다니던 아내 영님의 마음을 사로잡아 안고 돌던 달식이였다.
 소변을 보고 돌아오는 대로 성만은 줄곧 방안에 죽치고 누워, 부엌에서 달그락거리고 있는 아내의 거동에 귀를 대고 있었다. 아내의 거동이 이날 밤따라 더욱 수상하여, 그는 갯제를 지내러 가자고 도출이가 부르러 왔지만, 몸이 아프다고 도리질을 하여 보낸 터였다.
 부엌에 있던 아내가 마루로 가고 있었다. 선영 앞에 제물을 차려놓으려는 것이었다. 이 명절의 차례를 위하여 거의 한 달 전부터 몸을 정결히 하여온 아내였다. 어쩌면, 요즘 들어 얼굴이 늘 창백

하고, 한숨을 길게 내쉬곤 하는 것으로 미루어 무슨 병인가를 앓고 있는지도 모른다 싶었다. 아니, 아내 혼자서만 아는 비밀스러운 일을 위하여 이날을 기다려온 것일 터였다. 이날 밤을 기하여 누군가를 만나려 하는 모양이었다. 그러기 위해서 아내는 잠자리에서 남편을 늘 피해온 것일 터이었다.

성만은 이를 악물었다. 대관절 누구하고 만나는지 캐내야 하는 것이었다. 캐내서 결판을 지어야 하는 것이었다.

아내는 마루에서 잠시 달그락거리다가 부엌으로 갔다. 부엌에서 마루로 왔다. 더 오랫동안 달그락거리다가 부엌으로 갔다. 성만은 잠든 체하고 있었다. 여느 집에는 한밤중이 겨워야 지내는 차례를 아내는 벌써 차려놓고 있었다. 일찌감치 지낸다고 흉허물을 하고 싶은 생각은 없었다. 아랫마을 사람들은 모두 초저녁에 차례를 지내기도 한다던 것이었다. 성만으로서는 이날 밤 내내 아내의 거동을 살피기만 하면 그만이었다.

어디선가 꽹과리 두들기는 소리가 요망스럽게 깨갱깽 하고 들려오더니, 음험하게 달래는 듯한 징소리가 한차례 길게 울려왔다. 그리고는 곧 잠잠해졌다. 동회의 창고에서 풍물들을 사장으로 내가는가 싶었다. 갯제를 지내러 갈 때는 으레 풍물을 울리며 가는 것이었다. 갯제는 초저녁에 지내는 것이 상례였다. 밤중을 전후해서는 마을 사람들이 집 안에서 지내는 차례에 방해가 되므로 쇳소리를 낼 수 없는 것이었다.

부엌에서 마루로 가는 아내의 발걸음이 빨라졌다. 마루로 들어간 아내가 한동안 달그락거리더니, 촛불을 입으로 불어 끄고 있었다. 마루 안이 쥐죽은듯 고요했다.

아이들의 함성소리가 아득하게 밀려들었다. 아랫마을 아이들과 윗마을 아이들이 패싸움을 벌이고 있는 것이었다. 패싸움은 으레 이날 초저녁부터 일어나서 밤이 이슥해질 때까지 이어지곤 하는 것이었다. 그것은 불지르기에서부터 시작되곤 하였다. 두 마을 아이들은 자기 마을 앞의 논이나 밭의 언덕에서부터 상대의 마을 쪽으로 불을 질러가다가 두 마을 사이를 흐르는 개천둑을 사이에 두고 돌팔매질을 벌였다. 이제는 아이들도 패싸움의 꾀가 늘어서, 전방 부대와 후방 부대를 편성하고, 후퇴하는 체 물러나는가 했다가 매복시켜 둔 복병과 함께 포위 작전을 펴기도 하는 것이었다. 한쪽 마을의 아이들이 기습을 받고 밀려 달아나기라도 하는 모양으로, 그걸 쫓는 다른쪽 마을의 아이들이 함성을 지르고 있었다.

성만이도 어려서 많이 해본 패싸움이었다. 성만이 또래가 자랄 무렵에는 한 번도 아랫마을 아이들한테 져본 적이 없었다. 패싸움은 점바우가 잘했다. 점바우는 매복 부대를 이끌고 개천 바닥에 숨어 있다가 돌격하여 가는 작전을 잘 썼다. 그걸 감당하지 못한 아랫마을 아이들은 뿔뿔이 흩어져서 줄행랑을 치기 일쑤였다. 아랫마을 사장까지 추격하여 위세를 보여준 것도 한두 차례가 아니었다. 그때 점바우와 함께 돌멩이를 날리면서 아랫마을 사장까지 가서 위세를 보이며 외쳐대던 만세소리가 귓결에 남아 있었다.

이 생각을 하던 성만은 눈살을 찌푸리면서 모로 돌아누웠다. 점바우는 사악한 데가 있는 친구였다. 아내가 어쩌면 점바우한테 홀리고 있는지도 모르는 것이었다. 이를 문 채 길게 숨을 들이쉬었다. 오늘 밤에 잘 쫑그려가지고 결판을 내리라 했다.

이때, 풍물 두드리는 소리가 아득하게 울려왔다. 아랫마을에서 치는 소리였다. 그 소리는 아랫마을 앞의 너른 들을 건너 앞산에 부딪힌 메아리와 함께 울려오고 있어, 은방울이 나락 이삭에 스치는 듯 해맑았다. 아니, 토란 잎사귀를 오그려 물을 받았을 때 카랑카랑한 은가룻물이 되는 것처럼 그것은 그의 머릿속에서 햇살을 받아 고깃비늘처럼 퍼덕거리는 해면 같은 반짝거림을 일으켜놓고 있었다.

아내의 성냥 그어 댕기는 소리가 들리고, 마루에서 방으로 통하는 죽창살문이 열렸다. 성만은 풍물소리에 눈이 부시는 것만 같아

팔로 눈두덩을 누르고 있었다. 그는 구렁이처럼 서서히 팔을 내리고 모로 엎어졌다가 일어나 앉았다.

「그새 다 지냈어?」

그는 눈살을 찌푸린 채 마루문을 열고 서 있는 아내의 얼굴을 바라보았다. 쪽쪄 올린 머리에 기름을 발라 번들거리는 아내의 얼굴은 그림처럼 고왔다. 마흔여섯 살이라는 나이가 무색할 만큼 아내는 앳되었다. 그 사이 아이를 하나도 낳지 않아서 그런지 아내의 살빛은 희고 탐스러웠다. 눈빛은 서글서글하고 입술은 침을 축여 바른 듯 윤기가 돌고 있었다. 여느 때 아내는 화장을 하지 않았다. 차례 지내려고 몸을 정결하게 한 여자가 잡기 어린 화장을 하였을 리 없었다. 석유등잔불에 음영 짙은 아내의 얼굴은 한 폭의 미인도처럼 매끄럽게 다듬어지고 알맞게 부풀어 있었다.

아내는 그의 앞에 차례 지낸 상을 그대로 내다 놓았다. 도라지나물, 고사리나물, 박나물, 무나물, 고들빼기나물 등의 냄새가 아내의 젖가슴이나 머리칼에서 맡아지는 몸내처럼 그의 가슴을 뭉클 뜨겁게 하였다. 그는 이를 두어 번 다졌다. 아내는 그가 이 상을 받는 사이에 빠져나가겠다는 생각을 하고 있는 것인지도 모를 일이었다. 숟가락을 들었다. 출출하던 참이었다. 바지락국이 있었다. 그것으로 목을 축이는데 아내가 한 되들이 술병을 들었다. 누르께한 청주가 가득 담겨 있었다. 그가 잔을 들었다.

대보름의 차례를 지내고 마시는 술을 귀밝이술이라고 했다. 이 술은 어른들만 마시는 게 아니었다. 사람들은 어린아이들한테도 한 모금씩 먹였다. 귀가 어둡지 말라는 것이었다. 어쩌면 세상물정에 어둡지 말라는 것일 터였다. 대보름을 맞는 날 밤에 잠을 자면 눈썹에 허옇게 서캐가 슨다고 하는 것도 눈의 밝기와 관계가 되는 것이라는 말을 그는 머슴살이를 할 때 주인어른인 우산양반한테 들었다. 밝은 눈이란 세상을 밝게 뚫어보는 혜안이라는 것이었다. 혜안은 어떻게 갖추어지는 것인가. 지난해를 반성하고 그해의 일을 계획하는 데서 갖추어지는 것이라 했었다.
 아내가 그의 잔에 술을 따랐다. 시큼한 듯 알싸하고 조금 씁쓸한 듯 구수한 청주의 냄새가 콧속으로 파고들었다. 들이켰다. 혀를 감치고 드는 알싸한 맛이 목구멍을 타고 넘어갔다. 입맛을 다시며 그는, 「귀밝다」하고 말했다. 독한 술이었다. 가슴이 써르르 하고 계피의 향긋한 맛이 입 안에 남았다.
 이때, 깽맥징 깽맥징 하고 꽹과리와 징이 울리고, 친짜구짜구친짜구짜구 하는 북소리가 거기에 어울렸다. 윗마을 사장에서 치는 소리였다. 요염한 꽹과리소리에 음험한 듯하면서도 장엄하게 포용해 주는 듯한 징의 '치왕, 치왕' 소리가 가슴속을 서늘하게 울리고 지나갔다. 깽맥 깽맥 하던 꽹과리가 깽매 깽매 깽매깨갱 깨갱 깽매 깽매깨갱 하고 바뀌어지고 있었다. 그 가락에는 '갖다주세 갖다주세 샛서방님 갖신 한짝' 하는 가사가 붙여져 있었다.
 아내가 술병을 놓고 밖으로 나갔다. 그는 술을 거듭 따라 마셨다. 부엌에서 아내가 그릇을 달그락거렸다. 무언가를 챙기는 소리였다.
 도라지나물과 콩나물을 입에 넣고 씹었다. 바지락국을 마시면서 술을 들이켰다. 부엌문 닫는 소리가 들리더니 잠시 기척이 없었다. 아내가 발소리를 죽이고 빠져나갈 궁리를 하는 듯싶었다. 그의 예상은 들어맞았다.
 「나 저 아래 가요」하는 아내의 목소리가 죽창 문설주에서 떨어졌다. '저 아래'란 아랫마을의 친정을 두고 한 말이었다. 예상한 바이지만 성만은, 「당신 안 가면 개보름 쇠까 싶어 그래?」하고 퉁명스럽게 말했다.
 「어무니 허리가 많이 아프다고 하등만이라우.」
 아내의 대꾸에 성만은 술병을 집어들었다. 얼른 갔다가 오라는 말을 죽창문의 누르퉁퉁하게 변질된 창호지에 끼얹듯 뱉으며 술병을 기울였다.

아내가 사립을 나가고 있었다. 어디 보자, 어디서 어느 놈을 만나는가 보자. 눈살을 찌푸리며 그는 술을 마셨다. 몸을 일으키고, 소리나지 않게 문을 밀었다. 밖을 내다보았다. 아내의 얼굴인 듯, 사립문짝 위로 둥그런 달의 한쪽 이마가 말갛게 얹혀 있었다.

벌써 사립을 빠져나갔는지 아내의 모습은 보이지 않았다. 그는 석유등잔불을 입으로 불어 껐다.

아내는 빠른 걸음이었다. 아랫마을로 가는 골목길을 접어들었다. 개울이 나왔다. 징검다리를 건너면 밭두둑길이었다. 그것은 아랫마을로 통하는 길이었다. 아내는 징검다리를 건너지 않고 마을 밑을 싸고 도는 논둑길로 나섰다. 풍물을 치는 사장을 피하여 마을을 빠져나가려면 이 길을 통할 수밖에 없었다. 골목길을 나섰다.

아랫마을과 윗마을 사이의 밭언덕과 논둑 위에는 꽃처럼 붉은 불들이 타고 있었다. 가장 맹렬하게 타는 것은 두 마을을 갈라놓고 있는 들 가운데의 개천둑이었다. 둑의 가시덩굴이나 무성한 억새숲이 타고 있는 것이었다. 묽게 탄 수묵으로 칠한 듯한 거무스레한 어둠 속에서 언덕의 불들은 벌레처럼 살아 꿈틀거리는 진홍과 주황의 꽃으로 곱게 수 놓아져 있었다. 아이들의 돌팔매질은 그 꽃불이 타는 언덕 주변에서 벌어지고 있었다. 윗마을 쪽 개울둑에서 아이들이 함성을 지르며 아랫마을 쪽 개울둑으로 건너뛰고 있었다.

아내는 진메 잔등을 향해 나는 듯이 가고 있었다.

진메는 아랫마을과 윗마을을 옹위하듯 성처럼 둘러선 앞산 줄기였다. 개 두 마리가 꼬리를 마주대고 엎드려 있는 듯한 그 진메 너머로는 바다였다. 호수 같은 득량바다가 펼쳐져 있었다. 진맷골의 동남쪽 연안에는 검고 쭈뼛쭈뼛한 바위들이 깎아지른 듯 서 있었다. 이 고장 사람들의 주업은 김 양식이었다. 이 연안에서는 겨울이면 먹장 같은 김이 풍성하게 나는 것 외에도, 봄에서 이른 가을까지는 정치망에서 전어나 숭어, 멸치, 도미, 가오리, 병어, 장어

따위가 심심치 않게 잡혔다.

아내는 진메 잔등으로 뚫린 논두렁길로 들어서고 있었다. 이제 보니 아내는 머리에 바구니를 이고 있었다. 그는 아내가 갑자기 뒤돌아볼 것을 예상하고, 멀찍이 떨어진 채 논바닥을 질러 달리기도 하고, 개울의 바닥을 발발 기기도 하고, 밭언덕 밑을 휘돌기도 하면서 뒤따랐다.

그는 이를 물었다. 지난해의 무더운 여름 밤에도, 한가윗날 밤에도 아내는 혼자서 어딘가를 갔다가 새벽 무렵에야 들어왔었다. 그 때도 이렇게 진메 잔등을 넘어가서 누군가를 만나 무슨 일인가를 저지르고 왔었구나 싶었다. 더구나 이 대보름 명절을 앞두고, 아내는 한 달 전부터 남편인 자기와 잠자리를 피하고 밤마다 목욕재계 하거나 머리를 감아 빗거나 하여온 것이었다.

사장에서 울리던 풍물소리가 개울 둑길을 타고 진메 쪽으로 밀려오고 있었다. 갯제를 지내러 오고 있는 것이었다. 깽매깽매 깽매깨갱, 깨갱 깽매 깽매깨갱 하는 꽹과리소리를 '몰래 살짝 갖다주세, 샛서방님 갓신 한짝' 하고 속으로 따라 부르면서, 그는 상쇠를 잡고 있을 점바우를 생각했다.

거무튀튀한 살빛에 주먹같이 코가 크고, 메기처럼 쭉 찢어진 입에 검붉은 입술이 두툼하고, 눈썹이 돼지털처럼 검고 긴 점바우의 가슴팍에는 배꼽 근처에서 돋아오른 시꺼먼 털이 있었다. 늦가을에 무명베 팬티 하나만 입고 발막이하는 것을 보면 흡사 짐승이었다. 아내가 어쩌면 점바우하고 어디선가 만나기로 했는지 모른다 싶었다.

아내는 풍물소리를 좋아했다. 마당밟기를 할 때면, 울긋불긋한 무당옷 같은 풍물옷을 입은 점바우가 상쇠를 잡고 상모 돌리며 굿 노는 것을 넋 놓고 보고 있던 것이었다. 진메의 소나무숲길을 가면서 아내는 어쩌면 어깨춤을 추고 있을지도 몰랐다.

그는 이를 문 채 소리나지 않게 무거운 안간힘을 썼다. 자기의 짐작이 어쩌면 적중될 것 같았다. 아내가 약속한 곳에 몸을 숨기고 있으면, 점바우가 갯제를 다 지내고 빠져나와 가지고 만나서 밤을 새울 것임에 틀림없다 싶었다.

앞장서서 넓바위 연안으로 들어간 아내는 선창이 있는 짝귀 메끝을 돌아서 진멧골 연안으로 들어섰다. 그는 짝귀 멧등의 사태밭 위로 올라가서 다북솔 사이에 몸을 숨기고, 모래밭을 걸어가는 아내를 바라보았다. 아내는 줄곧 걸어서, 진멧골 연안 아래쪽에서 동북쪽으로 두른 등성이 밑에 뚫린 바윗굴 속으로 들어갔다. 그는 거멓게 열린 바윗굴의 입구를 바라보았다.

달은 호수 같은 득량바다 위에 둥실 떠 있었다. 바다의 수면은 은빛 고깃비늘처럼 퍼덕거리고 있었다. 놉(북풍) 낀 늦하늬바람이 불고 있는 바다는 잘고 가는 은 같은 물결로 가득 차 있었다.

그는 선창 쪽으로 내려갔다. 거기에는 발대와 부러진 말목 들이 흩어져 있었다. 몽둥이 하나를 주워 들고 다시 사태밭등으로 올라갔다. 몽둥이 든 손에 힘을 주었다. 동굴 속에서 아내와 점바우가 만난다면 뻔한 일이 벌어질 것이었다. 그때 벌거벗고 있는 남녀를 후려패서 죽이리라 했다.

바윗굴 주변으로 보오얀 안개가 끼어 있었다. 굴 안으로 들어간 아내는 지금 무얼 하고 있을까?

침을 사태밭에다 뱉었다. 변해버린 아내가 야속하였다. 이제는 무슨 말을 어떻게 한다 하여도 아내의 마음을 돌이킬 수는 없을 것 같았다. 샛서방을 만나기 위해 본서방과의 잠자리를 피하는 정도이니 말이었다. 가슴이 미어지는 듯 아팠다. 이렇듯 매정하여질 수가 없었다.

애초에, 자기와 살겠다고 들어서던 때부터 아내는 자기가 분에 차지 않았을지도 모르는 일이기는 하였다. 생각해 보면, 개똥밭에 떨어진 참외씨같이 외톨박이인 자기의 처지로 그러한 아내를 얻어 들인 것이 꿈 같은 일이기도 하였다. 원래 그가 영님을 아내로 맞아들일 때, 영님은 이미 헌각시였다. 6·25사변 때 여성동맹위원장을 한답시고 군당으로, 면당으로, 보안서로 싸대더니, 여수 순천 반란사건에 가담한 뒤 죽을 고비를 열 번은 더 넘기고 고래심줄 같은 목숨을 부지했다가 바야흐로 살판 만나 보안서장이 된 달식이하고, 그새 살이 닿아도 수십 번은 더 닿았을 것이라던 것이었다. 또한, 사변 직후 달식이가 대덕 장터에서 학도병들한테 총살을 당한 뒤로, 얼굴이 희고 매끄럽고 반반하던 영님은 지서에 갇혀 있는 동안 밤이면 어디론가 불려나갔다가 새벽녘이 되어서야 들어오곤 했다던 것이었는데, 그렇게 불려가서 온전했을 리 없지 않겠느냐는 말도 있었던 것이었다.

성만으로서는 영님의 그러한 점들이 허물일 수 없었다. 수복 후, 지서 주변에 흙가마니와 석축으로 토치카를 만들고 촘촘한 참대울타리를 둘러치는 데 울력을 다니면서 성만은 지서 안을 들여다보기도 하고, 청부한테 영님의 소식을 묻기도 했었다. 영님의 몸이 걸레처럼 닳고 갈가리 찢겼다 하여도 그에게는 이야기 속의 천도(죽은 사람을 살려내는 신비의 복숭아)처럼 손에 넣고 싶던 여자였다. 먹지 못할 떡은 보지도 말랬다고, 성만은 안 잡히는 영님을 향해 손을 뻗고 발돋움을 해볼 생각을 애초에 하질 않았다. 한데, 뜻하지도 않았던 호박이 덩굴째 그의 가슴으로 굴러드는 일이, 영님이 지서에서 풀려나온 지 얼마쯤 뒤에 장구섬과 북섬의 아랫목 개웅에서 일어났었다.

지서에서 풀려나온 뒤부터 영님은 매일같이 아랫목 갯바다 건너에 있는 북섬에서 살다시피 했다. 낙지를 잡고 바지락을 캐고 석화를 따느라고 그러는 것이었다. 그걸 본 마을 사람들은, 내어놓을 것이라고는 자랄 때 가랑이에 찬 기저귀 하나도 없는 것들이 까불거리고 다닐 때부터 알아보았었노라고 쑥덕거리곤 했다. 그도 그럴 것이 영님의 두 오빠도 달식이와 함께 총살을 당한 것이었다.

의용군에 끌려갔다가 도망쳐 온 성만은 이 무렵 우산양반 집에서 머슴을 살고 있었다. 그는 갯지렁이를 파기 위해 샛개 갯벌밭엘 가면서 영님이 석화를 따고 있는 것을 몇 자례 보았었나. 영님은 사람들이 무어라고 지껄이면서 옆을 지나가도 고개 한번 드는 법이 없었다. 흰 저고리에 검정 치마를 입고 푸르스름한 수건을 쓴 그녀는 벙어리나 백치가 되어버린 듯했다. 그러한 그녀의 모습을 그는 매일같이 보아야 했다. 이해야말로 초가을 낚시질이 잘되었기 때문에, 우산양반이 그에게 김발 엮기나 농사일을 모두 맡겨놓고 바다에서 살다시피 하면서 갯지렁이를 써댔던 것이었다. 낚시질은 사리 때까지도 계속되었으므로 갯지렁이 파는 일은 물때마다 하지 않을 수가 없었다. 그러던 어느 날, 바쁘게 갯지렁이를 파야 하는 틈에 우산도에서 띠를 지게로 날라야 하는 일이 생겼다. 우산댁이 관산장에서 띠를 사오다가 그녀의 친정에다 두고 온 것이었다. 성만은 지게를 갯벌밭에 벗어놓고 갯지렁이를 잡아야 했다. 갯지렁이를 웬만큼 잡은 뒤 바쁘게 우산도로 건너갔다. 내덕도에서 우산도로 건너가는 아랫목에 발자국들로 다져진 갯벌밭길이 있었다.

  그는 뛰다시피 했다. 그랬는데도 띠짐을 지고 오면서는 중중 밀려드는 밀물에 쫓겨야만 했다. 북섬과 장구섬 사이의 아랫목 갯바닥에 밀려드는 밀물은 세차게 밀고 올랐다. 만조가 되면 세 길이 훨씬 넘도록 깊은 바다가 되어버리는 곳이었다. 이 갯벌에서 어물거리다가 밀물에 휩쓸려 죽은 사람이 해마다 한두 사람씩 생기곤 했다. 그만큼 그곳의 물은 빠르고 세찼다. 그러나 키가 크고 힘센 성만은 그걸 두려워하지 않았다. 허릿물을 휘저어 건너서 띠짐을 내덕도로 옮겨놓고, 모래밭에 주저앉아 담배 한 대를 말아 피웠다.

  이때 북섬 위쪽에서 아랫목의 번질번질한 물로 들어서는 여자가 있었다. 첫눈에 영님이라는 것을 알 수 있었다. 띠짐을 지고 건너오면서 그는 혹시 영님이 북섬에 있지 않을까 하여 살펴보았었다. 그때는 보이지 않았었다. 어디서 무슨 일을 하다가 이제야 건너려 하는 것인지 알 수 없었다. 한다 하는 남자도 한번 휩쓸리면 헤어나기 어려운 물인데, 어찌하려고 겁 없이 뛰어들고 있는 것일까.
 모래밭에 앉아 있던 성만은 몸을 일으켰다. 해는 바야흐로 지재산의 쥐구멍 속으로 들어가고 있었다. 아랫목에 번질거리는 물은 불그죽죽한 노을에 물들고 있었다. 그는 북섬의 벌등을 걸어 물로 들어서고 있는 영님을 향해,「여보시요오, 물 못 건널 것이오」하고 소리쳤다. 그 소리가 영님의 귀에 들리지 않는 듯했다. 물결소리 때문이었다.
「물 못 건넌단 말이오. 섬으로 들어가 있으시오. 내가 배 타고 가서 건네줄 텐께.」
 성만은 더 큰소리로 외쳐 말했다. 영님은 성만의 쪽을 건너다보려고도 하지 않았다. 듣지 못한 게 분명했다. 치마를 정강이 위의 하얀 허벅다리까지 걷어올려 동이고 한 손에 바구니를 든 그녀의 걸음걸이는 빨랐다. 성문다리가 잠기고 있었다. 성만은 기가 막혔다. 악을 쓰듯 외쳤다.
「죽는단 말이오, 죽어..」
 영님의 허벅다리가 잠기고 있었다.
 지서에 갇혀 있는 동안 주리를 틀리기도 하고 쥐어뜯기기도 하고 전기고문을 당하기도 했다 하더니, 어쩌면 영님이 미쳤는지도 모른다 싶었다. 눈앞이 아득했다. 영님은 기껏 북섬의 갯벌등을 조금 벗어났을 뿐이었다. 지금 서 있는 곳에서 허벅다리가 잠기기로 한다면, 한가운데의 깊은 목은 키가 훔씬 잠기고 말 것이었다. 잠기면 몸이 뜨게 되는 것이고, 뜨면 물살에 휩쓸려갈 것이며, 휩쓸리면 개웅의 물줄기에 묻히게 되는 것이었다. 개웅은 갯바다 한가운데에 강이나 개울처럼 깊이 패어 있는 곳이었다. 밀물이나 썰물 때엔 이곳 물이 그중 빠르고 세찬 것이었다.
「시방 못 건넌단 말이오.」
 성만은 목청껏 외치면서 갯바다로 달려들어갔다. 한가운데의 깊은 목은 파란 바다가 되어 있었다. 영님의 허리가 잠기고 있었다. 점차 가슴이 잠겼다. 그녀는 갯바구니를 머리에 이고 빠져도 둥둥 뜨는 재주를 지닌 오리라도 되는 양 퍼런 물 속으로 걸어들어가고 있었다.

그는 물귀신을 생각했다. 물귀신에게 홀린 사람은 아무리 깊은 물도 접시물처럼 얕게 보이기 때문에 두려워 않고 들어선다는 것이었다.

장구섬 뒤쪽의 자갈밭등을 향해 내달렸다. 자갈밭등은 알 밴 장어의 배처럼 불룩하게 드높았다. 자갈밭등으로 가려면 이미 허리께가 잠기도록 물이 불어 있는 개웅 하나를 건너야 했다. 그 개웅을 건너는 동안, 영님이 건너오는 샛개의 깊은 목은 자갈밭등에 가려 보이지 않았다. 그가 개웅을 건너서 자갈밭등으로 올라섰다. 깊은 목으로 들어서는 영님의 목이 잠기고 있었다.

「거기 가만있으시오.」

그는 영님을 향해 소리치면서 갯벌길을 줄달음질쳤다. 깨져서 날카롭게 벼리어진 조개 껍데기가 발바닥과 발가락 사이를 아프게 찔렀다. 성문다리 잠기는 물위를 달리면서는, 굴 껍데기 돋은 돌에 발끝을 부딪혀 발가락끝이 숨벅숨벅 베이기도 했다. 허벅다리가 잠기면서부터 빨리 달릴 수가 없었다.

밀물은 비좁은 여울목을 빠져 흐르는 강줄기처럼 점점 세차게 밀고 올라오고 있었다. 허리가 잠기는 곳에 들어섰을 때, 갯바구니를 머리에 인 영님의 모습이 보이질 않았다. 그새 물 속에 넘어져 휩쓸린 것이었다. 휩쓸렸다면 깊은 목 한개웅으로 밀려 들어갔을 것이었다. 물에 빠져 죽기로 작정을 한 여자 같았다. 걸음을 멈추고, 조금 전에 영님이 서 있었음직한 곳의 주변을 살폈다. 한개웅 쪽으로 영님의 갯바구니가 밀려가고 있었다. 그 옆에 물 속으로 들어갔다가 나왔다가 하는 영님의 머리와 손이 보였다. 그는 두 손을 바람개비처럼 저어 물을 끌어당기기도 하고, 발에 닿는 갯벌을 걸어차기도 하면서 한개웅을 향해 나아갔다.

한개웅에 들어서자 갯벌이 발끝에 닿지 않았다. 헤엄을 쳤다. 한개웅은 썰물이 완전히 졌을 때도 두 길 깊이가 족히 되는 곳이었다. 얼마나 헤어 갔을까. 물에 떠밀리며 허우적거리는 영님의 옆에 이르렀다. 영님을 잡아끌 수가 없었다. 그는 물귀신에 홀려 물에 빠진 사람을 건지다가는 함께 빠져 죽게 된다는 것을 잘 알고 있었다. 홀린 사람이 자기를 건지려 하는 사람의 허리나 다리를 한번 부둥켜안으면 죽어도 놓아주지를 않는다던 것이었다. 때문에 물귀신에 홀린 사람을 건질 때는 새끼줄로 몸을 묶어서 끌어내거나, 여자인 경우엔 머리카락을 잡아 끌어야 한다던 것이었다. 영님의 허우적거리는 손을 피하면서 너풀거리는 머리채의 끝을 훔켜잡아 끌었다. 한개웅을 벗어나서 갯벌등으로 나왔을 때, 영님은 죽은 듯 늘어져 있었다.

땅거미가 기어들었다. 갯벌등은 허릿물이었으므로 영님의 두 손을 마주잡아 끌면서 장구섬 뒤쪽의 자갈밭등으로 나왔다. 거기서 영님을 들쳐업었다. 벌써 키 넘게 깊어진 자갈밭등 밑의 개웅을 건너 띠짐 있는 모래밭으로 나왔을 때는 어둠이 깔리고 있었다. 영님을 모래밭에 눕히고 가슴과 배를 흔들어대기도 하고, 코를 빨기도 하고, 힘껏 바람을 불어넣기도 했다.

성만은 물에 떠내려가는 물건을 건져내서 가지듯 영님을 아내로 삼은 것이었다.

진메 잔등을 넘는 풍물소리가 깨갱갱 하는 꽹과리소리와 함께 난타를 하다가 깽깽 깽매깽 하고 울렸다. 넓바위 선창으로 들어서는 골짜기의 찬샘거리에서 샘굿을 하는 것이었다. 넓바위 연안에서 김발을 막거나, 정치망 어업을 하거나 하며 사는 진멧골 사람들이면 모두 한 해에 여남은 번 이상씩 길어다 먹는 샘이었다. 여름엔 이 끝이 시리고 겨울에는 김이 피어나는 샘물이었다. 마르지 않고 펑펑 솟는 것은 물론, 그 물을 마시고 아무런 탈이 나지 않기를 비는 액막이인 것이었다. 샘굿 하는 꽹과리소리는 '평평 솟아라, 평평 솟아라'였다.

성만은 샘굿 하는 꽹과리소리를 들으면서 조급한 생각이 들었다. 주변의 땅딸막한 곰솔숲을 둘러보았다. 사태밭등에서 바윗굴까지의 거리가 너무 멀다 싶었다. 풍물꾼들이 메 끝에 도착하기 전에 바윗굴 주변에 가서 숨어야 했다.

모래밭을 내려다보았다. 달빛이 대낮같이 밝았다. 모래밭을 걸어서 바윗굴 앞으로 가서는 안될 듯했다. 바윗굴 안에 들어간 아내가 금방 미행당하고 있다는 것을 알아차릴 것이었다. 가파르기는 하지만, 바윗굴이 있는 산등까지 해송숲 속을 뚫고 가가지고 바윗굴 옆으로 숨어들자 했다. 몽둥이를 지팡이 삼아 비탈진 곰솔숲을 헤치고 나아갔다.

풍물소리가 넓바위 선창을 지나 진멧골 연안으로 들어서고 있었다. 연안의 산줄기를 울리고, 달 아래서 은빛 고깃비늘처럼 반짝거리는 바다의 수면으로 아득하게 퍼져나갔다. 멀리 금당도와 녹동반도가 옅은 해무 속에 잠겨 있었다.

성만이 솔숲을 타고 바윗굴 있는 산줄기로 들어섰을 때, 풍물꾼들이 사람의 콧날같이 빠져나온 메 끝의 자갈밭으로 나왔다. 대보름의 갯제는 해마다 이 메 끝의 넓바위 위에서 지내곤 하는 것이었다. 넓바위는 만조 때 물에 잠기는 편평한 바위로, 남쪽 연안의 바윗굴에서 보면 자갈밭 위에 멍석이라도 깔아놓은 듯 편평했다.

풍물꾼들은 넓바위 주변의 모래밭을 빙글빙글 돌았다. 판 한가운데에 모닥불이 피어올랐다. 풍물꾼을 뒤따라온 마을 사람들이 선창 주변에서 땔나무나 발대나 목나무 토막 들을 가져다가 피우는 것이었다. 모닥불이 타는 동안 사람들은 제물을 바위 위에 차려놓을 것이었다.

성만은 산줄기를 내려서 바윗굴 입구 옆에 있는 바위 뒤로 몸을 숨겼다. 바윗굴 안에서는 아무런 기척이 없었다. 다만 넓바위 주위에서 울려온 풍물소리가 그 속을 처르렁처르렁 울려나갈 뿐이었다. 아내는 굴속에 주저앉아, 갯제가 끝나고 점바우가 얼른 와주기를 기다리는 모양이었다. 바위에 기대 앉아 활활 타는 모닥불을 건너다보았다. 희끗희끗 두 사람이 모래밭을 건너서 바윗굴 쪽으로 오고 있었다. 성만은 그들이 어디로 가서 무엇을 하려는가를 잘 알고 있었다.

바윗굴 앞에서 물 아래로 다리를 놓은 듯 거멓게 뻗어나간 바위가 있었다. 노루목 다리였다. 그들은 그 노루목 다리를 타고 내려가서는 갯제가 다 끝날 때까지 숨어 있어야 하는 것이었다.

그들이 노루목 다리를 타고 내려가는 동안 풍물꾼들은 모닥불을 중심으로 맴을 돌았다. 보나마나 풍물 뒤에는 각시가 따르고, 각시를 탐하는 곱사등이와, 그 곱사등이를 부지깽이 총으로 겨누어 연방 쏘아 맞추는 포수가 따르면서 춤을 줄 것이었다. 모닥불은 낭장막에서 가져온 석유를 끼얹어 태우기라도 하는 듯 달 밝은 진멧골 연안의 하늘로 불티를 날려 올리면서 활활 타올랐다. 그 불길과 함께 풍물소리 또한 숨 가쁘게 타오르듯 열기를 뿜어대고 있었다. 풍물은 바야흐로 '별 따자 별 따자, 하늘 잡고 별 따자'를 울리고 있었다.

노루목 다리를 타고 물 아래로 내려간 사람들이 바위 기슭에 쪼그려앉은 듯 보이지 않았다. 이때 갑자기 꽹과리가 깨깨깨깨깨 하는 소리를 냈다. 그것을 따라 징이나 소고 들이 일제히 와드랑와드랑 하고 난타를 하여댔다. 이어 꽹과리의 깨 하는 단절음을 따라 일단 풍물이 울음을 뚝 그쳤다. 이어 한차례의 난타를 와르르 울린 뒤 일시에 그쳤다. 음식이 다 차려졌으니 이제 제사를 지내려는 것이었다.

그 사이 풍물소리에 움츠려 있던 물결소리가 살아났다. 찰싹찰싹 하는 물결소리가 바윗굴을 울렸다.

「물 아래 긴 서바앙!」

메 끝에서 목청 좋은 남자의 소리가 길게 바다를 향해 퍼져나갔다. 상쇠를 잡은 점바우의 소리였다. 바다 쪽에서는 아무 응답도 없고, 진메 골짜기에서 여린 메아리가 울렸다. 점바우가 똑같은 소리를 다시 두 차례 외쳐댔다. 그제서야 노루목 다리 끝에서, 「워이, 나 여기 있네」 하고 대답했다. 그 대답소리에는 음험한 귀기가 서려 있었다. 가늘면서 높게 찢어져 있었다. 양철 바닥을 송곳으로 긁을 때 나는 삐걱소리 같은 가성이 섞여 있는 것이었다. 노루목 다리 끝의 바위 기슭에 숨은 남자 한 사람이 꾸며내고 있는 그 귀신소리를 듣고, 메 끝에서 누군가가 킥킥 웃었다. 그 웃음소리를 꾸짖는 듯한 두런거리는 소리가 들렸다. 이어 점바우의 목소리가 바다를 향해 퍼져나갔다.

「여기는 해동 조선 땅 전라남도 장흥군 대덕면 신방이군디 말이시, 자네가 잘 알다시피 작년에는 자네 덕택으로 해의랑, 주복이랑, 낭장이랑, 삼마이랑, 주낙질이랑, 미역발이랑, 퍼랫발이랑, 장어 낚시랑, 잘 해먹었네. 그런디 조끔 섭섭한 것은, 작년에는 해의발에 잡태가 심했고, 발에 쩍이 많이 돋았었네. 그리고 바람이 너무 심해서, 해의발에는 말할 것도 없고, 주복이랑, 낭장이랑, 주낙질이랑, 미역발이랑, 퍼랫발이랑 해먹는 데 지장이 많았어여. 그런께, 금년에는 우리 개창으로 오는 바람을 자네가 서둘러서 태평양 한가운데로 몰아붙여 버리소. 그리고 우리 개창에는 먹장 같은 해의만 가져다가 주고, 잡태는 돈 많은 일본이나 소련 같은 데로나 보내주소. 또 우리 개창에서 하는 주복, 삼마이에는 숭어만 날마다 한 구럭씩 잡히고 낭장에는 멸치가 한 물 때에 꼭꼭 한 배씩 잠방잠방하게 실을 수 있도록 잡히게 해주소. 그리고 안 들 때는 그것도 없어서 못 먹기는 하겠데마는 금년에는 뒤퍼리나 복쟁이나 꼬록 같은 것은 저기 저 아랫녘 바다로 쏴 몰아붙여 버리소. 알겠는가?」

이 말끝에 노루목 다리 끝에서, 「잘 알었네」 하는 남자의 귀기 어린 가성이 들렸다. 점바우가 언성을 높여 물 아래를 향해 외쳐댔다.
「이참 대보름에는 우리 동네가 작년 해의를 잘못한 탓으로 돼지 머리를 못 내왔네마는, 명년에는 큼직한 놈으로 내어옴세. 섭섭하게 생각지 말고 나물새하고나 술 한잔 하소.」
 다시 노루목 다리 끝에서, 「걱정 말소」하고 말했다. 그 말이 떨어지자마자 꽹과리가 갑작스럽게 깽매갱매깨갱깽 하고 울렸다. 거기 맞추어 징과 소고가 울렸다. 모닥불 주위로 풍물꾼들이 빙글빙글 맴을 돌았다. 액막이굿이었다. 그것은 '자꾸자꾸 쳐내세, 자꾸자꾸 쳐내세' 하는 액운 몰아내는 소리였다.
 노루목 다리 끝으로 내려갔던 두 사람이 귀신한테 쫓기기라도 한 듯 모래밭으로 달려나왔다. 모래밭을 건넌 그들이 메 끝으로 달려 들어갔을 때, 풍물소리가 일시에 뚝 그쳤다. 벌겋게 타던 모닥불이 빛을 잃어갔다. 사람들이 덤벼들어서 모래를 끼얹어대는 것이었다. 모닥불 타던 자리에서 부우연 연기만 피어올랐다. 사람들이 풍물소리를 내지 않고 메 끝을 돌아서 선창 쪽으로 사라졌다. 차려놓은 음식을 물 아래 긴 서방이 먹도록 자리를 비켜주는 것이었다.
 이때였다. 시꺼멓게 어둠이 들어찬 바윗굴 안에서 번쩍 하고 불이 밝아졌다. 아내가 성냥불을 켠 것이었다. 잠시 불빛이 가물거리더니 굴 안이 더욱 밝아졌다. 불을 촛불에다가 붙인 것이었다. 굴 천장에 엉긴 물방울과 이끼가 불빛을 받아 영롱하게 반짝거렸다.
 그는 바위 모서리에 윗몸을 기댄 채 굴 안을 보고 있었다. 굴은 대여섯 걸음 곧게 들어가다가, 서북쪽으로 굽이 돌아 다시 대여섯 걸음 들어가다 막혀 있었다. 천장에서 떨어진 물이 괴어서 조그마한 우물이 한가운데 있고, 그 옆에 편평한 바닥이 있었다. 여름철엔 서늘했고, 겨울철에는 방안처럼 따뜻한 곳이었다. 아내는 편평한 바닥의 안쪽 구석에다가 초석을 깔고 바구니에 담아온 음식들을 차려놓고 있었다. 그것들은 집에서 차례 지낸 상에 놓았던 도라지

나물, 무나물, 콩나물 같은 것이었다. 바지락국이 있고, 고등무침과 전어구이가 있을 것이었다. 아내가 술병을 들었다. 네 홉들이 병이었다. 보나마나 그것은 집에서 그에게 따라주던 귀밝이술일 것이었다. 시큼한 듯 알싸하고 씁쓸한 듯 구수한 청주의 맛이 혀끝과 이끝에서 군침을 돌게 하였다. 국그릇으로 쓰는 놋대접에 술을 따랐다. 그걸 나물접시 곁에 놓고 그 앞에 무릎을 꿇었다. 한동안 고개를 떨어뜨리고 있었다. 고개를 들고 술잔을 들었다. 벌컥벌컥 들이켰다. 다시 술을 따라놓고 고개를 떨어뜨렸다. 고개를 들고 그 술을 또 마셨다. 네 홉들이 병술을 그렇게 해서 다 마시고 있었다. 술을 다 마시고 난 아내가 꿇어앉은 무릎 사이에 얼굴을 묻고 엎드렸다. 잠시 후 몸을 일으키더니 옷을 훌훌 벗었다.

성만은 얼굴과 가슴이 동시에 뜨거워졌다. 조금 전에 마을 사람들이 갯제 지내고 사라진 메 끝의 넓바위 근처를 바라보았다. 모래에 묻힌 모닥불에서 가는 연기가 피어오르고 있었다. 모래톱에 부딪는 물길이 은빛으로 반짝거리고 있었다. 이상스러웠다. 점바우가 나타나지를 않는 것이었다. 이편에서 숨어 엿본다는 것을 눈치챈 것일까? 어쩌면 그럴지도 모르는 일이다 싶었다. 그는 다시 굴속을 보았다.

아내는 알몸이 된 채 초석 위에 반듯이 드러누웠다. 두 팔을 양 옆으로 뻗었다. 두 다리를 버둥거렸다. 그것은 여자가 성적인 교접을 할 때 남자의 몸을 수용하는 자세였다. 그는 등줄기가 서늘해졌다. 순간적으로 스쳐가는 생각이 있었다.

지난해 한여름의 어느 날 밤에, 그는 아내와 함께 주꾸미 주낙질을 간 적이 있었다. 아내가 노를 젓고, 그가 주낙을 놓았다. 그런 다음에는 주꾸미가 송장게를 매어단 돌에 붙도록 얼마 동안 기다리고 있어야 했다. 그 사이 노를 걷어올린 아내는 이물로 가서 쪼그려앉아 있었다. 그는 고물에서 주낙줄 당길 채비를 하였다. 유리벽에 그을음이 시꺼멓게 묻은 남폿불이 뱃바다 한가운데 세운 기둥에서 흔들거리고 있었다. 호주머니를 뒤져 담배 한 대를 태워 물었다. 이때, 이물의 덕판에 쪼그리고 앉아 있던 아내가 「여보」 하고 앓는 듯한 소리를 내어 지르면서 일어나더니 옷을 벗었다. 저고리, 몸뻬, 속곳, 팬티까지도 다 벗었다. 뱃바닥에 반듯이 누운 채 몸부림을 쳤다. 그는 아내가 하는 양을 멀거니 보고 있기만 했다. 아무리 배 위에 부부가 단둘이 있다기로, 사전에 눈짓 한번 하는 법 없이 이렇듯 대담하게 교접을 요구할 수가 있을 것인가. 다른 배가 가까이 오기라도 하면 어쩌려고 이러느냐고 퉁명스럽게 꾸짖듯이 말했다. 아내는 그의 말을 아랑곳하지 않고 몸부림치면서 짐승처럼 안타깝게 앓는 듯한 소리를 하고 있었다. 어쩌면 상사병이 생겨버릴지도 모른다 싶어 그도 옷을 벗어 던졌다. 그 순간의 일을 그는 잊을 수가 없었다. 아내의 몸은 불덩이같이 뜨겁게 달아 있었고, 뜨거운 물에 데쳤다가 건져놓은 듯 흥건하게 땀에 젖어 있었다. 어쩌면 설설 끓고 있는 것 같았다. 그러나, 벌거벗은 그가 다가갔을 때, 아내는 그를 걷어밀고 뱃전을 끌어안은 채 몸을 움츠렸다. 그러면서 성행위의 절정에 이른 여자가 단말마의 비명을 지르듯 「여보」 하는 소리를 연발하면서 몸을 떨었다. 그는 눈앞이 아찔했다. 가만두면 아내가 그냥 죽고 말 것만 같은 생각이 들었다. 아내의 몸을 젖히고 끌어안았다. 아내는 그의 몸이 닿기도 전에 몸에 힘을 풀고 죽은 듯이 늘어져 버렸다. 그의 곤두선 힘은 아랑곳없이 그런 아내의 속살을 파고들었고, 아내는 그의 행위에 관계없이 곧 깊은 잠에 떨어졌다. 이윽고 눈을 뜬 아내가 무슨 큰병이라도 앓고 난 사람처럼 일어나 앉을 때까지 그는 벌거벗은 채 멍히 서 있었다. 아내는 힘없는 손놀림으로 옷을 주워 입으면서 닭똥 같은 눈물을 떨어뜨렸다.

　동굴 안에 번듯이 드러누운 아내의 하는 짓이 그 여름 밤에 배 위에서 하던 것과 똑같았다. 발악하듯 사지를 버둥거리면서 교미하는 암캐처럼 깽깽거리며, 고개를 불에 덴 벌레처럼 저어대던 아내가 이를 갈며 단말마의 비명과 함께 간질환자처럼 사지를 오그리고 몸을 웅크렸다. 순간, 성만은 이때껏 자기가 오해를 하고 있었다는 생각이 들었다. 아내가 점바우하고 은밀하게 정을 나누기 위해 이 바윗굴로 온 것은 아니다 싶었다. 아내는 중병을 앓고 있는 것 같았다. 어떤 병인지는 모르지만 그걸 낫게 하기 위해 갯제 지내는 이날 밤에 물 아래 긴 서방한테 기도를 드리는 것인지도 모르는 것이었다. 성만은 몽둥이를 내던지고 굴 안으로 뛰어들어갔다.

「여보.」

모로 젖힌 채 늘어뜨린 아내의 고개를 그가 받쳐들면서 소리쳐 불렀다. 여름 밤에 배 위에서 하던 것처럼 아내는 이를 갈며 몸부림치듯 떨어댔다. 몸이 설설 끓었다. 뜨거운 물에 데쳐놓은 듯 흥건히 땀에 젖어 있었다. 경련 같은 몸의 떨림은 점차 목 잘린 메뚜기의 다리처럼 아주 미세한 떨림으로 변하더니, 뜨거운 물 맞은 김가닥처럼 늘어져서 깊은 잠에 떨어졌다.

내일 당장 아내를 데리고 병원엘 가야겠다고 생각하며 성만은 아내의 벌거벗은 몸에다가 그녀가 벗어 팽개친 저고리와 치마를 가져다가 덮었다. 구석에 세워진 촛불이 일렁거리고 있었다.

이윽고, 맥빠진 몸놀림으로 일어난 아내가 그를 보고 흠칫 놀라면서 몸을 움츠렸다. 고개를 숙이고 모로 돌아앉으며 흐느껴 울기 시작했다. 그가 내의를 가져다가 입혔다. 아내는 그가 옷을 입혀주는 대로 팔과 다리를 오그리기도 하고 뻗기도 하였다. 옷을 다 입고 난 아내는 치맛자락을 끌어다가 얼굴을 감싸면서 흐느꼈다.

「어디 아프면 아프다고 말을 해야지, 이것이 뭔 일인가? 내일 당장 병원에 가도록 하세.」

성만은 아내의 팔을 잡아 일으키려고 하였다. 아내는 허물어지듯 초석 위로 엎드리면서 울어댔다. 하룻머릿개 쪽에서 풍물 치는 소리가 울려왔다. 아랫마을에서 갯제를 지내러 온 모양이었다. 초석에 엎드린 채 흐느끼던 아내가, 「당신도 다른 사람 얻어갖고 사씨요. 아까 다 봤지라우. 저것이 나를 가만 안 놔둬라우」 하고 말했다. 성만은 몽둥이로 뒤통수를 한 대 얻어맞은 듯 눈앞이 아찔했다. 순간, 촛불의 일렁거림 때문에 그의 그림자가 굴의 천장에서 흔들린 것인지, 은빛처럼 빛나는 바닷물결이 굴 입구를 비춘 것인지 알 수 없었지만, 굴 안에 몸을 사리고 있던 누군가가 빠져나가는 것만 같은 검은 자락의 재빠른 스침이 눈앞을 가렸다.

「작년 여름에 배 위에서도, 당신이 옆에 있는디 그냥 지 맘대로 안 해버립디여?」

아내가 하는 말에, 성만은 갯제 지낼 때, 노루목 다리 끝에 숨은 사람이 꾸며서 내는 물 아래 긴 서방의 귀기 어린 가성을 생각해 냈다. 물 아래 긴 서방은 몸을 사리면 팔 척 장신의 남자만큼하여지지만, 그 몸을 늘이면 이 바다 안에 꽉 들어찰 만큼 큰데, 그는 마음이 내키면 이 바다로 수없이 많은 고기나 먹장 같은 김이나 미역이나 조개 들을 끌어다가 놓기도 하고, 심술이 끓어나면 그것들을 모두 다른 바다로 몰고 가버리기도 한다던 것이었다.

동시에 훤칠하게 큰 키에 얼굴이 달빛 같고 동글납작한 달식이가 떠올랐다. 여수 순천 반란사건 때 반란군이 되어 돌아와서 득량바다를 향해 총을 쏘아대던 달식이었다. 인민군이 밀고 내려오자 붉은 완장을 두르고 보안서장이 되어 내덕도 관내의 반동자들을 발엮듯 줄줄이 묶어가곤 하던 그였었다. 수복 후, 눈이 벌겋게 되어 있던 유가족들한테 총살을 당하면서 달식이는 이렇게 말했다던 것이었다.

「음력 대보름날 밤에 내 뼛가루를 노릇골 바윗굴 앞에서 바닷물에다가 뿌려주시오..」

(1977)

낙지 같은 여자

　내 고향 덕도의 갯벌밭에서는 낙지가 많이 잡혔는데, 낙지일수록 어린 것을 먹어야 한다고 사람들은 말했다.
　죽기살기로 몸부림치고 발버둥치듯 손등을 감고 돌면서 혹 같은 빨판으로 살갗을 문짓문짓 빨아대는 구슬꾸러미 같은 발들을 훑어내며 알토란 같은 머리통부터를 입에 넣고 씹노라면, 짭짤한 듯 비리고, 비린 듯 달고, 단 듯 올깃졸깃한 맛이 그만이라는 것이었다. 그것도, 배 위에서 주낙으로 잡은 것보다는 아낙네들이 갯벌밭에서 구멍을 쑤셔 잡아온 것을 갯바구니에서 꺼내가지고 그 자리에서 바닷물에 헹구어, 소금기 밴 마파람 맞으며 연안의 돌자갈밭에 앉아 먹어야 제 맛이 난다고 했다.
　그것은 음험하고 잔인한 이야기였다.
　비늘이 따로 없고 머리에 발들이 줄레줄레 매어달린 두족류(頭足類)인 이 낙지는 사철을 벌거벗고 살고 있는 부드럽고 싱그러운 고기였다. 머리를 쳐들고 옮겨갈 때는 마치 소복을 입은 앳된 여자가 잔디밭 한가운데서 치마를 펼치고 앉으며 오줌 눌 자리를 잡느라고 몽그작거리는 것 같았다.

그래서 사람들은 어린 낙지를 씹으면서, 앳된 여자 품어 녹이는 것을 떠올려 말하곤 하는 것인지 몰랐다.

나는 낙지 같은 여자를 알고 있었다. 어린 시절, 우리집에서 아기업개로 들어와 살던 가시내였다. 상장수의 딸이었다. 키가 후리후리했다. 나하고 동갑이었는데 그때 그녀는 나보다 키가 훨씬 컸다. 세 살쯤은 위인 아이 같았다. 몸통이 그렇게 긴 듯하지는 않은데, 팔다리가 유별나게 길었다. 손바닥이나 발은 칼처럼 얇고 길쭉했다. 특히 손가락이 엿가락처럼 낭창하게 휘어진 듯하면서 길었다. 거기에다, 얼굴은 유선형으로 길쭉했고 머리칼은 쪼록쪼록 땋아서 길게 늘어뜨렸다. 그런 데다, 팔다리며 손가락이며 목이며의 놀림새가 뱀의 몸놀림새처럼 유연했다. 해파리나 맥빠진 낙지의 다리처럼 흐물거리는 것 같기도 했다.

생김생김이 고기들 같아서인지, 헤엄을 잘 쳤다. 특히 물 속 뛰기를 잘했다. 길고 가는 팔다리를 놀려 헤엄을 칠 때면 무슨 물고기가 살랑거리는 것만 같았다. 그녀가 물 속 헤엄을 치다가 까만 머리채 달린 유선형 머리를 내놓으면서 푸우 하고 숨을 내쉰 다음 다시 물 속 헤엄을 치거나 자맥질을 하느라고 갯물 들어 잿빛이 된 무명베 팬티로 감싸인 엉덩이와 긴 다리를 움직거리는 것을 나는 넋을 잃은 채 보고 서 있곤 했었다. 그만큼 그녀의 헤엄치는 모습은 여느 아이들이 첨벙거리면서 허우적거리고 물장구를 치는 따위의 것이 아니었다. 그야말로 상어나 물개가 유영을 하고 있는 것만 같은 것이었다.

여느 때, 그녀의 말소리는 그녀의 여유만만하고 유연한 헤엄치는 모습처럼 부드럽고 느리작지근하였다. 그렇다고 성질까지 느슨한 것은 아니었다. 어쩌다가 비위에 거슬리면 대번에 흰자위 많은 눈을 치켜뜨고 쏘아보곤 하였는데, 그때 그녀의 입가에는 어느새 바다 참게의 하얀 거품 같은 것이 물려 있곤 했다. 갑자기 토라져서 잡아먹기라도 할 듯이 대드는 그런 퍅성이 있었다.

 때문에 그녀는 나한테 얻어맞고 울곤 했다. 마을을 잘 나다니지 않던 나는 그녀하고 숨바꼭질도 하고 딱지치기도 하고 팽이치기도 하곤 했다. 그녀는 힘이 세었다. 두 살 먹은 내 동생을 등에 업은 채로 그녀는 나의 모든 놀이 상대가 되어주곤 했다. 거짓말을 조금 붙이면, 그녀는 두 살 난 사내아이를 떡덩어리처럼 등에 붙이고 껑충껑충 뛰기도 하고 달음질도 했다. 나는 그녀가 좋았다. 손이 결맞은 손위 누님만 같았다. 그러나 나는 사내였고, 그녀는 살 부드러운 가시내였으므로, 어쩌다가 싸움을 하게 되면 내가 이기곤 했다.

 싸움질이 나면, 나는 흰자위 많은 눈을 치켜뜨고 입가에 흰 거품을 문 채 쏘아보는 그녀의 긴 머리채를 널름 훔켜잡아 끌면서 머리통을 두들겨주었다. 그때, 그녀는 낙지발처럼 길고 가는 열 개의 손가락으로 내 손목을 잡은 채 떼어내려고 발버둥을 치다가 끝내 울음을 터뜨렸다. 그러면 등에 업힌 동생도 덩달아 악을 쓰며 울었고, 그러기가 무섭게 부엌이나 마당에 있던 어머니가 달려들어와서 내 등을 때리면서 「너 순한녜 즈그 오빠한테 혼 한번 날라고 이라냐 어짜냐?」하고 소리쳤다. 「우지 마라, 이제는 저것하고 놀지 마라」하며 순한녜를 달랬다. 그리고 어머니는, 「이따가 내가 가서 순한녜 즈그 오빠한테 일러뿔란다. 너 뼈다구가 오긋오긋하게 한번 뚜드려 맞어봐라」하고 으름장을 놓기도 하고, 「그렇게 때려싸면 순한녜보고 나가뿌락 한란다. 그라면 니가 애기 볼래?」하고 나를 꾸짖기도 했다. 어머니의 그런 말들로 해서 나는 새삼스럽게 순한녜가 우리 식구가 아니라는 사실을 느끼곤 했고, 동시에 그 느낌은 가슴을 숫제 생마늘이라도 한 알 맨입으로 씹어 삼킨 듯 아리고 쓰리게 하곤 했다.

 그녀의 오빠는 우리 큰집에서 머슴살이를 하고 있었다. 우리집 두엄을 내거나 논을 매거나 김발을 옮기거나 할 때 그녀의 오빠가

낙지 같은 여자 79

더러 와서 일을 하곤 했지만, 나는 여느 때 그는 언제까지나 큰집에서 살 사람이고, 순한녜는 앞으로도 언제까지나 우리집에서 살 사람으로 생각하여 왔던 것이었다. 내가 머리끄덩이를 끄집고 때려쌓기 때문에 순한녜가 다른 집으로 나가버릴지도 모른다는 생각은 며칠을 계속해서 내 가슴속에 남아 있곤 했다. 그러는 동안, 나는 무엇이든지 순한녜가 하자는 대로 했다.

 순한녜가 언제 어떻게 해서 우리집에 와서 살고 있는지 알 수 없었다. 원데로 시집간 고모가 다니러 왔을 때, 어머니가 하던 이야기로 미루어 대강 짐작을 할 수 있었다. 순한녜의 아버지는 상장수라는 것, 어디를 어떻게 떠도는지 알 수 없지만, 일 년이면 기껏 겨울철에 바람처럼 나타나서 우리집 사랑에 들어앉아 마을의 부서진 상을 고치다가 이웃 마을로 옮겨가곤 한다는 것, 그러나 술이 워낙 과해서 하루 번 것을 그날로 모두 마셔버리곤 한다는 것, 그가 이 마을에 나타난 것은 순한녜가 네 살 되던 해, 그러니까 해방되던 해 겨울이었는데, 그때 어머니는 '헌 두덕지 감발한 채 올골골 떨어쌓는 두 애기'가 하두 불쌍해서, 그 작자가 사랑에 앉아 상을 고치는 동안 헌 옷을 뜯어서 옷을 한 벌 해 입혔더니 그 작자 하는 말이, 딸은 두 해 정도만 키우면 '아기업개'로도 빌어먹을 수 있고, 아들은 열 살이니 당장에라도 꼴머슴으로는 빌어먹을 수 있을 것이니 조금 맡아달라고 하더라는 것이었다. 처음에는 아내가 순한녜를 낳은 지 한 달 만에 죽었기 때문에, 아들놈 손잡고 상짐 위에 핏덩이를 올려지고 심봉사가 젖 빌어먹이듯 이집 저집 다니며, 상을 고쳐준 대가로 젖을 먹여 키우고 어쩌고 했노라고 하더니, 실은 그것도 아니라던 것이었다.

 순한녜의 어머니는 보자기(해녀)라던 것이었다. 도리섬에 중선 한 척이 닿고, 거기 탄 보자기가 한 달포 가까이 해삼·소라·고둥·미역·굼부·전복 따위를 잡느라고 물질을 하였었는데, 그 보자기가 바로 순한녜 어머니라던 것이었다. 한데, 그녀는 중선을 부리는 금당도 남자하고 배가 맞아 보쟁이느라고 순한녜 아버지를 버린 것이라던 것이었다. 그 작자는 그 아내를 쫓아 두 아이를 데리고 제주에서 진도로, 진도에서 거문도로, 거기서 다시 약산도로, 금당도로 다니다가 여기까지 흘러들었다는 것이었다.

내가 국민학교에 들어가던 해, 순한녜가 업고 다니던 동생은 홍역 끝에 불덩이같이 몸이 달아가지고 이를 갈면서 눈을 허옇게 까뒤집고 전신을 떨곤 하다가 죽었는데, 그런 뒤부터 순한녜는 부엌데기가 되었다.

가늘기만 하던 순한녜의 팔다리가 알 밴 전어나 숭어의 배때기처럼 부풀어나고, 설거지하느라고 기영물통에 엎드린 엉덩이가 펑퍼짐하여지고, 그 펑퍼짐한 엉덩이 때문에, 검정 치마 허리에 띠를 동여매면 암소의 늘씬한 허리처럼 낭창하게 휘어진 듯 잘룩하여지던 그 무렵해서 나는 중학교엘 갔었다.

어쨌든, 이러한 여자의 생각으로 해서 나는 여느 때 낙지를 즐겨 먹지 않았다. 어쩌다가 먹는 경우가 있어도, 늘 그 순한녜의 길고 유연한 얼굴이나 팔뚝이나 다리의 가무잡잡한 살결을 떠올리곤 했다. 아니, 치마와 저고리 섶에 감추어진 젖빛 나는 살결을 생각하고, 배 문을 때 박는 납작못이라도 한 개 깊이 박힌 듯 아파지는 가슴 때문에 눈살을 찌푸려 혀를 깨물면서 술을 벌컥벌컥 들이켜곤 했었다.

중학교 생물선생이 되어 어정어정하다가 서른 고개를 넘기고, 막걸리나 소주에 건듯 취하기 바쁘게 직장 안에서 일어난 일과 그 일에 대한 불평을 털어놓곤 하는 술꾼이 되면서부터, 어린 시절의 그 낙지 같은 여자에 대한 죄책감 같은 것은 씻은 듯 없어져 버렸고, 개나 돼지처럼 혀끝에 감쳐오는 맛깔스러움만을 입맛 다시면서 술잔을 더하곤 하게 되었다. 그리고는 눈썹 하나 까딱하지 않고 능청스럽게 내 고향 사람들의 말을 인용해서 음험한 말을 하곤 하여, 둘러앉은 술꾼들의 흰자위를 뒤집어지게 하고 술맛을 돋워주곤 하였다.

「낙지하고 여자하고는 역시 풋내 나는 것이라야 한다고. 이게 그냥 죽느냐 사느냐 하고 발버둥을 쳐대는 놈이라야 그 맛이 그만이란 말이여. 낙지에 대해서라면 나한테 맡겨줘.」

한데, 나는 지난 여름방학 때 염소지(鹽沼地) 풀을 조사하고 해수욕도 하면서 며칠 쉬고 올 생각으로 고향에 갔다가 어처구니없는 일을 하나 당하고 말았다.

물론, 그 낙지 때문이었다.

저녁 썰물 때의 그물을 보아가지고 온 내 고추자짓적 친구의 의견에 따라, 무른개 연안의 사금굴 옆 산줄기 아래로 무성한 아카시아숲 속에 천막 칠 자리를 잡았다.

이마를 지져 벗길 것처럼 뜨거운 해가 넓바윗개 잔등 너머로 떨어지고, 자줏빛 산그늘이 곰솔숲을 흘러 연안의 돌자갈밭을 심연처럼 파묻을 제, 호수 같은 득량바다는 쪽빛으로 다져지고, 도리섬 밑의 검은바위 끝으로 비껴 보이는 우산도 연안의 외돛 위로 불그레한 놀이 떴다. 그 놀은 천관산 위에 걸린 비늘구름을 숫제 핏빛으로 물들였고, 그 구름에서 쏟아진 붉은 빛살이 바다와 섬을 감쌌다. 때마침 밀물이 지고 있었고, 쪽빛 물굽이 속에서 하얗게 물살 지어지는 밀물 기운이 분홍 옷고름이나 댕기처럼 느슨하게 부풀고 있었다.

이때, 흰 저고리에 검정 치마를 입은 여자 하나가 덕도 연안에서 도리섬으로 건너가고 있었다. 아득하게 굽이돈 모래언덕 너머로 바라다보이는 갯벌밭 위를 걸어가고 있는 그 여자의 모습은, 우렁이를 잡으려고 걸어가고 있는 황새 같았다. 도리섬 위쪽 갯벌밭에 산 같은 둑이 막히고, 그 갯벌밭이 모두 간척지 농토로 변하긴 했지만 덕도와 도리섬 사이의 갯벌은 깊고 넓어서, 밀물이 다 지면 언제 그런 갯벌이 드러났었느냐 싶게 서너 길 깊이는 실히 될 시퍼런 바다가 되어버리는 곳이었다. 한데, 그 여자는 밀물이 중중 밀려들고 있는데도 겁없이 물 속으로 들어가고 있는 것이었다. 핏빛 구름에서 쏟아진 빛살을 받아 여자의 흰 저고리는 불을 댕긴 듯 빨갛게 보였다.

나는 천막의 지주를 세우다 말고, 물위에 동동 뜨는 재주라도 가진 듯 겁 없는 그 여자의 하는 양을 멀거니 바라보았다. 여자의 치맛자락이 잠기고, 점차 허리께가 잠기고 있었다. 이상했다. 여자가 치맛자락을 가슴께로 걷어올리는 것 같지를 않은 것이었다. 조금만 더 가면 가슴께가 잠길 듯했다.

「아니, 저 여자 어쩔라고 저런당가?」

이 말에, 끈 잡아맬 말뚝을 박고 있던 내 고추자짓적 친구가 물 속의 여자를 흘끗 보고는 대수롭지 않게, 「걱정 말소, 저 섬 안에 사는 사람이시」 하고 말했다.

음료수가 솟지 않으므로 전부터 사람이 살지 않는 섬이라는 것을 잘 알고 있는 나는, 「저 섬에서 어떻게 산당가?」 하고 물었다.

「그런께 물을 질러갖고 안 간다고저?」

그러고 보니, 여자의 머리 위에는 조그마한 물항아리 같은 게 얹어져 있는 것 같았다. 사금굴의 물을 길어가지고 가는 모양이었다. 사금을 캐러 들어온 일본인들이 파놓은 그 굴 천장에서는 사철 맑고 달고 시원한 물방울들이 퐁퐁 소리를 내며 떨어졌고, 여느 때 보면 굴바닥의 조그마한 웅덩이에 티끌 하나 없는 물이 두 동이쯤 괴어 있곤 했다. 나도 실은 그 물을 길어 먹을 셈으로 무른개 연안에 천막을 치고 있는 것이었다.

샛개 간척지 논들이 생기면서, 그 논을 벌고 사는 몇 세대가 도리섬 안에 정착을 한 모양이라는 생각이 들어 나는 고개를 끄덕였다.

도리섬으로 건너가는 여자의 가슴께가 물에 잠기고 있었다. 점차 목이 잠겼다. 여자가 서 있는 저쪽이면 도리섬과 덕도의 한 중간쯤이 될 것이었다. 가장 깊은 곳이었다. 둑이 막히지 않은 때엔 물살이 총철환 달리듯 하던 곳이었다. 갯것을 하러 갔다가 짐작 없이 밀물 지는 것을 무서워 않고 건너던 사람들이 물에 휩쓸려 죽곤 했었다. 그러나 둑이 막힌 뒤로는 물살이 세지 않은 모양이었다. 목이 잠긴 채 여자는 한참을 건너갔다. 갯벌이 높아지는지 여자의 가슴께가 나오고 허리께가 나왔다. 검은 치맛자락이 모두 물 밖으로 나왔을 때 여자는 도리섬의 연안에 들어서 있었다.

천막을 다 치고 났을 때엔, 곰솔숲에서 땅거미가 흘러내렸다. 여자가 묻혀 들어간 도리섬의 곰솔숲도 땅거미에 잠기고 있었다. 그때까지도 나는 그 여자 생각만 하고 있었다.

「물이 쪽 빠져 있을 때 물을 길어가지 않고, 왜 저렇게 물이 깊어진께사 길어가?」 하고 나는 친구에게 물었다. 친구는 대답을 하지 않았다. 고기 구럭에서 숭어 한 마리와 모탱어 한 마리를 내어놓고, 「상하기 전에 회나 조깐 해묵고, 피곤한디 푹 자소. 우리집에 가서 자자고 한께……. 하여튼, 넓바위 모기가 얼마나 싸나운가 한번 봐보소」 하더니, 다음날 새벽녘 물을 보러 나오겠다고 하면서 일어섰다.

고흥반도 위로 양판만한 달이 떠오르고 있었다.

이날 밤까지만 하여도 나는 그저 들뜬 기분이었다. 스무 해 만에 고향 바닷가에서 달 밝은 밤을 혼자 천막을 친 채 새우는 감회는, 득량바다처럼 푸르고 깊고, 연안에 쌓인 모래알들처럼 많았다. 그것들은 자꾸 밀려와서 모래톱을 핥는 물결처럼 계속해서 내 가슴을 훑어대곤 했다. 그중에서도 아프게 부딪혀오는 것은, 순한녜하고 벌인 물 속 장난에 대한 기억들이었다. 나는 밤이 깊어지면서부터 멍히 달을 쳐다보고 앉아 있다가, 천막 안에 누워 엎치락뒤치락하다가, 모래밭을 서성거리다가 한시가 훨씬 넘어서야 눈을 붙였다.

이런 나를 고문하는 사건이 총철환 달리듯 하는 밀물처럼 덤벼든 것은 이튿날 아침이었다.

아침 그물을 보러 나온 친구가 깨워서야 나는 치잣빛 천막 속에서 눈을 떴다. 천막 주위로 무성한 아카시아의 잎사귀들은 소나기라도 한줄기 얻어맞은 듯 후줄근하게 이슬에 젖어 있었다. 풀색 메리야스 운동복을 걸치고 친구를 뒤따랐다.

해뜨기 직전의 아침 하늘은 물빛 에나멜을 붓자국 하나 없이 칠해놓은 듯 맑았다. 녹동 뒷산 너머로 부연 빛살이 뻗치면서 바다는 잿빛을 띠었다. 수면은 마치 바람을 넣은 물빛 비닐자루 바다처럼 밋밋하고 곱게 늘어 움츠리기를 하고 있었다.

노가 물을 갈 지자로 밀어댈 때마다 채취선은 이물을 이쪽저쪽으로 내저으며 수면을 가르고 나아갔다. 친구보다 먼저 그물을 보러 나온 사람들의 배 대여섯 척이 직사각형의 꺼먼 상자들처럼 떠 있었다. 넓바위 아랫개에 정치망의 말목들이 그물줄을 걸친 채 엉성하게 서 있었고, 바다의 여기저기에는 물밑에 놓은 삼마이 그물줄을 단 먹빛 부표(浮標)들이 떠 있었다. 그것들은 줄무늬 없는 무등산 수박같이 둥실둥실 떠 있었다. 요즘은 부표도 플라스틱 제품을 쓰고 있노라고 친구가 말했다. 지붕 위에 하얗게 열린 박을 말려서 쓰거나 유리제품을 쓰던 것은 옛날이라고 했다.

우산도와 도리섬 사이의 아랫개에 뜬 부표 앞에서 친구는 노를 걷어올렸다. 그물을 당기어가기 시작했다. 얼마 동안 친구는 그저 빈 그물만 당겼다. 나는 배의 널빤지 한가운데 서서, 고물〔船尾〕에 앉아 몸을 굽힌 친구의 손을 거쳐 물 속으로 가라앉아 가는 빈 그물 자락을 내려다보다가, 전날 저녁에 밀물줄기를 뚫고 여자 한 사람이 건너가던 도리섬을 바라보았다. 썰물 져서 거멓게 드러난 바위들 때문에 도리섬은 번번해 보였다. 동남쪽 연안 어디에 살림집 한두 채가 앉아 있을지도 모른다고 했던 나의 예상은 틀려 있었다.

「사람이 산다더니, 집 한 채 없구만.」

나는 도리섬의 곰솔숲을 바라보며 말했다. 마침 친구는 거미줄 같은 그물 가닥에 친친 감겨 있는 깔따구 한 마리를 벗겨내면서 끙 하고 안간힘을 쓰고, 「굴속에서 산다네」 하고 말했다.
 도리섬에 있는 굴이라면 나도 잘 알고 있었다. 일곱 살 때던가, 2월 하리아드랫날이라고 노는 순한네 오빠와 종형인 영남을 따라 칡뿌리를 캐먹으러 가서 본 적이 있었다. 그것은 섬 동북편의 거북바위 아래에 있었다. 내가 탄 배 위에서는 곰솔숲에 가려 그 바윗굴이 보이지 않았다. 한데, 그 바윗굴이라고 하는 것은 몇 개의 바위가 이리저리 마주 닿아서 이루어진 것으로 한 사람이 겨우 들어가서 발을 뻗고 누울 수 있을 정도의 넓이일 뿐이었다.
 나는 친구의 찌푸려진 이맛살을 바라보았다. 이때까지도 나는 전날 황혼 무렵에 물을 건너가던 그 여자가 적어도 대여섯 식구를 거느린 아낙네일 것으로만 생각을 했었기 때문에, 「그 좁은 데서 어떻게 살림을 한당가?」 하고 물었다.
 친구가 이때 그물에 친친 감긴 모탱어 한 마리를 벗겨 구럭에 던져넣으면서 픽 웃고, 「성할 때 비늘 거슬러갖고 한 점 하소. 초장 맨들어갖고 왔네」 하였다.
 나는, 자고 있는 나를 깨워서 그물 보러 나오는 배에 태운 그의 의도를 새삼스럽게 고마워하며, 그가 손가락질한 곳에서 칼을 집어들었다. 친구가 시키는 대로 이물의 작은 널빤지를 뒤집어서 도마로 썼다.
 아가미에 엄지손가락을 넣어 잡고 칼질을 했다. 살아 퍼덕거리는 이 깔따구란 놈에게 미안하다든지, 산 것을 잔인하게 죽여 죄스럽다든지 하는 생각 같은 것은 내게 없었다. 등지느러미부터 자르고, 배와 등 부분의 비늘을 거슬러 벗겼다. 꼬리지느러미를 자르고 배를 갈라 창자를 긁어냈다. 바닷물에 고기와 도마를 넣어 헹구어 씻었다. 한 점씩 입에 넣기 알맞게 잔뼈를 죽이는 잔칼질을 하여가면서 굵직굵직하게 썰었다. 이때 배가 희끗하고 등이 거물거물한 것으로 보아 숭어임에 틀림없는 것 하나를 구럭 속으로 집어넣으며 친구가, 「사실은, 엊저녁에 말을 할라고 했다가 꿈자리 사나울까만

이 안했네마는」하고 말했다. 나는 고기의 가운데 토막 한 개를 집어 초장을 묻혀가지고 고물에 앉은 친구의 입 앞으로 가져가며, 무슨 말인데 그러느냐고 물었다.

「별말은 아닌디」하고 난 친구가 자기는 하도 먹어쌓으니까 싫다고 하면서 힘껏 도리질을 했으므로, 나는 혼자서 입질을 할 수밖에 없었다. 시큼하고 짭짤하고 알싸 매운 초장의 맛에, 비리고 달착지근한 살코기의 맛이 엉기어졌다. 살코기를 녹여 넘긴 다음에는 뼈를 씹는 구수한 맛이 있었다.

살코기 한 점을 친구의 입에 억지로 넣어주었을 때, 뱃전에 부딪히는 물결이 붉은빛을 띠었다. 해가 솟고 있었다.

「시방 도리섬에서 살고 있는 여자가 순한녜시.」

살코기를 녹여 넘긴 친구가, 질긴 뼈와 심줄을 껌처럼 이겨 씹으면서 말하였을 때, 나는 바야흐로 녹동 뒷산 위로 불끈 솟고 있는 해를 멍히 바라보기만 했다.

비닐종이처럼 얇고 투명한 해무(海霧) 때문에, 해는 도화지에 컴퍼스를 사용해서 정확하게 그려놓은 듯한 일장기(日章旗)처럼 둥실 떠올랐는데, 그것은 어쩌면 대장간에서 풀무질로 달구어 내놓은 원반 덩어리만 같았다. 구김살 하나 없는 데다, 누르퉁퉁하다거나 푸르스름하다거나 하는 점 하나 없는 그 원반 덩어리는 어쩌면 하얀 종이에 컴퍼스로 그린 동그라미 안에 응고된 핏덩이를 조심스럽게 이겨 발라서 가위로 오려 내놓은 것 같기도 했다. 인민군들이 지나간 며칠 뒤, 넓바위 연안의 모래밭에 엎어진 큰아버지의 시체에서는 꼭 저렇게 검붉은 핏덩이가 흘러 흰 모래를 적시고 있었다. 큰아버지의 시체를 끌어안고 울부짖던 큰어머니와 아버지의 흰 저고리 섶에도 그 피는 묻어 있었다. 어쩌면, 그날 아침에도 저렇게 검붉은 해가 둥실 떠올랐을 것이었다.

밋밋한 바다자락에 깔린 비닐종이 같은 해무가 붉은 빛살에 물들었는가 싶자, 해가 산 위로 두어 자쯤 높아지면서 누른빛을 띠었다. 바다 표면은 일시에 금빛 고깃비늘처럼 퍼덕거렸다. 숲속의 나무 잎사귀들의 수보다 많다는 어족들이 햇살을 반기며 한꺼번에 솟아올라 뛰노는 것만 같았다.

나는 가슴이 뜨거웠고, 내 머릿속에는 그 붉던 햇덩어리가 누르퉁퉁하게 변질되어 가고 있었다. 어쩌면 그것은 벌겋게 핀 숯불 위에서 달구어진 검은 갓 모양의 솥뚜껑에다 콩기름을 칠하고 진홍물감 들인 밀가루전을 부칠 때 바드락거리면서 거뭇거뭇 눋기도 하고 주황빛으로 변색되기도 하는 문전(紋煎) 같은 것이 되어가고 있는 것이었다.

「쩌그, 연평으로 시집을 간 것까지는 자네도 잘 알제멘?」

친구는, 머리가 구렁이 모양이어서 제사 반찬으로 쓰지를 못한다는 모탱어 한 마리를 구럭에 던졌다. 이어서 한동안 빈 그물 자락만 당기고 있었다.

「그란디, 남편이 월남 가서 죽었다 하데. 그란 뒤로는 실성기가 생게뿌렀는 모양이여. 원호처에선가 돈이 솔찬히 나오긴 나온 모양이데마는, 그것을 시갓집에다가 옴씨래미 줘뿔고, 금메 쩌라고 혼자 나와서 인가도 없는 바윗굴 속에서 짐승같이 산단 말이시.」

친구는 다시 깔따구 한 마리를 잡아 구럭에 던지면서, 「어야, 얼릉 묵고, 요놈 한나 더 썰어 묵소. 자네가 이르쿨로 고향엘 온깨나 이런 괴기 대접을 하고 어짜고 하제, 이것 싸 짊어지고 광주까장 가서 대접하겄능가?」하고 먹기를 권했다.

나는 살코기 한 점을 초장에 묻혀 입으로 가져갔다.

내 머리는 멍멍해져 가고 있었다. 금빛 고깃비늘처럼 반짝거리는 바다자락의 쉿소리 나는 듯한 빛살들이 회오리바람처럼 몰려 들어오고 있는 것 같았다. 입 속에 넣어 씹는 살코기의 맛이 솜덩이를 씹는 듯만 싶었다.

「자네 큰집 성님은 시방 어디서 산당가?」

친구는 아직 빈 그물만 당겨대고 있었다. 큰집 종형 영남에 대하여 묻고 있었다. 서울에서 청과물상회를 하며 사는 종형이었다. 한 해에 겨우 한두 차례의 소식을 주고받을까 말까 하고 지내는 게 고작이었다. 나는 주눅이라도 들린 듯 입을 다물고만 있었다.
「생각해 보면, 보통으로 수말스럽고 인물 좋고 양글진 큰애기였는가마는, 팔자 못쓰게 된 것을 보면, 계집 팔자 뒤웅박 팔자란 말이 맞은 모양이여.」
빈 그물만 당기는 친구가, 「인자는 이 바닥에서 고기 잡아묵고 살기도 다 틀렸는 것 같네. 겨우 반찬거리 정도 잡히면 잘 잡는 것이시. 멸치 낭장을 해갖고 안 망한 사람이 없네. 보성 저쪽에서 몇 번인가 기름이 둥둥 떠내리고 어짜고 한 뒤로는 아무것도 안되아뿌네」하면서 그물 자락을 던졌다. 수박덩이 같은 플라스틱 부표가 뱃전에 닿아 있었다. 친구는 갯물이 묻은 두 손을 쩍쩍 뿌리고 고기 구럭을 들여다보더니, 두 손을 엉덩이에다가 씻으면서 도리섬의 곰솔숲으로 눈길을 던졌다.
「자네 큰집 성님이 그때는 아부지 웬수 갚이를 한다고 그라기는 그랬겄제마는, 저 순한녜한테는 암만해도 너머나 해뿐 것 같네. 즈그 오빠가 인공 때 앞도 뒤도 모르고 들썽댔다고, 순한녜한테 그 웬수 갚이를 한 것은 잘못이제잉, 안 그란가?」
나는 가슴이 흠칠했고, 그 가슴속에 든 간이나 쓸개 같은 것들이 숫제 목줄기 쪽으로 올라 붙어버린 듯 찡하고 아프면서 갑갑했다.
친구는, 순한녜를 저 지경 되게 한 장본인이 큰집 종형 영남이라 생각하고 있는 것이었다. 아니, 친구뿐만이 아닐 것이었다. 고향 마을 사람들이 다 그럴 것이었다.

종형은 술에 취하기만 하면 순한녜를 죽이겠다고 쫓아다녔었다. 머슴살이를 하던 순한녜의 오빠가 짚더미 속에 숨어 있는 자기 아버지를 손가락질해 주었기 때문에, 세포위원들한테 잡혀 죽은 것이라 해서였다.
 한번은 부엌에서 설거지를 하고 있는 순한녜를 초주검이 되도록 두들기고 짓밟아놓은 적이 있었다. 그 때문에 종형은 아버지한테 따귀를 얻어맞고 호되게 꾸중을 들었지만, 술이 취하기만 하면 마을 안을 쏠고 다니면서 이미 죽고 없는 세포위원이나 인민위원장을 지낸 사람들의 이름을 외쳐 부르고, 그 집들엘 들어가 살림살이를 부수고, 우리집으로 쳐들어와 순한녜의 머리채를 잡아 퇘기를 치곤 하는 버릇은 고치지를 못했다. 처음 한두 번 그렇게 미친 듯 마을을 뒤흔들어댔을 때 사람들은, 오죽이나 원통하고 분하면 저러겠느냐고 혀를 찼지만, 그게 세 번 네 번 거듭되자, 「시국 잘못 만나서 다같이 생죽음당하고 사는 처지에 해도 너무 해싼다」하며 입을 비쭉거리곤 했다. 난리를 꾸며댈 때마다 큰어머니나 아버지는 그의 등을 쿵쿵 두드려대기도 하고, 따귀를 치기도 하고, 「너 혼자 원통하고, 너 혼자 쌍불이 써져서 그 지랄 하냐?」「어째서 속이 주저앉을락 하면 폭폭 쑤세서 불을 질러놓고 또 불을 질러놓고 하냐?」하면서 등을 걷어밀고 큰집으로 데려가기도 하였다.
 그 종형이 군대엘 간 뒤로 마을은 조용해졌다. 한데 그가 휴가를 나온 무더운 여름의 어느 날 밤에 큰일이 또 벌어졌다. 그것은, 내가 대학 입학시험을 앞두고 팬티 하나로 사타구니를 가린 채 밤낮 가림 않고 책상 앞에 앉아, 기껏 정신을 차려 잡아놓으면 개미처럼 벌벌 기어 달아나고, 다시 눈살을 찌푸리고 붙잡아놓으면 또 기어 달아나곤 하는 글자들을 더듬어 훑느라고 생땀을 빼고 있을 때였다.
 그날 밤, 마당에서는 그릇 달그락거리는 소리가 간헐적으로 들려왔다. 식구들에게 저녁 팥죽을 쑤어먹인 순한녜가 설거지를 하는 소리였다. 나는 석유등잔불 앞에 앉아 있었다. 냇물에서 금방 목욕을 하고 들어와서 앉은 것인데, 등줄기와 이마에는 벌써 끈끈한 땀이 어려 있었다. 빌어먹을 공부, 이것을 해서 무얼 할 것인가. 당시 나는 내가 견디어내야 하는 그 밤의 무더위와, 죽치고 앉아 해야 하는 학과 공부가 지긋지긋했다. 도무지 어떻게 된 머리통인지, 외국어와 수학은 아무리 파고 또 파고 들어가보아도, 까만 발[簾] 같기도 하고 수수밭의 숲 같기도 한 장막이 치렁치렁 늘어져서 앞을 가릴 뿐이었다.

나는 영어 구문론에 처박았던 눈을 들었다. 등잔불이 꺼지지 않도록 몸을 뒤로 빼면서, 부채를 들어 신경질적으로 활활 부쳤다. 그릇 달그락거리는 소리가 그치고, 변소에서 허드렛물 버리는 소리가 촤르릉 울렸다. 부챗바람에 석유등잔불의 그림자가 어지럽게 일렁거렸다. 그 그림자를 바라보며 눈살을 찌푸리는데, 마당 한가운데 놓은 모깃불 옆의 평상에서, 「죽 남은 것 어쨌냐, 쉬어뿐디 시원한 데다 얹어놔라잉」하는 어머니의 말이 들려오고, 「공부하다가 묵을랑가 모른께 그냥 토지(툇마루)에다가 놔뒀어라우」하는 순한녜의 목소리가 이어졌다. 잠시, 마당가의 노천 외양간에 매인 소의 워낭소리가 한가롭게 모닥불 연기 냄새와 함께 모기장으로 스며들었다. 매캐한 쑥불 냄새였다. 어디선가 여자들의 웃고 떠드는 소리가 쑥불 냄새와 함께 아슴푸레하게 기어들었다.

「뒤안에 시원한 물 놔두고 어디로 가냐?」하는 어머니의 말에, 「한 바가지썩 떠서 할라면 까깝해라우」하면서 풍덩 뛰어들어가서 목욕을 해야 시원하다는 순한녜의 대답이 그 쑥불 연기 냄새에 섞이고 있었다.

냇가의 김 둠벙에는 미지근하긴 하지만 가득 담긴 물이 철철 넘쳐흘렀다. 많은 물이 한꺼번에 들어왔다가 한꺼번에 흘러나가므로 깨끗했다. 낮에는 아이들이 들어가 멱을 감고, 밤이면 집 안에 우물물이 없는 아낙네들이나 처녀들이나 남자들이 두엇씩 네댓씩 떼를 지어 가서 멱을 감곤 하였다. 순한녜는 그리로 멱을 감으러 가는 것이었다. 네댓 평 넓이는 실히 될 둠벙 안에서는, 바닷물처럼 자유스럽지는 못하나마 아쉬운 대로 몸을 풍덩풍덩 담그고 헤엄을 칠 수가 있었다. 두 살 난 동생을 업어 키우던 여름, 밭에서 돌아온 어머니가 아기에게 젖을 주는 틈에 순한녜는 그리로 팽당그르르 달려가서 멱을 감곤 했었다.
　여자들의 웃으며 떠드는 소리가 대문간 쪽으로 가까워졌다. 순한녜를 부르는 소리도 섞여 있었다. 냇가로 가려면 우리집의 담밑 골목을 통해 가야 했다. 동네 처녀들이 떼를 지어 가고 있는 것이었다. 그렇게 떼를 지어 가면, 남자들 두엇쯤은 멱을 감고 있다가도 멀리 도망가지 않을 수 없게 되는 것이었다.
　「얼릉 들어와서 자거라잉..」
　어머니의 말이 떨어진 순간이었다. 대문간에서 여자들이, 「아악!」「어메 어짜까잉!」하고 유리병 깨지는 듯한 비명들을 지르면서 우르르 도망질쳤다. 그것은 마치 검은 날개를 칼처럼 내리치며 내달려오는 솔개를 보고 병아리떼가 짚더미나 마루 밑으로 몸을 숨기며 뿜어대는 소리 같은 것이었다.
　나는 반사적으로 몸을 일으켰다. 짚이는 게 있었다. 반바지를 꿰고 러닝 셔츠를 입었다. 마당으로 나갔다. 대문간에서 도망쳐 들어온 여자 몇이 뒤란으로 우르르 달려갔다.
　「이리 와, 이년아!」
　군홧발소리가 대문간으로 뛰어들어오더니 뒤란으로 내달렸다. 휴가 온 종형이 어디선가 또 술을 마시고 순한녜를 잡아 죽이겠다고 쫓아온 것이었다. 처녀들 둘이 사냥개한테 쫓기는 토끼처럼 뒤란을 돌아 마당으로 나왔다. 하나는 평상에 앉은 어머니의 등뒤로 가서 숨고, 다른 하나는 곧바로 대문간을 빠져나갔다.
　「요년, 이리 안 올래?」
　뒤란에서 달려나온 종형은 어머니 뒤에 숨은 처녀에게로 달려갔다.
　「영남아, 너 어째 또 이라냐?」
　어머니가 소리쳤지만, 어머니를 끌어안고 있는 처녀의 머리채를 잡아 뒤로 젖혔다.

「나, 순한녜 아니란 말이오.」

처녀가 숨넘어가는 소리를 했다.

「영남아, 너 여그 조깐 앉어봐라이.」

어머니가 다급하게 말하여 몸을 일으켰지만, 종형은 아랑곳하지 않고 대문간 쪽으로 달려나왔다. 나는 그의 앞을 막아 섰다. 종형의 윗옷 단추들은 모두 풀어헤쳐져 있었다.

「성님.」

나는 한 손으로 펄럭거리는 종형의 군복 옷자락을 잡았다. 땅딸막한 종형하고 맞잡고 싸우더라도 쉽사리 밑에 깔리지만은 않을 자신이 있었으므로 나는 짜증스럽게 꾸짖는 듯한 말투로, 「아따 성님, 어째서 또 이러시오?」하고 소리쳐 말했다. 다른 한 손으로 그의 오른쪽 손목을 움켜잡았다. 그러나 땅딸막한 만큼 다부진 종형이었다. 그는 몸을 한바퀴 빙그르르 돌리면서 내 손과 가슴을 걷어밀어 버렸다. 나는 간단히 대문간 옆의 헛간 앞으로 허물어지듯 주저앉아버렸다. 종형은 미친 말처럼 대문간을 빠져나가고 있었다. 나는 울화가 끓었다.

「워메 워메, 어째사 쓸꼬오, 올 저녁에 뭔 일이 나도 나게 생겼네에. 아가, 아가, 다친 데 없냐 어짜냐.」

어머니가 달려왔지만, 나는 종형을 뒤쫓아 나갔다.

내 머릿속에, 순한녜가 종형의 손에 잡혀 두들겨 맞는 모습이 선하게 그려졌다.

처녀 하나가 아랫집 변소 안에 숨어 있다 나오면서 두 사람이 골목길을 줄곧 내려간 것 같다고 일러주었다. 아랫골목에서 마주친 재종형수뻘 되는 여자가 사장 쪽을 손가락질하여 주었다.

사장 한가운데는 모닥불 연기가 부옇게 피어오르고 있었다. 그 모닥불 가에 멍석을 펴고 앉아서 이야기를 주고받거나 누워 있거나 한 마을 어른들이, 「싸게 쫓아가 봐라」「넓바윗개 쪽으로 갔다」「불쎄 모가지 비틀어서 죽여뿔그나 어짜그나 했겄다」 하고 말해주었다.

나는 돌개바람처럼 넓바윗개로 가는 논두렁길을 달렸다. 발을 헛디뎌 넘어지기도 하고, 넘어져서 논바닥으로 떨어지기도 하면서 앞메 잔등을 넘었다. 어디선가 목이 졸리면서 악을 쓰는 순한녜의 비명소리가 들려오는 것만 같았다. 잔등의 내리받잇길을 달려가는데, 큰아버지의 무덤이 있는 숲속에서, 「으헉, 으헉」 하는 남자의 울음소리가 들렸다. 종형이 무덤 앞의 잔디에 얼굴을 박은 채 버리적거리고 있었다. 나는 입과 코로 터져나오는 헐떡거리는 숨결소리를 죽이며, 어둠에 잠긴 무덤 주변의 잔솔숲을 더듬어보았다. 무덤 뒤쪽에, 언제 보아도 되새김질을 하며 누운 황소 같은 바윗돌 하나가, 헐떡거리는 나의 숨결에 푸르르 날려버릴 것만 같은 어둠 자락을 꽉 누르고 있을 뿐이었다. 주변 어디에도 쓰러져 있는 순한녜의 몸뚱이인 듯한 희끗한 것은 없었다. 순한녜가 잡히지 않은 게 분명하다 싶었다. 발소리를 죽이면서 종형 옆의 숲을 빠져나갔다. 넓바윗개로 달렸다. 상어한테 먹물을 뿜으면서 달아난 낙지나 오징어처럼, 바위 틈이나 치켜올려 놓은 폐선들 틈에 박혀서 발발 떨고 있을 순한녜의 모습이 보이는 듯했다.

넓바위 연안으로 들어서자, 입과 코에서 헐떡거리는 숨결소리와 가슴에서 쿵쾅거리는 심장소리와 그 쿵쾅거림이 관자놀이에서 욱욱하고 부딪치는 소리에 멍멍해 있는 내 귓속을, 모래톱에서 찰삭거리는 물결소리가 파고들었다. 목청을 높여, 「순한녜야」 하고 불렀다. 그 소리가 연안의 골짜기와 바다로 흩어졌다. 나는 재빨리 헐떡거리는 숨결을 눌러 참고 귀를 기울였다.

'나 여그 있다아.'

순한녜의 목소리가 어디선가 들려오는 것 같았다. 그것은 환청이었다. 다시 불렀다. 메아리가 사위어가기를 기다렸다가 다시 불렀다. 부르고, 기다렸다가 다시 부르고 하면서 짝귀 연안으로 돌아갔다.
「영훈아.」
 뜻밖에도 순한녜는 넓바위 선창 끄트머리에 정박된 배의 이물 덕판 속에 박혀 있었다. 토끼처럼 벌벌 떨고 있다가 내가 짝귀 연안으로 돌아가는 것을 보고 부두로 걸어나오면서, 겁과 울음으로 꽉 잠긴 소리로 나를 부른 것이었다.
 나는 부두로 달려갔다. 내가 다가가자 순한녜는 내 어깨에 매달리다시피 하고 부두 바닥에 주저앉으면서 울기 시작했다. 바닷물에 풍덩 빠져 허우적거리다가 구제받은, 헤엄칠 줄 모르는 아이처럼 순한녜의 저고리와 치마폭은 땀에 젖어 있었고, 또한 그런 아이처럼 떨어대고 있었다.
 바닷물은 부두를 넘을 만큼 가득 밀려들어 있었다. 껌껌한 먼바다에서 밀려온 잔물결이 부두 끝과 부두 뒤쪽의 허리를 가만가만 핥듯이 쓰다듬듯이 찰싹거릴 뿐이었다. 부두 안의 수면은 잔잔하게 일렁거렸다. 거기 뜬 별떨기들이 물 속 궁전에 휘황하게 빛나는 등불들 같았다. 줄타기나 널뛰기를 하는 노랑저고리들처럼 일렁거렸다. 아니, 어쩌면 바야흐로 무더운 이 여름의 어둠발을 타고 내려온 별들과 해수와의 은밀한 혼례가 벌어지고 있는 것인지도 알 수 없었다. 마녀처럼 음탕한 바다였다. 시꺼먼 빛깔의 한없이 큰 입과 끝없이 넓고 깊고 부드러운 자궁을 가진 바다는 탐욕스럽게 별들을 품에 안아 쌀을 일듯 애무하고 있었다. 거무스레한 해무를, 머리카락처럼 산발한 밤바다의 찰싹거림은 어쩌면 별들을 핥고 빨고 입맛 다시는 소리였다.
 나는 순한녜 옆에 쪼그리고 앉은 채 수면 위에 뜬 별떨기를 내려다보고 있었다. 내 반바지와 러닝 셔츠도 순한녜의 저고리나 치맛말 한가지로 흠뻑 땀에 젖어 있었다. 그러고도 등줄기나 가슴팍이나 이마에서는 아직 땀이 물 흐르듯 하고 있었다. 이마의 땀은 눈알을 쓰리게 했고, 등줄기와 가슴팍에서는 벌레들이 기어가듯 스멀

스멀했다.

「느그 성이 여그까장 쫓아오면, 이 배 타고 저 깊은 바다로 나아 갖고, 빠져 죽어뿔락 했어야.」

울음을 그친 순한녜는 이렇게 말하면서, 어둠에 잠긴 먼바다를 향해 커다랗게 숨을 들이쉬었다. 나는 마땅히 해줄 말을 찾지 못하고, 러닝 셔츠자락에 감싸인 내 가슴과 어깨에 맞닿아 있는 순한녜의 뜨거운 가슴과 어깨와 팔뚝을 마주잡아 주고만 있었다. 내 손아귀 속에서 두 사람의 땀은 끈적끈적한 피처럼 섞이고 있었다. 순한녜의 겨드랑이나 젖가슴 죄어맨 치맛말에서 피어난 시큼한 땀 냄새가 코끝에 닿았다. 그것은 어쩌면 잘 익은 과일 냄새처럼 혀밑에 침을 괴게 하고 가슴에 생소주 한 컵이라도 들이켠 듯한 전율을 피어나게 했다. 순간 순한녜가 잘 익은 과일처럼 성숙한 처녀이며, 나는 이 처녀를 아내로 맞을 수도 있는 남자라는 사실이, 김발에 끈덕지게 엉겨붙는 잡태(雜苔)의 포자처럼 내 온몸에 퍼지고 있었다.

나는 순한녜를 흔들면서, 「옴스롱 본께 큰아부지 묏등에서 영남이 성이 울고 있드라. 짝귀 쪽으로 돌아서 얼릉 가자. 옷 갈어입어사 쓰겄다」하고 말했다. 순한녜가 딸꾹질하듯 재채기질을 하면서 몸을 일으키더니, 「나 여기서 멱 쪼간 감고 가사 쓰겄다. 같이 감자」하고 부두 끝으로 갔다. 나는 시꺼먼 부두 끝의 어둠 속에서 철버덕거리는 바닷물을 내려다보았다. 별떨기가 그 철버덕거리는 물결 위에서 깨어지고 있었다. 헤엄에 자신이 없는 것은 아니었지만, 나는 밤바다에 들어간다는 생각만으로도 섬뜩하고 으스스했다. 물에 뛰어들기만 하면, 낚시를 물어서 돌 틈으로 끌어다가 놓아버리는 게라는 놈 같은 물귀신이 있어서 내 발목을 꼭 잡아끌고 깊은 물밑으로 들어가 버릴 것만 같은 생각이 든 것이었다.

「집에 가면 어차피 또 민물로 목욕을 해사 쓸 것인디, 뭣하게 갯물에 들어갈라고 그러냐?」

순한녜는 내 말을 아랑곳하지 않고 선창 끝에서 화르르 옷을 벗었다.
 묘한 아이였다. 어려서부터 순한녜는 바닷물에 뛰어들기를 좋아했었다. 두 살 난 동생을 떡덩이처럼 차고 다니던 여름 무렵, 순한녜는 밭에 김매러 간 어머니의 눈을 피해서 넓바윗개로 팽당그르르 내달리곤 했었다. 내가 학교에 안 가는 일요일 같은 때는 나하고 함께 오기도 했었다. 그녀는 나무 그늘에 있는 폐선의 널빤지 위에다가 아기를 잠재워두고 물로 들어가곤 했었다. 아기가 잠을 자지 않을 때면 콧등과 이마에 송알송알 땀방울을 단 채 난폭하리만큼 세차게 가슴을 토닥거려 가지고 잠을 억지로 자게 하곤 했었다.
 발을 물에 담그고, 가슴과 얼굴에 물을 묻히고 난 순한녜가 물로 뛰어들었다. 나는 선창 끝으로 달려갔다. 순한녜가 벗어놓은 옷들이 허물처럼 놓여 있었다. 순한녜를 삼킨 바닷물이 어둠 속에서 희끄무레한 형광불빛 묻은 거품을 내어놓았다. 별떨기들이 그 거품 위에서 싸락눈 가루처럼 쪼개졌다.
 뛰어든 곳에서 여남은 발쯤 떨어진 검은 물 속에서 물귀신처럼 살며시 머리를 내민 순한녜가, 「아따 시원하다. 너도 얼릉 들어오니라」 하고 말했다. 선창 끝에서 멀리 떨어진 곳에 외롭게 정박되어 있는 배를 향해, 물고기처럼 물장구치는 소리 하나 내지 않고 헤엄을 쳐가고 있었다.
 「얼릉 들어와아.」
 재촉하는 소리를 듣고, 나는 순한녜가 겁많은 사람이라고 나를 비웃을 것만 같아, 옷을 벗었다. 체육시간에 배운 대로 간단한 준비운동을 했다.
 부두 끝에는 비스듬한 계단이 있었고, 그 계단 양편은 같은 기울기로 편평하게 흘러내려 있었다. 낮에는 발가벗은 소년들이 따뜻하게 달구어진 그 비스듬한 부두 끝에다 등을 대고 누워 해바라기를 하곤 했다. 아직 미지근한 기운이 남아 있는 돌에서 물로 조심스럽게 발을 들여놓았다. 얼굴과 가슴에 물을 묻혔다. 미끄러지듯 물로 빠져 들어갔다. 차가웠다. 언제 더워서 비지 같은 땀을 흘렸느냐 싶게 밤바다는 몸을 차갑게 얼리고 있었다. 귀에 물이 들어가지 않도록 개구리헤엄을 쳤다. 순한녜는 그 사이 어둠 속에 동그마니 뜬 채 취선의 고물 쪽 뱃전을 잡고 몸을 솟구쳐 올라가고 있었다. 바닷물 속에 혼자 남아 있다는 생각이 나를 조급하게 했다. 팔다리를 빠르게 저어 속력을 내었다. 뱃전을 올라가는 순한녜의 물 흐르는 희끗한 등허리와 엉덩이에 별빛이 묻어 있었다. 그녀가 뱃전 안으로 들어앉으면서 물 속에 든 나를 내려다보았다. 나는 고물을 피해서 이물 쪽으로 갔다. 뱃전을 잡았다. 허겁지겁 헤엄을 쳐온 때문에 숨이 가빴다. 뱃전을 잡은 팔에 몸을 싣고 가쁜 숨을 몰아쉬는데, 순한녜가 「올라온나. 뱃바닥은 뜨뜻하다」 하였다.

　내가 다니는 고등학교는 당시 장흥읍에서 유일한 남녀공학이었고, 우리 반에는 여남은 명의 여학생들이 있었다. 그 가운데는 시장 가의 여관집 딸도 있었고 술집 딸도 있었다. 어느 때 보면, 저희들끼리 무슨 이야기를 해놓고 까르르 웃기도 하고, 남학생들이, 「야, 오늘 저녁에 방림소에 멕감으러 가자」 하고 희롱하는 말을, 「자네 누님하고나 가소」 하고 받아넘기고는 달아나기도 했었다. 그 여학생들 가운데 순한녜처럼 대담한 아이가 있을 것 같지 않았다. 조금 전 부두 위에서 발발 떨던 순한녜가 생각났다. 한데, 무엇이 이날 밤 순한녜를 이렇듯 대담하게 만들어놓고 있는지 나로서는 알 수 없었다.

　뱃전으로 솟구쳐 오르면서, 나는 슬그머니 두려운 생각이 들었다. 순한녜가 혹시 물귀신한테 홀리고 있는지도 모른다 싶었다. 순한녜를 홀리는 것은 총각귀신일 것이었다. 홀린 순한녜 때문에 나도 함께 물 속 깊은 곳으로 가라앉아버릴 것만 같은 생각이 머리끝과 등줄기의 잔털을 곤두서게 했다.

　「너는 뭔 시염 (헤엄)을 질로 잘하냐?」

고물에 앉은 순한녜가 윗몸을 뱃전 너머로 숙이고 한 손으로 물장난을 하면서 물었다. 내가 할 수 있는 것은 기껏 개구리헤엄뿐이었다. 헤엄을 막 배울 때 많이 하던 개헤엄은 아이들이나 하는 것이었고, 장도칼로 물을 베듯이 두 팔을 바람개비 날개 돌듯 젓는 헤엄은 빨리 달릴 수는 있지만 힘이 한꺼번에 많이 들어 금방 뻗치고 마는 것이므로 빨리 달릴 필요가 있을 때나 하는 것이었다. 누워서 손만 까딱거리며 하는 송장헤엄이나, 몸을 옆으로 비스듬히 눕히고 한 손으로 앞의 물을 당기고 다른 한 손으로 가슴 부근의 물을 밀어내면서 치는 헤엄은 귀에 물이 들어가는 괴로움이 있으므로 나는 싫었다.

내가 대답을 하지 않자, 순한녜는, 「춥지만 않으면 나는 하루 내내 물 속에 있으락 해도 있겠어야. 송장시염이 질로 재밌어야. 가만 뉘갖고 손만 까딱거리면 되그덩아」 하고 자랑하듯이 말하면서 윗몸을 들었다. 몸통을 모로 틀어 앉은 채 얼굴을 나 있는 데로 돌렸다. 어둠 속이지만, 쪼록쪼록 땋은 머리채를 머리꼭지에다가 똬리처럼 말아올려 핀으로 고정시킨 것이 상투를 틀어올린 것같이 보였다. 나는 뱃전에다가 가슴을 붙이고 앉은 채, 아무리 해보려고 해도 송장헤엄을 못 치겠더라고 했다.

「그거 아주 쉬워야. 내가 갈쳐주께 이리 온나」 하면서 순한녜는 물로 첨벙 뛰어내렸다. 물 속을 한참 뀌더니 푸우 하며 나왔다. 배에 앉아 있는 나보고 얼른 내려오라고 했다. 나는 뱃전을 잡고 조심스럽게 물로 들어갔다. 여느 때 나는 수영을 해도 머리를 물 속에 넣지 않았다. 귓속으로 물이 들어가고, 귀가 멍멍해지는 것이 싫을 뿐만 아니라, 숨이 막히고 눈알이 쓰림쓰림하여지는 게 답답하고 무서운 것이었다. 모든 소리가 자욱하게 가라앉아버린 듯 멍멍한 물 속에 들어갔다가 나오는 순간, 귀를 막았던 물이 흘러내리면서 와르르 귀청으로 밀려 들어오는 파도소리는, 내 귀청을 통해 온몸의 피를 발끈 뒤집어서 거꾸로 흐르게 하는 듯하는 것이었다.

송장헤엄은 나중에 혼자 천천히 배워보겠다고 하며, 나는 그냥 부두 끝을 향해 헤엄쳐 갔다. 그런데 순한녜가 내 옆으로 헤엄쳐 왔다. 한 손으로 내 팔을 잡고 다른 한 손으로 내 뒤통수를 받쳐주면서, 「몸의 힘을 탁 풀고 죽은 것같이 해뿌러 봐」 하고 말했다. 나는 그녀가 시키는 대로 하지 않을 수 없었다. 드러누운 내 다리와 아랫몸이 둥실 뜨는 듯했다. 과연 어렵지 않은 송장헤엄이구나 하고 생각을 하는 순간, 순한녜가 내 뒤통수 받치고 있던 손을 떼어냈다. 머리가 가라앉아가고, 귓속으로 물이 흘러들고 있었다. 나는 몸을 움츠리면서 뉘었던 몸을 발딱 뒤집었다.

「아이고 못하겠다.」

내가 소리치자, 순한녜가 나를 얼싸안고 뒤로 벌렁 넘어지면서 송장헤엄을 치기 시작했다. 내 몸은 그녀의 가슴과 배 위에 얹혀 있었고, 그녀의 누운 몸은 완전히 물 속에 잠겨 있었다. 그런 채로 그녀는 물개처럼 여유 있게 헤엄을 치고 있었다. 나는 내 턱에 부딪는 그녀의 뭉실뭉실한 젖가슴과 아랫배에 닿은 미끄런 살들 때문에 숨이 가빠졌다. 내 몸 어떤 부분에서 먼저 끓기 시작한 것인지 알 수 없는 뜨거운 덩어리들이 어깨와 팔과 다리와 머리끝에서 뭉쳐져 가지고 가슴속으로 몰려들었고, 그 덩어리들은 내 몸을 싸고 도는 물결처럼 출렁거리기 시작했다. 내 몸에 돌출된 모든 기관이 그 뜨거운 덩어리들을 뿜어낼 채비를 하고 있었다. 나는 그녀를 끌어안았다. 그녀는 아랫도리로 나를 실은 채 두 팔로만 물을 당겼다. 우리는 물개처럼 아랫몸을 물 속에 잠근 채 한데 엉기어 부두 끝에 닿았다.

비스듬히 물 속으로 묻히어간 정칫돌 바닥에 번듯이 몸을 누인 그녀는 두 다리의 종아리 부분으로 내 다리를 감아 훑으면서 물장구를 쳤다.

「큰 상어 한 마리를 탄 것같이 재밌지야?」

순한녜는 가쁜 숨을 내쉬면서 웃고 있었고, 나는 부두만큼이나 큰 낙지의 발에 붙은 빨판 속으로 빨려 들어가듯 그녀의 뜨거운 안속으로 깊이 잠입해 들어가고 있었다. 나를 끌어안은 채 물장구를 치던 그녀가 「아!」 소리를 지르면서 낙지발처럼 긴 두 손으로 내 얼굴과 가슴팍을 걷어민 것은 바로 이때였다.

나는 아랑곳하지 않고 부두 끝을 휘도는 밀물처럼, 피를 본 상어처럼 돌진해 들어가고 있었다. 그녀는 발버둥치듯 물장구를 치면서, 「나는 모른대이, 몰라」 하고 울어버렸다. 우리의 아랫몸을 싸고 도는 바닷물은 일렁거리면서, 문짓문짓 살결을 핥았다. 우리의 가슴속으로 흘러들고 있었다. 물위에 뜬 별떨기들도 함께 흘러들고 있었다.

이런 일이 있은 뒤부터, 순한녜는 마당의 평상에서 자는 척하다가 밤이 깊어지면 사랑방의 석유등잔불 앞에 앉아 땀을 빼고 있는 나를 끌어내곤 했고, 끌어내서는 냇가에 있는 둠벙으로 데리고 가서 송장헤엄을 가르쳐주고, 그리고 아랫몸을 물 속에 잠근 채 나를 끌어안고 몸부림을 치면서 물장구를 치곤 했다.

이해 가을 들면서 어머니와 아버지는 서둘러 순한녜를 장터 근처에 있는 연평리로 시집을 보냈다. 일 년 남짓 있으면 제대를 한다는 현역 군인한테로였다. 오갈 데 없는 고아이기는 하여도, 키 훨칠하게 크고 인물 좋고 살림 잘하고 여물다고 소문난 순한녜였으므로 밥술이나 두고 먹는 집안으로 시집을 갈 수가 있었던 것이었다. 신랑 편에서는, 어머니 쪽이나 아버지 쪽의 혈통 모두가 체구 작은 '좀씨'여서 땅딸이 같은 아들딸만을 낳곤 한다 하여, 키 큰 내림의 여자를 구한다고 순한녜를 감지덕지 맞아간 것이었다.

나의 어머니와 아버지는 이 지방의 여느 사람들이 친딸을 여의는 것 이상으로, 재봉틀에 장롱에 찬장에 화장대에 라디오까지를 얹어 시집을 보냈었다. 동시에 아버지는 나한테, 「어무니 아부지 죽었다는 소식이 있어도 집에 올 생각 말어라」 하는 내용의 편지를 보내왔었다.

뱃속에 아기를 담고 시집간 순한녜는, 타고 간 가마의 문을 열고 시가의 툇마루를 올라선 지 일곱 달이 채 못되어서 달떡 같은 아들 하나를 낳아버린 것이었다. 이 사실을 안 그녀의 남편은 그길로 장기복무 지원을 함과 동시에 월남 파병에 지원을 해버렸던 것이었다.

그 사이 아버지는 '형님 때려죽인 고향'에 정이 떨어졌다면서 살림살이를 모두 정리해 가지고 광주로 이사를 와버렸고, 큰집의 종형 또한 제대를 하여 나오자마자, 논밭 팔고 집 팔아 싸 짊어지고 서울로 가버린 것이었다.

바람이 일고 있었다. 밋밋한 바다자락에는 잔주름 같은 물결이 일고, 그 물결들이 뱃전에 철버덕 부딪고 있었다. 아스팔트의 먼지 속에서만 살던 내 목덜미는 유리처럼 투명한 해변의 대기 속에서 비치는 햇살을 받고 금방 따가웠다. 나는 목을 움츠렸다. 도리섬을 향해 선 친구가 호주머니를 뒤지고 있었다. 나는 얼른 내가 걸친 풀색 운동복의 위호주머니 속에서 은하수 담뱃갑을 꺼냈다. 한 개비를 꺼내주고 나도 한 개비 빼어 물었다. 배는 서서히 바람과 밀물을 따라 우산도 쪽으로 밀려가고 있었다. 친구는 불붙인 담배를 입에 물고 몇 번 빨더니, 내가 아무리 금방 먹은 것으로 만족한다고 해싸도, 기어이 숭어 한 마리를 도마 위에 놓고 칼질을 하기 시작했다.

나는 가슴이 떨리고 있었다. 담배연기를 깊이 들이마셨다가 뿜었다. 그 연기가 친구의 부스스한 머리칼 주변에서 흩어졌다. 나는 뱃전 밑의 투명한 물 속에 눈길을 박았다. 먼바다에서 춤추듯 일렁거리며 이랑져서 밀려든 혓바다 같은 물결들이 뱃전을 핥듯이 때리고 있었다. 그 물결에 순한녜의 유선형 얼굴이 떠서 일렁일렁 밀려오고 있었다. 나는 멀미를 앓듯 어지러워졌다. 일어서서 쫓기는 사람처럼 황급히 노를 걸어 저었다.

바닷물에 도마와 칼을 넣어 씻고, 비늘 거스른 고기를 넣어 헹구면서 친구는,「그런디 참 이상한 일이 있단 말이시」하고 말했다. 나는 노젓기를 멈추었다. 고기에 묻은 물을 뿌리는 친구의 눈살은 찌푸려져 있었다.

「이것이 사실인지 어쩐지는 모르는디, 순한녜가 낙지를 잡으러 가고 없을 때, 몰래 배를 대고 그 바윗굴 속을 들어가본께 금메 자네 사진을 딱 걸어 놔뒀드락 하드랑께. 학생 때 찍은 사진을 말이여. 참말로 얼척없는 일 아닌가잉.」

친구는 고기의 살을 떼내다 말고 나를 향해 허허허 하고 웃었다. 내 얼굴은 뜨거워졌다. 전신에 오싹 땀이 솟고 있었다.

「완전히 미친 것이제잉. 온전한 정신인 사람이 저러고 있겄는가?」

친구는 뼈만을 추려낸 뒤에 살을 잘게 썰었다.

「노 치켜 올리고 이리 오소. 밀려가면 얼마나 밀려간당가. 천천히 묵고 가세.」

나는 노를 끌어올리고 친구 앞으로 갔다. 생선회의 맛은 숭어가 일품이었다. 그것은 어디 한 군데도 질기거나 흐물흐물 무른 데가 없었다. 씹은 만큼 물러지고, 물러진 만큼 달고 고소한 맛이 나는 것이었다. 전어나, 도미나, 병어나, 깔따구의 회를 좋다고 말하는 사람도 있기야 있지만, 그것들은 숭어회가 있고 보면 금방 맛을 잃게 되는 것이었다. 그만큼 숭어회는 달고 고소한 감칠맛이 있는 것이었다.

「뭣뭣 해싸도 숭어가 양반괴기시.」

나는 초장에 버무린 숭어회를 입에 넣고 씹으면서도 그 맛을 몰랐다. 친구는 두어 점을 씹어 넘기더니,「그 여자가 보통으로 미친 여자가 아니시」하고 다시 순한녜 쪽으로 말을 돌렸다.

「어쩌면 귀신이 들렸는가도 모른다고 해쌓데.」

잔물결들이 뱃전을 철버덕철버덕 핥듯이 때렸다.

「가끔 말이시잉, 배를 타고 지내가면 배를 대라고 손을 이렇게 까부른닥 하드란께.」

친구는 내 눈앞에다, 손바닥으로 키질하듯 까부르는 시늉을 해 보였다. 나는 웅성거리는 사람들한테 엉덩이라도 한번 차일까 싶어 꼬리를 사타구니 속에 집어넣고 밥그릇만을 부지런히 핥아대는 상갓집의 개처럼 고개를 떨어뜨린 채 도마 위의 숭어 살점을 집어서 초장에 버무려가지고 입에 넣어 씹고만 있었다.

「그런디 묘한 것은 배가 꼭 한 척만 지내가고, 그 배 우에 사람이 혼자 타고 갈 때만 유혹을 하는 모양이데, 흐흐흐흐.」

친구는 나보고 천천히 먹으라고 하면서 몸을 일으키더니 노를 걸어 저었다. 나는 고개를 들지 않고 회를 입에 넣고 씹기만 했다.

「분명히 귀신이 들리기는 들린 모양인 것이 말이시, 순한녜가 손짓하는 데로 배를 댄 남자치고 씽씽하게 남어난 사람이 없다네. 참말로 도리섬에 배를 대고 그렇게 된 것인지 어쩐 것인지 알 수는 없제마는, 모두가 그런 소리를 해쌓데. 잼몰에 말바구라고, 그 철식이 둘째동생이 있는디, 그놈이 제대해 갖고 와서 석 달 만엔가 안 죽었다고? 그렁께 저녁 물때에 혼자 물을 봐갖고 오다가 멋모르고 거그다가 배를 댔든갑데. 그래 갖고 뭔 일을 어떻게 당했는지는 모르는디 말이시, 말바구가 한밤중이 되어서사 집엘 들어오드락 하데. 그런디 막 들어옴스롱 코로 입으로 그냥 먹피를 쏟음스롱 드러눕드니 눈을 감어뿔드락 하데. 도저히 그 먹피를 어떻게 막어볼 도리가 없더락 하더란께.」

친구는 넓바윗개를 향해 배를 몰아가면서 말을 이었다.

「그러고 큰동네 만길이라고 안 있는가, 거? 그 사람도 내 생각 같어서는 도리섬에 배를 대고 그런 중병이 든 것만 같네. 소금장사를 한다고 우산도를 늘 댕기는디 말이시, 한참 장사를 겁나게 잘한다 어짠다 해쌓더니, 두 달 전부터 갑자기 허리를 통 못쓰고 방뼈만 쯂어지고 있닥 하드란 말이시. 소금 가마니를 퍼내다가 허리를 상했다고 하기도 하고, 전에 샛개 간척지 둑막이 공사판에 나댕기다가 든 골병이 인제 도진 것이라고 하기도 하지마는, 암만 해도 의심스럽단 말이시.」
배는 넓바위 연안으로 들어서고 있었다.
「또 묘한 것은 말이시, 그 여자가 시방 서른다섯 살인가 여섯 살인가 될 것인디, 가까운 디서 똑똑히 봤다는 사람들 말을 들어보면, 시방도 영락없이 처녀 같다 하드랑께. 말이, 서른 살 넘은 기집은 바람든 무시(무) 속 같다는디 말이여, 참말로 그럴 수도 있는 것인지 어짠 것인지 알 수가 없네마는……. 그러고 나도 금년 봄에 그물을 보러 갔다가 옴스롱 한번 봤는디 말이시, 이 예펜네가 바위 앞에서 따뜻한 볕을 받고 앉어 있데. 껌정 치마 하나만 허리에다 두르고, 위통을 활랑 벗고 말이시. 머리를 빗고 있등만. 참으로 이상스럽단 말이시. 대개 보면, 갯물에 몸을 적시고 사는 해변 여자들은 몸이 꺼무접접하고 머리도 노르작지근하게 마련 아닌가. 그런디 이 여자 살결은 꼭 백새 한가지여. 그러고 머리는 영락없이 먹장 같데. 금방 감은 머리라서 물이 묻었은께 그렇게 뵀는지 어쨌는지는 몰라도, 반들반들한 해웃장(김) 같이 껌드랑께. 또 머리에 털이 남스롱은 한번도 안 잘렀는지 어쨌는지 그놈의 머리는 어찌께나 길다란지, 아마 거짓말을 조깐 보태면 한발은 되겄데.」
친구는 이 밖에도 많은 이야기를 했다.
이해 들면서부터 마을에는 순한녜를 도리섬에서 쫓아내자고 하는 사람들이 수없이 많아졌다는 것이었다. 그들은 대개 새텃몰과 잰몰의 아낙네들이었는데, 그들의 말인즉, 어떤 남자가 또 언제 어떻게 그 여자한테 홀려가지고 거기에 배를 댔다가 목숨을 잃게 될지 모른다는 것이었다. 그러나 그 여자가 말바구나 만길이를 홀려다가 무슨 짓 한 것을 직접 눈으로 보았다는 사람이 나타나지 않는 것은 물론, 그러한 사실을 방뼈 지고 누워 있는 만길이 펄쩍펄쩍 뛰며

부인을 하므로, 아무도 쫓아내자고 앞장서는 사람이 없다는 것이었다.

그런가 하면, 사람들은 그 여자에게 죽은 오빠의 귀신이 붙었을 것이라고 하기도 한다는 것이었다. 말하는 사람에 따라서는, 그 여자가 미쳤거나 미치지 않았거나 간에, 어쩌면 선천적으로 어머니를 닮아서 화냥년의 기질을 가지고 있을 것이라 하기도 한다는 것이었다. 때문에, 뱃사람이나 해변 사람이 아닌 뭍(육지)에 사는 남자한테서는 만족을 얻지 못하고 해변의 갯벌 바다으로 왔을 것이라는 것이었다.

또, 사실 이것이야말로 쉽게 고개를 끄덕여줄 수 없는 말이기는 한데, 말을 하는 사람에 따라서는, 여자가 밤이면 상쾌이(상어) 같은 물고기로 변해가지고 도리섬 주변에 사는 수컷 상어하고 물속에서 보쟁인다고 하기도 한다는 것이었다.

「사람들이 뭣이라고 뭣이라고 해싸도」 하고 친구는 결론을 내려 말하고 있었다. 「사실은 서울 가서 산다는 자네 사춘 성 영남이가 신세를 망쳐놨기 땀시 세상을 비관하고 그르쿨로 혼자 들어와 살고 있는 것같이 생각이 되데.」

고개를 쿡 떨어뜨린 채 회를 씹어삼키는 내 머릿속에는 궁금한 생각 하나가 낙지발처럼 수없이 많은 빨판으로 내 가슴벽을 문짓문짓 빨아대고 있었다. 순한녜가 시집간 지 일곱 달이 채 못되어서 낳았다는 그 아기는 지금 어디서 누구의 손에 자라고 있는가 하는 생각이었다. 어림해 보아, 그 아이는 열네 살은 되어 있을 것이었다. 나는 피가 빨리는 듯 아픈 가슴을 펴고 크게 숨을 들이쉬었다.

생각을 떨어내듯 고개를 세차게 저었다. 그 아기의 문제가 대수로울 게 무엇이냐고 나 스스로에게 물으며 다시 회를 입에 넣고 씹었다. 그것들은 이미 내 머릿속에서, 넓바위 연안의 흰 모래들처럼 하얗게 바랜 것들이 아니냐고 다짐을 주듯 이끝에 힘을 주어 씹었다.

친구가 배를 선창 끝에 댔다. 밀물이 세차게 밀려들고 있었다. 먼바다에서 이랑져 달려온 물결들이 넓바위 연안의 선창 끝에서 소용돌이치듯 일렁거렸다. 소용돌이치는 듯한 일렁거림이 나를 어지럽게 했다. 얼핏 구역이 느껴졌다. 부두로 뛰어내렸다.

아찔한 현기가 날 정도로 투명한 해변의 대기 속에서 햇살은 내 머리칼과 목덜미와 등과 어깨와 발등을 파묻는 모래 위로 뜨겁게 쏟아지고 있었다. 집중 사격하는 총알처럼 쏟아지는 햇살 속에서 나는 이 고향 바다를 훌쩍 떠나버릴 구실을 만들기 시작했다.

이날 나는 아침나절에, 잠깐 물 속에 몸을 담가보는 둥 마는 둥 하고 점심을 먹었다. 그리고는 아카시아숲 그늘 속에 가마니를 펴고 멍히 누워 있다가, 네시가 조금 지나서 천막을 거두어 챙겼다.

「풀인가 뭣인가를 조사하고 어짜고 할라면 며칠 묵어사 쓰겠다고 하드니, 이거 뭔 일인가?」

저녁 썰물 때의 그물을 보러 나온 친구가 두 눈의 흰자위를 치켜 올리면서 물었다. 나는 지난 봄에 맹장자리가 아프기에 약을 먹었는데, 그때 그냥 언제 그랬었느냐 싶게 가라앉아버리더니, 그게 이제 와서 기어이 탈을 내고 말 모양이라고 거짓말을 주워대면서 길을 떴다.

신상 종점에서 다섯시 정각에 떠가지고 회진을 경유하여 광주까지 가는 완행버스를 타고 진메 모퉁이를 돌아가면서, 나는 생각을 바꾸었다. 아무래도 순한녜를 도리섬에 그대로 처박아두고 가서는 안될 것만 같았다. 그렇다고 내가 순한녜를 광주로 데리고 가서 정신병원에 입원을 시켜주겠다든지, 데리고 살겠다든지 하는 생각을 한 것은 아니었다.

그것은 끔찍한 생각이었다. 순한녜를 죽이겠다는 것이었다. 죽이되, 물에 빠져 죽은 것으로 가장을 하여두고 도망을 치겠다는 것이었다.

물고기처럼 헤엄을 잘 치는 그녀를 어떻게 물에 빠뜨려 죽일 것인가 하는 것이 문제였다. 허리띠 같은 것으로 목을 졸라 죽인 다음 물에 던진다면 간단하긴 할 것이지만, 목줄에 찰과상이나 타박상이 생기게 될 것이었다.

여기서 나는 수면제를 생각해 냈다. 그걸 먹여가지고 물에 빠뜨리겠다고 했다. 먼저 바위 위에 신을 나란히 벗어놓으라고 한 다음 배에 태우리라 했다. 그리고 준비해 가지고 간 사이다를 먹이겠다고 했다. 거기에 수면제를 탄다면 될 것이었다. 수면제의 약효가 몸에 번질 무렵, 깊은 바다로 나가가지고 그녀를 바다로 떠민다면 일은 간단히 끝날 것이었다. 아무리 물고기처럼 헤엄을 잘 치는 그녀라 할지라도 의식이 가물거리는 상태에서는 고깃밥이 될 수밖엔 없을 것이었다.

회진에 도착한 것은 다섯시 십오분이었다.

버스에서 내려가지고 선창가에 있는 여관방 하나를 잡아들었다. 되도록이면 아는 사람을 만나지 않으려고 무더운 방안에 앉아 있다가, 일곱시가 가까워서 저녁을 시켜 먹었다.

간척지 논둑에서 핀 하얀 소금꽃과 진멧몰 뒷산머리에 얹힌 솜털구름에 벌겋게 타는 듯한 노을이 스러지고, 회진 뒷산의 풀숲에서 흘러내린 땅거미가 여관방 안으로 거멓게 몰려들 무렵, 나는 주인아주머니에게 바람이나 좀 쐬고 오겠다면서 문을 잠그고 밖으로 나갔다.

약방으로 가서 마이신 네 알을 샀다. 그것은, 만약의 경우 알리바이의 성립을 위한 것이었다. 그리고 내 불면증은 아주 심해서 보통 사람의 세 배나 네 배 정도로 많은 약을 먹어야 된다는 장황한 설명을 한 다음, 수면제 네 알을 청했다. 젊은 약사는 내 얼굴을 빤히 건너다보더니, 불면증의 내력을 꼬치꼬치 캐묻고 세레피아 두 알을 내어주었다. 나는 고개를 저었다. 내 불면증은 이런 것 다섯 알로도 다스려지지 않는다는 거짓말을 했다. 며칠 전에 광주 어느 약방에서 캡슐로 된 것 세 알을 주기에 그걸 한꺼번에 먹어보았더니, 그날 밤에는 아주 잘 잤노라는 말을 덧붙였다.
「걱정 마시고 주십시오. 혹시, 제가 무슨 일을 내지나 않을까 걱정이 돼서 이러시는 모양입니다만…….」
잠시 유리문 밖으로 바라다보이는 고무신 가게의 불그죽죽한 전등불을 멀거니 보고 있던 약사가 조제실로 들어갔다. 무엇을 하는지 한동안 꾸물대고 있다가 치잣빛 캡슐 세 알을 가져다주었다.
「한꺼번에 잡수시면 안됩니다. 위험해요. 우선 한 알만 잡수시고 주무셔보십시오. 그래도 안되면 한 알만 더 잡수십시오. 절대로, 세 알은 안됩니다잉.」
절대로 안된다면서 세 알을 주는 약사의 저의가 아무래도 아리송했지만, 나는 그걸 호주머니에 넣으며,「큰 부작용은 없죠?」하고 일단 나쁜 일에 사용하지 않을 것이라는 다짐을 던져주고 약방을 나왔다. 암소의 늘씬한 허리처럼 잘록한 한재 잔등 위로 양판같이 둥그런 달이 떠올라 있었다.

두 홉들이 삼학소주 한 병을 들이켠 다음, 사이다 두 병을 사들고 둑을 건넜다. 한재 고개를 넘어 넓바위 연안에 들어선 것은 밤 열시가 지난 때였다. 될 수 있는 대로 사람들이 잘 다니지 않는 샛길이나 논두렁이나 밭두렁 같은 것을 타고 갔기 때문에 나는 회진에서 넓바위 연안까지 가는 동안 아는 사람을 하나도 만나지 않았다.
마파람이 살랑거리고 있었으므로 넓바위 연안은 물결소리로 가득 차 있었다. 나는 배를 타고 도주하려는 배도둑처럼 주위를 두리번거리면서 조심스럽게 부두로 갔다. 달은 부두머리의 넓바위 위에 떠 있었다. 부두 안의 물은 둥둥하게 차올라 있었다.
선창 끝에 정박되어 있는 채취선 한 척의 뒷버릿줄을 풀어냈다. 묻은 지 일이 년밖에 되지 않은 모양으로 밑바닥에 깔린 널빤지라든지 덕판이라든지 닻이라든지가 모두 튼튼하고 실팍했다. 노를 걸어 저었다. 잔물결을 가르면서 배는 나아갔다. 달이 밝은데, 노가 물을 갈 지자로 헤쳐 밀어낼 때마다 물 속에서는 가는 모래알 같은 형광들이 은하수 속의 별떼구름(星雲)처럼 일어나고 있었고, 뱃머리가 가르는 물살은 달빛을 으깨고 있었다. 도리섬 밑의 검은바위 주변에는 달빛을 받은 잔물결들이 은물을 칠해놓은 듯 반짝거리고 있었다.

도리섬 서편 연안의 모래밭에 배를 대었을 때, 내 몸은 땀으로 후줄그레하게 젖어 있었다. 이마에서 흘러내리는 땀방울들이 눈알을 쓰리게 했다. 손바닥으로 땀방울을 훔치면서, 배를 정박시키고 섬의 아래쪽 모퉁이를 돌았다.

검은바위의 허리께가 물에 잠기어 있었다. 곰솔숲을 지나서 바윗굴이 빤히 바라다보이는 언덕으로 올라갔다. 굴을 만들고 있는 바위 무더기가 달빛을 함뿍 받고 있었다. 바윗굴 위에 홑이불자락 같은 것이 희부득하게 늘어뜨려진 채 달빛을 빨아들이고 있었다. 숲그늘이 바윗굴 근처에 드리워져 있었다. 짙은 먹물을 칠해놓은 듯 검은빛이 나는 곰솔숲에는 섬의 밑부리를 핥는 잔물결소리가 가득차 있었다. 아니, 어쩌면 곰솔 잎사귀들에 주저리주저리 열려 있던 물결소리들이 우수수 쏟아져서는 바위 무더기 주변의 물바다으로 굴러내리고 있는 듯만 싶었다.

달빛에 비쳐 보이는 바윗굴은 곰솔숲을 향한 채 꺼멓게 입을 벌리고 있었다. 입구에 검은 천이나 모기장 같은 것을 늘어뜨려두었는지는 알 수 없었다. 그 바윗굴 아래는 숲그늘에 잠긴 바위가 물결에 씻기느라고 철벅거리고 있었다. 순한녜는 굴속에서 잠들어 있는 모양이었다.

숲그늘 속에 파묻혀 있던 나는 굴을 향해 몇 걸음 옮기다가 그 자리에 우뚝 서고 말았다. 머리끝이 곤두서고, 어릿어릿하던 술기가 말갛게 깨었다. 등줄기에서는 식은땀이 흘렀다. 바윗굴 아래서 철버덕거리는 물소리는, 물결이 그늘에 잠긴 바위를 때리고 핥으면서 내는 소리가 아니던 것이었다. 그것은 벌거벗은 여자 하나가 성문다리께가 잠길까 말까 하는 깊이의 물에 묻혀 있는 바위 위에서 배를 깔고 엎드려서 물장난을 하며 내는 소리였다.

그 물장난이라는 것이 묘한 것이었다. 여자는 마치 엎드려뻗치기 운동을 하는 것처럼 두 손을 물에 짚은 채 엉덩이를 물 밖으로 높이 들어올렸다가, 가슴팍과 뱃바닥과 사타구니 부분을 물바닥에다 힘껏 부딪쳐가지고, 딱 소리를 내면서 몸 전체가 동시에 물에 철퍽 잠기도록 하고 있었다.

여자는 순한녜였다. 나는 그녀가 하는 물장난을 멍히 바라보고 있었다. 엎드려뻗치기 같은 장난을 몇 번이고 반복하던 그녀는 벌렁 뒤로 나자빠지더니, 물 깊은 데로 송장헤엄을 쳐 갔다. 배부른 동물원의 물개가 유영을 하고 있는 것 같았다. 스무남은 발쯤 갔다가 몸을 뒤집더니 재빠르게 물 속 헤엄을 쳐 들어왔다. 그것은 먹이를 본 상어가 쾌속으로 질주하는 것 같았다. 바위에 닿자, 무엇에 쫓기기라도 한 듯 화닥닥 바윗굴을 향해 뛰어올라갔다. 바위에 손을 뻗어 잡아당기기도 하고, 한 다리를 바위 위에 걸쳤다가 기어오르기도 하는 그녀의 모습은 분명 한 마리의 거대한 낙지였다. 몸통에 비하여 길다랗고 유연한 팔다리와, 보얀 유백색의 살결에 달빛이 묻어 줄줄 흐르기 때문에 그렇게 보이는지 몰랐다.

그녀는 바위 위에 희부득하게 늘어뜨려진 채 달빛을 빨아들이고 있는 천으로 몸을 감싸면서 쪼그려앉았다. 추운 모양이었다.

나는 그제서야 바윗굴 앞으로 걸어갔다. 그녀가 몸을 일으키면서 달빛 등진 내 얼굴을 빤히 건너다보았다. 머리채를 상투처럼 틀어올린 그녀의 유선형 얼굴 속에 박힌 까만 눈이 달빛을 받아 반짝 빛났다. 멀겋게 날이 선 얼음조각 같은 것처럼 빛났다. 그뿐 놀라는 기색이라곤 손톱만큼도 없었다.

혼자만 사는 섬 속에, 아닌밤중에 외간남자가 불쑥 나타났는데, 이렇듯 잡아먹을 듯이 쏘아보기만 하고 있는 그녀는 분명 온전한 정신이 아닐 것이라고 나는 생각했다. 그리고 그녀를 꾈 말을 찾는데, 「싸짊어지고 간다고 가는 것 같더니 뭘 할라고 왔소? 나 죽일라고 왔소? 당신 성님이 시킵디여, 죽이고 오라고?」하고 그녀가 소리쳤다. 섬의 연안을 쩌렁 울린 그 소리가 내 가슴으로 칼날처럼 파고들었다. 가슴속에서 덜커덩 소리가 나고 있었다. 그녀가 미친 게 틀림없다고 생각하면서 한걸음 물러섰다. 이러한 내가 바보스럽게 느껴졌다. 나는 그녀가 정말로 미쳤는지, 미쳤으면 어느 정도나 미쳐 있는지 확인할 필요가 있었다.

「순한녜, 나 누군지 알겠소?」

내 말이 들리는지 들리지 않는지, 그녀는 한동안 반짝 빛나는 멀건 눈빛으로 나를 보기만 했다. 그러다가, 「알아보는가 못 알아보는가 볼라고 이 밤중에 여그까장 왔소?」하고 말했다. 그 말에 어쩌면 목울음이 섞여 있는 듯했다. 그녀는 주춤주춤 뒷걸음질을 쳐서 바윗굴 앞으로 가더니 쪼그리고 앉았다. 고개를 떨어뜨렸다. 어깨를 싼 홑이불자락으로 얼굴을 감쌌다. 유리병을 바위에다 두드려 깨는 듯한 소리로 울부짖었다.

「뭣 하러 왔소? 죽일라면 얼릉 죽이씨요. 당신네 성은 술만 묵으면 칼로 찔러 죽일란다고 쫓아댕겼제, 당신은 내 팔자 망쳐놓기만 하고 한 번도 집에 얼씬을 안해뿌렸제, 당신 어메 아부지는 애기 띠어뿔자고 독한 약이라고 생긴 것은 죄다 쓸어다 먹였제, 그래도 안되갰은께 송장 싸다가 버리대끼 시집보냈제……. 당신네 식구들은 모다 내 웬수여라우, 뭣 하러 왔소? 나 미쳤다는 소리 들은께 춤추겄습디여? 그래 춤출라고 왔소? 나는 하도 드런 놈의 세상이라, 이릏게 미친 대끼 하고 사요. 참말로 미친 꼴 쌍다구 한번 뵈어주리라우?」

그녀는 벌떡 몸을 일으키더니 내 손을 잡아 끌었다. 숲 그늘에 묻힌 언덕을 올라갔다. 거기 조그마한 무덤이 하나 있었다. 무덤에 잔디가 고르게 깔려 있었다. 그녀는 무덤 잔등을 한번 철썩 갈기더니,「독한 약 퍼묵고 낳은 자식이 오죽했겄소?」하고 이번에는 한숨을 섞어 푸념하듯 말을 했다.
「그때 본께 당신네 어메 아부지 무서운 사람들입디다. 내가 약을 안 묵을라고 하면 어쨌는지 아씨요? 식칼을 목에다가 댐스롱 먹입디다. 별수없이 묵었제라우. 그래도 웬수가 될라고 그랬든가 기어코 안 떨어집디다. 다급한께 병원으로 가자고 하등만이라우. 그런 것을 내가 마다고 했어라우. 어디로든지 시집만 보내주면, 그것이 영훈이 애기란 말 안하고 키우고 살란다고.」
그녀는 한숨을 거칠게 쉬었다. 그 입바람이 침방울과 함께 내 얼굴로 날아왔다. 이때, 술을 마신 나는 냄새를 분별할 수 없었지만, 거친 숨결이나 튀는 침방울로 보아 아무래도 그녀가 술을 마신 듯만 싶었다.
그녀가 또 무덤 잔등을 철썩 때리고 말을 이었다.
「낳아논께 낯바닥은 흰떡같이 이쁩디다마는, 병신이었어라우. 열 살이 넘도록 번듯이 눠서 일어나 앉을 줄도 모르고, 누운 채로 똥오줌 퍼싸고, 말을 할 줄도 모르고, 어메가 누군지도 모르고…….」
그래서 아기를 죽이기로 작정을 했다고 했다. 죽이되, 덜 고통스럽게 죽일 수 있는 방법이 무엇일까 하고 궁리를 수없이 하여보았다고 했다. 처녀 때, 죽는 데는 잠자는 약을 많이 먹어버리는 것이 제일 좋다는 말을 들은 적이 있었다고 했다. 그래서 회진 약방으로 가, 그것을 달라고 했다는 것이었다. 그런데 약방 사람이 한 알밖에 주질 않았다고 했다. 잠 못 자는 병 가진 아들이 있다고 사정을 하고, 네 알만 한꺼번에 달라고 떼를 썼다고 했다. 그러자 약사가 눈을 끔벅거리면서 건너다보더니, 안으로 들어가서 세 알을 더 내다주더라는 것이었다. 그걸 가지고 오는 대로 물에 탔다고 했다. 눈 딱 감고 퍼먹였다고 했다. 그래 놓고 밤새 술을 퍼마시면서, 병신 아들의 불쌍한 정상을, 손바닥에 피가 맺혀나도록 바위를 치면서 울어댔다고 했다. 한데 해가 번히 떠서, 이젠 죽었으리라 하고 씌워놓은 홑이불을 걷어보니 눈을 말똥말똥 뜨고 있었다는 것이었다.

「그래서 별수없이 쥐약을 사다가 멕였지라우.」

그 쥐약을 먹기라도 한 듯 내 가슴은 뜨거워졌다. 내 호주머니 속의 수면제 세 알도 분명히 가짜일 것만 같았다.

가짜 수면제를 판 약사를 욕할 수 없었다. 나는 얼굴이 불같이 달아오르고 있었다.

그녀는 말을 이어 하고 있었다.

「당신이 광주서 선생질을 함스롱 이쁜 각시 얻어갖고 잘산단 말 듣고, 이 새끼 업고 찾어갈라고 몇 번 이를 갈었어라우. 그런디 그러기 싫습디다. 그러면 뭣 할 것이오. 그냥 팔뚝을 물어뜯고 말어뿌렀어라우. 인제 끝났소. 나는 이르쿨로 살다가 죽을 것이오. 자식 입에 쥐약 쑤셔넣어 갖고 죽인 년이 어디 가서 뭔 세상을 다시 산다우?」

그녀는 몇 번이고 무덤 잔등을 손바닥으로 두드렸다. 무덤이 동동 울리는 듯했다. 그때마다 나는 흠칠흠칠 놀랐다. 내 가슴벽이 울리고 있는 것만 같았던 것이었다.

어깨에 걸친 홑이불자락으로 콧물을 씻고 난 순한녜가 몸을 일으켰다. 내 손을 끌면서, 「기왕 왔은께 나 죽여뿔고 가씨요」 하며 바윗굴로 내려갔다. 어쩌면, 그녀 쪽에서 나를 죽이기로 작정을 했을지도 모르는 것을, 나는 미처 알아채지 못했었다.

그녀는 나를 굴 앞에 세워두고 안으로 들어갔다. 홑이불을 벗어 버리고 검정치마를 허리에 두르고 나왔다. 손에 한되들이 삼학소주병이 들려 있었다. 술이 반쯤 담겨 있었다. 술병을 바위에 기대놓고, 조금 전에 그녀가 물장난을 하던 곳으로 내려갔다. 돌틈에 끼워둔 밧줄을 끌어올렸다. 밧줄 끝에 뚜껑 덮인 바구니가 매달려 있었다. 얽어맨 새끼줄을 풀고 뚜껑을 열었다.

「이리 내려오씨요.」

내가 내려가자, 그녀는 내 손에 어린 낙지 두 마리를 잡혀주었다.

낙지가 내 손을 감고 돌면서 빨판으로 문짓문짓 살갗을 빨아댔다. 심장의 벽이 그 빨판에 빨리기라도 한 듯 저릿저릿하면서 머리끝이 곤두서고 등줄기로 소름이 흘러내렸다. 그녀는 날쌘 솜씨로 바구니 뚜껑을 덮고 새끼를 얽었다. 그걸 물 속에 빠뜨리고 올라가자고 했다.

굴 입구로 온 그녀는 내 손에서 낙지 한 마리를 받아들었다.

손을 감고 도는 낙지의 발들을 주룩주룩 훑어 보이면서, 나보고 어서 먹으라고 했다. 바위 틈의 항아리에서 된장을 한 덩이 떼어다가 내 손에 발라주고, 사발에다가 소주병을 기울여주었다.

「마시씨요.」

나는 사발을 받아 들이켰다. 알싸한 소주가 뱃속을 화끈하게 했다.

그녀가 시킨 대로 낙지의 머리통을 씹어갔다. 그러는 동안 그녀는 술을 한잔 따라 마셨다.

「어려서 나보고 낙지라고 그랬지라우. 참말로 나는 낙지삼스랑으로 생겼는 모양이어라우」하고 히죽거리면서 술잔을 나에게 넘겼다.

「하루면, 내가 술 반 병씩은 마시고 사요. 낙지도 평균 다섯 마리씩은 씹어묵을 것이오.」

회진에서 마신 술기운이 아직 남아 있는 데다가, 문짓문짓 손등을 빨아대는 어린 낙지발들을 훑어가며 얼김에 물 마시듯이 마신 넉 잔의 술은 나를 어지럽게 했다. 화끈화끈 더웠다. 이마에서 흐르는 땀이 눈알을 쓰리게 했다. 팔뚝으로 훔치면서 낙지발을 씹었다. 등줄기와 허벅다리는 이미 후줄그레하게 젖어 있었다. 그녀가 내 손을 잡아 일으켰다.

「송장시염 가르쳐주께라우.」

내 윗옷을 벗겼다. 러닝 셔츠까지 벗겨주었다. 바지는 내가 벗었다. 그녀는 치마를 벗어던지고 내 손을 끌었다. 조금 전에 혼자 물장난을 하던 곳으로 내려갔다.

성문다리가 잠길까 말까 한 물이 넘실거리고 있었다. 그녀는 나를 끌어안은 채 물 속에 몸을 묻었다.

「나 죽이고 가씨요.」

그녀는 길다란 팔과 다리로 나를 휘감았다. 여자의 두 다리가 내 허벅다리와 종아리를 오르내리면서 물장구를 쳤다. 그리고 깊고 뜨거운 빨판으로 나를 빨아들이고 있었다. 나는 어쩌면, 낙지를 잡느라고 갯벌밭에 파놓은 무르고 깊은 수렁 속으로 빠져 들어가고 있었고, 그 수렁 속에 든 거대한 낙지의 우악스런 발에 휘감기고 있었다. 이빨이 톱날 같은 상어처럼, 빨판이 억세고 큰 낙지였다. 나는 눈을 감은 채 흡혈귀의 피 묻은 입 같은 낙지의 빨판에 온몸을 빨리고 있었다.

얼마 후, 지쳐 늘어진 나를 가슴과 배 위에 실은 그녀는 써늘한 물 속으로 송장헤엄을 쳐 갔다. 나는 숨이 가빴다. 그리고 만일 그녀가 나를 깊은 물로 떠밀어버린다면 나는 한 발자국도 헤엄을 치지 못하고 다리에 쥐가 나서 죽고 말 것만 같았다. 그녀의 허리를 부둥켜안았다. 뭉실뭉실한 젖통이 내 턱에 부딪고 있었다.

순간, 그녀가 내 목을 끌어안았다. 두 다리로 내 아랫도리를 휘감아버렸다. 우리는 물 속 깊이 가라앉아 들어갔다.

나는 갯물을 벌컥벌컥 삼켰다. 그녀의 가슴을 힘껏 걷어밀면서 발버둥을 쳤다. 그러나 나는 거대한 낙지한테 휘감겨 허우적거리고 있는 한 마리의 문저리에 지나지 않았다.

「다시는 오지 마씨요잉……. 그때는 이 섬에서 한발도 못 걸어 나가고 죽을 것인께.」

이 소리를 듣고 눈을 떴을 때, 나는 내가 타고 간 채취선의 널빤지 위에 번듯이 누워 있었다. 동녘 하늘이 부옇게 밝아 있었다.

 몸을 일으키고 보니, 먹장같이 까만 머리칼을 은회색 통치마 허리께까지 미역가닥처럼 늘어뜨린 여자가 하얀 비늘로 덮인 듯한 윗몸으로 햇살을 되쏘며, 도리섬의 곰솔숲으로 들어서고 있었다. 길고 가는 허리와 엉덩이를 감싼 통치맛자락의 유연한 흔들거림은 물개의 아랫도리처럼 굼실거렸다. 잿빛에 꽃자줏빛 섞인 곰솔숲 그늘 속으로 여자가 사라졌을 때, 내 흐릿한 눈에는, 요염한 물귀신 같기도 하고, 수없이 많은 뱃사공들을 올려 죽게 했다는 어느 강언덕의 인어 같기도 하고, 은빛의 신선 낙지 같기도 한 여자[妖精]의 모습이 그려지고 있었다.

(1977)

아리랑 별곡

1

 안골 연안의 모래밭에 붙은 멧기슭의 손바닥만한 보리밭으로 허우허우 달려오는 할머니의 귀에 '아리랑 타령' 한 가닥이 서려 있었다.
 재 너머 마을은, 아비와 함께 징용에 갔다가 억수로 돈을 벌어가지고 나온 달식이네 아버지가 마을의 회관 짓고 사장에서 넓바위 선창까지 신작로 만들 돈을 내놓고, 돼지 두 마리에 술을 내놓는 바람에 부글부글 끓고 있었다. 늙은 축은 달식이네 마당을 차지하고, 젊은 축은 아랫골목의 사장을 차지한 채 노래하고 춤추고들 있었다. 이날의 주역인 달식이네 아버지가 자꾸 '아리랑 타령'을 부르자고 했고, 그를 둘러싼 또래의 노인들이나 사십대 오십대의 중년들이 모두 그 노래를 부르는 탓으로 마을 안은 온통 아리랑의 물결이 판을 쳤다. 이웃 마을인 삼리나 죽산마을에서 온 사람들이 실카장 먹고 마시고 돌아가면서 추는 춤과 부르는 노래 넋두리 때문에 골목들은 물론 주변의 산과 들이 너울너울 춤을 추며 우렁우렁 노래를 하는 듯했다.

그런 속에서 마을 아낙네들 사이에는 머리끝이 곤두서고 가슴을 저미게 하는 소문이 나돌았다. 이장인 정창호가 돈을 훔쳐가지고 도망치는 큰딸 영심이를 잡아다가 방안에 가두어놓고 옷을 갈기갈기 찢어 벗긴 다음, 너무 깊이 박히지 않도록 송곳 끝부분에 실을 많이 감아 들고 허벅다리를 밤새 쪼아댔다는 것이었다. 영심이가 숨넘어가는 듯한 소리로 다시는 하지 않겠다고 살려달라고 하며 울부짖어댔지만 영심이네는 귀를 막았는지 지레 어디로 도망을 쳤는지 그 방에 얼씬하지를 않았다더라고 했다. 거기 대하여 아낙네들은 「독살스런 놈, 지옥에도 못 가겠네」 「아무리 이년 딸이라고 그렇게 빨가벳게서 작살내는 법이 어디 있당가」 「법만 없으면 잡아서 회 쳐 묵었을 놈이구만잉」 하고 정창호를 욕하는 무리가 있는가 하면, 「귀때기에 피도 안 모른 년이 이놈 저놈 붙어묵다가 칼부림 나게 해놓고, 그새 또 어느 놈에 붙었는지 돈을 돌라서 달아난 것을 생각하면 맷돌에다가 갈어뿌러도 싸겄네」 「옛날 같으면 두 가랭이를 쫙 찢어갖고 이 간짓대 저 간짓대 끄트머리에다가 달아놓고, 질 가는 사람들한테 구경을 시켰드라네, 칼부림 나게 한 그런 년들은」 하는 무리도 있었다.

밭둑에 선 할머니는 정말 그런 년은 육시를 해야 한다고 생각했다. 생때 같은 손자 철승이 바로 그 영심이 때문에 칼부림을 내고 죽었으니 말이었다. 정창호가 달식이네 집 잔치에 얼굴을 내밀지 않은 것을 보고 숙덕거리는 아낙네들의 말을 들으며 할머니는, 왜 진즉 딸 간수를 잘하지 않고 있다가 탈이 나버린 뒤에야 늦게 잡고되게 채고 있느냐고 속으로 볼멘소리를 했다. 여느 때 길거리에서 만나면 흰떡 같은 얼굴에 까맣게 박힌 눈으로 이편을 바라보면서 허연 떡니를 내놓고 웃곤 하던 영심이의 얼굴이 떠올랐다. 그게 바로 그년의 화냥기였던 것을, 세상을 살 만큼 산 자기도 그게 그렇다는 것을 모르고 있었기 때문에 손자를 미처 타이르지 못했던 것이었다.

할머니는 박살난 으등카리처럼 조각난 주름살들을 굳히면서 이를 물고 한숨을 쉬었다. 제 새끼 잡아먹는 호랑이 없다고 다 사정 두고 하는 짓일 뿐이지 자기 딸을 죽이지는 않을 것이었다. 죽이네 살리네 해싸도 죽어 흙밥 된 놈만 불쌍한 것이었다.

밭귀에는 놀짱놀짱해지는 보리 까라기들 사이로 하얀 찔레꽃 한 떨기가, 소복한 채 상여 뒤따르며 함박눈 맞은 과수댁의 흰 얼굴처럼 맥없이 바닷바람에 흔들거리고 있었다. 그 옆에, 쓴 지 한 달 남짓한 새 무덤이 있었다. 덮인 잔디 사이로 붉은 황토흙이 드러나 있었다.

「육시럴 놈, 이르쿨로 찐득찐득 살고 있는 내 꼴 본께 씨언할 것이다.」

할머니는 죽은 손자가 원망스러웠다. 넓바위 쪽에서 미역가공공장의 양수기 엔진소리가 온 해안을 울리고 있었다. 그 소리가 할머니의 가슴을 파고들었다. 바닷귀신은 무얼 하느라고 저놈의 미역가공공장을 쓸어가 버리지 않는 것일까. 이렇게 생각하던 할머니는 고개를 저었다. 모두들 잘 먹고 잘 살아가라고 속으로 중얼거렸다. 색바랜 검정 치맛자락을 걷어 허리에 찌르고 밭고랑으로 들어섰다.

쪽빛 바다 물굽이에 부딪힌 햇조각들이 찔레꽃잎에 설핏 걸터앉았다가 하필 할머니의 눈으로만 날아오고 있었다. 손등으로 눈물어려 흐릿해진 눈을 비비면서 밭고랑을 내려다보았다. 지고 새면 이 밭으로 달려나와 김을 매고 북을 주고 한 터라, 고랑이나 보릿그루 사이에는 검누른 흙이 있을 뿐 귀리는 물론이요, 이런 갯가 밭에 흔한 바랭이나 갈퀴덩굴 한 가닥이 없었다.

할머니는 보리밭 언덕으로 나와서 쪼그려앉았다. 언덕에서 무성하게 자란 보릿그루로 잎을 뻗은 억새풀이나 띠풀 줄기를 뜯었다. 가슴이 멀미한 속처럼 울렁거렸다. 달식이네 아버지가, 영보의 아비하고 함께 일본 오사카로 끌리어가던 일을 생각하면 가슴에 피멍울이 맺힌다면서 억지로 끌어다가 부어준 술을 석 잔이나 거푸 마신 때문이었다. 물론 처음에는 달식이네 아버지가 무정하다고 생각을 하거나 말거나 상관없이 손을 내저으며 술이고 뭐고 필요 없다고 잘라 말했다. 넓바위 선창까지 길을 내면, 우리 밭을 다 길로 잡아넣게 될 것이 아니냐고, 만일 그렇게 되면 아들과 손자의 무덤이 모두 길 한복판으로 튀어나오게 된다고, 그렇게는 도저히 할 수 없다고, 아주 온 동네 사람들이 모인 이 자리에서 우리 밭은 한 자 한 치도 파먹어 들어가지 않도록 하기로 하고 신작로를 낸다는 확약을 하여달라고, 그렇지 않으면 신작로를 내기 시작하는 날이 나 죽는 날이라고, 할머니는 달식이네 아버지를 붙잡고 애원을 하여댔다. 달식이네 아버지는 '조선말' 한 지가 하두 오래되었기 때문에 서투르다면서, 여부 있느냐고, 달식이한테 모든 것을 잘 부탁할 테니 너무 걱정 말라고 떠듬떠듬 말하면서 술을 권하는 바람에, 내리 석 잔이나 거듭 들었던 것이었다.

눈앞이 보얗게 흐려지면서, 가슴이 감태라도 한 입 잘못 삼켜서 걸린 듯 답답하여 왔다. 술을 마신 탓일까. 새삼스럽게 영보네 아비 생각이 가슴을 뜨겁게 하였다. 무정한 아비였다. 해방되면서, 함께 징용에 간 사람들은 모두 돌아왔다. 살았는지 죽었는지 모른다고 해쌓던 달식이네 아버지한테서는 6·25가 지난 이듬해부터 한 달이나 두 달 만에 편지가 오곤 했었다. 그랬다가 이렇게 억수로 돈을 벌어가지고 돌아온 것이었다. 한데 이 무정한 사람은 해방되던 때부터 이날까지 감감무소식이었다.

달식이네 아버지는 일본 여자를 얻어 아들딸 낳고 살림을 하느라고 이때껏 이 땅에 나오질 않은 것이라고 사람들은 말했다. 이 무정한 사람도 제발 덕분에 그러기라도 하느라고, 정말로 얻은 일본 여자가 박꽃같이 예뻐서 찰떡같이 정이 들어버렸기 때문에 소식을 그렇게 끊어버리기라도 했으면 좋겠다 싶었다. 저쪽(이북)으로 머리 쓰는 사람들하고 손을 잡거나 어쨌거나 했기 때문에 이때껏 이

땅엘 건너오지 못하던 사람들도 이 몇 해 들면서는 모두 올 수 있게 되었노라고 하던 것이지만, 이 막막하고 무정한 사람은 그것도 모르고 일본 어느 산골이나 해변 구석에 처박혀 살고 있는 것이라면 좋겠다 싶었다.

할머니의 머릿속에는, 해방되던 해 징용군들을 태운 배 두 척이 대마도 근처의 바다에서 가라앉아버렸다던 말을 생각했다. 답답하게 차오른 가슴속의 덩어리를 하아 하고 내뿜으면서, 죽는 게 그렇듯 어려운 일이 아니라는 생각을 했다. 지금이라도 이 보리밭 고랑에 꿍 드러누워서 눈을 힘주어 감고 숨을 안 쉬어버리면 죽을 수 있을 것만 같았다. 그러나 그렇게 누워버린 몸뚱이에 누가 흙 한 줌 덮어줄 것인가. 숨이 막혔다. 허리를 폈다. 산 위로 펼쳐진 푸른 하늘 같은 어둠이 눈앞을 가렸다. 피용 하고 귀가 울었다. 보리 이삭을 헤치고 손자의 무덤 앞으로 나왔다. 무덤 위의 듬성듬성한 잔디에 기대 앉으면서 할머니는 며느리를 원망했다. 손자가 죽은 것도 따지고 보면 며느리 때문이라고 생각했다.

「서방 까묵고, 새끼 잡어묵은 년, 어디 가서 얼마나 잘산가 보자.」

이렇게 중얼거리던 할머니는 고개를 저었다. 무슨 날벼락 맞을 소리를 하느냐고 했다. 며느리로 보아서는 차라리 잘된 일인지도 모르는 것이었다. 쪽빛 물굽이에 잔물결이 일고 있었다. 아득하게 바라다보이는 금당도와 소록도 뒤로 솜털 같은 구름이 피어올랐다.

술이 건들하게 취한 남자의 컬컬한 노랫가락이 산줄기를 타고 계곡을 감돌아서 할머니의 귓속을 파고들었다. '아리랑 아리랑 아라리요 아리랑 고개로 넘어간다'였다. 그 노래 줄기를 따라, 퍼덕퍼덕 살아 날뛸 손자를 죽게 만든 것이 아무래도 며느리와 늙은 자기이거니 하는 생각이 가슴속을 파고들었다.

할머니는 혀를 깨물었다. 며느리 년이 어느 놈을 안고 돌든지 말든지, 또 소갈머리없는 손자가 제 어머니를 안고 도는 바로 그놈을 멋모르고 따르든지 말든지 그저 모르는 척하고, 손자의 허리띠를 붙잡고 딴생각을 못하게 하고, 사립 밖에 나다니지 못하도록 얼싸안고 돌았더라면, 그렇듯 허망하게 놓치지는 않았을 것을 그랬다 싶었다.

2
　아리랑 아리랑 아라리요
　아리랑 고개로 넘어간다

　그날 아침, 손자 철승이는 벽장에서 검붉은 피를 칠해놓은 듯한 깡깡이(기타)를 내려 안고 윗목 구석으로 두르고 앉아 줄을 퉁기고 있었다.
　산신령이나 용왕님네가 알이라도 낳듯 뺑 낳아주었기 때문에 생겨난 것만 같이 다행스럽고 귀엽고 고마운 씨요, 아들 죽은 뒤, 네가 언제 커서 내 서방 되어주겠느냐고 아쉬워하며 코흘리개 신랑 키우는 생과부처럼, 놓으면 깨질까 불면 날아갈까 하며, 횃대에 매달아 늘일 수 있을 것 같으면 늘이고 싶을 만큼 어서서 키우고 싶던 손자 철승이가 이해 스무 살이었다. 올가을이나 겨울에는 마땅한 데가 생기는 대로 여의살이를 시킬 생각을, 늦봄의 묵은 김치 우거지 다독거리듯 다져오는 할머니는, 정초에 토정비결을 보니 3~4월 운수가 아주 불길하더라면서, 제발 재익의 아들 성삼이하고 더 '웬수야 악수야' 하고 다투지 말라고 타이르기 시작한 것이었는데, 이놈은 또 그게 듣기 싫어 깡깡이를 내려 안은 것이었다.
　깡깡이소리는, 이제 겨우 '아리랑 타령' 한 곡조를 배웠을 뿐이어서인지 어째서인지, 자꾸 들어보아야 그 소리가 그 소리였다. '똥 누러 갔다, 오줌누러 갔다'를 몇 번 하는 듯하다가 '아리랑 타령'을 하곤 하는 것이었다. 그래도 이놈은 싫증내지 않고 열심히 퉁겨댔다. 오죽한 손자라고, 그 손자가 퉁겨대는 깡깡이소리가 귀아파 못

견딜 만큼 듣기 싫을 것인가. 얼핏 들어 코맹맹이 소리일 뿐이요, 거기에서 쌀 나오고 돈 나오지 않을 것이언만, 그렇게 퉁기고 있는 손자의 모습을 한없이 보고 싶어지는 할머니였다. 다만, 그 깡깡이를 하필 재익의 동생인 재술이가 가져다가 준 것이라는 게 꺼림칙하고 싫은 정이 들 뿐이었다. 기름장사 밑구멍처럼 미끄럽고, 소록도 가는 나그네의 콧구멍에서 마늘씨 뽑아 먹을 만큼 간사스러운 떠돌이 장사꾼인 재술이가 왜 자기 것 아까운 줄 모르고 이걸 철승이한테 선뜻 준 것인지를 할머니는 잘 알고 있었다.

툇마루로 나왔다. 검은 땟국이 앉은 널빤지가 비그덕거렸다. 흙담 위로 맑은 공기를 뚫고 쏟아진 4월의 햇살에 눈이 부셨다. 이해 마흔 살 되는 며느리는 넓바윗개의 모래밭가에 있는 손바닥만한 밭으로 김을 매러 나갔다. 그 며느리를 뒤쫓아가서 타이르고 싶은 말이 있었다.

전날 밤, 할머니는 며느리가 잠을 못 이루고 자꾸 한숨을 쉬어쌓다가 집을 나가는 것을 살금살금 뒤따라 가보았던 것이었다. 며느리는 넓바윗개로 가는 앞메 잔등을 넘더니 모래밭에 붙은 밭으로 가고 있었다. 가슴이 꽉 막힌 듯 아파왔다. 밭귀에는 제 서방의 무덤이 있었다. 오죽이나 복장이 터질 듯 아픈 멍울이 차올랐으면 저렇게 한밤중에 서방 무덤을 찾아가는 것이겠느냐고, 피둥피둥 젊은 시절을 한숨만 쉬며 살아온 할머니는 목줄이 대롱처럼 뻣뻣해지고, 가슴이 양잿물 덩이라도 삼킨 듯 아리고 쓰리면서 화끈거리는 것을, 이 악물어 침 삼켜 삭이고 긴 숨을 들이쉬면서 눈살을 찌푸려 달랬다. 기둥서방 얻어놓고 사는 꾀를 진즉 귀띔해 주었는데도, 저 불쌍한 것이 비틀걸음 한번 걸을 생각을 못하고 있다 싶었다. 이 시어머니가 파서 만든 옹달샘 물 길어 마시고, 거적문 늘어뜨린 부엌 드나들며 냄비밥 지어 먹어온 며느리가 간뎅이가 크면 얼마나 커서 제 서방 아닌 어느 남정의 허리 안고 돌 만큼 잡되어 있을 것인가. 밤이면 암내 낸 개같이 마을의 사랑방 문틈으로 사내 냄새를 말으러 다닌다더라는 터무니없는 소문은 어느 연놈이 지어 퍼뜨린 것인지는 몰라도, 그 입 놀리는 사람들은 제명대로 살지 못하고 벼락을 맞아도 칼벼락을 맞으리라.

울려는 사람 실컷 울게 해야지 못 울게 하면 안되느니라 하며 발을 돌리려는데, 밭귀에서 도란거리는 남자의 말소리가 들려왔다.

귀를 세웠다. 며느리가 귀신이 씌었는지도 모른다 싶었다. 귀신이 씌었다면 분명 아들 귀신일 것이었다. 머리끝이 쭈뼛 서는 것이었으나, 바위 뒤에 몸을 숨기면서 발소리를 죽이고 밭귀 쪽으로 다가갔다. 귀신이 되어 나타난 아들의 모습을 볼 수 있게 될지도 모른다는 생각에서였다. 바위 모서리에 얼굴을 기댄 채 밭귀의 아들 무덤을 바라보았다. 넓바위 연안에서 앞에 잔등 위로 펼쳐진 설익은 먹딸기 빛깔의 하늘에 민들레 꽃가루 같은 별들이 줄레줄레 달려 있었다. 가득 밀려 오른 바닷물은 살아 움직이는 거대한 원시 양서류처럼 넘실거리면서 잠든 사람의 숨길처럼 불규칙적으로 게으르게 모래톱을 핥고 있었다. 그 물결에서 민들레 꽃가루 같은 별들이 덩어리지기도 하고 더욱 잘게 깨어지기도 하고 있었다. 아들의 무덤 주변에서는 바야흐로 흐드러진 보리 잎사귀들과 산기슭의 곰솔숲이 드리운 암청색 어둠을 별빛이 녹여놓고 있었다.

새로 맞춘 개량(2리터)되를 두 개 포개놓은 것만한 상자에 담겨 온 아들의 허깨비같이 가벼운 유골이 생각났다. 그 유골 묻힌 무덤 앞에 며느리는 엎드리거나 쪼그려앉아 있는지 알 수 없었다. 눈을 크게 뜨고 바라볼수록 그 무덤 주변의 별빛에 녹여진 암청색 어둠은 소용돌이치듯 술렁거리고 있었다. 그 술렁거림 속에서 며느리는 울고 있었다. 할머니가 기대 선 바위에서 스며드는 차갑고 딱딱함이 가슴을 차갑게 굳히고 있었다. 바위 모서리를 으스러뜨릴 듯이 잡아 쥐었다.

찰브락거리는 물결에 섞여 들려오는 며느리의 울음소리는 예사 울음소리가 아니었다. 며느리는 앓고 있었다. 그것은 숨넘어갈 듯이 헐떡거리는 소리 같기도 하고, 뱀에게 먹히는 개구리처럼 목줄이 눌리는 소리를 내고 있는 것 같기도 하고, 남자의 억누름에 제발 살려달라고 애원을 하는 소리 같기도 하고, 쥐약 같은 것을 먹고 혀가 굳어서 버리적거리면서 내는 단말마의 비명 같기도 하고, 호랑이나 도둑에게 쫓기는 꿈을 꾸는 사람이 발버둥치면서 낑낑거리는 소리 같기도 했다.

머리끝이 곤두섰다. 며느리가 팍팍한 이놈의 세상 못살겠다 하고 쥐약이나 농약 같은 것을 먹어버렸는지도 모른다 싶었다. 워따 어메, 이 일을 어째사 쓸꼬 하며 우르르 달려나가려는 순간, 남자의 끙 하는 안간힘 소리가 술렁거리는 어둠을 발끈 뒤집었다. 동시에 며느리의 외마디 비명 같은 「여보」 하는 소리가 할머니의 뒤통수를 때렸다. 머릿속에 두 마리의 검은 구렁이가 그려졌다. 허벅다리처럼 굵고 소나무 껍질같이 거무스레한 비늘이 엉긴 구렁이는 암수 한 쌍이 바다에 산다던 것이었고, 그것들은 늘어져 얽히고설킨 드렁칡처럼 한번 얽히어지면 이틀 밤낮을 꼬박 지낸 다음이라야 풀린다던 것이었으며, 그렇게 얽히어 있는 동안 그 구렁이 주변에는 짚불 연기 같은 안개가 자욱하게 끼어 있다던 것이었다. 그럴 때 바다는 암내 낸 미친 여자가 바위나 기둥을 끌어안고 몸부림치며 울어대거나 앓아대는 듯한 소리로 아악아악 하고 운다던 것이었고, 그러면 이튿날부터는 어김없이 샛바람이 기어들고 큰비가 내린다던 것이었다.

아들의 무덤 주변의 어둠 속에는 두 마리의 검은 구렁이가 늘어져 얽힌 드렁칡처럼 얽히어 있는 듯만 싶었다. 할머니는 제발 뱀으로 환생한 아들이 제 아내를 친친 감고 어둠 속에서 허우적거리기를 바랐다. 눈을 힘주어 감았다. 잠시 후, 남자의 두런거리는 목소리가 들렸다.

「이 고생 하지 말고 나 따라갑시다.」

그것이 누구의 목소리라는 것을 알아차린 할머니는 미친 소처럼 모래밭을 내달렸다. 바위에 몸을 부딪혀 주저앉기도 하고, 발을 헛디뎌 개울 속으로 곤두박질쳐 넘어지기도 하면서 재를 넘었다.
　아비가 징용에 끌려간 뒤 혼자 사는 세상에 신물이 날 만큼은 난 할머니는 며느리에게, 검은 머리 파뿌리 되도록 수절을 하며 혼자 살아가라는 말 한번 한 적 없었다. 몸 튼튼하고 마음씨 좋은 남자 하나를 골라서 기둥서방으로 보듬고 살면서 손자 여의살이시킬 때까지만 고생하라고 한 터였다. 하지 않은 말을 했다고 한다면 맑고 밝은 한낮에 날벼락을 맞아 앉고 못 일어날 것이었다. 약 좋고 기술 좋고 영리한 머리들 잘 쓰므로 바라지 않는 '삼시랑' 오게 될까 걱정하지 않고 잘살아가는 세상인데, 전생에 무슨 죄를 그리 많이 지었다고 피둥피둥 젊은 세상 밤마다 머리 질끈 동여매고 한숨만 쉬며 살아가야 할 까닭이 어디 있느냐고, 몇 번이고 씹어 이른 터였다. 철승이 여의살이만 시키고는 너 알아서 가고 싶은 데로 가라고 당부를 한 터였다.
　할머니는 두 주먹으로 앙가슴을 치며 널뛰듯이 뛰어 마을로 들어갔다. 다른 데도 아닌 서방의 무덤 앞에서, 하고 많은 남자들 다 던지고, 그 서방이 살았을 적에 그렇게 '웬수야, 악수야' 해쌓던 재술이를 안고 나댈 게 무어란 말인가. 다 긁어모아도 바지락 껍데기 한 짝에도 못 찰 소갈머리여서인지 할머니는 그 꼴을 죽었다가 깨어나도 못 본 척하고 있을 수가 없었다. 이년이 잡아 죄어도, 하필 목줄을 훑어 죄며 버티는 것만 같아 분하고 억울했다. 그 억분을 담배 대통에 쓰레기 재듯 눌러 재고 불붙여 연기를 빨아 뿜어 날리면서 밤을 새웠다. 그러다가, 이런 일 모처럼 저지른 홀어미 속이 오죽 울렁거릴 것인가 하며, 하룻밤이 지난 다음에 조근조근 씹어 타이르자는 매듭을 지었다.
　한데, 엎친 데 덮친다고 손자가 또 덩달아 재술이와 가까워지고 있는 것이었다. 꿈만 같이 공교롭게 얽어가지고, 어려움과 쓰라림 속에서 얼마나 안타깝고 조급하게 어르며 달래며 얼싸안고 키워온 손자라고, 그 손자가 좋아하는 재술이를 미워해야 할 건더기는 없었다. 그러나 할머니는 재술이 쪽으로 기우는 며느리와 손자를 그냥 내버려둘 수는 도저히 없었다.

몽땅몽땅 쌓아두었다가 한꺼번에 타이르려는데, 밖에서 자고 들어온 손자 놈이 아침 밥상을 물리기가 바쁘게 지게에 구럭을 짊어지고 물옷을 구럭 속에 담은 뒤 점심밥을 싸달라고 하는 것이었다. 시키지도 않은 섬개엘 갈 모양이었다.

덕도에서 '섬개에 간다'고 하는 것은 금당도의 서남쪽에 있는 꽃섬이나 장구섬 같은 데로 갯것을 하러 가는 것을 말하는 것이었다. 사람 살지 않는 그 섬들에 갈 경우, 사람들은 그 섬에서 귀한 파래, 톳, 참몰, 우뭇가사리, 돌김 등을 맘껏 뜯어오는 것이었다.

할머니는 펄쩍 뛰었다. 손바닥만한 배를 타고 오가다가 바람을 만나면 배가 뒤집혀 죽기 꼭 알맞은 것이었다. 요행 살아온다 하여도 그 바람 속을 저어 오느라고 하는 고생은 입에서 닳고 닳은 쓴내가 사흘 동안은 내지른다고 하는 말이 있는 것이었다. 예전처럼 돛단배가 아니요, 노만 젓는 배도 아니며, 눈깜짝할 사이에 갈 수 있는 기계배가 있다고 하지만 그 배 또한 채취선의 크기와 같을 뿐이었다. 샛개농장 생기지 않은 십여 년 전, 다음날 아침의 끼니 안 칠 거리가 없을 만큼 찢어지게 가난한 집 사람들이 목숨 걸어놓고 다니던 섬개였다. 그러나 요 몇 해 들면서는 아무도 그 섬개엘 가는 사람이 없었다. 그런 섬개엘 가다니 말이 안되는 소리였다. 아비가 월남 가서 죽어오는 바람에 나온 돈으로 논 두 필을 사서 벌어먹고 있는 터라, 세 식구가 노적더미 쌓아놓고 배 두드려가며 먹고 살지는 못해도 풀칠 걱정은 안해도 되는 처지에 그토록 먼 섬까지 갯것 하러 갈 까닭이 어디 있는가 말이었다. 그것도 옛말이지, 이 몇 해 사이로는 꽃섬이나 장구섬도 금당 사람들이 자기들 땅이라고 말뚝을 박아놓고 어촌계 청년들을 풀어 지키기 때문에, 눈치코치 없이 얼씬거리다가는 금당도로 끌려가서 한 이틀씩 발이 묶여 있다가 오기 일쑤라던 것이었다.
 하긴, 처녀 총각들이 뱃놀이 겸하여 보는 사람 없는 데서 실컷 노래부르고 춤추고 놀다 올 생각으로 파래나 톳을 캐러 간다는 핑계를 대고 더러 갔다오곤 하는 모양이기는 하였다. 그러나 할머니는 첫마디에 안된다고 했다.
 입맛 껄껄해서 밥 한 숟가락을 뜨는 둥 마는 둥하고 호미를 찾아들던 할머니는 손자의 지게에서 물옷을 빼앗아 팽개치고, 너보고 누가 섬개에 가서 파래 뜯어오라 하더냐고 소리쳐 말하고, 꼭 일을 하고 싶거든 안산에 가서 땔나무 조금 긁어오라고 했다. 그 말에 철승이는 눈쌀을 으등카리같이 찌푸리고, 「구경 삼어서 한번 갔다가 올락 한께 그라요?」하고 대들었다.
 「워따 워메, 이것이 뭔소리란가. 이 넓은 땅 놔두고 해필 그 멀고 험한 뱃길을 달려서 그 좁은 섬구석에까지 구경을 가야? 금당도 사람들이 쫓아와 갖고, 한 이틀 붙잡어 놔두면 어쩔라고 그라냐, 이녁 것도 아닌 배 타고 가갖고」하는 할머니의 말에 철승이는 「큰 애기들만 싣고 가면 아무 일 없닥 합디다」하면서 방으로 들어가더니 깡깡이를 보듬고 앉아버린 것이었다.

 청천 하늘엔 잔별도 많고
 요내 가슴엔 수심도 많다.

 손자의 깡깡이는 어쩌면 이 대목을 간신히 울어 넘기고 있는 듯 하더니, 또 거푸 '똥누러 갔다, 오줌누러 갔다'를 늘어놓고 있었다.
 손자가 미역가공공장엘 나가기 시작한 것은 이 깡깡이가 생긴 뒤부터였다. 아무리 돈이 아섭다 하기로, 어떻게 얻어 얼마나 귀하게 키운 손자인데 이놈의 등에 무거운 짐 지워 골병들게 하는 김 양식을 하겠느냐는 할머니의 생각에 따라, 농사철 외에는 하는 일 없이 빈둥거리던 손자가 누구의 꾐에 빠져 거기에 발을 들여놓은 것인지 몰랐다.
 재익이네 미역가공공장엘 나간다는 것이 꺼림칙하였다. 흰 모래밭에 혀를 박고 죽는 한이 있어도 할머니는 이제껏 재익이네 사립 한번 얼씬해 보질 않고 살아오고 있었다. 할머니의 팔자를 이날까지 혼자 허덕거리며 살지 않을 수 없도록 대막대기처럼 분지르고 꺾어놓은 게 바로 재익이네 아버지인 것이었다. 그러나 그것을 겉으로 드러내 손자의 마음을 들쑤실 필요는 없었다. 꺼림칙한 대로 두고 볼 수밖에 없었다.
 한편으로는 대견스럽기도 했다. 거기 가서 힘겨운 일 할 것을 생각해 보면 가슴이 아프고 짠한 노릇이었지만 할머니는 이제 죽더라도 눈감고 죽을 수 있겠다 싶었다. 무슨 일이든 해보려고 덤벼드는 손자의 마음가짐이 고마웠다.
 한데, 그게 바로 동네 처녀들과 어울려 놀 생각에서였던 것이었다. 동네 처녀들은 겨울철의 김 거두어들이기가 이른봄 들면서 끝나면 곧 넓바윗개 안고랑에 생긴 미역가공공장에 들어가 일을 하는 것이었다. 날품 드는 일 한 가지로 들고나기가 자유스럽고 고된 일이 아니기 때문에 하루 칠팔백 원의 노임을 받으면서도 처녀들은 싫어하지 않고 잘 나다녔다. 또한 공장에서는 남자 공원들을 예닐곱씩 쓰곤 하였는데, 처녀들은 공장을 오가는 걸음에 뒷골이나 앞메 잔등에서 어울려 놀곤 하였다. 손자는 바로 이 재미를 보느라고 가공공장엘 나다니기 시작했던 것이었다.
 며칠 동안은 낮에 내내 잠을 자고 밤에 나가 일을 하곤 하더니, 하룻밤에는 옷에 온통 피범벅이 되어가지고 돌아왔었다. 할머니는 펄쩍펄쩍 뛰면서, 누구하고 싸웠느냐고, 누구한테 이렇게 두들겨 맞았느냐고 울부짖었다. 손자는 대답을 하지 않고 제 방으로 들어가 버렸다. 공장으로 달려가서 일하는 사람들을 붙잡고 물었다. 별것도 아닌 걸 가지고 공장집 아들 성삼이하고 싸웠다고 했다.

성삼이하고 싸웠다면 따져 들어보나마나 곤죽이 되도록 얻어맞았을 것임에 틀림없었다. 성삼이는 읍내 고등학교에 다니다가 대학예비고사에 떨어져서 집에 와 있는데, 공부하고는 이미 담을 쌓고 공장에서 일하는 처녀들하고 히히덕거리며 꼬집고 때리는 장난질이나 하는 것으로 재미를 삼고 있는 아이였다. 학교 다닐 때, 하라는 공부는 않고 주먹질 발길질만 배우러 다닌다더라는 소문이 마을 안에 퍼져 있지 않던가. 할머니는 공장 안으로 뛰어들어가서 성삼이의 멱살을 잡아 끌면서 가슴이며 어깨며 할 것 없이 마구 꼬집고 두들겨댔다. 어떻게 얻어가지고 얼마나 귀하게 키워온 자식인데, 내 자식 패 죽이려고 주먹질 배웠느냐고 소리쳐댔다. 공장 사람들이 몰려들어 말리는 바람에 성삼이의 여드름투성이 얼굴을 손톱으로 할퀴어주지 못하고 밀려나온 것이 그렇게도 가슴 아픈 할머니였다.

이런 일이 있은 뒤, 내내 속은 아리고 쓰리는 것이었지만 할머니는 손자의 마음을 돌려야 한다고 생각했다. 틈이 있을 때마다 철승이를 타일렀다. 이 바닥에 살지 않으려면 몰라도 살 바에야 끝끝내 성삼이하고 '웬수야, 악수야' 하고 살아서는 안된다고 말했다. 이 날 아침에도 할머니는 손자의 무릎 앞에 앉으면서, 「아가, 내 말 조깐 듣고 그것 튕게라」 하고 말했다. 손자가 고개를 들고 할머니의 주름살 가득한 얼굴을 흘끗 건너다보았다. 볼이 부풀어 있고 입술이 튀어나와 있었다. 제 얼굴 하나 들여다보고 사는 이 할머니의 마음을 몰라주는 소갈머리가 야속했지만, 「성삼이하고 다시는 쌈하지 마라잉. 그쪽에서 뭣이라고 하드라도 잘못했다고 말해뿌러라. 싸우고 친구 사귄닥 안 하디야? 오히려 더 흠결 없이 대하고 살어라」 하고 타일렀다. 손자가 고개를 떨어뜨리면서 깡깡이 줄을 와드랑와드랑 신경질적으로 긁어댔다.

「얼릉 밭에나 가소.」

퉁명스럽게 내뱉고, 또 '똥누러 갔다, 오줌누러 갔다' 하는 소리를 내더니, 이어 '아리랑 타령'을 퉁겨갔다. 손자의 태도가 많이 누그러졌다고 생각되었다. 섬개에 갈 것을 포기한 듯했다.
「섬개에 안 갈 것이지야?」
다짐을 주자, 손자는 걱정 말라고 퉁명스럽게 말하며 깡깡이만 퉁겼다.
「나도 나지마는, 느그 어메는 참말로 너 한나 들고나고 하는 것 보고 산다잉. 그란디 니가 혹시 섬개에 갔다가 섬사람들한테 붙잡히든지 바람이 불어서 못 오든지 하면 참말로 다 말라져 죽을 것이다잉.」
이 말을 남기고 사립을 나섰다.
골목길을 걸어나가는 할머니의 눈앞에, 간밤 아들의 무덤 주변에서 낙지 잡으며 파둔 구덩이 속의 소용돌이치는 갯벌물처럼 술렁거리던 어둠이 몰려들고 있었다. 그 어둠 속에서 앓아대던 며느리의 소리가 들리는 듯했다. 하늘을 쳐다보았다. 구름 한 점 없었다. 앞메 잔등 위에 뜬 해의 보리 까라기 같은 빛살이 눈속에 시푸른 어둠을 담아 넣었다. 눈을 감았다. 간밤 일을 전혀 모른체하고 며느리를 타이르리라 했다.
모래언덕을 따라 좁다랗게 띠처럼 멧기슭에 둘러져 있는 밭은 두 마지기였다. 며느리는 북쪽 밭귀에 쪼그려앉아 김을 매고 있었다.
빛 바랜 쪽물이 담길 듯한 바다는 살랑거리는 마파람에 잔물결이 일어나 있었다. 모래톱을 치는 물결이 햇살을 깨면서 철썩거렸다. 건너다보이는 도리섬의 칼바위 주변에는 금빛 고깃비늘을 깔아놓은 듯 햇조각들이 떠서 반짝거렸다. 아니, 섬 주변에 사는 모든 물고기들이 일시에 물위로 솟아올라서 질펀히 깔린 금싸라기들을 쪼아먹느라고 날뛰어대는 것만 같았다. 넓바위 연안에 있는 미역가공 공장의 양수기 엔진소리가 하늬바람결을 타고 흩어져서 아득하게 들렸다.
할머니는 선창 쪽 밭귀에 있는 아들의 무덤 앞으로 갔다. 이게 바로 아들의 무덤이라고 생각은 하면서도 할머니는 도무지 그게 정말 같지가 않았다.

유골이라 하며 오는 나무 상자 속에는 기껏 손톱하고 머리카락 몇 가닥하고 가는 톱밥 같은 뼛가루 한 숟갈 정도가 들어 있을 뿐이라던 것이었다. 그걸 열어서 그게 아들의 것인지 아닌지 확인해 본들 무엇하랴 해서, 정말로 아들이 죽어 돌아온 것이거니 하고 장사를 지내기는 했지만, 아들의 무덤 아닌 가묘를 써둔 것만 같은 생각이 들곤 하는 할머니였다. 아들은 이 바다 안에서 가장 빠르다는 어협조합의 대형 발동선을 타고 갈 경우, 이틀 낮과 밤을 내내 달려가고도 하루 낮을 더 달려가야 겨우 닿는다는 월남이란 데서 그 흰자위 많은 눈을 껌벅거리고 살아 있을 것만 같았다. 무덤의 마른풀들 속에서 푸른 잎들이 솟아나오고 있었다. 간밤 며느리가 재술이와 함께 무슨 일인가를 치렀을 자리를 눈짐작으로 가려 더듬으면서 모래언덕을 내려다보았다. 거기에 두 홉들이 삼학 소주병 한 개하고, 과자며 빵의 비닐봉지 몇 개하고가 햇살을 받아 반짝 빛나고 있었다. 그 반짝하는 햇조각이 불을 확 당기어놓기라도 한 듯, 가슴에 화끈하는 뜨거움이 일어났다. 밭둑을 걸어서 며느리에게로 갔다.

검정 사각무늬가 있는 가지색 통치마에 배추 꽃물을 들인 샛노란 스웨터를 입은 며느리의 얼굴은 반죽을 해놓은 밀가루같이 해반주그레했다. 눈두덩이 부석부석했다. 다가오는 발소리를 들었을 터인데도 며느리는 고개를 들지 않고 뿌리 깊이 박힌 바랭이 가닥을 호미 끝으로 파내고만 있었다.

할머니는 치맛자락을 걷어올리고 며느리가 앉은 옆 고랑에 쪼그리고 앉았다. 며느리가 아침밥을 먹는 둥 마는 둥하던 것을 생각하고, 어디 아프냐고 하며 며느리의 얼굴을 바라보았다. 며느리는 흡사 귀머거리가 되어버리기라도 한 듯 시어머니의 말을 아랑곳하지 않고 호미질만 했다. 내리깐 눈의 검고 긴 눈썹을 바라보던 할머니는 며느리의 마음이 이미 자기나 손자에게서 멀어져 가고 있다고 생각했다. 간밤, 아들의 무덤 주변에서 술렁거리던 시푸른 어둠이 떠올랐고, 그 어둠 속에서 들려오던 며느리의 앓던 소리가 들려오는 듯했다. 혼자 사는 세상이 재미없이 팍팍하고 슬프기만 하다는 것을 모르는 바 아니었지만, 할머니는 며느리가 원망스러웠다. 그 원망스러움을 말로 뿜어낼 수 없었다. 말로 뿜어내지 못하고 속에 묻어 삭인다 하여, 한숨을 쉬거나 넋두리를 늘어놓거나 흥타령 같은 것을 할 수 없었다. 세상에 널려 있는 설움이란 설움은 모두 자기가 다 떠맡아 안고 지고 품고 머금고 있는 듯이 생각하고 있는 며느리이므로. 섣불리 건드렸다가는 이 안골 연안이 숫제 며느리의 울음바다가 되어버릴지도 모르는 것이었다. 할머니는 자기의 속이야 어떻게 곯고 아리고 쓰리어도 천연스럽게 부드러운 목소리로 달래야 하는 것이었다. 며느리가 듣거나 말거나 할머니는 말을 하여 가기 시작했다.

「혼자 사는 세상 탁탁하고 맥없기는 할 것이다마는 그래도 철승이 조깐 타이르고 그래라이. 큰일났어야. 저 하는 대로 보고만 있어서는 못쓰겄다. 오늘 아침에는 뭔놈의 섬개엘 간닥 해서 못 가게 몇 번 씹어 일러놓고 나왔다. 너도 모른 척하지만 말고, 그 애기가 어디 가서 뭔 일을 하는가 보기도 하고, 혹시라도 누구하고 쌈을 하는지 미리미리 타이르기도 하고……. 저번 참에도 안 나다녀도 될 미역공장엘 다닌다고 다니다가 그 일을 안 저지르디야?」

며느리는 보릿그루에 얽힌 갈퀴덩굴 한 가닥을 뽑으며 한숨을 투우 하고 내쉬었다. 할머니는 얼른 말을 돌렸다.

「니 아픈 속을 내가 모르는 것이 아니다마는, 어쩔 것이냐. 너나 나나 원수 놈의 팔자가 사나워서 안 그라냐? 내 말 잘 들어라.」

몇 번이고 흘려준 말을 다시 곱씹어 흘려주었다. 마음씨 좋고 몸 튼튼한 기둥서방을 하나 얻어서 살아보라는 말이었다.

「다 눈감어줄 것인께, 동네 사람들 눈에만 띄지 않게 쥐도 새도 모르게 한번 살아봐라. 고생이 어째서 안될 것이냐마는 저 새끼 여의살이시키도록만 살아주라」하고 난 할머니는 가슴이 꽉 막혀왔다. 머리카락 한 오라기 손톱 한 개가 묻혔더라도 그게 정말로 아들의 것이라면 분명 혼령이 들어 있을 아들의 무덤 앞에서 며느리에게 이런 소리를 해야 하는 것이었으니 말이었다. 고개를 들고 가슴을 펴면서 투우 하고 막혔던 숨을 내뿜었다. 간밤, 어둠 속에서 들려오던 며느리의 앓는 소리가 들려오는 듯했다. 이 밭고랑에 두 발을 뻗고 주저앉아 한바탕 소리쳐 울어버리고 싶은 할머니였지만, 「그런디」하고 말을 뽑았다. 마치 남의 이야기라도 하여가듯 말을 했다.

「나는 이참에 재술이가 철승이한테 깡깡이를 준 것이 암만해도 맘에 걸려 죽겠다. 내 속이 쪽박같이 좁아서 그란지는 몰겄다마는, 그 집 식구들하고는 절대로 정 두고 살아서는 못쓴다. 이 얘기는 잘 들어갖고 니가 철승이를 조깐 잘 썹어 일러라.」

할머니의 쪼그려앉은 다리가 바들바들 떨렸다. 두둑 바닥에 엉덩이를 붙이고 주저앉으면서 바다를 바라보았다. 먼바다에서 이랑진 물결들이 밀려오고 있었다. 어쩌면 할머니의 가슴속으로 밀려들고 있는 것만 같았다. 그 물결 같은 수많은 말들이 응어리져 있는 가슴을 폈다.

「재술이네 아부지는 죽어갖고 어쩌면 구렁이가 되었을 것이다. 살어서 남 못할 일을 그렇게도 많이 했는디 구렁이가 안되고 뭣이 될 것이냐? 내 팔재가 뭣 땀시 파싹파싹 깨져뿐 바가지같이 되어뿌렀다냐? 하고 많은 사람 다 놔두고, 순사들 앞세우고 우리집으로 달려들어갖고 느그 아부지 징용에 보내뿐 사람이 바로 재술이네 아부지다. 알기를 그리 알고 살어가사 쓸 것이다. 그런다고 웬수야, 악수야 하고 살어갈 것은 없는 일이지마는, 속은 두고 살어사 쓴다. 재술이네 아부지가 보통으로 간삽고 독하고

모진 사람이 아니드니라. 배급이 나오면 하필 우리집만 쏙 빼뿔드니라. 철승 애비가 살았을 때 어째서 재익이나 재술이하고 그렇게 쌈을 붙어대고는 했는 줄 아냐?」

철승 아비도 다 생각이 있어서였을 것이었다. 따지고 보면 철승 아비가 월남에 가서 죽은 것도 재익이네 식구들 때문이라고 할 수 있을 것이었다.

재익이네 아버지는 자기가 서둘러 이편의 남편을 징용에 보내놓고도 가슴 찔려하는 구석이 손톱만큼도 없던 것이었다. 오히려 한두 번의 노랑 설탕 배급을 주고, 안남미 배급에 차례를 넣어주고, 그 대가로 이편의 몸을 요구했었다. 그게 철승 아비가 다섯 살 되던 해의 봄이었다.

날품으로 밭을 매고 들어와 설핏 잠이 들었을 때, 대오리문 창살을 가만가만 두드리는 소리가 들렸다. 소스라쳐 일어나며 누구냐고 소리쳤다. 그러자, 남자의 굵은 목소리가 낮게 새어 들어왔다.

「뭔 잠이 그렇게 깊이 들었소? 사람들 모르게 배급쌀 조깐 갖다 줄라고 왔소.」

잠결이었지만 가슴이 짜릿하면서 뭉클 뜨거워졌다. 간사하고 표독스러운 그였지만, 이편의 남편을 징용에 보내놓고는 속이 편하지 못한가 싶었다. 여느 때 밉고 저주스럽던 그가 고마웠다. 일어나 문고리를 따려고 했다. 그러다가 멈칫했다. 한밤중에 홀어미가 혼자 자는 방엘 들어오려고 하는 그 남자의 속셈은 뻔한 것이었다. 여차하면 쓸 생각으로 아랫목 머리맡에 놓아둔 방망이를 집어들었다. 그 배급쌀 받지 않겠다고, 얼른 돌아가지 않으면 소리를 지르겠다고 외쳐댔다.

「영보네는 어째서 내 속을 그렇게 몰라주요?」

남자는 이렇게 달래면서 대오리문 창살을 북 뜯고 손을 들이밀었다. 문고리를 벗기려고 했다. 눈앞이 아찔했다. 방망이로 내리쳤다. 「도둑이야」 하고 소리쳐댔다. 그는 두 손을 입에 가져다 대고 후후 불며 엄살을 떨다가 어물어물 돌아갔다. 철승이의 아비를 끌어안고 부들부들 떨면서 밤을 새웠다. 새벽녘에 일어나 밖으로 나갔다. 남자가 놓고 갔을지도 모르는 배급 쌀자루를 재익이네 집으로 가져다가 주어버릴 셈으로였다. 그러나 남자가 놓고 갔음직한 배급 쌀자루는 거적문 늘어뜨린 부엌이나 손바닥만한 마당 어디에도 없었다.

 재익이네 아버지는 그 뒤로도 몇 번이고 호젓한 데서 단둘이 만나가지고는 손목을 잡으면서, 정이나 두고 살자고, 서로 입만 열지 않으면 정 두고 사는 것을 누가 안다냐고 꾀었다. 한번은 밤늦게 김 이삭을 주워가지고 재를 넘어오는데 이편을 솔숲 속으로 끌고 들어가려고 했었다. 만약에 소리지르면 당신 죽고 나 죽고 해버리겠다고 하면서 입을 막았다. 이편은 그편의 가슴을 물어뜯었다. 그가 나동그라졌을 때 사람 살리라고 외치면서 마을로 내달렸다. 이 일이 있은 뒤부터 그는 이편을 아예 배급 주는 차례에서 빼버렸다.

 해방이 된 뒤로, 때려죽이겠다고 나대는 청년들을 피하여 한 일년 동안 어디선가 살다 들어온 그는 다시 마을을 휘어잡았다. 그를 죽여야 한다고 괭이나 낫을 내두르던 마을 사람들도 그의 대소가 사람들의 위세에는 꼼짝을 못했다. 무식한 마을 사람들은 다시 그에게 이장과 어협총대를 맡겼다. 그러면서부터 그는 이편에게 더욱 괄시를 하여댔다. 울력이 났을 때 홀어미를 빼주곤 하는 관례를 무시하고 이편에게 기어이 궐을 물게 하였으며, 마을에서 넓바위 선창까지의 길을 내는 데 이편의 밭언덕을 까뭉개게 하는 억지 계획을 만들기도 하였다. 물론 자기 형님을 징용에 보냈다고 이를 갈던 억보가 경비대엘 간다고 갔다가 반란군이 되어 돌아와 가지고 총질을 하여 그가 죽은 뒤로, 성근지게 나서는 사람이 없어 길 내는 일은 세우나마나한 계획이 되어버렸었다. 그러나 마을에서 넓바위 선창으로 큰길을 내기로 했다는 마을 회의가 있은 뒷날 이편은 재익이네 집으로 쫓아가서 악다구니를 쓰면서 대들었던 것이었다.

　문제는 그런저런 꼴을 보고 자란 철승 아비가 이편의 통사정에 따라 장가를 들고 영장도 나오지 않은 군대엘 자원하여 가기까지 재익이네 식구들을 보고 이를 갈곤 한 것이었다. 재술이하고는 동갑이었지만 서로 말도 주고받지를 않으려 했었다. 한번은 음력 대보름날 풍물을 치다가 싸움을 한 적이 있었다. 마당밟기를 하면서 괜히 술바람에 한 짓거리들이기는 했겠지만, 따지고 보면 쌓인 원한이 터져나와서 된 싸움이던 것이었다. 이 싸움에서 철승 아비는 코피를 한 바가지나 쏟을 만큼 재익이네 형제한테 두들겨 맞았던 것이었다. 입심이 셀 뿐 아니라 싸움이 붙었다 하면 떼로 몰려 덤벼드는 최씨네 형제를 때려눕힐 장사는 없었다. 만일 그들의 비위를 건드리기라도 했다가는 언제 어떤 방법으로든지 그들은 보복을 하고 나섰다. 아버지가 죽은 뒤로 이장이나 총대를 대물려 하는 그들은, 자기들을 건드린 사람이 허가 없이 솔가지 하나를 베면 대번 산림계를 불러들이고, 멸치 덤장이나 정치망 그물을 놓거나 삼마이 그물을 놓으면 오면가면 낫으로 쳐서 떠내려 보내는 심술을 부리기도 하고, 세금을 비싸게 먹이기도 하는 것이었으며, 마을의 규정을 어기고 김발 한 떼만 더 막아도 기어이 철거반을 들이밀던 것이었다. 철승 아비가 자원입대를 한 것은 바로 그 싸움이 있은 후였다. 따지고 보면, 처음부터 월남파병에 자원을 하여 갈 셈으로 자원입대를 하였던 것이었다. 돈을 벌어와서 재익이네 형제한테 보아란듯이 살아보겠다는 생각이었던 것이었다.

　돈 도둑질해 가지고 바깥바람 쐬러 가기라도 하듯 훌쩍 밤새 도망질 쳐서 군대에 가버린 철승 아비를 생각하면 가슴이 막혀올 뿐이었다.

　할머니는 긴 한숨을 들이쉬면서, 「내 말 잘 알아듣고 철승이한테 차근차근히 조깐 씹어 일러라」 하고 곱씹어주었다.

　천상 해보아야, 어느 거지의 등에 업히어 다니다가 이웃 마을의 윤씨네 집에 맡겨진 다음, 코를 가리기 시작하면서 애기업개 노릇을 하며 살아왔을 뿐인 며느리는 늙은 시어머니의 말이 들리는지 들리지 않는지 호미질만 하고 있었다. 반죽해 놓은 밀가루처럼 우중충한 얼굴이 일그러져 있었다. 할머니는 숨을 크게 들이쉬었다. 쪽빛이던 바다가 희부옇게 가라앉고 있었다. 물결이 더욱 가늘어지고 있었다. 마파람이 자고 있었다.
 이때 넓바위 선창 쪽에서 양수기 엔진을 단 배 한 척이 부웅 소리를 내면서 달려왔다. 철승이 또래의 청년 둘이 타고 있었다. 철승이는 타고 있지 않았다. 미역밭엘 가는 듯했다. 기계배가 허연 솜 같은 물결을 이물과 뱃전으로 내뿜으면서 할머니가 앉아 있는 안골 모래밭 앞을 지나 노릇골 쪽으로 달려갔다. 노릇골의 검푸른 멧부리가 아득하게 멀어보였다. 그 골짜기에 뿌연 바람 곱자기가 끼어 있었다. 하늬바람이라도 터질 모양이었다.
 노릇골 멧부리 끝으로 간 배가 갑자기 변속을 하면서 엔진소리가 그쳤다. 서서히 메 끝으로 다가가더니 검은바위에 뱃전을 댔다. 그것을 기다리고 있었던 듯한 처녀들 셋이 곰솔숲에서 갯벌밭의 꽃게들처럼 바르르 뛰어나가더니 배에 올랐다. 이어, 배가 도망이라도 치듯 부웅 하는 엔진소리를 내면서 달렸다. 뱃머리를 길마섬 건너편의 꽃섬으로 두르고 있었다. 꽃섬 쪽의 하늘은 아직 쪽빛으로 맑아 있었다.
 할머니는 안도의 한숨을 내쉬었다. 철승이가 그 배에 타고 있지 않은 게 다행스러웠다. 벌써 아득하게 멀어진 배를 바라보았다. 그 배 위에 탄 사람들이 사람 살지 않은 꽃섬에 가서 갯것을 하다가 불바람처럼 일어난 하늬바람에 갇히거나 금당도 사람들한테 붙잡혀 가지고 며칠을 갇혀 있다가 오거나 자기는 상관할 것이 없다고 했다. 생각은 그러면서도 혹시 자기의 흐릿한 눈이 잘못 보았는지도 모른다 싶어, 「이아그야, 저 배에 우리 철승이는 분명히 안 탔지야?」 하고 물었다. 며느리는 잠시 호미를 놓고 그 배를 멀거니 바라보기만 했다. 그 며느리가 야속했다. 무슨 놈의 삼시랑이 씌어댔기에 이렇듯 묘한 소갈머리가 점지되었는지 알 수 없다고 생각하면서 할머니는 고개를 떨어뜨렸다. 다시 김을 매기 시작했다. 이해야말로 보리밭에는 웬 갈퀴덩굴 풀이 이렇게도 속속들이 보릿그루에 얽히어 있는지 알 수가 없었다.

이 풀을 구럭 가득하게 뜯어오곤 하던 철승 아비가 생각났다. 토끼 한 쌍을 키우고 싶다고 하두 졸라대기에 보리밭 매기 날품을 들어 번 것으로 한 쌍을 사주었는데, 철승 아비는 아직 갓 깐 병아리만할 뿐인 토끼가 돌아설 틈도 없이 많은 풀들을 뜯어다가 넣어주던 것이었다. 그렇게 키우던 토끼 한 쌍이 제법 목침덩이만해지고, 이제 접을 붙이면 줄참외같이 많은 새끼를 줄지어 낳을 것이라고 해쌓던 초여름의 어느 날, 비가 오려고 찌는 듯이 무더운 밤을 세우고 나니 두 마리가 나란히 죽어 늘어져 있었는데, 그때 철승 아비는 토끼집 안에 주저앉아 학교에 갈 생각도 하지를 않고 울어대던 것이었다. 인정 많던 그놈의 흰자위뿐인 눈알이 눈에 보이는 듯하여 가슴이 그새 뜨거워지고 목구멍이 뻣뻣해졌다. 하아 하고 한숨을 쉬며 밭머리에 있는 무덤을 바라보는데, 넓바위 선창 쪽에서 오토바이 엔진을 단 채취선이 두루룽 소리를 내더니, 이내 물살을 가르면서 할머니네 밭이 있는 안골 앞으로 달려왔다. 할머니는 호미를 놓고 그 배를 바라보았다. 흐릿한 눈을 벌려 떴다. 순간 할머니는 자기가 금방 보리밭 고랑에 놓은 호미자루로 뒤통수를 호되게 얻어맞은 듯 멍해졌다. 부엉이처럼 탑스럽고 큰 깡깡이의 핏빛으로 붉은 모서리가 뱃전 위에서 반짝 햇살을 되쏘고 있는 것이었다.

「워따 워메, 이 일을 어쨰사 쓸꼬.」

발을 굴렀다. 배의 고물에서 키를 잡고 앉아 있는 것은 철승이였다. 밤빛 잠바를 입고 있는 것으로 보아 분명했다. 할머니는 밭언덕 밑으로 굴러 떨어지듯 모래밭으로 뛰어내렸다. 바닷물결 같은 파란 어둠이 눈앞을 가렸다. 귀가 피용 하고 울었다. 모래톱으로 달려갔다.
「철승아, 너 뭣 하로 가나아, 나 죽는 디 볼라고 그라냐아? 얼릉 이리 안 돌아올래애?」
할머니는 두 손바닥으로 허공을 번갈아 끌어당기며 천관산과 도리섬 어귀에 퍼지고 있는 바람곱자기를 가리키면서, 금방 불바람이 불 것 같은데 어디를 간다고 가느냐고, 얼른 뱃머리를 돌리라고 외쳐댔다. 그 소리는 모래톱을 핥는 잔물결의 이랑 속에 파묻히고 있을 뿐이었다. 안골 연안에는 오토바이 엔진을 단 채취선의 요란한 소리가 가득 찼다. 밭 한가운데서 일어선 며느리가 호미를 든 채 꽃섬 쪽으로 달려가고 있는 채취선 위의 철승을 멀거니 바라보고만 있었다.
「네 이놈, 너 배 안 타고 올래애?」
넓바위 선창 끝에서 남자가 목이 터져라고 소리쳐댔다. 멀어져 가고 있는 채취선 위에서 아무런 반응이 없자, 남자는 새파람에 일어난 높은 물결이 바위와 모래톱을 치듯 장쾌하고 큰 목소리로 입에 담지 못할 험한 욕을 퍼부어대고 나서, 「존 말로 할 때 싸게 배 타고 들어오니라이」 하고 소리쳤다. 그 소리가 잔물결들을 뛰어넘어 먼바다로 퍼져가고 있었으나, 철승이가 탄 배는 아랑곳없이 꽃섬 쪽으로 멀어져 가기만 했다. 할머니는 할머니대로 배창자를 움켜잡으면서 철승이를 불러댔다.
할머니가 더 태우려야 태울 건더기가 없는 애간장을 태우면서 통사정하듯 못 가게 만류한 섬개엘 간다고 해서 무슨 달콤하고 간지러운 수가 있을 까닭이 없었다.
섬개엘 간 기계 채취선 두 척은, 이날 앞에 잔등 너머로 해가 떨어지고 자줏빛 산그늘이 넓바위 선창과 안골 앞바다를 덮을 때까지도 돌아오지를 않았다. 썰물 졌던 바닷물이 모래톱으로 수국의 꽃송이 같은 흰 거품을 밀어올리며 밀려들었고, 늦하늬바람이 매섭게 일어나 바다는 온통 흰 누엣결로 덮이어 있었다. 밀물의 흐름 타고 바람 속을 뚫어 오르려고 그 사이를 기다리고 있는 것이겠지, 날이 어두워지면 오겠지, 노를 젓는 것도 아니고 기계가 달린 배로 오는 것이니 쉬 올라오겠지 하면서 밭둑에 앉아 기다리는 할머니의 가슴은 불밑에서 다 닳아져 가는 기름을 빨아올리는 심지처럼 타들어가고 있었고, 그 가슴에서는 가쁜 숨이 들락거리고 있었다.

넙바위 선창 주변의 모래밭과 사태밭 언덕에는 섬개엘 간 처녀 총각들의 식구들이 앉거나 서서 흰누엣결 덮인 바다를 내려다보고 있었다.

할머니는 며느리가 원망스러웠다. 며느리는 밥을 짓겠단다고 먼저 들어가고 없었다. 하늘에서 따온 복숭아[天桃]만같이 신통하고 귀한 자식이 섬개엘 간다고 가서 흰 누엣결 허옇게 덮인 바다에서 살아 돌아오느냐, 돌아오다가 무슨 일을 당하느냐 하는 판국인데, 목구멍에 밥 우겨넣을 생각밖엔 못하는 며느리의 소갈머리가 밉살스럽기 그지없었다.

우리네 서방님은 갈치잽이를 갔는디
바람아 강풍아 석 달 열흘만 불어라.

앞메 잔등을 오르는 누군가가 넙바위 선창 주변의 사람들 들으라고 심술스럽게 이 노래를 부르고 있었다. '너냥 나냥 두리둥실 놉시다. 낮이낮이나 밤이밤이나 쌍사랑이로구나' 하는 후렴까지를 흥겹게 불러제쳤다. 할머니는 노래하며 재 넘는 사람에게, 오냐 너는 그 재 넘어가다가 다리뼈나 꽉 부러져 죽어라, 하고 속으로 욕을 퍼부어댔다.

우산도 끝에 있는 어협 창고의 양철지붕이 붉게 물들어 반짝거리고 바다의 흰 누엣결이 핏빛이 되는가 했는데, 땅거미가 천관산과 우산도의 검은 솔숲에서부터 밀려나와 온 바다를 덮었다. 꽃섬 쪽에서 양수기 엔진소리나 오토바이 엔진소리를 내면서 달려와야 할 채취선은 끝내 달려와 주질 않았다.
 부지런한 며느리가 개밥 퍼주면서 본다는 초사흘 달이 거짓말로 그어놓은 눈썹처럼 떠 있다가 져버렸다. 있으나마나한 그 달이 없어진 뒤로 곧 어둠이 밀려들었다. 이때부터 넓바위 선창 주변에 흩어져 있던 사람들이 사태밭 언덕 위에다가 모닥불을 피우기 시작했다. 갯물 묻은 밭대나 목나무를 태우는 그 불은 도깨비불처럼 파르스름하면서도 노란빛을 띠었다. 몰아치는 늦하늬바람에 심하게 가물거렸다. 꽃섬에서 어둠을 뚫고 오는 배에게 방향을 알려주려고 피우는 불인 것이었다.
 할머니는 밭언덕에서 모래밭으로 내려섰다. 모닥불 피우는 사람들이 고마웠다. 자기도 그 모닥불 옆에 앉아 손자를 기다릴 생각이었다. 다리가 휘청휘청했다. 넘어질 듯만 싶었다. 모래밭을 건너 선창 모퉁이의 자갈밭으로 들어섰다. 자갈밭에는 가짓빛 어둠이 깔려 있었다. 어둠 속에 들어서자 몸이 부웅 뜨는 듯한 현기증이 일어났다. 발끝에 돌이 차였다. 비칠 쓰러졌다. 성문다리가 돌에 받혔다. 사태밭 위에서 타고 있는 모닥불 같은 불이 눈에서 번쩍 했다. 그래도 아픈 줄을 몰랐다. 돌 모서리를 걷어밀면서 몸을 일으키는데 등뒤에서 희끗한 것이 어른거렸다. 찬찬히 보니 며느리였다. 가슴이 뜨거워지고, 그 뜨거움이 목구멍으로 넘어왔다. 소갈머리 있네 없네 해싸도 며느리는 섬개에 간 제 자식이 이 바람 속에서 돌아오지 않으니 좀이 쑤셔서 집 안에 주저앉아 있을 수가 도저히 없었나 싶었다. 며느리의 손을 잡았다. 며느리의 다른 한 손에 바구니가 들려 있었다. 저녁밥을 내어온 것이었다.
「뭣 할라고 밥 내왔냐? 이 속에 밥 들어간다냐?」
 며느리는 말이 없었다. 선창 마당으로 들어서면서 할머니는 자기의 말이 며느리에게 너무 퉁명스럽고 야속하게 들린 듯하여,「뭔 일 있을라디야? 기계배 타고 갔은께 금방 올 것이다」하고 안심을 시켰다.

모닥불 가에는 재익이와 그의 아내가 앉아 바다를 내려다보고 있었다. 주변에 기춘이네, 영심이네, 춘자네, 영자네 들이 앉아 있었다. 미역가공공장에서 일하는 기술자 몇 사람과 처녀들 몇이 저희들끼리 어울려서 시시덕거리고 있었다. 밤이 되면서 거세된 바람이 수그러졌다.
　「요 새끼들이 오기만 오면, 내가 다리뼈를 때깍 분질러서 물 속에다가 처박어 죽인가 안 죽인가 보소.」
　재익이가 모닥불에서 피는 연기와 함께 소주 냄새를 뿜어 날리면서 이를 갈았다. 이때 그의 동생 재술이가 마을 쪽에서 헐레벌떡이며 뛰어왔다. 모닥불 앞의 재익을 데리고 저만큼 가더니 잠시 귀엣말을 하였다.
　「뭣이 어째야?」 하더니 재익은 어둠 속에서 고개를 쳐든 채 멍해졌다. 먹딸깃빛 하늘에는 치잣빛 별들이 줄레줄레 달려 있었다.
　「끝까지 웬수가 되고 말구마잉, 그 개 같은 새끼가.」
　재익은 이렇게 소리쳐 말하더니 갑자기 미친 기가 일어난 사람처럼 철승 할머니 앞으로 뛰어갔다. 할머니의 목을 두 손으로 훑어 죄면서, 「네 이년, 니가 대신 내 손판에 뒈져봐라. 시원하게 잘되았다. 느그 손자가 우리 새끼를 칼로 쑤셔 죽에뿌렀단다」 하고 이를 갈았다. 할머니는 목줄이 으깨어지는 듯 아프고 숨이 막혔다. 캑캑거리지도 못한 채 허물어지듯 주저앉았다. 옆의 사람들은 그저 멍해 있을 뿐이었다. 재술이가 덤벼들어 재익의 손을 떼어내지 않았다면 새끼줄에 옭아 매어진 채 나뭇가지 위로 끌어 올려진 개처럼 눈을 허옇게 까뒤집은 채 혀를 빼어물고 나자빠졌을 것이었다. 목줄을 쓸면서 가쁜 숨을 쉬는데, 사태밭 언덕 아래로 재익을 밀고 내려간 재술이가 「얼릉 동네로 들어가 보기나 하씨요. 파출소에서 순경이 나와서 성님을 기다리고 있은게 확실한 것을 알어보씨요. 그라고 철승이네 할머니가 뭔 죄가 있다고 그라요? 저 할머니가 죽이라고 시켰다우?」 하고 말했다.

할머니는 꿈만 같았다. 일어서려고 했지만 팔다리가 말을 듣지 않았다. 물에 빠진 듯만 싶었다. 밀물 줄기처럼 큰 어둠 덩어리가 몸을 떠이고 흘러가고 있는 듯 눈앞이 빙빙 돌았다. 멍청히 서 있던 며느리가 어깨를 잡아 일으켰다. 재익의 아내가 허둥지둥 사태밭을 내려갔다. 기춘이네, 춘자네, 영자네, 영심이네도 뒤따라 내려갔다.
「차근차근 조깐 말을 해보씨요, 뭔 일이 어떻게 났다우?」
사태밭 아래서 기춘이네가 재술이의 팔을 잡아 흔들면서 발을 굴렀다. 겁 많은 영심이네가 영자네 팔에 매달린 채 벌벌 떨고 있었다. 며느리가 할머니를 부축하고 사태밭을 내려갔다. 재술이가 밭은 목에 침을 넘기면서 말했다.
「큰일은 벌써 나뻐렀어라우. 금당도 전경대에서 회진 파출소로 연락이 왔다는디라우, 시방 배는 금당도에 갇혀 있고, 성삼이하고 철승이하고는 녹동병원에 있다 하드만이라우. 그런디 둘이 다 죽어뿌렀다 안 하요?」
늦하느바람은 더욱 세차졌다. 사태밭 언덕의 소나뭇가지는 휘어 꺾일 듯이 휘파람소리를 냈고, 먼바다로부터 밀려온 파도가 모래톱을 까뒤집을 듯이 후려치며 아우성치고 있었다. 할머니는 며느리의 팔에 매달린 채 어떻게 앞에 잔등을 넘어서 마을로 들어왔는지 알 수 없었다. 할머니의 눈앞에는 장막 같은 어둠이 절진해 있었고, 귀에는 칠퍽거리는 물결소리뿐이었다. 마을로 들어온 재익과 이장인 창호는 순경을 따라 회진엘 가고 없었다. 바람이 웬만큼 자면 한밤중이라도 조합의 발동선을 빌려 타고 녹동으로 가기 위해서라고 했다.
할머니는 며느리에게 업히다시피 하여가지고 집으로 갔다. 혀가 꼬부라지고 목구멍이 막혀 말을 할 수도 숨을 쉴 수도 없었다. 방바닥에 번듯이 드러누워 버렸다. 목구멍이 바싹 밭았지만 침 한방울 울거 넘길 수가 없었다. 철승이가 왜 성삼이를 칼로 찔렀으며,

어떻게 해서 칼을 맞고 죽었다는 말이냐고, 얼른 녹동으로 가보아야 될 것 아니냐고, 제 아비의 죽음으로 해서 얻어 벌고 있는 논 여섯 마지기를 다 팔아넘기더라도 기어이 그놈을 살려내야 할 것이 아니냐고……. 생각은 총철환 달리듯 주름살 깊은 몸뚱이 속을 휘도는 것이었지만, 손발이 말을 듣지 않았다. 그저 어어 하는 소리를 내면서 며느리의 손을 잡아 흔들고 있을 뿐이었다. 그 몸은 불덩이처럼 달아 있었다.

재술이가 와서 며느리를 마당으로 불러냈다. 한동안 속닥거리다가 갔다. 바람이 쉬 자지 않을 듯하니 조합 발동선도 뜨지 못할 것이라는 말을 했다. 회진에서 택시를 대절해 가지고 육로로 돌아 녹동에 가보아야 한다고 했다. 얼른 시체를 실어오자는 것이었다. 며느리는 멍히 듣고만 있다가 고개를 끄덕거려주었고, 재술은, 「돈이사 어느 끝이 어디로 가든지 내다가 쓰고 봅시다」 하고 나서 사립을 나갔다.

할머니는 혀를 물어뜯었다. '웬수놈, 웬수놈' 하고 속으로 부르짖었다. 재술이가 며느리를 밖으로 불러냈다는 것을 생각하니 가슴에서 주먹 같은 멍울이 차올랐다. 재술 아버지와 재익과 재익의 아들인 성삼이가 생각났다. 재술이네 식구들 때문에 남편도, 아들도, 손자도 모두 죽어간 것이니 말이었다. 주먹으로 가슴을 쳤다. 주먹같이 차오른 멍울만 내려가면 일어날 수 있을 듯하였다. 며느리가 물을 떠가지고 들어왔다. 목이라도 축여야 한다면서 숟가락으로 떠서 입에 넣어주었다. 그 물을 받아 마시고 나니 살 것 같았다. 며느리가 다시 미음을 쑤어 왔다.

이튿날 새벽녘에야 바람이 잦아들었다. 지서에서 조사를 받고 풀려나온 기춘이, 영심이, 영자, 춘자 들이 마을에 돌아옴으로 해서, 둘이 다 죽은 칼부림에 관한 이야기는 간밤에 몰아친 늦하늬바람 때문에 들썽거리던 바다처럼 마을 안을 술렁거리게 하였다.

그 칼부림은 함께 섬개엘 간 영심이 때문에 일어난 것이라고 했다. 여자가 끼이지 않고는 살인 나지 않는다더니 그 말이 왜 그렇게 잘 들어맞은 것인지 알 수 없었다.

영심이는 살빛이 흰 데다 속눈썹이 먹물을 찍어바른 듯 검고 길면서 콧날이 제법 오뚝하였으며, 입술은 언제 보아도 침을 금방 묻혀놓은 듯 윤기가 있었고, 끝이 약간 누른빛 나는 머리는 목덜미께까지 늘어져 있었다. 영심이는 언제 어느 때 누구를 보고도 잘 닦아놓은 사기그릇같이 흰 이를 내놓고는 샐쭉 웃곤 하였다. 눈을 치켜뜰 때 흰자위가 많은 것과 목이 가늘게 긴 것이 흠이었지만, 그것은 영심이를 더욱 안타까운 생각이 들 만큼 예쁘게 느껴지도록 했다. 어쨌든 영심이는 그 마을에서 빼어난 미모였다. 이웃 마을의 총각들이 영심이 얼굴 구경을 하러 품을 버려가며 놀러를 올 정도이니 말이었다.

요년, 벼락이나 맞아 죽어라, 불벼락도 말고 칼벼락을 맞아 죽어라, 하고 할머니는 영심이를 저주하였다.

이날 저녁 무렵 조합의 발동선이 두 구의 시체를 넓바위 선창으로 실어왔다. 회진에서 택시를 불러 타고 육로로 돌아간 재술이도 그 발동선을 타고 성삼이의 아버지 재익이랑 함께 돌아왔다. 재술이는, 따지고 보면 과부인 철승이네를 생각해서 천방지축 녹동으로 달려갔을 것이었다. 나중에 안 일이지만, 녹동에서 시체를 실을 때도 재익이 자기 아들의 시체만 실어가겠다고 코뚜레 꿰지 않은 부루기 고집 부리듯 했지만, 함께 간 이장과 재술이가 불쌍한 사람들한테 적선해 준 셈으로 실어가자고 달래어 실어왔다던 것이었다.

마을 사람들은 누가 그렇게 하자고 제의를 한 것도 아닌데 두 패로 나뉘어서 두 청년의 장사를 지냈다. 징용에 간 철승 할아버지나 월남에 간 철승 아비하고 그럴 수 없게 살았던 사람들 서넛과, 기춘이와 그 또래의 친구들 몇이 철승이의 관을 메고, 재익의 대소가 사람들이며 미역공장에 붙어 돈벌이하는 사람들이며, 재익이네한테 구정물 한 방울이라도 튀어간 사돈네 팔촌뻘 되는 사람들이며가 성삼이의 관을 메었다. 철승이의 시체는 앞메 잔등을 넘지 않은 채 그냥 안골 자기 아버지가 묻힌 밭으로 가 묻혔고, 성삼이의 시체는 샛개 농장으로 가는 신작로를 따라 비편 산모퉁이를 돌아 가다가 비탈길을 올라서 최씨 문중 산골짜기에 묻혔다.
 마을 사람들이 아들의 무덤 앞에 구덩이를 파고 손자의 시체를 넣고 흙을 떠넣으면서 발로 밟아댈 때, 할머니는 두 다리 죽 뻗고 앉은 채 아들의 무덤을 손바닥으로 두들겨댔다.
 손자의 가슴에서 흘러나왔을 선지피 같은 저녁놀이 우산도 끝에 뜬 구름 자락을 뻘겋게 물들이더니 순식간에 호수 같은 득량바다를 꽃자줏빛으로 덮었다. 바다는 잔잔했고, 갈매기의 날개폭만한 잔 물결들이 게으르게 밀려와서 모래톱을 핥고 있었다.
 「에끼, 에끼 무정한 놈의 새끼들!」
 할머니의 가슴에는 그저 이 말이 피멍처럼 응어리 진 채 목구멍으로 차오르고 있었지만, 혓바닥은 경련이라도 일어난 듯 굳어져서 말을 만들지 못했다. 며느리는 무덤의 마른 풀잎 속에서 바야흐로 새잎이 돋고 있는 남편의 무덤을 두들겨대는 시어머니 옆에 멍히 선 채, 밭 한가운데 만들어지고 있는 제 아들의 무덤을 바라보고만 있었다. 그 며느리의 창백한 얼굴과 옥색 스웨터가 바다의 꽃자줏빛에 젖어들고 있었다.
 이날 밤, 그 며느리가 온다간다는 말 한마디 없이 재술이를 따라 자취를 감추어버린 것이었다.

3

 찔레나무 그루터기 옆에 앉으면서 할머니는 허옇게 어우러진 찔레꽃들을 바라보았다. 술을 석 잔이나 마신 코끝에도 찔레꽃의 분결 같은 냄새는 진하게 맡아졌다. 재술이하고 가까워지면서부터 짙은 화장 냄새를 풍기곤 하던 며느리가 생각났다.
 돈 잘 벌고 튼튼한 서방 만났으니 인제라도 세상 맞내게 살아야 할 것이라는 생각이 아니 드는 것은 아니나, '서방 까묵고 새끼 잡어묵은 년, 어디 가서 얼마나 잘 사는가 보자' 하는 생각이 앞서는 것은 또 무슨 짓궂은 심술인지 알 수 없었다. 수북한 띠풀 한 줌을 뜯으면서 할머니는 고개를 저었다. 며느리를 저주하는 자기를 꾸짖었다. 어디 가서 사는지 수소문을 해서 찾아야 한다고 했다. 예순 살이 이마에 맞닿은 이 늙은 게 살면 얼마나 살랴. 이 눈에 흙 들어가면 누가 아들과 손자의 제삿날에 물 한 모금 떠놓으랴. 새 서방이 좋기야 좋고, 나이 이제 마흔일 뿐이니 아들딸 한둘은 금방 낳을 수 있어 딴 정신이 있을 리 없을 것이었다. 그렇더라도 복 타살려면 제삿날 부디 잊지 말고 물이라도 떠놓으라고 타이르리라 했다. 그리고 아들딸 얼른 길러가지고, 본 서방인 철승 아비가 월남에 가서 죽은 핏값으로 생긴 논 여섯 마지기를 제사답으로 물려주면서, 올 데 갈 데 없는 불쌍한 두 귀신한테 떠놓는 일을 부디 잊지 말게 하라고 당부하고 싶었다.

 손자의 무덤 쪽으로 나아가며 한 무더기의 억새풀 줄기들을 뜯었다. 이때 찔레나무 뒤쪽에서 얼른 움직이는 게 있었다. 고개를 돌렸다. 흐릿한 눈을 벌려 떴다.

 헐렁헐렁한 쑥빛 스웨터에 검정 통치마를 입고 나타난 것은 영심이였다. 겨울철 같은 때 뚱뚱한 영심이네가 걸치곤 하던 스웨터와 통치마를 입은 영심이는 아낙처럼 숙성해 보였다. 얼핏 산고라도 치른 아낙같이 얼굴이 부석부석하고 맥이 없어보였다. 얼굴빛이 반죽해 놓은 밀가루처럼 허여멀쑥했다.

 할머니는 억새풀 위로 고개를 떨어뜨렸다. 멀겋게 날이 선 억새풀잎 가장자리를 내려다보았다. 그 풀잎 한 가닥을 뜯었다. 내 새끼 잡아먹은 백여우 같은 년, 하는 생각이 가슴을 꽉 막히게 했다. 이를 물었다. 이년이 무슨 낯으로 이렇게 내 앞에 나서고 있는 것일까. 이 남자한테 샐쭉 웃고, 저 남자한테 히죽 웃어가지고 칼부림 나게 한 여우 같은 것, 가까이 오기만 하면 호미 끝으로 눈알을 파놓으리라. 다시는 샐쭉 웃고 히죽 웃지 못하게 낯껍질을 벗겨놓으리라 하는데, 영심이가 등뒤에 선 채,「할머니」하고 불렀다.
 '뭣 할라고 부르냐, 내가 어째서 느그 할머니냐, 혓바닥을 톡 끊어뿔기 전에 얼릉 쩌리 가뿌러라' 하는 말이 가슴에서 주먹처럼 뭉쳐지고 있었으나, 할머니는 입을 꼭 다문 채 풀만 뜯었다.
「할마니, 나보고 욕하지 말소. 인제 와서 그런 것 말해서 뭣 할 것인가마는, 이 말은 꼭 해사 쓰겄네.」
 영심이가 한때나마 철승이와 눈이 맞아 밤이 깊어가는 줄 모르고, 앞메 잔등을 넘어 안골의 숲속을 걸어다니거나, 뒷등 언덕 같은 데서 만나곤 하던 것은 선뜻 고개가 끄떡거려지지 않은 일이었다. 영심이는 농사가 이십여 마지기나 되는 부잣집 딸인 데다 아버지인 창호가 재익의 뒤를 이어 이장을 하여오는 터요, 철승이는 외짝인 할머니와 홀어머니 밑에서 자라고 있는 데다 농사래야 겨우 여섯 마지기가 고작이었기 때문이었다. 더구나 철승 어머니는 백치처럼 말이 없긴 하지만, 밤이면 마을의 사랑방 문 앞을 기웃거리면서 남자 냄새를 맡고 돌아다닌다는 소문이 마을 안에 퍼져 있곤 하던 때문이었다. 그럼에도 영심이가 철승이와 눈이 맞은 것은 어쩌면 철승이가 퉁기는 기타 때문이었을 것이었다. 철승이가 기타를 퉁기기 이전에는 그의 목소리가 유달리 곱다 하여 처녀들의 눈길과 관심이 몰려들곤 했다. 거기에는 철승이의 얼굴이 예쁘장한 것도 한 것이지만, 그의 집에 대물리어 일어난 불행에 대한 동정이 곁들여졌을 것이었다.
 철승이가 느닷없이 재익이네 미역공장엘 나다니기 시작한 것도 영심이 때문이었다. 그만큼 그들은 한시도 떨어져 살기가 싫었던 것이었다. 한데, 재익의 아들 성삼이가 고등학교를 졸업하고 예비고사에 들지 못한 채 대학을 포기하고 마을로 돌아오면서부터 영심이를 자꾸 꾀어내곤 하였다. 이 무렵, 누구 쪽에서 먼저 이끈 것인지는 모르나, 철승이가 이따금 영심이의 눈을 피해가면서 춘자를 만나곤 한 것이었다. 영심이가 그걸 눈치 못 챌 까닭이 없었다. 이후로 영심이가 철승이를 만나주지 않았다.

하루는 성삼이와 영심이가 도리섬으로 배를 타고 놀러 갔다가 왔다는 말이 철승이의 귀에 들어왔다. 이날 저녁에 철승이와 성삼이는 공장 안에서 몽둥이를 휘두르면서 한판 싸움을 벌인 것이었다. 뒤에 알고 보니, 철승이와 춘자 가운데서 둘의 만남을 이루어지도록 수작을 붙인 것은 성삼이였다.

「저기 덤장막 뒤에서 춘자가 꼭 할말이 있다고 만나자고 하드라」 하고 철승이를 만나 수작을 붙인 성삼이는 곧 춘자를 불러서, 「철승이가 사실은 너를 좋아한 모양이드라. 저기 덤장막 뒤에서 기다리고 있은게 가봐라」 한 것이었다.

철승이가 성삼이의 수작에 넘어간 것을 알아차리고 싸움을 건 것이었다. 그 싸움에서 철승이는 성삼이에게 맥없이 얻어맞기만 했었다. 주먹과 발길을 발동기의 피스톤처럼 내어 날리는 성삼이와 허리를 끌어안으려고 덤벼드는 철승이는 애초에 싸움 상대가 되지를 않았다. 이번 꽃섬에 가서 일어난 칼부림은 그때 그 싸움의 연속인 셈이었다. 너 죽고 나 죽고 하자 하면서 칼을 든 것은 철승이였다고 했다.

어쩌면 집에서부터 칼을 가지고 온 듯했다. 그것은 시꺼먼 식칼이었다. 성삼이가 칼을 보고 달아나기만 했어도 이렇게 피바람이 불지는 않았을 것이라고 했다. 한데 성삼이가 잠바 지퍼를 찢어젖히고 맨가슴을 내밀면서, 찔러볼 테면 얼마든지 찔러보라고 한 것이었다. 찔러도 자기 가슴에는 칼끝이 절대로 들어가지 않을 것이며 설사 들어간다 하여도 피 한방울 나오지 않을 것이라고 하며 코방귀를 뀌었다. 철승이는 얼굴이 백지장처럼 희어지면서 몸을 후들후들 떨었다.

이때 누군가가 덤벼들어서 철승이의 손에서 식칼을 빼앗으면서 싸움을 말렸으면 탈이 없었을 것이었다. 철승이도 은근히 그것을 바라고 있었는지 몰랐다. 그러나 춘자나 영자 들은 갯바구니를 든 채, 개와 고양이처럼 자갈밭에서 버티고 서서 으르렁거리고 있는 둘을 그저 바라보고 있을 뿐이었다. 오직 영심이만 조금 전에 철승이 타고 온 가공공장의 배를 정박시키느라고 닻을 던지고 있는 기춘을 향해,「얼릉 내려와서 칼 조깐 뺏아뿌러야」하고 소리치면서 발을 굴러댔다. 기춘은 배 안에 선 채, 철승과 성삼을 향해서,「느그들 참말로 그렇게 싸울래?」하고 소리쳐 주기만 하고 있었다.

「성삼이 니가 저리 달어나뿌러야.」

춘자가 소리쳤다.

성삼이는 여전히 가슴을 활짝 까 내민 채 칼 든 철승이 앞으로 한발 한발 다가서며 소리치고 있었다.

「이 새꺄, 찔러 테면 찔러보란 말이야, 호래 새끼야.」

영자는 성삼이의 위세에 눌린 철승이가 금방 칼을 던지고 도망을 칠 것이라고만 믿고 있었다. 설사 철승이가 어떻게 칼을 휘두른다 하더라도 성삼이는 교묘하게 피하면서 발길질을 함으로써 철승이를 쓰러뜨릴 것으로만 믿었다. 성삼이의 비호 같은 발길질을 아는 철승이가 더 버티고 있을 수 없을 것이라고만 생각했다. 여느 때 성삼이는 자기의 태권도 실력이 칼이나 몽둥이쯤을 상대할 것이 아니요, 권총하고 상대할 수 있는 것임을 늘 자랑하여 오던 터였다. 그 자랑이 거짓이 아닌 듯 성삼이는 기세 좋게 칼 든 철승이 앞으로 한걸음 한걸음 나아갔고, 철승이는 얼굴이 종잇장처럼 하얘진 채 뒷걸음질을 쳤다. 기춘이도 그렇게 믿고 있었던 것이었다.

한데 뒷걸음질 치던 철승이가 눈을 부릅뜬 채,「이 새꺄, 안 죽을라면 무릎 꿇고 빌어, 꽉 쑤셔 죽에뿔기 전에 얼릉 빌어, 새꺄」하고 소리친 것이었다. 성삼이가 하늘을 향해 허허 하고 헛웃음을 쳤다. 그러더니 이를 갈면서 철승이를 노려보았다. 여차하면 몸을 날려 칼을 빼앗고 철승이를 묵사발처럼 깔아뭉개 버릴 기세였다.

「기춘아, 쌈 조깐 말려야.」

영심이가 소리쳤다. 철승이가 칼로 성삼이의 가슴을 겨눈 채 눈을 부릅떴다. 성삼이는 또 찔러볼 테면 찔러보라고 하면서 가슴을 철승이 앞에 내놓으며 한 걸음 더 나아갔다. 이윽고, 철승이의 등이 언덕굽이의 바위 앞에 닿았다. 몸을 틀어 옆으로 빠져나가기 전에는 다가서는 성삼이를 피할 수 없게 되었다. 철승이의 얼굴에 당황한 기색이 스쳤다. 다리가 떨렸다. 성삼이가 그걸 놓칠 리 없었다.

「찔러봐, 내 가슴에 그 같은 놈의 칼이 들어갈 것 같으냐?」

성삼이의 이 말속에는 '못 찌르겠으면 얼른 무릎 꿇고 빌어' 하는 뜻이 담겨 있었다. 성삼이는 철승이에게 달아날 틈을 주지 않기 위하여 가랑이를 양옆으로 크게 벌린 채 윗몸을 굽히고 두 주먹을 앞으로 내밀었다. 금방이라도 치고 받고 할 기세였다. 그러면서 한걸음 더 다가갔다. 철승이가 바위에 등을 기댔고, 성삼이가 철승이의 칼 든 손을 재빨리 잡아젖히는 듯했다. 두 몸뚱이가 한데 엉기었다. 철승이가 성삼이의 옆구리를 껴안고 있었다. 순간 성삼이가 허물어지듯 쓰러졌다.

「아나 찔렀다, 새꺄. 어짤래? 니 가슴에는 철판 깔았냐?」

철승이가 칼을 든 채 쓰러진 성삼이를 향해 소리쳤다. 철승이의 손에 벌건 피가 묻어 흘렀다. 성삼이의 몸은 경련을 일으키고 있었고, 왼쪽 가슴 한복판에서 벌건 선지피가 솟고 있었다. 배에서 뛰어내려 달려온 기춘이가 쓰러진 성삼이를 흔들었다. 영심이, 춘자, 영자가 달려갔을 때는 성삼이의 눈이 허옇게 뒤집히어 있었다.

「찔러보란 대로 찔렀다, 어짤래?」

이 말을 몇 번이고 되풀이하던 철승이가 모래언덕을 달려 내려갔다. 바위 뒤쪽의 자갈밭을 달려갔다.

「철승아, 어디 가냐아」 하며 기춘이가, 성삼이를 얼른 병원으로 싣고 가야 할 게 아니냐고 소리쳤지만, 철승이는 뒤도 돌아보지 않

아리랑 별곡　153

왔다. 이때 금당도 어촌계의 발동선이 꽃섬을 향해 달려왔다. 기춘이랑이 금당도 청년들과 함께 자갈밭을 휘돌아 바위 무더기만 깔려 있는 연안으로 갔을 때, 철승이는 덕도를 향한 바윗돌 틈에 처박혀 있었는데, 가슴에 칼이 꽂혀 있었다.

「나한테는 죄 없어여. 알기를 바로 알소.」

영심이가 구구하게 변명하듯 말하고 있었다. 할머니는 뒤로 돌아앉으면서,「듣기 싫다 이년아, 불난 집에 부채질하러 왔냐?」하고 악을 쓰듯 소리쳤다. 가슴이 두방망이질하듯 뛰고 숨이 가빠왔다. 영심이의 먹물 찍어바른 듯한 속눈썹에 물이 묻어났다. 그것이 햇살을 받아 풀잎에 맺힌 이슬방울처럼 반짝 빛났다.

「내 속은 불 안 났는지 안가? 아무말 말고 내 말을 들어보소. 나 시방 부산으로 갈 것이네. 철승이네 어무니가 간 데를 안께 그리로 갈 것이네. 인제 나는 여그서 더 못살어여. 울 아부지가 나를 어떻게 닦달한 중 안가. 꼼지락 달싹을 못하게 하네. 내가 입든 옷이라고 생긴 것이면 다 찢어갖고 불 처질러뿌렀어여. 잡년질하다가 칼부림 나게 했다고.」

영심이는 잠시 말을 끊더니 흐느껴 울었다.

「내가 참말로 잡년이란가? 철승이를 보듬고 살다가 고등학교 댕긴 성삼이가 온께 성삼이를 또 보듬고 살고 그랬는 중 안가? 아무도 내 속 모를 것이네. 나는 첨부터 철승이하고 둘이 불쌍한 할머니하고 아짐하고를 모시고 살라고 맘묵었어여. 그랬는디 철승이 지가 먼저 변해뿌렀어여. 그런 속이나 알소.」

이 말을 남기고 영심이가 밭언덕을 내려서서 모래밭을 달렸다. 샛개농장 둑을 건너서 삼산으로 가 버스를 탈 모양이었다. 할머니는 일어서서 영심이를 불렀다. 할말이 있었다. 며느리가 있는 데로 간다는 영심이에게 할말이 있었다. 해주겠다고 벼른 말이 금방 혀끝에 맺혀지는 것은 아니었지만, 할머니는 일단 영심이를 불러 세워놓고 싶었다. 치마꼬리에 달린 붉은 비단주머니 속에 들어 있는 오백원짜리 지폐 두 장을 노비로 쥐어주고 싶기도 했다. 할머니는 모래밭으로 내려서서 몇 걸음 뒤쫓아가면서 배창자를 그러쥐고 목청껏 영심이를 불렀다. 영심이는 뒤도 돌아보지 않았다. 금방 샛개 농장 둑으로 난 신작로로 들어서고 있었다. 농장 둑 아래로 질펀히 펼쳐진 바다는 찔레꽃잎만한 고깃비늘들을 깔아놓은 듯 금빛으로 반짝거렸다.

이때 앞에 잔등을 넘어오는 남자의 걸걸한 목소리가, 「나아르를 버어리이고오 가시는 니임으은」 하고 노래를 하고 있었다. 아리랑의 물결 속에 잠겨 있는 마을에서 막걸리를 몇 잔 얼근히 걸치고 오는 모양이었다. 할머니는 발을 멈추고 섰다. 미친 여자처럼 치맛자락을 날리면서 흰 보퉁이를 내두르고 농장 둑으로 들어서는 영심이를 바라보는 할머니의 흐릿한 눈이 더욱 침침해졌다. 가슴이 꽉 막힌 듯 아파오고, 어디에 또 그게 그렇게 남아 있었는지, 눈에는 흥건히 눈물이 괴고 있었다.

「시입리도오 모옷 가아서어 바알병 난다.」

남자의 걸걸한 목소리가 이어지고 있었다. 할머니는 아들과 손자의 무덤을 바라보았다. 그 무덤 위로 쏟아지고 있는 햇살에 눈이 부셔 눈살을 찌푸리면서 퉁명스럽게 흥얼거렸다.

「……발병도 안 나고 잘만 가드라.」

(1977)

여름에 만난 사람

 나이 서른아홉이 되는 이해부터는 그에게 왜 장가를 가지 않느냐고 물어오는 사람마저 없었다. 몸담고 있는 마라중학교의 교사들마저, 그가 아직 총각신세를 면하지 못하고 있다는 사실을 깜박 잊어버리기라도 한 듯했다.
 주변 사람들 대부분은 그가 성불구자이거나, 아니면 어떤 피치 못할 사연으로 아예 장가갈 것을 포기했거나 한 것이라고 자기들 좋을 대로 생각들을 해버린 것이었다. 그도 그럴 수밖에 없는 것이, 그의 얼굴은 깡마른 데다 잔주름이 가득 덮여 있었고, 살갗은 선병질적으로 희었으며, 여름철 같은 때 남방셔츠 소매 밖으로 내놓은 팔과 다리는 막대기처럼 가늘었다. 누가 보든지 어려운 살림살이에 볶이고 찌들린 나머지 하릴없이 그 모양 그 꼴로 헐고 낡아 빠져 버린 중년 남자로 볼 수밖에 없었다.
 그도 자기가 그렇다는 것을 잘 알고 있었으므로 이해 들면서부터는 부쩍 조급해 하였다. 이제부터는 누구에게 중매를 서달라고 하지를 않고 직접 신부 사냥을 나서기로 한 것이었다. 애초에 살 포동포동 찐 암캐를 잡아먹자고 별렀던 것만은 아니었지만, 이러구러 새벽녘을 맞이한 늙은 호랑이가 이제 쥐고 양이고 개구리고를 가리지 않을 작정을 한 것처럼 그는 그저 눈 딱 감고 허리에 치마만 두른 것이면, 절구통이건 절굿공이건 가림 없이 일단 아내로 맞아두고 보기나 하겠다는 생각을 점차 해가기 시작한 것이었다.

이해 여름방학 때, 교과서 개정으로 인한 '한문강습' 수강 지명을 받고 강습장엘 나다니면서 그가 묘하게도 자기와 거의 비슷한 처지에 있는 여교사를 만나게 된 것은 어쩌면 하늘의 돌봄이었는지 몰랐다.

밤이면 별 까닭 없이 가슴이 울렁거리곤 하는 증세가 있어 잠을 설치곤 하여오던 그가 떫은 입맛을 다시며 좋은 신붓감이라도 하나 얻어 걸리게 될지도 모른다는 생각을 하고 강습장엘 나다니던 어느 날이었다.

이날은 여름철 특유의 뙤약볕이 강습장 주변에 쏟아지고 있었으며, 거기에 나무 이파리 하나 까딱하지 않도록 바람결이 없었기 때문에, 대학의 소강당 안은 흡사 찜질을 하는 한증탕 속처럼 숨이 턱턱 막혔다. 여기서, 그래도 가는 바람기가 조금씩 있는 곳은 소강당 앞뜰에 있는 등나무줄기의 그늘이었는데, 이 강습을 받고 나면 호봉 한 개가 껑충 뛰어오르게 되고, 그만큼 봉급 액수가 늘어나기 때문에 몰려든 교사들은 한 강좌 한 강좌가 끝나는 쉬는 시간마다 이 그늘 밑으로 기어들어가 땀을 식히곤 했다.

등나무 그늘 밑에 교사들이 몰려들 때마다 하나의 기이한 현상이 일어나곤 했다.

원래 소심하면서도 피동적이도록 길들여졌기 때문에 더욱 엉큼하고 음탕한 데가 있는 남자 교사들 사이에서, 한 노처녀 선생이 통통한 목소리로 우스꽝스런 소리를 서슴없이 지껄이곤 하는 것이었다. 그 노처녀 선생은 숱한 남자 교사들의 놀림감이 되고 있었는데도, 그녀는 자기가 그렇다는 것을 아는지 모르는지 이런저런 물음에 비쭉비쭉 웃으면서 침이라도 뱉듯이 대답을 하곤 하였다.
 셋째 강좌를 마치고 나왔을 때 누군가가 그 노처녀 선생에게「왜 결혼을 아직 안해요?」하고 물었다.
「필요를 잃었어요」하고 내뱉으면서 비쭉 웃는 노처녀 선생의 얼굴은 거짓말을 조금 붙이면, 목각 인형의 얼굴에다가 비닐종이를 입혀놓은 것처럼 깡말라 있었다. 그 노처녀 선생의 두 다리는 송기를 벗겨낸 소나무 막대기처럼 가는 데다가 민틋하고 꼿꼿했다. 그 '필요'를 왜 잃었느냐는 다른 누군가의 물음에 노처녀 선생은, 「삼분의 일이 부족한 상태거든요」하며 웃는 것이었는데, 그때 그녀의 얼굴에 입혀진 살가죽은 금방 찢어질 것만 같이 켕겨지고 있었다.
 그것은 또 무슨 뜻의 말이냐는 또다른 누군가의 물음에 노처녀 선생은, 신부도 있고 주례도 있으니까 삼분의 이는 마련되어 있는 셈 아니냐고 반문을 하는 것이었는데, 그런 그녀의 푸른빛이 돌도록 깊이 꺼진 눈 가장자리와 얄따란 입술 언저리에는 굵은 주름살이 깊게 자리잡혀지고 있었다.
 그때, 그녀의 뒤쪽에서 또다시 다른 누군가가, 「저 여자가 서른 여섯 살인가 일곱 살인가…… 아마 그럴 거로구만」하고 옆엣사람에게 낮게 말하고, 그 옆엣사람이 가엾다는 듯이「서른 넘은 계집은 바람 든 무 속 같다는디……」하였다.
「뭐 하게 강습 받아요?」
 다시 또 누군가가 묻는 말에, 노처녀 선생은 역시 서슴지 않고 대답하고 있었다.
「이런 데라도 나와야만 신랑 사냥을 할 수 있잖아요?」
 이날 돌아오면서 그는 그 노처녀 선생처럼 깡마른 또하나의 여자를 기억 속에서 찾아내고, 이날 밤 내내 잠을 설쳤던 것이었다.

 열한 살 나던 해 봄이었을까. 그 무렵, 마을에서는 굶기를 밥먹듯 하는 사람들이 날이 갈수록 늘어갔었다. 골목이나 들에서는 사람들의 모습을 보기가 힘들었다. 간혹 보이는 사람들은 고개를 떨어뜨리고 거의 허물어져 내리는 어깨를 흐물거리며 비치적비치적 걸어가곤 하였는데, 그들의 얼굴은 황달이 든 듯했고, 어쩌면 누르퉁퉁한 콩나물이 물에 퉁퉁 불은 것처럼 되어 있곤 하였다. 골목이나 들에서 볼 수 있는 것은 남자들이 아니었고, 꾀죄죄한 검정 무명치마에 저고리를 걸친 아낙네나, 부스스한 머리칼 속에 서캐가 주절주절 엉킨 계집아이들뿐이었다. 골목에서 만난 여자들은 거의가 대바구니를 들고 있었고, 들로 나간 그들은 모두 나물을 캐는 것이었다. 이 무렵, 어머니는 그에게 흰 쌀밥 그릇을 뒤란에서 살짝 넣어주면서, 불쑥 마을에 오는 사람이 있을까 싶다면서, 얼른 먹어치우라고 재촉을 하곤 하던 것이었다. 먼산에 아지랑이가 피고 한 자 남짓하게 자란 보리 이파리들에 번들번들 윤기가 돌도록 바람이 일어나던 어느 날, 그는 흑회색의 털이 탐스런 염소를 몰고 산골에 있는 자기네 논둑으로 갔었다. 논에 자운영을 갈아두었기 때문에 그것을 지키기 위해서였다. 못자리 논의 유기질 비료로 쓸 어린 자운영을 몰래 캐다가 삶아먹는 마을 사람들이 늘어감에 따라, 그것을 지키라고 아버지는 학교에서 돌아온 그를 파견한 것이었다. 언덕을 돌아, 논이 바라다보이는 골짜기에 들어섰을 때, 그는 한 계집아이가 자기네 논둑에 앉아 있는 것을 보고 걸음을 빨리 했다. 그의 또래쯤 되어보였고, 별로 힘세지 않을 것 같은 체구였으므로, 그는 아버지나 어머니한테 알리고 어쩌고 할 것 없이 손수 손을 보아주겠다 했다. 혹시 이쪽이 다가가는 것을 알고 달아나지 않을까 하여 발소리를 죽이고 살금살금 달려갔다. 논둑 앞에 이르러 염소의 고삐를 소나무 밑동에 돌려 매었다. 이젠 도망가더라도 문제없이 쫓아가 잡을 수 있다고 생각되었다. 두 손을 허리에 걸치고「야!」하고 소리치며 논둑으로 들어섰다.

　논둑에 앉아 어린 쑥을 캐고 있는 계집아이는 그의 마을 아랫녘에 사는 삼월이였다. 원래 깡마른 체구인 데다, 눈이 약간 우묵하던 삼월이였으나, 이 무렵에 많이 굶주려서인지, 자기 집 어른들에게 매를 맞거나 꾸중을 호되게 듣고 엉엉 울어대서인지, 밤잠을 늦게까지 엎드려 자서인지 부석부석해진 얼굴이었는데, 그런 삼월이는 심술 사납고 거만한 수평아리처럼 당돌하게 나타난 그를 흰자위만 크게 벌려 뜬 채 멀거니 쳐다보았다. 삼월이는 갯벌 물에 절어 거뭇거뭇한 대바구니에 쑥을 캐 넣고 있었다. 그는 대바구니 옆으로 바싹 다가서며 삼월이의 표정 없이 누르퉁퉁한 얼굴을 내려다보았다. 그는 삼월이의 꼭 다문 얄따란 입술의 푸르스름한 빛깔과 오뚝한 콧날 좌우로 사기처럼 맑은 흰자위를 내려다보는 순간, 얼굴이 화끈 뜨거워졌다. 눈앞이 어질어질했다. 그는 얼른 눈길을 바구니 속의 쑥잎 위로 떨어뜨리며, 얼결에 발길로 대바구니를 걷어밀었다.

「너 우리 자운영 캐서 바구니 밑바닥에 숨겨놨지야?」

그의 발길에 걷어밀린 바구니가 데구르르 굴러서 아랫논의 바닥에 돋은 자운영 풀섶으로 떨어졌고 거기 담겼던 쑥잎들이 여기저기에 흩어졌다. 자운영은 한 뿌리도 담겨 있지 않았다. 그는 눈앞이 아찔했다. 자운영 돋은 논바닥이 기우뚱했다. 얼굴이 불에 덴 듯 화끈거렸다. 눈시울이 뜨거워졌다. 삼월이의 허연 눈길이 잠시 그 바구니와 쑥잎들을 더듬다가 그의 얼굴로 날아왔다. 그는 자신도 모르는 사이에 「너 날마다 우리 자운영 다 캐갔지야」 하고 한발 다가서며 삼월이의 오른손에 쥐어진 끝 무딘 나물칼 끝을 바라보았다. 그 칼끝에서 햇살이 반짝 깨어져서 그의 눈 속으로 날아들었다. 순간 그는 삼월이의 흰자위 많은 눈알의 무표정이 살기라도 띤 듯 소름이 끼쳤다. 더럭 겁이 났다. 논둑이 꿈틀하면서 빙그르르 돌고 있는 듯했다.

「이 새끼야!」

그는 이를 물고 주먹을 부르쥐면서 삼월이의 어깨를 걷어찼다. 삼월이는, 한번도 자운영을 캐가지 않았다든지, 너희네 논둑으로 오늘 처음으로 와보았다든지 하는 변명을 하려고 하지도 않고, 그의 발길질을 피하려고도 하지 않은 채, 허연 눈으로 그의 얼굴을 멀거니 쳐다보기만 할 뿐이었다. 그러다가 좁다란 논두렁에 아주 엉덩이를 붙이고 주저앉아버렸다. 이어서 흡사 나뭇둥치 같은 것이 옆으로 쓰러지듯 비칠 하고 모로 넘어지더니, 반 길 높이의 밑엣논 바닥의 자운영 위로 굴러 떨어졌다. 얼굴을 숫제 땅에 박은 채 떨어진 삼월이의 검정 치맛자락이 낙하산 자락처럼 훌렁 뒤집어지고, 꾀죄죄하고 가랑이가 해어진 속곳이 드러났다. 누르퉁퉁한 엉덩이 살결이 드러났다. 순간적으로 새까만 어둠이 눈앞을 가렸다. 가슴이 펄럭거리고, 얼굴이 타는 듯 뜨거웠다. 저렇게 떨어져가지고 삼월이가 죽어버리면 어떻게 할 것인가. 밑엣논의 자운영 위로 뛰어내려 삼월이를 일으켜야 한다는 생각이 머리끝을 곤두서게 했지만, 그는 그러지를 못하고 논둑에 그대로 선 채, 눈물이 가득 고인 눈으로 죽은 듯 엎드려 있는 삼월이의 드러난 속곳을 향해 떨면서 울부짖듯이 말했다.

「이 새끼야! 어째서 우리 자운영 다 캐갔어, 응?」

그의 울부짖는 목소리가 자운영의 잎사귀들을 스쳐서, 산 아래 바닷가에서 흘러든 파도소리에 섞여, 철쭉이 불붙듯이 어우러진 산골짜기를 울리고, 산등성을 넘어 희부연 하늘로 사위어갔다. 한동안 자운영의 검푸른 잎들 속에 얼굴을 처박은 채 죽은 듯 엎어져 있던 삼월이가 오뉴월 먼지밭에서 굼틀거리는 지렁이처럼 버리적거리며 일어나더니, 헤벌어진 속곳을 퇴색한 검정 치맛자락으로 감추고 자운영 풀밭에 주저앉으며, 논두렁 위에 서서 부들부들 떨고 있는 그를 쳐다보았다. 그런 삼월이의 허연 눈자위에 눈물이 담기어 있었고, 그것이 햇살을 반짝 되쏘았는데, 그 강렬한 빛살의 되쏨이 그의 등줄기를 서늘하게 훑어내렸다. 그는 두 다리가 떨렸다. 삼월이의 부스스하게 흩어진 머리칼들이 이마와 볼로 흘러내려 있었다. 조금 전까지 누르퉁퉁한 얼굴빛이 종잇장처럼 해쓱해져 있었다. 꼭 다물어진 입 가장자리와 코가 함께 실룩거리고, 오른손에 쥐고 있는 무딘 나물칼 끝이 다시 반짝 하고 햇살을 되쏘는 것을 보면서, 그는 두 주먹을 그러쥐고 발을 굴러대면서 악을 쓰듯 울부짖었다.
「빨리 나가. 우리 논에서 얼릉 나가란 말이여!」
 삼월이는 이를 사리물면서 고개를 떨어뜨렸다. 주저앉은 채로 엎어진 대바구니를 뒤집고, 자운영의 검푸른 잎사귀들 위에 흩어진 어린 쑥잎들을 주워담았다. 나물칼을 바구니 안에 담아들고, 허물어질 것 같은 몸을 일으키더니, 병든 참새 새끼가 비치적비치적 퍼덕거리며 걸어가듯이 논둑을 걸어나갔다. 아차 하는 사이에 아랫논으로 떨어져 머리를 처박고 죽어버릴 것만 같은 아슬아슬한 느낌이 눈앞을 근질거리게 하였다. 동시에 가슴이 미어지는 듯 아파왔다. 삼월이가 그렇게도 열심히 다니던 학교를 왜 이 무렵에 들면서 다니지 않고 있는가 이제야 알 수 있을 것 같았다. 그러나 그는 「한 번만 더 우리 논 옆에 얼씬했다가는 죽여버린다. 개 같은 년」 하고 삼월이의 뒤통수를 향해 소리소리 질렀을 뿐이었다.

 이날 그는 밤새도록 궁리를 한 끝에, 이 노처녀 선생에게 청혼을 하기로 작정했다. 이튿날 아침잠을 설친 탓으로 입맛이 쓰고 떫었기 때문에 아침밥을 먹는 둥 마는 둥하고 강습장엘 나간 그는 그 노처녀 선생 근처에 자리를 잡았다.
 이날 묘하게도 한문강독 시간에 '전봉준 공초(全琫準供招)'를 공부했는데, 그것이 계기가 되어가지고 아주 손쉽게 그 노처녀 선생하고 가까워지게 되었다. 그 강독 시간이 끝나기가 바쁘게 그녀가 그에게로 돌아앉으며, 잘 이해되지 않는 부분이 있다면서, 한문 투성이인 '동학란 기록' 한 부분을 가리키며 풀이해 달라고 부탁을 해온 것이었다. 하필 자기를 택하여준 것이 그저 황송하고 고마워, 그는 「저기 가서 저하고 크림이나 한 개씩 먹으면서 이야기합시다」 하고 그녀를 구내 매점으로 이끌어갔다.

한데, 이상한 일이었다. 노처녀 선생은 숫제 흥분해 있었다.
「오늘 강의는 아주 참 재미있는데요.」
하늘색 비닐을 덮은 둥근 테이블을 가운데 두고 마주앉으며 그 노처녀 선생은 한문투성이의 한문강독 교재를 꺼내 펼쳤다. 조금 전에 배운 대목을 좀더 확실히 음미해 보고 싶은 듯, 책장 군데군데에 연필로 토를 달기도 하고 메모를 하기도 한 동학란 기록 중의 '전봉준 공초'를 들여다보았다. 그녀가 '개국 오백사년 이월 초아흐렛날 동학도 죄인 전봉준 초초문자(開國五百四年 二月初九日 東學徒 罪人 全琫準 初招問目)'를 훑어 읽었다.
「선생님께선 한문 많이 배우셨어요, 어려서?」
그가 많이 배우진 않았지만 그저 눈치로 슬슬 풀이할 수 있는 정도기 때문에 큰 어려움이 없다고 하자, 그녀가 연필 끝을 가져다가 대면서 풀이해 줄 것을 부탁했다. 그는 손에 들어온 아이스크림을 까 들었다.
「문(問)은 문초하는 사람의 말이고, 공(供)은 문초받는 사람의 말입니다」 하고 나서 그는 하나하나 풀이해 주었다.
「문 : 네 성명은 무엇이냐?
공 : 전봉준이다.
문 : 몇 살이냐?
공 : 마흔한 살이다.
문 : 어디 사느냐?
공 : 태인 산외면 동곡에 산다.
문 : 직업이 무엇이냐?
공 : 선비다.
문 : 오늘은 법아관원(法衙官員)하고 일본 영사가 회동심판(會同審判)하여 공정히 처결할 터이니 일일이 바른 대로 말하여라.」
여기까지 해석을 해가던 그는 잠시 크림을 핥느라고 말을 멈추었

다. 그녀도 따라 크림을 핥고 있었다. 그는 고등학교 시절, 전봉준 연구에 한창 미쳐 있었던 역사선생에게서 전봉준에 대한 이야기를 들은 적이 있었다.

다리에 부상을 입기는 했지만, 청수하고 네모진 듯한 얼굴에 어울리지 않게 수염이 늘어져 있고, 바위 틈에서 솟는 생수(生水)처럼 정기가 넘치고, 신령스런 산봉우리 위로 청잣빛 하늘이 꿈틀거리는 듯한 기상이 감도는 눈 아래로, 위엄 있게 볼과 입을 굳힌 채 문초를 받았을 전봉준의 얼굴을 자기 나름으로 머릿속에 그려보았다. 동시에 의관을 바로 차리고 정좌한 법아관원의 간사스러운 위엄 발린 얼굴과, 그 옆에 배석해 있는 일본 영사관원 우찌다〔內田定槌〕의 덜 익은 토마토처럼 불그죽죽하면서도 동그란 얼굴도 그려보았다. 그는 다시 풀이를 해갔다.

「공 : 마땅히 이실직고하겠다.」

이렇게 말하는 전봉준의 눈은 어떻게 빛났을까. 말을 타고 깃발을 휘날리며 북과 징을 울리고, 전라도의 고부, 태인, 부안, 금구, 정읍, 고창, 무장, 나주, 함평, 부안, 영광을 휩쓸고 전주성을 점거했던 당시의 승승장구한 위세가 물거품처럼 꺼져버린 이후의 그는 일본 영사의 거만하고 음침한 미소와 멸시에 찬 눈길과 입가심의 혀놀림에 대하여 어떤 눈을 하고 있었을까.

「앞부분은 대강 알겠어요.」

그녀가 연필 끝을 댄 것은 다음 장이었다.

「문 : 작년(고종 31년) 삼월 사이에 고부 등지에서 민중이 많이 모였다 하는데, 어떤 일 때문에 그렇게 했느냐?

공 : 그때 고부 원님이 정해진 세금 외에 몇만 량을 더 빼앗았으므로 백성들이 원한을 품고 이 거사를 한 것이다.

문 : 비록 탐관오리라 할지라도, 그래도 관리인데 후사(后事)를 그렇게 했느냐. 그것을 자세하게 말하여라.

공 : 지금 그 자세한 항목을 다 말할 수는 없으니 대략 그 대강을

말하겠다. 첫째, 원님은 백성들이 쌓아둔 보(洑) 아래 새로 보를 막아두고, 백성에게 강제로 명령을 내려 좋은 논 일 두락(斗落)에서는 두 말의 세금을 거두어들이고, 좋지 않은 논 일 두락에서는 세금 한 말을 거두어들였으니, 그게 모두 7백여 석이요, 또 묵혀둔 땅을 백성들에게 농사지어 먹으라고 허락하고, 관가에서 자칭하여 땅문서를 만들어주면서, 세금을 물리지 않겠노라 해놓고, 추수 때가 되니 강제로 세금을 거두어들였다. 둘째, 좀 부자로 사는 백성한테서 돈을 강제로 빼앗았는데 그게 이만 량이나 된다. 셋째, 원님은 그 아버지가 일찍이 태인 원님을 지냈는데, 그 아버지를 위한 비각 건립을 해야겠다고 하고 돈 천여 량을 강제로 빼앗았다. 넷째, 대동미를 백성들로부터 거둘 때는 정백미로 열여섯 말씩 거두고 위에 바칠 때는 더러운 쌀로 바꾸어 바치고, 거기서 생긴 이익을 몰식한 일이다. 이외의 허다한 부정 수탈은 일일이 짚어 말할 수 없을 만큼 많다.
문 : 지금 말한 것 가운데 이만여 량의 돈을 강제로 빼앗았다고 하는데, 어떤 명목으로 그랬느냐?
공 : 불효한다, 불목한다, 음란한 행동이나 잡기(雜技)를 한다 하는 따위의 일을 죄목으로 만들어서 그렇게 빼앗은 것이다.」
그가 여기까지 떠듬떠듬 풀이해 나갔을 때, 그녀가 그 다음은 대강 알듯하다 하고 연필을 옮겨 짚었다. 그가 그 부분을 또 풀이해 나가려 할 때, 다음 시간의 시작종이 울렸으므로 그는 일어섰다. 교재를 옆구리에 끼면서 그녀가 「교수대 앞에 선 전봉준은, '가족에게 남길 말이 없느냐?' 하는 사형 집행리의 묻는 말에 '다른 할 말은 없다. 그러나 나를 죽일진대 종로 네거리에서 목을 베어 오가는 사람에게 내 피를 뿌려주는 것이 가하다' 하고 말했다더군요. 그게 무슨 뜻이었을까요? ……저는 속이 썩어 문드러질 대로 문드러진 당시의 이 땅 사람들에게, 분노할 줄 모르는 당시의 서울 사람들에게 생생한 피의 본을 보여주려고 그랬을 것만 같아요」 하고

말했다.

 이날, 강습을 마치고 돌아오는 길에 만난 그녀는 아직도 그 한문 강독 시간에 공부한 '전봉준 공초'가 머릿속에 박히어 있는 듯, 「만일 말이에요, 전봉준이 그렇게 일어났을 때, 일본군이 개입을 하지 않았고, 그래서 성공을 했었다면 우리나라의 판도가 지금 어떻게 달라져 있을까요?」 하고 그에게 물었다. 그는 그녀를 어디로 끌고 가서 어떤 분위기를 만들어놓은 뒤, 어떤 말로 청혼을 할까 하는 생각에만 골똘해 있던 참이었으므로 「글쎄요」 하고 얼김에 대답을 한 뒤, 이어 궁색스럽게 「일본 놈들이 청나라 놈들을 몰아내지 않았으면, 청나라 놈들이 사사건건 간섭을 했을 것 아니겠어요? 그 경우라 하더라도 역시 전봉준은 실패를 하고 말았을 거예요」 하고 말했다. 그러자 그녀가 짜증스럽게 「아니, 제 말은요, 청나라 놈들도 개입하지 않았으면……」 하고 그를 흘낏 건너다보았다. 그런 그녀의 눈은 그의 입에서 나올 대답을 이미 짐작해 버린 듯 흐려져 있었다.

 「우리 땅이 원래 이 나라 저 나라의 간섭을 안 받을 수 없도록 자리잡고 있지 않아요?」

 그가 여기까지 말했을 때, 그녀의 눈길은 벌써 그의 텁수룩한 머리칼 위에 흩어지고 있는 흰구름장을 부여잡고 있었다.

 「체념?」

 그녀는 심드렁한 어투로 하품이라도 하듯 말하고 있었다. 그는 그런 쪽의 말을 더 이끌어가는 데는 머릿속의 바닥이 모두 드러나고 있었으므로, 「발버둥쳐 봐야 역시 그렇고 그렇게 될 수밖에 없는 형편이니까, 하다하다 안되니까 우리 선조들은 사대(事大)의 묘법을 터득해 가지고 살지 않았겠어요?」 하고 실없이 웃어주었다. 그때 뒤쪽에서 여자 선생 한 무리가 몰려왔기 때문에 그녀는 그들과 어울려버렸다.

 그런 일이 있은 뒤로 마땅한 기회를 얻지 못하고 그날그날을 보내던 그는 6주간의 강습이 끝나는 날, 오늘 기회를 만들지 못하면 영원히 총각신세를 면하지 못하게 된다는 조급한 생각을 한 나머지, 종강식을 마치자마자 그녀를 데리고 시내의 한 양식집으로 갔다.

그녀가 양식은 너무 깨끗해 보이고, 고양이가 간사스럽게 핥아 먹는 음식처럼 너무 얄팍하기 때문에 비위에 잘 맞지 않을 뿐 아니라, 자기로서는 먹지 못할 음식같이만 생각된다고 하는 것이었으나, 그는 기어이 비프스테이크를 주문하게 했으며, 자기도 그걸 시켰다. 그리고, 그걸 들면서 자기의 뜻을 말했다. 먼저 자기의 나이와 이때껏 장가들지 않았음이 숫제 마땅한 사람 못 만난 데 있다는 것을 말하고, 자기와 평생을 같이해 달라고 애원하듯이 말했다.

그러자, 노처녀 선생은 거기에 대하여 아주 장황한 말을 늘어놓고 있었다.

「제 아버진 거지나 다름없는 사람이었어요. 엿장수였어요. 구구하니까 다 그만두고 이것 하나만 말씀드리겠어요. 그때 그러니까 제가 국민학교 2학년이 되는 해였는데, 채소장사를 하던 어머니가 해산을 하셨어요. 그 애가 이듬해 그냥 죽긴 죽었습니다만, 어쨌든 머시매를 낳고 보니, 엿장수 목판을 짊어지고 다니던 아버지는 워낙 못 먹었기 때문에 원기가 부친 어머니를 어떻게 보(補)라도 해주고 싶었던 모양이었어요. 아직 한 이레가 다 못 간 어느 날, 아버지는 어디선가 개 한 마리를 엿목판 안에 넣어가지고 왔어요. 그날 밤 우리집 식구들은 아버지가 끓인 개고깃국을 아주 잘 먹었습니다. 한데, 그 이튿날 아침에, 아버지는 파출소로 끌려갔어요. 어머닌 혼겁을 한 채 마당에 쓰러졌고, 나는 악을 쓰고 울어대는 동생들을 안고서 발을 동동 굴렀어요. 알고 보니, 사흘 전에 동네에서 개 한 마리를 잃어버렸는데, 그 개를 아버지가 잡아서 어디에 감추어두었다가 파왔음에 틀림없다고 단정한 개 임자가 파출소에 말해버린 것이었어요. 울화가 끓으면 가

여름에 만난 사람 167

숨이나 치고 발이나 동동 구를 뿐, 말을 반벙어리처럼 '덧디디디' 하고 주워새기곤 하는 아버지는, 그게 아니고 송정리 어느 마을에서 쥐약 먹고 죽었다고 파묻어놓은 것을, 죽을 때 죽더라도 새끼들하고 애기 낳은 뒤 허기증 난 에미하고 한번 실컷 먹어 보기나 하겠단다고 파왔노라고 변명을 한 모양이었지만, 증인으로 나서줄 사람이 없었으며, 쥐약 먹은 개고기를 먹고도 온 식구가 다 눈 하나 깜짝하지 않을 정도로 성했으므로, 그 변명은 통하지 않았던 거예요. 지금같이 확실하게 증거를 들이대고 재판이나 하고 개를 물리거나 구류를 살게 했으면 오죽 좋았겠습니까? 어쨌든 아버지는 개값을 물어낼 수 없으니 구류를 산 겁니다. 몇 달간이었는지 기억이 잘 안 납니다만, 어머니 말을 들으니 꼭 열두 달간이었다더구만요. 이런 일이 있은 뒤부터, 그 마을에서 우리는 도둑 취급을 받으며 살아야 했어요. 그 소문이 학교까지 퍼져서 저는 늘 도둑년으로 불리어졌고, 반에서 연필 한 자루, 공책 한 권만 없어져도, 모두 제가 누명을 써야 했어요. 더 길게 이야기할 필요가 있겠습니까? 그 어머니 아버지가 다 살아 계십니다. 아버지는 중풍으로 반신불수가 되어 있고, 어머니는 입이 이렇게 비뚤어져 계시는 거예요. 저 하나만 대학 졸업을 시켜놓으면, 당장 무슨 팔자라도 고칠 듯이 누더기를 걸치고 허리띠를 조르고 사시던 그 두 늙은 기계는 그같이 고장이 나 있어요. 거기에 또 동생들이 학교엘 다닙니다. 고등학교 하나, 대학에 하나예요. 그 애들이 도둑놈이나 도둑년이 되지 않게 하기 위해선 제가 선생일을 계속해야만 됩니다. 전 벌써 서른일곱입니다. 이제 결혼하면 뭣 합니까? 그리고, 여자가 서른이 넘으면 바람 든 무속보다 더 허망하다는데, 선생님은 이 험한 것 데려다가 뭣 하실 참이어요?」

노처녀 선생은 말을 마치고 나서 비쭉 웃으며 그를 건너다보았다.

그때, 묘하게도 그는 그녀의 장황한 이야기를 들으면서 줄곧 한 마리의 염소에 대한 생각을 하고 있었다. 학교 다니기 전의 어린 시절에, 그를 위해 그의 식구들이 잡아 죽이던 염소였다. 귓결에 그 염소의 에헤헤헤 하는 처량한 울음소리가 들려오는 것 같아 그는 눈살을 찌푸렸다.

눈빛 나는 흰털의 염소는 두 개의 잿빛 싸리나무 밑뿌리처럼 단단한 뿔을 가지고 있었는데, 초가을 들면서 아버지는 그놈에게 어디선가 구해온 도라지 뿌리 같은 것을 잘게 썰어서 억지로 먹이곤 했었다. 찬바람이 뒤뜰의 감나무 위에 달린 까치밥 하나만을 남긴 채 눌눌하게 물든 잎사귀들을 모두 떨어뜨린 초겨울의 어느 아침, 늦잠을 자던 그는 밖에서 염소가 유달리 슬픈 목소리로 에헤헤헤 하고 울어대는 소리에 화다닥 일어났었다. 마루로 뛰어나갔을 때, 황소를 주로 다루는 큰머슴 삼수가 식칼을 들고 있었고, 꼴을 베는 작은머슴 부칠이가 염소를 기둥에 동여매고 있었다. 큰머슴 삼수가 염소를 향해 씩 하고 웃더니, 할머니가 내미는 사발을 받아 들고 염소 앞으로 걸어갔다. 그는 큰머슴 삼수가 무슨 짓을 하려 하고 있다는 것을 직감하고 「삼수성!」하고 얼결에 소리쳐 부른 다음, 이어 그 염소를 죽이면 안된다는 말을 하려고 하는데, 삼수는 그를 향해 고개를 한 번 끄덕여주고는, 더욱 신바람이 난 듯 팔소매를 걷어붙이고 사발을 염소의 수염 아래에 받쳐놓고 식칼을 들었다. 에헤헤헤 하고 염소가 더 애절한 울음을 흘려놓고 있었다. 그는 야뇨증이 있었고, 밤눈이 어두웠고, 자다가 자꾸 깜짝깜짝 놀라곤 했고, 식은땀을 잘 흘렸고, 여차하면 감기에 걸렸고, 피부가 누르퉁퉁했고, 팔다리가 가늘었던 것이었다. 그는 부들부들 떨면서 「삼수성, 죽이지 마!」하고 울음을 터뜨렸다. 할머니가 그를 덥석 안아 들고, 「니 약 할라고 그런단다」하고 말했다.

「몰라. 염소 죽이면 나 학교 안 가. 안 가!」하며 그는 울어댔지만, 금방 「짜식이 왜 이 모냥이라냐?」하는 아버지의 호령에 그만 기가 죽고 말았다. 삼수가 쥔 식칼 끝이 바야흐로 염소 목줄기의 눈빛 휜털 속으로 스며들듯 박히고 있었다. 염소가 더욱 애처롭게 그악스런 비명을 지르는 순간, 털 속으로부터 칼날을 타고 새빨간 피가 주르르 흘러서 받쳐놓은 눈빛 사발 속으로 떨어졌다. 그는 아버지가 무서워 소리쳐 울지도 못하고, 할머니의 어깨를 꼬집으면서 몸부림쳤다. 할머니도 염소의 꼴이 가엾었던지 그를 안은 채 뒤뜰로 갔다. 할머니는 그의 생각을 딴 데로 돌릴 셈으로, 「아야, 저 까치밥 잘 익었는 것 잔 보소이」 하고 말했다. 정말 쪽빛 명주를 깔아놓은 듯한 하늘에 앙상한 자줏빛 가지들이 엉클어져 있고, 거기 꼭 한 개 달린 감이 금방 솟은 아침해의 붉은 빛살을 받아 마치 별처럼 반짝 빛나고 있기는 했지만, 곧 들려온 염소의 에헤헤헤헤 하는 울음이 귓속을 아프게 파고들었기 때문에, 그는 아버지가 보이지 않는 거기서야말로 마구 소리질러 울어대었던 것이었다. 울어대면 울어댈수록 가슴이 찢어지는 듯 아프고 답답했다. 이날 아침 아버지가 사발에 담긴 염소의 새빨간 생피를 들고 와서 눈을 부릅뜨고 그에게 내밀었다.

「눈 딱 감고 죽 마셔라.」

그는 이를 문 채 죽어라고 도리질을 했었는데, 할머니가 「사탕하고, 꼬까신하고 사주께 얼릉 마셔부러라. 꼬시럼하고 맛있는 약이다」 하였고, 큰머슴 삼수는 「아이, 기역아, 저 하늘 꼭대기까지 올라가는 참연 안 가질래? 그놈을 죽 마시면 참연 만들어주마」 하였으며, 작은머슴 부칠이는 「우리 소 타러 가자, 얼른 묵고잉!」 하였고, 어머니는 「저기 저 외가에 안 갈래?」 하던 것이었다.

끝내 그는 아버지한테 뺨을 두 번이나 얻어맞은 뒤에야 정말 눈 딱 감고 한 모금을 마셨는데, 그 비리고 역한 피 냄새 때문에, 아마 그날 아침 모르긴 몰라도 내장 속에 들어 있는 똥물까지를 모두 게워내고 말았던 것이었다.

그 아버지가 6·25 때 보안서에 끌려가서 장작쪽에 맞아 죽고, 그때 가슴 펄렁거리는 병을 얻은 어머니는 밤이면 혼자서 맨소주를 마시기도 하고 돌팔이의사를 통해 아편을 맞기도 하며 살아오다가, 그가 대학을 졸업하던 해에 집에 불을 놓고 뛰어들어 타 죽었던 것이었다. 마을 사람들 말로는 어머니가 이미 미쳐 있었다고 했다.

고개를 저어 생각을 지우고, 그는 인생의 참 재미는 역시 결혼을 해야만 맛볼 수 있게 된다지 않더냐는 따위의 이야기를 하려고 했다. 그런데 노처녀 선생이, 「우리 그따위 쓸데없는 이야기 그만두죠!」 하더니 몸을 일으켰다. 밖으로 나온 노처녀 선생은 술렁거리는 바닷속 같은 형광 불빛 속을 허우적거리듯 걸으며 「이번 강습에선 얻은 게 참 많았어요」 하고 또 그 '전봉준 공초' 이야기를 꺼내고 있었다. 그런 인물이 살아 있다면 발바닥이라도 핥아주면서, 열째, 스무째 첩으로라도 따라 살겠다고 했다.

그는 향유 묻은 머리칼로 예수의 발등을 닦아주었다는 창녀 마리아를 생각했다. 살결 없는 몸에 비하여 뜨거운 마음을 가진 그녀가 마음에 들었다. 어디로 가서 차분히 앉아, 자기의 청혼이 절대로 농담이 아님을 말하고, 보다 확실한 대답을 얻거나, 뒷날 어디서 언제 다시 만날 것을 기약하여 두거나 하고 헤어지리라 했다. 그런데 옆 건물에 있는 다방을 가리키며, 커피나 한잔 하자는 그의 말에 노처녀 선생은 「정말로 뜻이 어울리고 정이 붙는 사이라면, 쉰 살 아니라 예순 살에 합쳐 살아도 늦지 않을 거예요」 하고 알 수 없는 말을 던지더니, 고개를 까딱해 주고 돌아섰다. 비쩍 마른 두 다리에 얹힌 그녀의 윗몸이 질주하는 헤드라이트들을 헤치고 포장된 길을 건너가고 있었다.

(1977)

신길동전

 여느 때 이춘길 선생은 자기의 고향이 어디라고 분명히 밝힌 적이 없었다. 인적 사항에 적혀 있는 본적지인 전라북도 이리시 신용동에서는 태어나기만 했을 뿐, 자라기는 아버지를 따라 여기저기를 떠돌면서 자랐다고 했다.
 그 이 선생의 고향이 바로 전라남도 남단인 장흥군 관산면 우산리라는 것을 바로 내 눈과 귀로 확인하게 되었는데, 그것은 그 선생의 입장으로 볼 때 지극히 불행한 일이었다. 묘하게도 나는 도둑질에 한창 몰두해 있는 이 선생의 덜미를 현장에서 잡은 셈이 되어 버렸다.
 그는 동료들 사이에 신길동(新吉童)이라는 별명으로 불려지고 있었다. 현대판 홍길동이라는 뜻이긴 하나, 그것은 좀 질이 낮고 천한 것이었다. 동료들은 토끼같이 민첩하고 여우같이 약삭빠른 지략과 권모술수와 요령만을 가진 채 이리 뛰고 저리 뛰는 그의 기질과 생활 태도를 풍자적으로 그렇게 이른 것이었다.
 학생 전원이 납부금을 기일 안에 완납하도록 종용하는 것이라든지, 초가을에 느닷없이 몰아친 눈보라나 서릿발 같은 부교재 단속

밑에서도 암암리에 자기가 맡은 다섯 개 학급의 학생들에게 수학과의 부교재를 쓰게 한 것이라든지, 불호령 같은 과외수업 단속이 한창인 때 여남은 학생을 자기 집 안방으로 끌어들여 한두 시간씩의 과외공부를 시킨다든지, 이 학교에 온 지 육 년인데 그 사이 한 해도 거르지 않고 진학반 지도만 하여온다든지 하는 것을 본 동료들은 그저 그의 제갈량 같은 재주와 요령과 배짱에 감탄할 뿐이었다.

정말로 눈이 동그랗게 되어가지고 놀라면서 감탄을 해야 했던 일이 바로 두 해 전에 일어났었다. 그의 거침없는 행동은 결국 같이 수학과를 맡은 네댓 선생들의 질시를 받지 않을 수 없었던 것이고, 그 가운데서 한 사람이 교육위원회에다 그의 과외공부시키는 상황을 소상하게 적고 현장의 약도까지 넣어 투서를 했는데, 그 감탄할 만한 일은 그때 벌어진 것이었다. 이때, 이춘길 선생은 자기 집 안방에서 잠옷 바람으로 나오며 단속반을 맞았던 것이었다. 당황한 것은 단속반이었다. 그들은 궁여지책으로 자기들이 이렇게 출동하지 않을 수 없었던 것은 묘한 투서 때문임을 말하고, 숨겨둔 학생이나 학생들의 신이나 가방을 찾아내기 위하여 마루 밑, 부엌, 광 등을 열어보기 시작했다. 혐의될 만한 것을 찾아내지 못한 단속반은 그에게 사과를 하고 돌아갔고 이튿날 투서를 했던 선생만 무고로 징계를 받는 소동이 일어났다. 이런 일이 있은 후, 교무실 안에는 과외공부를 하던 학생들이 안방의 대형 장롱 속에 들어 있었다는 둥, 그 대형 장롱은 바로 과외공부 단속 열풍이 불기 시작하자 특별히 맞춘 것이라는 둥의 말이 오고가고, 그의 홍길동적인 '해먹기'를 새삼스럽게 인정해 주지 않을 수 없었다.

한편, 묘한 사람이기도 했다. 잘 해먹는 명수답지 않게 그는 동료들 앞에서 으스대는 일이 절대로 없었다. 비굴하게 보일 정도로 겸손했고 굽실거렸다. 어려운 수학문제에 부딪힐 경우, 그는 서슴지 않고 같은 과 교사들을 찾아다니며 묻곤 했다. 그런가 하면, 동료 직원들의 집안에 초상이 나면 발벗고 나서서 조의금을 거두어

들고 가서 밤을 새우며 손님접대를 하기도 하고, 상주 대신 장지 문제를 해결 짓는 일을 하여주기도 하고, 운구문제를 의논하기도 하고, 빠져나가려고 기회를 보는 동료들을 붙잡아 섰다판이나 삼봉판을 벌여가지고 상가의 밤을 적적하지 않게 하기도 하였다. 동료의 부모 회갑연 같은 데에 가서는 술심부름을 자청해서 하는 따위로 적극적인 붙임성을 보였다. 적어도 직원들의 가정에 생긴 궂은 일 좋은 일을 처리하는 데 있어서는 시원스런 경륜이 있었다.

또 한 가지 놀라운 점은 그의 효심이었다. 그는 칠십대 노파 한 분을 모시고 있었는데 그 노파가 그의 어머니인지 장모인지 확실히 알고 있는 사람은 없었지만, 어쨌든 그는 이 노파에게 그토록 효성스러울 수가 없었다. 그는 자기 부부가 똑같이 '어머니'라고 부르는 그 노파의 손에 봉급 봉투를 모두 잡혀주고 필요에 따라 하루 오백 원씩 천 원씩 타서 쓴다는 것이었다. 그러면서도 그는 그 돈들을 아껴 모아가지고, 그 노파가 밤에 두고 먹을 수 있는 곶감을 사온다든지 고운 옷감을 떠온다든지 한다는 것이었다. 그리고 틈만 있으면 그 어머니가 좋아하는 흥타령이라든지 남도창이라든지를 전축으로 틀어드리고 함께 즐긴다는 것이었다. 또한, 그가 집에 들어가서 그 어머니와 한 방에 앉는 한 텔레비전도, 전축도, 이야기도 그 어머니를 위주로 틀거나 늘어놓거나 한다는 것이었다.

그의 효성에 특히 감동을 한 것은 노 교장이었고, 노 교장은 입이 마를 정도로 그를 칭찬하곤 하였다. 면전에서 그 칭찬을 들을 경우, 그는 펄쩍 뛰었다. 그리고 도리질을 했다. 자기가 자기의 어머니에게 하고 있는 것은 효도 효(孝)자의 옆으로 긋는 작대기 하나에도 해당되지 않는다고 하면서, 돌아가신 아버지의 효성에 대해 말하곤 하였다. 그 아버지가 어떤 방법으로 부모를 봉양했는지는 몰라도, 자기는 그 아버지를 따라가려면 아직도 멀었다고 하는 것이었다. 그러한 이춘길 선생의 적극적인 붙임성이나 효성에 대하여 동료직원들은 드러내어 말하지는 않지만, 속으로는 촌놈 근성이 있다든지, 고리타분하다든지 하고 깔아뭉개 버리곤 하는 눈치들이었다.

그 가운데서도 나는 특히, 눈치를 보아가면서 남의 비위를 맞추느라고 눈과 입술에다가 노상 천진한 듯하면서도 비굴스런 웃음을 설탕물같이 바른 그에 대하여 속으로 늘 경멸을 하여오던 터였다. 때문에, 나는 기회만 있으면 그의 음흉한 속을 버선 뒤집어 비늘 땟가루를 털어내듯 까보이고 싶은 충동이 일곤 하였었다. 이런 나의 손에, 그의 음흉한 속을 닭의 내장을 꺼내듯이 도려 파낼 수 있는 칼자루가 잡혀졌던 것이었다.

그 칼자루를 잡는 계기는 그해 여름방학 때 왔다. 여름방학을 이용해서 나는 해신제(海神祭)의 몇 가지 유형을 조사하기 위하여 남해안 일대를 돌았었다. 그러던 중 장흥군 관산면 우산도라는 섬엘 들렀다가 한 어부를 만났었다.

돛폭으로 차양을 한 낭장막 처마 밑에 놓은 평상에서 낮잠을 자고 일어난 윤거식이라는 어부는 갈색 구레나룻이 어린 우뭇가사리처럼 돋은 턱을 비틀어 젖히어 하품을 길게 한 다음, 모래가 푹신거리는 마당에 서 있는 나를 한동안 멀거니 건너다보았다. 하늘빛 잠바 모양의 남방셔츠에 밤색 비닐가방 하나를 짊어진 나의 몰골이 예사사람 같지 않았던가 싶었다.

곤한 잠을 깨워 미안하다는 뜻을 말하고, 「잠깐 여쭤볼 말이 있어서 그럽니다만」 하며 한걸음 다가서는 나를 향해 어부는 하품을 또한번 길게 하고 나더니 퉁명스럽게 대답했다.

「물어보씨요..」

나는 낭장막이 있는 연안 맞은편 산기슭의 전투경찰대 경비초소를 건너다보고, 혹시 간첩 취급이라도 받게 되지 않을까 하는 생각이 들었다. 얼른 말을 꺼냈다.

「사실은 뭘 좀 조사하러 나왔습니다.」

어부가 내 머리끝에서 발끝까지를 훑어보더니 「어디서 나오시었

소?」하고 물었다. 관청에서 나오지 않았다는 것을 직감하고 그렇게 묻는 것이었다. 나는 잠시 머뭇거리다가「어디서 나온 게 아니고, 실은 광주에서 왔습니다」하고 말했다. 이 말에 어부가 재빨리 광주 어디서 왔느냐고 물었다. 나는 어부의 캐묻는 말투와 나를 향한 찌푸린 이맛살과 눈살이 불쾌하였지만, 그에게 여러 가지 것을 캐물어야만 했기 때문에 불쾌감을 억누르고「저, 영안고등학교에 있는 사람인데요」하고 고분고분 대답을 했다. 이 말에 어부의 가늘게 찌푸려진 눈살과 이맛살이 풀리고 흐릿하게 가물거리던 눈알이 반짝 빛났다.

「영안고등학교에서 오셨다고라우?」

어부는 벌떡 일어서더니 자기가 앉아 있던 평상을 가리키며 앉으라고 했다. 뒤통수를 긁으며「이놈의 해변 바다은 하두 쓰잘디없는 사람들이 많이 댕게싼께, 또 혹시 뭔 탈이 생길까 무서워서……」하고 나서 어부는 나에게 부채를 내어주었다. 갑작스럽게 친절해진 어부가 어쩌면 영안고등학교의 학부형이라도 되는지 모른다 싶어, 어부의 어색한 웃음이 감도는 구레나룻을 바라보는데「그라면, 저 이정수 선생하고 같이 계시겠지라우?」하고 나를 건너다보았다. 나는 멍청해졌다. 전혀 듣도 보도 못한 사람의 이름을 대고 있기에였다.

「아참, 이정수가 아니라 이춘길이라고 이름을 바꿨지라우.」

이 말에 나는 눈을 크게 벌려 뜨지 않을 수 없었다. 이춘길 선생의 원래 이름이 이정수였다는 사실이 놀라움이기 전에, 이 섬 안에 그를 잘 알고 있는 사람이 있다는 것이 더 큰 놀라움이었다. 나는 모르는 결에 어부 앞에 고개를 깊이 숙여 절을 하면서「아, 그러십니까? 처음 뵙겠습니다. 저는 이춘길 선생하고 아주 절친한 사인데, 최한우라고 합니다」하고 내 소개를 하였다. 어부도 자기 이름을 밝히고 악수를 청해왔다. 마디가 굵은 못이 괭이처럼 박인 큰 손아귀 속에 든 파리한 내 손이 으스러질 듯했다. 어부는 고춧가루끈 눌눌한 이빨을 내어놓고 웃었다. 자기는 이춘길하고 고추자짓적 친구인데, 어려서부터 혀를 맞물고 살다시피 하여온 처지라고 하였다.

나는 여기서 한술 더 떠서 「제가 여기에 올 일이 있다고 했더니, 윤거식 씨를 찾아가 보라고 하더군요. 아주 친절하게 잘 가르쳐줄 것이라고」 하고 말하였다. 어부는 좋아서 어쩔 줄을 몰라했다. 출세를 한 지금에도 정수(이춘길)는 역시 옛날의 고추자짓적 친구를 잊지 않고 있다고, 그의 사람 좋음은 어디다가 내어놓아도 둘째 가라면 서러울 것이라고 칭찬을 입이 마르게 늘어놓고 「돈도 많이 벌었다고 그래쌉디다. 집이 두 채나 된다고 하둥만이라우. 정수는 참말로 출세했어라우」 한 다음, 신방리 근처 마을에서 대학 졸업한 사람이 다섯도 더 되지만, 그 모두가 정수의 출세에는 대지를 못한다고 했다.

「선생님이 잘 아실 테지마는, 정수 그 사람이 어디 중학교나 빤빤히 댕게갖고 그렇게 선생질을 하요?」

이 말에 나는 의아하지 않을 수 없었다. 내가 아는 한, 그의 인사기록 카드에는 어엿하게 K시의 전통 있는 사범대학 수학과를 졸업하였다고 되어 있었으며, 오래 전에 자격을 갱신하여 1급 정교사 자격증을 가지고 있다고 되어 있었다. 나는 어쩌면 이 어부가 잘 모르고 하는 소리일 것이다 싶었다. 이춘길 선생은 자기 말마따나 아버지를 따라 여기저기를 떠돌아다녔을 것이기 때문이었다. 이곳은 이춘길 선생이 어렸을 적에 아버지를 따라 잠깐 몇 년 동안 머물렀다가 간 제2의 고향 정도일 것이었다. 이춘길이 중학교도 못 다녔느냐, 대학을 번듯이 나왔느냐 하는 우김질을 할 필요를 느끼지 않았으므로 나는 그냥 말머리를 돌렸다. 이 선생의 효성이 지극함을 칭찬했다. 그러자, 어부는 「아암요, 효도라고 하면은 씨가 있는 집안이오」 하더니, 이 선생은 칠팔 년 전엔가 한 달을 사이에 두고 어머니와 아버지를 차례로 잃었는데 한 달에 한 번씩은 일요

일을 골라가지고 이곳의 산소엘 다녀가곤 했다고 하였다.
 여기서 나는 그 이춘길 선생 부부가 '어머니'라고 부르면서 모시고 있다는 노모가 그의 장모인 모양이라고 생각을 굳혔다. 나는 봉급 봉투를 그대로 가져다가 장모의 손에 잡혀주고, 필요에 따라 오백원 씩 천 원씩 타다가 쓰고, 그걸 아껴서 장모가 밤새 두고 먹을 입물개를 사다 댄다는 그의 효성이 아무래도 사실 같지가 않았다. 그러나, 나는 「이 선생은 지금 그 장모님을 모시고 사는디, 효도가 그렇게 지극하다고 소문이 났습니다」하고 이춘길 선생을 칭찬했다. 이때, 어부가 이춘길 선생의 아버지가 근동에서 소문난 효자였음을 이야기했는데, 그 거짓말만 같은 이야기를 듣고 나는 그저 멍해질 수밖에 없었다.
 돌아가신 분을 욕되게 하는 셈이 될지도 모르고 혹시 내 쪽에서 나쁘게 생각하게 될지도 모르는 것이기는 하지만, 그걸 이야기하여야 그분의 효심이 어느 정도인가를 알 수 있게 되기 때문에 이야기한다고 하면서 어부는 「사실은 정수 즈그 아부지가 이 동네서 말썽이 많은 분네였드라우」하고 서두를 꺼냈다.
 새벽 물때에 일찍 배를 타고 나가서 남의 정치망을 털어간다든지, 남이 놓아둔 문어단지를 건져 문어를 잡아간다든지, 겨울철 늦은 물때에는 남의 김발에서 도둑김을 뜯어간다든지, 남의 나락을 짊어져 간다든지 하는 것을 예사로 알던 분네였다는 것이었다. 도둑질을 하다가 들통이 나기도 여러 번이었고, 그때마다 열린 마을회의에 나가 한 번만 용서해 주면 다시는 하지 않겠노라고 손이 발 되도록 울며불며 빌어대기도 한두 번이 아니었지만, 그분네는 좀처럼 그 버릇을 버리지 않았다는 것이었다.
 「한번은, 이 동네서 십여 년 간이나 이장을 지낸 김철구네 밭에서 고구마를 캤든 모양입니다」하고 나서 어부는, 자기 부모에게 불효하는 젊은 사람들을 타이를 때에 이 이야기를 인용하여 말하곤 한다면서, 목청을 높여 이야기하기 시작했다.

초가을이었다. 정수네의 산비탈 화전에 놓은 고구마의 밑은 아직 들지 않았다. 그래도 텃밭이 있어 거기에 고구마를 놓은 사람들은 밑이 벌써 굵었는지 더러 캐어다가 먹곤 했다. 그중 김철구네 마을 뒷등 밭의 고구마 밑이 잘 들었으리라는 소문이었다. 아닌게아니라 김철구네는 올벼 시미(試味)를 하면서 고구마를 캐어다 먹었는데 어른의 주먹 같은 밑이 들었다더라 했다. 한데, 주인이 한번 캐어다가 먹은 이후부터, 이틀 아니면 사흘 걸러서 고구마 밭두둑이 한 걸음씩, 반 걸음씩 파헤쳐져 있곤 하였다. 김철구네는 그게 마을 아이들의 장난일 것이라 하여 그냥 덮어두었다.
　어느 날, 김철구는 면 회의에 참석했다가 밤늦게 들어오면서 자기의 뒷등 밭에서 검은 물체 하나가 어른거리는 것을 보았다. 그는 그 그림자가 눈치채지 않도록 하기 위해서 일단 마을로 들어갔다가 재빨리 뒷등에서 마을로 들어서는 길목을 지켰다. 마을 한가운데로 뚫린 긴 골목이 하나뿐이므로 도둑은 그 길을 통하여 가지 않을 수 없을 터이었다. 사철나무와 대숲이 있는 서낭당의 돌무더기 뒤에 몸을 숨겼다. 흑회색 밤하늘에 민들레꽃빛 별떨기들이 주렁주렁 매달려 있었다. 은하수의 보얀 성운이 뒷산 너머로 기울어 있었다. 별빛을 받은 검은 그림자 하나가 뒷등의 고구마밭에서 성큼성큼 걸어나오고 있었다. 이윽고 서낭당 돌무더기 앞으로 다가왔다. 키가 장대같이 컸다. 손에 바구니를 들고 있었다. 도둑은 돌자갈 하나 건드리지 않고 그림자처럼 지나가고 있었다. 김철구는 그 도둑이 분명 정수 아버지라는 것을 알아차렸다. 멀찍이 떨어져서 뒤를 따랐다. 세 집을 지나면 정수네 집이었다. 정수 아버지는 사립문 사이로 스며들어 갔다. 김철구는 울타리 사이로 마당을 들여다보았다. 정수 아버지는 바구니를 부엌 앞 기둥에 걸어두고 부엌 건넌방으로 들어갔다.
　김철구는 이를 물었다. 아무래도 정수네를 이 마을에 두어선 안 되겠다고 생각했다. 반장들을 깨워가지고 와서 고구마 바구니를 증거물로 잡아, 이번에야말로 정수네를 다른 동네로 쫓아내도록 여론을 조성하자 하였다.

　김철구가 발소리를 죽이고 이 골목 저 골목을 뛰어다니면서 반장들 다섯을 깨워 정수네 집을 급습한 것은 삼태성이 중천에 오른 때였다. 한데, 부엌 앞 기둥에 걸린 바구니에는 네 살바기의 주먹만한 고구마가 다섯 뿌리밖엔 담겨 있지가 않았다. 김철구는 의아하지 않을 수 없었다. 도둑치고는 배짱 없는 도둑이었다. 그 고구마 바구니를 들고 나서는 반장들을 가로막았다. 그때 장대같이 키 큰 정수 아버지가 대오리문을 열고 나와서 그들 앞에 무릎을 꿇고 두 손을 비벼댔다. 그러면서, 입에다가 손가락을 세워대기도 하고, 안방을 가리키면서 손을 내젓기도 했다. 안방에 자고 있는 자기의 어머니가 모르게 하여달라는 말이라고 직감한 김철구는 반장들을 데리고 사립을 나왔다. 공회당으로 그들을 따라온 정수 아버지는 역시 손이 발 되도록 빌어댔다. 그리고, 자기 어머니가 하두 밥맛 없어 해싸서 새 고구마를 드려보느라고 그 버릇을 버리지 못하고 그랬노라며, 제발 한 번만 더 용서해 달라고 통사정을 하였다.

　김철구는 반장들에게 입을 봉해줄 것을 당부하고 정수 아버지를 보냈다.

　「도둑질을 하기는 했지마는 확실히 효자는 효자였지라우.」

　어부는 주먹같이 큰 코를 실룩거리면서 말했다. 도둑질을 한다고 하다가 들통이 난 뒤에 들어보면, 장대같이 큰 사람으로서 그렇게 배짱 없이 도둑질을 할 수가 없었다고 했다. 남의 정치망을 털었을 때도 꼭 숭어 두 마리를 잡아내었었고, 남의 김발에서 김을 뜯었을 때도 기껏 한 톳(한 묶음)내기를 훔쳤을 뿐이었으며, 나락도둑을 했을 때도 기껏 다섯 묶음을 짊어져 갔을 뿐이었고, 참외밭에 뛰어들었을 때도 겨우 참외 세 개를 따가지고 나왔을 뿐이었다는 것이었다.

　「그렇게, 없이 사는 속에서 빡빡 늙은 어머니한테 뭣을 대접할 수는 없고 한께 그렇게 도둑질을 했든갑습디다.」
 이 이야기를 들으면서 나는 그저 고개를 끄덕거리거나, 아하 하거나 네에 하는 감탄을 연발하고만 있었다.
 그러나, 어부가 이야기를 끝내고 담배를 찾는 듯 호주머니를 더듬거리기에 얼른 거북선담배 한 개비를 꺼내 권하면서, 나는 조금 전에「정수 그 사람이 어디 중핵교나 빤빤히 댕게갖고 그렇게 선생질을 하요?」하던 어부의 말을 생각하지 않을 수 없었다. 이춘길 선생의 아버지가 자기의 늙은 어머니를 봉양하기 위해서 도둑질을 하지 않을 수 없는 정도였다면, 그 가난이 어느 정도였던가 짐작할 수 있었다. 또한, 그런 가난 속에서 정수 아버지는 아들인 정수를 어떻게 대학까지 가르칠 수 있었겠는가 하는 것이 의문스럽지 않을 수 없었다. 아무래도 중학교도 제대로 다니지 못했다는 어부의 말이 옳을 듯만 싶었다. 그렇다면 이춘길 선생의 홍길동적인 날고 기는 재주는 더욱 놀라운 것이었다. 나는 슬쩍 어부의 밑을 떠보느라고,「그러고 보면 역시 이춘길 선생이 훌륭한 분이에요. 함께 학교 생활을 한 게 꼭 오 년째인데, 평소 생활하는 걸 보면 부지런하고 착실한 점이 오직 놀라울 뿐이에요」하고 말했다. 그러자, 눈을 치켜뜨고 눈알을 뒹굴리며「놀랠 정도만이 아니라우. 정수가 중핵교를 2학년까진가 댕기다가 말기는 했지마는, 생각해 보면 그것도 순전히 고학을 한 것이지라우. 고학을 함스롱도 어떻게나 열심히 공부를 하든지, 선생들이 다 도와줄라고 애를 썼드라고 합디다. 그런게 사람 되는 것은 모두다 자기한테 매여 있다고 보요」하고 말한 어부는「이 선생하고 친하다고 한께 뭣을 숨기고 어쨔고 할 필요도 없이 이야기를 하요마는」하고 나서, 정수가 왜 이춘길로 이름을 바꾸게 되었으며, 그것이 그의 출세와 어떤 관계가 있는 것인가 하는 것을 상세하게 이야기하였다.
 「나도 첨엔 몰랐어라우. 그런디, 한번은 느닷없이 이름을 춘길이로 갈란다고 함스롱 깽매구 두 개하고 징 한나하고 북 두 개하고를

신길동전   181

사다가 동네에다가 줬지라우. 그라고 술을 한번 야무지게 냈어라우. 그 술을 마심스롱 동네 사람들이 깽매구를 치고 아주 재밌게들 한번 놀았소. 이름을 갈고는 그렇게 소리나는 풍물 같은 것을 동네에다가 사줘사 그 풍물소리같이 이름이 널리 퍼져가게 된담스로라우?」하고 말한 어부는 불그죽죽하게 물드는 저녁바다를 바라보았다. 녹동반도 쪽으로 똑딱선 한 척이 통통거리면서 가고 있고, 꽃섬 옆으로 돛단배 두 척이 나란히 떠 있었다.

「정수, 그 사람 안해본 일이 없소. 여그 성산에 있는 국민핵교에서 급사 노릇도 하고, 군대를 갔다가 와서는 교육청 청소부도 했지라우」하고 나서 어부는, 정수에게 출세의 기회가 온 것은 그가 서른 살 나던 해였을 것이라고 말했다. 그 무렵 그는 전라북도 이리시 어디에선가 교재교구를 제작하여 판매하는 회사에서 일을 하고 있었을 거라고 했다. 그 회사에 들어간 것도 따지고 보면 그의 붙임성 좋고 야무진 성격 덕이었을 것이라 했다. 한데, 누구하고 어떻게 손이 닿았는지 모르지만, 그는 그해 겨울에 느닷없이 개명을 하고 광주에 있는 한 사립 중학교의 수학선생이 되었던 것이었다.

「선생 시험을 봐서 합격했다고 하기도 하고, 그 중핵교 교장이, 머리 영리하고 야문 정수를 그냥 데려다가 선생으로 써뿐 것이라고 하기도 합디다.」

여기서 말을 끊은 어부는 바야흐로 멸치잡이 낭장 물을 보러 가야 한다면서 몸을 일으키고, 「최 선생님, 같이 물 보러 갑시다. 먹을 만한 고기가 들었으면, 회라도 쳐서 잡수시게라우」하며 나를 건너다보았다. 나는 따라 일어섰다. 그를 놓칠 수 없었다. 어부는 선창 쪽에서 낭장 머슴이 타고 온 배 위에다 칼과 도마와 된장 같은 것을 싣고 나를 태웠다. 녹동반도와 소록도 뒷산 너머에서 뭉게구름이 피어오르고, 그 구름이 노을을 받아 붉게 물들어 있었다. 먼바다로부터 한가로이 밀려드는 파도를 으깨면서 갯물이 들어 거무칙칙한 채취선은 나아가고 있었다. 나는 마치 배 한 척을 세내고 어부를 사가지고 선유라도 하는 듯한 흥겨운 기분이었다. 바다처럼 울렁거리는 가슴을 주체할 수가 없었다.

이 뜻 아니한 즐거운 배 타기가 다른 사람 아닌 이춘길 선생의 덕분인 것을 모르는 바 아니었지만, 내 가슴속에는 이춘길의 출세에 대한 의혹이, 노를 저음에 따라 이쪽 저쪽으로 흔들어대는 배 이물처럼 생각을 흔들고 있었다. 서른 살 되는 해까지 교재교구 제작판매 회사에서 펜대를 잡고 일을 하던 사람이 어떤 연유로 갑작스럽게 교사 발령을 받을 수 있었겠는가 하는 것이 그 첫번째 의혹이었다. 물론, 사립학교이기 때문에 학교 자체의 강사 발령 같은 것이 전혀 불가능한 것은 아니었을 것이라는 생각이 아니 드는 것은 아니었다. 그러나, 그가 중등학교의 중견교사 양성기관으로서는 역사와 전통이 있는 K사범대학의 수학교육과를 졸업한 실력과 교사로서 인정받고 있는 것은 무엇을 말하는 것인가. 중학교 2학년까지 다니다가 중퇴하지 않으면 안되었던 그가 어떻게 어느 사이에, 돈만 집어넣으면 학점이 나오거나 졸업장이나 자격증을 팔고 사고 하는 따위의 학교도 아닌 K사대의 간판을 가질 수 있었느냐는 것이 그 두 번째 의혹이었다.

하지만, 나는 어부에게 더 캐묻지 않았다. 나는 심연 속에 푸르른 어둠을 간직한 채 여유 있게 일렁이면서도 잠잠한 바다의 광활함 안에서, 나의 먼지같이 하잘것없는 의혹을 목구멍 너머에서 힘껏 울거낸 가래침과 함께 바닷물에다 뱉어 던졌다.

낭장에는 송사리떼 같은 멸치들 틈에 병어 두 마리와 숭어 한 마리가 들어 있었다. 다행한 일이라고, 역시 최 선생님은 잡수실 복이 있는 분이라고 하며 어부는 그것들을 도마 위에 놓았다. 지느러미와 머리를 잘라내고 썰어주는 대로, 싱싱하기 때문에 더욱 달콤한 병어회를 씹으면서, 나는 새삼스럽게 바다의 싱싱한 생명감에 젖어들고 있었다.

여기서 어부는 또한번 내가 놀라지 않을 수 없는 말을 꺼냈다.

신길동전 183

숭어의 비늘을 거슬러 벗기더니 어부는 「잘 아실 것이요마는, 정수가 아들 하나는 참말로 잘 낳았어라우. 대학을 졸업하고 군의관으로 군대엘 갔다 하든디, 그놈이 또 겁나게 효성이 지극한 모양입니다」하고 말했다. 나로서는 처음 듣는 말이었고, 도저히 이해가 가지 않는 사실이었다. 나는 어부를 빤히 건너다보면서, 이 선생이 몇 살에 장가를 갔는데 벌써 그런 아들이 있느냐고 묻지 않을 수 없었다. 학교에서 연구과 기획을 맡았기에 가끔 전체 교직원의 학력이나 연령 따위를 따져 기록하는 경우가 있는 나는, 이 선생이 기껏 1936년 몇 월에 출생한 사람으로서 실제 나이가 기껏 마흔두세 살일 뿐이라는 것을 환히 알고 있었다. 마흔두세 살인 사람한테 의과대학 졸업하고 군대에 간 아들이 있다면, 그는 그 아들을 몇 살에 낳았다고 해야 옳은 것인가 말이었다. 국민학교를 여섯 살에 들어갔다고 하여도 의과대학을 졸업하자면 스물다섯 살이 되는 것이었다. 마흔두세 살일 뿐인 그에게 스물다섯 살 난 아들이 있다면, 그는 열여섯 아니면 열일곱 살에 그 아들을 낳았다고 해야 옳을 것이었다.

어부는 오히려 나를 이해할 수 없다는 듯이 이마에 굵은 주름살을 잡으면서 「스물다섯 살엔가 낳았을 것이오」하고 말했다. 나는 입을 벌린 채 멍하니 어부를 건너다보기만 했다. 그러다가 고개를 갸웃하면서 이 선생이 지금 실제 나이가 몇이냐고 물었다.

「막 쉰이지라우」 하고 대답하고 어부는 그가 자기와 동갑이라고 말했다. 여기서 나는 다시 한번 눈을 휘둥굴리면서 어부를 건너다볼 뻔했다. 나는 그러지 않고 고기 토막만 씹었다. 어쩌면 어부와 나는 이때껏 전혀 다른 두 인물을 놓고 이런 이야기를 하고 있는지도 모른다는 생각이 들었던 것이었다.

이날 밤, 달은 산수화의 묽은 수묵 같은 바다안개 속에서 도둑처럼 떠올랐고, 새벽 썰물 때의 낭장을 보기 위하여 바닷가의 움막에서 자는 어부와 함께 나는 모기를 막기 위하여 헌 낭장 그물을 방장처럼 둘러쳐 놓은 평상 위에서 그 도둑 같은 달빛을 받으면서 잠을 잤다.

　더위 속에서 해변길을 터덕터덕 걸어온 내 몸은 피곤했으므로, 나는 모포를 끌어다가 배를 덮고 잠을 청했다. 한데 잠이 오지를 않았다. 초저녁에 어부를 통해 우산도 안의 여러 마을에서 지내는 해신제에 대하여 알아볼 것을 모두 알아본 터였다. 우산도의 해신제는 몇 가지 특이한 점이 발견되기는 했지만, 근해 어업을 하는 남해안의 여느 갯마을에서 지내는 그것과 별로 큰 차이가 없었다. 날이 새는 대로 회진으로 나가서 완도로 가는 배를 타기로 하였고, 완도에서 해남과 진도를 거쳐 광주로 올라가기로 한 나는 이 우산도 안에서 더 할 일이 없었다. 때문에 특별히 신경을 곤두세워 궁리해야 할 게 없는 것이었다. 그런데도 나한테서 잠을 몰아가곤 하는 것은 이춘길 선생에 대한 의혹이었다. 눈살을 찌푸리기도 하고, 한 팔을 이마에 올리기도 하여 떨어버리려 했지만, 그 의혹은 퍼내고 나면 고이고 퍼내고 나면 또 고이곤 하는 샘물처럼 내 머릿속에 자꾸 채워지곤 하는 것이었다. 어부도 잠을 자지 않고 있었다.

　헌 낭장 그물에 앉은 모기가 잉잉거리고, 바람 한 점 없는 바다의 잔물결이 졸음 오는 듯한 여린 소리로 이따금씩 찰브락거렸다.

　엎치락뒤치락하던 어부가 나를 향해 돌아누우면서, 아직 안 자느냐고 물었다. 그렇다고 했더니 「내가 암만해도 쓸데없는 소리를 많이 한 것 같구만이라우」 하고 말했다. 나는 가슴이 움찔했다.

　어부는 이춘길 선생에 대한 이야기를 들려줄 때마다 깜짝 놀라곤 하는 나를 수상하게 생각한 듯하였다. 나는 얼른 무슨 말씀이냐고, 나하고 이춘길 선생하고는 모든 속엣말을 다 하고 사는 사이이니 안심하라고 했다. 그러자, 어부는 「정말로 그렇다면 이야기가 달라진다고라우」 하면서 「기왕에 말을 뺀 김인께 내가 이야기를 다 해뿔겄소」 하고 잠시 말을 끊었다가 「이 이야기는 절대로 안 들은 것으로 치고, 참말로 입을 꼭 덮어사 쓸 것이오」 하였다. 내가 그러고말고 하겠느냐고 했더니 「선생님이 이 선생하고 친하다고 함께 하는 소리요마는, 이것은 그 사람을 죽이느냐 살리느냐 하는 이야기가 아니겠소?」하고 다짐을 주었다. 이 말에 나는 재빨리, 나도 이춘길 선생의 실제 나이하고 호적 나이하고 팔 년 차이나 나는 것을 이상스럽게 생각하던 참이고, 또 확실한 것은 몰라도 대강의 이유될 만한 것은 짐작하고 있기는 하지만, 그냥 모르는 척 입을 덮은 채 살아오고 있노라고 슬쩍 밑을 받쳐보았다.

어부는 아무리 생각해 보아도 나한테 해서는 안될 성질의 이야기를 또 들려주고 있었다.

「이리시 변두리에 있는 동네라는디, 그 동네에 이춘길이라고 하는 학생이 한나 있었든갑습디다. 그 사람은 홀어무니 밑에서 핵교를 다녔든 모양이지라우. 홀어무니는 채소장수나 떡장수 같은 것을 해갖고 뒤를 대고, 그 학생은 신문배달이나 가정교사 같은 것을 함스롱 핵교를 댕겼다 합디다.」

그 학생의 아버지는 순경이었는데 6·25 사변이 터지자 미처 후퇴를 하지 못하고 있다가 죽었다고 하기도 하고, 그게 아니고 좌익으로 머리를 쓰던 사람으로 사변이 터지자 보안서를 다녔는데, 그때 사람을 많이 죽였기 때문에 수복되면서 총살되었다고 하기도 하던 것이었다. 어쨌든 그 어머니가 억척스러운 여자였던 것이다. 한데 얼리설리 키운 그 아들이 대학졸업을 앞두고 무슨 병으로인지 죽었다. 그 무렵 이리시의 교구 제작소에 있던 정수가 그걸 알아냈던 것이었다. 누구하고 그렇게 하기로 말 짜듯이 짰는지 모르기는 하지만, 그는 곧 이춘길로 이름을 갈았고, 어떤 절차를 어떻게 밟았는지 죽은 이춘길의 대학졸업장과 교사자격증을 손에 넣었던 것이었다.

「생각해 보면은, 참말로 홍길동이를 뺨칠 사람이지라우.」

여기서 내가 놀라지 않을 수 없었던 것은, 학제가 개편되기 이전의 중학교 2학년 중퇴 실력을 가진 그가 어떻게 광주 안에서 사립으로서는 명문이라고 하는 고등학교의 3학년 진학반을 지도할 수 있게 되었느냐 하는 것이었다. 배우지도 않은 수학을, 더구나 고등학교 3학년의 수학을 가르치기 위해 밤새워가면서 교재 연구를 하고, 수학 학원 같은 데엘 쫓아다녔을 그의 열성과 재질은 놀라운 것이었다. 내가 놀라워하는 것을 아랑곳하지 않고 어부는 범상치 않은 홍길동적인 그의 기고 날고 하는 재주에 대한 이야기를 이어 하고 있었다.

한데, 이 말을 듣고 나는 이번에야말로 이춘길 선생을 증오하지 않을 수가 없었다.

「이것은 벌써 몇십 년이 지내가뿐 일인게 말을 한다고 뭔 일이 있을랍디오마는, 정수가 6·25 사변 때에는 동네 선전부장인가 뭣인가를 한다고 칼 하나 차고 깃발 날리고 댕긴 사람이오. 수복이 된 뒤로, 인민위원장이다 세포위원이다 해갖고 깃발 날린 사람들은 모두 다 지서로 가서 죽기도 하고, 안 죽을 만큼씩 뚜드려 맞기도 하고 안 그랬소? 그런디 그 가운데서 정수 한나만 암시랑 안했지라우. 쥐도 새도 모르게 어디로 달아나뿌렀은게라우. 알고 본게 전라북도 이리로 가뿌렀든갑습디다.」

내 가슴 밑바닥에서는 뜨거운 분한 생각의 줄기 하나가 피어나고 있었다. 나의 선친은 6·25 사변 때 정수처럼 깃발 날리고 다니던 마을 사람들의 대창에 찔려 죽었다. 그렇게 죽은 데에는 물론, 악덕 친일파라든지, 노동자 농민을 착취한 지주라든지, 모리배라든지 하는 이름이 붙어 있었다. 그러나 그토록 잔인하게 죽일 수가 없었다. 시골에서 구장을 십 년 가까이 했다고, 논 열다섯 마지기 자작을 했을 뿐 소작 한 마지기 내준 일 없는데, 어떻게 친일파이며 착취를 일삼은 지주일 수 있었겠는가 말이었다. 그것은 그렇다 치고, 선친을 그렇게 죽인 사람들이 살아 있다는 것에 대하여 나는 늘 분해하고 있었다. 특히 세포위원을 하면서 가장 악질적으로 날뛰던 사람 하나가 어디로인지 몸을 피했다가 자원입대를 하여 자기

목숨을 지켰는데, 그는 몇 해 전에 육군 상사로 제대를 하여 서울 어디선가 살고 있다는 것이었다. 바로 이 말을 고향 마을 사람들에게 듣고 느껴지던 분한 생각이, 이날 밤 평상 위에서 모포를 덮고 누운 가슴속에 일고 있었다.

나는 이를 물었다. 밝고 맑지 않은 세상의 모양이 배를 뒤틀리게 하였다. 어딘지 모르게 인격이나 교양면에서 부족한 점을 지니고 있으면서, 준 것 없이 미운 행위를 하곤 하던 이춘길 선생의 부정한 짓을 맑은 하늘 밝은 한낮에 똑똑히 드러날 수 있도록 까뒤집어 놓아야 한다고, 나는 생각했다. 내일 이 나라 이 민족을 짊어지고 나갈 후세 국민을 육성하는 교육기관에 이춘길 같은 엉터리가 존재한다는 것은 국가 백년대계를 위해 슬픈 일이라고, 나는 애국애족적인 의분마저 느꼈다. 나를 믿고 허물없이 모든 것을 털어놓은 어부에게 미안스럽고 자줏빛 구레나룻과 검은 얼굴에 비하여 마음이 흰 모래처럼 맑고 깨끗한 어부를 등쳐서 모든 것을 알아낸 내가 얄밉기는 했지만, 그 얄미움은 이춘길 선생의 도둑 같고 얌체스러운 처세에 대한 증오로 말미암아 쉽사리 합리화되고 있었다. 세상의 모든 부정이나 비합리나 부조리는 이런 자질구레한 데서부터 빗자루질을 해야 한다고 나는 끙 하고 힘을 썼다.

묽은 수묵 같은 밤바다의 안개 속에서 도둑같이 떠오른 달이 밝았고, 그 달 아래서 찰싹거리는 물결소리 속에서 깊어가는 여름밤이 나는 무척 지리하게 느껴졌다.

집에 돌아왔을 때, 나한테는 전혀 예상하지 못했던 가슴 답답한 괴로움이 밀려들었다.

완도와 해남의 해변 마을을 둘러보고 진도를 거쳐 광주에 온 것은 그로부터 일주일이 지난 뒤였다. 도회의 여름은 더웠다. 그 더위 속에서 나는 여독으로 찌든 몸을 주체할 수가 없었다. 온몸이 금방 허물어져 버릴 것만 같았다.

한여름의 긴 해가 장어구름 한 장 뜬 서녘 하늘로 기울어진 때,

나는 차에서 내리는 대로 택시를 달려 집으로 들어섰다. 들어서면서 목욕탕으로 뛰어들었다. 달포 가까이 더위와 여독에 찌든 몸에 물을 끼얹어댔다. 데쳐진 파줄기에 물을 끼얹고 있는 듯만 싶었다. 아무데라도 뒤통수를 대고 쓰러지기만 하면 무덤처럼 무겁고 깊고 긴 잠이 들어버릴 것만 같았다. 목욕탕을 나서는 대로 밥을 재촉해 먹고 잠을 잘 참이었다. 물을 끼얹는 일이나, 문짓문짓 밀려나는 때를 벗기는 일, 머리 감는 일이 모두 귀찮고 성가셔졌다. 대강 머리털의 물기를 수건으로 감아 뽑으며 목욕탕을 나서는데, 아내가 조금 전에 이춘길 선생한테서 전화가 걸려왔음을 말해주었다.

「며칠 전부터, 그분이 아마 전화를 매일같이 한 모양이에요. 안 계신다고 하거나, 누구냐고 물으면 그냥 딱 끊어버리곤 하드구만, 오늘사 이춘길 선생이라고 밝히드구만요.」

나는 고개를 갸웃했다. 내가 자기의 고향에 다녀온 것을 벌써 안 모양이다 싶었다. 자기가 직접 다녀온 것일까. 아니면 윤거식이라는 어부가 편지를 한 것일까. 그 어느쪽이든지, 내 쪽에서 거짓말을 하고 윤거식한테서 자기의 비밀을 모두 캐어냈으리라는 것을 그는 이미 알고 있을지도 모른다 싶었다.

머리가 무거워졌다. 밥을 재촉해 놓고, 이춘길 선생의 일을 어떻게 처리해야 할까 하고 생각하면서 보료 깔린 방바닥에 반듯이 누웠다. 문교부, 교육위원회, 경찰서 같은 데다가 자세한 내막을 적어서 투서하는 방법이 가장 좋을 듯했다. 눈을 감았다.

이춘길 선생한테서 전화가 걸려온 것은 이때였다. 전화벨이 울렸을 때 나는 가슴이 섬뜩했다. 등줄기와 이마에 식은땀이 솟고 있었다. 수화기를 들자, 다행히도 밝고 맑은 목소리가 「여행갔다가 오셨다면서요? 잘 다녀오셨어요?」 하고 흘러나왔다. 그 목소리를 들으면서 나는 아무래도 내가 그의 고향에 다녀왔음을 선수쳐서 말하는 게 좋을 것만 같아 「묘하게 우산도에 들러가지고 이 선생님에 대한 이야기를 많이 들었습니다. 참 좋은 데서 사셨더군요」 하고 말했다. 그러자, 이춘길 선생은 내가 자기 고향에 다녀온 것을 이미 알고 있다면서, 피곤할 테지만 만나서 저녁이나 같이하자고 하는 것이었다.

「피곤해서 못 나오시겠으면, 제가 잠깐 댁으로 가서 뵐 수 있도록 해주셨으면 좋겠습니다.」

별수없이 그가 만나자고 하는 일식집으로 나갔다. 갑갑하고 성가시고 귀찮은 생각이 들었다. 우선 이춘길 선생을 어떤 얼굴로 대해야 할 것인가부터가 고민거리였다. 그리고, 이춘길 선생의 도둑스런 처세 방법을 고발할 것인가 말 것인가 하는 문제가 머릿속을 꽉 채우고 있었다. 달리는 택시 안에서 눈을 감은 채, 나는 일단 그가 하는 말들을 들어보기나 하자고 생각을 매듭지었다.

이날 밤, 이춘길 선생의 태도는 달라져 있었다. 여느 때의 천진스러운 듯 비굴스럽고 얌체스러운 웃음도, 기역자(ㄱ)로 고개와 허리를 굽실거리는 태도도 없었다. 얼굴은 막 만났을 때 한 번 웃은 뒤부터 나무로 새겨놓은 조각 같은 것처럼 굳어져 있었다. 고개를 자꾸 떨어뜨리곤 했다. 나는 그가 무서워졌다. 흘끗흘끗 그의 눈치를 살폈다. 그는 이끝으로 윗입술을 깨물면서 눈살을 찌푸렸다. 이때 그의 눈빛은 멀겋게 날이 서 있는 것만 같았다. 나는 등줄기가 서늘해졌다. 그는 맥주를 청해놓고 「며칠 전에, 선산도 돌아보고 해수욕도 할 겸해서 고향엘 갔더니, 윤거식이라는 내 고추자짓적 친구가 최 선생님 다녀간 이야길 하드구만요」 하고 말했다. 모든 것을 알고 돌아온 나한테까지 자기의 내면을 숨길 수 없기 때문에 모든 것을 실토해 버릴 모양이었다.

나는 또 성가시고 답답해졌다. 이 도둑스런 사람의 시꺼먼 내막을 비늘 때 쌓인 버선이나 내의를 까뒤집듯이 까뒤집을 것인가 말 것인가 하는 생각이 가슴을 억눌렀다. 이러한 생각은 바다에서의 시원스런 재미라든지, 싱싱한 생선의 맛이라든지 하는 이야기를 끌어냄으로 해서 말머리를 돌리려고 생각을 꾸미는 나의 머리를 자꾸

어지럽혔다.

 술이 얼근해졌을 때, 그는 내 손을 잡고 비로소 자기의 도둑스럽게 시꺼먼 내면을 털어놓았다.

 그는 내가 어부를 통해 이미 알고 있는 사실들에다 좀더 자세한 뼈와 살을 붙여가더니, 온전한 도둑의 모양을 만들어서 내 앞에 내놓고 있었다. 말을 마친 그는 내 손을 으스러질 만큼 힘주어 잡으면서 「죽는 날까지 나는 내 도둑질이 들킬까 싶어서 항상 조마조마해 하면서 살아갈 거예요. 속을 확 털어놓고, 진짜 알맹이대로 살아간다면 좋겠어요. 그런데, 안됩니다. 이미 저질러진 일이거든요」 하더니 목울음 섞인 목소리로 말을 이었다.

 「최 선생님, 조금만 참아주십시오. 어머니 돌아가실 때까지만요. 참 불쌍한 분입니다. 아들 하나 보고 평생을 산 분 아닙니까? 짐작하셨을 테지만, 지금 제가 모시고 있는 어머니는 죽은 이춘길이란 사람의 어머닙니다.」

(1978)

아들나무에 젖 뿌리기

1

 종달새 한 마리가 바야흐로 연초록의 물이 들고 있는 논둑에서 날아오르더니, 흑회색 포장도로를 건너서 밭언덕 위로 날아갔다. 아지랑이 핀 허공에 그 새가 기복 크게 그린 물결선이 그대로 남아 있는 것 같았다. 4월말 고사에서 동상을 받은 향촌국민학교 4학년 이창복은 바로 그 종달새처럼 날 수도 있을 것같이 몸이 가벼웠다. 상장과 상품인 공책 한 권을 넣은 책가방 또한 여느 때와 달리 빈 가방처럼 가볍게 느껴졌다.
 그는 거의 달리듯이 걸어가고 있었다. 어쩌면 날아가고 있었다. 한데, 이날따라 집은 왜 이렇듯 멀게 느껴지는지 알 수가 없었다. 승용차들이 회오리바람을 일으키며 스쳐 지나가는 포장도로의 가장자리를 밟아가면서도, 그는 「동상, 이창복」 하고 담임선생님이 말했을 때 순간적으로 아찔해지던 그것을 아직 어질어질 느끼고 있었다. 순간적으로 교실 안이 빙그르르 돌고, 아이들의 얼굴들이 물 바른 유리창을 통해 보는 것처럼 어슴푸레하게 흐려지면서, 똥구멍과 불알 사이가 시큰하고 찌르르 저려지던 그것은 생전 처음으로 느껴보는 것이었다.

어머니가 얼마나 즐거워할까. 꽉 끌어안고 볼을 비벼줄 것이었다. 창복은 가슴이 뿌듯하고 콧날이 시큰해졌다. 몸이 기우뚱하면서 발이 포장되지 않은 자갈길로 빗나갔다. 가방 모서리의 불룩하게 나불거진 것이 종아리를 스쳤다. 가방 모서리에는 청포알사탕 빛깔의 사이다병이 들어 있었다. 그는 비틀 하고 두어 걸음을 비치적거렸다. 얼굴이 화끈 달아올랐다. 「우유 3등!」이라는 말에 가슴 한복판이 장미나무의 가시에 손가락끝이 찔렸을 때처럼 쓰리고 아렸다. 상장과 공책 한 권을 받아가지고 들어와 앉았을 때, 뒷줄에 앉은 앞뒤꼭지 삼천리가 「우유 3등!」하고 낮게 빈정거렸던 것이었다. 4학년에 올라온 뒤 내내 어머니는 하루도 빠짐없이 아침마다 사이다병에 우유를 담아서 학교에 가는 그의 가방귀에 찔러주곤 했고, 그는 아이들의 눈을 피해가면서 그걸 선생님에게 가져다가 바치곤 하여오고 있었다. 교무실로 찾아가서 절을 꾸벅 하고 사이다병을 내밀면, 선생님은 응 하고 코대답을 하며 그걸 받아들기가 바쁘게 솥뚜껑만한 손으로 그의 머리를 한번 쓱 쓰다듬어주는 것이 고작이었다. 그런데, 앞뒤꼭지 삼천리는 선생님이 그 우유 때문에 동상받을 만한 실력이 못되는 창복에게 그걸 주는 것이라고 빈정댄 것이었다. 창복은 고개를 떨어뜨리고 이를 물면서 못 들은 체해버렸다. 앞뒤꼭지 삼천리 주위의 아이들 두엇이 히히덕거리며 「우유 3등!」이란 말을 한두 번씩 입에 발랐어도 그는 못 들은 체했었다. 그는 선생님의 거무튀튀한 얼굴과 퉁방울같이 큰 눈을 믿었다. 자기를 '봐주어서' 3등으로 만들지는 않았으리라. 아니, 또 조금 봐주어서 3등이 되었다면 어떠랴. 쇠똥 속에 묻혀 사는 어머니를 즐겁게 해드린다는 생각은 열한 살인 그를, 버스 속에서 「껌 한 통 사주십시오」하며 빌붙는 아이처럼 데면데면하고 뻔뻔스럽게 만들고 있었다. 제놈들이 상을 타지 못하니까 시기하고 질투를 해서 그렇게 빈정거리는 것이라고, 앞뒤꼭지 삼천리와 그 주변의 아이들을 욕했다. 이를 물었다. 어머니의 검정 바지와 밤색 스웨터에서 물씬 풍겨오곤 하는 쇠똥 냄새가 생각났다. 콧등과 광대뼈 근처에 주근깨가 있고, 이마와 눈 가장자리와 볼에 잔주름 몇 개가 그어진 어머니의 얼굴이 눈앞에 보이는 듯했다. 할머니의 주름살 가득한 얼굴도 떠올랐다. 어머니가 쇠똥을 짚북데기에 버무려가지고 삽으로 떠서 두엄더미 위로 던지는 것을 보면서 할머니는 얼굴을 으등카리처럼 일그러뜨린 채 혀를 끌끌 차고 돌아서서 은행나무 묘판으로 가곤 했다.

「조나 좋은 전답 다 없애고, 예펜네 쇠똥 속에 처박어놓고 있는 것을 보면……」

할머니는 은행나무 묘판의 풀을 다 맸을까. 상장과 상품을 내밀면 할머니는 달려와서 그를 끌어안고 엉덩이를 토닥거려줄 것이었다. 토요일이므로, 오후 늦게는 먼 일가의 고모뻘 되는 집에서 아기 보아주는 누님이 올 것이었다. 누님은 그의 두 손을 모아서 꼭 쥐어주면서 눈을 은실같이 가늘게 뜨고 웃을 것이었다. 위채에 와서 살던 철균의 기름하고 번번한 얼굴과 짙은 눈썹이 떠올랐다. 철균이 있으면 「야, 잘했다, 잘했어」 하면서, 시내로 빵을 사주러 간다, 영화를 보여주러 간다 하고 야단일 터였다.

걸음을 빨리 했다. 아주 뛰었다. 한시쯤 되었을까. 배에서 쪼르륵 소리가 났다. 어머니는 지금쯤 젖소의 뒷발 가랑이 밑에 쪼그리고 앉아 젖을 짜고 있을 것이었다. 은행나무 묘판의 풀을 매다가 내려온 할머니는 '용천하신 하눌님네, 그저 오뉴월 장마에 생수 터지듯 풍풍 쏟아지게 해주씨요' 하는 눈길로, 자루 같은 소의 젖무덤과 온상 재배한 고추같이 큰 젖꼭지를 바라보고 있을 것이었다.

마을 어귀로 들어섰다. 연초록의 새 잎사귀들을 단 탱자나무 울타리 너머로 거무튀튀한 기와지붕이 보이고, 그 너머로 감나무와 목련나무 들의 연초록 숲이 투명한 햇살을 받아 반짝거리고 있었다. 그 연초록 숲 뒤쪽으로 검푸른 소나무숲이 이어지고, 그 숲 위로는 비닐 자락을 깔아놓은 듯한 희부연 하늘이 하얀 깃털구름을 비행운처럼 털어 날리고 있었다.

 마을 어귀의 공터에 3번 버스 한 대가 머물러 있었다. 그 옆에 슬레이트 지붕을 얹은 가게가 문을 활짝 열어 젖혀놓고 있었다. 밖의 환한 대기와는 달리 가게 속에는 우중충한 자줏빛 그늘이 바람벽의 땟국처럼 들어앉아 있었다. 구석의 목로에 어른들 몇 사람이 네 홉들이 소주병 하나를 가운데 놓고 둘러앉아 있었다. 때에 절어서 잿빛 나보이는 앞치마를 두른 땅딸막한 아주머니가 고기를 굽고 있었다. 가겟문 앞으로 갔다. 물건을 사기라도 할 것처럼 안으로 한 발을 들여놓고 과자 나부랭이가 있는 진열장을 살피는 척하면서 고개를 쭉 뺐다. 목로에 둘러앉은 어른들을 살폈다.

「몇 살래?」

아주머니가 연탄불 위의 적쇠에서 피는 김 같은 연기 때문에 눈살을 찌푸린 채 창복을 보았다.

「콤파스 없지라우?」

그는 일부러 이 집에 없는 물건을 소리쳐 주고 물러나왔다. 아버지가 술을 마시고 있지 않은 게 다행스러웠다. 오늘은 누구네 소를 사주러 가기라도 한 모양이었다. 그는 눈살을 찌푸렸다. 저 목로 앞에 앉아서 술을 마시지 않더라도 아버지는 또 오늘 밤에 취해서 들어올 것이었다. 아버지는 좀 멍청스러운 데가 있는 어른이었다.

아버지는 소를 잘 본다고 했다. 전주나 군산이나 부안이나, 경기도 어디까지 소를 사주러 다니곤 한다고 했다. 싸게 사주면 수고비라고 하여 일이만 원을 싸준다고 했다. 그러면, 아버지는 「내가 뭔 놈의 거간질하기로 태어난 사람이라고 이 돈을 받어묵겠소?」하고는, 그 돈을 가지고 그럴싸한 술집에 들어가서 그럴싸하게 술을 한 판 마셔버리고 말곤 한다는 것이었다.

「이놈아, 정신 조깐 채려라. 예펜네 쇠똥 속에다 처박어놓고, 너는 돌아댕김스롱 남 존 일만 하고 술만 퍼마시냐?」

아버지가 술에 취해 오면 할머니가 두고 쓰는 말이었다. 그러면, 아버지는 「남 존 일은 맘대로 하는 중 아써요? 우리가 시방 이르크롬 안 굶어 죽고 묵고 사는 것도 다 남 존 일 한 덕택이어라우」하고 대꾸를 하곤 했다. 아버지는 호인이었다. 할머니는 아버지를, 음흉하게 따로 가질 마음이라고는 씨도 없는 숫보기 중의 숫보기라고 하곤 했다. 친구라면 혀까지 내어 빨리고, 먹고 놀자 하면 좋을씨구나 하고, 저보다 못한 사람 부추기자 하면 맨발 벗고 앞장서는 오지랖 넓은 사람이라고 하기도 했다.

할머니는 시골에서 광주에 볼일이 있어 올라왔다가 밥 한끼라도 얻어먹고 갈 셈으로 찾아온 친척들에게, 「이 농장 관리인으로 들어와서, 어떻게 무슨 돈을 끌어다가 산 것이든지 간에 젖소 니 마리를 키우고 싦스롱부텀은 그래도 허리를 피고 살게 되었어여」하면서, 창복이 아버지가 최 사장의 농장 관리인이 된 연유를 이렇게 말하곤 했다.

「집도 절도 없는 놈이 소 키움스롱 살 집을 얻으러 댕기다가 참말로 운 좋게 최 사장을 만났든갑데. 첫마디에 '한 달이면 소 한 마리한테서 똥을 한 차씩 받아낸다면서라우?' 하고 묻드락 하데. 백모래밭에 혓바닥을 박고 죽으면 죽어도 거짓말이라고는 씨도 할 중 모르는 놈이라 곧이곧대로, '이때까지 소 키워봤제마는 세 마리에서 한 차 받아내면 많이 받아내겠습니다' 했겠제. 그런께, 최 사장이 그냥 이놈을 쏵 믿어뿌렀어여. 그런께, 들어와서 농장 관리함스롱 소 키우고 살겄다는 사람마다 소 한 마리 밑에서 한 달이면 한 차 받어낼 수 있다고 거짓말을 했든갑데. 농장에 쓸 거름 많이 받어준다고 하면은 졸씨구나 하고 들어와서 살락 할 중 알고 그랬겠제.」

여기에다가 할머니는, 한두 마씩 피륙을 재어 팔고 사고 하며 살아온 사람답게 사람의 오장육부 속을 눈곱만큼도 틀림없이 잴 줄 아는 농장 주인인 최 사장이, 왜 하고많은 사람 다 젖혀놓고 하필 창복이 아버지한테 농장 관리를 맡겼겠느냐는 말을 덧붙이곤 했다.
「따지고 보면은 우리가 이 집에 살기는 살아도 생판 공짜로 사는 것은 아니네. 쇠똥 한 차에 칠팔천 원이면은 누 돈 받을 중 모르넌게. 그러고 내가 날마다 풀을 매주는 것을 생각하면 아주 비싼 셋집인 셈이지. ……그러제마는 그것저것 따지고 살겠는가.」
어느새 할머니의 말은 묘하게 탄식하면서 푸념하는 듯한 말투가 되어 있곤 했다.
탱자나무 울타리 옆길을 다람쥐처럼 달려 농장 철문을 들어섰다.
「엄마아! 할머니이!」
소리쳐 불렀다. 여느 때 같으면 은행나무 묘판이나 외양간에서 할머니의 '오냐아' 하는 대답소리가 들려왔을 것이었다. 한데, 대답은 어디에서도 들려오지 않았다. 지난해 여름에 윤옥이네가 꽃나무 관리는 게으르게 하면서도 몰래 캐어다가 팔아먹기는 잘한다고 최 사장에게 쫓겨나간 뒤로 텅 비어 있는 위채의 처마 밑으로 달려갔다. 농장 안의 고요가 섬뜩 가슴에 써늘한 기운을 끼얹고 있었다. 숨이 꽉 막히는 것만 같았다. 뒷다리를 절름거리곤 하는 소가 송아지를 낳고 있는 것일까. 발소리를 죽이면서 집 모퉁이를 돌다가 발을 멈추었다. 고모부가 외양간 앞에서 고개를 떨어뜨린 채, 곤색 양복 호주머니에 한 손을 찌르고 다른 한 손으로 담뱃개비를 집어들고 있었다. 그의 입에서 하늘빛 담배연기 한 무더기가 흘러나와 번들거리는 머리칼 위로 헝클어지고 있었다. 외양간의 문이 열려 있었다. 어머니가 그 안에 들어 있는 모양이었다. 고모부 앞에 고개를 꾸벅 해주었다. 고모부가 응, 하고 코대답만 하고 담뱃개비 끝을 빨았다.
「어째사 쓰게?」
할머니가 부엌에서 나오며 고모부에게 말했다. 방문 앞에 이른 창복을 할머니가 치마폭 안에다 끌어넣듯이 안았다.
「아무래도 경찰에다가 신고를 해야 되겠구만요. 오십만 원을 주고도 구할까 말까 하는 사진긴데……. 그것 가지고 가도 제 값 다 못 받을 거예요.」

고모부의 말에 할머니가 「잡을 수만 있으면 얼릉 그렇게 하소. 잡어갖고 가랭이를 찢어 쥑이소」 하고 말했다. 누님이 무슨 일인가를 내고는 고모부네 사진기를 도둑질해 가지고 달아난 모양이었다. 누님이 정말로 그랬을까. 가슴이 울렁울렁하면서 눈앞이 어질어질했다. 할머니의 품을 빠져나왔다. 책가방을 방안에 넣어놓고 외양간 안으로 들어갔다. 송아지를 밴 흰점박이 소는 외양간의 비닐 바른 문 옆에서 아픈 뒷다리를 모로 비틀고 누운 채 되새김질을 하고 있었다. 어머니는 푸른 눈쟁이 소의 넓적다리와 축 처진 배 사이에서 흰 양은바께스를 앞에 놓고 쪼그리고 앉어 젖을 짜고 있었다. 바께쓰에는 흰 비누 거품 같은 젖 거품이 수북하게 차올라 있었다. 어머니의 손이 젖꼭지를 잡아 훑어내릴 때마다 주삿바늘 끝의 페니실린 물줄기처럼 세찬 젖줄기가 하얀 젖 거품 속으로 뻗쳤다. 젖줄기는 바께쓰의 가장자리를 울리면서 매미소리를 냈다.

이날따라 소가 뒷발놀림을 자주 하고 있었다. 쪼그려앉은 어머니는 소가 발을 옮길 때마다 앉은걸음을 쳐서 자리를 옮기며 젖꼭지를 훑어 짜고 있었다. 소는 젖 짜는 사람의 손길에 아주 민감한 반응을 보인다고 했다. 젖은 젖꼭지를 쓰다듬어 만지듯이, 송아지가 입천장과 위잇몸에 젖꼭지를 놓고 혓바닥을 찰거머리처럼 붙여서 문짓문짓 눌러 빨듯이, 주무르듯 훑어 짜야 하는 것이었다. 소에게 쾌감을 줄지언정 아픔이나 불쾌감을 주어서는 안되는 것이었다. 그런데, 소가 저렇듯 발놀림을 하는 것은 어머니가 무엇인가를 잘못하고 있기 때문인 것이었다. 어쩌면, 발놀림을 하는 소나, 앉은걸음을 치면서 젖을 짜는 어머니가 함께 허둥대고 있는 것만 같았다. 여느 때, '하눌님네, 오뉴월 장마에 생수 터지대끼 그저 풍풍 쏟아지게 해주씨요' 하고 비는 듯한 할머니의 눈길 못지않게 젖을 짜는 어머니의 얼굴은 엄숙했고, 술이라도 한잔 마신 듯 볼이 발갛게 상기되어 있기까지 했었다. 한데, 이날 젖을 짜는 어머니의 얼굴은 으등카리처럼 일그러진 채 딱딱하게 굳어져 있었고, 돌이나 나무를 깎아 만든 얼굴같이 차가워보였다. 어머니의 얼굴을 보면서 그는 찔구를 벗기다가 가시에 찔린 듯 가슴이 쑴벅 아파지는 것을 느꼈다. 어머니에게 죄를 지은 것만 같았다. 도망치듯 외양간을 나오는데, 고모부가 어머니를 향해 「아주머니, 저 갑니다. 너무 염려 마십시오. 제가 선이 닿는 대로 연락해 갖고 큰 탈 안 생기도록 찾아보는 데까지 찾아볼랍니다」 하고 말했다. 어머니가 바께쓰를 들고 일어서면서 「드릴 말씀이 없소에. 어떻게 하든지 잡기만 잡으씨요. 적이기는 내가 죽일란께. 딸 한나 안 낳은 셈쳐뿔라우」 하고 콧등으로 흘러내린 머리칼을 손등으로 걸어 넘기며, 바쁘니까 배웅을 못한다고 말했다. 할머니는 고모부의 뒤를 따라 철문 쪽으로 걸어가면서 「그년 징역살이하는 것은 걱정 말고 자네 좋 대로 하소. 그런 년은 뜨건 국에 맛을 보여사 쓰네. 사우 앞에 놓고 안되었네마는, 그런 년은 원래 가랭이를 쫙 찢어갖고 두 간짓대 끄트머리다가 달어서 장바닥에 세워놔 둬사 쓰는 볍이시」 하고 말했다.

창복은 고모부를 향해 꾸벅 고개를 숙여주고 윤옥이네가 살다 나간 위채 마당으로 들어갔다. 창구멍이 두어 개 뚫려 있는 마루 방문을 바라보았다. 대학입학 시험에 떨어져서 재수를 한다던 철균을 생각했다. 지난해 가을, 윤옥이네가 나가고 없는 이 방에서 혼자 공부를 하고 살았었다. 최 사장과 운전수가 잘 문질러서 광을 낸 구두코같이 번쩍이는 먹딸기 빛깔의 자가용 안에다가 억지로 끌어다 넣어가지고 데려가기까지 두 달 동안, 그는 철균과 아주 친하게 지냈었다.

2

철균은 농장에서 노는 그를 마루방 안으로 불러들여 가지고 과자를 주기도 하고, 동화를 들려주기도 했었다. 책들을 가방 가득하게 싸가지고 와서 방구석에 세워 늘어놓기는 했지만, 그는 그걸 읽거나 보고 쓰거나 하는 것 같지 않았다. 방 아랫목에 팔베개를 한 채 번듯이 누워 천장을 뚫어져라 바라보고 있곤 했다. 철균이 막 와 있던 며칠 동안, 하루 한 번씩 번들거리는 먹딸깃빛 자가용을 타고 온, 입술을 앵도같이 빨갛게 칠한 여자가 집으로 돌아가자고 졸라대고는 했다. 그래도 철균이는 방바닥에 번듯이 누워서 천장을 쳐다보고 누워 있기만 했다. 눈물을 흘리면서 졸라대던 여자는 돌아가며 창복의 어머니에게 종잇돈 몇 장을 꺼내 잡혀주곤 했다. 어머니는 몇 번이고 받지 않으려고 하다가 못이긴 듯 받아들고는 빈 코를 훌쩍 마시며 「반찬이 없어서 큰일이오. 우유는 짤 때마다 한 그릇씩 데워서 주고 그럴라요마는……」 하고 울음 우는 듯한 웃음을 온 얼굴에 바르곤 했다.

어머니는 끼마다 독상을 차려서 위채의 마루방으로 가져다가 바치곤 했다. 독상에는 김이며, 고깃국이며, 달걀부침 같은 것이 올라 있곤 했다. 밥상을 들고 가면 철균은 뛰어나와서 「아주머니, 저 때문에 일도 못하고……」 하면서 얼굴을 붉히곤 했다.

농장에 온 지 닷새째 되던 토요일 낮에 철균은 어머니가 외양간에서 일하는 것을 유심히 바라보고 있었다. 쇠똥을 짚북데기에 버무려가지고 삽으로 떠서 두엄더미 위에 던지는 것이며, 구유로 쓰는 넓적한 플라스틱 그릇에 사료를 퍼담고 물을 부어 이겨서 소 앞에 들어다 주는 것이며, 따뜻한 물을 길어다가 물수건을 만들어가지고 소의 꼬리를 옆으로 젖힌 다음 번질번질하게 부은 젖주머니를 문질러주듯 씻어내리는 것이며, 소의 배 밑에 쪼그리고 앉아 양은 바께쓰를 두 무릎 사이에 끼듯 안은 채 젖을 짜는 것이며를 바라보았다. 그러더니, 그는 이날 밤 아홉시에 어머니의 말림을 무릅쓰고, 「밥값도 하고 우유값도 해야죠. ……저도 이렇게 소나 몇 마리 키우고 살았으면 좋겠어요」 하며 삽을 들고 쇠똥을 짚북데기에 버무려 쳐대고, 젖 짜는 일을 도와주었다. 일요일 아침과 낮에도 그는 외양간에 들어가서 어머니의 일을 도와주었다.
 큰일이 벌어질 밑뿌리는 바로 이날 한낮에 생긴 것이었다. 고모부네 아기를 보아주러 가 있는 누님이 하필 이때 왔다. 외양간에 들어선 누님의 얼굴이 이때처럼 희고 곱게 보인 적이 없었다. 아마 고모가 새로 사준 것인 듯한 배춧잎 빛깔의 얄따란 천으로 된 블라우스와 밤빛의 짧은 치마를 입은 누님의 다리는 훤칠하게 길었다. 누님은 스물한두 살쯤 먹어보이고 어른스러워보였다.
 누님은 외양간 안으로 구두 뒷굽소리를 죽이면서 다가왔는데, 물수건으로 소의 번질번질하게 부은 젖자루를 문질러 씻던 철균이 흘끗 누님을 보더니, 그냥 긴 허리를 펴면서 멍청히 서버렸다. 그의 길죽하고 번번한 얼굴이 후끈 달고 있는 것 같았다. 누님이 그의 눈길을 피해서 젖 짜는 어머니 옆으로 가자, 철균은 다시 젖자루 문질러 씻는 일을 계속했는데, 이때 그의 일하는 손은 더욱 서툴러 보였다.
 어머니는 고개를 돌리지도 않고, 젖줄기로 바께쓰 속에다가 씨웅씨웅 하는 매미소리를 내면서「그 사이에 고모가 어디 갈 일 생기면 어짤라고 왔냐?」하고 말했다.
「고모가 저녁나절에 나가 놀다가 오락 했어. 극장에 가고 싶으면 가라고 돈 줬는디 안 가뿠렀어.」
 누님은 쪼그려앉으면서 짧은 치맛자락을 잡아다가 가랑이 사이에 찌르고 소의 젖자루와 넓적다리 사이로 어머니의 얼굴을 들여다보았다. 쪼그려앉은 누님의 흰떡같이 토실한 허벅다리가 하얗게 드러났다.
「애기 잘 크지야?」
「잠을 그으렇게도 잘 자아.」
 '그으렇게도'라고 말하는 누님의 목소리는 묘하게도 콧소리가 섞인 채, 미끄럽게 구르는 방울처럼 흘러서 네 마리의 소 등을 타고 가볍게 외양간 밖으로 건너뛰어 나가는 것 같았다.

이튿날 학교에 갔다가 와서 점심을 먹고 나오니까 철균이가 자기 방으로 창복을 불러들였다. 들어가니까 고모부네 집을 아느냐고 물었다. 안다고 했더니, 자기하고 함께 시내에 놀러 가자고 했다. 어머니한테 말을 하니, 눌눌한 떡니를 내놓고 웃으며 고개를 끄덕거려주었다.
 3번 버스를 타고 가서 서방에서 내렸다. 고모네 집은 동양슈퍼마켓 옆에 있었다. 슈퍼마켓을 지나가는데, 철균이 그를 안으로 데리고 들어갔다. 장난감점으로 가더니, 무엇을 가지고 싶냐고 물었다. 울긋불긋한 것들이 눈앞을 어지럽게 했다. 주인여자가 손끝으로 가리키면서 이름을 말해갔을 때에야 비로소 권총, 자동차, 로봇 같은 것들이 눈에 들어왔다. 권총을 한번 쏘아봤으면 좋겠고, 로봇도 조종해 보았으면 좋겠다 싶었지만 고개를 저어버렸다. 철균이 플라스틱으로 된 공기권총 한 자루를 집어들고 한가운데를 꺾었다가 펴더니 방아쇠를 당겼다. 총구에 찌른 마개가 터져나가면서 팡 소리를 냈다. 앞뒤꼭지 삼천리가 가지고 와서 선생님이 교무실에 가고 없을 때 쏘아대던 것이 생각났다. 앞뒤꼭지 삼천리는 뒷줄에 앉은 아이들에게는 한 번씩 쏘아보라고 했지만 창복에게는 만져보지도 못하게 하던 것이었다. 철균이 권총을 그의 손에 잡혀주고 돈을 치렀다. 가슴이 화끈했다. 까만 바탕에 총열 양쪽으로 하얀 선이 그어지고 자루에 금물이 칠해진 권총이 눈앞에서 보얗게 부풀어나고 있었다. 눈시울이 맵고 뜨거워졌다.
 빵집으로 가서 빵을 사주었다. 접시에 가득 쌓인 것을 다 먹고 나자, 하얀 리본처럼 접은 종이쪽지를 잡혀주면서, 남이 보지 않도록 누님한테 살짝 가져다주고 오라고 했다. 창복은 고개를 숙이고 하늘색 비닐 덮개가 되어 있는 탁자 위에 흘린 설탕가루가 반짝 되쏘는 가느다란 무지개 빛살을 눈으로 빨아들이고 있었다. 누님이 구두 뒷굽소리를 죽이며 외양간으로 들어왔을 때, 철균이 달아오른 얼굴을 들고 멍히 서버린 것이 생각났다. 쪽지를 손아귀에 넣고 일어섰다. 빵집을 나서면서 누님의 동글납작한 얼굴과 철균의 길쭉하고 번번한 얼굴을 나란히 세워 그렸다. 골목길을 달려가면서 그는 쪽지에 씌어진 내용이 궁금했다. 보는 사람이 없으면 펴보리라 하는데, 한 굽이를 돌 때마다 앞쪽에서 걸어오는 사람들 한둘씩이 있었다. 고모네 잉크빛 철대문 앞에 섰다. 단추를 누르자 대문 안쪽에 붙은 인터폰에서 누님의 목소리가 흘러나왔다.

「나 창복이여」 하고 말하자, 누님이 벼락치듯 현관문을 열고 뛰어나왔다. 대문을 열면서, 어떻게 왔느냐고, 혼자서 왔느냐고, 혼자서 오는 걸 보니 이젠 다 컸다고, 창복에게 말할 사이를 주지 않고 종달새처럼 재빠르게 말을 하여대며, 그의 두 손을 모아잡으면서 쪼그려앉았다. 그의 눈을 빤히 들여다보았다. 그는 누님의 융단으로 된 장갑을 끼기라도 한 듯 보송보송한 손 속에서 작은 손을 빼가지고 종이쪽지를 내밀었다.

「뭣이라냐?」

누님의 길다란 속눈썹이 흰 리본같이 접힌 종이쪽지를 향해 오르내렸다. 그걸 펴는 누님의 손이 떨리고, 동글납작한 흰 얼굴에 붉은 물이 들여지고 있었다. 부엌 쪽 모퉁이에서 밥해주는 할머니가 걸어나오면서 「창복이 왔구나」 하고 말했다. 누님이 종이쪽지를 황급히 구겨 쥐면서 일어섰다. 그는 볼이 축 처진 할머니의 반백의 머리를 향해 꾸벅 고개를 숙여주고 철대문을 빠져나왔다.

이날 저녁, 밥상을 물릴 무렵에 누님이 집엘 왔다. 창복에게 청포알사탕 한 봉지를 잡혀주고 부엌에서 설거지를 해주었다. 고모가 자꾸 틈만 있으면 집에 가싼다고 안 좋아하면 어쩌려고 왜 자꾸 오느냐는 어머니의 말에, 누님은 「목욕시켜서 잠재워놓고 왔어」 하고 말했다. 그 목소리는 잘 닦아서 빤들빤들한 방울소리처럼 부엌에서 굴러 나오고 있는 것 같았다. 과자 봉지를 들고 위채의 마루방으로 갔다. 철균에게 과자를 주고 싶어서였다. 밥상을 마루에 내놓은 철균은 방안을 이리저리 서성거렸다. 창복이 건네준 과자 하나를 입에 넣고, 이날 낮에 광주공원 팔각정과 동물원으로 그를 끌고 다니면서도 도무지 관심이 없는 척 내비치지 않던 종이쪽지 전해준 이야기를 물었다. 그걸 전해줄 때 보는 사람이 아무도 없었다는 말을 듣고 철균은 크게 한숨을 쉬면서 담배를 한 개비 꺼내 물었다. 성냥을 그어 댕겼다. 알싸 매운 담배연기가 콧속을 채웠다.

누님은 여덟시 반경부터, 철균이 어머니를 도와서 쇠똥을 쳐내기도 하고, 따뜻한 물수건으로 소의 젖주머니를 주무르듯 씻어내리기도 하는 것을 지켜보다가, 아홉시 반에 뜨는 막버스를 타기 위해 정류소로 갔다. 누님은 혼자 가기가 무섭다면서 창복을 정류소까지 데리고 갔다. 버스가 출발하려고 하자, 누님은 얼른 창복의 손에다가 종이쪽지 하나와 백 원짜리 동전 두 개를 잡혀주고 도망치듯 버스 속으로 들어가 버렸다. 누님을 태운 버스가 꽁무니에 빨간 불을 켜단 채 어둠 속으로 멀어지는 것을 멍히 바라보다가 농장을 향해 달렸다. 철균의 방으로 들어갔다. 쪽지를 책 위에 놓아두고 나왔다. 손을 씻고 들어오는 철균과 마주쳤다. 놀다가 가라는 것을 그냥 아래채로 갔다.

이튿날 창복이 학교엘 갔다 오니, 철균은 집에 없었다. 오후 늦게 들어오면서 밤빛 줄무늬가 있는 포장지에 싼 네모진 것을 창복에게 주었다. 풀어보니 〈곶감과 호랑이〉하고 〈사랑의 선물〉이라는 책이었다. 반장인 성길이 가방에서 꺼내가지고 자랑하던 딱따구리책들이 생각났다. 가슴이 뿌듯하고 어깨가 으쓱해졌다. 할머니와 어머니에게 자랑을 하고 방에 들어앉아 있었다. 이야기들에 취해 있는데, 할머니가 엉덩이를 토닥거려주고 머리를 쓰다듬으면서 「우리 창복이 공부 부지란히 한 것 보소이」 하고 오달져했다.

이 무렵, 번들거리는 먹딸깃빛 자가용을 타고 와서는 철균의 방에 들어가서 눈물을 짜곤 하던 여자는 사나흘 만에 와서 철균에게 「공부 열심히 해라잉, 이참에 실패하면 참말로 안된다잉」 하고 타이른 뒤 어머니에게 까슬까슬한 돈을 몇 장 꺼내주고 가곤 한다고 했다. 창복이 학교 가고 없는 아침나절에 왔다 가기 때문에 만나볼 수가 없었는데, 할머니는 아마도 그 여자가 철균의 진짜 어머니가 아닌 듯하다고 했다. 이 말을 들은 뒤부터 창복은 철균의 방에서 잠을 자기도 하고 함께 밥을 먹기도 했다. 함께 자다가 오줌이 마려워 눈을 떠보면 불이 훤히 켜져 있곤 했고, 철균은 엎드린 채 뭣인가를 열심히 쓰곤 했다. 저걸 모두 누님한테 주기 위해서 그러는지도 모른다 싶었다. 흘끗 보니 흰 종이가 아니고 원고지였다.

어느 토요일 오후에 누님이 농장엘 왔다. 은행나무 묘판에 가서 할머니와 함께 김을 매기도 하고, 어머니가 젖을 짤 때면 물을 데우기도 하고, 사료를 줄 때는 물을 부어 버무리기도 했다. 철균은 여느 때처럼 쇠똥을 치우기도 하고, 물수건으로 젖자루를 주무르듯 씻어내리기도 하고, 어머니처럼 젖을 짜기도 했다.

「남의 귀한 아들을 머슴같이 부려묵어서 큰일이네에.」

할머니가 이러면, 철균은 「저도 젖소나 키우면서 살아야겠어요」 하곤 했다. 한데, 이상한 것은 서로 종이쪽지를 한 번씩 주고받곤 한 누님과 철균이 외양간 안에서 두 시간 가까이 일을 하면서도 서로를 거들떠보지도 않고, 말을 주고받지도 않는 것이었다.

이날 밤, 아홉시가 조금 지나서 누님은 고모네 집으로 가겠다면서 집을 나섰다. 창복이 버스 타는 곳까지 따라가주겠다고 나서는 것을 누님은 한사코 철문 안으로 밀어넣고 달려가 버렸다. 종이쪽지도 잡혀주지 않았다. 서운했다. 누님이 여느 때와 달리 쌀쌀하게 느껴졌다. 아래채의 어머니 방으로 들어가려다가 위채의 마루방으로 들어갔다. 아랫몸을 담요 속에 묻고 누운 채 〈사랑의 선물〉을 펴들었다. 깜박 잠이 들었는가 했는데, 밖에서 무슨 소린가가 들리고, 옆에 누워 있던 철균이 문을 열고 나가고 있었다. 방안에는 까만 먹물을 풀어놓은 듯한 어둠이 가득했고, 철균이 열고 나간 문만 희읍스름히 밝았다. 옆에 아무도 없다는 생각이 들자 으쓱 소름이 쳐졌다. 담요를 뒤집어쓰면서 밖으로 귀를 기울였다. 남자와 여자의 속닥거리는 소리가 귀신이나 도깨비의 소리만 같았다. 눈을 힘주어 감았다. 가슴이 뛰고 관자놀이에서 욱욱 하는 소리가 들리는 가운데, 그 속닥거리는 소리가 은행나무 묘판 저쪽으로 멀어져 갔다. 아래채의 어머니 방으로 갈까 말까 망설이다가, 아득하게 펼쳐진 풀밭에 하얀 페인트를 칠해놓은 듯 뚫린 길을 보았다. 그 길 위로 두 사람이 나란히 걸어가고 있었다. 하나는 밤빛의 짧은 치마에 배춧잎 빛깔의 블라우스를 입은 여자였고, 다른 하나는 달걀빛 잠바에 곤색 바지를 입은 남자였다.

볼과 코끝에 찬바람이 스치는 것을 느끼고 눈을 떴을 때, 방엔 환히 불이 켜져 있었고, 책보로 머리와 볼을 싸맨 누님이 몹시 추운 듯 후두두 몸을 떨면서 아랫목 구석에 앉고 철균이 그 옆에 앉아 있었다. 갑자기 슬픈 생각이 들었다. 누님과 철균한테서 계속 찬바람만 건너오는 것 같았다. 잠꼬대를 하는 척하고 모로 돌아누우면서 입 안에 괸 침을 삼켰다. 철균이 황급히 일어나서 전깃불의 스위치를 딸깍 젖혀버렸다. 칠흑 같은 어둠이 눈앞을 가렸다. 몸을 일으키기가 무섭게 도망치듯 밖으로 나왔다. 늦가을의 차가운 바람이 온몸을 싸고 돌았다. 검은 감나무숲 위로, 봄날 농장 언덕에 핀 무꽃과 배추꽃 들 같은 별들이 찬바람에 우수수 쏟아질 듯이 흔들리고 있었다.

철균이 번들거리는 먹딸기 빛깔의 자가용을 타고 온 최 사장과 운전수에게 이끌려서 실리어간 것은 이튿날 저녁 무렵이었다.

「예비고사 볼 날은 코앞에 닥쳤는디 공부를 그렇게 안하닌께 환장하겄는 것 아니오? 그런께 공부는 돈이 많다고 해서 다 시키는 것이 아녀라우. 하는 놈이 할라고 해사 시키제.」

최 사장을 도와 철균의 책 나부랭이와 담요 따위를 챙겨 실어준 뒤, 먹딸깃빛 자가용이 족두리봉 머리에 걸린 햇살을 되쏘면서 시내 쪽으로 멀어져 가는 것을 보던 아버지가 할머니와 어머니에게 말했다. 그리고 철균을 서울에 있는 무슨 학원에 집어넣어 억지공부를 시킬 모양이더라는 말도 했다.
 그 뒤로 철균한테서는 아무런 소식이 없었다. 고모네 집에 있는 누님한테로 편지를 보냈는지는 몰라도, 누님은 철균이 붙들려간 뒤부터는 농장에 얼씬을 하지 않았었다.
 한데, 누님은 지금 어디를 갔을까. 철균을 찾아간 것일까. 철균은 돈이 많은 사람의 아들인데, 그를 찾아가기 위해 고모네 사진기를 도둑질해 갔단 말인가. 창복은 고개를 저었다. 누님의 희고 동글납작한 얼굴이 생각났다. 도둑질을 한 사람은 얼굴에 「나는 도둑질했소」하는 뜻의 검은 그늘 같은 게 나타난다는데, 누님의 하얀 얼굴 어디에도 그런 것이 나타날 수 있을 것 같지 않았다. 리본같이 접은 종이쪽지를 향해 오르내리던 까맣고 길다란 속눈썹이 떠올랐다. 고모부가 경찰에 신고를 하면 어떻게 될까. 금방 붙잡힐 것이었다. 징역살이를 하게 될 것이었다. 누님이 바보스럽게 생각되었다. 혀를 깨물었다. 눈알이 담배연기라도 스미든 듯 맵고 뜨거워졌다. 잔디밭 길을 달렸다. 동백나무 묘판을 지나서 은행나무 묘판 둑길을 뛰었다. 감나무숲 속을 뚫고, 향나무밭 두둑을 뛰어 건넜다. 철조망 근처에 묵혀둔 밭이 있었다. 거기 거꾸러지듯 모로 넘어지면서 주저앉았다. 철조망 너머로 빽빽한 소나무숲이 산꼭대기까지 퍼져 올라가 있었다. 수없이 켕겨서 늘어놓은 낚싯줄을 주르륵 훑어대는 듯한 표르르릉 소리가 나고, 소나무숲에서 꾀꼬리 한 마리가 향나무 묘판으로 날아와 앉으려다가 연초록빛 나는 감나무숲 속으로 날아갔다.
「아가, 밥 묵어라아.」
 할머니의 목소리가 아련히 흘러와서 감나무숲을 스쳐 소나무숲으로 빨려들고 있었지만, 그는 번듯이 드러누운 채 비닐 자락처럼 우중충한 하늘이 하얀 깃털구름을 비행운처럼 털어내고 있는 산꼭대기를 멍히 바라보고만 있었다.

3

다리를 절름거리는 흰점박이 소는 저녁 무렵에 꼬리를 치켜들고, 눈에 뻔들뻔들한 잉크빛에 흰빛이 섞인 불을 켠 채 외양간 안을 이리저리 휘돌았다. 활등처럼 구부러진 꼬리 밑에는 잘라놓은 감나뭇가지 토막 같은 발목 한 개가 튀어나와 있었다. 이때껏 엎드려 누운 채 배에 바람을 넣어 힘을 쓰곤 하더니, 발목이 튀어나오자 벌떡 일어서서 허둥대기 시작한 것이었다.

할머니는 노랗게 꾀를 벗긴 짚 한 줌을 외양간 바닥에 깔고 그 위에 밥상을 놓았다. 물 한 대접을 떠다가 얹어놓고 무릎을 꿇었다. 눈 하나 깜박이지 않고 물그릇 속을 들여다보면서 두 손을 마주 비볐다.

「용천하시는 하눌님네, 미련하고 법수 모르는 무식하고 더러운 인간들이 삼시랑님네나 하눌님네나 지신님네 속을 상하게 했다고 하드라도, 그저 저 짐생이 고통스러와하는 것을 바람 불다 자대끼, 비 오다가 그치대끼 잠잠하게 해주시고, 콩 볶아 묵고 물 마세서 설사를 하대끼, 홍수에 언덕 무너지대끼 와크르르 쉽게 쉽게 낳게 해주시씨요. 용천하신 하눌님네.」

외양간 바닥에 마른 짚북데기를 깔아주면서 치켜든 꼬리 밑을 바라보던 어머니의 입에서 「어따 어메, 어째사 쓰꼬」 하는 말이 흘러나왔을 때, 농장 철문 쪽에서 오토바이 소리가 와르릉 하고 울렸다.

「어째서 앞발보틈 안 나오고 뒷발보틈 나온단가. 그나마도 엎어져 갖고 두 발이 한꺼번에 나오기나 할 일이제에.」

어머니가 발을 구르는데, 아버지가 까만 왕진 가방을 들고 외양간 문을 들어섰다. 잿빛 잠바를 입은 수의사가 뒤따라 들어왔다.

「의사 선생님, 어짜께라우, 어째서 저란다우?」

안절부절못하는 어머니를 아랑곳하지 않고 할머니는 두 손을 비비면서 「용천하신 하눌님네」를 불러대고 있었다. 수의사는 왕진 가방을 열고 하얀 가운을 걸쳐 입었다. 흰점박이 소는 오른다리를 절름거리면서 꼬리를 치켜든 채 엉덩이를 이리저리 휘돌려댔다. 소독물에 손을 씻고, 그 손에 기름을 묻힌 수의사가 아버지와 어머니에게 소의 엉덩이를 양쪽에서 버티고 있어달라고 했다. 아버지가 꼬리를 잡아 젖혀주었다. 그 사이에 소가 배에다 불룩하게 바람을 담으면서 힘을 썼다. 발끝이 하늘로 들려진 송아지의 뒷다리가 정강이까지 빠져나왔다. 수의사는 소의 배에 바람이 꺼지기를 기다렸다가 송아지의 발목을 잡고 살며시 힘을 주었다. 빠져나왔던 정강이가 꼬리 밑의 구멍으로 들어갔다. 발목 부분까지 밀어넣더니 그 사이로 손끝을 쑤셔넣었다. 소가 허리를 줄타기하는 사람의 줄처럼 낭창하게 휘면서 엉덩이를 움츠리고 뒷발을 이쪽저쪽으로 옮겨 디뎠다. 아버지와 어머니가 이리 밀리고 저리 밀리곤 했다. 수의사의 손목이 똥구멍 아랫구멍 속으로 묻혀 들어갔다. 그는 무엇인가를 잡아서 비틀어 돌리는 듯한 몸짓을 했다. 그의 주먹같이 뭉툭한 콧등과 이마에 땀이 송송 맺혔다. 얼굴을 찡그린 채 몇 번이고 잡아서 비틀어 돌리는 몸짓을 했다. 소가 음무 하고 외마디소리를 질렀다. 얼마 후, 수의사가 소의 꼬리 밑의 똥구멍 아랫구멍에서 손을 뽑아냈다. 그 손에 송아지의 발목 둘이 잡혀 있었다. 그는 후우 하고 한숨을 쉬면서 소의 배가 불룩해지기를 기다렸다. 소가 좀처럼 힘을 쓰지 않았다.

「소야, 소야, 심 조깐 써라아.」

어머니는 떨면서 울음 섞인 소리로 애원하듯 말했다. 입을 꼭 다물고 있던 수의사가 왕진 가방에서 주사기 하나를 꺼냈다. 약을 담아가지고 소의 엉덩이에 찔렀다. 소의 허리가 다시 한번 휘어지고 엉덩이가 움츠러들었다. 주삿바늘을 뽑고 나서 수의사는 「놨두시오. 됐소. ……그런디 아무래도 송아지는 틀린 것 같소」 하고 말했다. 어머니가 소 옆에서 물러나오며 「에미만 구하제 어째라우」 하고 말했다. 할머니는 아직도 상 앞에 꿇어앉은 두 손을 비비고만 있었다. 수의사는 송아지의 두 다리를 잡으면서 소가 힘 쓰기를 기다렸다. 절름거리는 뒷다리를 내려다보면서 고개를 갸우뚱했다.
「진즉 말을 했어야 하는데 너무 늦었어요. 다리를 이렇게 많이 절름거리도록 내버려뒀으니…….」
그의 말에 아버지가 받은 침을 삼키면서「어디서 되게 찍혀갖고 속으로 큰 멍이 들거나 어쨌거나 했는 것 같애라우. 막 사들여 왔을 때는 안 그렇드니 만삭이 되어갈수록 더 많이 쩔뚝거리드란 말이오」하고 말했다. 소가 배에 바람을 담으면서 안간힘을 썼다. 수의사가 지그시 힘을 주어 송아지 뒷다리를 끌어당기면서「찍혀서 멍이 든 것이 아닙니다. 잘못 먹여서 그런 거예요. 영양 부족 때문에 뒷다리가 마비된 겁니다」하고 낮게 말했다. 아버지는 멍히 수의사의 옆얼굴을 바라보기만 했다. 아버지는 소가 절름거리는 것을 수의사에게 보이질 않고, 책을 보고 연구한 혼자의 생각만으로 약방에서 약을 사다가 먹이거나 주사를 놓거나 하곤 했었다. 줄곧 주사를 놓아도 소의 뒷다리 절름거림이 좋아지지 않자,「의사보고 한번 와서 봐주라고 합시다」하고 어머니가 말했었는데, 아버지는「수의사가 오면은 벨 것 있을 중 안가? 주사 한두 대 놓고 만 원씩 받아가는디, 그 주사란 것이 평상 내가 사다가 놓는 요것이라고. ……사료 한 가마니 사멕일 돈도 없어서 환장하겄는 판에 뭔 놈의 수의사까지 불러오겄는가. 생각해 보소. 하루에 기껏 해보아야 젖 오륙십 킬로 짜는디, 백오십 원씩 잡고 팔천 얼마 아니라고. 그러면 사료를 두 포 정도 묵은께 사천사백 원을 빼면 기껏 한 사천 원 정도 남네. 하루 사천 원이면 한 달에 십이만 원이시. 이잣돈 칠만 원 줘뿔고 나면 오만 원 남네. 여그에다가 수의사 한 번만 불러와 뿔면 빈 손바닥 탁 치고 마네. 그러면은 뭣을 갖고 묵고 살 것인가」하고 말했었다.
소가 배에 바람을 불룩하게 넣어 담고 힘을 썼다. 송아지의 엉덩이가 빠져나오더니 허리 부분이 잘록하게 물린 채 잠시 멈칫했다.

물 떠놓은 상 앞에 꿇어앉은 할머니는 더 빠른 입놀림을 하면서 두 손을 비벼댔고, 어머니는 「한 번만 더 심줘라. 한 번만 더」 하고, 마치 자기가 송아지를 낳기라도 하는 것처럼 끙 하고 힘을 썼다.

 이윽고 소가 다시 불끈 힘을 쓰고, 수의사가 발목을 뽑아내는 바람에 송아지의 배와 가슴이 스름스름 빠져나왔다. 머리가 나오는가 싶더니, 큰 개만한 송아지의 축 늘어진 몸뚱이가 짚북데기 위에 철퍼덕 떨어졌다. 수의사가 재빠르게 송아지의 코와 입을 솜으로 닦아냈다. 송아지를 모로 눕히고 두 손으로 갈빗대를 힘껏 눌렀다가 놓고 힘껏 눌렀다가 놓곤 했다. 어미소가 절름거리며 돌아서서 불이 켜진 듯한 푸른 눈으로 송아지를 더듬어 찾았다. 짚북데기에 코를 가져다 대고 냄새를 맡았다. 수의사의 엉덩이 밑으로 뻗어 있는 송아지의 뒷다리를 핥으려고 들었지만, 고삐에 묶여 있었으므로 소의 입이 송아지의 몸에 닿지를 않았다. 음무우 하고 울었다. 송아지의 갈빗대를 눌렀다가 놓곤 하던 수의사는, 앞발을 번쩍 들어서 송아지를 번듯이 눕혔다. 앞발을 아버지에게 잡고 있으라고 하더니, 앙가슴을 힘껏 눌렀다가 놓고, 다시 눌렀다가 놓고는 했다. 그래도 송아지는 앞다리 하나 꼼지락거리지 않았다. 수의사가 몸을 일으키더니 고개를 저으며 「틀렸구만요」 하고 말했다. 아버지가 수의사가 하던 것처럼 송아지의 앙가슴과 옆구리 갈빗대를 눌렀다가 놓기를 계속했다. 수의사는 주사기에 뜨물 같은 약물을 담으면서, 아버지를 향해 헛수고하지 말라고 말했다. 아버지는 콧등과 이마에 땀방울을 주렁주렁 단 채 모로 눕힌 송아지의 옆가슴을 눌렀다가 놓기를 계속하고 있었다.

「쉬양치야, 쉬양치야, 조깐 살어나 봐라아.」

 어머니는 굳게 감은 송아지의 눈을 까보면서 울먹거렸다. 억지로 까진 송아지의 눈은 허옇게 뒤집힌 흰자위뿐이었다. 창복은 진저리를 쳤다. 수의사가 소의 엉덩이에 주삿바늘을 꽂고 주사액을 밀어 넣었다. 소가 뒷다리를 절름거리면서 이리저리 엉덩이를 저었다.

다시 약물을 뽑더니 이번에는 주삿바늘을 빼버리고 주사 대롱만을 들고 소의 엉덩이 옆으로 갔다. 아버지와 어머니에게 소의 엉덩이를 움직이지 못하게 해달라고 했다. 아버지가 이마의 땀방울을 팔뚝으로 훔치면서 소의 꼬리를 잡았다. 꼬리 밑의 똥구멍의 아랫구멍에서는 검붉은 피와 물코같이 말갛고 능글능글한 것이 흘러나와서 허벅다리와 젖자루를 적시고 있었다. 수의사는 바로 그 똥구멍의 아랫구멍을 벌리고 주사 대롱을 깊이 쑤셔넣었다. 그 속에 주사액을 쏘아넣었다.

 수의사의 주사 대롱이 젖히고 들어가던 순간에 보인 소의 똥구멍 아랫구멍의 침침하고 습한 빛깔이 창복의 눈앞을 가렸다. 그것은 나팔꽃잎같이 보랏빛이 나는 듯하면서, 서리맞은 맨드라미꽃처럼 붉으면서 거무튀튀한 속살이었다. 죽어 늘어진 송아지의 얼룩덜룩한 바둑 무늬의 몸뚱이를 내려다보았다. 소의 똥구멍 아랫구멍은 어쩌면 속으로 깊이 들어갈수록 휑하게 넓을 것 같고, 시꺼먼 어둠이 그을음처럼 가득 차 있을 것 같았다. 그것은 주검을 낳는 큰 굴뚝이나 불 꺼져 있는 아궁이 같은 것처럼 생각되었다.

 「송아지만 살았다고 하면 이만 원을 받겠습니다만…….」
 천 원짜리 열 장을 받아든 수의사가 돌아간 뒤 아버지는 버스 정류소 옆의 가게로 전화를 걸러 갔다. 죽은 송아지를 도축장으로 팔아 넘기려는 것이었다. 아버지는 아무렇게나 발을 옮겨 디디고 있었다. 허둥대고 있었다. 그런 아버지의 뒷모습을 보던 할머니가 송아지 앞에 주저앉았다.
 「어따어따, 복자리가 없는 저 사람, 남들이 키운 소들은 새끼를 뱄다고만 하면 풍풍 잘만 낳드니, 어째서 저 사람이 키우는 소는 이르크롬 터덕거리기만 하는고잉.」
 송아지의 늘어진 고개를 이리저리 젖혀보면서 흥타령이라도 부르듯이 흥얼거렸다.

4

 엎친 데 덮친다고 송아지를 낳은 어미소가 시름시름 앓기 시작했다. 사료를 주어도 잘 먹지 않고, 풀을 베어다가 주어도 먹지를 않았다. 아무데나 엎드려 누워 있곤 했다.
「조나 좋은 전답 다 없애고, 도시로 나오자고 해쌓드니 이것이 뭔 짓거리란가, 뭔 짓거리여.」
 할머니는 땅이 꺼져라 한숨을 쉬곤 했다.
「쉬양치 판 것까장 다 씹어 묵을랑갑구마잉.」
 아버지는 날마다 한차례씩 약을 사거나 수의사를 만나보거나 하기 위해 시내를 나가곤 했다. 들어와서는 소의 엉덩이에다가 주사를 한두 대씩 놓고, 빈 맥주병에다가 물을 붓고 약을 타서는 억지로 목구멍에 쑤셔넣어 먹이곤 했다. 그래도 어미소는 좋아지지가 않았다. 눈에 띨 만큼 갈빗대가 훤히 드러나고 똥딴뼈가 튀어나왔다. 촉기 없는 눈에는 불그죽죽한 기운이 있었으며, 눈 가장자리에는 눌눌한 눈곱이 끼어 있었다. 묽은 침을 흘리기도 했다. 털에도 윤기가 없었다.
「의사 조깐 불러옵시다. 저것까장 놓치겄소.」
 어머니가 성화를 대어도 아버지는 며칠만 더 치료를 하면 좋아질 것이라면서 수의사를 불러오지 않았다. 아버지는 고집스러웠다.
 아버지의 그러한 점이 다시 한번 낭패를 당한 것은 5월 중간고사를 치르고 돌아온 한낮때쯤이었다.
 하늘에는 먹장구름이 끼어 있었고, 검푸른 소나무숲 우거진 산모퉁이에서는 농장의 감나무숲과 은행나무 묘판으로 검은 그늘 같은 바람이 우수수 밀려오곤 했다. 창복은 어깨를 늘어뜨린 채 고개를 떨어뜨리고 농장 철문을 들어섰다. 시험 치른 다음의 쉬는 시간에, 앞뒤꼭지 삼천리와 급장이 주고받는 말들을 들으니, 이번엔 아무래도 동상을 받지 못할 것만 같았다. 줄잡아도 일곱 문제는 틀렸을 듯만 싶었다. 다음달에는 더 부지런히 해가지고 기어이 은상이나 금상을 받아서 어머니, 아버지, 할머니를 기쁘게 해주리라 하지만, 당장은 식구들한테 죄를 지은 것만 같아 걸음이 뒤로 걸렸다.

발소리를 죽이며 위채의 처마 밑을 걸어가는데, 외양간 문이 활짝 열려 있고, 식구들이 모두 그 안에 들어가 있었다. 문 옆에 앉은 아픈 흰점박이 소의 숨결이 여느 때와 달리 가쁘고 높아 있었다. 수의사가 주사기를 가방 속에 챙겨 넣으면서 쓴 입맛을 다셨다.

「자궁에 생긴 염증이 진즉 터져버렸어요. ……지금 나타난 증상은 패혈증인데, 아무래도 숨 붙어 있을 때 고깃소로나 팔아버려야 되겠소. 한 이틀 전에만 왔더라도 어느 정도 가망이 있었을 듯한데…….」

외양간 안쪽의 젖소 세 마리는 구유에 담긴 사료를 먹고 있었지만, 병든 흰점박이 소는 끙끙 앓고만 있었다.

흰점박이 소가 도축장의 용달차에 실려간 것은 해가 족두리봉 위의 먹장구름 덩이 사이를 먹피같이 물들이고 있을 무렵이었다. 숨이 붙어 있을 때 넘기면 이십만 원 손해지만, 숨이 끊어졌을 때 넘기면 소의 반값밖엔 받지 못하기 때문에 미리 넘기는 것이었다.

아버지는 거무튀튀한 얼굴을 우거지같이 일그러뜨린 채 용달차의 운전수 옆에 탔다. 병든 소는 용달차가 움직일 때마다 비틀거렸다. 용달차가 시내 쪽으로 멀어져 가는 것을 보고 서 있던 어머니가 농장 철문 앞에 털썩 주저앉았다. 두 손바닥으로 땅을 치면서 「아이고, 아이고, 뭔 놈의 복자가리가 이런고이잉」 하고 울음을 터뜨렸다. 할머니가 코를 풀어 던지면서 어머니의 어깨를 잡아 일으켰다. 이때, 작달막한 키에 쇠털빛 잠바를 입은 남자가 철문 안으로 들어왔다. 일수이자를 받으러 다니는 남자였다.

「소를 어디로 팔러 간다요?」

외양간문 앞에 선 채 남자가 방안으로 들어가는 어머니의 뒤통수를 향해 물었다.

「사료는 비싸고, 먹이기 어려운께 그냥 폴아뿐다우.」

외양간문을 닫으면서 할머니가 대답했다. 거기에는 묘한 곡조가 들어 있었는데, 그것은 여느 때 할머니가 슬퍼지거나 기가 막힐 때면 말속에 넣곤 하는 흥타령 같은 것이었다.

「만 원이 부족한디 어쩌께라우. 내가 꼭 뭉꺼놨는디 금방 수의사한테 만 원을 줘뿔고 난께 이러요. 아조 내일 오시씨요. 내일은 돈이 들어올 데가 있소마는……..」

어머니가 방안에서 돈을 헤아리다가 외양간문 앞의 남자에게 말했다. 남자가 세모난 얼굴을 찡그리면서 「아따, 또 빵구요잉. 이러면은 나 참말로 우리 사장님한테 할말이 없어라우. 이 옆에 어디가서 조깐 구해다가 채우씨요. ……어짠지 아요? 내가 날마다 받은 돈 가운데서 만 원씩 이만 원씩을 뜯어 모아갖고 어디다가 줘서 이자를 질어묵고 있는 것으로 생각한다고라우」하고는 농장 쪽으로 팩 돌아서면서 담배 한 개비를 꺼내 물었다. 어머니가 몇 번이고 편의를 좀 보아달라고 해보더니 철문을 빠져나갔다. 창복은 잠바 입은 남자의 텁수룩한 머리칼과 그 위로 피워 올리는 담배연기와 그 연기가 스며가고 있는 우중충한 대기를 멍히 바라보고 있었다.

한참 만에 어머니가 돈을 구해왔다. 작달막한 키의 그 남자가 천 원짜리 돈 한 뭉텅이를 받아 잠바의 안호주머니에 넣고 철대문을 나가고 있을 때 창복은 가슴이 갑자기 꽉 막혀오는 것 같았다. 어머니가 한 달 내내 젖을 짜 보내서 얻어진 돈의 절반 이상을 그 남자가 가져가고 있는 것이었다.

「우리 소는 한 마리밖에 아니오. 세 마리가 모두 빚내서 산 것이 어라우..」

언젠가 시골에서 올라온 고모할머니한테 할머니가 말해주던 게 생각났다.

위채 앞에서 동백나무 묘판 쪽으로 뚫린 길을 내달렸다. 은행나무 묘판을 질러서 감나무숲과 목련나무숲을 뚫고 뛰었다. 향나무밭을 건너서 철조망 가장자리의 묵혀둔 밭으로 들어섰다. 벌렁 드러누웠다. 잿빛 냇기 섞인 검푸른 소나무숲 뻗어 올라간 산꼭대기가 먹장구름 덩이들을 토해내고 있었다. 소나무숲 속에서 땅거미가 기어내리고, 그것은 감나무숲과 은행나무숲과 향나무숲을 차례로 거무스레하게 색칠하고 있었다. 문득 누님의 동글납작한 흰 얼굴이 보이는 듯했다. 누님은 어디로 갔을까. 순경들한테 붙잡혀서 징역살이를 하고 있는 것은 아닐까. 가슴속에서 주먹처럼 뭉쳐진 덩어리가 목구멍으로 기어 올라왔다. 엉엉 울어버리고 싶었다. 굴뚝새 한 마리가 철조망 너머의 땅거미 기어나오는 소나무숲 밑을 날았다. 돌멩이를 집어 들어 던졌다. 돌멩이가 잿빛 선을 그리면서 날았다. 어쩌면 그것은 땅거미 한 움큼을 뭉뚱그려 끄집으면서 소나뭇가지 사이로 처박히고 있었다. 굴뚝새가 소나무 밑동 뒤로 숨어버렸다. 그래도 그는 돌멩이 집어던지기를 멈추지 않았다. 하나를 던지고는 「누님 죽어라」 하고, 다시 하나를 던지고는 「철균이 죽어라」 하고 입 속으로 뇌까렸다. 감나무숲에서 푸르릉 나는 새가 있었다. 땅거미 흘러내린 속이라 확실하게 알아볼 수는 없었지만, 그것은 분명히 이곳에 잘 오는, 머리와 허리와 꼬리 부분으로 놀면한 풀색이 칠해진 새일 것이었다. 몸을 돌려 감나무숲을 향해 돌멩이를 날려댔다. 감나무 잎사귀들을 뚫고 땅에 떨어지는 돌멩이소리들이 가슴 밑바닥을 때렸다. 그는 또, 날리는 돌멩이를 따라 팔목이나 어깨 전체가 빠져 날아갈 만큼 힘껏 돌멩이를 던지면서 「앞뒤꼭지 삼천리 죽어라」 「최 사장 죽어라」 「아부지 죽어라」 「고모부 죽어라」 「고모 죽어라」 하고 외쳐댔다.

숨을 헐떡거리면서 던져대던 그는 족두리봉 위의 부연 빛살을 등으로 받고 농장 철문을 들어서는 사람 둘을 보았다. 고모부가 누님을 잡아가지고 오는 것인지도 모른다는 생각이 들었다. 향나무밭을 질러서 감나무숲을 뚫고 달려 내려갔다.

외양간 앞에 이르러 보니 그것은 고모부와 고모였다. 할머니와 어머니는 죄를 짓기라도 한 사람들처럼 그들에게 몰려서 방으로 들어가고 있었다. 그들은 사가지고 온 술병과 선물 상자를 안방 문턱 한쪽에 놓고 들어섰다.

할머니에게 큰절을 하고, 어머니에게 맞절을 하고 난 고모부가 「형님 어디 가셨소?」하고 물었다.

「조깐 나갔는갑네.」

이렇게 얼버무리고 할머니는 된장빛 비닐장판 바닥을 내려다보면서, 한번 가려고 했지만 집안에 하두 복잡한 일들이 생겨쌓기 때문에 못 가보았노라는 말을 했다. 이어서 경찰서에서 창순을 잡아가지고, 돈 주고도 살 수 없다는 값비싼 사진기를 어떻게 찾아주더냐고, 그래서 지금 창순은 어디서 징역살이를 하고 있더냐고 물었다. 그러자, 고모가 「찾았어라우. 훔쳐간 사람을 잡아놓고 본께 금메 우리집에서 밥해주는 할머니 조카란 말이오」하고 말했다. 고모부가 거북선담배 한 개비를 뽑아 물면서 「역시 믿을 사람은 형제뿐이드구만요」하고 말했고, 고모가 「창순이한테서는 편지 없소? 편지가 있기만 하면은 내가 가서 델꼬 오고 싶소에. ……아니 가부간 아무 소리도 안했는디 밥해주는 할머니가 어지께 온다 간다 말 한마디 않고 나가뿌렀단 말이오」하면서 할머니와 어머니의 얼굴을 번갈아 바라보았다.

외양간문 앞에 서서 방쪽으로 귀를 기울이고 있던 창복은 몸을 돌려 뛰었다. 은행나무 묘판 둑길을 달려가다가 돌멩이를 집어서 감나무숲을 향해 던졌다.

「쓰팔, 고모 죽어라.」

다시 한 개 집어서 날렸다.

「고모부도 죽어라.」

그는 계속해서 돌멩이를 집어서 어둠에 묻히고 있는 감나무숲을 향해 던지고 있었다.

한밤중쯤에, 술에 곤죽이 된 아버지는 농장 철문을 기어들어오다시피 하면서 「어무니, 어무니이」 하고 혀 꼬부라진 소리로 울부짖어댔다. 할머니와 어머니가 뛰어나가서 부축을 했다. 위채의 처마 밑을 지나 아래채 모퉁이를 돌아오면서 아버지는 할머니의 가슴에다가 얼굴을 묻은 채 「어무니, 어무니이」 하고 울어댔다. 방에 들어가서도 똑같이 그랬다. 한밤중이 지나서야 아버지는 잠이 들었다.

이튿날 아침에는 비가 왔다. 눈을 비비면서 밖으로 나가니, 어머니는 외양간에서 젖을 짜고 있었고, 할머니는 부엌에서 아궁이에 불을 지피고 있었다. 이따금 새끼손가락 끝을 솥 속에 넣어보곤 했다. 우유를 끓이고 있었다. 배에서 쪼르륵 소리가 나고 입에서 군침이 돌았다. 소나무숲에 안개 한 자락이 휘돌고 있었다. 처마끝에 맺혔다가 떨어지곤 하는 물방울을 바라보면서 달키하면서도 고소한 우유 한 사발을 마셨으면 좋겠다는 생각이 들었다. 그러나 참아야 했다. 술 마신 아버지에게나 한 사발씩 끓여주는 것이 고작일 뿐인 우유인 것이었다. 창복은 아버지 옆에 앉아 있다가 남겨주는 것 몇 모금을 마셔보곤 했을 뿐이었다. 어머니는 우유를 금 만드는 물이라도 되는 것처럼 아꼈다. 한 사발을 축내면 하루에 짠 것에서 어이없게 일 킬로그램이 빠져버릴 수도 있는 것이었다. 회사에서 끝에 달리는 몇백 그램은 그냥 떨어버리므로.

빈 침을 꿀꺽 삼키고 외양간으로 들어섰다. 젖소의 아랫배 밑에 쪼그려앉은 어머니의 두 무릎 사이에 있는 양은 바께쓰에 쏟아지는 젖줄기가 씨웅씨웅 하는 매미소리를 내고 있었다. 안방문 열리는 소리를 듣고 돌아다보니, 할머니가 대접을 조심스럽게 받쳐들고 문턱을 올라서고 있었다.

「어무니, 사이다병에다 한나 담어놓으씨요잉.」

어머니가 할머니를 향해 말하고, 젖꼭지에 눈길을 모은 채 「너도 가서 한 모금 묵어라」 하는 것이었지만 못 들은 척하고 우물로 가서 세수를 했다.

아침밥을 먹은 창복이 책가방을 들고 나서자, 젖 짜기를 마친 어머니가 부엌에서 우유 넣은 사이다병을 가지고 나왔다. 그것을 책가방 한쪽 귀에 찔렀다. 그 책가방을 왼손에 들고 오른손으로 비닐우산을 받쳐들었다. 창복은 우산 밑으로 들어섰다. 철문을 나섰다. 비닐우산에 떨어지는 빗소리가 시끄러웠지만, 그의 귓바퀴에는 어머니의 뜨거운 숨결이 분명히 감겨들고 있었다.

「이참에는 은상 타졌지야?」

버스 정류소를 지나 학교를 향해 가던 창복이 뒤를 돌아보았다. 팔장을 낀 채 윗몸을 굽정하게 구부리고 선 어머니의 헝클어진 머리 위로 성긴 빗줄기가 흩뿌리고 있었다.

(1978)

석유등잔불

한재 큰산의 검푸른 숲과, 바야흐로 추수가 끝난 밭들이 이어지는 큰동네 뒷산의 밭언덕은 다도해의 허여멀쑥한 바다를 내려다보며 내덕도국민학교의 왜식 목조교사를 옆에 낀 채 축 늘어진 문어발처럼 느슨하게 흘러내렸다. 소나무숲에 얹힌 하늘은 구름 한 점 없었다.

책보를 가슴팍에 가로 동여매거나, 어깻죽지에서 등과 가슴으로 비스듬히 동여맨 학생들이 새텃몰로 넘어가는 밭두둑길을 걸어가고 있었다. 그들은 우김질을 하고 있었다. 한 편은 「이남이 이긴닥 하더라」하고 우겼고 다른 한 편은 「이북이 이긴닥 하더라」하고 우겼다. 4학년에 다니지만, 서너 살씩이나 학령을 벗어난 그 아이들은 세상 돌아가는 속을 그들의 부모나 주위 사람들에게 들어서 알 만큼은 알고 있었다.

식은 그들에게서 몇 걸음 뒤쳐져서 걷고 있었다. 그들에 비해 나이가 서너 살이나 아래인 식은 여느 때 그들에게서 따돌림을 받곤 했다. 이 우김질 속에도 그는 끼이지를 못하고 있었다.

가뜩이나 식의 아버지는 일제 때부터 어협총대나 구장을 해왔고,

더러 김장사 같은 것을 하여서 논밭을 사들였으므로 새텃몰 안에서는 가장 많은 농사를 짓고 있었다. 새텃몰 사람들은 대개가 농사 한두 마지기 짓는 것이 고작이었다. 서너 마지기 짓는 사람은 중농(中農)이었고, 대여섯 마지기를 짓는 사람이면 상농(上農)이었다. 자연 열 마지기 농사를 짓는 식이네는 이 마을에서 제일가는 부자였다. 해태 양식이나 고기잡이 등으로도 농사짓는 사람 부러워하지 않고 살아오는 새텃몰 사람들은 논을 장만하는 것보다 배나 그물 장만하는 데에 신경을 쓸 뿐 농토 마련에는 힘을 기울이지 않았다. 그러면서도 그들은 농토 많은 사람들을 미워했다. 식이네 아버지가 김을 뜯거나 김장사를 하거나 해서 모은 돈으로 논도 사고 밭도 사고 한 것이었지만, 사람들은 그가 구장이나 총대를 하면서 공금을 긁어먹고 부자가 된 것이라 하며 미워하곤 했다. 그리고 식이네가 하는 일마다 안되고 망하기를 바라곤 했다. 어른들이 흉보며 쑤군대고 하다 보니, 아이들이 그걸 따라 식을 미워하고 따돌리곤 하는 것이었다.

해가 큰산 마루에 걸리고, 자줏빛 산그늘이 뒷등 언덕으로 흘러내리고 있었다. 배가 고팠다. 배가 고픈 것은 식뿐이 아니었다. 이부 수업을 마치고 집으로 돌아가고 있는 아이들 모두가 다 그런 것이었다. 그러나 그들의 걸음은 빠르지 않았다.

「여수, 순천에서 난리난 것 모르냐?」

앞뒤꼭지 삼천리인 영철이 철우를 향해 소리쳐 말했다.

「반란군 때려잡는 것은 시간문제락 하더라.」

철우가 지지 않고 대꾸를 했다.

마을에는 여수와 순천이 반란군의 수중에 들어갔고, 머지않아 광양, 보성, 장흥까지도 반란군의 세상이 될 것이라는 소문이 나돌고 있었다. 동시에 이남 전체가 공산당의 세상이 될 것이라든지, 그렇게 되지는 않을 것이라든지, 하는 논의가 분분했다. 그러한 논의가 이 아이들의 우김질로 나타나고 있는 것이었다. 아이들은 큰동네의 구수홍 씨네 밭둑을 지나가고 있었다. 목화밭이었다. 아직 명대를 거두지 않고 있었다. 구수홍 씨네는 머슴이 경비대엘 가버린 뒤로 다른 머슴을 들이지 못한 때문에 가을걷이 일이 더딘 것이었다. 식은 그것을 아버지한테 들어서 잘 알고 있었다. 목화나무 잎은 검붉게 단풍이 들어 있었고, 다래는 하얀 목화송이를 내놓은 채 벌어져 있었다. 그 목화송이 사이에 철 늦게 핀 보랏빛 꽃 몇 송이가 보였다. 유백색 꽃들도 간혹 보였다. 대추만큼하기도 하고 개살구만큼 하기도 한 어린 목화다래가 검붉은 잎사귀 밑에 달리어 있었다. 찬바람 맞은 어린 목화다래는 꿀처럼 달았다. 하나 따서 먹고 싶었다. 그러나 식은 참았다. 구수홍 씨는 아버지와 친구였다. 그리고 그걸 따먹으면 문둥이가 된다고 하던 것이었다.

밭둑의 비름이나 바랭이나 명아주풀 들은 검붉거나 황달이 들거나 한 채 여문 씨를 달고 있었다. 풀색 옷 입은 방아깨비가 알 밴 몸을 무겁게 날렸다. 날개 치는 소리가 가르르 했다. 밤빛 바탕에 잿빛 반점이 있는 메뚜기가 뒤를 따랐다.

가무잡잡한 얼굴에 손톱자국 많은 삼수가 꼽추처럼 동여맨 책보 속의 필통을 딸랑거리며 앞장서서 달려가다가 목화밭으로 한 발 들여놓고 윗몸을 굽혔다. 목화나무에서 어린 다래 하나를 재빨리 훔쳐 따내면서,「땅개비 하나 잡았다」하고 말했다. 그걸 입에 넣었다. 뒤따르는 애들을 돌아보고 어린 다래를 따먹으면 문둥이가 되니까 너희들은 따먹지 말라면서 능청스럽게 다래를 이끝으로 자르고 속을 까먹고 있었다. 식은 침이 꿀꺽 넘어갔다. 고개를 쿡 떨어뜨리며 참았다.

「말도 말어라, 어떻게 되든지 간에 이북이 이긴닥 하더라.」

영철이 철우를 향해 소리치면서, 삼수가 하듯이 어린 다래 하나를 따가지고 입으로 가져갔다. 영철의 사촌형은 여수에서 반란군이 되어 있을 것이라고 했다. 놈은 단연 이북 편이었다. 식은 이북 편을 들고 있는 영철이 싫었다. 십 년을 내리 어협총대를 하여온다는 아버지는 어쩌면 이남 편인 듯하던 것이었다. 순경들도 이따금 철우 아버지와 함께 아버지를 찾아오곤 하였다. 와서 사랑방에 앉아 낮은 소리로 소곤거리곤 하던 것이었다.
「모르는 소리 하지 말어라. 이남이 이긴닥 하더라. 이승만 대통령 처갓집이 어딘지나 아냐?」 하고 말하며 철우도 삼수처럼 어린 다래 하나를 따다가 입에 넣었다. 철우 아버지는 이장을 하고 있었다. 식은 철우의 말이 옳을 것이라는 생각을 했다. 그게 옳아야만 할 것 같았다. 뒤따르는 아이들이 목화밭으로 뛰어들어가서 제각기 어린 다래 한 개씩을 따다가 입에 넣었다. 어린 다래를 뜯긴 목화나무가 흔들렸다. 검붉은 잎사귀 아래 숨은 보랏빛 꽃들이 겁에 질린 듯 떨고 있었다. 그 꽃들은 학교 교정에 핀 무궁화처럼 생겨 있었다. 무궁화를 왜 하필 우리 국화로 삼았는지 모르겠다고 담임선생이 말한 적이 있었다. 무궁화나무 잎사귀는 진딧물이 좋아한다고 했다. 국화처럼, 우리나라는 외국 사람들이 진딧물 들끓듯 하는 것인지 모른다는 것이었다.
식은 잠시 발을 멈춘 채 큰동네를 내려다보았다. 콧수염을 나비처럼 기른 구수홍 씨가 아래편에서 쫓아올 것만 같았다. 큰동네 쪽에서 이쪽을 보고 있는 사람은 없었다. 길 아래편에서 보릿고랑을 내는 어른들이 몇 있었고, 목화밭과 잇닿은 밭에서 쟁기질을 하는 어른 한 사람이 있었지만, 그들은 아이들이 하는 짓에 신경을 쓰지 않고 있었다. 바쁘게 괭이질을 하거나 소를 몰아 쟁기질을 하고 있거나 할 뿐이었다. 영철이가 철우를 향해 다시 우겨댔다.
「김일성이는 귀신 같은 사람이락 하더라.」
철우도 지지 않고 대들었다.
「이승만이는 어짠 사람인디야?」
「잔소리 말어. 이북 뒤에는 쏘련이 있은게 어짜든지 이북이 이긴단 말이여.」
「이남 뒤에는 미국이 있는디야?」

「미국이 쏘련한테 해본다냐? 쏘련이 이 세상에서 질로 무서운 나라란 말이여. 미국 같은 것은 아무것도 아니락 하더라. 세계지도 못 봤냐? 쏘련이 미국 세 배는 되겠더라.」

「땅만 크면 장맹이라냐? 과학이 질로 발달한 나라가 미국인디?」

「미국이 지아무리 과학이 발달했어도 쏘련이 중공하고 같이 덤비면 꼼짝도 못한단 말이여.」

힘이 센 영철이 발을 멈추고 철우를 노려보며 소리쳤다. 철우는 움찔해서 한걸음 물러섰지만, 지지 않고 대들듯이 말했다.

「중공이 덤비면 호주는 가만 있다냐? 호주는 이승만 대통령 처갓집인께 원조해 준다 하더라. 그리고 원자탄을 질로 많이 맹글어놓은 나라가 미국이락 하더라. 원자탄 두 뎅이만 가지면 중공이고 쏘련이고 오므락달싹 못한다 하더라.」

영철이 픽 웃으면서, 「이 새끼야, 쏘련은 수소탄이 있는디? 수소탄 한 뎅이는 원자탄 두 뎅이보돔 더 무섭다 하더라」 하고 빈정거리듯이 말했다. 철우는 미국의 B29의 위력을 이야기하고, 영철은 소련 장갑차의 위력과 중공의 신출귀몰한다는 팔로군의 전술을 이야기했다. 철우는 장갑차나 팔로군도 원자탄 앞에서는 새 발의 피임을 주장했고, 영철은 또 수소탄이 원자탄의 몇 배 되는 위력을 가졌음을 내세웠다.

그들의 우김질은 끝이 없었다. 그들을 뒤따르는 아이들은 두 아이의 우김질 속에 나오는 말들이 한결같이 새롭고 신기하고 놀라운 사실들이었으므로, 말없이 들으며 따르고 있을 뿐이었다.

덕산마을과 새텃몰로 갈리어지는 세 갈림길에 이르렀을 때, 앞에 가던 삼수가 우김질하는 영철과 철우를 돌아보면서 낮은 소리로, 「야 새끼들아, 반동자 새끼 듣는 디서 그른 소리 하지 말어라」 하고 말했다. 밭두둑길에 늘어선 아이들이 걸음을 멈추더니 뒤처진 채 따라오는 식의 얼굴을 돌아다보았다. 순간 식의 얼굴은 화끈 달왔다. 가슴이 풀쩍거렸다.
 언젠가 삼수가「우리 동네는 반동자가 꼭 한 집 있닥 하더라」하고 말한 적이 있었다. 그때, 철우가「반동자가 어짠 사람이라냐?」하고 물었었다. 옆에 있던 영철이「이펜도 저펜도 안 드는 사람이 제잉」하더니 어디서 누구에게 들어 안 것인지,「세상에서 제일로 무서운 악질은 반동자락 하더라. 반동자락 할 때 '반'이란 글자가 반쪽을 나타내는 말 아니냐? 그렁께 반동자는 이펜도 저펜도 안 들고, 박쥐같이 쥐펜을 들었다가 새펜을 들었다가 하는 사람이란다. 제일로 먼저 죽여사 쓸 사람이 반동자락 하더라」하고 말을 했었다.
 그 일이 있은 뒤, 아이들은 어찌된 셈인지 식에게 말을 걸려고도 하질 않고 있는 것이었다.
 식은 금방 목이 메었다. 눈시울이 뜨거워졌다. 가슴에서 울음이 밀고 올라왔다. 아버지는 왜 이남 편을 들려면 이남 편을 들고, 이북 편을 들려면 이북 편을 들고 할 일이지, 박쥐처럼 반동자가 되어 있는 것일까. 철우 아버지는 분명 이남 편인 모양인데 말이었다. 아버지는 그 철우 아버지와 순경들과 가까이 지내곤 하면서도 왜 이남 편을 들지 않고 있는 것일까. 왜 태도를 분명히 하고 있지를 못하는 것일까. 아버지가 원망스러웠다. 입을 열기만 하면 금방 울음이 터져나올 것 같았다. 혀를 물었다. 식의 눈에 눈물이 가득 담기고, 울음을 참느라고 어깨를 들먹거리는 걸 본 삼수가 밭 언덕 길을 달려 내려가며,「반동자 새끼하고 말도 하지 마라」하고 소리쳤다. 식의 옆에 선 아이들이 삼수를 따라 달렸다. 철우도 그들을 따랐다.
 갈림길에는 식만 동그마니 남아 있었다. 식은 기어이 울음을 터뜨렸다.
「울 아부지한테 안 이른가 봐라.」
 아이들이 하던 모든 말을 일러바치리라 하며 식은 소리쳐 울었다. 그러나 집에 들어섰을 때 집 안은 텅 비어 있었다. 식구들이 모두 들논의 나락을 묶으러 간 것이었다.

이날 밤, 식은 날카롭게 터지는 금속성에 놀라 잠을 깨었다. 방안에 잠긴 어둠이 휘저어놓은 먹물통처럼 술렁거렸다. 아랫목에 나란히 누운 어머니와 아버지가 낮은 소리로 두런두런 말을 주고받고 있었다. 총소리가 날아들어 방안에 가득 찬 어둠을 휘저었다. 한재산 골짜기와 마을을 찢어대고 있었다. 이어 「잇샤, 잇샤!」 하는 남자들의 외침이 아련히 울려왔다.
「분명히 널펜이하고 한수란 놈이 왔는갑구만.」
널펜이는 영철의 사촌형이요, 한수는 삼수의 형이었다. 이젠 정말로 반란군의 세상이 되어가는 모양이었다. 반동자인 아버지는 논이나 밭을 모두 뺏기게 되고, 식구들은 모두 굶어 죽게 될지도 모른다는 생각이 들었다. 아버지는 왜 반동자냐고, 얼른 어느편이 되든지 되라고 말해주고 싶었다. 일어나 앉은 아버지가 어둠 속에서 담배를 말고 있었다. 종이에 말리는 써레기 부스럭거리는 소리는 죽창 문살을 울리고 바람벽을 들썩거리게 했다. 어머니가, 「여수, 순천은 반란군들 세상이락 합디다」 하고 아버지 쪽으로 돌아누우며 말했다.
「헛말이시. 보면 봐도, 저 새끼들이 시방 쫓겨왔을 것이네.」
아버지의 말이 끝나자, 방안에는 「잇샤, 잇샤!」 하는 외침이 흘러 들어와 어둠을 더욱 짙고 칙칙하게 반죽하듯 이겨대고 있었다. 어머니가 길게 한숨을 쉬었다. 담배를 입에 문 아버지가 화롯불을 뒤적이고 있었다. 구리화로의 달그락거리는 소리가 유달리 크게 들렸다. 불이 다 사그라져버린 듯 아버지가, 「불을 어떻게 담았는가」 하고 퉁명스럽게 말했다.
「풀나무 부시레기를 땠드니 그란갑소. 부시 조깐 치씨요.」
어머니의 말에 꼬리를 물고, 「잇샤, 잇샤!」 하는 외침이 점차 또렷하게 밀려들었다. 널펜이와 한수를 옹위한 청년들이 윗골목으로 들어서고 있는지 몰랐다. 잠시 아버지의 부시쌈지 여는 소리가 들렸다.

「예말이오.」

어머니가 받은 침을 삼키며 잠긴 소리로 아버지를 불렀다. 부시쌈지 달그락거리는 소리만 들렸다.

「당신, 어디로 피해버리씨요. 얼릉.」

어머니는 안달을 했다. 아버지는 대답이 없었다. 부싯깃 넣는 대롱이라도 찾고 있는지 몰랐다.

「예말이오.」

그제서야 아버지가 퉁명스럽게, 「쓸디없는 소리 하지도 말소. 내가 뭔 죄 있단가?」하고 말했다.

「새텃몰에서 반동자는 당신밖에 없다는디.」

어머니의 말에 아버지가 흥 하고 코방귀를 뀌며, 「뭣이 어짠께 반동자란가? 일제 때 구장, 총대 했은께 반동자란가?」하고 따지듯이 말했다.

「알겠소, 내가?」

어머니가 한숨 쉬듯 말하자, 아버지가 탄식이라도 하듯, 「참, 나, 더런 세상도 살겠네」하였다. 어머니가 맞장구를 치듯, 「즈그들끼리 만내면 그렇게 주둥이들을 놀리는갑습디. 친일판께 반동자라고」하고 받았다.

「어짠께 친일파란가? 일본 놈들하고 가깝게 지냈은께 친일파란가? 개 같은 놈들, 공출 작게 나오게 해주라, 건흥(建興) 물자 많이 나오게 해주라, 해우 일등품 많게 맞게 해주라고 돈 걷어줌스롱 갖다가 바치라고 한 놈들은 누군디…… 이용해 묵을 때는 언제고, 인제 와서는 친일파니 반동자니 한단가」하고 투덜거리던 아버지가, 「와이, 부싯대롱이 없네」하고 짜증스럽게 말했다. 목소리가 떨리고 있었다. 식은, 아버지가 분명 반동자인 모양이다 싶으니 눈

석유등잔불 227

앞이 아찔해졌다. 멀미를 하는 것처럼 가슴이 울렁거렸다. 귀가 표옹 하고 울었다. 방안의 어둠이 칠흑처럼 진해졌다. 깊은 물 속으로 한없이 가라앉아가고 있는 것만 같았다. 가슴이 답답했다. 가슴을 펴고 심호흡을 했다. 이때, 방문 앞 댓돌 위에서 터지기라도 하는 듯한 총소리가 방안을 채웠다. 그 쳇소리가 앞메와 한재 골짜기를 찢어발기며 내달렸다.

「저것들이 오늘 밤에 뭔 일통을 내든지 낼라는갑구만, 정녕.」

아버지가 투덜거리듯이 낮게 말했다. 부시가 방바닥에 떨어져 쨍그랑 했다. 그 소리가 식의 귓속을 찌릿하게 우볐다. 그는 소름을 쳤다. 아버지가 담배를 피우지 않았으면 좋겠다 싶었다. 부시 치는 소리를 듣고 누군가가 달려들어와 아버지를 끌고 갈 것만 같은 생각이 들었다. 어머니가 일어나 앉았다. 아버지의 옆구리를 질벅거리며, 「당신 저 외양간으로라도 들어가서 숨어 있으란 말이오」 하고 안달을 했다. 담배를 입에 문 아버지는 부시를 치고만 있었다. 부싯돌에서 튕겨난 불똥들이 물뿌리개에서 쏟아지는 물방울처럼 우수수 쏟아졌다. 쏟아진 불똥이 방안을 훤뜩 밝혔다. 부싯불똥에 비친 아버지의 얼굴이 푸른 이끼 돋은 망부석처럼 차갑고 단단해 보였다. 탁, 탁, 몇 번이고 부시를 쳤다. 이윽고 부시 치는 소리가 그쳤다. 부싯깃에 불이 붙었는지, 연기를 빨아 뿜었다. 이처럼 아버지가 둔하고 미련스러워보인 적이 없었다. 왜, 어머니가 숨으라는 대로 숨지를 않는 것일까. 아버지가 힘껏 빠는 담뱃불이 칠흑같은 방안의 어둠을 어슴푸레하게 밝혔다. 써레기담배 타는 냄새가 코로 스며들었다. 아버지는 담배를 거푸 빨고 있었다.

「구장이나 총대 지낸 놈이 반동자면 살어남을 놈 몇 되겠다고?」

이때, 「잇샤, 잇샤!」 하는 외침이 바로 담 너머에서인 듯 가까이 들렸다. 아버지의 담배 빠는 속도가 더 빨라졌다. 어머니가 아버지의 어깨를 질벅거리면서, 「얼릉, 외양간으로 조깐 가 있으란 말이오」 하고 애달픈 소리로 말했다.

「뭣이 무서워서 그렇게 벌벌 떤가?」
「당신 겁도 없소잉, 저 사람들은 앞도 뒤도 모르는 사람들 아니오?」
어머니가 이렇게 말하고 밖으로 귀를 모았다. 「잇샤, 잇샤!」 하는 소리가 멀어져 가고 있었다. 한재 고개 아래 번덕지를 오르고 있기나 하는 모양이었다. 어쩌면 고개를 넘어갈 참인 듯했다. 「잇샤, 잇샤!」 하는 소리가 한동안 같은 거리에서 계속되었다. 그러다가 일시에 뚝 그쳤다. 총소리도 더이상 나지 않았다. 벌써 재를 넘어간 것은 아닐 텐데 이상한 일이었다. 아버지의 담배연기 빨아 뿜는 소리만 방안을 감돌았다. 놈들이 무슨 모의를 하는지 몰랐다.
「어짠 일이께라우. 동네로 도로 내려오는 것 아니께라우?」
어머니가 불안스러워했다. 아버지는 쌈지를 부스럭거렸다. 담배 한 대를 또 말고 있었다. 꽁초가 된 담뱃불에 붙여 빨 모양이었다.
「저것들이 정녕 지서 습격을 할 모양이구만.」
아버지가 하는 말에 어머니가, 「난리구만이라우, 참말로 난리여」 하고 떨리는 목소리로 말했다.
아버지는 말이 없었다. 아버지의 담배 마는 소리만 바스락거렸다. 한재 골짜기를 감돈 바닷물결소리가 와르르 흘러들었다.
그 바닷물결소리 같은 소문이 이튿날 마을 안을 감돌았다. 반란군의 떨거지인 한수와 널펜이는 간밤, 새텃몰과 진멧몰 청년들을 이끌고 큰동네 구수홍 씨를 잡아 죽이려고 그의 집을 둘러쌌는데, 구수홍 씨는 어느새 한 길 반 높이인 흙담을 뛰어넘어 달아나고 없었다는 것이었다. 구수홍 씨는 큰동네에서 남로당에 가담한 청년들을 하나씩 둘씩 꾀어 자수를 시킨 악질 반동자라고 했다.
한수와 널펜이는 또 청년들을 이끌고 학교로 가서 교장, 교감을 죽이려고 했다는 것이었다. 교장, 교감은 한수와 널펜이가 경비대에 들어가기 전에 그들을 교실 마룻장 밑에 숨겨주곤 한 마 선생을 밀고하고 그 마 선생의 지시에 따라 남로당 연락병 노릇을 한 6학년의 진멧몰 아이들을 모두 퇴학시켜 가지고 회령 파출소로 넘겨버린 반동자들이기 때문이라는 것이었다.

한데 그들이 어느새 알고 몸을 피해버리고 없었기 때문에 한수와 널펜이는 하는 수 없이 교장 관사에다가 불을 질러 분풀이를 하고는 지서 습격을 하기 위해 나룻배를 타고 회령으로 갔다는 것이었다. 그런데 순경들 또한 지서를 비우고 도망가고 없었다는 것이었다. 그들이 그 지서를 불질러 버린 것은 말할 것도 없다고 했다. 이렇게 되었으니, 이젠 내덕도 일대도 반란군들의 세상이 된 것이나 다름없지 않느냐는 말이 거기에 덧붙어 나돌았다.

여기서 묘한 일은 한수와 널펜이가 어디론가 자취를 감추어버린 것이었다. 또한, 밤새 그토록 널펜이와 한수를 옹위하고 새텃몰 바닥을 들썩거리게 한 청년들이 새벽같이 배를 타고 때없이 주낙질을 나가기도 하고, 경비대엘 지원하기 위해 그런다면서 면소엘 나가기도 했다.

이날, 이부제 수업을 받기 위해 이른 점심 대신에 고구마 몇 뿌리를 먹고 허리에 책가방을 두른 채 사장나무 밑을 내려가던 식은, 갑작스럽게 달려든 독수리한테 쫓긴 참새새끼처럼 사장나무 밑으로 기어들었다. 국방색 털모자를 쓰고 풀색 군복을 입은 군인들 사오십 명이 벌떼같이 몰려들었던 것이었다. 그들은 논둑길을 내려가는 아이들을 모두 불러서 사장나무 아래 모았다. 키가 훤칠한 군인 하나가 사장 한가운데 서서, 손 안에 든 권총을 들어올리고 잿빛 장어구름 낀 하늘을 향해 파팡, 하고 공포를 쏘았다. 군인들 이십여 명이 아랫골목과 윗골목으로 줄달음질쳐 들어갔고 다른 이십여 명의 군인들이 마을 주변의 논과 밭으로 몰려갔다. 보리갈이를 하고 있거나, 나락을 짊어지고 들어오거나, 아침 물때에 밭을 옮기고 들어오거나 하던 사람들을 순식간에 사장나무 밑으로 끌어모았다. 널펜이네 식구들과 한수네 식구들을 한편으로 불러냈다.

다음은 널펜이네의 작은집인 영철네와 한수의 큰집인 종수네도 불러냈다. 키가 훤칠하게 큰 군인 한 사람이 널펜이의 아버지와 한수의 아버지를 사장 밑에 있는 논바닥으로 끌고 갔다. 그 군인은 한 손으로 카빈총의 총목을 잡은 채 집게손가락 끝으로 방아쇠 당길 채비를 하고 있었다. 먼저 그 두 사람부터 총살을 시킬 모양이었다. 땅딸막하면서 뚱뚱한 널펜이네 아버지와 보통 키에 빼빼한 한수네 아버지를 논언덕 밑에 꿇어앉혔다. 총을 들어 그들을 겨누었다. 사장에 모인 사람들은 샛바람에 산파래 떨듯 하고 있었다. 털모자에 게다짝 같은 금빛 계급장을 붙인 군인이 사장나무 옆에 있는 들독 위에 서서 연설을 하듯이, 여수·순천에 일어난 반란군이 국군에 의해 이미 소탕되었다는 것이며, 자기들은 흩어져 달아난 반란군들을 잡으러 다니고 있다는 것이며, 그것들을 소탕하는 것은 시간문제이니 여러 어르신들은 오직 생업에만 충실해 달라는 것이며를 말하고 있었으나, 그 말이 귀에 들어올 리 없었다.

 이때, 한수네 아버지와 널펜이네 아버지를 꿇어앉힌 채 논둑 밑에 선 군인의 총에서 하늘색 연기 같은 것이 얼핏 보이는 듯하더니 총성이 울렸다. 다시 한 방이 울렸다. 사람들은 널펜이네 아버지와 한수네 아버지가 그 총에 맞아 죽었을 것이라는 생각들을 했다. 사장나무 밑에서 다른 아이들과 함께 겁먹은 병아리떼같이 벌벌 떨고 있던 식은 눈을 꼭 감아버렸다. 가슴이 풀쩍거렸다.

 눈을 떴을 때, 구레나룻이 턱과 볼을 꺼멓게 덮은 군인 한 사람이 성큼성큼 식의 앞으로 다가왔다. 식은 모여 있는 아이들의 맨 앞에 붙어 서 있었다. 군인들이 고함을 치거나 총을 쏘거나 할 때마다 아이들은 자꾸 뒷걸음질치기도 하고 뒤로 몰려 들어가기도 했기 때문에 힘이 약한 식은 맨 바깥쪽으로 밀려나간 것이었다. 식은 눈앞이 아득해졌다. 이때껏 한 번도 보아보지 못한 어둠이 눈앞을 막고 있었다. 그 어둠은 군인이 쏘던 총의 총목 근처에서 피어난 파란 연기 같은 것이었다. 그 눈앞을 막는 어둠 속에 반딧불의 빛깔 같기도 하고, 어쩌면 구름 끼고 습기 많은 여름 밤에 앞메 잔등 너머의 바다를 오가곤 하던 도깨비불 같기도 한 별무늬가 흘렀다. 동시에 쇠붙이로 철판을 긁을 때 나는 삐걱 소리와도 같은 피요옹 소리가 귓속을 가득 채웠다.
「너 이리 좀 와.」
구레나룻이 시꺼먼 군인은 식의 손을 끌었다. 식은 아득한 어둠 속으로 끌리어 들어가면서 사장나무 아래 모여 있는 마을 사람들 속에서 아버지와 어머니의 얼굴을 찾았다. 보이지 않았다. 한가운데 박혀 있는 모양이었다. 식의 손을 잡은 군인은 널펜이네 아버지와 한수네 아버지가 끌려 내려간 논배미로 들어섰다. 총에 맞아 죽은 줄만 알았던 한수네 아버지와 널펜이네 아버지가 꿇어앉은 채 눈을 꿈벅거리고 있었다. 아까 쏜 총은 공포였던 것이었다.
식은 그들이 꿇어앉아 있는 논의 아랫배미로 끌려 내려갔다. 거기까지 끌려가는 동안, 식은 도무지 발로 땅을 디디고 걸어간 것 같지가 않았다. 허공 속을 허우적거리며 간 것만 같았다. 군인은 식을 꿇어앉히고 다짜고짜로, 「너 바른 대로 말해야지, 안 그러면 어떻게 된다는 것 알지?」 하더니, 「니네 학교에 굴 있지? 사람들 들어가 숨는 굴 말이야」 하고 말했다.
그게 있다는 것을 다 알고 있기는 하지만 확인해 보기 위해서 묻는다는 듯이 식을 빤히 건너다보았다. 그 눈에 핏발이 서 있었다. 식은 가슴이 펄럭거리고 있었다. 세차게 밀려드는 홍수나 밀물 속에 휩쓸리고 있는 듯한 아득함 속에서 그는 「예」 하고 대답을 했다.
학교에 굴이 분명 있기는 있었다. 그것도 한두 개가 아니었다. 운동장 가장자리에, 한 학급 학생들이 들어갈 수 있도록 연못처럼 파둔 게 네 개 있었고, 교사 뒤편 언덕에 동굴처럼 깊이 파놓은 게 둘이나 있었다. 그 굴은 선생님들이 교무실 앞의 종을 어지럽게 두드려대면서 「구식개요, 개가이개요」 하고 소리치면서 학생들을 그 속으로 몰아넣곤 하던 것이었다. 그것들은 식이 학교에 들어가던 해 8월 어느 날 밤, 동네 청년들이 독립만세를 온 동네가 욱신거리도록 부르고 난 지 한 달인가 두 달인가 뒤에, 학부형들이 몰려와서 메우고 석축을 해버렸기 때문에 이미 형체도 없어져 버린 것이었다. 꿇어앉은 채 굴이 있다고 대답을 한 식은 군인에게 그러한 내막을 상세히 말해야만 했다.

식은 겁에 질려 떨고 있었다. 군인은 수첩을 꺼내가지고 식의 학반을 적고, 「굴이 어디 있지? 전에 있던 마 선생이 파놓은 굴 말이야」하고 물었다. 식은 울음이 터져나왔다. 마 선생이 파놓은 굴에 대하여 모르고 있는 것이었다. 또한, 자기가 굴이 있다고 한 대답을 다시 어떻게 번복하거나, 거기에 무슨 말을 덧붙이거나 할 수가 없었기 때문이었다. 자기가 한 대답에 대한 두려움이 가슴속에 울음을 쌓고 있는 것이었다. 울음을 참느라고 혀를 물었다. 식은 군인이 다시, 굴이 학교 뒤뜰 언덕에 있지 않느냐고 젖혀 물었다. 자기도 모르는 사이에 또 「예」하고 울면서 대답했다. 군인은 눈을 부릅뜨고, 울긴 왜 우느냐고 호통을 치고서, 「학교 뒤에 있지, 틀림없지?」하였다.

식은 눈앞을 보얗게 가린 푸른 연기 같은 어둠 속에서 고개를 주억거렸다. 그걸 마 선생이 팠는지 어쨌는지 알 수는 없지만, 해방이 된 뒤로 어른들이 그걸 흙이나 돌로 모두 메워버리고 없다는 말을 해야 한다고 생각했다. 그러나 식의 가슴에는 울음이 가득 차 있었고, 입은 그것을 숨 가쁘게 뿜어내고만 있었다.

군인의 손에서 놓여난 식은 아이들과 함께 학교로 갔다. 군인이 무얼 묻더냐고 아이들이 파고들었지만, 입을 열지 않고 그저 울기만 했다. 큰동네 모퉁이를 돌았을 때, 털모자 쓴 군인들이 아이들을 앞질러 갔다. 그들의 걸음은 나는 듯 빨랐다. 순식간에 교문 있는 언덕길로 접어들었다. 옆의 아이들이, 「어디로 간다냐?」 「학교로 가는갑다」 「진멧몰로 간다야」하며 서로 궁금해 하였다. 철우가, 「우리 얼릉 가보자」하고 달려갔다.

옆의 아이들이 뒤따라 달렸다. 아이들의 가슴팍에 동여진 책보 속의 필통들이 딸랑거렸다. 그 소리가 멀어져 갔다. 식은 그들을 따라 달리지 않았다. 오금이 저렸다. 가슴이 풀쩍거리고 눈앞이 아 찔했다. 눈앞에 또 푸른 연기 같은 어둠이 밀려들었고 도깨비불 같 은 별무늬가 흘렀으며, 귀가 피요옹 하고 울었다. 식은 걸음을 멈 추었다. 앞서 달려간 아이들이 교문 있는 언덕길로 접어드는 게 보 였다. 식은 교문을 들어선 군인이 거짓말을 한 자기를 잡으러 쫓아 올 것만 같은 생각이 들었다. 발길을 돌려 산언덕 길로 들어섰다. 그리로 올라가면 교사가 비스듬히 건너다보이는 것이었다.

지난해 나무를 캐러 올라가서 운동장과 조회대와 교무실 앞의 국 기봉을 내려다본 적이 있었다. 거기 숨어서 보면, 학교 안에서 일 어난 일을 소상히 알아낼 수 있을 것이었다.

하라지 앞바다에는 꽃섬과 장구섬 들이, 해방되던 해 봄 내내 구 르릉거리며 떠 있곤 하던 시꺼먼 군함들처럼 버티고 있었다. 그 바 다가 헐레벌떡 산 위에 오른 식을 빨아마실 듯이 더 넓고 더 가깝 게 다가서고 있었다.

그가 숨어든 산언덕 솔숲 밑으로 동백나무숲이 있고, 그 숲엔 한 쪽 귀가 묻힌 왜식 목재교사가, 쭈뼛한 국기봉 하나를 치켜올린 채 거무튀튀한 모습을 비스듬히 드러내고 있었다. 한수와 널펜이가 불 을 질렀다는 교장 관사는 동백숲에 가려 보이지 않았다. 교사 앞으 로는 성냥갑만해 보이는 조회대가 놓였고, 그 조회대 주변에는 군 인들이 서 있었다. 그들은 국기봉을 치켜올리고 있는 교무실을 향 하고 있었다. 운동장이 너무 흰 때문인지, 군인들의 제복이 곰솔빛 으로 보였다. 바닷모래 깔린 운동장은 가을 햇살을 받아 하얗게 빛 나고 있었는데, 군인들은 거기에 박힌 듯 서 있는 것이었다.

식은 솔두병 속에 몸을 숨겼다. 가슴이 펄럭거리고 관자놀이와 귓속이 욱욱거렸다. 그 욱욱거림에 따라 눈앞에 펼쳐진 풍경들이 아득하게 멀어졌다가 가까워졌다가 했다. 밭은 침을 삼키며, 교정에서 들려오는 소리에 귀를 기울여보았다. 바람이 불고 있었다.

솔숲이 우우 소리를 냈다. 교무실 문이 열리더니, 땅딸막하고 뚱뚱한 교장선생과 호리호리한 교감선생이 나오고 털모자 쓴 군인이 뒤따라 나왔다. 그 뒤로 가이네 선생이라는 별명이 붙은 식이네 담임선생이 따라나왔다. 오전반인 1~3학년의 수업이 끝났으므로 집으로 돌아가는 아이들이 개미떼처럼 교정을 메워야 할 터인데, 교정에는 하얗게 깔린 바닷모래의 반짝거림과 박힌 듯 서 있는 군인들의 곰솔빛 모습뿐이었다. 선생님들이 교실 안에서 애들을 지키고 있는 모양이었다. 오후반인 4학년 아이들이 교문을 들어서기가 무섭게 교사 모퉁이로 달려들어가고 있었다. 호랑이 선생이 그리로 불러들이고 있는지 몰랐다. 시꺼먼 기관총을 멘 털모자의 군인은 조회대 앞에 데리고 나온 교장선생과 교감선생을 나란히 세웠다. 그리고 그들 앞에 마주섰다. 아까 식을 논바닥으로 끌고 간 그 구레나룻 시꺼먼 군인임에 틀림없었다. 그 군인은 무엇인가를 묻고 있었다. 뭐라고 소리치는 말이 어렴풋이 들려오고 있었다. 교장이 그 말에 대답을 하고, 교감도 무슨 말인가를 하는 듯했다. 그걸 알아들을 수 없었다. 기관총의 군인이 악을 쓰듯 소리를 지르더니 어깨에 멘 총을 벗어 들고 그들의 가슴에다 겨누었다. 바바방, 네댓 발의 총성이 거듭 울렸다. 총소리가 산줄기를 찢고 솔두병 속에 숨은 식의 가슴을 쳤다. 가슴이 철렁 무너지는 듯했다. 눈앞이 아찔하고 귀가 피요웅 하고 울었다. 다행히 군인 앞에 선 세 사람은 아무도 주저앉거나 쓰러지거나 하지를 않았다. 그들 발부리 근처의 운동장 바닥에다 총알을 쏘아박은 모양이었다. 한가운데 선 교감선생이 뭐라고 소리치면서 그 군인 앞으로 한걸음 나섰다. 군인이 교감의 가슴에 총을 겨누었다. 교장이 교감 앞을 막고 나서면서 손을 저었다. 뒤에 섰던 군인들이 몰려들었다. 군인들이 빙 둘러선 속에서 교감을 중심으로 한 교장과 기관총의 군인과 가이네 선생이 한 덩어리가 되어 있었다. 한동안, 그들은 밀고 밀리고 했다. 그러더니 빙 둘러선 군인들이 물러섰다. 교장이 앞장서서 군인들을 데리고 교사 모퉁이로 갔다. 뒤뜰로 가려는 모양이었다. 뒤뜰은 동백나무숲에 가려 보이지가 않았지만, 거기에는 변소와 목욕탕 건물과 교장 관사가 있고, 그 뒤쪽 언덕에 방공호를 석축하여 메운 흔적이 남아 있는 것이었다.

교장이 '뒤편 언덕에 굴이 있다니까 가서 확인해 보면 되지 않겠소?' 하면서 그들을 데리고 가기라도 하는지 몰랐다. 총을 옆구리에 낀 군인들이 모두 동백나무숲 밑으로 들어가 버렸다. 텅 빈 운동장에는 가을 햇살 아래 하얗게 보이는 조회대가 동그마니 그 운동장을 지키고 있었다.

식은 숲 사이로 열린 하늘을 쳐다보았다. 얼굴이 달아오르고 가슴이 펄럭거렸다. 골이 지끈지끈 아파왔다. 등줄기에 식은땀이 흘렀다. 이마에도 땀이 맺혔다. 가슴이 답답했다. 가슴을 펴고 숨을 깊이 들이쉬었다. 그래도 답답하긴 마찬가지였다. 뒤뜰 언덕에 굴이 있을 리 없을 것이고, 굴이 없으면 구레나룻 더부룩한 군인은 거짓말을 한 이편을 찾을 것이었다. 만일 그 군인이 이편의 이름을 대고 이편이 거짓말했음을 말한다면, 교장, 교감, 담임선생님은 모두 이편을 두들겨 패주겠다고 펄펄 뛸 것이었다. 그리고 그들은 이편을 퇴학시킬 게 뻔하고, 그러면 이편은 아버지한테 죽도록 매를 맞을 것이었다. 식의 눈앞에는 또 푸른 연기 같은 어둠이 짙게 퍼졌고 도깨비 같은 별무늬가 흐르면서 귓속이 피요옹 하고 울었다.

이윽고 군인들이 조회대 앞을 지나 교문으로 나가고 있었다. 교문으로 따라나간 교장, 교감이 기관총 든 군인과 악수를 하였다. 군인들은 교장, 교감을 향해 거수경례를 붙이고 총총 진멧골 쪽으로 가버렸다. 군인들이 사라진 뒤 교장과 교감이 무슨 말인가를 주고받으면서 교무실로 들어가고 있었다. 이어, 일부 수업을 받은 1~3학년 아이들이 교문으로 몰려나갔다.

해가 산너머로 떨어지고 이부 학생들과 5학년 학생들이 교문을 나설 무렵, 식은 산에서 내려왔다. 다리가 발발 떨렸다. 등줄기에서 식은땀이 흘렀다. 발끝에 차인 돌멩이가 굴렀다. 흠칫 놀라서 사방을 두리번거렸다. 솔숲이나 언덕 아래 어디서 털모자의 군인이 쫓아올 것만 같았다. 아니, 땅딸막한 교장과 호리호리한 교감과 가이네 선생이 다가와서 뒷덜미를 잡아챌 것만 같았다. 뒷등길이 내려다보이는 숲속에 주저앉았다. 새텃몰로 가는 아이들이 지나가기를 기다렸다.

이윽고 4∼5학년 아이들 여남이 지나가고 있었다. 삼수, 영철, 철우 들이 보였다. 무슨 이야기들을 하는지 시끄럽게 떠드는 말을 확실하게 알아들을 수가 없었다. 그러나 식이 어쩌고저쩌고 했단다 하는 말이 섞여 있는 듯만 싶었다.

「식이 학교 뒤에 굴이 있다고 말을 해버려서 군인들이 교장하고 교감을 총으로 쏴 죽일라고 했다고 하더라」하는 말들을 하고 가거니 싶자, 온몸에 힘이 쭉 빠졌다.

이날은 아이들이 목화밭에 뛰어들어 어린 다래를 따먹지도 않고 떠들어대기만 하면서 지나갔다. 식은 아이들이 지나간 뒤로도 한참이나 더 숲속에 머물러 있다가 길로 내려왔다.

이날 밤, 식은 회령으로 간 군인이 자기를 잡으러 오면 어쩔까 하는 생각을 하다가 잠이 들었다. 그랬다가 총에 맞아 죽는 꿈을 꾸었다. 총을 쏜 사람이 털모자의 군인이었는지, 영철의 사촌형인 널펜이였는지, 삼수의 형인 한수였는지 알 수 없었다. 어쨌든 그 사람은 식의 어머니, 아버지, 그리고 동생인 웅에게 먼저 총질을 했다. 식은 식구들이 총을 맞고 버르적거리는 것을 보고 소리쳐 울다가 총을 맞았던 것이었다. 여기서 더욱 무서운 것은, 어머니나 아버지나 웅이가 총에 맞고 쓰러지자 마을 사람들이 박수를 치며 날뛴 것이었다. 그 마을 사람들 속에는 그를 반동자 새끼라고 욕해 주곤 하던 삼수와 영철이 끼여 있었다. 식은 가슴에 총알이 박히는 순간 사지를 버둥거리면서 악을 썼다.
 웬 꿈을 그렇게 꾸느냐고 흔들어 깨운 것은 어머니였다. 한밤이 가까웠을 때였다. 식은 잠이 깬 뒤에도 답답한 가슴을 부둥켜안은 채 숨을 헐떡거렸다. 아버지가 그의 이마에 손을 얹고 있었다.
「오늘 학교 가다가 많이 놀랐던 것이로구만.」
 아버지가 어머니를 향해 말했지만, 어머니는 아랑곳하지 않고 식의 얼굴을 들여다보며,「뭔 꿈을 그렇게 꿨냐?」하고 근심스러운 듯이 물었다.
「어디 아프냐?」
 아버지도 이마의 주름살을 굳히면서 물었다.
「이 애기가 저녁밥을 통 안 묵더랑께.」
 어머니가 울상을 지으며 식의 얼굴을 들여다보았다. 식의 얼굴은 땀에 흠뻑 젖어 있었다. 식은 얼굴을 일그러뜨리며 모로 돌아누웠다. 석유등잔불이 어슴푸레하게 방안을 밝히고 있었다. 그 불에 비친 아버지의 거무튀튀한 얼굴이 얼핏 구레나룻 더부룩한 군인의 얼굴처럼 보였다. 가슴이 후두두 뛰었다. 등줄기와 이마에 땀이 솟았다. 그는 끙 하고 신음을 했다. 아버지가 가슴에 손을 대보면서,「너 오늘 누구한테 맞었냐?」하고 물었다. 식은 고개를 저었다.

 이튿날도 식은 학교에 가지 못했다. 교감선생이 눈을 부라리면서 교무실로 끌어다가 종아리를 때리고, 종일토록 마룻바닥에 꿇어앉혀 둘 것만 같아서였다. 전날과 마찬가지로 학교 뒷산 솔숲으로 갔다. 운동장에는 이부 수업을 기다리는 아이들이 뛰놀고 있었다. 깽깽이도 하고, 대꼬다이도 하고, 자치기도 하고, 쫓고 쫓기기도 하고, 주저앉아 땅뺏기 놀이도 하고 있었다. 그 아이들의 떠드는 소리가 솔숲으로 새어들었다. 솔두벙 속에서 식은 우두커니 앉아 있었다. 교무실 앞의 종이 울리고, 일부 수업을 마친 1~3학년 아이들은 교문으로 쏟아져 나가고, 4학년 학생들이 교실로 들어갔다.

식은 마른 잔디 위에 누워버렸다.
　마른풀 냄새가 코를 찔렀다. 솔숲 사이로 흘러든 햇살 아래에 파르게한 쑥부쟁이꽃이 드문드문 피어 있었다. 맹감나무숲에서 꼬리를 치켜든 채 팔짝팔짝 뜀질을 하던 굴뚝새 한 마리가 식을 흘끗 보더니, 도토리나무숲으로 날아갔다가 다시 등성이 저편으로 날아가 버렸다. 굴뚝새의 날갯짓이 솔숲 밑의 자줏빛 그늘을 출렁거리게 했다. 그 출렁거림이 식의 가슴을 흔들었다. 등성이의 숲에 쪽빛 하늘이 걸쳐져 있었다. 그때, 등성이의 숲에서 깍깍 하는 소리가 들렸다. 식은 화닥닥 일어났다.「이놈」하고, 누군가가 달려오는 것만 같았다. 솔두병 속에 몸을 움츠렸다. 솔숲 사이로 뚫린 하늘이 깜짝 움츠리는 듯했다. 숲속을 까릉까릉 울려놓고 있는 까치였다.
　그는 답답한 가슴 깊이 숨을 들이쉬었다. 식의 머리 위에서 울던 까치가 등성이 너머로 날아갔다. 까치가 사라진 뒤로도 그는 웅크린 몸을 펴지 않았다. 얼마나 그러고 앉아 있었을까. 식은 어렴풋이 자기의 이름을 외쳐 부르는 소리를 듣고 몸을 일으켰다.
　그것은 분명히「식아아!」하는 소리였다. 그 소리는 한 사람만의 외침이 아니었다. 수없이 많은 아이들이 한꺼번에 소리치고 있었다. 그 소리가 계곡을 울렸다. 그가 숨어 있는 숲을 가득 채웠다.
　이때 아래쪽 언덕에서 달려오는 게 있었다. 토끼였다. 엉겁결에 식이 숨어 있는 숲을 스쳐 등성이를 뛰어 넘어갔다. 아이들이 쫓아오는 게 분명했다. 그는 토끼가 달아난 등성이를 뛰어 올라갔다. 이날, 이편이 산언덕 길로 들어서는 것을 누군가가 보고 담임선생한테 일러바쳤는지 몰랐다. 담임선생한테 붙들리면 큰일이었다. 학교로 내려가는 대로 교감선생 앞으로 끌리어가게 될 것이며 그러면 매를 맞을 것이었다. 등성이를 오르는 다리가 팍팍했다. 발발 떨렸다. 숨이 가빴다. 가슴이 풀쩍거리고 눈앞이 아찔했다. 발이

미끄러졌다. 머리끝이 곤두섰다. 등줄기에 찬물을 끼얹는 듯한 전율이 전신에 흘렀다. 솔가지를 잡고 일어섰다. 무릎이 얼얼했다. 등성이를 넘었다. 거기서부터는 돌자갈밭이었다. 돌자갈밭에는 시누대나무나 개암나무 들이 우거져 있고, 그 주변으로는 맹감나무나 도토리나무 들이 무성했다.

「식아아!」 가느다란 듯하면서 쨍 울리는 데가 있는 담임선생의 목소리가 뒤쫓아왔다. 식은 돌자갈밭을 건너가서 칙칙한 도토리나무숲 속에 숨어야 붙잡히지 않을 것이라는 생각이 들었다. 떨리며 맥이 없는 다리에 힘을 주었다. 재빠르게 발을 옮겨 디뎠다. 돌자갈밭에 얽힌 시누대나무와 개암나무의 숲을 뚫고 달렸다. 그러다가 발을 헛디뎠다. 앙상한 돌자갈 틈바구니로 처박혀 들어갔다.

요 며칠 사이에 보이곤 하는 하늘색의 푸른 연기 같은 어둠보다 더욱 짙고 아득한 어둠이 눈앞을 가렸다. 일어나 뛰었다. 도토리나무숲에 들어섰을 때, 이마가 짜개지는 듯 아프고, 눈으로 끈끈하고 뜨거운 것이 흘러들었다. 손바닥에 떼찔레의 가시가 박힌 듯 따끔거리고 무릎이 화끈거렸다. 울음이 터져나왔지만 참았다.

이윽고, 등성이를 오르는 발소리들이 그의 욱욱거리는 귓속을 파고들었다. 눈을 감아버렸다.

창백한 이마와 콧등에 땀방울이 맺힌 담임선생님에게 손목을 잡히면서 식은 엉엉 울었다. 담임선생은 뛰어 올라오느라고 숨이 찬 듯 작은 코를 벌름거리면서 손수건을 꺼내가지고 그의 이마에서 흐르는 피를 닦아주었다.

울지 말라고, 어서 내려가자고, 왜 이러고 있느냐고 네가 학교에 나오지 않으니까 교실 안이 숫제 텅 빈 것 같더라고, 집에서 누구한테 무슨 꾸중을 듣거나 매를 맞거나 한 모양인데 자기하고 함께 가면 괜찮아진다고, 다시는 꾸중듣거나 매를 맞거나 하지 않게 하여줄 테니 걱정 말고 가자며 끌고 내려갔다. 식은 눈물 속을 걸었다.

해질 무렵, 이마의 상처 때문에 허연 붕대로 머리를 싸맨 채, 담임선생의 손에 끌려와서 엉엉 울어대는 식을 끌어안듯이 한 아버지는,「어쩌다가 이랬냐?」하기도 하고,「우지 마라, 우지 마」하며 달래기도 했다. 식은 어떻게 울음을 그칠 수가 없었다. 그의 목은 경련이 인 듯 굳어져 있었고, 가슴은 울음을 밀어올리고 또 밀어올리고 있을 뿐이었다. 담임선생이 아버지의 귀에다가 무슨 말인가를 오랫동안 하고 돌아간 뒤, 식은 어머니의 손에 끌려 부순방에 가서 누웠다. 누워서도 식은 울고 또 울었다. 그러다가 지쳐 잠이 들었다.

어머니가 구운 고기의 살점을 밥숟가락에 올려 든 채 깨워서야 식은 일어나 앉았다.

어머니는 식이 큰 병에 걸린 것으로 생각하고 있었다. 밥 한 숟가락을 받아먹었다. 입 속에 들어간 밥알은 모래알처럼 그저 굴러다닐 뿐이었다. 아버지가,「대고 막 먹어라. 대장부가 뭣이 무서워서 학교도 안 가고 그렇게 도망댕기기만 했냐?」하고 물었다. 식의 옆에 앉으면서 등을 토닥거렸다. 식은 또 목이 울컥 메었다. 아버지의 얼굴을 흘끗 쳐다보았다. 아버지의 거무튀튀한 얼굴에 웃음이 담겨 있었다. 쌍꺼풀 진 눈이 거슴츠레했다.

석유등잔불이 야울거렸다. 아버지에게 묻고 싶은 말이 있었다. 아버지는 왜 반동자냐고, 아버지가 반동자이기 때문에, 우리는 이 남과 이북 가운데 어느쪽이 이겨야만 살 수 있게 되느냐고, 아버지는 어느쪽에 가까우냐고, 묻고 싶은 것이었다.

어머니가 왜 밥을 씹고만 있느냐고, 꿀꺽 삼키라고 재촉을 했다. 뻣뻣하게 굳어진 목구멍 너머로 밥을 삼켰다. 어머니가 다시 한 숟가락을 입에 떠넣으려고 했다.

식은 고개를 저었다. 어머니가 붕대 감긴 이마의 뒤통수를 짚어보며, 머리가 많이 아프냐고 물었다. 고개를 저어주었다. 어머니가 그러면 왜 이렇게 밥을 먹지 않느냐고, 입맛이 없더라도 억지로 먹으라고 짜증스럽게 말했다.
 식은 고개를 떨어뜨렸다. 아버지가 웃으면서 등을 토닥거려주고, 어서 먹으라고 했다. 그 목소리가 우렁우렁 방안을 울렸다.
「아부지」하고 불러놓고 식은 또 울음을 터뜨렸다.
 아버지가 대관절 왜 그렇게 우느냐고, 무엇이 무서워서 그러느냐고, 안타까운 듯 눈살을 찌푸린 채 물었다. 한참 만에 가까스로 숨을 돌린 식은 꺽꺽 딸꾹질 같은 재채기질을 하면서 눈을 딱 감은 채, 아버지는 왜 반동자냐고 물었다. 아버지가,「반동자?」하고 되물으면서 어머니의 얼굴을 보았다. 어머니의 눈에 흰자위가 확대되고 있었다. 아버지는 고개를 쳐들고 천장을 향해 너털웃음을 터뜨렸다.
「누가 그런 소리 하디야?」하고 묻더니 앞으로 만약에 또 그런 소리를 하는 놈이 있거든 말하라고 했다. 그러면 그놈들을 모두 잡아다가 파출소로 넘겨버리겠다고 했다. 앞으로는 조금도 무서워 말고 학교엘 나가라고 하면서 식의 등을 두드려주고 다시 너털너털 웃어댔다. 어머니는,「누가 그런 소리 하디야?」하면서 숟가락을 놓았다.
「아니, 요것들이 우리 식이를 뺑돌려 빼놓고 놀려먹어 싼께, 그것이 무서워 정녕 학교를 못 가는 모양이구만」하고 분해했다.
 식은 어머니의 말에 아랑곳하지 않고 아버지의 얼굴을 물끄러미 건너다보았다. 아버지가 이남 편을 드는 것을 보니까 반동자는 아닌 모양이다 싶었다. 일단 안심이 되긴 했다. 그러나 새삼스런 두려움이 엄습했다. 또한 좀전에 아버지가 모두 잡아다가 파출소에다 넘겨줘 버릴란다 하던 말이 마음에 걸렸다. 이남 편을 들다가 만일 이남이 이북한테 싸움을 해가지고 지면 어떻게 하려고 그러느냐고 묻고 싶었다. 그것은 생각뿐이었다. 그의 얼굴은 후끈 달아 있었고, 가슴은 풀쩍거리고 있었으며, 목은 경련이라도 인 듯이 메어 있었다. 그는 잠긴 소리로 아버지를 불렀다. 아버지의 얼굴을 건너다보았다. 왜 그러느냐고 하면서 거무튀튀한 아버지의 얼굴이 그의 앞으로 다가왔다. 그의 눈앞에 총을 쏠 때 피어나던 파란 연기 같은 어둠이 퍼지고, 도깨비불 같은 별무늬가 흐르면서, 귀가 피요웅하고 울었다.

'미국하고 쏘련하고 쌈을 하면 어디가 이긴다우?' 하는 말이 입 안에서 뱅뱅 돌았지만 식은 끝내 이 말을 입 밖에 내지를 못했다.

정말 미국이 소련보다 더 싸움을 잘하는 나라일까, 이북하고 싸움하다가 이남이 지게 되면 미국은 이남 편을 들어 덤벼줄까, 하는 생각이 머릿속에서, 쌀을 일 때 흔들리는 바가지 속의 물처럼 이리저리 일렁거리고 있었다. 식은 눈을 감은 채 후드득 소름을 치곤 했고, 그때마다 그의 얼굴은 식은땀을 쏟고 있었다. 석유등잔불이 야울거리는 속에서 밤은 깊어가고 있었다.

(1976)

안개바다

 식이 교통호 파기 울력에 나가기 시작한 것은 덕도에 인민군이 들어온 지 열흘째 되던 날부터였다.
「혹시 누가 뭣이라고 하면 열다섯 살 묵었다고 우겨라잉..」
 어머니는 놋그릇에다가 밥을 담아서 책보자기에 싸주고, 거기에 용머리비녀만한 숟가락 한 개를 찔러서 그의 손에 들려주면서 당부했다. 어깨를 축 늘어뜨리고 고개를 숙인 채 마지못한 걸음걸이로 툇마루를 내려서는 그의 다른 한 손에, 작은 체구에 알맞게 자그마한 괭이자루를 들려주었다.
「어째서 아부지가 안 나오고 니가 나오냐고 하그덩, 아프다고 그래. 느그 성은 뭣 하냐고 하면은 성도 아프다고 그래. ……아니, 그냥 성은 없다고 그래 버려라.」
 귀가 데쳐놓은 명아주 잎사귀같이 축 처진 노랑이가 꼬리를 흔들면서 식을 따라나섰다. 식은 노랑이의 옆구리를 힘껏 걷어찼다. 노랑이가 재빨리 피하면서 꼬리를 흔들었다. 그 정도의 괄시는 기분 나쁘지 않다는 듯 껑충거리면서 식의 주위를 맴돌았다. 사립 앞에 서는 먼 당숙뻘 되는 귀석이 그를 기다리고 있었다. 어머니는 귀석에게 식을 잘 보살피면서 데리고 갔다가 와달라고 몇 번이고 부탁을 했다.

「이 공은 참말로 안 잊으께라우.」

마을 앞의 산허리 너머로 아득하게 내려다보이는 득량만의 희뿌연 바다 위로 금빛 햇살이 부서지고 있었다. 고개 위에서 꽉꽉하게 뻗친 다리를 쉬면서 숨을 돌릴 생각으로 재 아래를 내려다보던 식은 눈이 부셨다. 산골짜기로 눈을 돌렸다. 누군가가 돌멩이를 휙 던졌다. 솔숲으로 달아나는 게 있었다. 식이네 노랑이였다.

「허허, 간밤에 내질러 깐 새끼를 울력이라고 내보내는 놈들도 있구마잉.」

양철판을 두드리듯 털털하면서 쩽 울리는 데가 있는 목소리가 주위의 소나무숲을 흔들어놓고 건너편 산골짜기를 건너뛰었다. 골짜기 위의 청잣빛 하늘이 기우뚱하는 것 같았다. 가슴이 철렁했다. 비칠 하는 몸을 가누면서 소나무 그늘에 앉아 있는 울력꾼들을 바라보았다. 식을 쏘아보고 있는 청년은 애꾸눈이였다. 어깨에 붉은 완장이 둘려 있었다. 머리칼이 쥐털처럼 눌눌했다. 갯몰 사람이였다. 그 옆에 역시 붉은 완장을 찬 순이네 큰오빠 순돌이 앉아 있었지만 그는 그저 식을 멀거니 바라보기만 했다. 그 얼굴이 나뭇조각처럼 딱딱하게 굳어 있었다. 그의 손에는 식이 들고 있는 괭이자루만한 흰 막대기가 들려 있었다. 그것은 비편들 모퉁이에 있는 대장간에서 만든 칼이라던 것이었다. 그 칼은 용감한 세포위원이라는 사람들만 차고 다니기로 되어 있는데 그것은 수경들과 싸우기 위해서 그러는 것이라고 그의 동갑인 재욱이 말했었다.

순돌이 인민군이 들어오기 전에 식이네 집엘 자주 드나들었었다. 뒷간 푸는 일, 논매는 일, 김발 옮기는 일이 있을 때마다 그는 열아홉 살 먹은 머슴 창길을 데리고 그 일들을 해주었다. 식은 고개를 떨어뜨렸다. 순이누나의 박꽃같이 흰 얼굴이 떠올랐다. 하필 순이네 오빠인 순돌 앞에서 이런 무색을 당하고 있다는 것이 무엇보다 창피스러웠다.
「꼬치는 작어도 매운 법이여. 그런 소리 말어. 가다가 죽어도 열 다섯 살이나 묵었은게.」
당숙뻘인 귀석이 얼른 받아 말하면서 소나무 그늘에 앉은 애꾸눈이를 보았다. 눌눌한 떡니를 내놓으며 히히 웃었다. 애꾸눈이는 귀석의 말에 아랑곳하지 않고 식을 향해, 「니 애비는 대낮에도 감재만 찌고 있다냐?」 하고 소리쳤다. 식은 눈앞이 아찔하고 가슴에서 꽝 소리가 나는 듯했다. 얼굴이 뜨거워졌다. 귀석은 앞장서서 고개를 넘었다. 도망이라도 치듯 내리받잇길을 달려 내려갔다. 「감재만 찌고 있다냐?」 하던 남자의 말이 귀에 남아서 얼굴을 자꾸 뜨겁게 달구고 있었다. 온몸에서 후끈한 열기가 땀구멍을 열었다. 이마의 땀을 훔쳤다. '감재'가 무엇을 뜻하는가를 잘 알고 있었다. 학교에 오가는 길에 또래의 아이들한테서 들었다. 남자의 그것을 말하는 것이었다. 그리고 '감재를 찐다'는 말은 남녀가 서로 맞붙는 것을 뜻한다던 것이었다. 식의 머릿속에 서로 부둥켜안은 어머니와 아버지의 모습이 그려졌다. 대낮에 서로 끌어안고 지내기 위하여 나를 대신 울력에 내보내고 있다는 말인가. 혀를 물었다. 얼굴이 불붙은 듯 화끈거렸다.
아버지는 부엌방 뒤쪽의 굴방 속에 들어가 있곤 했다. 한낮에도 불을 켜고 있어야만 되는 방이었다. 그 굴방은 출입문이 없고, 사방이 벽으로만 막힌 한 칸 넓이의 뒤주 같은 곳간이었다. 뒤란 쪽 구석의 천장에 바람구멍 두 개가 도깨비의 콧구멍처럼 나란히 뚫어져 있을 뿐이었다. 그것이 도깨비 콧구멍처럼 생각되는 것은, 뻔한 구멍에다가 쥐를 못 들어오게 하느라고 앙상한 밤송이를 쑤셔 넣어 두었기 때문이었다. 그 굴방 출입은 부엌방 윗목 구석의 바닥에서 그 방을 향해 뚫린 굴을 통해야 했다. 여느 때 그 부엌방 구석의 굴은 시꺼먼 궤짝 같은 것으로 가려놓곤 했다. 그 시꺼먼 궤짝은 식이네 증조할머니가 시집올 때 가져온 농인데 이젠 토란씨나 감자

씨 같은 것을 담아두는 것이 고작이었다.
 아버지는 아침밥을 먹고 부엌으로 들어가곤 했다. 거기서 부엌방문을 열고 들어가, 시꺼먼 궤짝을 젖히고 굴을 꿰어 굴방으로 들어가는 것이었다. 거기서 하루 내내 무얼 하는지 마당에도 잘 나오지를 않았다. 어떤 때는 굴방으로 들어가지 않고 부엌방 윗목의 잡곡가마니에 기대 앉아 있기도 했다.
 부엌방과 그 뒤쪽에 있는 굴방은 식을 얼굴 뜨거워지게 하는 곳이었다. 죽석 바닥이 너덜너덜 해어진 부엌방에는 고춧가루 단지, 소금 항아리, 찻독그릇 따위나, 감자 고구마 토란을 담은 자루나, 늙은 호박 덩어리나, 조며 보리며 나락이며를 담은 가마니들을 넣어두었다. 그 방은 음침하고 습했다. 부엌 안쪽에 붙어 있는 출입문 한 짝, 그것마저 쥐를 예방하느라고 함석을 덧대어놓았기 때문에 그 방은 언제 어느 때든 컴컴하고 습기가 많고 답답한 것이었다.
 이 부엌방은 원래 증조할아버지와 증조할머니가 쓰시던 방이라고 했다. 고조할아버지 내외가 돌아가신 뒤 증조할아버지 내외가 부엌 건너에 있는 큰방으로 건너간 뒤에는 아버지와 어머니가 거처했다고 했다. 그러니까 할아버지도, 아버지도, 우산도로 저저금(분가)을 난 작은아버지도, 큰누님, 작은누님, 형, 식까지도 모두 이 부엌방에서 태어난 것이라고 했다. 해방되기 두 해 전 외양간에다 방 두 칸에다 문간에다 변소를 함께 싸안은 기역자 모양의 사랑채를 지으면서 홀아비가 된 할아버지를 사랑방으로 모신 뒤 큰방에 들어와 사는 아버지와 어머니는 가끔, 「아따, 그 좁고 깜깜한 데서 어떻게 살았나 몰겠어」 하고 말하곤 했었다.
 식이 부엌방을 얼굴 뜨거워지게 하는 곳이라고 생각하는 것은 그 방이 습하고 음침한 때문이라든가, 거기서 할아버지, 아버지, 작은아버지, 형, 큰누님, 작은누님, 자기······ 이렇게 모두가 태어났다든가 해서가 아니었다. 그것은 그가 뒤란에서 끙 하고 안간힘을 쓰면서 굴방의 바람벽에다가 오줌을 갈기다가 어머니한테 들켜가지고 종아리를 맞은 일과 관계되고, 작은누님과 동갑인 순이누나와 관계되는 것이었다.
 식이 학교에 들어가기 한 해 전인 어느 늦은 봄날, 홀아비인 할아버지는 도포자락을 날리며 진멧몰의, 시집가고 장가가는 경사집엘 가고 아버지는 면소엘 나가고 형과 누님은 학교엘 가고 징용을 피하느라고 부엌방에 숨어 있곤 하던 작은아버지마저 식구들과 함께 들엘 나가고 없을 때에 일어난 일이었다.
 순이는 작은어머니가 아기를 낳으면서 '아기업개'로 들어와 살고 있었다. 아기한테 젖을 먹이기 위해 밭엘 다녀온 순이는 무료히 집을 보고 있는 식에게 밭언덕과 논둑에서 꺾고 뽑아온 찔레순과 뻘기를 주었다. 순이의 이마와 콧등에는 땀이 송송 배어 있었고 순이가 내놓은 찔레순과 뻘기는 손아귀 속의 땀에 데쳐진 듯 축 늘어져 있었다. 그것에서는 작은어머니의 젖 냄새가 나는 것 같았다. 아니 순이의 비릿한 몸내가 나는 듯했다.
 잠든 아기를 누이고 난 순이는 검정 통치맛자락을 날리면서 주르르 날듯이 뒤란의 샘으로 달려가더니 세수를 하고 왔다. 얼굴에 물 찬 숭어의 은비늘 같은 물방울들을 주렁주렁 달고 달려온 순이는 치맛자락을 걷어올려서 그 물방울들을 쓱 훔쳐냈다. 무명베 속곳 위로 배꽃같이 희고 토실한 윗배와 까만 배꼽이 드러났다.
 식은 눈이 번쩍 뜨였다. 귓불이 화끈 달았다. 눈앞이 어질어질해지면서 찔레순의 껍질이 잘 벗겨지지 않았다. 순이가 통치맛자락을 놓고 그것을 그렇게 못 벗기느냐면서 얼른 빼앗아서 좔좔 벗겨주었다. 시큼하고 달키한 찔레순을 세 개째 먹는데, 순이가 얼굴을 일그러뜨리면서 배를 만졌다.
 「아야, 배야.」
 식은 찔레순을 씹어 삼키면서 순이의 얼굴을 건너다보았다. 먹장같이 까만 단발머리 밑으로 길쭉한 얼굴이 모로 기웃해졌다. 순이의 볼에 복사꽃잎 같은 연분홍의 물살이 열기처럼 번지고 있었다.
 식은 자기도 모르는 새에 댓돌로 내려섰다. 밭으로 달려가서 순이누나가 아프다는 것을 말해주어야 한다고 생각했다. 순이가 그의 손을 잡고 끌었다. 부엌으로 들어갔다. 그의 귀에다 대고 엄마 아빠 놀이를 하자고 말했다. 그 놀이를 하면 자기의 아픈 배가 그냥 낫는다고. 부엌방으로 들어갔다. 껌껌했다. 식은 잡곡가마니와 궤짝 같은 것에 툭툭 부딪혔지만 순이는 익숙했다. 이 무렵, 순이는 작은누님과 함께 부엌방에서 자곤 했다. 잡곡가마니나 소금단지 따위가 없는 안쪽 구석에서 자는 것이었다. 순이는 안쪽 구석에다 이불을 펴고 식을 뉘었다. 순이의 아픈 배를 낫게 하기 위해서 시키는 대로 했다. 순이가 그의 아랫도리를 벗겼다. 잠시 옷 벗는 소리가 들리더니 그를 끌어안았다. 안은 채 빙그르르 한 바퀴를 굴렀다. 몸이 허공으로 떠오르는 듯하더니, 발가벗겨진 그의 배가 민틋하고 토실한 살덩이 위에 얹히었다. 숨이 꽉 막혔다.
「아야, 배야.」
 순이는 정말로 배가 아픈 듯 앓고 있었다. 손을 넣어 그의 고추를 만졌다. 자꾸만 주물러거렸다. 그를 와락 끌어안고 이쪽으로 뒹굴었다가 저쪽으로 뒹굴었다가 했다. 그는 사마귀의 톱니발에 붙잡힌 아기방아깨비처럼 순이의 살 깊은 가랑이 사이에 꼭 끼인 채 숨을 쉬지 못했다. 이러다가 면소에 간 아버지가 돌아와서 문을 활짝 열어젖히고 소리를 지르면 어쩌나 하는 생각에 가슴이 푸들푸들 뛰었다. 막힌 숨을 하아 하고 쉬는데, 두 가랑이를 열어젖히고 식을 풀어주면서, 오줌을 싸라고 했다. 자기의 살 어딘가를 가만가만 두들기면서 바로 거기에다가 아무 걱정 말고 오줌을 싸달라고 애원을 하듯이 말을 하는 것이었다. 오줌이 그 어디엔가로 흘러 들어가면 아픈 배가 낫게 되는 모양이었다. 식은 눈을 감았다. 순이의 가슴 위에 엎드린 채 아랫배에 힘을 주었다. 싸달라는 대로 오줌을 싸주고 옷을 입고 밖으로 나가리라 하는데 오줌이 나와주지를 않았다.

안개바다 249

이를 물고 끙, 안간힘을 쓰는데도 나와주지를 않았다. 똥이라도 싸듯이 자꾸 힘을 쓰는데, 순이가 시들해 가지고 그를 밀어내면서 그냥 일어나라고 했다. 이젠 배가 다 나았다면서 옷을 입었다. 이 일을 아무한테도 말하지 말라고 했다.

이런 일이 있은 뒤부터 식은 순이의 얼굴을 바로 쳐다볼 수가 없었다. 자꾸 죄스러웠고, 그 까만 단발머리 밑에서 맑게 가라앉아 있는 사기같이 흰 눈자위와, 거기 먹점 같은 동자가 '에끼이, 오줌 하나도 못 싸는 바보야' 하고 말하는 것만 같았다.

식이 바로 그 생각을 하며 고추를 까들고 뒤란에서 굴방의 바람벽을 향해 오줌을 갈기다가 어머니한테 들켜가지고 종아리를 맞은 것은 해방된 이듬해 늦은 봄의 어느 날이었다. 2학년이던 식은 또래 아이들하고 어울리지 못하고 혼자 골목길을 올라갔었다. 사립을 들어서는데, 집 안이 쥐죽은듯 고요했다. 이것은 재욱이네 작은방에서 살던 작은아버지 내외가 우산도로 분가를 하여 간 뒤의 일이었다. 물론 아기를 보아주던 순이가 제집으로 가고 없었을 때였다. 외양간에서 배를 깔고 누운 소가 눈을 감은 채 새김질을 하고 있었다. 사랑채를 들여다보지도 않고 큰방 앞으로 갔다. 책보를 놓고 부엌으로 갔다. 살강문을 열려다 생각하니 이때껏 오줌을 참고 있었다.

오줌부터 누고 밥을 먹자고 생각했다. 함석을 덧댄 부엌방 문이 코앞에 있었다. 변소로 가야 한다는 생각에 앞서 언젠가 부엌방에서 순이에게 당했던 일이 떠올랐다. 허리띠를 풀고 고추를 까들었다. 갑자기 없던 심술이 가슴 뿌듯하게 끓어올랐다. 밥도 차려놓지 않고 어머니는 어디를 갔단 말인가. 빌어먹을. 부엌방 문 앞에다가 갈겨버릴까 하다가 몸을 돌렸다. 좀 너무하는 듯싶었다. 뒷문을 통해 뒤란으로 갔다. 거기서 굴방 바람벽을 겨누었다. 힘을 끙 쓰면서 바람벽에다가 갈 지자를 그어댔다. 끙 하고 힘을 쓰면서 눌러잡은 고추를 놓았다. 오줌줄기가 키만큼 높이 올라갔다. 신이 났다.

순이가 오줌을 싸달라고 했을 때는 왜 그렇듯 오줌이 나와주질 않았을까. 이를 물고 힘을 써서 오줌을 더욱 높이 갈겨댔다. 이때 사랑방에서,「너 이놈!」하고 근엄한 어머니의 목소리가 들려왔다. 눈앞이 아찔하고 오줌줄이 툭 끊겼다. 바지를 끌어올리면서 혀를 물었다. 전날, 어머니가 사랑방에 베틀을 차리던 것을 딴생각을 하고 오느라고 깜빡 잊고 있었던 것이었다. 어머니는 이때껏 끊어진 몇 개의 올에다가 깨소금을 발라 잇느라고 바스락 소리 하나도 내질 않고 있었던 것이었다. 어머니는 빈 바디질을 탕탕 하고 북통들을 들어 가지런히 열린 올 속에 넣었다가 뺐다. 다시 바디질을 두 번 거듭하고 나서, 말코에 감긴 허리의 부티끈을 풀면서 몸을 일으켰다.

「너 이놈 이리 오너라.」

이렇게 근엄한 목소리로 말할 때의 어머니는 무서웠다. 식은 고개를 떨어뜨리고 사랑방 앞으로 갔다. 스스로 생각해 보아도 매맞을 짓을 한 것이다 싶었다. 어머니는 도투마리 밑에서 뱁댕이 한 개를 집어들고 나와서 그의 종아리를 때렸다.

「이놈아, 어디다 오줌을 싸냐. 그 방이 뭔 방인지 아냐?」

증조할아버지의 제사를 지낼 때면, 껌껌한 부엌방 안에다가 음식을 한 상 따로 차려놓던 것을 본 적이 있었다. 여섯 대의 매를 맞았다. 이날 식은 점심도 먹지 않고, 저녁나절 내내 큰방에 엎드려 울었다. 어머니가 와서 꽃뱀이 감긴 듯한 종아리를 만져주며 달래서야 그는 다시 한 차례를 더 울어대고, 끅끅 느끼면서 밥을 먹었다.

알고 보니, 그 부엌방과 굴방은 식이네 집에서 없어서는 안될 방이었다. 갑오년 난리 때는 증조할아버지가 거기 숨은 덕에 동학패 쪽에도, 관군 쪽에도 가담을 하지 않고 살아났다고 했다. 일제 때 한동안은, 천도교 구파의 총무를 지낸 바 있는 어른이 한 달인가를 머물다가 갔었다고 했고, 공출이 심할 때는 나락을 쌓아두었으며 그 틈에 작은아버지를 숨겨 징용을 피하게 했다고 했다. 여수 순천 반란사건이 일어나고, 반란군에 가담한 순이네 작은집 오빠가 마을을 휘저어놓고 간 뒤에는, 진멧몰 매형이 와서 두 달 동안이나 숨어 살던 방이었다.

이때껏 비워둔 탓으로 먼지가 앉을 만큼 앉고, 거미줄이 쳐질 만큼 쳐진 그 굴방을 말끔히 치운 뒤, 아버지가 거기서 숨어 살기 시작했다. 그것은 인민군이 이 섬에 들어오기 며칠 전부터였다.

식은 남의 아기 잡아먹고 숨어 사는 문둥이 같은 아버지의 모습을 본 적이 있었다. 열흘 전이었다. 순경들이 어협조합의 발동선을 타고 약산도로 밀려간 이튿날부터 마을은 온통 새 노래가 판을 쳤다. 아침은 빛나라 이 강산 어쩌고저쩌고 하는 노래, 장백산 줄기줄기 어쩌고저쩌고 하는 노래들이었다. 그것들을 배우기 위해 같은 학년에 다니는 재욱이와 함께 동청으로 갔다가 그는 소년단장이 되어 있는 그의 집 머슴이던 창길이한테 쫓겨나고 말았다. 반동자 새끼는 필요 없다고 내몰던 것이었다. 동청을 나오는 대로 그는 골목길을 줄달음질쳐 올라갔다.

반동자라는 말이 가지는 의미가 얼마나 무서운 것이며 치욕적인 것인가 하는 것을 잘 알고 있었다. 인민군이 밀려옴으로 해서 생겨날 새 세상을 반대하는 사람이 반동자라고 재욱이가 그러던 것이었다. 또, 반동자들은 일본 놈들 세상에는 일본 헌병 앞잡이 노릇을 하였을 뿐만 아니라, 대한민국 세상에는 다시 위대한 영웅들을 잡아내는 순경들의 앞잡이 노릇을 한 우익분자들이기 때문에 그놈들을 제일 먼저 죽여야 된다고 하던 것이었다. 재욱이는 어디서 누구한테 그런 말을 들어서 그에게 전하는 것인지 몰랐지만, 그는 자기도 모르는 사이에 정말 그래야 할 것이라고 맞장구를 쳤던 것이었다.

그런데 자기가 그런 반동자 새끼라니, 이건 치가 떨리도록 분하고 억울하였다. 아버지에게 무엇을 어떻게 잘못했는데 반동자가 되었느냐고 묻고 싶었다. 부엌방으로 뛰어들어갔다. 섬뜩 숨이 막혔다.

이날은 가뜩이나 방안에 오소리를 잡을 때 피우는 짚불 연기같이 짙은 담배연기가 꽉차 있었다. 막 들어서면서 식은 빨갛게 타고 있는 담배 불꽃밖엔 아무것도 보이지가 않았다. 얼마 뒤, 어둠이 눈에 익어졌을 때에야 그 담배의 불꽃을 받아 반짝 빛나는 아버지의 눈알을 알아볼 수 있었다. 흡사 독 오른 도둑고양이의 살기 어린 눈이었다. 그는 소름을 쳤다. 그게 바로 악질 반동의 무서운 눈이다 싶었다.

울력꾼들을 앞장서서 하눌재의 내리받잇길을 달려 내려가면서 식은 혀를 깨물었다. 반동자인 아버지가 원망스러웠다. 아버지는 왜 그렇게 나쁜 사람들의 앞잡이 노릇만 했었을까. 눈살을 찌푸렸다.

나룻머리에 이르렀다. 삽이나 곡괭이를 든 울력꾼들이 우글거렸다. 덕도 안의 네 개 마을에서 몰려든 울력꾼들이었다. 그들은 나룻배를 기다리고 있었다. 식은 사람들이 무서웠다. 누군가가 '느그 아부지는 뭣 하고 니가 울력을 나왔냐?' 하고 또 소리지를 것만 같았다. 사람들에게 다가가지 않고 멀찍이 떨어져서 서 있는데 귀석이 그를 불렀다.

「싸게 이리 오니라.」

물 넘실대는 검은바위 끝으로 가서 나룻배를 기다리자는 것이었다. 고개를 떨어뜨린 채 사람들의 틈을 비집고 귀석의 뒤를 따랐다. 그는 또 아버지를 원망했다. 자기보다 세 살 위인 형이 있는데, 왜 그 형을 두고 동생인 자기를 울력에 내보내는가 말이었다. 참으로 알 수 없는 일이었다. 아버지는 형에게 밤낮을 가리지 않고, 머리에다가 수건을 질끈 동인 채 누워 있으라고 하고 있는 것이었다.

댓돌 아래엔 놋쇠 화로를 놓아두었고, 그 위엔 약단지를 얹어놓았다. 아득한 북쪽 하늘에서 소나기라도 오려는 것처럼 꿍꽈르르 하는 천둥 같은 것이 들려오곤 하던 어느 날, 책가방을 들고 돌아온 형을, 무슨 중병에라도 걸린 듯 이튿날부터 아버지는 방안에 가두어놓고 있었다. 어머니는 회진엘 가서 약을 지어왔고, 그걸 아침 저녁으로 달여 먹이곤 했다.

 인민군들이 이 나루를 건너오기 하루 전날 아침에 중학생들 한패가 형을 데리러 왔었다. 인민군 환영대회에 나가야 한다는 것이었다. 그때 어머니는, 「애기가 저렇게 얼굴이 부어갖고 꺼질 줄을 모른단 말이시. 그리고, 저렇게 온몸에 힘이 쪽 빠져버린다고 저 야단이네야. 물어본께 신장이 나쁜지, 심장이 나쁜지 모르겠다고 안 한가. 어째사 쓸까 모르겠네야. 그런께 자네들이 말을 조깐 잘해주소. 나도 어떻게 우러르고 가르친 아들이라고 자네들하고 묶어서 한데 딸려보내고 싶은 생각이 어째 없겠는가? 조깐만 좋아지면 그냥 내보냄세」 하고 말했었다. 그들이 사립을 나갈 때는 키가 장대같이 큰 재욱이네 형의 손을 잡아 흔들면서 무어라고 귀엣말을 하기도 했었다.

 건너편 회진 선창에 울력꾼들을 쏟아놓고 나룻배가 건너왔다. 금빛 햇살이 나루터의 검푸른 소나무숲 사이로 살처럼 뻗쳐서 쪽빛 바닷물을 꿰뚫고 있었다. 바닷물결은 나룻머리의 검은바위를 널름널름 핥고 있었다.

 귀석이 식의 손을 끌고 나룻배가 닿기에 알맞은 검은바위 끝으로 갔다. 식은 시퍼런 바다가 무서웠다. 서로 먼저 건너가려고 밀고 밀치고 하다가 물로 떨어질 것만 같았다. 점심 그릇과 괭이를 한 손에 들고 다른 손으로 귀석의 옷깃을 잡았다. 나룻배가 검은바위에 닿았다. 귀석이 사람들을 헤치고 물결이 넘실거리는 바위 끝을 걷어차면서 나룻배 위로 뛰어 올라갔다. 식은 바위 끝의 물을 짐벙 밟으면서 끌려 올라갔다. 석축이라도 무너지듯 울력꾼들이 나룻배로 쏟아져 들어갔다. 몇 사람만 더 오르면 나룻배가 가라앉겠다 싶을 때, 사공이 삿대질을 했다.

회진 선창에 내리니 어협조합과 보안서 쪽에서 한 떼의 학생들이 열을 지어서 오고 있었다. 붉은 완장을 두르고 긴 칼을 든 학생 셋이 그들의 양 옆에 서서 가고 있었다. 키 큰 재욱이네 형이 보였다. 그들의 발이 척척 맞았다. 면소가 있는 신월로 가고 있는 것이었다. 형이 저기에 끼여 있다면 얼마나 좋을 것인가. 식은 쓰게 입맛을 다셨다.
「싸게 가자.」
　귀석이 재촉했다.
　나룻배에서 내린 울력꾼들이 보안서 쪽으로 가고들 있었다. 어협 창고의 벽돌담에는, 거무튀튀한 마분지 조각에다 먹글씨를 비뚤비뚤하게 쓴 삐라가 수없이 붙어 있었다. '미제 앞잡이들을 타도하자' '이승만 괴뢰 도당을 쳐부수자' '노동자 농민 만세' '김일성 원수 만세' '반동자를 숙청하라' '스탈린 원수 만세' '친일파를 잡아죽이자' '인민 해방군 만세'.
　조합창고 모퉁이에 있는 보안서 문 앞에 쑥물 들인 옷 입은 청년들이 장총을 들고 서 있었다.
　붉은 완장을 찬 사람들 대여섯이 대장간에서 만든 긴 칼들을 든 채 울력꾼들을 기다리고 있었다. 덕도 안의 네 개 마을의 세포위원들이 한 사람씩 나와서 보안서원에게 울력 나온 사람 수를 확인시키고 있는 것이었다. 삼수도 거기에 끼여 있었다. 그는 칼을 지팡이처럼 짚은 채 서서 눈살을 찌푸리고 있었다. 창길이 머슴으로 들어오기 두 해 전에 식이네 집에서 머슴을 살아오다가 장가를 들어가지고 살림을 차려 나간 그였다.
「창길이도 일만 부지런히 하소. 그러면은 삼수같이 장개보내 갖고 살림 차려서 내보낼 텐게. 남들은 어떻게 생각하는지 몰라도, 삼수가 집 고칠 때 나뭇대 전부 대주고, 목수 토수공과 쌀 대주고, 새경 우에로 쌀 한 가마니하고 보리 두 가마니 져가라고 착내줬드니. 그것말고도 솥단지 갖다가 걸어줬제, 거지 같은 것 싸

오대끼 할 때에 이불솜 줬제, 명베 한 필 줬제, 해의발(김발) 막는다고 할 때 배 내줬제⋯⋯. 참말이제, 한다고 했네.」
 창길이 들어온 며칠 뒤에 어머니는 이렇게 말하던 것이었다.
 턱이 뾰족하고 긴 보안서원 옆에 서 있던 삼수가 몰려온 새텃몰 울력꾼들을 한쪽에 모았다. 식과 눈이 마주쳤다.
「니가 왔냐?」
 무뚝뚝하게 물었다. 식은 고개를 떨어뜨렸다. 삼수는 울력꾼의 수를 헤아려서 보안서원에게 확인을 시켰다. 보안서원이 식을 가리키며 고개를 저었다. 그의 콧등에 얽죽얽죽한 곰보자국이 있었다. 삼수가 그의 귀에 대고 무슨 말인가를 했다. 보안서원이 식을 흘끗 보면서 고개를 끄덕거렸다. 아마 매형 말을 한 모양이었다.
 매형 김치호는 보안서 부서장이었다. 여수 순천 반란사건에 가담한 새텃몰의 순이네 작은집 오빠가 총을 들고 왔을 때, 진멧몰에서 새텃몰까지 달려와 앞장서서 설친 매형이었다. 만세를 부르고 지서를 습격하고, 삐라를 붙였었다. 순이네 작은집 오빠가 도망가 버린 뒤, 토벌대 사오십 명이 몰려들었다. 가만두면 하릴없이 붙들려가서 죽게 되어 있었다. 그런 것을 식의 아버지가 자수를 시켰다. 자수시킨 것만으로 안심이 안된 아버지는, 군산어협의 잘 아는 사람 손을 잡아 매형을 어협판장의 서기로 취직시켜 주었었다. 그런데 매형은 인민군이 밀고 내려오자, 얼씨구나 하고 누님을 떨쳐둔 채 인민군들을 앞장서서 고향으로 내려와 버린 것이었다.
「각시는 어짜고 혼자만 왔는가?」
 열흘 전, 매형이 인사를 드린답시고 왔을 때, 어머니는 발을 구르면서 말했었다. 매형은 태연했다.
「아부님 걱정이 되아서 내려왔어라우. 모든 것을 조절해 놓고는 그냥 올라갈라요. 여그 면당에서 내 투쟁이력을 받아갖고⋯⋯. 그리고, 내가 조금 늦게 올라가드라도 염려하실 것은 없어라우. 쌀 한 가마니하고 장작 두 짐하고 들여놓고 왔은께 석 달은 넉넉히 먹고 살 것이오」 하고 나서 매형은 아버지에게 엉뚱한 소리를 늘어놓았었다.
「아부님, 아무 말씀 마시고 집 안에 꽉 들어 계시씨요잉. 제가 뭣이라고 하기 전에는 누가 어디로 가자고 해도 절대로 따라가지 마씨요. 적당한 때를 봐서 제가 자수를 하실 수 있도록 할란께라우.」
아버지는 곰방대만 빨고 있었다. 입에서 나온 연기가 눈살을 잔뜩 찌푸린 아버지의 얼굴을 싸고 돌았다. 매형은 장판 바닥 한 점을 집게손가락 끝으로 긁으면서 거침없이 말을 이었다.
「세상은 완전히 뒤집어졌소. 일찌감치 아부님도 머리 돌리시씨요.」
아버지가 곰방대를 놋쇠 화로의 운두 안쪽에다가 땅, 내려 떨면서, 「네, 이놈」 하고 소리쳤다.
「하늘이 두 조각으로 갈라지더라도 꼼짝 말고 거기 엎드려 있으라고 한께 뭣 할라고 기어 내려왔냐? 내일 아침에 당장 올라가거라. 나사 잡혀가서 죽든지 살든지 상관 말고 썩 올라가. 만일에 내일 당장 안 올라가면은 너하고 나하고는 인제 남이다. 딸 하나 안 낳은 셈쳐버릴란다.」
아버지는 안간힘을 쓰듯 끙끙 앓심을 넣으면서 말했다. 매형은 웃었다. 이젠 겨우 부산이 남아 있을 뿐이라는 것, 그 부산이 함락되는 것은 시간문제라는 것, 이승만은 벌써 일본으로 도망쳤다는 것, 미국도 이제 손을 뗄 수밖에 없도록 되었다는 것, 그만큼 소련과 중공이 강력히 일을 받쳐주고 있다는 것을 다시 한번 아버지에게 상기시켰다. 그리고 목소리를 낮추어서, 「내일 쌀 한 말만 보안서로 보내주시씨요」 하고 말했다. 아버지는 고개를 저었다. 뼈아프게 농사지어 놓은 것을 거저 주어야 할 이유가 없다고 말했다.
매형이 답답하다는 듯이 머리를 긁적거리며 말했다.
「희사해 주시란 말씀이어라우. 아부지가 먼저 선수를 써사 쓰요.

안개바다 257

그래사 제가 일하기가 좋아라우.」
「못하겄다. 나 죄지은 일 없다.」
「죄가 따로 있다우?」
「'죄가 따로 있다우'라니? 아니, 이놈, 너도 나를 친일파나 뿌르좌지라고 생각하고 있는 모냥이다잉? 화아! 요 자식 보소이? 내가 언제 친일을 했다냐? 농사 열 마지기 짓고 산께 뿌르좌지라냐? 일제 때 구장하고 총대 했은게 친일파냐? 물론, 이때까지 머슴을 데리고 살기는 살어왔다. 그러나 그것은 어디까지나 총대하고 구장하느라고 그랬어야. 그래도 나는 머슴한테 새경한 가마니 띠어묵은 일 없다. 우리집에서 머슴 살고 나간 사람들 보고 다 물어봐라. 나는 노동자 농민들 피 빨아묵은 일 없다.」
곰방대에 쓰레기담배를 쑤셔 다지는 아버지의 손이 하늘하늘 떨렸다.
「이놈아, 정신 차려라. 세상 뒤집혔다고 너무 날뛰지 말아라. 내사 반동자로 몰려서 죽거나 말거나 상관 말고 싸게 올라가기나 해라. 가서 끽소리 하지 말고 자빠져 있어.」
아버지의 목소리가 높아지자 매형은 얼굴을 일그러뜨리고, 「아따 누가 듣겠소, 아부님」 하고 짜증스럽게 말하고 나서 탄식하듯, 「어째서 세상 돌아가는 속도 모르고 이러씨요?」 하고 말했다. 아버지는 모로 돌아앉아 곰방대만 빨았다. 매형은 잠시 고개를 떨어뜨리고 있다가 어머니를 향해, 「더 여러 말 안할 텐께 어무니가 잘 생각해서 제 말대로 해주시씨요」 하더니 아버지한테 인사를 하는 둥 마는 둥하고 밖으로 나갔다.
「처가에서 그거 보내준다고 해서 제 자리가 더 높아진다거나 어쩐다거나 하는 것 아니오. 모두 아부님 생각하고 그러요. 앞으로 두고 보시오. 아부지같이 구장이나 총대를 했든지 면장을 했든지 순경질을 했든지 한 사람들이 어떻게들 되어가는가.」
사립 밖으로 따라나간 어머니에게 매형은 이렇게 말하고 총총 하눌재를 넘어가 버렸었다.
 그 이튿날 식은 어머니가 자루에 담아준 쌀 한 말을 지게에 짊어지고 회진 보안서로 갔다. 훤칠하게 키가 크고 얼굴이 희고 번번한 매형은 쌀을 받아놓고 식을 천관식당으로 데려다주었다. 거기에는 흰 치마 저고리를 입은 사부인댁이 나와 있었다. 식의 두 손을 끌어다가 모아 쥐면서, 「아따 우리 사둔, 인자 어른 다되었네. 쌀을 한 말토록 지고 재를 넘어온 것 본께」 하고 말했다. 거슴츠레한 눈과 잔주름 몇 개가 그어진 입 가장자리에 웃음이 가득 찼다. 식당의 대청마루로 데리고 갔다. 헝클어진 머리에 후줄그레한 검정 치마폭을 날리면서 식이네 집으로 달려오곤 하던 사부인댁의 넋 나간 듯하던 모습이 머리에 떠올랐다. 매형이 회진 파출소나 대덕 지서로 끌려가기만 하면 재를 넘어 달려오곤 하던 것이었다. 아버지에게 울상을 지으면서, 「어쩌께라우, 사장님. 면목이 없소마는, 이참에 한 번만 더 끄집어 내놓고 봅시다. 메느리한테 죄스러서 못 쓰겠소」 하던 얼굴에는 깊은 주름살이 거멓게 그어지곤 했었다. 그 얼굴에 이젠 아침나절의 돌담에 비친 햇살 같은 웃음이 담겨 있었다.
 「인자 자네 매양은 살게 되었다네. 여그서 문서만 만들어갖고는 그냥 군산으로 갈란다고 한께, 그때 자네도 따라가소. 자네 매양이 자네 하나는 데려다가 중학교를 보내줄란다고 그러네. 여그서만 살아도 보안서 부서장인께 살 만 안 하겠는가마는 그래도 군산으로 가사 쓰겠다고 하데.」
 사부인댁은 이때까지 사돈네의 신세 진 것을 갚을 수 있게 된 것을 퍽 만족스럽게 생각하고 있는 듯했다. 그날, 빈 지게를 지고 나루를 건너 한재 고개를 넘어 집으로 돌아가면서 식은 군산이라고 하는 바닷가 도시에 대한 생각으로 들떠 있었다. 그러나 그 뒤로 열흘이 지났는데도 매형은 식이네 집에 코빼기 한 번 내보이지를 않고 있는 것이었다.

보안서의 기와지붕 위로 열린 하늘이 쪽빛으로 물들어 있었다. 울력꾼들이 보안서 모퉁이를 돌아서 이진목 쪽으로 뚫린 신작로로 들어서고 있었다. 귀석이 식의 손을 끌었다. 귀석의 하얀 중의자락에 쏟아진 햇살이 눈을 부시게 했다. 그때 누군가가, 「저것 태주 아니라고?」하고 말했다. 울력꾼들의 눈이 보안서 앞마당을 바라보았다. 껑충하게 큰 태주가 어깨를 축 늘어뜨린 채 보안서 문을 들어섰다.

「정찬호 삼형제가 다 자수했다고 하데잉.」

다시 누군가가 낮게 말했다.

「말이 자수제, 안 죽을 만치 뚜드려 패갖고 내보냈다고 하데.」

「큰동네 구상호도 그렇게 뚜드려 맞었는 모양이데.」

식은 여느 때 검은 나비 같은 코밑수염을 기르고 다니던 구상호 어른을 생각했다. 그는 3학년 때 광주 어디에선가 전학을 온 구정식의 아버지였다. 기성회 역원이었으므로 간혹 학교엘 오기도 했다. 구정식은 식이와 같은 반이었다. 키가 컸으므로 굵은 패에 들어갔고, 급장이었다. 학교 안에서 유일하게 잉크빛 운동화를 신었고, 무릎 위로 올라가는 검정 반바지에 흰 셔츠를 입곤 했다. 얼굴이 박속처럼 희고, 하이칼라 머리를 하고 다녔다. 무중우 적삼에 까까머리인 식이 같은 아이들과는 전혀 다른 세계에 사는 아이인 듯싶은 구정식이었다.

「안 죽이는 것만도 고맙게 생각해사제.」

울력꾼들은 신작로로 들어선 뒤에도 내내 정찬호와 이태주와 구상호에 대한 이야기를 계속했다.

「찬호하고 태주하고가 염전을 순전히 독차지해 버리다시피 안했다고.」

「태주하고 찬호가 둘이 어울려서 만든 염전인께 독차지했제 어째?」

「말도 말소. 동네 사람들이 쏵 나서서 울력도 해주고 어짜고 해서 만든 엽전 아닌가.」
「큰동네 구상호는 보안서에서 안 내놓고 인민재판에 붙일 모양이라고 하데.」
 구상호 씨는 광주에서 해방이 되기 두 해 전부터 하던 순경질을 해방이 되면서 그만두고 고향에 돌아와서 살고 있는 것이었다. 그는 보통학교를 다닐 때부터 나발을 기막히게 잘 불었다고, 언젠가 아버지가 말했었다. 아버지는 자기와 함께 보통학교를 다닌 사람들 가운데서는 구상호 씨가 가장 출세를 한 사람이라고 했었다. 경찰학교에 들어가면서부터 그걸 그만두고 나올 때까지 내내 나발만 불고 살았으므로, 그는 결국 나발 부는 재주 하나 가지고 성공한 사람이라고 하던 것이었다.
「상호는 사실 해방이 막 되었을 때 죽었어야 쓸 사람이네.」
 식은 땅만 내려다보고 걸었다. 부엌방 속에 있는 아버지가 생각났다. 집에 놀러오던 정찬호 아저씨를 생각했다. 연필 사 쓰라고 종잇돈을 준 적도 있었다.
 이진목 산모퉁이를 돌았다. 가파른 언덕을 넘었을 때, 인민군 셋이 잔솔밭 속에 앉아들 있었다. 쑥빛 전투복의 등과 전투모자의 양옆에는 그물이 쳐져 있었다. 그 옆에 양복쟁이 한 사람과 흰 저고리에 검정 통치마를 입은 처녀 한 사람이 앉아 있었다. 그들은 왼쪽 어깨에 붉은 완장을 두르고 있었다. 흰 저고리를 흘끗 보면서 식은 순이누나를 생각했다. 순이누나도 꼭 저런 저고리와 검정 통치마를 입고, 잼몰의 처녀 한 사람과 함께 하눌재 고개를 넘어가곤 하던 것이었다. 면당위원회로 새 노래를 배우러 간다고 했다.
 처녀가 산기슭 쪽으로 돌아서면서, 흰 저고리의 등바대 한가운데로 늘어뜨린 머리채를 앞가슴으로 가져갔다. 머리채 젖혀진 뒷목이 허옇게 드러났다. 그것은 영락없이 배때기에 빨간 말뚝버섯 돋아난 황소를 태우기 위해 꼬리를 옆으로 젖힌 암소의 항문 근처의 허연 빛 같았다.

안개바다 261

식의 머릿속에는 배때기에 빨간 말뚝버섯 돋아난 황소가 암소를 향해 달려가는 모습이 그려지고 있었다. 고개를 저어 생각을 떨어 내는데, 앞에 가던 울력꾼들이 인민군들을 흘끗거리면서 잠시 발을 멈추었다. 산언덕으로 난 지름길로 질러가기 위해서였다. 울력꾼들은 자연 한 줄로 늘어서서 언덕길을 넘어야 했다.

「쌍간나새끼들이 울력꾼들을 싸게싸게 안 내보내고 뭣들을 하고 자빠져 있는 거야.」

 양복쟁이가 숲속에서 나오더니 두 손을 허리에 짚고, 덕도의 나룻머리를 바라보았다. 나룻머리에는 아직도 한 배 실을 사람은 실히 됨직한 울력꾼들이 모여 있었다. 그 나룻머리에서 금방 뜬 나룻배가 흰옷 입은 울력꾼들을 가득 싣고 짙푸른 바다 위를 떠오고 있었다. 하얀 꽃상여나, 물에 던져진 한 떨기의 수국송이 같은 그 나룻배는 늦은 달팽이처럼 느리게 움직이고 있었다.

「저 울력꾼들이 여기까지 오려면 한낮이 다되게 생겼구만, 빌어 묵을.」

 양복쟁이는 가래침을 칵 하고 울거 머금었다가 멀리 내뱉었다. 식은 귀석의 뒤에 바싹 붙어서 언덕길로 들어섰다. 그때 솔숲에서 누군가가 「이봐, 꼬마동무」 하고 소리쳤다. 그 소리가 숲을 처렁 울리고 쪽빛 하늘로 퍼져갔다. 울력꾼들은 일시에 발을 멈추었다. 산굽이 아래에서 바닷물결 찰싹거리는 소리가 쏴아 밀려들었다. 쑥색 군복의 어깻죽지에 붉은 별과 지휘관 표지를 단 군관이 식을 향해 손가락질을 하고 있었다. 울력꾼들의 눈길이 모두 식의 얼굴로 쏟아졌다. 식은 가슴이 철렁하고 눈앞이 아찔했다.

「이리 오라우, 꼬마동무.」

 귀석이 식의 손을 잡아 올리면서, 「이 총각 말이오?」 하고 묻자, 군관이 고개를 끄덕거렸다. 귀석이 식의 손을 군관 쪽으로 밀어주면서, 「열다섯 살 묵었다고 해라잉」 하고 말했다. 식은 다리가 떨렸다. 눈앞에 검푸른 바다 빛깔 같은 어둠이 스쳐갔다. 언덕을 내려갔다. 허공을 디디는 것만 같았다. 솔숲에 앉은 군관 앞으로 갔다. 군관의 얼굴은 꺼멓게 그을어 있었다. 순이네 오빠인 순돌의 또래나 될 듯했다. 다가온 식을 한동안 바라보던 군관은,「몇 살이지비?」하고 물었다. 식은 목이 꽉 메었다. 울음이 차오르고 있었다. 열다섯 살이라고 대답해야 한다고 생각은 되었지만, 입은 그 말을 만들어 내보내지를 못하고 있었다.

「아바이동무는 뭘 하지비?」

군관이 재차 물었다. 식은 앓아 누워 있다는 말을 해야 했다. 목구멍에서는 울음이 터져나오고 있었다. 울면 안된다며 혀를 깨물었다.

「학교에 가서 공부나 하라우.」

울력꾼들은 언덕을 넘어가지 않고 선 채 솔숲에 있는 군관과 식을 바라보았다.

「싸게 가라우요.」

양복쟁이가 군관과 비슷한 말투로 그들을 향해 소리쳤다. 울력꾼들이 움직이기 시작했다. 귀석이 뒤처져서 식을 바라보고 있었다. 양복쟁이가 귀석을 향해 빨리 넘어가라고 손을 쳤다. 귀석이 식을 턱으로 가리키며,「저 총각하고 같이 갈라고 그러요」하고 말했다. 양복쟁이가 잔소리 말고 빨리 가라고 소리쳤다. 귀석이 잠시 망설이다가 언덕을 넘어갔다. 식은 눈앞이 아득해졌다. 군관 옆에 선 창길 또래나 될 듯한 군인이 짊어진 장총의 총구멍 가장자리가 솔숲 사이로 파고든 햇살을 반짝 되쏘았다. 그 반짝하는 되쏨이 식의 가슴을 써늘하게 훑었다. 샅아구니 사이의 불알 밑이 저리고 시큰해지면서 오줌이 마려웠다. 이젠 별수없이 식이네는 울력에서 빠진 셈이 되고, 빠진 대신 돈이나 쌀을 내놓아야 할 것이었다. 두 다리에 힘이 모두 빠져나갔다. 군관이 식을 향해 웃었다.

「왜 울지비?」

눈물 어린 눈에 군관의 검게 그을은 얼굴 속의 허연 이빨이 부옇게 부풀어났다. 군관의 허리에 매달린 권총도 꺼멓게 부풀어났다. 양복쟁이가 식 앞으로 왔다. 식은 떨리는 다리에 힘을 주느라고 이를 물고 고개를 떨어뜨렸다. 양복쟁이가 식의 턱을 받쳐들었다.
「너 누 아들이냐?」
쉰 듯 컬컬한 목소리와 함께 침방울이 식의 얼굴로 튀어왔다. 가슴이 쿵쾅거렸다. 눈물 어린 눈에 양복쟁이의 꺼먼 콧구멍이 순경들이 타고 도망친 어협조합 발동기의 화통처럼 크게 부풀어났다.
큰일이었다. 아버지의 이름을 대면 이 양복쟁이가 군인들을 시켜서 아버지를 잡아오게 할지도 모르는 것이었다.
「너 반동자 새끼지?」 하는 말이 금방 양복쟁이의 입에서 튀어나올 것만 같았다. 식은 혀를 깨물었다. 아버지의 이름을 대서는 안된다고 생각했다.
어디선가 비행기 소리가 들려왔다. 군관이 뛰어 일어나면서 언덕 너머를 가리키고, 「빨랑 엎드리라고 하라우」 하고 옆의 군인에게 말했다. 장총을 든 군인이 숲속을 달려서 언덕을 넘어갔다. 사냥개같이 빨랐다. 그 군인을 뒤따라서 양복쟁이가 달려갔다. 이때까지 군관의 뒤쪽에 서 있던 붉은 완장의 여자가 짙은 솔숲 속으로 들어갔다. 솔숲 아래 신작로로 한 무리의 울력꾼들이 몰려왔다. 군관이 뛰어나가면서, 「동무들, 숲속으로 빨랑 숨으라우. 빨랑빨랑」 하고 소리쳤다. 울력꾼들은 발을 멈춘 채 멀뚱하게 군관의 얼굴만 바라보았다. 군관은 하늘을 가리키면서 같은 말을 되풀이했다. 사람들이 숲 그늘로 들어갔다. 식은 정신이 번쩍 들었다. 여자가 들어간 솔숲으로 들어갔다.
여자가 언덕 너머를 향해 턱을 내밀어주었다. 순이누나의 박꽃 같은 얼굴을 떠올리며 재빠르게 솔두병 사이를 기어서 언덕을 넘었다. 떼찔레의 가시가 발목을 감았다. 성문다리에서 피가 배어났다. 끈끈한 왕거미줄이 얼굴을 감쌌다. 거미줄을 걷어내면서 달렸다. 괭이자루와 밥그릇 싼 보자기 끈을 움켜쥔 채 언덕의 내리막길을 달렸다. 숨이 찼다. 들쥐처럼 기었다. 군관이 권총을 빼 들고 뒤통수를 팡 하고 쏘아 맞힐 것만 같았다. 아찔한 어둠이 눈앞을 가렸다.
「저 비행기가 오늘 내내 쩌그서 빙빙 돌고 있었으면 좋겠네.」
솔숲에서 누군가가 말했다.
「시끄럽네, 이 사람아.」
식은 포수에게 쫓기는 토끼숨을 쉬며 솔두벙 속에 몸을 숨겼다. 하늘을 쳐다보았다. 허연 구름을 무명벳자락처럼 내뿜으면서 비행기 한 대가 동에서 서로 가고 있었다. 눈을 감았다. 조금 전에 본 처녀의 머리채 젖혀진 뒷목의 하얀 살빛이 눈에 그려졌다.
어느 날이던가, 해질 무렵에 순이누나하고 숨바꼭질하다가 본 일이 생각났다. 부엌방 바람벽에서 눈을 가리고 있다가 찾으러 나섰는데 순이누나는 간 곳이 없었다. 변소, 헛간, 마루 밑을 다 뒤지고, 뒤란을 돌아 대밭 안으로 들어갔다. 파란 연기 같기도 하고 꽃자줏빛 같기고 한 그늘이 잠겨 있는 대밭 속이었다. 뒷등 언덕으로 이어진 대밭 가장자리에 순이누나는 서 있었다. 발소리를 죽이면서 등뒤로 다가서「찾았다아」하고 소리쳤다. 순이누나는 귀가 먹은 듯 뒤돌아보지를 않았다. 넋을 잃은 채, 대숲 사이로 뒷등 언덕의 풀밭을 보고 있었다. 앞산 골짜기가 울리도록 울어대는 암내 난 소를 끌고 나간 아버지가 그 풀밭에 있었다. 풀밭 아래쪽에서 암소의 코뚜레를 잡고 있었다. 언덕 위쪽에서 고개를 홰홰 젓던 황소가 고삐 잡은 재욱이네 머슴을 질질 끌고 암소를 향해 내려왔다. 재욱이네 머슴은 황소보다 한걸음 앞장서서 달려 내려가더니 얼른 식이네 소의 꼬리를 잡아 옆으로 젖혔다. 황소가 앞발을 들고 껑충 뛰었다. 이때 순이누나는 식의 손을 쥔 채 떨었다. 땀이 나서 끈적거리는 손아귀였다.
허연 무명벳자락 같은 비행운이 비늘구름처럼 흩어진 뒤에, 군인들은 밭고랑이나 솔숲에 숨은 울력꾼들을 불러냈다. 검푸른 바다를 둘러싼 고구마밭이나 콩밭이나 수수밭 가장자리에다가 한 줄로 세웠다. 한 사람에게 다섯 걸음 길이씩을 맡겨주었다. 군인은 식을 고구마밭 가장자리에다가 배치를 해주었다. 식의 옆에는 수염이 허연 노인 한 사람이 배치되었다.

작업이 시작되었다. 먼저 고구마덩굴을 걷어냈다. 하얀 토끼새끼 같은 고구마들이 검붉거나 자줏빛 나는 덩굴에 달려 나왔다. 하나 먹고 싶었다. 먹을 새가 없었다. 괭이를 들었다. 덩굴을 따라 뽑히지 않았던 고구마들이 괭이 끝에 팬 흙에서 희끗희끗 뒤집혔다.

「아가, 아깝다. 모다 주서놔라잉.」

옆의 할아버지가 고구마를 주워서 멀찍이 떨어질 고랑으로 던지며 말했다. 식도 고구마들을 밭고랑에다가 던져놓았다.

「뭔 놈의 세상이 이럴까잉.」

밭머리에서 흰 저고리에 색 바랜 검정 치마를 입은 아낙네가 바구니를 들고, 울력꾼들이 파 뒤집어놓은 고구마들을 주워담고 있었다. 식의 어머니 또래쯤 되는 여자였다. 식은 아주머니의 일그러진 얼굴을 바라보다가 괭이질을 계속했다.

「싸무욱 싸무욱 해라. 이런 일은 수염에 불 끄대끼 하는 것 아니다.」

몇 해 전에 죽은 할아버지가 생각났다. 할아버지의 얼굴은 떠오르지 않고 허연 도포자락만 눈앞을 가렸다. 할아버지는 이웃 마을에서 온 같은 또래의 노인들과 사랑방에 앉아 풍월만 했었다.

한낮이 되면서 찌는 듯한 날씨가 되었다. 햇볕은 뜨겁게 내리쬐고 바람은 한 점도 불지 않았다. 간혹 바다 쪽에서 건듯 언덕을 타고 올라가는 바람이 있긴 있었지만, 그것은 뜨겁게 달구어진 밭언덕의 칡덩굴과 푸나무 들에 묻은 열기만을 쓸어올릴 뿐이었다. 식은 땀을 뻘뻘 흘리면서 괭이질을 했다. 옆의 할아버지는 벌써 허리가 잠길 만큼 파 내려가 있었다. 식은 기껏 정문다리가 잠길까 말까 할 정도밖엔 파지를 못하고 있었다. 할아버지한테서 삽을 조금 빌릴까 하고 허리를 펴는데 주위가 조용했다. 할아버지가 회진 쪽으로 산언덕 한 굽이를 휘어돈 사태밭 기슭을 보고 있었다. 주위의 울력꾼들도 모두 서서 거기를 보고들 있었다. 거기에는 권총을 찬 군관과 붉은 완장을 두른 양복쟁이가 서 있었다. 군관은 바다 쪽으로 파 내놓은 흙더미 위에 서서 하얀 막대기로 여기저기를 가리키며 무어라고 말을 하고 있었다. 몸을 돌려 식이 있는 쪽으로 몇 걸음 걸어가다가 다시 발을 멈추고 울력꾼들을 향해 무어라고 또 지껄여댔다.

식은 눈앞이 아찔했다. 군관이 가까이 오면 아까 왜 도망을 쳤느냐고 다잡을 것이 분명했다. 할아버지한테서 삽을 가져다가 황급히 흙을 퍼내는데 군관이 식이 있는 고구마밭 언덕으로 뛰어 올라왔다. 식은 끙끙 안간힘을 써가며 삽질을 했다. 군관이 가까이 오기 전에, 허벅다리가 묻힐 만큼은 파두어야 한다고 생각했다. 이마에서 흐른 땀이 눈썹을 타고 넘어 눈알로 배어들었다. 눈이 쓰리고 아팠다. 팔뚝으로 훔쳤다. 눈두덩과 팔뚝 사이에서 눈물과 땀이 찔 꺽거렸다. 흙을 퍼냈다.

「쉬어감서 해라, 몸살하겠다.」

할아버지가 끌끌 혀를 찼다.

「느그 아버지는 뭣 하고 니가 울력을 나왔냐?」

식의 귓속에 「니 애비는 대낮에도 감재만 찌고 있다냐」 하던 애꾸눈이의 말이 맴돌았다. 황소의 배때기에 돋아난 빨간 말뚝버섯이 생각났다. 황소가 올라타자 암소의 허리가 엿가락처럼 낭창하게 휘어지던 모습도 떠올랐다. 다리까지도 후들후들 떨고 있던 순이누나의 얼굴에는 복사꽃 빛살이 돌고 있던 것이었다.

「이따가 점심 묵고는 이리로 오지 말고, 너 아는 사람이 깊이 파놓는 데로 가서 있어버려라잉..」

식은 할아버지가 큰일날 소리를 하고 있다고 생각했다. 할아버지가 몇 번 괭이질을 하다가 허리를 펴는 기색이었다. 재빨리 할아버지에게로 갔다. 삽을 건네주고 괭이를 받아 들었다. 가쁜 숨을 쉬는 할아버지의 주름살투성이인 얼굴에 땀방울이 주렁주렁 달려 있었다. 그 땀방울들을 보면서 식은 손등으로 눈썹에 매달린 땀을 훔쳤다.

괭이를 들고 와서 흙을 파냈다. 여남은 번쯤 파냈을까 하는데, 「이봐 꼬마동무」 하는 소리가 할아버지가 파 내놓은 흙 무더기 위에서 들려왔다. 가슴이 덜컹했다. 군관이 잡으러 쫓아왔거니 하며 고개를 들었다. 흙 무더기 위에서 귀석이 누런 이를 내놓고 웃고 있었다. 귀석을 멍히 쳐다보며 후들거리는 다리에 힘을 주는데 귀석이 식 옆으로 뛰어내렸다.

「저쪽에 내가 파놓은 데로 가 있어라, 얼릉.」

귀석의 말에 삽자루를 짚고 허리를 편 할아버지가, 「저 군인 오기 전에 얼릉 가 있거라」 하고 재촉했다. 이마의 땀을 훔치면서 상수리나무 있는 언덕을 지났다. 콩밭 가장자리의 귀석이 파놓은 곳으로 갔다. 웅덩이로 내려서니 키가 잠겼다. 하늘만 보였다.

「더 깊이 파라우요. 머리끝이 잠기도록.」

군관과 양복쟁이가 콩밭 가까이 오고 있었다. 눈앞에 아득한 어둠이 스쳤다. 괭이를 들어 흙바닥을 파는 체했다. 끈끈한 황토흙이 괭이 날에 떡처럼 엉기었다. 관자놀이가 욱욱거렸다.

「꼬마동무 예 있었구먼.」

식이 허리를 펴고 고개를 들었다. 콩밭 언덕에 우뚝 선 군관의 머리 위로 흰구름 한 덩이가 얹혀 있었다. 이마에 맺힌 땀방울이 눈썹으로 기어내렸다. 군관의 거무튀튀한 얼굴과 쑥빛 모자 위에 뜬 흰 구름이 땀방울 속에서 부옇게 부풀어났다.

「이리 올라오라우.」

식은 멍청해졌다. 멀거니 군관의 얼굴을 바라보았다.

「빨랑 올라오라우.」

양복쟁이가 소리쳤다. 식은 후들후들 떨면서 콩밭으로 기어 올라갔다. 군관이 식의 손목을 잡아끌었다. 고구마밭 가장자리를 바라보았다. 귀석이 삽을 짚은 채 서서 군관에게 끌려가는 식을 바라보고 서 있었다. 군관은 식을 상수리나무 있는 언덕으로 끌고 갔다.
「꼼짝 말고 여기 앉아 있으라우. 알갔나?」하고 퉁명스럽게 말하면서 그늘 한가운데다가 앉혀놓았다. 가슴속에서 울음이 밀고 올라왔다. 이를 물고 혀를 깨물면서 참으려고 해도 울음은 구멍난 튜브에서 빠져나오는 바람처럼 뜨겁게 터져나오고 있었다. 군관은 식이 울건 말건 아랑곳없이 이진목 쪽을 향해 가고 있었다. 양복쟁이가 길 잘 들인 개처럼 따라갔다.
얼마 뒤에 이진목 쪽 산굽이를 돌아온 호루라기 소리가 산언덕을 휘감으면서 언덕 아래로 검푸르게 펼쳐진 바닷물 굽이로 퍼져갔다. 바다에는 수없이 많은 고기들이 물위로 떠올라 퍼덕거리는 것처럼 반짝거렸다.
「점심 묵으라는 소린 모양이네.」
흙구덩이 속에서 울력꾼들이 기어나왔다. 상수리나무 그늘로 몰려나왔다. 밭언덕이나 고구마밭 두둑에 허옇게 늘어앉아 밥석작들을 열고 있었다. 귀석이 식 옆으로 다가와서 머리를 쓰다듬어주었다. 더욱 뜨겁고 큰 울음 덩어리가 목구멍을 넘어왔다.
「울지 마라, 울지 마.」
귀석이 마주앉으면서 자기의 밥석작을 열었다. 식이 가져온 놋그릇의 뚜껑도 열어주었다. 숟가락을 들었다. 식은 이진목 쪽으로 간 군관과 양복쟁이가 곧 돌아오기만 하면 자기를 보안서로 끌고 갈 것 같았다. 그를 앞세우고 덕도로 건너가서, 울력 나오지 않고 굴방 속에 숨어 있는 아버지를 잡아갈 것 같았다. 매형이 보안서 부서장이라도 그것을 어떻게 막지 못할 것 같았다.
입 안에는 밍근한 물이 괴어 있었다. 그 속에 떠넣은 밥알들은 톱밥가루처럼 굴러다녔다.

저녁나절에는 군관과 양복쟁이가 나타나지 않았다. 내내 조마조마하긴 했지만 다행히도 울력을 탈없이 마치고 귀석을 따라 돌아갈 수 있었다.

이날 해질 무렵에 나루를 건너다가 순이누나를 만났다. 첫 나룻배를 타기 위해 선창 끝으로 달려갔더니, 순이누나가 잼몰 처녀하고 나란히 나룻배의 뱃전에 앉아 있었다. 순이누나는 울력꾼들에게 인사를 하고, 식의 손을 끌어다가 잡았다. 손아귀 속에다 뻣뻣하고 앙상한 것 한 개를 잡혀주었다. 쌀을 튀겨 만든 네모난 과자였다. 어서 먹으라고 속삭이듯 말했다. 그걸 입으로 가져가면서 순이누나의 얼굴을 흘끗 바라보았다. 연분홍빛이 나는 듯하면서 누른빛이 나는 입술에 물기가 묻어 번질거렸다. 문득, 언젠가 「그 입술이 엿보듬 더 달다잉」 하던 순이누나의 말이 귓속에서 살아났다. 아이를 잠재워놓고 순이누나하고 보리를 퍼주고 온달 같은 핏엿 한 장을 사먹은 적이 있었다. 엿을 가지고 대밭 속으로 갔다. 마주앉아 엿을 나누어 먹었다. 좀더 있었으면 하고 아쉬운 입맛을 다시는데, 아직 입 속에 엿 한 덩이를 넣고 우물거리고 있던 순이누나가 식의 얼굴을 흘끗 보았다. 식이 대나무숲 사이로 열린 하늘로 눈을 돌렸다. 순이누나의 숨결이 귓결을 스쳤다. 돌아보니 순이누나의 입이 볼 옆에 와 있었다.

순이누나가 두 손으로 식의 얼굴을 감싸 쳐들었다. 순이누나의 얼굴이 가까이 오더니, 식의 입술을 젖히고 뜨겁게 물러진 엿덩이를 쑥 밀어넣었다. 식의 윗입술을 젖 빨듯이 두어 번 빨았다. 웃었다. 한 일자로 거슴츠레해진 눈 아래로 복사꽃 같은 빛살이 퍼져 볼을 물들였다. 얼떨떨한 채 물러진 엿덩이를 우물거리는데, 순이누나의 얼굴이 다시 그의 입 가까이 다가왔다. 두 손으로 식의 얼굴을 감쌌다. 「그 엿 이리 줘봐」 하고 입술을 식의 입 속으로 집어넣었다. 엿덩이가 순이누나의 입 쪽으로 빨려나갔다. 어쩌면 혓바닥까지도 순이누나의 입 속으로 빨려나갈 듯했다. 엿덩이를 빼앗아

간 순이누나는 다시 눈을 한 일자로 거슴츠레하게 뜨고 식의 얼굴을 바라보았다. 식은 대나무숲 사이로 열린 뒷등 언덕을 내다보았다.

배때기에 빨간 말뚝버섯이 돋은 황소가 암소를 향해 내달려가던 모습이 머리에 그려지고, 얼굴이 화끈 뜨거워졌다. 어느새 순이누나의 두 손이 볼을 감싸고, 뜨거운 숨결이 코끝을 적시는 듯하더니, 뜨겁게 물러진 엿덩이가 입 속으로 들어왔다. 아까처럼 순이누나의 입이 윗입술을 두어 번 빨았다. 물러진 엿덩이를 우물거리면서 식은 순이의 가무잡잡한 얼굴을 건너다보았다. 순간 여우가 생각났다. 여우가 백 년을 살면 백여우가 되고, 그것은 예쁜 여자로 둔갑을 한다던 것이었다. 옛날에, 서당에 다니던 총각 하나도 그 여우에게 혼을 빼앗기고 죽을 뻔했다던 것이었다. 그 여우는 여의주를 총각의 입 속에 넣어주었다가 다시 자기 입으로 가져갔다 하면서 총각을 홀렸다던 것이었다. 그러는 것을 하루는 총각이 그 여의주를 꿀꺽 삼켜버렸기 때문에, 총각을 홀리던 여자는 꼬리가 아홉 개 달린 백여우로 변한 채 죽었으며, 총각은 훗날 그 여의주만큼 맑고 빛나는 슬기를 가진 사람이 되었다던 것이었다. 그걸 생각하며 식은 눈을 딱 감고 입 안에 든 엿덩이를 꿀꺽 삼켜버렸다. 그러자 순이누나가 그를 와락 껴안으면서 바르르 몸을 떨었다.

그 생각 때문에 식은 얼굴이 자꾸 뜨거워져 고개를 쿡 떨어뜨렸는데, 순이누나는 그런 식의 손을 꼭 잡은 채 하눌재를 넘었다.

이튿날부터는 울력 다니기에 재미가 붙었다. 군관이 보이면 귀석의 등뒤로 몸을 숨겼다. 작업 배치를 받을 때는 얼른 오줌을 누는 척해버리거나, 수수밭 속에 숨어 있거나 하다가 군인이 지나간 다음에 귀석 옆으로 가서 작업을 하곤 하였다.

교통호 파기 울력은, 키 넘게 파둔 다음 바다 쪽으로 파 올린 흙더미에 십 미터 간격으로, 엎드려서 총 쏠 자리를 옴폭하게 만들어 두면 일단 마무리가 되곤 하는 것이었다. 울력을 마친 청년들은 삽자루를 총처럼 든 채 달려가다가 파놓은 총 쏠 자리에 붙어 서서 바다를 향해 총 쏘는 시늉을 해 보이기도 했다. 그것은 어쩐지 눈꼴사납고 싫은 정이 드는 것이었지만, 비행기 소리가 났다 하면, 그게 들리지 않을 때까지 솔숲 그늘 밑에 앉거나 밭둑의 상수리나무 밑동에 붙어 서서 바다 쪽에서 불어오는 소금기 짙은 바람을 맞는 게 큰 재미였다. 그것보다 더욱 큰 재미는 하눌재를 넘거나 나룻배를 건너면서 순이누나를 만나는 것이었다.

이런 어느 날 보안서 부서장인 매형을 만났다.

매형은 천관식당 앞에 서 있었다. 일부러 귀석과 식을 만나려고 거기서 기다리고 있는 듯했다. 매형은 귀석의 손을 잡아 흔든 다음 식의 머리를 쓰다듬어주었다. 그들을 식당 안으로 데리고 들어갔다. 사부인댁이 점심을 사주던 그 식당이었다. 식당 주인은 매형에게 허리를 굽신거리면서 안방을 비워주었다.

이날 식은 그야말로 상다리가 휘어질 듯하게 많은 반찬 접시들이 놓인 밥상 앞에서 울력하느라고 허기진 배를 채웠다. 매형과 귀석은 젖빛 나는 술을 마셨다. 잔을 주거니 받거니 하면서 이야기를 했다. 얼른 집엘 가고 싶었다.

울력을 다니는 식은, 사실 말해서, 회진 선창에서 첫번째 나룻배를 타고 으스대면서 건너가는 게 큰 재미였다. 하눌재를 넘어 집에 들어가면 어머니가 얼싸안고 볼을 비벼주고 두 손을 주물러주곤 하는데, 그것이야말로 가장 큰 재미였다. 울력을 갔다가 온 식은 식구들에게서 숫제 영웅처럼 떠받들려졌다. 찰밥을 지어준다, 조깃국을 끓여준다, 하고 법석을 떨었다. 이때는 으레 귀석도 억지로 끌려오다시피 하여가지고 안방에 마주앉아 식과 함께 밥상을 받곤 하는 것이었다. 그런 재미들 때문에 식은 고된 줄 모르고 괭이질을 했고, 밤새 끙끙 앓으면서 땀을 흘리고도 이튿날 다시 귀석을 따라 울력을 나가곤 하여온 것이었다.

배가 부르니, 온몸이 나른해지고 하품이 나왔다. 귀석이 얼른 떨고 일어나주었으면 좋겠는데, 이야기되어 나오는 것이 한이 없을 것 같았다.
「어쨌든가, 우리 장인어른에 대한 동네 여론이?」
 매형의 말에 귀석이 턱의 검실검실한 구레나룻을 쓸면서, 「어느 동네든지 다 마찬가지 아닌가?」하고 말했다. 매형은 한동안 고개를 끄덕거리다가 술을 들이켜고 귀석에게 잔을 넘겼다. 잔을 받으면서 귀석이, 「사립 밖을 안 나오신단 말이시. 세상이 이럴수록 마실엘 나다니면서 사람들하고 이야기도 하고 어쩌고 그래사 쓰는 법인디」하며 걱정스럽다는 듯이 말했다.
「자네들이 조끔 잘 살펴주소.」
「걱정 말소.」
 술을 들이켜고 난 귀석이 잔을 넘기면서, 「군산은 언제 가실란가?」하고 물었다.
「글쎄, 뭣이 뜻같이 안되네. 안 가고 여기서 살어사 쓸 모양이시.」
 식은 퍼뜩 누님 생각이 났다. 석 달 전에 아기를 낳았다던 누님의 갸름한 얼굴이 떠올랐다. 흰자위가 많은 눈과 오똑한 코가 생각났다. 거기 두고 온 누님을 어찌할 셈일까. 나를 데리고 가겠다더니 모두 헛말이었구나. 식은 고개를 떨어뜨렸다. 집에 가는 대로 매형과 귀석이 한 말들을 모두 어머니에게 일러바치리라 하는데, 귀석이 만족스럽게 먹었다면서 몸을 일으켰다. 식은 앞장서서 마루로 나왔다. 그때 방 가운데 우뚝 서 있던 매형이 귀석의 옆으로 다가서면서 귀엣말을 했다. 신을 신는 체하면서 방안으로 귀를 기울였다. 알아들을 수가 없었다. 귀엣말을 마친 매형이 목소리를 높여서 말했다.
「참말로 깝깝해 죽겠네. 큰처남을 내보내라고 해도 내보내들 않제, 나와서 자수를 얼릉 해버리라고 해도 끄떡을 않제⋯⋯.」
 마루에 걸터앉아 지까다비를 신으면서 매형이 말을 이었다.

「이런게 나만 중간에서 영판 곤란하게 되어 있네. 내 말 잘 전해 주소. 내가 건너가면 좋겠는디, 또 뭔 말이 날지 모른께…….」
 매형과 헤어져 선창으로 나왔다. 울력꾼들은 모두 건너가고 없었다. 나루를 건너고, 하눌재 고개를 넘는 동안 귀석은 입을 호라메 우기라도 한 듯 말이 없었다. 식의 손을 잡은 채 걸음을 빨리 하기만 했다. 식은 이마와 목덜미에 땀이 흘렀다. 등줄기는 이미 축축하게 젖어 있었다.
 식이네 집은 불이 꺼져 있었다. 껌껌한 어둠이 마당과 처마 밑에 들어차 있었다. 노랑이가 짖고 있었다. 그 소리가 부채바위 있는 서낭골의 돌자갈밭을 울렸다. 「장백산 줄기줄기……」 하는 소년단의 노랫소리가 앞메 잔등에 부딪혀서 하눌재 골짜기로 밀려오고 있었다.
 집에 들어서자 노랑이가 낑낑거리고 덤벼들면서 식의 손을 핥았다. 어머니가 노랑이를 뿌리치고 식을 끌어안았다.
「워따 워메 내 새끼.」
 목울음 섞인 소리로 말하면서, 그 동안 애가 달아 죽살이쳤노라고 귀석에게 말했다. 귀석이 식의 매형한테서 저녁밥 잘 얻어먹은 이야기를 하고,「성님 주무씨요?」하고 물었다.
「진지 잡수시드니 깝깝하다고 나가십디다.」
 귀석이 어머니 옆으로 다가서면서 말을 했다. 그 목소리는 양철통이나 쇠통 속을 울리어 나오는 바람소리 같았다.
「성님보고 내일 아침에 일찌거니 가서 자수해 버리라고 하씨요. 사우가 신신당부를 합디다.」
 귀석의 쇳소리나는 말소리가 처마 밑에 잠긴 어둠을 한층 짙게 우러나도록 쥐어짜는 듯했다. 식은 깊은 물 속에 들어앉아 있기라도 한 듯 가슴이 답답했다.
 귀석이 사립을 나간 뒤, 어머니는 방바닥에 미리 내놓은 핫바지와 핫저고리를 꺼내서 식에게 입혔다. 기껏 아침저녁으로 살랑바람이 부는 정도인 때에 겨울의 솜옷을 입어야 하다니 답답한 노릇이었다. 재 넘어오느라고 아직 후끈후끈 달아 있는 데다가, 흘러 젖은 땀마저 덜 마른 몸에 솜옷을 입혀놓으니, 더 끈끈하고 뜨거운 땀이 등줄기와 이마에서 솟고 있었다. 등과 겨드랑이와 사타구니가 끈적거렸다. 집 안은 쥐죽은듯했다. 모두들 어디로 갔을까. 바지를 꿰어주고, 허리띠를 동여주는 어머니의 손은 자꾸 더듬거리고, 이것저것을 헛잡아 당기곤 했다.

어머니를 따라 뒤란으로 갔다. 언덕을 올랐다. 솜을 두껍게 두어 만든 핫바지가 다리의 움직거림을 거북스럽게 했다. 어기적거리며 걸었다. 언덕 위로는 계단식 밭이 있었다. 그 밭은 겨울철에 김을 널어 말리는 건장을 세우기 위해 만들어둔 것이었다. 그 밭에는 고구마나 고추가 심어져 있었고, 그 밭들 모퉁이에는 초분처럼 쌓아둔 말목더미와 이엉더미 들이 있었다. 그 한쪽에 상엿집이 있었다. 어머니는 고구마덩굴이 질게 얽힌 밭을 걸어서 그 상엿집을 향해 가고 있었다. 식은 머리끝이 곤두섰고 어려서 들은 순이누나의 울음소리가 생각났다.

순이누나는 그때 부엌방에서 흐느껴 울고 있었다. 작은아버지 내외가 우산도로 이사를 가기 한 해 전의 늦은 가을이었다. 해질 무렵에 책보자기 속의 필통을 딸랑거리며 골목길을 달려 올라오다가 빈 바지게를 지고 내려오는 작은아버지를 만났었다. 작은아버지는 앞잔등의 밭에서 캔 고구마를 지게로 져나르고 있는 것이었다. 고개를 떨어뜨린 채, 신문지쪽에 만 써레기담배 꽁초를 빨면서 내려오던 작은아버지는 식을 보고 흠칫 놀라 걸음을 멈추더니,「이제 오냐?」하고 말했다. 담배꽁초를 집은 집게손가락과 엄지손가락 끝을 입 속에 넣은 채 담배연기를 빼는 작은아버지의 거무튀튀하던 얼굴은 어쩌면 납빛으로 굳어져 있었다. 꽁초 집은 손이 하늘하늘 떨리고 있었다.

부엌방 문 앞에 우뚝 선 채 순이누나의 울음소리를 들으면서 식은 작은아버지가 순이누나를 많이 때린 모양이라고 생각했다. 왜 때렸을까. 아기를 방바닥에 떨어뜨려 많이 다치게 하기라도 한 모양이었다. 부엌방 문을 열었다. 쌀가마니 가장자리에 얼굴을 묻은 채 흐느끼고 있던 순이누나가 울음소리를 죽였다. 얼른 보아도 아기가 없었다. 배고프다는 생각을 깜박 잊고 부엌을 나왔다. 아기는 안방에서 곤히 잠들어 있었다. 아기의 얼굴을 여기저기 살폈다. 다친 흔적은 물론, 눈물을 흘린 흔적도 없었다. 아기가 멀쩡한데 순이누나를 왜 때렸을까. 마당 가운데에 고구마덩이들이 자갈돌들처럼 수북이 쌓여 있었다. 주먹만한 것을 한 개 집어들었다. 작은아버지의 담배 피우던 모습이 떠올랐다. 부엌으로 갔다. 순이누나의 울음이 그쳐 있었다. 식칼로 고구마 껍질을 벗겼다. 한입 우두둑 깨물어 씹었을 때, 부엌방 안에서 부스럭거리는 소리가 들렸다. 무얼 문질러 닦는 소리 같기도 하지만 옷을 꿰어 입는 소리 같기도 했다.

  해가 하눌재 산마루에 걸렸을 때, 순이누나는 뒤란 우물로 가서 세수를 했다. 해질녘에 세수를 하면 얽은 서방 얻는다는데 순이누나는 두려움 없이 푸푸 하며 세수를 했다. 가무잡잡한 얼굴에 물비늘을 주렁주렁 매단 채 밥을 짓기 시작했다. 식은 아궁이에 불을 지펴주면서 생고구마만 깨물어 먹었다. 며칠 뒤, 식구들이 모두 들안 논의 나락을 베러 가고 없을 때, 식은 순이누나의 얼굴에서 분결 냄새를 맡았다. 작은어머니의 분을 몰래 찍어 바른 것이었다. 전보다 더 예뻐보인다고 생각하면서 식은, 「저번에 작은아부지가 어째서 때렸어?」 하고 물었다. 순이누나는 흠칫 놀라더니 시무룩해지면서, 「그냥」 하고 말했다. 괜스레 그냥 때리더냐고 캐묻자, 순이누나는, 「애기 잘 못 본다고오」 하고 말끝을 흐렸다.

  「작은아부지 아주 나쁘다잉.」

  작은아버지의 어떠한 점이 왜 나쁘고 밉다는 생각도 없이 식은 퉁명스럽게 말을 했는데 그해 겨울, 동네에는 상엿집에서 밤에 웬 여자귀신 우는 소리가 들렸다는 소문이 나돌았다. 그 소문을 들으면서 식은 그저 막연하게 그 울음소리가 어쩐지 그해 늦가을에 작은아버지한테 두들겨 맞은 순이누나가 부엌방에서 흐느껴 울던 그 소리와 비슷한 것일 거라는 생각을 했었다.

노랑이가 고구마덩굴을 헤치며 뛰어왔다. 어머니가 돌멩이를 들어서 노랑이한테 던졌다. 노랑이가 화다닥 달아났다. 상엿집 옆에 이엉더미가 있었다. 식은 가슴이 뛰었다. 상엿집에서 여자귀신의 울음소리가 들려오는 것만 같았다.

어머니는 이엉더미를 향해 가고 있었다. 이엉더미 앞은 고추밭이었다. 빼곡하게 들어찬 고추나무를 헤치고 이엉더미 밑으로 갔다. 거기에는 작은누님과 형이 있었다. 그들은 가마니를 깔고 누워 있다가 일어서서 어머니와 식을 맞았다. 누님이 식의 두 손을 싸 안아서 어루만져주며 가마니 바닥 위에 앉혔다.

아기 무덤 많은 서낭골에 잠긴 어둠을 바라보았다. 주위의 소나무숲에서 ·우우 소리가 났다. 여린 바람이 일고 있었다. 앞메 잔등에서 「카추사가 보오호하리」 하는 노랫소리가 울려오고 있었다. 남자들과 여자들의 소리가 함께 어울린 것이었다. 여성동맹과 소년단이 한자리에 모인 모양이었다. 반동자 새끼는 소년단에 필요 없다고 쫓아내던 창길의 얼굴이 떠올랐다. 무얼 먹거나 말을 할 때면 염소가 풀을 뜯어먹는 것처럼 오물거리는 뾰족하고 얇은 턱이 눈앞에 보이는 듯했다. 긴 머리채를 늘어뜨린 순이누나의 얼굴도 떠올랐다. 순이누나도 여성동맹에 들겠다고 간 작은누님을 반동자 새끼는 필요 없다고 하며 쫓았을까. 우산도로 이사를 간 작은아버지가 나쁜 어른이라고 식은 생각했다.

작은아버지 내외의 이사는 벼락같이 이루어졌었다. 어머니는 「그 사람들 하는 일이라는 것이 도깨비장난도 뭣도 아니다」고 하곤 했었다. 그러면서도 어머니는 아버지와 밤새워가며 그 작은아버지 내외의 이사가는 일에 대한 의논을 하였었다. 식은 그것을 잠결에 들었었다.
 그것은, 상엿집에서 여자귀신의 울음소리가 났다는 소문이 동네에 퍼진 뒤의 일이었는데, 어머니와 아버지의 속삭임 속에는 분명 '상엿집'과 '순이'와 '작은아버지'라는 말들이 섞여 있었다. 귀가 번쩍 띄어서 곰곰 새겨들으려 하는데, 아버지가 「더 이약하면 뭣 하겠는가, 얼릉 자기나 하세」 하고 말했었다.
「아부지는 어디로 가신다고 하던가?」
 작은누님이 물었다. 어머니가 한숨을 쉬면서, 간밤에는 감멧골 논머리에서 잤다고 하더라마는, 하고 말했다. 식은 섬뜩한 무섬증이 머리끝을 곤두서게 했다. 누군가가 이엉더미 저쪽에서 뛰어나오며 '네 이 반동자 놈의 새끼들' 하고 소리칠 것만 같았다.
 앞메 잔등에서 울려오던 노랫소리가 그치고, 「사치기 사치기 사포」 하는 소리가 숨 가쁘게 들려왔다. 그 소리가 마을을 울리고 하눌재 골짜기를 맴돌아서 별 총총한 하늘로 스미어갔다. 마을은 들떠 있었다. 새 세상이 왔다고, 이젠 부자나 가난한 사람이 따로 없는 좋은 세상이 왔다고, 저렇게 저녁밥만 먹으면 나가 어울려서 노래하고 즐거운 놀이들을 하곤 하는 것이었다.
 식은 어둠을 향해 눈살을 찌푸렸다. 아버지는 왜 보안서에 나가서 자수를 하지 않고 이렇게 밤이면 피해다니기만 하는 것일까. 아버지만 자수를 하면, 작은누님은 여성동맹엘 가고, 형은 재욱이네 형처럼 학생동맹엘 가고, 식은 소년단엘 나갈 수 있을 게 아닌가. 그러다가 깜박 잠이 들었는가 하는데, 개 짖는 소리가 아련히 귓결을 파고들었다.
 세 마리가 짖더니, 곧 네 마리, 다섯 마리가 짖어댔다. 순식간에 이 골목 저 골목에 있는 온 동네의 개들이 한꺼번에 짖어대고 있었다. 몸을 일으켰다. 가마니 바닥과 덮은 이불거죽이 이슬에 젖어 있었다. 마을은 검은 어둠에 잠겨 있었다. 어머니와 누님과 형은 오래 전부터 깨어 있었던 듯 마을에 잠긴 어둠을 내려다보며 숨을 죽이고 있었다. 무슨 일이 일어났을까.

　개 짖는 소리만 들끓는 어둠.

　자세히 들으니 식이네 동네의 개들만 짖고 있는 게 아니었다. 큰 동네 개들이 짖는 소리도 아스라하게 들려오고 있었다. 눈꺼풀이 무거워지고 추운 기가 들어 몸을 움츠리면서 이불을 끌어다가 덮고 어머니의 무릎에 기대어 누웠다. 먹딸깃빛 하늘에 주렁주렁 매달린 별들이 잠과 함께 식의 눈으로 비 오듯 쏟아져 내렸다.

　다음날 아침, 식은 여느 날과 마찬가지로 귀석을 따라 울력을 나갔다가 나룻머리에서 끔찍한 것을 보았다. 피였다. 그것은 나룻머리 한쪽 모퉁이의 검은바위 위에 질펀하게 묻어 있었다. 묻었다기보다 덩어리져서 엉기어 있는 그 피는 묽은 밀가루죽이나 우무죽에다가 검붉은 물을 진하게 들여 퍼부어놓은 것 같았다. 울력꾼들은 그 핏덩이들 주위에 넋 나간 듯 멍히 둘러서 있었다.

　「에끼 이 사람들, 이것도 굿이라고 보고만 있는가.」

　한 남자가 소나무숲 속에서 석비레 섞인 흙 한 삽을 떠가지고 와서 그 핏덩이들 위에 던져 덮으며 말했다. 누구 한 사람도 그를 따라서 흙을 퍼다가 덮지 않았다. 추운 겨울날 오줌을 누고 후두둑 소름을 치듯 몸을 떠는 사람이 몇 있었다. 식은 귀석 옆에 선 채 그 피를 보고 있었다. 누가 무슨 일을 여기서 당했는데, 이처럼 많은 피를 흘렸을까. 이 피를 흘린 사람은 죽었을까, 살았을까.

　식은 고개를 저었다. 사람의 피 같지가 않았다. 한 사람이 이렇게 많은 피를 흘렸을 리도 없을 것 같고, 만일 이 피가 모두 한 사람의 몸에서 흘렀다면 그는 살아나지 못했을 것 같았다. 피는 바위 바닥의 오목한 곳에 괸 채 붉은 물 들인 메밀묵처럼 굳어져 있었고, 그리고 남은 것은 검은바위 저쪽의 눌눌한 왕모래밭으로 흘러 내렸다. 아무래도 소나 돼지가 흘린 피만 같았다. 할아버지가 죽었을 때, 아랫마당에서 송아지 한 마리와 돼지 한 마리를 잡는 것을 본 적이 있었다. 도끼로 정수리를 치자, 송아지는 네 발을 동시에 오그리면서 눈을 허옇게 뒤집고 주저앉았었다. 시꺼먼 식칼로 모가지를 쑤시고 그 밑에 동이를 가져다가 받쳤다. 피는 붉은 물줄기처럼 흘러내렸다. 그것은 점차 그 수송아지가 누던 오줌줄기처럼 가늘어지면서 한없이 흘렀다. 그 피를 눈빛 사발로 떠서 마시는 사람들이 있었다. 해수기 있는 상구네 아버지와 시난고난 앓곤 하는 육손이네 할아버지였다. 그들의 입가에는 벌건 피가 묻어 있었는데, 희끗희끗한 머리가 부스스한 그들이 처녀의 피를 빨아먹는다는 귀신들같이 무서웠다. 돼지를 잡을 때는 더욱 무서웠다. 네 발이 꽁꽁 묶였을 뿐 새파랗게 살아 꿈틀거리는 돼지를 옆으로 뉘어놓고 멱을 자르던 것이었다. 돼지가 몸부림치며 소리를 지를 때마다 퀼퀼 쏟아지던 피를 생각하며 식은 귀석의 옷자락을 움켜쥐었다. 적어도 송아지 한 마리와 큰 돼지 한 마리의 몸에 담긴 피가 모두 이 바위 위에 흘러 괴고 엉긴 것일 듯만 싶었다.

나룻배가 건너오고 있었다. 바다는 질푸르렀고, 선창 끝에서 철썩거리는 파도는 조각난 해의 조각들을 퉁겨 날리고 있었다.

나룻배 안에서 식은 옆사람들의 흰옷에서 되쏘인 빛살 때문에 눈이 부셨다. 자줏빛 연기에 덮인 듯한 천관산을 바라보았다. 이때 누군가의 컬컬한 목소리가, 「일제 때 너무했느니, 그 집 성제간들이」 하고 말했다. 한참 노 젓는 소리만 들려오다가 이물 쪽에서 쉿소리 나는 목소리가, 「염전 하나 있다고 동네 사람들을 쥐잡대끼 했든 모양인데」 하고 받았다. 배 한가운데서, 「징용도 덕산서 젤로 많이 가고 공출도 젤로 많이 하고 안 그랬는가? 일본 놈들 말이 내덕도 안에서 찬호를 빼놓고는 면장할 사람이 없다고 했다는 것을 보면 알제」 하는 말에 고물 쪽에서, 「쌈을 했다고만 하면 형제판에 덤벼들어 칼부림을 하는 악종이라고 소문이 안 났는가?」 하였다. 이때 누군가가, 「암만 그래도 삼형제를 한꺼번에 죽인 것은 너무한 것 같구만」 하고 말했다. 이어 여기저기서 숙덕거렸다.

「잰몰하고 우리 새텃몰하고 아무 소리 없는 것을 보면은, 우리 두 동네가 인심은 제일로 좋은 모양이여.」
「알겄는가? 더 두고 봐야제.」
「알기 쉽게 고영만이가 찬호하고 결의형제 맺은 사람 아닌가?」
식은 눈앞이 아찔했다. 흰옷에서 반사된 햇살이 짙푸른 바다 빛깔 같은 어둠을 가져다가 눈알을 가렸다. 가슴이 뛰고 관자놀이가 욱신거렸다. 귀가 귀뚜라미소리를 냈다. 아버지의 친구인 정찬호 아저씨가 생각났다. 어깨가 떡 벌어지고 얼굴이 넓적하고, 눈이 부리부리한 아저씨였다. 그분이 학교엘 오면 교장선생님도 허리를 굽신거리곤 하던 것이었다. 운동회날 5~6학년 여학생들이 줄다리기하는 밧줄만큼 퉁퉁한 엿 한 가락을 사주면서 머리를 쓰다듬어주었었다. 피투성이가 된 그 아저씨의 얼굴이 눈앞을 막았다. 다리가 떨렸다. 새벽녘에 도둑처럼 갯두루마기를 입고 어둠에 묻힌 산에서 내려오던 아버지의 수염 텁수룩한 얼굴이 떠올랐다. 아버지는 계단식 밭을 내려오자마자 뒤란을 통해서 컴컴한 부엌방으로 들어가곤 했었다.
「고영만이 사우 하나는 잘 뒀어여. 사우가 보안서에 딱 버티고 있는디, 어느 놈이 그 장인을 잡아오자고 말이나 빼겄는가?」
「참말로, 일본 놈들 밑에서 구장이나 총대 해묵은 놈들 쳐놓고, ×이 납작납작하게 안 뚜드려 맞은 놈이 없는 모양이데. 보안서로 자수하러 가갖고 말이여.」
「사실은 저 큰동네에 참말로 큰일이 벌어졌는 모양이데.」
「순사질하는 놈이 살아나게 생겼는가, 이 세상에?」
선창에서 내리는데, 먼저 건너와 있던 이웃 동네 울력꾼 몇 사람이 보안서 쪽에서 선창으로 왔다. 그들 가운데 누군가가 귀석을 보고, 「오늘부터 울력 안한다네」 하고 말했다. 귀석은, 「실없는 소리들 말소」 하고 보안서 쪽으로 걸어갔다. 다른 울력꾼들도 그 말을 믿으려 하지 않았다. 어협창고 담 그늘에 모여 있던 울력꾼들 한

떼가 선창 쪽으로 오고 있었다. 귀석이 발을 멈추어섰다.
「참말로 울력 안한당가?」
「밤에 하기로 한 모양이데.」
「그것도 면당에서 연락이 오는 것을 보고 결정해서 연락해 준다고 한 것을 본께 울력이 거지반 끝난 것 같데..」
「인제는 해방되았구만.」
귀석의 뒤를 따라 선창 쪽으로 가는 식은 걸음이 뒤로 걸렸다. 보안서로 가서 매형을 한번 만나보고 싶었다. 만난다고 해보아야 특별히 할 이야기도, 전해주어야 할 말도 없었다. 매형의 번번한 얼굴에 붙은 주먹 같은 코가 떠올랐다. 식은 끝내 귀석에게 보안서로 매형 만나러 가고 싶다는 말을 못한 채 끌리듯 선창 쪽으로 걷기만 했다. 바로 앞에 가는 이웃 동네 사람들이 속닥거리는 소리가 들렸다.
「오늘은 묘하게도 인민군이 한 사람도 안 보이네..」
「부산이 금방금방한께 모두 다 그쪽으로 몰려간 모양이여..」
이제부터 울력을 나다니지 않게 된다 싶으니 식은 가슴이 텅 비는 것 같았다. 재미가 씨도 없었다. 이젠 어머니가 찰밥을 해주고 조깃국을 끓여주면서 얼싸안고 떠받들어주지를 않게 될 것이었다. 매형한테 저녁밥 대접을 받을 기회도 없어진 것이었다. 해보아야 별 뾰족한 재미도 없는 소 먹이고 꼴 베는 일이나 날마다 참고 하여야 할 것이었다. 아버지가 껌껌한 부엌방에 처박혀 있고, 수건으로 머리를 동인 형이 죽치고 있는 답답한 집 안에서 보낼 시간들이 따분하게 느껴졌다.
선창으로 나오는데, 순이누나가 잼몰 처녀와 함께 칼을 든 남자 둘을 따라 밥집으로 들어가고 있었다.
「저것들이 유격대들한테 시집을 갈란다고 나선 모양이데잉..」
「밤이고 낮이고 그것들한테 붙어 있음서 밥도 해주고 어짜고 한다등만은 기어코 그렇게 되어버리는구만.」

「여성동맹에 든 년들은 인민군이고 유격대라고만 하면은 사족을 못쓰고 덤벼든다고 하데.」
「여성동맹에서 저 두 가시내가 제일 반반하다 하등만······.」
이 말을 들은 식은 가슴이 쓰라렸다. 며칠 전에 순이누나가 손에 쥐어주던 쌀튀김과자를 생각하며 쓰게 입맛을 다셨다. 귀석을 따라 선창 끝으로 가는데, 재욱이네 작은아버지가 중학생 한 사람을 부축해서 오고 있었다. 키가 껑충한 중학생은 얼굴을 일그러뜨린 채 두 다리를 모두 절룩거렸다. 재욱이네 형 재익이었다. 식은 머리끝이 곤두서고, 가슴벽에 싸늘한 금이 그어졌다. 울력꾼들이 재익과 그의 작은아버지를 둘러쌌다.
「아니, 어짠 일이란가?」
「어디서 다쳤냐?」
선창 끝에 멈추어선 재익은 고개를 떨어뜨리고만 있었다.
「어쩌다가 이랬당가?」
귀석이 재욱이네 작은아버지 앞으로 나서며 물었다. 재욱이네 작은아버지는 건너오는 나룻배의 이물에 눈길을 박은 채,「다리에서 떨어졌다네」하고 말했다. 그 소리는 아주 작아 선창 끝에서 찰싹거리는 물결소리 때문에 잘 들리지 않았다.
「대덕학교 옆에 있는 청다리 말인가?」
귀석의 경악에 가까운 물음에 재욱이네 작은아버지가 고개를 주억거렸다.
대덕국민학교 옆의 청다리라면 식도 잘 알았다. 여느 때 물 한 방울 흐르지 않고, 싯누렇게 닳은 조약돌만 깔린 바닥이 아스라하게 보이도록 드높은 다리였다. 두 해 전에 아버지와 작은누님과 형과 함께 그 학교 운동회 구경을 간 적이 있었다. 그 다리 난간에 서보면, 잔솔숲이 지잿마을 앞으로 잔잔한 바다처럼 펼쳐져 있었다. 그 다리에서 떨어졌다면 다리뼈 부러지는 정도가 아니고, 아주 초주검이 되었을 것이었다.

식은 재익의 얼굴을 바라보았다. 상처 하나 없었다. 백지장처럼 창백할 뿐이었다. 어떻게 떨어졌는데, 그렇듯 두 다리를 제대로 들어올려 걷지를 못하고 어기적어기적하는 것일까. 재익은 엉거주춤 서 있었다. 다리가 아프면 편편한 돌 위에 주저앉아서 나룻배를 기다려야 할 터인데, 재익은 앉으려 하지를 않았다. 부축하고 있는 그의 작은아버지도 그를 앉히려고 하지 않았다.
나룻배를 타고 건너가니, 나룻머리에 나와 있던 재욱이네 식구들이 배 이물로 몰려들었다. 재욱과 재욱이 어머니가 보였다. 재익이 울력꾼들의 부축을 받으며 내렸다.
「내 새끼가 뭔 죄가 있는디 이래 놨당가. 뭔 죄가 있는디이.」
머리카락이 헝클어진 재욱이네 어머니가 재익을 얼싸안으면서 울부짖었다. 그 옆에 선 재욱도 눈물을 훔치고 있었다. 재욱이네 어머니가 다시 소리치는 것을 재욱이네 작은아버지가,「시끄럽소, 시끄러!」하고 뚝배기 내던지는 소리를 하면서 재익을 부축했다. 귀석이 옆 사람에게 삽과 점심밥 그릇을 맡기더니 재익 앞으로 가서 등을 들이댔다.
「이리 업혀주소.」
발을 멈춘 재익이 고개를 저었다. 재욱이네 작은아버지가 귀석에게 귀엣말을 했다. 귀석이 고개를 끄덕이면서 비켜주었다.
식은 피가 흥건히 괴어 있던 검은바위를 넘겨다보았다. 석비례 섞인 눌눌한 흙이 덮인 채, 해가 쨍쨍 내리쬐고 있는 거기에는 쉬파리들이 수없이 모여서 왕당거리고 있었다. 식은 소름이 끼쳤다. 큰동네에서는 더 큰 일이 났다고 하던 어른들의 말을 생각해 냈다. 피투성이가 되어 있는 구정식의 얼굴이 떠올랐다. 재욱과 나란히 사람들의 뒤를 따랐다. 재를 넘어 동네로 들어설 때까지 둘은 아무런 말도 주고받지 않았다. 다리에서 떨어졌다는 것은 헛말이고 무슨 일인가를 당하여 저 꼴이 된 듯한데, 식은 그 궁금함을 끝내 재욱에게 묻지 못했다.

사립을 들어서자, 노랑이가 덤벼들면서 손을 핥고 꼬리를 흔들었다. 어머니가 달려나오면서 식을 얼싸안았다. 어머니는 몸을 떨고 있었다.

나이 어리다고 쫓겨온 게 아니고, 울력을 그만하게 되었기 때문에 울력꾼들이 모두 그냥 돌아온 것이라고 말을 하여도 어머니는 얼싸안은 팔을 풀지 않았다. 어머니의 눈에 물이 흥건히 괴어 있었다. 노랑이는 어머니의 품속에 든 식의 주위를 맴돌면서 자꾸만 식의 손과 볼을 핥았다. 섬뜩하게 간지러웠다. 기분 나쁘고 창피스런 생각이 얼굴을 뜨겁게 했다. 발로 걷어찼다. 노랑이가 몇 걸음 피해 달아났다가 다시 다가왔다. 엉덩이를 붙이고 쪼그려앉더니, 깔고 앉은 꼬리의 끝을 흔들면서 식과 어머니를 번갈아 쳐다보았다. 노랑이는 식이 기분 나쁘고 창피스럽게 생각하는 그 일을 훤히 알고 있는 것만 같았다.

눈을 아직 뜨지 못한 어린 강아지에게 다투어 고추를 내어 빨린 적이 있었다. 재욱과 함께였다. 3학년 되던 해 초겨울의 어느 날 사랑방에서 재욱과 숙제를 했었다. 오후반인 그들은 숙제를 끝낸 뒤에 삶은 고구마를 먹었다. 배가 부르자 심심해졌다. 마침 며칠 전에 낳은 강아지 생각이 났다. 둘은 마루 밑으로 기어들어 갔다. 어미개가 어딜 나가고 없는 게 다행이었다. 강아지 한 마리씩을 가지고 방으로 들어갔다. 재욱은 명주 수건같이 노르무레한 것을 가지고 왔고, 식은 바둑무늬가 있는 것을 가지고 왔다. 두 마리가 다 배를 땅에 붙인 채 돌지내비같이 기는 것이었지만, 재욱의 것이 조금 더 커보였다. 식이 두 팔로 안아 들였을 때 강아지는 소매 속으로 파고들면서 주둥이로 살갗을 문질렀다. 가슴이 서늘하게 간지러웠다. 온몸의 털구멍이 오싹하면서 불알이 간질거렸다. 재욱은 강아지에게 손가락을 빨리고 있었다. 그러더니 코를 벌름거리면서 허리띠를 풀고 고추를 까들었다. 그것을 강아지의 입에 대주었다. 강아지가 어미개의 젖을 빨듯 뽀각뽀각 소리를 내며 빨았다. 재욱은

안개바다 285

소름을 치면서 실눈을 한 채 흐흐, 흐흐 하고 웃어댔다.
「식아, 야, 너도 해봐」하고 말했다. 식도 고추를 까들고 강아지의 입에 대주었다. 강아지가 젖이라도 한 듯 빨았다. 가슴을 저리게 하는 전율이 배꼽과 똥구멍 줄기를 타고 온몸에 퍼지고 있었다.

식은 다시 한번 개의 턱을 향해 발을 날렸다. 이 노랑이는 그때 재욱이 고추를 빨린 강아지의 새끼가 커서 두 배째 낳은 개의 새끼인 것이다. 노랑이가 턱을 차이고 깨갱 하면서 달아났.

머리에 흰 수건을 동인 형이 부엌에서 나왔다. 아버지와 함께 컴컴한 부엌방에 서 있다가 나온 모양이었다. 식은 어머니가 얼싸안은 팔을 풀고 형에게로 갔다. 형은 손을 몇 번 저어주고 변소로 들어갔다. 형이 변소에서 나올 때까지 기다리고 있을 수가 없었다. 따라 들어갔다. 형은 대변을 보고 있었다. 구린내 나는 것을 아랑곳하지 않고 형에게 귀엣말을 했다. 나룻머리에서 보고 온 재욱이네 형에 대한 이야기.

형은 멍해졌다.

마당으로 나오니, 약단지 놓인 화로에 부채질을 하던 어머니가 식을 손짓해 불렀다. 식이 다가가서 쪼그려앉자, 어머니는 속삭이듯이 말했다. 누구든지 와서, 형이 어디 아프냐고 묻거든, 신장이 나쁘니까 항상 얼굴이 저렇게 부어 있곤 한다고 말하라고 했다. 소금기 든 음식은 전혀 먹지 못하고, 이렇게 약 그릇을 보듬고 산다고 하라고 했다.

「잘못 말했다가는 큰일이다잉. 재욱이 즈도 성이 괜히 나다닌다고 나댕기다가 참말로 안 죽을 만치 뚜드려 맞았다고 안 하냐?」

식은 땅바닥을 내려다보기만 했다. 변소에서 나온 형이 부엌으로 들어갔다. 형을 뒤따라 들어갔다. 부엌방은 여느 때나처럼 껌껌했다. 들어서자 퀴퀴한 곰팡 냄새가 코를 저미고, 후끈한 습기가 얼굴을 감쌌다. 가슴이 답답했다. 아버지가 어느 구석에 앉아 있는지 보이지를 않았다. 형이 잡아 앉히는 대로 주저앉았다. 답답하고 덥기 때문에 이날은 아버지가 굴방엘 들어가지 않고 있는 모양이었다. 식은 아버지가 앉아 있음직한 굴방 쪽 구석의 어둠을 향해서 나룻머리의 검은바위에 흥건히 괴어 있던 피 이야기를 했다. 그리고, 나룻배 안에서 사람들이 하던 말을 그대로 전했다.

아버지가 끙 하고 안간힘을 썼다. 종이와 써레기담배 바스락거리는 소리가 들렸다. 담배를 말고 있는 것이었다. 아버지의 숨결이 떨리고 있었다.

「어무니보고 조깐 들어오라고 해라.」

식은 밖으로 나왔다. 어머니의 손에서 부채를 받아 들고 화로 속의 숯불을 부쳤다. 부엌방으로 들어간 어머니는 밖으로 나올 줄을 몰랐다.

숯불이 벌겋게 피어났을 무렵, 색이 바래진 노랑 저고리에 검정 몸뻬를 입은 작은누님이 헐레벌떡 뛰어들어왔다. 노랑이가 꼬리를 흔들고 누님에게 덤벼들었다. 깡충 뛰어서 앞발로 누님의 펑퍼짐한 몸뻬자락 걸쳐진 아랫배를 짚고 혀로 손등을 핥으려고 했다. 누님이 노랑이의 머리를 때리면서, 어머니 어디 가셨느냐고 물었다. 울음 섞인 목소리였다. 식이 부엌방을 손가락질해 주자, 누님은 그리로 달려들어갔다.

「엄니이, 어째서 그러고만 있는가. 동네 사람들이 쫙 나서갖고 동청 마당에서 베에다가 쑥물을 들이고 야단인디이.」

부엌방 문이 벌컥 열리고, 「가만 잠자코 하는 척이나 하고 있으라고 한께, 뭣 할라고 보르라니 올라왔냐?」 하는 어머니의 퉁명스런 목소리가 부엌바닥에 선 누님의 발등으로 떨어졌다. 누님이 울먹거리면서, 「재욱이네 집에서는 명베 한 필하고 쌀 두 말을 내놨는갑등만…… 우리집에서만 아무것도 안 나왔다고 숙덕거리고 지랄을 해쌓데. 잰몰 눈고락쟁이가 와갖고, 삼수 귀에다가 뭣이라고 해쌓데. 그러등만은, 저 꼭대기 반동자 집을 탈탈 털어사 쓰겄다고 그러데. 울력도 간밤에 깐 쥐새끼만한 것을 내보내더니, 인민 해방을 위해서 싸우는 유격대들 옷을 해 입힐라고 거두는 명베 한 필도 안 내놓는다고, 동청이 떠나가게 소리를 지르고……」 하고 말했다. 부엌방 안에서 잠시 어머니와 아버지의 도란거리는 소리가 들렸다. 「니 애비는 대낮에도 감재만 찌고 있다냐?」 하던 애꾸눈이의 목소리가 들리는 듯했다. 어머니가 나왔다. 안방으로 들어가더니 바래지지 않은 무명베 한 뭉텅이를 들고 나왔다.
「너 시집갈 때 쓸라고 놔둔 것이다.」
무명베 뭉텅이를 마당으로 내던졌다.

교통호 파기 울력이 없어진 이튿날 소를 먹이러 산에 갔던 식은 나무꾼들 틈에 끼여가지고 소년단장인 창길에게서 수없이 많은 이야기를 들었다. 그러다가 나무꾼들 틈에서 쫓겨나는 창피를 당해야만 했다. 한참 이야기를 계속하던 창길은 무슨 비밀스런 이야기를 하려는지 주위의 아이들을 비잉 둘러보다가는 턱으로 식을 가리키면서 먼데로 얼른 가버리라고 명령을 한 것이었다.
이날은 해가 져서 소를 끌고 집에 들어올 때까지 참 재수없고 기분 더러운 날이었다. 소를 끌고 올라갈 때까지만 해도 식은 즐거웠었다.
「느그 어메는 학교 우물이고 느그 아부지는 국기봉이여.」
「느그 어메는 압록강이고 느그 아부지는 백두산이다.」
「느그 어메는 득량바다고 느그 아부지는 천관산이다.」
「느그 아부지는 유격대들이 들고 댕기는 칼이고, 느그 어메는 칼집이다.」
어떻게 해서 붙은 것인지 모르지만, 건너편 산언덕 밑의 응달에서 소를 끌고 올라오는 철구와 재욱의 입씨름은 끝없이 이어지고 있었다. 들여다보고 침을 뱉으면, 침방울이 뱅글뱅글 돌면서 한참 만에 떨어지곤 하는 아득하게 깊은 학교 우물과 하늘을 찌를 듯이 학교 지붕 위로 솟은 국기봉, 그리고 압록강과 백두산과, 득량바다 와 천관산과, 칼과 칼집을 생각하면서 식은 히들히들 웃었다. 별 이유도 없이 재욱의 편을 들어서 철구에게 욕을 퍼부어주고 싶은 생각이 들었다. 절구통과 절굿공이를 떠올리면서, 가슴 가득히 숨을 빨아들이는데, 「네 이놈들!」 하는 여자의 목소리가 식의 등뒤에서 들려왔다. 가슴이 움찔했다.

순이누나의 소리였다. 면당에 갔던 순이누나가 잼몰 처녀와 함께 숲길을 내려오고 있었다. 얼굴이 화끈 달았다. 말아쥐고 있던 고삐 끝으로 풀을 뜯어먹고 있는 소의 엉덩이를 갈기면서 「이랴」 하고 소리쳤다. 소가 언덕길을 올라갔다. 솔두병 사이로 비켜 선 순이누나가 잼몰 처녀에게 먼저 내려가라고 하더니, 「식아, 거기 있어봐라이」 하고 말했다. 고삐를 당기며 걸음을 멈추었다. 순이누나가 다가와서 그의 손에다가 먹포도알 한줌을 쥐어주었다. 그걸 물끄러미 내려다보는데, 귀에다 대고 느그 아버지 간밤에 어디서 잤느냐고 물었다. 상엿집 옆의 고추밭에서 숨어서 잤다는 것을 아무한테도 말하지 말라던 어머니의 말이 생각나서 고개를 떨어뜨렸다. 순이누나는 식의 대답을 기다리지 않고 「오늘 밤에도 집 안에서 자지 말라고 그래라잉. 참말로 잊어버리지 말고 엄니한테 꼭 말해사 쓴다잉」 하고는 잼몰 처녀를 따라 내려가 버렸다. 우리집은 정말로 반동자 집인 모양이다 싶으니, 식은 가슴이 쓰렸다. 아버지는 언제까지 자수를 하지 않고 밤이면 이슬밭에서 숨어 웅크리고 자곤 하려는 것일까. 자수를 하여도 정찬호 아저씨처럼 죽게 될까. 나도 큰동네 정식이같이 죽게 될까. 식은 고개를 저었다. 매형의 번번한 얼굴에 붙은 주먹 같은 코가 떠올랐다. 새콤하고 달디단 먹포도알을 껍질째 씹어 삼켰다. 순이누나의 뜨겁게 물러진 엿덩이같이 보드랍던 혓바닥이 먹포도알과 함께 입 안에서 뒹굴었다. 「니 입술이 엿보듬 더 달다잉」 하던 말이 귀에 들리는 듯했다.

이 마을에서의 소 먹이기란 쉽고 즐거운 일이었다. 하눌재 위에 있는 벌판으로 끌고 가서 위의 산으로 몰아놓으면 소들이 떼를 지어 다니면서 배가 불룩하도록 풀을 뜯어먹는 것이었다. 그 사이에 아이들은 벌판에서 자치기도 하고 야구도 하는 것이었는데, 그러다 보면 어느새 서녘 하늘이 벌겋게 타오르는 것이었다.
 이날은 아이들이 아무 놀이도 하지 않고, 진멧몰 쪽 소나무숲 그늘에 모여 앉아 있었다. 식은 안골짜기의 소떼들한테로 소를 몰아놓고 그들 옆으로 갔다. 둘러앉은 아이들 속에는 비스듬히 모로 누워 있는 열일고여덟 살 또래의 아이들도 있었다. 그들은 한가운데 앉아 누군가의 말에 귀를 기울이고 있었다. 식은 발소리를 죽이며 다가가서 앉았다. 재욱과 철구도 살금살금 와서 붙어 앉았다. 한가운데서 이야기를 하고 있는 것은 창길이었다. 식은 소나무숲 주변에 기대놓은 지게들을 둘러보면서 귀를 기울였다.
 「팔로군은 어쩐지 아냐? 이런 하눌재 큰산 같은 것은 문제도 안 되고, 저 천관산 몇 배 되는 지리산이나 백두산 같은 것은 눈 한번 깜짝 하면 올라가 버린단다. 장개석이가 찍소리 못하고 대만으로 쫓겨가 버린 것 봐라.」
 안골짜기의 등성이에 있던 소들이 고살바위 아랫골짜기로 들어서고 있었다. 창길은 부산을 빼앗기 위해 벌어지고 있는 낙동강 전투 이야기를 줄줄이 늘어놓고 있었다.
 「이승만이는 벌써 일본으로 도망쳐 버렸은게 부산만 뺏으면은 된단다. 인제는 여기저기에 박혀 있는 친일파하고, 경찰 가족들하고, 악질 반동분자들만 솎아내면은 모든 것이 다 끝난단다. 들어봐라. 친일파나 경찰 가족이나 반동자 들이 얼마나 지독한 사람들인가.」
 창길은, 장흥읍의 어느 국민학교 운동장 모퉁이에서 일어난 일이라면서, 그것을 보기로 들어 말했다. 집결해 있는 의용군 지원자들에게 밥을 해주려는데, 한 아낙이 아기를 업고 자꾸만 들락날락해 쌓더라고 했다. 그래 잡아놓고 보니, 손에 독약 봉지가 들어 있었다고 했다. 그 아낙이 바로 반동자의 각시였다는 것이었다.
「당장 그 자리에서 가랑이를 찢어갖고 전봇대에다가 달아매기는 했다고 하드라마는…… 봐라, 어짜냐?」
창길은 경찰 이야기를 계속했다.
「약산이 인민군에게 점령되기 전에 일어난 일인디 심지어는 어린 애까지도 모두 총으로 쏴서 죽였다고 하더라.」
둘러앉은 아이들은 참인지 거짓인지 알 수 없는 그 이야기에 그저 눈만 끔벅거리고 있었다. 그 다음은 친일파와 반동자 숙청 이야기를 하고 있었다.
「정찬호라고 하면은 우리 면당 관내에서는 유명한 놈이란다. 그 사람 삼형제가 어째서 숙청을 당했냐 하면 말이여, 좋게 보안서에 가서 자수를 하고 왔갖고는 말이여, 땅멀이 대장간에서 한 발만한 칼을 세 자루나 만들어갖고 와서는 동네를 휘젓고 다니면서 해볼 테면 해봐라, 나두 가만있지 않을 테다 하고 에울렀다고 하더라. 그 동네라고 세포위원들이 가만있었겠냐? 하룻밤 새에 옴씨래미 숙청해 버렸제잉.」
식은 나룻머리의 검은바위에 질펀하게 묻어 있는 피를 생각하며 진저리를 쳤다. 창길은 큰동네 구상호 씨의 숙청에 대하여 말하고 있었다.
「나는 순경질을 하기는 했어도 나발 불어준 죄뿐이오, 하고 자수를 했으면은 집 안에 가만히 자빠져 있을 일이제, 어짠다고 자기 집에는 총이 있은게 어느 놈이든지 얼씬만 하면은 쏴 죽일란다고 으름장을 놓고 댕길 것이냐? 그래서 몰살을 시켜버렸다고 하더라.」
식의 머릿속에 하이칼라 머리를 한 구정식의 박속같이 흰 얼굴이 그려졌다. 고리처럼 동그란 눈을 깜박거릴 때마다 오르내리는 길다란 속눈썹 속에서 말갛게 빛나던 동자가 바로 눈앞에 보이는 듯했다. 구정식은 어떤 모습을 하고 죽었을까. 도무지 믿어지지가 않았다.
 창길은 잠시 말을 끊었다가, 「우리 동네도 상당히 복잡하다고 하더라야」하더니, 모로 비스듬히 뉘었던 몸을 일으키고, 주위의 아이들을 둘러보았다. 식을 손가락질하면서 꽥 소리를 질렀다.
「야, 너 저리 가. 싸게.」
 옆에 앉은 아이들의 눈길이 식의 얼굴로 몰려들었다. 얼굴이 화끈 달고 가슴이 울렁거렸다. 고개를 떨어뜨렸다.
「싸게 저리 가, 이 반동자 새끼야.」
 창길이 다시 식에게 소리쳤다. 식의 옆에 있는 재욱을 가리키며, 「너도 저리 가, 싸게」하고 나서 회진 쪽 그늘에 앉은 철구를 향해 「동표 새끼 너도 저리 가, 싸게」하고 호통을 쳤다.
 식은 고개를 숲속으로 돌리고 몸을 일으켰다. 소들이 있는 숲을 향해 걸어갔다. 혼자서 쫓겨나지 않은 게 다행스럽기는 했지만, 그의 뒤통수는 화끈거렸다. 재욱과 철구는 식을 따라 숲으로 왔다. 재욱과 철구의 입은 금방 터질 듯이 부풀어 있었다. 재욱이네 아버지는 식이네 아버지 뒤를 이어 내내 이장을 해왔고, 철구네 아버지 역시 식이네 아버지 뒤를 이어 해방 직전부터 어협총대를 해오던 이 동네의 알부자였다.
 소들의 워낭소리가 산골을 울렸다. 식은 솔잎 사이로 열린 하늘을 쳐다보았다. 정찬호 아저씨가 아버지하고 결의형제라는 사실이 마음에 걸렸다. 아버지는 죽은 정찬호 아저씨가 그런 악질적인 사람이라는 것을 왜 이때껏 모르고 있었을까. 아버지도 참 어수룩한 데가 있는 사람인 모양이다 싶었다.
 소들을 따라 산등성이로 올라갔다. 회진 포구를 바라보았다. 개자식, 하고 식은 투덜거렸다. 보안서의 검은 기와지붕이 회진 뒷산에서 흘러내린 그늘에 잠기고 있었다. 매형을 생각했다. 창길이 소년단장이 되었다고 까불지만 보안서 부서장인 매형한테 비하면 새 발의 피일 것이었다. 웅크렸던 가슴을 폈다.

솔잎 한줌을 뽑았다. 군산에서 갓난아기하고 혼자 살고 있을 큰누님의 하얀 얼굴이 떠올랐다. 매형은 그 누님을 데리러 가지 않고, 그대로 있을 작정인가. 솔잎을 입으로 가져갔다. 이끝으로 씹었다. 떨떠름한 맛이 입 안에 감돌았다. 재욱과 철구가 창길이 앉아 있는 벌 쪽을 향해 주먹감자를 먹여댔다.
「우리집에서는 오늘 명베를 두 필이나 냈는디 나보고 반동자 새끼라고, 세팔놈이……。」
「우리집서는 어저께 쌀 한 가마니하고 보리 두 말을 내다가 줬단 말이여。」
「소년단장을 한께 눈에 뵈는 것이 없는 모양이여。」
그들은 입에 씹히는 대로 욕을 퍼부어댔다. 식은 자기가 보안서에 쌀을 가져다준 것과 전날 작은누님이 무명베를 한아름 안고 가던 것을 생각했다. 그러나 입을 열지 않았다.
동네 쪽에서 갑자기 개 한 마리가 깨갱 깨개갱 하고 비명을 질러댄 것은 바로 이때였다. 그것은 분명, 올가미로 목을 걸어가지고 지게 코두박이나 대문 틈에 끼어 힘껏 잡아당겨 죄면서 몽둥이로 짓두들겨 패서 죽일 때, 개가 지르는 비명이었다.
그것이 곧 잠잠해지고, 소들의 워낭소리가 골짜기를 채웠다. 동네를 내려다보던 재욱이 맹감 몇 개를 따서 입 속에 넣었다. 한 송이를 따서 입에 넣고 우적우적 씹던 철구가, 「우리 개암 따먹으러 가자」하고 말했다. 재욱이 고살바위 밑 돌자갈밭을 향해 가면서,「식아, 너 어째서 학교 안 댕기냐? 마 선생님이 내일은 기어이 너 데리고 나오라고 하더라」하고 말했다. 철구가 맹감 하나를 따면서, 「학교 안 댕기면은 반동자 된다고 하더라」하였다. 식은 자줏빛 그늘에 잠긴 고살바위 밑의 돌자갈밭으로 눈길을 던졌다. 검푸른 개암나무와 떡갈나무 들이 바윗돌이나 돌자갈 사이에서 무성하게 자라 있었다. 정말, 내일부터는 학교에 가겠다고 아버지나 어머니에게 말하리라 했다.

산등성이로 올라서는데, 또 개 한 마리가 깨갱, 깨개갱 하고 비명을 질러댔다. 먼젓번 개의 목소리보다 굵고 컸다. 거기에 또다른 개의 비명이 겹쳐졌다. 동시에 몇 마리가 한꺼번에 비명을 질렀다. 마을은 온통 개의 비명으로 가득 차 있었다. 그 소리들은 앞메 잔등에 부딪쳐 가지고 하눌재의 안골짜기로 울려 퍼져오고 있었다.
「개들이 어째서 저런다냐?」
동네 쪽을 내려다보며 눈을 끔벅거리던 재욱의 말에 철구가 눈을 허영게 뒹굴리면서, 「개들을 쏵 때려 죽여버리는 모양이다야」 하고 말했다. 식은 저녁 무렵의 비낀 햇살을 받은 그의 집 담을 바라보면서, 철구의 말이 옳을 것이라고 생각했다. 솔숲 그늘 아래 앉은 나무꾼들도 일어나서 동네를 내려다보면서 무어라고 지껄여댔다.
「어째서 쏵 때려 죽여버릴까?」
식은 꼬리를 흔들고 껑충거리며 손등을 핥곤 하는 노랑이가 떠올랐다. 혓바닥을 길게 빼어문 채 죽어 넘어진 노랑이의 모습이 그려졌다. 가슴이 조마조마하고, 항문과 불알 사이가 시큰하면서 저려왔다. 소를 끌고 뛰어 내려가보고 싶었다.
「우리 노랭이 잡어버리면은 어쩌까?」
식의 말에 여느 때 자기네 개가 진돗개 종자라고 늘 자랑해 쌓던 철구가 큰 눈을 휘뒹굴리면서, 「느그 개는 똥갠께 괜찮하제마는 우리 개는 참말로 영리한 갠디……」 하고 식을 건너다보았다.
「똥개라도 우리 개는 겁나게 영리하단 말이여.」
동네를 내려다보며 큰 눈을 껌벅거리고 있던 철구가 갑자기 생각난 듯 손뼉을 딱 치더니, 「아하, 우리 동네에 무지무지하게 용감한 유격대들이 들어와 있다고 하둥만, 아마 그 사람들 소복시킬라고 개를 잡는 모양이다야」 하고 말했다. 유격대가 누구네 집에 들어와 있다더냐고 재욱이 묻자 철구는, 「그 사람들은 홍길동같이 날쌘 사람들이라 보통사람 눈에는 잘 보이들 않는닥 하더라」 하고 말했다.
간밤에 먹물을 품어놓은 듯한 어둠 속에서 짖어대던 개들의 소리를 생각하며 식은 맹감 하나를 따서 입에 넣고 씹었다.
 동네를 내려다보던 나무꾼들이 지게들을 지고 덕산 쪽 도둑골로 들어가고 있었다. 그들은 아무네 산에서나 소나무를 베어 짊어지고 내려갈 것이었다. 이렇게 자기 소유의 산 한 뼘을 못 가지고 살아오던 그들은, 이제 이 세상의 어떤 것도 네 것 내 것이 없어졌다며, 그렇듯 내내 놀다가 해질 무렵에 닥치는 대로 소나무를 베어가곤 하였다.
 도둑골에는 식이네 산이 있었다. 다랑이논도 몇 배미 있었다. 나무꾼들은 모두 식이네 나무를 벨 모양이었다. 식은 이를 물고 주먹을 쥐어보았다. 가슴이 답답했다. 억울하고 분한 생각이 들었다.
 철구가 나무꾼들을 노려보면서, 「머슴 새끼, 지가 뭣을 안다고 우리보고 반동자라고 그래, 쓰팔놈」하고 투덜거렸다. 재욱이 주먹을 부르쥐며, 「우리 재익이 성만 일어나면은 패 죽여버리라고 할 테여」 하고 맹감을 씹었다. 식은 매형의 번번한 얼굴을 떠올렸다. 매형한테 일러바친다면, 창길이쯤은 고양이 앞의 쥐꼴이 되고 말 것이었다. 순이네 오빠 순돌을 떠올렸다. 순돌에게 일러도 될 것 같았다. 철구를 따라 산굽이를 돌면서 고개를 저었다.
 작은아버지와 순돌이 하이칼라 머리를 움켜잡고 싸운 적이 있었다. 도둑골 논에서 나락을 짊어지고 오다가였다. 그것은 상엿집에서 여자귀신의 울음소리가 들렸다는 소문이 나돈 지 며칠 뒤의 일이었다. 두 사람은 한덩이가 되어 풀밭 위를 뒹굴어다녔다. 작은아버지가 이마로 순돌의 코와 입을 받는 바람에 순돌의 얼굴은 온통 피투성이가 되었다. 힘이 센 작은아버지가 순돌의 목을 죄면서 위로 올라앉았다. 순돌이 이를 갈면서 작은아버지의 손을 떼어내려고 했다. 뒤따라온 어머니가 뜯어말려서야 두 사람은 서로 떨어져서 일어났다. 이때 순돌은 하늘을 향해 입을 벌리고 헉헉 하며 뜨거운 숨을 토해내는가 하면, 부드득 이를 갈기도 하고, 털썩 주저앉아 뒹굴기도 했다. 아이고메에, 분하구려어. 집에 내려온 순돌은 순이누나의 머리채를 틀어쥔 채 등을 쾅쾅 두들겨 팼었다.
「이 잡년아, 뒈져버려. 이 잡년아」
악에 받쳐 울부짖어대던 순돌의 목소리가 귀에 들리는 듯했다.
개암나무 잎사귀를 젖히고 개암을 찾으면서 식은 순돌이 자기네 편을 들어주지 않을 것이라는 생각을 했다.
「불났다!」
재욱이 외마디소리를 질렀다. 동네 쪽을 가린 산언덕의 소나무숲 사이로 연기가 뭉게뭉게 피어올랐다. 흙탕물에 잿가루 물을 진하게 탄 듯한 짚불 연기였다. 식은 눈앞이 아찔하고 가슴이 뛰었다. 연기는 냇둑과 식이네 집 사이에서 피어나고 있는 것이었다.
「불이여!」
재욱과 철구가 소리를 질러대면서 산등성이 위로 올라갔다. 식도 그들의 뒤를 따랐다. 솔숲 사이로 마을을 내려다보았다. 연기는 냇둑에서 피어나고 있었다. 이상스러운 것은 연기가 한 곳에서만 피어나는 게 아니었다.
냇둑 위 아래에서 여남은 무더기가 피어나고 있었다. 냇둑 주변에 개미만큼씩한 사람들이 움직거리는 게 아슴푸레하게 보였다. 그 위로 자줏빛 산그늘이 흘러내리고 있었다. 연기는 비 머금은 먹장구름처럼 피어올랐다. 하늘을 숫제 거멓게 덮어버릴 듯이 치솟고 있었다. 그러나 그것은 점차 사그러졌고, 금방 푸른 하늘이 드러났다. 하늘은 연기 덩어리들을 녹여 삼키고 있는 듯했다.
「개 꼬시르느라고 그런갑다.」
철구의 말에, 식의 눈에는 목나무에 매달려 짚불에 그을리고 있는 개들의 모습이 보이는 듯했다. 문득 그런 목나무에 매달린 작은아버지의 모습이 떠올랐다. 허옇게 눈을 까뒤집은 채 혀를 길게 빼문 검은 얼굴이었다. 그와 비슷한 모습으로 매달린 작은어머니의 모습도 그려졌다. 진저리를 쳤다.
작은아버지 내외가 개들같이 물고 뜯고 치고 받으며 싸운 적이 있었다. 우산도로 이사를 가기 직전이었다. 그때, 순이누나는 아기 보기를 그만두고, 아랫동네 밭언덕 가의 새까맣게 그을은 토담집으로 가 있었다. 그런데 작은어머니가 그 집으로 쫓아간 것이었다. 순돌이나 이웃 사람들이 없는 사이에 쫓아간 작은어머니는 다짜고짜 순이누나의 머리채를 휘감아 잡고, 등이고 얼굴이고 가슴이고를 가림없이 두들겨 팬 것이었다.

작은아버지 내외의 싸움은 바로 이날 해질 무렵에 일어난 것이었다. 입술에서 피가 흐르는 작은어머니가 부엌에서 뛰어나오고 작은아버지가 뒤쫓아나왔다. 작은어머니는 사립에서 붙잡혔다.

「이년아, 말을 바로 해. 자, 말을 확실하게 해봐.」

작은아버지는 작은어머니의 손목을 잡아 끌고 부엌으로 들어갔다. 작은아버지의 손을 뜯어 벗기려고 안간힘을 쓰던 작은어머니가 부엌 문턱에 버티고 주저앉았다. 더이상 무슨 말을 할 것이냐고 소리쳤다. 작은아버지의 손이 작은어머니의 뺨을 후려쳤다. 작은어머니가 벌떡 일어서는 듯하더니, 작은아버지의 팔을 물어뜯었다. 작은아버지가 주춤하더니 작은어머니의 머리채를 휘감아 틀었다.

「이 우악스런 년, 어디 오늘 한번 해보자. 말해봐라. 니 눈으로 똑똑히 봤냐?」

「봤다, 봤어. 상엿집에서 난 소리도, 니놈이 깔고 문댔게 그 잡년이 방정을 떨고 우는 소리였다고 하더라.」

「오오메, 이런 죽일 년 주둥이 놀리는 것 보소이.」

식이네 담 가장자리에는 동네 사람들이 수런수런 모여들고 있었다.

마당 안으로 들어와 구경하는 사람들도 있었다. 들에 나갔다가 들어온 아버지가 「저런 개 같은 것들 보소이」 하더니 뒤란으로 달려갔다. 잠시 후 아버지는 구정물 동이를 들고 돌아나왔다. 그것을 엉키어 있는 작은아버지 내외에게 한꺼번에 끼얹어버렸다. 이어서 작은아버지의 따귀를 후려쳐댔다.

「개 같은 놈아, 남부끄러운 줄 조끔 알아라.」

우산도로 이사를 간 다음 작은아버지네가 샛바람에 배를 날렸다는 소문이 들려왔을 때에도 아버지는 「개 같은 놈」 하면서 쓴 입맛을 다시던 것이었다.

식이 소를 끌고 집에 들어섰을 때 노랑이는 꼬리를 치며 달려나오지를 않았고 집 안에는 구수한 듯하면서도 노린 고기 냄새가 가득 차 있었다. 가슴이 섬뜩하고 목이 울컥 메었다. 우리 노랑이 어떻게 되었느냐고 소리치려는데 부엌에서 작은누님이 달려나왔다.

「시끄럽데이, 작은아부지 죽었단다.」

작은누님이 귀엣말로 속삭여준 이 말이 식은 도무지 믿어지지 않았다. 그 작은아버지를 대관절 누가 왜 죽였단 말인가. 칼을 찬 순돌이 우산도에까지 쫓아가서 죽였을까. 서로 하이칼라 머리를 움켜쥐고 뒹구는 작은아버지와 순돌의 모습과 피투성이가 된 순돌의 얼굴이 보이는 듯했다. 하늘을 향해 입을 벌리고 헉헉 뜨거운 숨을 뿜어내는가 하면, 부드득 이를 갈기도 하고, 주저앉아 뒹굴기도 하던 순돌의 모습도 보이는 듯했다.

무슨 난리가 더 크게 나려고 그러는지 금산 꼭대기에 민들레꽃처럼 노란 불이 올라 있었다.

석 달 전에도 저 산에 저런 불이 오르더니, 며칠 뒤에 인민군들이 쳐내려왔던 것이었다. 고추밭에 모여 앉은 식이네 식구들은 입을 호라메운 채 그 불을 바라보고 있었다. 아버지는 검은 갯두루마기를 입은 채 우황 든 황소같이 앓는 소리를 속으로 죽이면서 산골짜기의 어둠 속으로 묻혀 들어갔다. 감멧골이나 도둑골 어디에서 웅크리고 있을 참이었다. 어머니는 큰소리 나지 않게 혀를 차고, 투후 하고 한숨을 쉬곤 했다.

이날은 서녘 하늘이 유난히 붉게 타는 듯했었다. 산에서 내려다보이는 동네와 앞메 잔등은 피칠을 해놓은 듯했고, 넓바위 연안의 바다마저도 붉은 물을 들여놓은 것 같았다. 소록도 어귀에서 금당도 쪽으로 가고 있는 쌍돛은 불을 댕겨가지고 가는 듯했었다. 금산 꼭대기의 봉화는 땅거미가 기어들고 서녘 하늘에 노랑별이 양철 조각 하나를 걸어놓은 듯 빛날 때부터 타기 시작하여 서낭골에서 흘러내린 어둠을 타고 식이네 식구들이 도둑벌레들처럼 상엿집 옆의 고추밭으로 기어오른 뒤까지도 계속 타고 있었다.

어둠에 묻힌 마을에는 여느 날 밤이나 마찬가지로 새 노래가 울려퍼지고 있었다. 「장백산 줄기줄기 피 어린 자국 길림의 눈바람아……」 남녀혼성인 그 노래는 앞메를 감돌아 총총 맑은 별들 속으로 사라져가고 있었다.

금산에 오른 봉화는 부산을 완전히 빼앗았다는 연락을 하고 있는 것인지도 모른다고 누님이 중얼거렸다. 식은 가슴이 답답했다. 어째서 이날까지 아버지는 자수를 하지 않고 있는 것일까. 작은아버지도 자수를 하지 않고 있다가 죽은 것은 아닐까. 쓴 입맛을 다셨다. 배가 부글거리는 듯하고 입에서 개고기의 노린내가 나는 듯했다. 고추나무에 잠긴 어둠 속에서 노랑이가 꼬리를 치며 나와서 손등을 핥으려 들 것만 같았다. 개들의 비명소리가 귓속을 맴돌았다. 상엿집 너머에서 술렁거리는 어둠을 바라보았다. 거기에서 꿈틀거리는 시꺼먼 것이 고추밭으로 뛰어오는 것만 같았다.

서낭골의 어둠으로 눈길을 돌렸다. 쥐약 먹은 채 끙끙 앓는 개의 눈처럼 푸르뎅뎅한 어둠과 칠흑 같은 어둠이 섞이느라고 빙글빙글 맴을 돌고 있었다. 고추나무 사이를 화닥닥 달려가는 게 있었다. 가슴이 섬뜩하고 머리끝이 곤두섰다.

「와하마, 저놈의 쥐새끼.」

형이 숨바람 소리로 말했다. 어머니와 누님도 놀란 듯 후우 하고 한숨을 내쉬었다.

「엄니, 인자 우리는 뭣 묵고 살 것인가?」

누님이 어머니의 귀에다가 속삭였다. 「사치기 사치기 사포포」 하는 소리가 아련히 들려왔다. 그것의 속도가 숨 가쁘게 빨라지는 듯

하더니, 까르르 하는 웃음하고 뒤섞여버렸다. 박수소리가 와르르 터졌다. 금산의 봉화가 꺼지고 있었다. 형이 잠이 든 듯 드르렁 하고 코를 골았다. 모로 엎드린 채 얼굴을 가마니 바닥에 구겨박고 있는 형의 머리를 어머니가 들어 바르게 놓아주었다. 형이 코를 골지 않았다.

「우리 뒷등 밭은 회남이네가 차지한다고 하데. 앞메 밭은 창길이네가 갖고, 들안 논 너 마지기는 순이네하고 삼순네하고 나눠 가진다고 하데. 작업실 논이랑, 한재 논이랑, 도둑골 산이랑 모두 다 즈그들끼리 나눠 가졌닥 하데.」

「도둑질해서 장만한 논밭이라고 즈그들이 멋대로 니 껏이다 내 껏이다 하고 차지해야?」

「재욱이네 논밭도 다 찢어 나눠버리고, 철구네 것도 다 그랬다고 하데. 재욱이네 안골 밭에는 수길이네가 두엄을 져 내놨다고 하데.」

어머니는 하늘에 총총한 별들을 바라보기만 했다. 우리 논밭을 모두 빼앗아가는 것을 매형은 그대로 보고만 있을까. 식은 먹물처럼 짙게 괴어 술렁거리는 서낭골의 어둠을 바라보며 고개를 저었다. 그럴 리 없다고 생각했다. 큰누님이 얼른 왔으면 좋겠다 했다.

「순이는 인자 팔자가 쪽 늘어지게 되는 모양인데. 유격대원한테 시집간다고 하데.」

누님의 말을 아랑곳하지 않고 어머니는 푸념하듯 중얼거렸다.

「참말로 환장하겠다, 환장하겠어. 이 난리통에 젊은 예펜네 띠어놓고 와서 뭔 놈의 딴 궁리만 하고 자빠져 있는고잉.」

어머니한테서 오랜만에 들어보는 큰누님에 대한 이야기였다. 큰누님의 갸름한 얼굴이 눈에 선했다. 흰자위 많은 눈에 물이 가득 담겨 있는 모습이었다. 「사치기 사치기 사포포」하는 소리가 잠잠해지더니, 노랫소리가 들려왔다. 형의 숨소리가 새근거렸다. 식도 눈이 감겨왔다. 바로 누웠다. 순이누나는 정말로 유격대원한테 시집을 갈까. 유격대원은 순경들을 잡으러 다니는 사람이라는데, 치마 입은 순이누나는 어떻게 그 유격대원 서방을 따라다니기나 할 수 있을까. 어머니가 이불을 끌어다가 덮어주었다. 문득, 머리칼을 쥐어뜯으며 순이누나를 두들겨 팼다던 작은어머니의 세모난 얼굴이 보이는 듯했다. 혀를 빼물고 눈을 까뒤집은 작은아버지의 모습도 보였다. 그 작은아버지를 누가 죽였을까. 먹딸기 빛깔의 하늘에 달린 별들이 까물거렸다. 그 별들이 서로 어우러지면서 한 덩이가 되고 있었다.

이튿날 아침 새때쯤 해서 앞에 갯가의 참깨밭에 김칫거리를 뽑으러 간 누님을 따라갔다가 식은 갑자기 소나무숲 속에서 나타난 유격대원 한 사람에게 붙잡혔다. 구레나룻이 시꺼멓게 자란 유격대원은 식을 참깨밭 옆에 있는 수숫대 촘촘 섞인 차조밭 속으로 끌고 가더니, 무릎을 꿇고 앉으라고 했다. 식이 무릎을 꿇자 그는, 「내 말 안 들으면, 어떻게 된다는 것 알지?」 하면서 눈을 크게 부릅떴다. 식은 가슴이 펄럭거렸다. 누님은 어디를 갔을까. 저쪽 밭 끝에서 남자의 두런거리는 소리가 나고, 차조숲이 서그럭거렸다.

「이 칼 안 보여? 바른 대로 대. 어디로 누구한테 연락하러 왔어?」

누님을 차조숲 속으로 끌고 들어가서 꿇어앉혀 놓은 모양이다 싶으니 식의 가슴에서는 금방 울음이 밀고 올라왔다. 목구멍이 뿌듯했다.

「아무 연락도 안하러 왔어라우. 짐칫거리 뽑으러 왔어라우.」

누님의 흑흑 느껴 울며 통사정하는 소리가 들렸다. 이놈의 가시네 어쩌고저쩌고 하는 남자의 말이 들리는 듯하더니, 차조숲이 쓰러지고 꺾이고 부러지는 소리가 났다. 사람이 쓰러지거나, 쓰러져 뒹굴거나 하는 모양이었다. 누님을 칼로 찔러 죽이는 모양이다 싶었다. 눈앞이 아찔하고 몸이 떨렸다. 차조숲의 와사삭 소리에 누님이 안간힘을 쓰는 소리가 섞였다. 뭐라고 울음 섞인 소리를 지르는 것 같기도 했다. 그러다가 그 입을 손바닥으로 막아버린 듯, 「음, 으음」 하는 신음소리만 났다. 식의 가슴에서 끓어 올라온 울음이 목구멍을 타넘었다.
「어째서 울어, 입 안 닫을래?」
구레나룻 시꺼먼 유격대원이 눈을 부릅뜨면서 칼자루를 쳐들었다. 식은 몸을 떨면서 이를 물었다.
「꼼짝 말어 이년아.」
밭머리 저 끝의 차조숲에서 남자가 다급하게 외치는 낮은 목소리가 들려왔다. 이어서 입이 막힌 듯한 누님의 단말마적인 안간힘 소리가 들렸다. 그 소리를 들으며 식이 다시 울어대자, 「시끄러. 느그 누나 안 잡어묵은께 조용히 해」 하며 구레나룻 시꺼먼 유격대원이 식의 턱을 걷어올리며 눈을 부릅떴다.
차조숲을 헤치고 오는 소리가 났다. 누님의 울음소리는 계속 이어지고 있었다. 누님을 죽이지는 않은 모양이었다. 구레나룻 시꺼먼 유격대원이 일어섰다. 차조숲을 헤치고 나갔다. 놓아주고 갈 모양이다 싶었다. 잠시 후 두런두런하고 속닥거리는 소리가 들리더니, 식 옆의 차조숲 헤치는 소리가 나고, 후리후리한 쑥색 옷이 나타났다. 차조숲 헤치는 소리가 저쪽 밭 끝으로 멀어져 갔다. 차조숲 헤치는 소리가 그치고 누님의 울음 섞인 목소리가 또 들렸다. 남자의 말소리와 함께 철크렁 하고 칼 뽑는 소리가 들려왔다. 누님이 뭐라고 통사정을 하고 있었다. 살려달라고 비는 듯했다. 남자의 목소리가 살고 싶으면 어쩌고저쩌고 하라고 말하는 것 같더니, 누님의 흐느껴 우는 소리가 들려왔다. 이어서 칼 같은 것으로 쑤시거나 도려내기 때문에 아픔을 이기지 못하고 발버둥치며 외치는 듯한 비명소리가 들려왔다. 그러다가 입이 틀어막힌 듯 「음, 으음」 하는 소리만 들렸다.
「시끄러, 오늘 저녁에라도 뒈지면은 썩을 몸뚱아리여.」
이윽고 저쪽 밭 끝에서 차조숲을 헤치고 오자 쑥색 옷이 차조밭을 나갔다. 차조숲 헤치는 소리가 없어졌다. 저쪽 밭 끝에서 누님의 흐느끼는 소리만 들렸다. 그것은 순이누나가 작은아버지한테 두들겨 맞고 부엌방 안에서 흐느껴 울던 소리와 비슷했다. 벌벌 떨리는 다리로 몸을 일으켰다. 차조숲 사이로 밖을 내다보았다. 모래밭 언덕길의 잔솔숲으로 들어가고 있는 남자는 셋이었다. 후리후리한 쑥색 옷과 흰 양복 입은 남자는 조금 전에 차조숲에서 나간 사람들이었다. 작달막한 키에 당꼬바지를 입은 남자가 그들을 앞장서 있었다. 식은 눈썹에 매달린 눈물을 손등으로 훔치고 눈을 껌벅거렸다. 그것이 순돌이었다.

누님의 울음소리가 들리는 곳을 찾아서 차조숲을 헤치고 나갔다. 서그럭거리는 소리가 귓결과 가슴과 눈과 머리끝과 등줄기를 저릿저릿하게 자극했다.

누님은 쓰러져 누운 차조숲을 담요처럼 깔고 모로 구기박질러져 있었다. 두 손아귀에는 차조대와 잎사귀들이 한줌씩 쥐어져 있었다. 그 손이 하늘하늘 떨렸다. 검정 통치맛자락이 헤쳐진 사이로 흰 속곳이 드러나 있었고 속곳자락 사이에 허연 허벅다리와 엉덩이 살이 보였다. 누님이 깜짝 소름을 치듯 떨면서 울어댔다. 식은 엉덩이살 옆의 흰 속곳이 빨갛게 젖어 있는 것을 보면서 몸을 떨었다. 듬성듬성 서 있는 수숫대 잎사귀들이 바람에 흔들렸다. 햇살이 그 위에서 부서지고 있었다. 으흑, 으흑 하는 누님의 울음소리는 누님의 눈자위를 적시고 있는 눈물이나 속곳자락을 물들인 핏물처럼 흘러서 자줏빛 그림자 앉은 차조숲 밑바닥을 꽃자줏빛으로 한없이 적시어가고 있는 것만 같았다.

작은누님이 절름거리며 집에 돌아왔을 때 어머니는 누님을 얼싸안고 부엌방으로 들어가면서 울음을 죽였다. 어디서 무슨 일을 당했는데 이러느냐고, 울음만 뿜어내고 있는 누님에게 닦달하듯 묻던 어머니는 식의 손을 잡고 흔들어대며 물었다. 식은 말 반 울음 반을 섞어 사실을 떠듬떠듬 말해갔다. 아버지는 이를 갈고 병든 소같이 끙끙 앓으면서 담배를 말았다. 부시를 쳐서 불을 붙여 담배연기를 빨아마셨다. 「아이고메에, 아이고메에」 하고 비명을 지르며 앓아대다가 떨리는 손으로 써레기 담뱃가루를 방바닥에 질질 흘리면서 종이쪽에 담배를 또 말았다. 그것을 다시 이어 피웠다. 방안은 짚불 연기 같은 담배연기로 가득 찼고, 누님의 숨넘어갈 듯한 울음소리와, 어머니의 방바닥을 치며 분해하는 울음이 소용돌이치고 있었다. 형도 눈물을 훔쳤다. 식의 허파는 서늘하게 비어 있었고, 거기에는 얼음 같은 아픔이 바람처럼 가득 차가지고 가슴벽과 목구멍을 시리고 아리게 하고 있었다. 소용돌이치는 어머니와 누님의 울음 사이사이에, 아버지의 앓는 소리가 피 같은 점을 찍고 있었다.

이날 밤에도 아버지는 서낭골에 들어찬 어둠이 마을로 흘러내린 다음, 검은 갯두루마기를 입고 뒤란 언덕을 올라갔다. 아버지가 계단밭 위쪽의 소나무숲으로 들어섰을 때쯤해서, 어머니는 형과 식을 재촉하였다. 작은누님을 부축하고 뒤란 언덕을 올라갔다.

누님은 가마니 자락에 누운 채 문득 생각난 듯 그쳤던 울음을 으흐, 으흐 하고 끄집어내곤 하였다. 흑청색 하늘에 주렁주렁 매달린 푸른 별 누른 별 붉은 별 들을 보는 식의 머리에, 부엌방 가마니들 사이에 얼굴을 묻고 흐느껴 울던 순이누나의 얼굴이 그려졌다. 작은아버지의 박치기에 입술이 터진 순돌이 풀밭에 주저앉은 채, 허억허억 하고 뜨거운 바람을 내뿜던 모습도 떠올랐다. 거기에 쑥색 옷 입은 후리후리한 남자와 구레나룻 시꺼먼 남자를 앞장서 가던 쑥물 들인 당꼬바지 입은 순돌의 모습이 겹쳐졌다. 목나무에 매달린 채 짚불 연기에 그을리고 있는 개의 모습이 떠오르고, 작은아버지의 허옇게 까뒤집힌 눈과 혓바닥이 보이는 듯했다. 작은아버지처럼 허옇게 눈을 까뒤집고 혓바닥을 길게 빼어문 채 목나무에 매달린 순돌의 모습도 보였다.

깜박거리던 별들이 흐려지고 그것들이 한데 뭉쳐 싯누런 덩어리가 되는 듯했다.

소스라쳐 눈을 떴다. 어머니가 흔들어 깨우고 있었다. 달이 환했다. 어디선가 남자의 두런거리는 소리가 들려왔다. 일어나 앉았다. 귀를 쫑그렸다. 두런거리는 소리는 식이네 집의 뒤란 언덕 위에서 들려오고 있었다. 한두 사람의 소리가 아닌 듯 우렁우렁했다.
「말도 말어. 누군가가 귀띔을 해줬구만 그래.」
「그 자식부터 죽이세.」
칼집에서 칼 빼는 소리가 들려왔다. 식의 손목을 잡은 어머니의 손이 떨고 있었다. 바로 이때 군함의 구르릉거리는 소리가 아스라이 들려왔다. 음력 스무사흗날 밤의 반쪽이 된 달은 소록도와 금당도 사이의 하늘에 동실 떠 있었고, 바다는 온통 은물을 칠해놓은 듯 번들거리는데, 그 바다에 시꺼먼 군함이 떠오고 있었다. 해방되던 해 초여름 내내 금당도 옆에 떠서 구르릉거리던 그런 군함이었다.
두런거리던 소리가 쥐죽은듯 잠잠해졌다. 뛰어 내려가는 발자국 소리들이 울려왔다.
「순경들이 쳐들어오는갑네.」
형이 속삭였다. 어머니가 후우 하고 한숨을 내쉬었다. 그 숨이 떨리고 있었다. 식은 가슴이 후들거렸다. 저 배에 순경들이 탔고, 그들이 정말로 쳐들어온다면 얼른 피란을 가야 하는 것이었다. 보안서에다가 쌀을 짊어져다 주었고, 매형이 보안서 부서장이고 거기에 무명베 두 필까지 유격대들 옷 지어 입으라고 내주었으니 식이네야말로 순경들의 총살감이 될 처지인 것이었다. 식은 혀를 물었다. 아버지가 원망스러웠다. 왜 아버지는 인민군 편도 순경 편도 아닌 '반동자'의 신세를 면하지 못하고 있을까.
은물을 칠해놓은 바다 위의 시꺼먼 물체는 나직하면서도 묵직하고 폭 넓은 구르릉거림으로 득량바다와 주위에 널려 있는 섬들을 소리 없이 떨게 하면서 나아가고 있었다.
「동네 사람들 다 들어보씨요오.」

마을 한가운데 있는 사장에서 목청껏 외쳐대는 소리가 있었다. 동청에 사는 수길이네 아버지의 컬컬한 목소리였다.
「시방, 저 순경들이 쳐들어오고 있소오. 모두 다 얼릉 피란들 가씨요오. 발동기가 회진 선창에 닿기만 하면 곧바로 이리로 쳐들어올 것인게, 넓바위 쪽으로 가씨요오. 피란 안 가고 있다가는 큰일 날 것인게 그리 아씨요오. 그라고 피란 안 가는 사람은 누가 되았든지 반동자가 되는 것이라우. 싸게싸게 피란들 가씨요오.」
그 외치는 소리가 앞메 잔등에 부딪혔다가, 서낭골의 달빛에 묽어진 어둠을 울리고, 이엉더미와 상엿집 사이에 잠긴 소나무 그늘을 타고 고추나무들 사이로 스며들었다.
「엄니, 우리도 얼릉 피란 가세.」
식이 말했다. 형도 같은 말을 했다. 대한민국 세상이 완전히 된다면 모르지만, 그렇게 되지 않고, 순경들이 저렇게 쳐들어와서 한 번 휩쓸어놓은 뒤에, 저번같이 또 섬으로 가버린다면 그때는 참말로 큰일이 날 것 아니겠느냐고 했다. 어머니는 멍히 은물을 칠해놓은 듯한 바다를 바라보고만 있었다.
이슬 젖은 이불과 가마니를 말아들고 집으로 내려갔다. 골목길을 달려 내려가고 올라가는 발소리들이 쿵쿵 울렸다. 다급한 목소리로 아이들 이름을 부르고, 외쳐 말하는 소리들이 들려왔다. 이때 아버지가 뒤란 언덕을 달려 내려왔다. 앞메 잔등 너머가 번해졌다. 은빛이던 달이 알루미늄 그릇처럼 푸르뎅뎅해졌다. 아버지는 부엌방으로 들어가면서 몸을 떨었다. 어머니가 따라 들어갔다. 한동안 무슨 말인가를 속삭였다. 형과 식은 부엌문 앞에 우두커니 서 있었다.
식은 가슴이 죄어오고 좀이 쑤셨다. 누군가가 골목길을 달려 내려가고 있었다. 순경들이 곧 하눌재를 넘어오는 듯만 싶었다. 마당으로 나갔다. 하눌재가 잿빛 윤곽을 드러냈다. 식은 눈이 번쩍 뜨였다. 흰옷 입은 여자 한 사람이 올라가고 있었다. 한 손으로 치맛자락을 걷어잡고 다른 손으로는 무릎을 짚으면서 올라가고 있었다. 그 걸음걸이가 비틀거리는 듯했다. 식은 관자놀이가 욱신거렸다. 미친 여자가 아니라면 어느 친일파나 순경의 각시일 것이라는 생각이 들었다. 순경들한테 무슨 연락을 해주러 가는 모양이다 싶었다.
「성, 저것 조끔 보소.」
 식은 하눌재 고개를 손가락질하면서 형을 향해 말했다. 형이 담 옆으로 달려왔다. 여자가 허겁지겁 재를 넘고 있었다. 이때, 하눌재 너머에서 콩볶는 듯한 총소리가 울렸다. 가슴이 펄럭거렸다. 순경들이 보안서를 점령하고 회진마을을 향해 총알을 쏘아대는 모양이다 싶었다. 식은 변소 모퉁이로 달려갔다. 동네 앞에서 앞메 잔등으로 뻗어나간 실뱀길을 바라보았다. 흰 보퉁이나 양식 자루와 솥단지 같은 것들을 머리에 이거나 등에 짊어진 사람들이 줄을 잇고 있었다. 그들은 허둥지둥 달려가고들 있었다. 회진 쪽에서는 더욱 요란스런 총소리가 들려왔다. 우리는 피란을 갈 것인가, 어쩔 것인가. 답답했다. 깜깜한 부엌방에만 박혀 있다가 밤이면 산으로 숨어버리곤 하는 아버지는 세상 돌아가는 물정을 전혀 모르고 있는 것이다 싶었다. 아버지가 이렇게 바보스럽게 보일 수가 없었다. 식은 부엌으로 달려들어갔다. 부엌방 문을 열어젖히면서,「아부지, 저 총소리 안 들리요? 우리는 어쩔 것이요?」하고 울먹거렸다. 껌껌한 동굴만 같은 부엌방의 어둠 속에서 우악스런 손이 나와서 식의 손목을 잡았다. 끌어당겼다. 식은 깊은 수렁 속으로 빨려 들어가기라도 하듯 그 방안으로 끌려 들어갔다. 억센 팔이 그를 끌어안았다. 아버지였다. 울고 있었다. 식은 숨이 막혔다. 뜨거운 눈물방울이 그의 볼로 떨어졌다. 어머니의 훌쩍거리는 소리가 들렸다.
 그때 밖에 있던 형이 뛰어들어와서 부엌문을 열고 다급하게 어머니를 불렀다. 내다보니, 땅딸막한 형 옆에 껑충하게 큰 매형의 번번한 얼굴이, 부엌 안에 가득 찬 어둠을 휘감은 채 우뚝 서 있었다. 포수에게 쫓긴 토끼숨을 쉬고 있었다.
「너 이놈, 여기 뭣 할라고 왔냐?」
아버지가 매형을 향해 소리를 질렀다. 어머니가 뛰어나가서 매형의 손을 잡아 끌고 안으로 들어왔다.
「에끼, 에끼, 무정한 사람아. 개 패대끼 때려 쥑여놓은 처가 식구들 볼라고 인제사 왔는가?」
어머니가 주저앉은 매형의 무릎을 손바닥으로 때리면서 통곡을 했다.
「보안서 부서장이란 사람이 제놈의 작은장인 하나 못 살려냈는가? 아이고, 아이고 원통해서 못살겄네.」
어머니의 말에, 아버지가 소리를 질렀다.
「썩 나가거라, 이놈아.」

식이 대덕 지서의 토치카 쌓기 울력에 나가기 시작한 것은 순경들이 들어온 지 보름쯤 지난 날부터였다.
초가을의 아침 햇살이 하눌재 고갯마루를 불그죽죽하게 물들이고 있었다. 식은 맨지게에다 교통호 파러 다닐 때 가지고 다니던 괭이와 점심 그릇을 코두박에 매달아 짊어진 채 집을 나섰다.
어른들 틈에 끼여 재를 올랐다. 길가의 잔풀에 이슬이 맺혀 반짝거렸다. 교통호 파기 울력 때와 달리 쓸쓸하고 호젓했다. 불안스럽기까지 했다. 먼 당숙뻘 되는 귀석이 지서에 잡혀가고 없었다. 누군가가 어린이는 안된다고 돌려 보내버릴 것만 같았다.
큰동네에서는 큰일이 하나 더 일어났었다. 순경을 하다가 그만둔 구상호 씨의 가족이 몰살을 당한 지 며칠 뒤, 그러니까 개들을 모두 때려 잡아버린 이튿날 밤에, 조태식이 죽은 것이었다. 진멧몰로 돌아가는 무덤등이라는 데서 몽둥이에 맞아 골이 벌어지고, 칼에 찢긴 채 죽어 있었다고 했다. 순경들이 쳐들어온 새벽에 하눌재를 허겁지겁 넘어간 것이 바로 조태식의 아내였던 것이었다. 그런데 이 사건에 새텃몰의 젊은 청년들이 가담을 한 것이라고 했다. 큰동네와 새텃몰의 세포위원들은 합동회의를 하고, 자기 마을 반동자를 자기 마을의 세포위원들이 숙청하기 곤란하므로, 서로 상대 마을의 반동자들을 숙청하여 주기로 했던 것이었다. 그것을 결행하기로 한 것은, 개들을 모두 때려 죽여버린 이튿날 밤이었다. 그러나 지목된 반동자들이 모두 어디론가 피신을 해버리고 없었다. 하필, 조태식이만 집에 남아 있다가 그 일을 당하고 만 것이었다.

「죽은 태식이 손에는 머리카락 한주먹이 쥐어져 있었다고 하데. 그 집 식구들은 그것이 누구 머리카락인지를 찾으려고 눈에 쌍불을 켜고 댕긴닥 안 한가?」

머리에 흰 수건을 동인 채 마을을 다녀온 형이 어디서 누구한테 들은 것인지, 마루에 앉아 강낭콩을 까고 있는 어머니에게 말했었다.

「태식이가 참말로 독하기는 독한 사람인 모양인데. 저를 죽일라고 하는 사람 머리카락을 훔켜잡고는, 숨이 꼴딱 넘어간 뒤에까지도 놔주지 않은 것을 보면은…… 그런께 그 머리카락을 할 수 없이 칼로 비어버린 모양인데.」

여기까지 말하고 난 형은 낮게 속삭이듯이, 「그런디 그것이 참말인가는 몰라도, 그 손에 쥐어진 것이 귀석이 아제 머리카락이라고 하더란께」 하고 말했었다. 그 말을 듣는 순간 식은 머리카락 한줌을 쥐고 있는, 눌눌하면서도 푸르뎅뎅한 죽은 사람의 손이 머리에 떠올라 으쓱 소름을 쳤었다.

「말도 안되는 소리다. 귀석이 아제는 그럴 사람 아니다. 누가 그런 주둥이 놀리디야?」

어머니가 눈살을 찌푸리면서 퉁명스럽게 꾸짖듯이 말했었다.

「철구네 집에 갔게 그러데.」

「그 집 사람들도 말이 참 많은 사람들이다. 자주 댕겨쌓지 마라.」
 식도 태식의 손에 쥐어진 머리카락이 귀석의 것이 아니기를 바랐었다.
「들은께 순이도 어쩌면은 죽었을 것이라고 하데야. 우리 동네 들어온 유격대들이 지잿재에서 싹 잡혀 죽었다고 안 한가?」
 형이 묻지 않은 말을 이렇게 잇고 있는데, 안방에 죽은 듯 누워 있던 작은누님이 악을 쓰듯이 말을 했었다.
「순인가, 그 잡년인가, 들먹거리지도 말어」 하고 나서 작은누님은 으흐, 으흐 하고 울기 시작했다. 어머니와 형은 찔끔 놀라서 서로의 얼굴을 건너다보다가 고개를 떨어뜨렸었다. 이윽고 콩만 까던 어머니가 푸념이라도 하듯이, 「즈그 오빠는 맘이 변해갖고 우리를 못 잡아묵어서 그 지랄을 쳤어도 순이는 안 그랬어야. 순이가 숨으라고 귀띔을 안해줬으면은 느그 아부지도 동네 개들이 한꺼번에 짖어대던 그날 밤에 별수없이 덕산이 찬호 아저씨같이 죽었을 것이야」 하고 말했다.
 식은 어머니의 말이 옳다고 생각하며 순이누나의 죽은 모습을 그려보았다. 부엌방의 껌껌한 어둠 속에서 하던 것처럼 토실한 알몸이 된 채 번듯이 누워 죽었을 것만 같았다. 울력꾼들이 줄을 이어 재를 오르고 있었다. '에끼이, 오줌 한나도 못 싸는 바보야아' 하는 순이누나의 목소리가 어디선가 들려오는 듯했다. 개암나무숲 짙은 고살바위 밑을 바라보았다. 파르스름한 것 같기도 하고 꽃자줏빛 같기도 한 아침해의 그늘이 숲에 잠기어 있었다. 묽은 냇가가 숲을 덮고 있었다. 예쁜 처녀는 죽으면 저 숲을 덮는 이내 같은 것이 된다더라고 형이 말했었다. 비 오려고 구름 짙게 낀 밤 같은 때에 귀신의 울음소리가 들리는 것은 그 때문이라던 것이었다.
 식은 얼굴이 화끈 달았다. 불알과 똥구멍 사이가 시큰하면서 오줌이 누고 싶어졌다. 쓰게 입맛을 다시며 참았다. 순이누나가 아무 일 없이 살아서 돌아왔으면 좋겠다고 생각하며 재를 올랐다.

먼저 올라간 울력꾼들이 햇살 쏟아져 앉은 풀밭에다가 지게를 뉘어놓고 그 위에 앉아 잡담을 하고 있었다. 「허허, 간밤에 내질러 깐 새끼를 울력이라고 내보내는 놈들도 있구마잉」 하는 소리가 어디선가 들려올 것만 같아 가슴이 찔끔했다. 쥐털처럼 눌눌한 머리칼에 애꾸눈이인 잼몰 청년의 모습은 보이지 않았다. 「니 애비는 대낮에도 감재만 찌고 있다냐?」 하는 말이 생각나서 고개를 떨어뜨리는데, 「역적의 공산당을 쳐들어가자, 대한민국 만세를 부르며 가자」는 아이들의 노랫소리가 재 너머에서 들려왔다. 식은 얼른 소나무숲 속으로 들어갔다. 꼬추를 까고 오줌을 누는 체했다. 노랫소리가 가까워졌다. 숲 사이로 내다보니, 덕산리 아이들이 어깨에다가 '멸공'이라고 쓴 흰 완장을 두른 채 줄지어 올라오고 있었다.

식은 그 아이들처럼 학교에 다니지 않고 울력을 나가는 것이 부끄러웠다. 아버지는 학교에 다니지 말라고 하고 있었다. 앞으로 영영 식이나 형을 학교에 보내지 않을지도 몰랐다.

줄지어 가는 아이들을 이끌어가는 키 큰 아이가 「역적의 김일성!」 하고 소리치자 아이들이 기세 좋게 가사를 바꾸어 노래를 불렀다.

「역적의 김일성을 때려죽이자.

역적의 김일성을 때려죽이자.

대한민국 만세를 부르며 가자.」

키 큰 아이가 또 「역적의 스탈린!」 하고 소리쳤다. 아이들이 가사를 바꾸어 노래를 부르면서 재를 넘어갔다. 키 큰 아이는 식과 같은 반인 홍정환이었다. 다른 아이들의 얼굴도 모두 눈에 익은 것들이었다. 식은 혀를 물었다. 가슴이 쓰렸다. 부엌방 뒤의 굴방에 숨어 있는 매형이 생각났다. 아버지는 굴방에 숨어 있는 매형의 말을 듣고 식을 학교에 내보내지 않는 것일까. 식은 아버지의 속셈을 알 수 없었다.

학교가 사흘 전부터 문을 열었고 각 마을 단위로 멸공통학단이 조직되었다고 재욱이 와서 말을 했었다. 통학단장이 된 재욱은 친구와 함께 '멸공'이라고 쓴 완장을 차고 두 번이나 식을 데리러 왔었다. 그러나 식의 아버지는 식을 학교에 보내지 않겠다고 하면서 그들을 그냥 돌려보냈었다. 아버지는 형의 발도 묶어두고 있었다. 형에게 한결같이 머리에 흰 수건을 동이고 살게 했다. 마당의 화로에 약단지를 올려두는 것도 예나 마찬가지였다. 재욱이네 형 재익이 검정학생복 허리에 세포위원들이 차고 다니던 칼을 차고 와서 몇 번이고 형을 내보내달라고 했었다.

「아저씨, 어째 그러씨요? 우리집이나 아저씨네 집이나 몰살당할 뻔 안 했소? 그 원수 놈들을 우리 손으로 안 쳐죽이면 누구 손으로 쳐죽일 것이요?」

재익이가 이렇게 말하자, 아버지는 몇 번이고 고개를 끄덕거려주면서, 「금메, 니 말이 옳긴 옳다마는, 저 얼굴 조끔 봐라. 저 모양 해갖고 있는디 어디를 내보내겄냐?」 하고 말해서 그를 돌려보냈었다. 정말, 알 수 없는 아버지였다.

형의 얼굴은 여름 내내 그늘에서만 산 탓으로 누르퉁퉁하고 부석부석하기는 했다. 얼핏 병둥이같이 보이기도 했다. 그러나 식의 눈에는 형이 무슨 병을 앓고 있는 것 같지가 않았다. 순경들이 들어온 뒤에는 화로 위에 약단지만 놓아두었을 뿐, 약은 달여 먹이지를 않고 있었다.

아버지는 재익이네 아버지가 찾아와서, 이젠 완전히 대한민국 세상이 되었으니 안심하고 면사무소 출입을 같이 하자고 하여도 고개를 젓기만 했었다.

「인제부터는 엎드려서 일이나 하고 살라네.」

회진 쪽으로 향한 내리받잇길은 아침의 자줏빛 산그늘에 잠기어 있었다. 소나무숲이 검푸르게 물들어 있었다. 그 숲 사이로 쪽물을 풀어놓은 듯한 바다가 바라다보였다. 어협창고의 벽돌담이 아침 햇살을 받아 검붉은 핏빛으로 빛났다. 그 옆의 보안서 기와지붕이 나지막하게 엎드려 있었다. 이젠 파출소였다. 파출소 돌담 주위로 청록색 참대가 빙 둘러 꽂아져 있었다. 총알막이 울타리였다.

　식은 눈살을 찌푸렸다. 남의 아기 잡아먹고 숨은 문둥이처럼 굴방 속에 들어앉아 있는 매형을 생각했다. 매형이 살아난 것은, 어떤 선산이 울었든지 한번 크게 울었기 때문이라고 했다. 보안서 다니던 사람들 가운데 살아남은 것은 오직 매형뿐이라고 했다. 매형도 순경들이 배를 타고 쳐들어올 때 보안서 안에 있었더라면 하릴없이 죽었으리라 했다. 그런데 웬일인지 그 전날, 매형은 군산에 두고 온 아내 생각이 나서 견딜 수 없었다고 했다. 아무래도 자기 어머니 아버지하고 의논을 하고 군산으로 가야겠다는 생각을 하며 집으로 건너갔었다고 했다. 생각하면 발바닥 간질거리는 일이라고 했다. 군함이 들어오던 날 새벽녘에 장총 한 자루밖에 없는 보안서가 남아나지 못하리라고 생각하며 산을 뛰어오르면서 보니 보안서가 순경들의 총알 앞에서 벌집이 되고 있었다고 했다.

　「에끼 이 사람, 군산에 가만히 잠자코 있제, 뭣이 어쩐다고 보르라니 내려와 갖고 사방 이 모양 하고 있는가?」

　부엌의 껌껌한 어둠 속에서 마늘을 까며 어머니는 이렇게 원망스럽게 말하고, 큰누님은 혼자 굶어 죽었거나 폭격에 맞아 죽었거나 했을 것이라면서 눈물을 삼켰다.

　「염려 마시란 말이오.」

　매형은 아직도 큰소리였다.

　「내려올 때 쌀을 두 가마니나 넣어주었어라우. 조끔만 더 있다가 잠잠해지면 군산으로 갈라우. 그리고 금방 인민군이 다시 내려올 것이오. 보씨요, 틀림없을 것이오. 조심은 이런 때 해사 쓰요. 멋모르고 날뛰다가는 참말로 큰일이오. 아부지한테도 잘 말씀드리씨요.」

　선산 발치에 묻기 위해 작은아버지의 시체를 관에 거두어 온다고 법석일 때에도 매형은 어머니를 부엌방 안으로 불러들여 가지고,

「작은장모님 속이사 오죽하겠소마는, 혹시 너무 듣기 싫게 욕을 퍼붓거나 울어쌓거나 하지 마라고 하씨요. 세상이 또 어떻게 바뀔지 안다우?」하고 말했었다. 장례를 치르는 동안, 작은어머니는 내내 미친 듯 뛰어다니며 손뼉을 치기도 하고 뒹굴어대기도 하면서,「워메, 워메에, 원통하구러어」하고 울부짖어댔었는데, 매형의 그런 당부 때문인지, 어머니는 가끔 작은어머니의 그 발광 같은 통곡과 몸부림을 달래곤 했었다.

나룻머리에 이르렀을 때 검은바위 위에서 머리털 희끗희끗한 여자가 두 다리를 뻗은 채 주저앉아 두 손바닥으로 바위 바닥을 치며 통곡을 하고 있었다.

「워따 워메 내 새끼이, 워따 워메 내 새끼이…….」

그 늙은 여자 옆에, 젊은 여자 두 사람과 바지게를 짊어진 젊은 남자 한 사람이 서서, 건너오고 있는 나룻배를 멍히 바라보고 있었다. 울력꾼들이 그들을 둘러싼 채 말을 잃고들 있었다.

나룻배가 검은바위 끝에 닿았을 때, 누군가가 멍해 있는 식의 손을 끌어당겼다. 놀라 돌아보니 재욱이네 작은아버지였다. 그가 사람들을 밀어붙이고 나룻배에 올라가면서 식을 끌어올렸다. 나룻배가 회진 선창을 향해 이물을 돌렸다.

「워따 워메에, 내 새끼이.」

이물 쪽에서 뱃바닥을 손바닥으로 치는 소리가 들렸다.

「마 선생 어머니제, 저?」

누군가가 낮게 말했다. 사람들의 흰옷자락 틈으로 일렁거리는 물결을 바라보고 있던 식은 가슴이 움찔했다. 훤칠하게 키가 크고, 둥글납작한 얼굴에 코가 덩실하게 큰 마 선생의 얼굴이 보이는 듯했다. 내덕도 학교 안의 선생님들 가운데서 유일하게 이 지방 출신인 마 선생은 식이네 담임선생이었다. 후원회 역원인 아버지하고 친한 만큼 식을 매우 귀여워해 주곤 하던 분이었다. 학급 사진을 찍을 때도 마 선생은 식을 자기 옆에 앉혔었다. 학급 아이들 앞에

서 '차렷, 경례'의 구령 하나도 제대로 못 붙이는 식을 부급장에
임명하기도 했었다.
「그 사람이 찬호 죽이는 데 가담했다는 것은 암만해도 곧이 안
들리네.」
「안 죽을라고 그랬겠제잉.」
「도통 모를 일이여.」
「들어본께, 마 선생이 정찬호를 제일로 먼저 칼로 쑤셨다고 하둥
만.」
 식은 눈을 꼭 감았다. 마 선생의 쌍꺼풀 진 눈과 벌름한 코가 생
각났다.
 나룻배가 선창에 닿자마자 마 선생의 어머니는 총철환 달리듯이
선창 바닥을 내달렸다. 대덕으로 가는 신작로에 들어섰다. 누군가
가 혀를 끌끌 차고 있었다. 회진에서 대덕까지는 십릿길이 훨씬 넘
었다. 울력꾼들은 신작로를 터벅터벅 걸었다.
 장터 옆에 있는 지서와 면사무소는 놀랍게 변해 있었다. 청록색
참대 울타리가 빙 둘러져 있었고, 그 울타리 바깥으로는 어른들도
뛰어 건널 수 없을 정도로 깊고 넓은 함정 같은 도랑을 파두었다.
그 도랑 밑바닥에는 날카로운 대꼬챙이들을 촘촘 박아두었다. 지서
의 참대울타리 문을 들어서면서 식은 소름을 쳤다. 발을 헛디디어
도랑 바닥으로 굴러 떨어질 것만 같은 생각이 들었다. 떨어진다면,
함정에 빠진 멧돼지 신세가 되고 말 것이었다. 등과 엉덩이와 허벅
다리와 가슴에 대꼬챙이들이 박히고 말 것이었다. 풀물 들인 듯한
군복을 입은 채 짧은 총을 들고 있는 순경을 바로 쳐다보지 못하고
고개를 떨어뜨렸다. 갑자기 얼굴빛이 파랗게 변하기라도 할 것만
같았다. 그러면, 그 순경이 '느그집 부엌방에 누가 숨어 있냐, 바
른 대로 말해' 하고 윽박지를 것이 아닌가.
 이장인 재욱이네 아버지는 미리 와서 기다리고 있었다. 울력꾼들
이 도착하자, 새텃몰 앞으로 배당된 일자리로 데리고 갔다. 배당된

일은, 참대울타리 안쪽에다가 돌담 같은 방벽을 키 넘게 쌓아 올리는 것이었다.

「민가에서 담을 헐어온다든지, 논둑이나 밭둑을 헐어온다든지 해서는 절대로 안돼요잉. 조깐 멀기는 해도, 학교 너머 청다리 밑에서 져오도록 하씨요.」

재욱이네 아버지의 주의말이 있은 다음 울력이 시작되었다. 울력꾼들을 따라서 참대울타리 문을 나갔다. 학교 앞 신작로를 걸었다. 운동장의 조회대 앞에 아이들이 모여 앉아 있었다. 조회대 위에 올라선 선생이 한 손에 책을 들고 다른 한 손을 위아래로 저으며 노래를 가르치고 있었다. 따라 부르는 아이들의 노랫소리가 교사의 멀뚱한 유리창에 부딪쳐가지고 신작로로 퍼져왔다. 식은 한 번도 들어보지 못한 노래였다.

「전우의 시체를 넘고 넘어.」

재욱이나 철구 들도 학교에서 저런 노래를 배울 것이라는 생각이 들었다. '앞으로 앞으로' 속으로 노래를 따라 부르며, 식은 걸음을 빨리 했다. 시멘트 다리 밑으로 내려가는데, 다른 동네 울력꾼 몇이 발을 멈추고, 아득하게 굽이쳐 간 강둑 옆의 모래밭을 바라보고 있었다. 식도 발을 멈추고 그쪽을 보았다.

강둑 옆의 모래밭에는 흰옷 입은 사람 서넛이 모여 있었다. 늙은 여자 한 사람이 그 주위를 뛰어다니면서 춤을 추기라도 하듯 활갯짓을 하고 손뼉을 치곤 했다. 마 선생의 어머니인 듯했다. 두 사람이 하얀 홑이불로 싼 것을 바지에다가 올려놓고 있었다. 한 여자가 그걸 거들고 있었다. 한 사람이 지게 앞으로 달려가더니, 그걸 짊어지고 일어섰다. 냇둑을 향해 걸어갔다. 춤추듯 뛰어다니던 늙은 여자가 두 여자의 부축을 받으며 그 뒤를 따라가고 있었다. 그들이 대숲으로 둘러싸인 마을 모퉁이를 돌아서 회진 쪽으로 뚫린 신작로로 들어설 때까지 울력꾼들은 말을 멈추고 있었다.

돌덩이를 짊어지고 오는데 운동장에 모여 있던 아이들이 교문을 나오고 있었다. 식은 고개를 떨어뜨렸다. 아이들이 식의 얼굴을 보는 듯했다. 혀를 물었다. 학교에 가지 말라고 하는 아버지가 원망스러웠다.

참대울타리 문 앞에 이르렀을 때, 장터 쪽에서 호루라기 소리가 났다. 검정 제복에 흰 완장을 두른 학생들 사오십 명이 열을 지어 오고 있었다. 모두 길다란 장총을 메고 있었다. 짤막한 총을 어깨에 메고 칼을 찬 키 큰 학생 하나가 옆에 따라오면서 호루라기를 불었다. 재욱이네 형이었다. 그 뒤에 작달막한 키에 짤막한 총을 멘 학생이 따르고 있었다. 그의 허리에는 재욱이네 형의 것보다 더 길다란 칼이 매달려 있었다.

식은 얼른 참대울타리 문 안으로 들어가 버렸다. 작달막한 키의 학생이 두려웠다. 재익이보다 더 높은 대장인 모양이었다. 재익이가 대장한테 꾀병을 앓느라고 나오지 않은 식이네 형에 대한 말을 했을지도 모르는 것이었다.

다시 돌덩이를 짊어지러 가다 보니, 중학생들이 학교 조회대 앞에 모여 있었다. 작달막한 키의 학생이 조회대 위에 올라가 있었다. 줄을 서 있는 학생들을 향해 소리쳐 말을 하고 있었다. 울력꾼들이 교문 앞에서 발을 멈추고 그들이 하는 양을 보고 있었다. 식도 그들 옆에 멈추어섰다. 조회대 위의 학생은 천관산과 지재산을 두어 번 손가락질하더니 허리에 차고 있던 칼을 뽑아들어 하늘을 찌르면서 악을 써댔다. 그 칼날이 햇살을 조각내어 날렸다.

「저것이 웅암 조 면장 아들이라고 하등만.」

콧등 부근에 곰보 자국이 있는 울력꾼이 말했다.

「두 형제를 옴씨래미 죽이고, 밑에 딸린 새끼들을 흙구뎅이 속에다가 산 채로 밀어넣고는 파묻어 버렸다고 하드니, 그래도 저것이 어떻게 살아 남었는 모양이시잉.」

팔짱을 낀 호리호리한 울력꾼이, 가늘고 긴 몸매답지 않게 걸걸하고 굵은 목소리로 낮게 말했다.

「교통호 판다고 파드니, 거기다가 생사람 파묻을라고 그랬던 모양이여.」

 곰보 자국 있는 울력꾼이 몸을 돌렸다. 호리호리한 울력꾼이 그와 나란히 걸었다. 식은 그들을 뒤따르며, 바다가 내려다보이는 산이나 밭언덕에 키 넘도록 깊게 판 교통호를 생각했다. 거기에 사람을 밀어넣고 흙을 퍼 덮어대는 모습이 머릿속에 그려졌다. 흙을 뒤집어쓴 채 싯누런 손을 뻗어 허우적거리면서 밖으로 기어나오려고 애쓰는 사람들의 모습이 떠올랐다. 등줄기에 찬물이 흘러내리는 듯했다. 마치 자기가 그 흙구덩이 속에 묻히고 있는 듯만 싶었다. 가슴이 답답했다. 눈살을 찌푸리면서 가슴을 펴고 길게 숨을 들이쉬는데, 「아따 오늘 본께 식이도 꾀부릴 줄 안다야」하는 소리가 귓속을 파고들었다. 새텃몰 울력꾼들이 돌덩이를 지고 오고들 있었다. 소년단장을 지낸 창길이하고 같은 또래인 영팔이가 거무튀튀한 입술 속에서 눌눌한 이빨을 내놓고 웃고 있었다. 청다리 밑으로 내려서는데, 군복 입은 순경 두 사람이 흰 저고리에 머리를 길게 땋아 늘인 처녀 한 사람씩을 앞세운 채 오고 있었다. 한 처녀는 통치마를 입었고 또 한 처녀는 몸뻬를 입고 있었다.

 지재산 마루에 해가 걸렸을 때에야 이날의 울력은 끝이 났다. 성큼성큼 걷는 울력꾼들을 따라 신작로를 달렸다. 달리면서 식은, 순경 두 사람이 앞세우고 가던 처녀들을 생각했다. 「여성동맹에 들었다고 벌룽거리고 댕긴 년들은 쏵 잡아다가 면소 창고 안에다가 넣어놨는 모양이데」하던 곰보 자국 있는 울력꾼의 말을 생각했다. 차조숲이 떠오르고 그 처녀들을 한 사람씩 끌어안고 뒹구는 군복 입은 사람들의 모습이 머릿속에 그려졌다. 누님의 울음소리가 들리는 듯했다. 빨갛게 물든 흰 속곳자락이 떠올랐다. 지재산을 넘다가 죽었으리라던 순이누나의 모습도 떠올랐다. 솔숲 속에서 벌거벗은 채 누워 있는 모습이었다.

 회진에 이르렀을 때는 밤이었다. 깜깜한 어둠 속에서 나루를 건넜다. 땀으로 멱을 감은 채 재를 넘어 동네에 들어섰을 때는 별들이 총총 밝았다.

사립을 들어서자, 호롱불을 등진 채 허리 낭창하게 긴 여자가 자락치마를 날리면서 달려나와서 식을 덥석 끌어안았다. 여자에게서는 비릿한 젖내와 쿠릿한 배냇냄새가 묻어 있었다. 목울음을 삼키면서 식의 땀 젖은 얼굴을 목과 젖가슴 속에 묻어버렸다. 매형이 군산에 버리고 온 큰누님이었다. 뜨거운 물방울이 식의 볼과 목덜미로 떨어졌다. 기둥에 매달린 호롱불이 마당과 처마와 마루에 잠긴 어둠으로 뽀얀 빛살을 뻗고 있었다. 어머니가 댓돌에 서 있었다. 포대기로 싼 아기를 안고 있었다. 형과 아버지도 어머니 옆에 나와 서 있었다. 작은누님은 보이지 않았다. 죽은 듯이 안방 아랫목에 모로 누워 있는 모양이었다.

식의 어깨에서 지게를 벗겨낸 큰누님은, 도망가려고 하는 사람을 붙잡기라도 하듯 식의 손목을 재빠르게 훔켜잡고 툇마루로 이끌었다. 큰누님은 다리를 절름거렸다.

「여기서 군산이 얼마나 먼 데냐? 거기서 여기까지 걸어서 걸어서 왔단다. 몇날 며칠을 거지같이 동냥밥 얻어먹어감스롱…… 원센 놈의 서방치레 못해갖고.」

어머니가 목울음 섞인 소리로 탄식하듯 말했다. 큰누님은 훌쩍거렸다. 그 훌쩍거림이 큰누님의 뜨거운 손아귀에 든 손목을 타고 가슴으로 밀려들었다. 아리고 시린 금이 가슴벽에 그어지고, 목이 꽉 메었다.

이날 밤 내내 부엌방에서는 큰누님의 훌쩍거리는 울음소리가 이따금씩 들려오곤 했다. 매형의 웅얼거리는 소리가 한두 번 들리는가 하면 큰누님의 흐느낌이 거기에 엉겨붙고, 그 흐느끼는 소리에 매형의 웅얼거리는 소리가 어우러졌다. 등잔불을 끄고 누운 아버지와 어머니는 말이 없었다. 한숨을 푹 내쉬곤 하던 어머니가, 「아이고, 저 불쌍한 것을 어쩔까잉」 하고 끌끌 혀를 찼다. 어머니 옆에

안개바다 319

누운 식의 머릿속에는 이날 낮에 본 마 선생 어머니의 모습이 그려졌다. 흰 홑이불에 싼 것을 바지게에 담아 짊어지는 사람의 주위를 빙글빙글 돌면서 춤이라도 추듯이 활갯짓을 하며 뛰어다니는 그 여자의 모습 속으로 큰누님의 흐느끼는 소리가 아득하게 멀어져 갔다. 마 선생 어머니의 모습이 작은어머니의 모습으로 바뀌어지고 그게 다시 큰누님의 모습으로 바뀌어지고 있었다. 눈꺼풀이 무거워지면서 깜박 잠이 들었는가 하는데,「저 울음소리 조끔 안 들렸으며언!」하는 작은누님의 악쓰듯 외치는 소리가 정수리를 쳤다.

(1978)

꽃과 어둠

식이 이틀째 토치카 쌓기 울력을 갔다가 온 날 밤, 집안에는 어이없는 일이 일어났다.
부엌 안이나, 마루 밑이나 외양간에 숯검정을 진하게 칠해놓은 듯한 어둠이 가득 담겨 있었고, 마당에는 아기들의 돌무덤 많은 서낭골에 잠긴 먹물 같은 어둠이 술렁거리고 있었다. 안방에는 어머니, 작은어머니, 큰누님, 작은누님, 형이 석유등잔불을 한가운데 놓고 둘러앉아 있었다. 그 등잔불은 맷돌방석만하게 부풀어난 검은 그림자를 드리운 채, 녹슨 구리철사 같은 그을음을 피워 올리면서 일렁거렸다. 식은 아랫목 구석에 기대 앉아 등잔불 끝의 그을음을 보고 있었다. 밥상을 막 물리고 난 참이었다.
「참말로 볼 만하데..」
형이 숭늉을 한 모금 머금어서 꿀렁거리다가 삼키고 나더니 이렇게 말했다. 형은 맨머리였다. 그는 어디를 갔다가 오는 것인지, 큰누님이 저녁밥상을 마루에 들어다가 놓을 무렵에야 여느 때나처럼 머리에 흰 수건을 동인 채 사립을 들어섰었다. 어쩌면 어슬어슬한 땅거미가 그의 등에 붙어 마당으로 들어오는 듯했는데, 그는 아무에게도 자기가 왜 어디엘 갔다가 어째서 인제 온다든지 어쩐다든지 하는 말 한마디 없이, 귀찮다는 듯 머리의 수건을 벗어들고 밥상을 따라 방으로 들어왔던 것이었다.

「징한 사람들이여, 참말로.」

형은 이렇게 말을 띄워놓고 침을 삼키면서 고개를 떨어뜨렸다. 방안의 눈길들이 모두 까까머리 형의 창백한 얼굴로 몰려들었다.

형이 말을 이었다. 그는 강도령묘 끝에 볼 만한 일이 벌어져 있다고 하두 그래싸서, 바람을 쐬러 가는 것처럼 발밤발밤 나가보았다는 것이었다. 넓바위 연안을 돌아서 짝귀언덕을 넘어갔더니 강도령묘 끝을 에워싼 바다 위에 채취선 여남은 척이 떠 있었다고 했다. 방그물질을 하는 배였다고 했다. 방그물은 원시적인 소형 저인망이었다. 배 위의 사람들은 바다 밑의 갯벌 바닥을 훑어 긁는 그 그물을 던져놓고, 이백여 걸음쯤 노를 저어 가서 닻을 놓아 박은 다음, 뱃전 모서리를 버티어 딛고 서서, 그물줄을 손으로 끌어당기고는 하더라는 것이었다.

「나는 설마 그랬을라드냐고 생각을 했었는디, 알아본께 그것이 참말이어라우. 구상호 씨네 식구들을 참말로 산 채 짚가마니 속에 넣어 돌을 달아 묶어갖고 물에다가 던져버렸다고 하둥만이라우. 그런께, 방그물질을 하는 것은 고기 잡느라고 그러는 것이 아니고, 사람 뼉다구 찾을라고 그런닥 합디다.」

이때 형의 얼굴로 몰려들고 있는 방안 사람들의 눈빛은 모두 달랐다. 작은어머니와 작은누님의 눈은 '봐라, 그러면 그렇지' 하는 말을 하고 있는 듯했고 큰누님의 눈은 '아무리 한들 그럴 수 있을라드냐, 나는 암만해도 곧이들리지 않는다'는 말을 담고 있는 듯했다. 큰누님의 아기를 포대기에 싸서 안은 어머니는, 작은어머니와 작은누님의 얼굴에 보내고 있던 눈길을 큰누님의 찌푸려진 눈살로 옮겼다가, 포대기 속에서 새근새근 자는 얼굴 위로 떨어뜨렸다.

「금메, 뭔 놈의 세상이 그렇게도 흉악한고.」

어머니의 중얼거림을 아랑곳하지 않고 형은 말을 이었다.
「가까이 가서 본께, 배에는 남자들만 타고 있는 것이 아니등만이라우. 노인들도 타고, 여자들도 타고 있습디다. 구상호 씨네 식구들을 죽이는 데 가담한 사람들이 그렇게 나서서 뼉다구를 찾고 있는 모양입디다. 들은께 앞으로 사흘 안에 뼉다구를 다 찾아내야만 갇힌 사람들을 살려준다고 했다고 합디다.」
「귀석이 당숙네 식구들도 배 타고 나가서 그러고 있겄다잉.」
어머니의 말에 형은, 「그 당숙 죄가 제일로 크다고 하등만이라우」 하고 말했다. 여기서 작은어머니가 눈살을 꼿꼿하게 세우고 이를 갈면서, 「뭣 하게 뼉다구 찾으라고 하고 어짜고 해? 뼉다구 찾어다가 쌓아놓으면은 죽은 사람이 다시 살아나기를 해, 어쩌기를 해? 나 같으면은, 가둬놓은 놈들을 쫙 끄집어내다가 즈그들이 한대로 저, 머시기 대창으로 찔러 죽인 데 앞장선 놈은 대창으로 찔러 죽여주고, 짚가마니에다가 넣어서 묶어갖고 물에 들쳐 죽인 데 앞장선 놈은 마찬가지로 그렇게 죽여주고, 흙구뎅이 속에다가 산 채로 묻어 죽인 데 앞장선 놈은 또 그렇게 산 채로 묻어 죽여주고…… 그렇게 하겠구만. 제놈의 에미, 애비, 각시, 새끼 들이 모두 다 보는 앞에서 꼭 그렇게 하겠어」 하고 말했다. 가슴에 대창이 꽂힌 채 죽어 있었다는 작은아버지의 얼굴을 떠올리며 식은 소름을 쳤다. 작은어머니로서는 응당 저렇게 분하고 원통해서 죽고 못사는 말을 할 수도 있으리라 하는데, 「작은어무니도 너무 그래싸면은 못써라우」 하고 큰누님이 눈꼬리를 치켜세웠다. 작은어머니가 큰누님 앞에서 한 말로는 조금 지나쳤다는 생각이 드는 듯 목소리를 낮추어, 「조카한테는 안됐네마는, 내 말 한나도 너무한 것 아니네」 하고 앙심을 박아 말했다. 작은누님이 눈을 내리깔며, 「죽을 사람은 죽어사 써」 하고 끼여들었다. 큰누님의 입술과 볼에 물결 같은 경련이 일어나고 있었다.
「워메, 저 말하는 것 조깐 보소이. 아니, 누가 죽어사 써야?」

「성부도 죽어사 쓸 죄만 안 지었으면은 안 죽을 것인게 걱정 말소.」

석유등잔불 주변으로 찬바람이 휘몰아 흐르고 있었다.

식의 귀에는, 와사삭 쓰러지는 차조숲 소리가 들리는 듯했다. 남자의 걸걸한 목소리와 칼을 뽑는 철그럭 소리와, 살려달라고 통사정하는 작은누님의 목소리도 들리는 듯했다. 무너져내리는 큰 짐짝을 떠받치기라도 하듯 안간힘 쓰는 소리와 입이 손바닥으로 틀어막힌 채, 아픔에 못이겨 발버둥치듯 으음, 으음 하고 비명을 질러대던 목소리도 들리는 듯했다. 작은누님의 하얀 속곳에 묻어 있던 빨간 피가 눈에 보이는 듯했다. 아침나절, 해가 수수 모가지 끝에 걸려 있던 그때, 두 사람의 유격대원에게 번갈아가며 무슨 일인가를 당한 누님으로서는 저렇게 악에 받친 소리를 할 수밖에 없을지도 모른다는 생각이 들었다.

식은 차조숲 속에서, 유격대원의 쑥물 들인 바짓자락 앞에 꿇어앉은 채 흐윽, 흐윽 하고 울기만 했던 것을 생각하며 혀끝을 무는데 어머니가, 「시끄럽다이, 시끄러. 듣자듣자 한께 못할 소리들이 없네. 형제간에 서로 아리고 쓰린 데는 감싸고 덮고 해줘사 쓴단 말이제, 이것이 뭔 짓거리라냐? 큰아그야, 아나, 애기 데리고 건너가서 자라. 속이 어째 안 상하겠냐마는, 그래도 너무 속상해 해쌓지 말어라. 이것이 꼭 너 들으라고 하는 소리겄냐? 느그 작은어무니나, 느그 동생 속이 어디 사람 속이겄냐? 사람으로서 못 당할 일을 당하고 보면 입에 못 담을 말이 없게 된단다」 하면서 아기를 큰누님의 품에 안겨주었다. 큰누님의 아기를 안고 일어서자, 작은어머니가 검정 무명베 치맛자락을 잡아다가 콧물을 닦으며, 「아이고, 아이고오, 원통한 내 속은 누가 시원하게 조끔 풀어줄란고잉」 하고 넋두리에 울음을 섞고 있었다.

「작은어무니, 내가 잘못했소. 고정하시씨요.」

큰누님은 자기가 무엇을 잘못했다는 것인지, 문을 열고 나가려다

말고 작은어머니를 향해 돌아서면서 말했다. 작은어머니가 두 손을 저어주고 바람벽으로 돌아앉았다.

「어서 건너가소. 자네가 한 말이 노와서 안 그러네. 내 설움, 내 원통한 생각 땜에 그러네. 조카 자네 듣는 데서 독한 소리 한 내가 외려 잘못했네. 어서 건너가 자소.」

작은어머니는 두 손바닥으로 바람벽을 더듬어 안으며 볼과 이마를 비볐다. 아랫목 구석에서 모로 누워 자고 있던 여섯 살짜리 사촌동생 종이가 부스스 일어나더니, 제 어머니의 얼굴을 보면서 입을 삐쭉거렸다.

「금메마시, 자네 분한 속을 풀어줄 사람이 누구겄는가?」

어머니가 작은어머니의 원통함을 함께 푸념해 주면서 눈물을 씻고 콧물을 훔치는 사이에, 부엌방 문 여닫는 소리가 들렸다. 안방 문을 열고 나가서 툇마루에 한참 동안 서 있는 듯하던 큰누님이 부엌방으로 건너간 모양이었다.

부엌방 뒤쪽의 굴방 속에는 보안서 부서장을 하던 매형이 숨어 있었다. 인민군이 들어와 있는 동안 아버지가 들어 있던 거기에, 순경들이 들어온 뒤부터는 매형이 들어앉아 있는 것이었다. 동네 사람에게 쫓겨날까 두려워서 숨어 있는 문둥이같이 그는 햇볕 볼 생각을 하지 않았다. 식이 울력을 갔다가 들어와서 잠시 들어가 보았더니, 그는 아버지가 그러던 것처럼 써레기담배를 말아 피우고 있었다. 코와 눈이 매캐한 연기 속에서, 그는 솥뚜껑 같은 손으로 식의 손을 잡아 주물럭거리면서, 「나랑, 느그 누님이랑 같이 군산으로 가자잉. 거기 가서 내가 중학교랑 대학교랑 다 보내주께」하고 말했었다.

이십 리 길을 종종걸음 쳐서 갔다가 온 데다 돌덩이를 여남은 번이나 짊어져 날랐으므로 식의 몸은 천 길 아래로 무겁게 처져내리고 있었다. 구석에 모로 누웠다.

「참소, 참어. 자네 새끼, 어느새 에미 우는 소리를 듣고 일어나

갖고 에미 쳐다보고 하고 있는 것 보소. 새끼 보고 이를 악물소. 아리고 쓰린 속 풀어줄 사람은 새끼뿐이네.」

작은어머니를 달래며 함께 울어주는 어머니의 목소리와, 작은어머니의 울음 참아 삼키느라고 끄윽끄윽 하는 소리를 들으며 식은 눈을 감았다.

「낼 아침에 큰아그를 시가로 보내뿌렀으면은 좋겠네.」

아버지의 목소리에 펀뜻 놀라 눈을 떴다. 어둠이 가득 차 있었다. 이웃집의 닭울음소리가 뒤란을 돌아들었다. 부엌방은 잠잠해져 있었다. 작은누님은 작은어머니와 함께 사랑방으로 건너가서 자는가 싶었다.

「사우도 어디 먼데로 보내버렸으면은 좋겠소. 조마조마해서 살 수가 있소, 어디? 골목에서 투덕투덕 하는 발소리만 들려도 가슴이 뛰어싸서 죽겠어라우.」

어머니의 말에 아버지가 한숨을 쉬었다.

「어디로 보낼 것인가?」

잠시 말이 없다가, 어머니가,「낼부터는 당신도 재욱이네 아부지랑 같이 면사무소나 지서 같은 데 출입을 조끔씩 하셔보시씨요. 내 생각 같아서는 세상이 완전히 뒤집어진 것 같소. 슬쩍 지서에 들어가 눈치를 살펴보씨요. 어뜨크롬 되어가는가. 그래갖고 웬만만 하면은 꽉 잡고 자수를 시켜버립시다」하고 말했다. 아버지가 쓰게 입맛을 다시면서,「자네 말이 옳네마는, 시방 자수시킨다고 시켜서는 큰일나네. 모두가 웬수를 갚을란다고 눈에다 빨갛게 불을 키고 야단들인디…… 한 일 년은 더 있다가 자수시켜사 쓰네」하며 모로 돌아누웠다. 식이 오줌을 누고 와서 다시 눈을 붙였는가 하는데,「니가 여그 있으면은 동네 사람들 말도 무섭고, 혹시 순경들이 눈치를 채고 몰려와서 집을 빨끈 뒤집어버릴 것만 같단 말이다」하고 애달파하는 어머니의 말이 귓속을 파고들었다. 한참 만에,「이참에 잡혀가면은 인제 참말로 죽을 것이오. 그때는 나도 죽어버릴라고 생각하고 있소. 참말로 송신나요, 송신나」 하는 목울음 섞인 누님의 말이 머리맡에서 들렸다. 눈을 떴다. 윗목 구석에 석유등잔불이 켜져 있었다. 큰누님이 흰 속치마 바람으로 식의 머리맡에 앉아 있었다. 봉창문 앞에 앉은 아버지는 써레기담배를 말고 있었고, 큰누님 옆에 앉은 어머니는 포대기를 한아름 안고 있었다. 포대기 속에 큰누님의 아기가 들어 있었다.

「그런 소리 해쌓지 말고.」

어머니의 말끝에 아버지가 낮고 무겁게, 「그냥 되짚어서 오더라도, 얼른 가서 어른들한테 인사드리고, 꽉 숨겨놓고 있은께 염려 마시라고, 안심도 시키고……」 하고 말했다. 큰누님이 몸을 일으켰다. 부엌에서 솥뚜껑 여는 소리가 났다. 작은누님이 벌써 일어난 듯했다. 아니, 작은어머니일 것이었다. 차조밭에서 그 일을 당한 뒤로 작은누님은 집안의 무슨 일에고 손끝 하나 까딱을 하지 않았다. 써레기담배 타는 냄새가 코를 알싸하게 했다. 잿빛이던 창문이 서리 맞아 시들어진 흰 국화 꽃잎같이 시푸르죽죽해졌다. 날이 밝고 있었다.

식은 어머니가 안고 있는 포대기 속의 아기를 보고 싶었다. 큰누님이 가기 전에 한번 더 보아두리라 했다. 어머니는 대오리 문살을 보고 있었다.

「영락없이 너 탁했다마는…… 애비 에미 복이 있을란가, 없을란가.」

큰누님이 군산에서 막 온 날 밤에 식이 아기를 들여다보자, 어머니가 한숨 섞어 하던 말이었다. 포대기 속을 들여다보았다. 아기는 자고 있었다. 생기려다 만 듯한 뱁새눈과 납작코와 병어 같은 입을 몇 번이고 뜯어보았다. 거울 속에서 본 자기하고는 조금도 닮지 않은 듯했다. 토끼의 귀처럼 길게 볼 옆으로 치켜든 흰 소매 속으로 손가락을 집어넣었다. 돌돌 말아 쥐고 있는 작고 말랑말랑하고 보들보들한 주먹이 있었다. 따뜻했다. 똬리처럼 말려 있는 손가락들을 살며시 폈다. 손바닥에서 끈끈한 것이 묻어났다. 아기의 손가락들이 깜짝 놀라 움츠러들었다. 식은 마치 만들어놓은 듯 가늘고 보드라운 손가락들을 조몰락거렸다. 어머니가 윗목에 모로 누워 있는 형을 보고, 「준아, 니가 애기 조끔 업어다가 주고 오니라」 하고 말했다. 형이 대번에 뚝배기 던져 깨뜨리는 소리를 했다.

「싫어, 머시매가 뭔 애기를 다 업어다 주는고?」

「그러면은 누가 업어다 줄 것이냐? 식이는 울력 가사 쓰고, 느 그 작은누님은 사립 밖에도 안 나갈라고 하는디…….」

「조끔 업어다가 줘라. 재만 넘겨주고는 그냥 와버려라.」

아버지가 담배연기를 내뿜으며 낮게 말했다.

앞에 잔등 너머의 번하던 하늘이 금빛으로 번쩍거리기 시작했다. 하늘재 골짜기의 소나무숲은 그 금빛을 받아 해맑은 청록색 얼굴을 하고 있었다. 형이 아기를 등에 업고 앞장서서 사립을 나섰다. 형의 볼과 입은 금방 터질 듯이 부어 있었다. 큰누님이 뒤를 따랐다. 오른다리를 조금씩 절름거렸다. 군산에서 여기까지 걸어서 오느라 부르튼 뒤꿈치가 아직 덜 나은 것이었다. 사립 밖까지 따라나온 어머니가 「이 아그야」 하고 큰누님을 불러 세웠다. 담모퉁이를 돌던 큰누님이 돌아섰다. 어머니가 달려가서 한동안 귀엣말을 해주고는 등을 밀어주었다.

하눌재 골짜기에서 마을 앞으로 흐르는 냇물이 있었다. 하눌재를 오르려면 그 냇둑을 타고 가야 했다. 찬바람이 냇둑을 쓸며 달렸다. 큰누님의 분홍 치맛자락이 펄럭 열리고, 하얀 속치맛자락이 드러났다. 큰누님이 분홍 치맛자락을 잡아 여몄다. 냇가 논둑에까지 따라나온 어머니가 냇둑길을 올라선 큰누님을 또 불러 세웠다. 큰누님이 찬바람을 맞으며 돌아섰다. 어머니가 검은 무명 치맛자락을 날리며 큰누님에게로 달려갔다. 또 한참 귀엣말을 했다. 큰누님은 고개만 끄덕거렸다. 어머니가 큰누님의 등을 밀었다. 아기를 업은 형은 벌써 산언덕을 오르고 있었다. 어머니는 여남은 걸음쯤 걸어간 큰누님을 한 번 더 불러가지고 귀엣말을 하여 보냈다.
「워따 워메, 뭔 놈의 시국을 만나갖고오‥‥‥.」
집으로 돌아온 어머니는 흙담벽에 붙어선 채 아득하게 바라다보이는 하눌재 고개를 보면서 애달픈 소리를 했다. 식은 하얀 토끼귀처럼 치켜든 소매 속에서 만지작거려본 아기의 작고 보들보들한 손등의 살결과, 따뜻하고 끈끈한 손바닥과 가는 손가락을 머릿속에 그리면서, 앞장선 형과 절름거리며 뒤따르는 큰누님의 모습을 멍히 바라보았다. 흰 저고리에 분홍 치마를 입은 큰누님의 모습이 하눌재 고개 위에 꽃처럼 얹히었다.
이튿날, 울력을 나가려고 지게를 짊어지는데 작은누님이 사랑에서 식을 불렀다. 사랑방으로 들어갔더니, 풀색 실로 가장자리를 두른 가제수건 한 장을 내 호주머니에 넣어주었다. 그리고 마분지로 두툼하게 싼 것을 적삼깃 속에 넣어주면서, 그게 떨어지지 않도록 잘 끼고 가라고 했다. 그런 다음, 식의 귀에 입을 대고, 「재욱이 즈그 성 만나면 살짝 줘라잉」하고 말했다. 적삼자락 속의 것을 한 팔을 오그려서 끼어 누르며, 지난해 겨울방학 때, 재욱이네 형 재익이 작은누님에게 주라면서 손에 쥐어주던 편지를 생각했다. 식이 그걸 작은누님에게 건네준 것은 그 누님이 저녁밥을 짓느라고 아궁이에 불을 지피고 있을 때였다. 식이 건네준 것을 까본 작은누님의 볼과 귓불에는, 갈퀴나무에 붙어서 솔밑을 감싸고 타오르는 불빛 같은 빛살이 번지던 것이었다.
「워메워메, 어째사 쓸꼬. 너 어쨀라고 이런 것 받어갖고 왔냐.」
이렇게 말하면서, 그 편지를 대충 읽은 뒤에 아궁이의 불속에 집어넣어 버리기는 했지만, 그걸 받은 뒤부터 작은누님은 눈에 띄도록 몸치장을 하곤 했었다. 며칠 뒤에, 어머니의 장롱 속에 들어 있는 것을 몰래 끊어서 만든 것임에 틀림없는 명주수건을, 창호지에 싸서 식의 옷깃 속에 넣어주며 재익에게 가져다주라고 하던 것이었다. 그걸 식이 어김없이 건네어준 것을 안 작은누님은 또 그렇듯 집안일에 열심일 수가 없었다. 어김없이 새벽녘에 일어나 밥을 지어 차려들이곤 했고, 식구들이 김 둠벙이나 김 건장으로 나간 뒤에 몰래 훔쳐낸 김을 행려장수들한테 주고 산 크림과 분으로 화장을 하고 뒤따라 건장으로 나와서는, 치마꼬리에서 팽팽 소리가 날 만큼 부지런히 건장과 김 둠벙 사이를 오가며 일을 하곤 하던 것이었다. 그 뒤에는 식이 둘 사이의 심부름을 해준 적이 없었는데, 그것은 그들이 식을 통하지 않고, 작은누님이 밤마을을 나가는 길에 어디선가 만나곤 한 때문인 듯했었다. 모르긴 몰라도, 작은누님은 식구들 몰래 상당히 많은 김이나 쌀을 훔쳐냈고, 그걸 행려장수에게 판 돈을 재익에게 수없이 주곤 하였을 것이었다. 식은 작은누님이 곳간에서 김이나 쌀을 훔쳐가지고 검정 치마폭에 싸들고 나오는 것을 여러 번 보았고, 그걸 부엌의 땔나무 둥치 속에 감추어두는 것도 많이 보았었다. 그러나 식은 그것을 어머니나 아버지에게 일러바치지를 않았었다. 식이 일러바치지 않는다는 것을 안 그 누님은 식의 눈앞에서도 거리낌없이 훔치기를 하곤 했었다. 그런 만큼 그 누님은 식에게 한다고 했다. 훔치기질을 한 이튿날 아침에는, 밤마을에서 돌아오는 대로 식을 부엌으로 불러내 가지고, 핏엿 덩이를 손에 들려주곤 했던 것이었다.

검정 학생복을 입은 재익이 잼몰 중학생하고 함께 하눌재를 올라가고 있었다. 그들의 앞뒤로 맨지게를 짊어진 울력꾼들이 줄을 짓고 있었다. 재익을 따라잡기 위해 식은 바삐 냇둑길을 탔다. 옆구리에 낀 두툼한 것이 거북살스러웠다. 소나무 길을 가는 도중에 살짝 건네주는 것이 좋을 듯싶었다.

하눌재를 오르면서 식은, 작은누님이 다시 재욱이네 형 재익이하고 만나기 시작한다면, 그 누님이 그렇듯 방안에 들어앉아 지내지만은 않을 것이라는 생각을 하였다. 훤칠하게 키가 큰 재익이 작은매형이 된다면 얼마나 좋을 것인가 하는 생각도 해보았다.

내리받잇길에서, 식은 굴려놓은 돌덩이같이 달려 내려갔다. 앞서가는 울력꾼들을 무수히 젖히고 비켜 뛰었다. 재익을 뒤따라 잡은 것은 나룻머리로 굽이도는 산굽이의 숲길에서였다. 식은 숨을 헐떡거리면서 잠시 느린 걸음으로 그들을 따라 걸었다. 막상 따라잡고 보니 옆구리에 낀 것을 건네어줄 일이 막연하였다. 재익 옆에 가고 있는 잰몰 중학생 때문이었다. 차라리 나룻머리에서 건네주리라 했다. 사람들이 나룻배에 서로 먼저 오르려고 술렁거리는 사이에 슬쩍 손에 잡혀주는 게 좋겠다 싶었다.

작달막한 잰몰 학생에 비하여 키가 훤칠하게 큰 재익의 뒷모습을 바라보았다. 이날은 재익의 허리에 칼이 없었다. 장터의 본부에다 두고 온 모양이었다. 식은 고개를 떨어뜨렸다. 형도 이렇게 재익과 함께 나다닌다면 얼마나 좋겠느냐는 생각이 들었다. 이날 식전에 큰누님의 아기를 업고 하눌재를 오르던 형의 꾀죄죄한 모습을 떠올리는데, 「니가 또 울력 나가냐?」 하는 재익의 목소리가 정수리에 떨어졌다. 빈 독 속을 쨍 울리고 나오는 듯한 소리였다. 고개를 드니 재익이 발을 멈추고 서서 식을 내려다보았다. 잰몰 중학생도 식을 내려다보았다. 식은 괜스레 얼굴이 화끈 뜨거워졌다. 그들은 식이 옆구리에 끼고 있는 두툼한 것이 무엇이고, 그것을 왜 가지고 나왔는가 하는 것을 훤히 알고 있는 듯싶었다. 식이 고개를 떨어뜨리자, 재익이 잰몰 중학생에게, 식이 준의 동생임을 말해주었다. 잰몰 중학생이, 「느그 형 시방도 많이 아프다냐?」 하고 물었다. 식은 가슴이 움찔했다. 우두커니 선 채 땅만 내려다보았다.

나룻머리에 이르러서 식은 나룻배를 남 먼저 탈 것을 궁리하지 않았다. 이젠 나룻배 타는 것이 그렇듯 어려운 문제가 아니었다. 타고 싶으면, 사람이 많고 적고에 상관없이 아무때나 탈 수 있는 꾀가 식한테는 있었다. 식은 재익의 옆에 선 채 작은누님이 준 것을 그의 손에다가 남 몰래 넘겨줄 기회만 엿보았다.

예상했던 대로 기회는 금방 왔다. 나룻배가 이물로 물결에 묻은 햇살을 쪼개 날리며 다가왔을 때, 나룻머리의 검은바위 위에 허영게 모여 있던 사람들은 순간적으로 술렁거렸다. 잼몰 중학생이 술렁거리는 사람들 속으로 들어서면서 검은바위 끝에 닿고 있는 나룻배를 내려다보았다. 이때, 식은 얼른 재익 앞에 다가서면서 옆구리에 끼고 있던 것을 꺼내어 그의 손에 잡혀주었다. 술렁거리는 사람들의 뒤를 돌아서 검은바위의 모서리로 달려갔다. 이게 나룻배를 빨리 타는 꾀였다. 식의 꾀는 나룻배의 이물로 오르지 않고 고물로 오르는 것이었다. 사람들이 이물로 오르려고 밀고 밀치고 하면 사공은 재빠르게 삿대를 짚어서 바위 끝에 닿은 이물을 떼어버리곤 하였다. 그러면 분명 배는 회진을 향해 가기 위하여 빙그르르 돌게 마련이고 그때 배의 고물은 검은바위 모서리를 살짝 스쳐 돌 수밖에 없는 것이었다.

식은 검은바위 모서리에 서 있다가 순간적으로 스쳐 도는 고물을 향해 몸을 날렸다. 교통호 파러 다니면서 귀석이 당숙한테 배운 것이었다. 식은 노젓는 어른 옆의 빈자리로 뚝 떨어졌다. 어른들이 앗 소리를 지르면서 기우뚱하는 식을 붙잡아주었다.

「와마, 이 짜석이 무서운 줄 모르고.」

「회진 바닷물도 짜단다, 이놈아.」

「이놈, 고영만이 작은새끼 아니라고? 아따 그 자식 야무네.」

어른들의 떠들썩한 말들을 풀어 날리며 나룻배는 푸른 물위에 떴다. 식이 물로 떨어진 줄 알고 놀란 검은바위 위의 사람들이 식을 향해 「네 이, 요놈의 새끼」 하고 꾸짖어댔다. 그 옆에 재익이 서서 식을 멍히 보고 있었다. 식은 사람들이 허옇게 서 있는 그 검은바위에 엉기어 있던 핏덩이를 생각했다. 사람들은 자기들이 디디고 있는 그 바위에서 한 달 전에 사람 셋이 대창과 칼에 찔려 죽었다는 사실을 깜박 잊고 있는 듯했다. 사람들은 누군가가 한 무슨 말 때문에 껄껄대거나, 하하 웃고들 있었다. 우리집 식구 가운데 누군가의 흉을 보거나 욕을 해놓고 그렇게 웃는지도 모른다는 생각이 들었다. 작은누님 이야기를 했을까, 매형에 대한 이야기를 했을까, 얼굴이 화끈 뜨거워졌다. 눈살을 찌푸리며 고개를 저었다. 뱃전에 넘실거리는 푸른 물결을 내려다보며, 나룻배 빨리 타는 꾀를 가르쳐준 귀석이 당숙을 생각했다. 귀석이 당숙이 정말로 큰 동네 조태식을 제일 먼저 칼로 찔렀을까. 죽은 조태식의 손아귀에 들어 있는 머리카락은 정말로 귀석이 당숙의 것일까. 구상호 씨네 식구들을 죽이는 데도 앞장을 섰을까.

 지서와 면사무소를 에워싼 청록빛 참대울타리에 부딪힌 찬란한 가을 햇살이 눈부셨다. 식은 고개를 떨어뜨린 채 울력꾼들 속에 끼여 돌덩이를 짊어져 날랐다. 학교 앞 신작로를 오고갈 때는 눈길을 땅바닥에만 처박곤 했다. 운동장에 모인 학생들이 부르는 노랫소리를 듣지 않으려고 애썼다. 그러면 그럴수록 눈은 자꾸 운동장으로 달려갔고, 그들이 부르는 노랫소리는 더욱 생생하게 귓속을 파고들었다. 식은 어느새 그걸 속으로 따라 부르고 있었다.
 '압박과 설움에서 해방된 민족 싸우고 싸워서 세운 이 나라.'
 아버지는 왜 나를 학교에 다니지 못하게 할까. 청다리 밑으로 내려가니, 재욱이네 작은아버지가 어른들의 큰 베개만한 돌덩이 한 개를 들어올려 지게에 얹어주었다.
 「너무 무겁겠냐, 어쩌겠냐? 안되겠으면 부려버려라.」
 무거웠지만 그냥 둑을 타고 올라왔다. 노랫소리가 아련히 들려왔다. '공산 오랑캐의 침략을 받아, 공산 오랑캐의 침략을 받아, 우리의 인민들 피를 흘린다. 동포여, 일어나라 나라를 위해, 손 잡고 백두산에 태극기 날리자.' 속으로 따라 부르며 신작로로 올라섰다. 어깻죽지가 무너져내리는 듯했다. 너무 큰 것을 짊어진 모양이었다. 지게통발을 언덕 모서리에 받치고 잠깐 쉬었으면 좋겠는데, 뒤에서 사람들이 너무 바짝 붙어 따르고 있었다. 가슴이 답답하고 발목이 시큰거렸다. 이를 물었다. 그냥 가자고 했다.
 고통스런 무거움을 잊기 위해서 무슨 생각을 하자고 했다. 무엇을 생각할까. 식은 생각거리를 찾아 머릿속을 발끈 뒤졌다. 나룻머리의 검은바위 위에 엉기어 있던 핏덩이들을 떠올렸다. 세포위원들한테 삼형제가 하룻밤 새에 몰살을 당했다는 정찬호 아저씨의 번번하고 흰 얼굴을 생각했다. 며칠 전 청다리 밑으로 굽이돈 냇둑 밑 모래밭에서 흰 홑이불에 싼 것을 바지게에 들어올리는 사람들 주위를 미친 듯 활개를 저으며 뛰어다니던 마 선생의 어머니를 떠올렸다. 그게, 「아이고 원통하구러어」 하고 손뼉을 치며, 불 맞은 벌레처럼 뒹굴어대던 작은어머니의 모습으로 바뀌어지고, 그게 다시 흰 속치맛자락을 내어놓은 채 미친 듯 마당을 도는 큰누님의 모습으로 바뀌어졌다.

식은 고개를 저었다. 더 조용하고 차분한 생각을 하자고 했다. 달밤을 생각했다. 꿈같이 희고 환한 밝은 달밤이었다. 작은어머니가 막 시집을 온 뒤의 무슨 제삿날 밤이었을 것이었다. 그때 식은 뒤란 언덕 위쪽의 상엿집 앞 계단밭에 서 있었다. 늦은 가을이었다. 식의 어깨에는 작은 구럭이 걸쳐져 있었고, 손에는 쇠갈퀴가 들려 있었다. 상엿집 지붕과 식이네 집 지붕에 쌓인 눈이나 서리인 듯한 흰 달빛이 철철 흘러내리고 있었다. 동네는 수묵 같은 안개에 싸여 있었다. 나는 왜 거기에 그러고 서 있었을까. 마당에서는 식의 이름을 외쳐 부르고들 있었다. 할아버지의 소리, 어머니의 소리, 큰누님의 소리, 작은누님과 형님의 소리가 번갈아서 들리기도 하고, 동시에 몇 사람의 소리가 들려오기도 했다. 식은 흰 달빛이 깔려 있는 산과 들과 언덕과 지붕 들을 바라보았다. 상엿집 옆의 늙은 소나뭇가지 사이로 건너다보이는 앞메 잔등 너머의 바다는 은물을 칠해놓은 듯했다. 아니 바다에 살고 있는 모든 고기들이 빠짐없이 물위로 올라와서 뛰놀고 있는 듯했다. 달은 바로 그 바다 위에 둥실 떠 있었다.

식이 짊어진 구럭 속에는 상수리나무의 가랑잎이 가득 들어 있었다. 상엿집 북편 골짜기에 빽빽한 상수리나무숲이 있었다. 나는 언제 그리로 가서 그걸 긁어가지고 오고 있었을까.
「식아.」
그를 부르며 뒤란 언덕을 올라오는 여자가 있었다. 어머니였다. 마당에서는 식구들의 웃음소리가 자지러지고 있었다. 식은 죄를 짓기라도 한 듯 멍히 서 있었다. 어머니가 달려오더니 그를 힘껏 끌어안았다. 어머니는 그의 얼굴을 젖가슴 속에 넣었다가, 볼과 목 속에 넣었다가, 두 손바닥으로 감쌌다가 했다. 그의 손에서 갈퀴를 빼앗아 구럭 속에 넣더니 그를 등에 업었다. 구럭을 들고 계단밭 사잇길을 내려갔다. 어머니가 등에 업은 그와 가랑잎 수북하게 담긴 구럭을 지붕에서 흘러내리는 달빛 속에 내려놓았을 때, 집안식구들은 번갈아 그의 머리를 쓰다듬으면서, 앞산 머리에 뜬 달같이 입들을 크게 벌리고 하늘을 향해 웃어댔다. 그때마다 지붕에 쌓인 달빛이 마당으로 와르르 와르르 쏟아져 내리는 것만 같았다. 작은어머니가 부엌에서 나오며, 흰 앞치맛자락에다 두 손을 닦고 그를 끌어안더니 그의 엉덩이를 도닥거렸다. 작은어머니의 볼과 목덜미에서는 분결 냄새가 났다. 나는 언제 상수리나무숲으로 들어갔을까. 왜 해가 지는 줄도 모른 채 그러고 있었을까. 무섭지 않았을까. 잎사귀가 한두 개 달렸을 뿐인 상수리나뭇가지 사이로, 허옇게 번들거리는 것 같기도 하고 눌눌한 것 같기도 한 둥근 얼굴이 그를 내려다보고 있던 듯한 어렴풋한 기억이 있을 뿐이었다. 어쨌든 이 흰 달밤의 일만 생각하면, 수묵 같은 안개에 싸인 산이나 들이나 언덕이나 지붕 위로, 앞산머리의 떡 덩어리 같기도 하고 눌눌한 양푼 같기도 한 달의 얼굴처럼 그의 몸이 둥둥 떠오르는 듯한 환상에 사로잡히곤 하는 것이었다.

이 생각 덕택에 식은 지게통발을 땅에 대고 쉬고 싶다는 생각을 더하지 않고, 학교 앞을 지나 청록빛 참대울타리 문을 들어설 수 있었다. 생각이란 참 좋은 것이었다. 식은 이날 돌덩이를 져 나르면서 이런저런 생각을 하곤 한 덕분에 지루한 줄을 모르고 울력을

꽃과 어둠 335

마칠 수 있었다.

한데 개운치 않고 섭섭한 일 하나가 울력을 마치고 참대울타리 문 앞을 나설 무렵에 생겨버렸다. 재욱이네 형이 식을 부르더니, 장터 입구의 창고 옆으로 데리고 갔다. 그리고 뒤호주머니에 찌른 것을 꺼내어 식의 손에 잡혀주었다. 아침에 식이 건네주었던 마분지에 싼 것이었다. 그걸 받아들면서 멍히 건너다보자 그는, 「나한테는 필요 없다고 그래」 하고 퉁명스럽게 말했다. 식은 뒤통수를 한 대 얻어맞은 듯 아득한 어둠이 눈앞을 가렸다. 그 아득한 눈으로 신작로를 더듬으며 집으로 가는 식의 발걸음은 무거웠고, 이날따라 멀고 지루하게 느껴져 엉엉 울어버리고 싶기까지 하였다.

작은누님은 별 총총한 하늘을 머리에 인 채 담 옆 마당에 서 있다가 담모퉁이 아래를 돌아 오는 식을 맞았다. 식이 사립을 들어서자, 달려와서 지게를 벗기고 식을 사랑방 앞으로 데리고 갔다. 윗몸을 굽힌 채 식을 들여다보았다. 재익이 장갑을 받고 무어라고 하지 않더냐고 묻고 싶은 얼굴이었다. 별빛 묻은 눈이 그걸 말해주고 있었다. 식은 눈살을 찌푸렸다. 손에 들고 온 것을 내밀어주었다. 그걸 받아든 작은누님이, 왜 못 주었냐고 싸늘하게 꾸짖었다.

「얼릉 와서 밥 묵어라. 뭣 하고 있냐?」

아버지의 말이 모퉁이를 돌아왔다. 식은 별빛 속에서, 작은누님의 부풀어오른 입과 부릅뜬 눈을 멀거니 바라보았다.

「멍충이 같은 것, 그것 하나도 못 갖다주고, 아이고, 죽어라, 죽어, 빙신아.」

작은누님은 식의 볼을 꼬집어 뜯거나 할퀴어주고 싶기라도 한 듯 볼멘소리를 했다. 식은 화가 났다. 부풀어오른 입으로, 「주기는 줬다고오」 하고 말했다. 작은누님이 식의 손을 잡아 끌었다. 식을 자기 앞에 바짝 당겨 세우고, 「참말로야?」 하고 다그쳤다.

「자기한테는 이런 것 필요 없다고 그러데.」

식의 말에 작은누님이 잠시 멍해지더니, 사랑방으로 달려들어가

버렸다. 문고리를 걸었다. 뭔가를 방바닥에 내팽개치는 듯한 소리가 들렸다. 거기에 으흐, 으흐 하고 우는 소리가 이어졌다. 그 울음소리는 그가 저녁밥을 먹고 자리에 누웠을 때까지도, 어머니와 작은어머니의 달래는 소리에 섞여서 밤새 들려왔다. 이날 밤의 그의 꿈은 내내 뒤숭숭했다.

다음날 아침에, 이장을 하는 재욱이네 아버지가 사립문을 들어섰다. 아버지가 그를 맞아들였다. 식이 얼른 밥을 먹고 울력을 가야 하기 때문에 간단히 고양이 세수를 하고 들어와서 수건을 찾는데, 두 어른이 이마를 마주대고 속닥거리는 게 언뜻 들렸다.

「우리들한테 의견을 물어보겠다는 것이지라우.」

「어떻게?」

「한 놈씩 짚어감서, 풀어줘도 되겠냐 어짜겠냐 하는 것을 물을 모양입디다.」

「나는 안 갈라네.」

「아따 참말로, 성님은 어째서 그러요? 한 동네에서 서이씩인디 …… 서이라고 하면은, 식이네 성님하고, 저 밑에 철구네 성님하고 나하고밖에 더 있소? 우리 동네 사람 한나 더 건져낼라면은 우리가 나서사 쓰라우. 즈그들이 살판났다고 날뛰고 댕김서 사람 죽이는 데도 가고 어짜고 했은게, 씨알텡이로 보아서는 모른 척해버리겠소마는, 그것이 어디 그러요.」

이날 아침 울력을 가는 식의 발걸음은 여느 때와 달리 가벼웠다. 아버지가 면사무소에 볼일이 있어 한발 뒤에 따라나온다고 하였기 때문이었다. 그러나 그게 덩달아 춤추고 싶어 껑충거릴 만큼의 일은 아니었다. 식은 울력 다니는 게 싫었다. 재욱이나 철구 들같이 학교엘 가고 싶었다. 그들은, 식이 아무리 뛰어 쫓아가며 손을 뻗쳐도 잡을 수 없을 만큼 아득하게 멀고 높은 곳으로 가 있을 듯만 싶었다. 어깨를 축 늘어뜨리고 고개를 떨어뜨린 채 하눌재를 오른 것은 여느 때나 마찬가지였다. 이 재를 넘고, 나루를 건너고, 이십리 길을 타박타박 걸어간 뒤에, 여남은 번은 더 돌덩이를 짊어져 날라야 이날의 울력이 끝날 것이라는 걸 생각해 보았다. 비탈길 오르는 다리가 금방 뻑뻑하고, 어깨가 묵직해졌다.

식은 눈살을 찌푸렸다. 고통스럽다는 생각을 이겨낼 수가 없었다. 식은 얼른 무슨 생각이든지 하자고 생각했다. 마침, 간밤 눈꺼풀이 무겁게 덮이어오던 때, 형이 귀에 대고 말해주던 것이 생각났다. 그때까지도 사랑방에서는 어머니와 작은어머니의 달래는 말 사이사이로 누님의 흐으, 흐으 하는 울음소리가 들려오고 있었다. 어쩌면 형은 그게 듣기 싫어서 그 이야기를 하기 시작했던지도 몰랐다. 그 이야기는 형이 강도령묘 끝에서 보고 온 것이었다. 형은 이불자락을 끌어다가 가리고 나만 알아들을 수 있도록 속삭이듯이 말을 했었다.

「와따, 나 생각만 해도 소름이 쳐진다야」 하고 나서 형은 무슨 말부터 먼저 해야 할지를 모르겠다는 듯 한동안 숨을 죽였었다.

「내가 내 눈으로 직접 본 것인데도, 도통 사실 같지가 않단 말이다.」

이윽고 이렇게 말을 했는데, 형은 어쩌면 자기가 말해야 할 그 사건을 주체하지 못한 채 허둥대고 있는 듯했었다.

「돌을 매달아서 물에 돌친 짚가마니 한 개가 그물에 걸려 올라왔어야. 그걸 끄집어내다가 강도령 뫼뚱 옆에 있는 바다 위에다가 놔두고, 묶여 있는 새끼줄을 짤라냈지. 짚가마니나 새끼줄은 하나도 안 썩고 성성하더라. 그것을 짤라내고 짚가마니를 거꾸로 쳐들었제. 거기서 뭣이 나왔는지 아냐? 검은바위 위에가, 마구 꿈실꿈실하는 것들로 아주 허옇게 돼버렸다고. 그것이 뭣인지 아냐? 문어하고 낙지하고야. 크고 작은 것들이 열다섯 마리는 되겠더라. 그런디 이것들이 서로 엉겨붙어 갖고 한 덩어리가 되아사 꿈실꿈실하고 있더라. 아니, 자세히 본께 즈그들끼리 한데 엉겨붙어 갖고 그러는 것이 아녀, 어쩌면은 송기(松肌) 벳겨 묶어버린 막대기 같은 푸르딩딩하기도 하고 희끗희끗하기도 한 것들에가 붙어갖고 있더라. 군복을 입고 총을 찬, 작달막한 사람 하나가 칼 끄트머리로 문어나 낙지를 한 마리씩 한 마리씩 띠어놓고 난께, 그 푸르딩딩하기도 하고 희끗희끗하기도 한 것들이 바로 사람 뼈다구여야. 성문다리뼈도 나오고, 허벅다리뼈도 나오고, 앙상한 갈비뼈도 나오드라. 아따 그놈의 갈비뼈, 볼수록 징하드라. 그것보다 더 징한 것은 해골바가지여야. 너, 사람 해골바가지 봤냐. 코하고 두 눈깔 있는 데가 꺼멓게 뚫어져 버렸어야. 여기서 기맥힌 것은, 그 해골바가지를 큰 문어 한 마리가 둘러싸고 있었는디, 그 문어가 절대로 안 떨어져야. 칼로 그냥 쑤시기도 하고 자르기도 하고 해서사 겨우겨우 떨어졌제. 와따, 그런디 해골바가지 속에, 첨에 그것을 둘러싸고 있던 놈만한 문어 한 마리가 또 들어 있더란 말이다. 그런께 그 두 놈이 바로, 한 놈은 서방이고 또 한 놈은 각시인 모양이여. 군복 입고 총 찬 그 사람이 정식이 즈그 배다른 작은아부지라고 하더라. 그런디 그 사람이 그냥 이를 뿌드득 갈더라. 그러고 그 해골바가지나 허벅다리뼈 같은 것들이 그렇게 안 큰 것을 본께, 그것이 바로 정식이 뼈다구들인 모양이더라. 아따, 징하더라 징해. ……그러고 저러고, 나 인제부터는 죽으면 죽어도 문어나 낙지 안 묵을란다.」

식의 잠자리에는 밤새 문어나 낙지 들이 바글바글 들끓어댔었다. 무수히 덤벼드는 문어와 낙지 들의 발에 휘감기는 꿈을 꾸고 또 꾸곤 했던 것이다. 그것들은 식의 목도 감고, 얼굴도 감고, 가슴팍도 감고, 불알이나 항문이 있는 사타구니도 감았었다. 그것들은 발에 붙은 빨판으로 그의 살갗을 문짓문짓 빨아댔었다. 눈뚜껑을 젖혀 열고 눈알도 뽑아가고, 입술과 이를 젖히고 들어가 혓바닥도 뽑아가고, 배꼽과 불알도 떼어갔었다. 마침내는 눈과 귓구멍 속으로 파고들어가서 머리빡 안에 도사리고 앉아 있기도 하고, 가슴속의 숨통 안에 들어가서 허파 꽈리와 목줄을 빨아대기도 하던 것이었다. 간에도 붙어 문짓문짓 빨아댔고, 염통 속에도 들어가서 휘젓고 다녔었다.
 식은 고개를 저었다. 앞메 잔등 너머에 펼쳐진 바다를 바라보았다. 바다엔 수없는 금빛 고기들이 떠올라 퍼덕거리고 있는 듯했다. 강도령묘 끝 연안은 잔등 위의 소나무숲에 가려 보이지 않았다.

 이날은 무척이나 재수없는 날이었다. 대덕 장터에 들어간 뒤에 울력을 하다가, 구레나룻이 거뭇거뭇한 지서주임의 눈에 걸리고 만 것이었다.
 울력꾼들은 곧바로 장터로 들어가지 않고, 학교 못미처 있는 청다리 밑에서 돌덩이 한 개씩을 짊어지고 들어갔다. 식도 그들 틈에 끼여 그렇게 했다. 그런데 짊어진 게 무거워 허리를 굽힌 채 지서의 참대울타리 문을 들어서다가 지서주임을 만났다.
「야, 꼬마둥이 너, 그 돌 부려놓고 이리로 와.」
 토치카 쌓기 작업현장을 둘러보러 나가는 듯 지서 문을 열고 나오던 주임이 낭창한 회초리 같은 막대기 끝으로 식을 가리키며 눈살을 찌푸렸다. 식은 가슴이 덜커덕 내려앉는 듯했다. 얼굴이 화끈 달았다. 교통호 파기 울력을 갔다가 군관한테 불려갔던 일이 생각났다. 이 주임도 어린애는 안된다고 쫓아보낼 것만 같았다. 아니, 그보다 더 무서운 생각이 식의 가슴속에 도사리고 있었다. 식이네 집 부엌방 뒤쪽의 굴방 속에 보안서 부서장을 한 매형이 숨어 있는 것이었다. 누군가가 귀띔을 해주었기 때문에 이미 지서주임이 모든 것을 꿰뚫어 알고 있을 것만 같았다.
 작업현장에 돌을 부려놓고 돌아서자, 지서 주변의 청록빛 참대울타리에 부딪힌 찬란한 가을 햇살이 눈으로 날아들었다. 고개를 떨어뜨린 채 지서주임 앞으로 겁먹은 곰새끼같이 걸어가는데, 재욱이네 작은아버지가 한발 앞장서서 주임 옆으로 갔다. 귀엣말을 했다.

주임이 몇 번 고개를 끄덕거렸다.
「네, 네 알았습니다. ……그렇다고 이렇게 힘든 울력에 저런 아이들을 데리고 나오면 되나요? 네, 염려 마십시오.」
 아버지는 왜 여태 오지 않고 있을까. 식의 가슴속에는 이유를 알 수 없는 울음이 차오르고 있었다. 혀를 깨물고 울음을 참는데, 주임이 다가왔다. 식의 손을 끌고 지서문 앞으로 갔다. 문밖 화단 옆에 지게를 벗어놓으라고 했다. 지게를 벗었다. 이때부터 가슴은 펄떡거리기 시작했고, 다리가 벌벌 떨렸다. 온몸에 힘이 쭉 빠졌다. 여수 순천 반란사건이 태풍처럼 휩쓸어간 뒤에, 몰려든 공비 토벌 대원들이 동네 사람들을 사장나무 아래 모아두고 공비들을 잡는 데 협조할 것을 말한 적이 있었다. 그때 식은 한 대원에게 끌려갔었다. 그 대원은 식한테, 학교에 굴이 있느냐는 둥, 간밤에 반란군 몇이 들어왔느냐는 둥, 그들이 어디에 숨었느냐는 둥 많은 것을 물었다. 그때 식은 대답 한마디도 못하고, 그냥 아무렇게나 고개를 끄덕거려주면서, 헉헉 하고 숨 가쁘게 울기만 했던 것이었다. 주임도 식한테 끈질기게 물어댈 것만 같았다. 심지어는, 너희 집에 누가 숨어 있지 않느냐고 묻기도 할 것 같았다.
 주임은 식을 데리고 지서 안으로 들어갔다. 진한 풀색 군복을 입은 순경들 네 사람이 앉아 있을 뿐이었지만, 지서 안은 떠들썩했다. 작달막한 순경 한 사람은 먹칠을 한 듯한 전화기 옆에서 수화기를 들고, 고래고래 소리를 질러가면서 말을 해주고 있었고, 안경을 낀 순경은 책상머리에 앉아서 무언가를 열심히 쓰고 있었으며, 뚱뚱한 순경 두 사람은 안쪽 구석에서 한복 입은 청년 한 사람을 꿇어 앉혀놓고 번갈아가면서 소리를 질러댔다. 꿇어앉은 청년의 얼굴은 순경들의 무릎을 향하고 있었으므로 보이지 않았다. 더럽혀진 한복에 감싸인 어깻죽지와 엉덩이가 보일 뿐이었다. 어디선가 본 듯한 뒷모습이었다. 두 순경이 마주앉은 책상다리 옆에 도끼자루 같은 참나무 몽둥이 한 개가 세워져 있었다.

꽃과 어둠 341

주임이 의자 한 개를 내어주며 앉으라고 했다. 학교에서 학생들이 앉는 그런 의자였다.
「왜, 학교엔 가지 말구, 울력만 나다니라고 해? 아버지가?」
주임이 담배 한 개비를 꺼내 물면서 식을 건너다보았다. 담배 물린 입술과 한 일자로 오므라진 눈 가장자리에 장난기 같은 웃음이 담겼다. 펄떡거리고 있던 식의 가슴은 오히려 깜쪽 움츠러들고 있을 뿐이었다. 울음을 뭉쳐서 목구멍으로 밀어올렸다. 주임의 웃음에는, 우리집 부엌방 뒤쪽의 굴방 속에다가 매형을 숨겨두고 있는 아버지의 음흉한 속셈을 훤히 알고 있다는 뜻이 담겨 있는 것만 같았다. 식을 지서 안으로 데리고 들어온 것은 바로 그것을 떠보려는 것인 듯만 싶었다.
「내일부터는 울력 나오지 마라잉. 아버지가 암만 나가라고 해도 나오지 말고 학교에 가. 어렸을 때 너무 무거운 짐을 짊어져 싸면은, 가슴이, 야, 여기 봐, 이 자식아, 여기 보란 말이야.」
주임은 떨어뜨린 고개를 기어이 들어올리게 한 다음, 곱사등이처럼 등이 튀어나오도록 가슴을 웅크려 보이며 말을 이었다.
「이렇게 곱사등이같이 우그러져서 못쓰는 거야. 알겠어? 내가 이따가 너희 아버지 나오시면 말씀드릴라니까, 내일부터는 학교에 가라고, 알겠지. 응?」
식의 입에서는 기어이 울음이 터져나왔다. 고개를 떨어뜨리고 손깍지를 힘껏 끼어 죄며 혀를 물어도 울음은 멈춰지질 않았다.
「짜식 봐라. 울긴 왜 울어?」
주임이 퉁명스럽게 꾸짖더니, 「네가 큰아들이냐?」 하고 물었다. 이것 또한 큰일이었다. 형이 있다고 하면, 왜 재익이랑 같은 학도대 훈련받는 데 나오지 않느냐고 따질 것이었다. 결국 형이 꾀병을 앓고 있는 게 드러나고, 우리 집안은 발칵 뒤집히게 될 것 같았다. 똥구멍줄기가 시큰하고 가슴이 바작바작 타면서 죄어왔다. 아버지는 왜 여태 오지 않고 있을까. 식이 울기만 하니까, 주임이 고개를 모로 젖히고 식의 얼굴을 들여다보면서, 「작은아들이여? 응?」 하고 젖혀 물었다. 아무래도 주임이 모두 알고 묻는 것인 듯싶었다. 고개를 주억거려주었다.

「그럼 왜 형이 울력 안 나오고 네가 나왔냐?」

주임은 실같이 뜬 눈에 웃음을 바른 채 눈물 범벅이 되어 있을 식의 얼굴을 빤히 들여다보았다. 식은 형이 아프다는 말을 해야 한다고 생각했다. 그러나 그 생각은 말이 되어 나오지 않았다.

「짜식, 가시내같이 울긴?」

주임은 빙긋 웃더니 몸을 일으키면서 식의 머리를 쓰다듬었다. 이때, 군복 차림의 후리후리한 순경이 들어오면서 주임에게, 「다 집합됐습니다」하고 말했다. 주임은 한복 입은 청년을 문초하는 순경들을 향해, 「그것들은 내가 회의 마치고 올 때까지 당분간 보류해 두고 말이야, 회진 파출소에다가 뭘 하고 있느냐고 호통을 좀 치라고, 보안서 부서장인가 뭣 하는 놈인가는 왜 빨리 못 잡아들이냐고 말이야」하고 말했다.

식은 눈앞이 아찔했다. 가슴이 쿵쾅거렸다. 주임이 말한 보안서 부서장은 식의 매형인 것이었다.

주임은 후리후리한 순경과 함께 밖으로 나갔다. 면사무소 쪽으로 가고 있었다.

「빨리 말해봐, 바른 대로.」

뚱뚱한 순경의 말에 꿇어앉은 청년이, 「엊저녁에 말한 것하고 똑같소. 참말이제 나는 더런 목숨 살아볼라고 따러다닌 죄밖에 없어라우」했다.

식은 가슴이 섬뜩했다. 귀에 익은 목소리였다. 순경의 한쪽 다리와 책상다리 사이를 들여다보았다. 가슴이 덜커덩했다. 청년은 귀석이 당숙이었다. 한데 놀라운 사실이 그 귀석이 당숙의 머리에 일어나 있었다. 먹장 김가닥같이 너풀거리던 머리를 민틋하게 깎아버린 것이었다. 그 머리는 중의 머리처럼 푸릇푸릇하기까지 하였다.

「우리 먼 일가로 형님뻘이 되는 고영만 씨가 반동자로 몰렸어라우. 그런디 그 집 사람들하고 친히 지낸다고, 나보고도 반동자라고 안 하요? 그럼스롱, 반동자로 안 몰릴라면은 숙청한 데 따러 다녀사 쓴다고 합디다.」
「누가 그랬어?」
「세포위원장이라우..」
「도망치고 없는 놈은 왜 들먹거려?」
「손톱만치도 거짓말 안하요.」
「구상호 숙청한 데도 따라갔지?」
「안 가면은 죽인다고 한디 어쩔 것이오..」
「네가 거기서도 제일 먼저 몽둥이로 때렸지?」
「참말이제, 몽뎅이만 손에 들었제, 한 번도 안 때렸어라우. 몽뎅이를 드는디 아이코 하는 소리가 들립디다. 그런께 나는 그냥 눈 앞이 캄캄해짐스롱 온몸에 힘이 쭉 빠져버립디다.」
「하아 이 짜식 말도 안되는 소리 하는 것 봐?」
책상에 바짝 붙어앉은 다른 순경이 귀석이 당숙을 노려보면서, 「너 머리는 왜 깎았어?」 하고 소리쳐 물었다. 귀석이 당숙이 머리를 땅바닥 가까이 대면서, 「인제는 참말로 정신 차리고 살라고 깎었어라우. 나는 죽으면 죽어도 거짓말 안하는 사람이오. 우리 동네 영만 씨랑, 동표 씨랑, 이장이랑 데려다가 한번 물어보씨요」 하고 울먹거렸다.
「조태식이 손에 쥐어진 머리카락이 바로 네 것이라던데?」
옆에 선 순경의 말에 귀석이 당숙이 숙였던 윗몸을 바로 세우고 엉덩방아를 찧으면서, 절대로 아니라고, 누가 그런 소리를 하더냐고, 그건 정말로 억울한 누명이라고 말했다. 책상에 붙어 앉은 순경이 종이 한 장을 넘기고, 「애꾸 끄집어내」 하고 말했다. 책상 앞에 선 순경이 귀석이 당숙의 등덜미 옷깃을 잡고 일으켰다. 그 당숙이 몸을 일으키면서 식을 흘끗 보았다. 보호실 쪽으로 돌아서려다가 멈칫했다.

「식아, 느그 아버지보고 조끔 오시라고 해라이. 나 아무 죄도 없다」하고 나서 귀석이 당숙은 자기를 떠미는 순경을 향해 윗몸을 굽신거리면서, 「얘 말씀이오. 저 애기가 내 조카 되는 애기요. 저 애기보고도 내가 어쩐 사람인가 한번 물어보씨요. 참말이제, 하늘이 알고 땅이 아요. 내가 구상호 씨네 식구들이나 조태식이를 몽뎅이로 한 번만 때렸으면은 이 자리에서 쎗바닥을 물고 자결을 하겠소」하고 말했다. 책상에 붙어 앉은 순경이 식을 흘끗 보더니, 「니가 고영만 씨 아들이냐?」하고 물었다. 식이 고개를 끄덕거리자, 그 순경은, 「빨리 들여보내. 이 자식, 사실은 반동자로 지목해 놓은 고영만 씨의 동태를 살피기 위해서 가까이 했으면서」하고 빈정거렸다. 귀석이 당숙이 보호실 문 앞에서 버티어 서며, 「절대로 그런 것 아녀요. 절대로」하고 책상 앞의 순경에게 말했다. 그 순경이 책상 위의 종이를 손바닥으로 탁 치면서, 「임마, 너희들 문서에다 나와 있어, 고영만은 고귀석이, 이영표는 이영재가, 이장 하는 신만식은 신동판이 맡아 감시하도록 했다고, 느그들 문서에 다 씌어 있다고」하고 말했다. 귀석이 당숙은 고개를 쳐들며, 그것은 또 무슨 소리냐고, 그것은 숫제 억짓말이라고 헛소리처럼 말했다. 보호실 안으로 들어서면서는, 「식아, 느그 아부지 조끔 오시라고 해라. 식아, 나 아무 죄도 없다잉」하고 목울음을 섞어 말을 했다. 식의 가슴은 언제부턴가 꽉 막힌 듯 답답해져 있었다. 더이상 울음을 만들어 내보내지를 않았다. 식은 보호실 문을 멍히 바라보았다. 귀석이 당숙은 정말로 아버지를 감시하기 위해 우리집엘 자주 드나들면서 나를 데리고 울력을 다녔었을까. 거짓말만 같았다. 또 머리는 왜 깎았을까. 죽은 조태식의 손에 쥐어져 있다는 머리카락은 정말로 귀석이 당숙의 것이었을까.

「김태봉이 나와.」

보호실 문 앞에 선 순경이 소리쳤다. 쥐털처럼 눌눌한 머리칼이

꽃과 어둠 345

부스스하게 헝클어진 청년이 고개를 떨어뜨린 채 나왔다. 역시 등 뒤로 두 손이 묶여 있었다. 순경이 그를 책상 앞에 꿇어앉혔다.
「고개 들어.」
책상에 붙어 앉은 순경이 소리쳤다. 꿇어앉은 청년은 꼼짝하지 않았다. 옆에 선 순경이 그의 헝클어진 하이칼라 머리를 뒤로 젖혔다. 순간, 식은 뒤통수를 한 대 얻어맞은 듯 눈앞이 아찔했다. 그는 식이 교통호 파기 울력을 나갔을 때, 식을 보고 「허허, 간밤에 내질러놓은 새끼를 울력이라고 내보내는 놈들도 있구만잉」하고 소리치던 바로 그 애꾸눈이 청년이었다.
책상 앞의 순경이 종이 한 장을 넘기고, 「네가 구상호 아들을 짚가마니에 처넣어가지고 묶었다면서?」하고 소리쳤다. 애꾸눈이 청년은 이를 뿌득 갈면서 책상에 붙어 앉은 순경을 쏘아보기만 했다. 순경이 마주 쏘아보면서 이를 물었다. 옆에 선 순경이 참나무 몽둥이를 집어 들면서 식을 보고, 「너 저리 나가」하고 내뱉었다. 식이 도망치듯 밖으로 달려나오는데, 책상에 붙어 앉은 순경이, 「필요 없어. 그냥 서로 넘겨버려」하고 퉁명스럽게 말했다. 식은 지서 문 앞에 벗어놓은 지게를 짊어지기가 무섭게 허겁지겁 청록빛 참대울 타리문을 빠져나갔다.
면사무소 쪽으로 간 주임이 「네 이놈, 어디로 달아나냐?」하고 소리치며 쫓아올 것만 같았다. 두 주먹을 그러쥐고 달렸다. 울력꾼들이 학교 앞 신작로를 줄지어 걸어가고 있었다. 뒤쫓아 잡아놓고 보니 그의 동네 사람들이 아니었다. 식이 지서 안에 들어가 있는 동안에, 그의 동네 울력꾼들은 몇 번씩이나 돌덩이를 짊어져 날랐을까. 앞에 가는 울력꾼들을 한 사람씩 제치고 달렸다. 그 사이 빼먹은 것을 보충하리라 했다.
다리를 건너서 냇둑으로 내려섰다. 학교 뒤쪽의 잔솔숲 근처에서 돌덩이를 짊어진 울력꾼들이 개미떼같이 자갈 바닥을 걸어오고 있었다. 다리밑 냇바닥의 돌덩이들은 벌써 다 없어진 것이었다. 자갈

바다을 달렸다. 그의 동네 사람들이 아름드리 돌덩이를 지고 왔다. 이때껏 지서 안에 들어가 있느라고 울력을 하지 않고 있었다는 생각에 얼굴이 화끈했다. 고개를 떨어뜨리고 걸음을 빨리 하는데, 누군가가 「식이, 너, 두 차례 빼묵었느니라잉」 하고 끙 안간힘을 쓰면서 다짐을 주었다. 식은 이를 물었다. 빌어먹을, 내가 괜히 꾀를 부리느라고 그랬는가? 모두들 점심을 먹고 있을 때에, 빼먹은 한 차례를 보아란 듯이 때우리라 했다.

「순경들이 붕알 안 까버리디야?」

재욱이네 작은아버지가 우스갯말을 하였다. 누군가가 덩달아, 「아이고 어쩔거나, 우리 식이 장가가기는 다 글렀다」 하고 놀려댔다. 못 들은 척하고 걸음을 빨리 했다. 잔솔숲 앞에 지게를 벗어놓고, 지고 가기에 가장 알맞은 돌덩이를 찾았다. 묘하게도 아름드리 돌덩이들뿐이었다. 솔숲 속으로 몇 걸음 걸어들어갔다. 땅속에 밑뿌리가 묻힌, 목침덩이보다 조금 큰 것 둘을 뽑다가 얹고 짊어졌다. 갈빗대가 꽉 마치고 다리가 후들거렸다. 이 정도의 돌을 두 개 지고 가면, 누구든지 어린 사람이 울력 나왔다고 흉허물하지 못할 것이라 하며 이를 물었다.

식은 후회했다. 너무 큰 것 둘을 포개 짊어진 것이었다. 돌덩이의 무게가 어깻죽지와 등을 눌렀다. 가슴팍이 우그러들었다. 그의 동네 울력꾼들은 벌써 학교 앞 신작로를 들어서고 있었다. 언덕에 지게통발을 붙이고 잠시 쉬어갔으면 좋겠다 싶었다. 돌덩이 하나를 던져버릴까. 여기까지 와서 버리다니, 너무 아까웠다. 끙 하고 안간힘을 쓰면서 둑을 올라섰다. 동네 사람들을 따라잡아야 했다. 무거움을 잊을 수 있도록 무슨 생각을 하나 하자고 했다. 해골바가지를 감싸고 있었다는 큰 문어의 모양을 떠올렸다. 눈과 코가 뻥 뚫어지고 이가 앙상한 그 해골 속에 들어 있었다는 문어도 생각했다. 고개를 저었다. 국민학교 1학년 때 잃어버린 '센또보시' 생각을 했다. 그때는 지금의 군인들이 쓰는 모자 같은 것을 국민학생들도 썼

꽃과 어둠 347

었다. 자기 형은 일본말을 잘하기 때문에 다른 아이들한테서 카드를 많이 빼앗아가지고 다닌다고 늘 자랑을 하곤 하는 재욱이랑 학교 뒷동산에서 미끄럼을 탔었다. 금잔디가 고르게 깔린 비탈진 벌에서 반들반들하게 길이 난 널빤지조각 위에 앉아 타는 미끄럼이었다. 오전반 수업을 마친 1~2학년 아이들은 거의가 그 벌에 모여 미끄럼을 탔었다. 아름드리 소나무가 있는 벌 위쪽에서 동백나무숲이 있는 아래쪽까지 널빤지를 타고 내려가면 가슴이 서늘해지고 똥구멍줄기가 시큰거릴 정도로 신이 났었다. 점심때가 가까웠지만, 아이들은 배고픈 줄을 몰랐었다. 어느 날이던가, 조금 늦게 종례를 마친 형이 와서, 얼른 집에 가자고 소리를 쳤었다. 책보를 찾아들고 보니, 머리에 '센또보시'가 없었다. 교실에서 쓰고 나오지를 않은 것인지, 미끄럼을 타다가 잃어버린 것인지 알 수가 없었다. 책보를 놓아두었던 무덤 앞의 상석 주변과 동백나무숲 그늘을 쓸고 다니며 찾아보았다. 없었다. 교실로 달려갔다. 3학년들이 오후반 수업을 하고 있었다. 당꼬바지를 입고 은테안경을 낀 선생이, 식의 자리에 앉은 앞이마 툭 튀어나온 학생을 시켜, 책상 속을 뒤져보라고 했다. 식의 책상 속에 손을 넣어본 학생이 고개를 저었다. 교실을 나오자, 복도 문 앞에서 기다리고 섰던 형이 「너는 오늘, 아부지한테 참말로 뚜드려 맞어 죽어났다. 어짤래」하고 겁주는 말을 했다. 그때, 숙직실 모퉁이에서 나온 2학년 학생이 형 앞에 손을 내밀면서, 「가아도 다세」하고 말했다. '조선말'을 썼으므로 카드를 내놓으라는 말이었다. 학교에서는, 2학년 이상의 학생들에게 각기 카드 열 장씩을 나누어주고, 서로서로 '조선말'로 말하는 것을 감시하게 하였다. 만일, 어디서 어떤 경우에든지 조선말 하는 것을 보면 카드를 빼앗도록 가르쳤다. 그리고 그달 그달의 맨 마지막 날 카드를 많이 빼앗아가지고 있는 학생에게는 상을 내리고, 그 반대인 학생에게는 벌을 내렸다. 형이 손을 내밀고 있는 학생의 얼굴을 건너다보며 멍해졌다. 얼굴이 세모난 그 학생은 한걸음 다가

서며, 「하야꾸!」하고 재촉을 했다. 그 학생의 키는 형보다 한 뼘은 더 커보였다. 형이 호주머니에서 빨간 카드 한 장을 내주었다. 그걸 받아든 얼굴 세모난 학생은 와하하하 하고 웃어대면서 교사 모퉁이로 달려가 버렸다. 형은 볼이 금방 터질 듯이 부풀어나더니, 「너 땀시 가아도 한 장 뺏겼어, 이 멍충아」 하고 말하며 앞장서서 교문을 나갔다. 식은 화난 주인을 뒤따라가는 암소처럼 고개를 떨어뜨린 채 땅만 보고 걸었다. 형은 계속해서 식의 가슴속에 무섭증을 넣어주고 있었다. '센또보시'는 다시 구할 수 없다는 것, 구하려면 돈이 무척 많이 든다는 것, 그러므로 식은 집에 막 들어서는 대로 아버지에게 매를 죽도록 맞게 되리라는 것, 아버지의 매는 보통으로 아픈 매가 아니라는 것, 쫓겨나게 될지도 모르리라는 것을 말하였다. 동네 어귀에 들어섰다.

「저번에 광솔 따러 갔을 때도 너 바구니 하나 잃어버렸지. 엄니가 장에서 막 사갖고 온 새 바구니 잃어버렸을 때, 아부지가 뭣이라고 하디야? 한 번만 뭣을 더 잃어버리면은 용서 안한다고 안 그러디야? 너는 인제 오늘 참말로 죽었다, 죽었어.」

갈림길에 이르렀다. 집으로 가는 골목길과, 집을 마주 건너다볼 수 있는 앞산 언덕으로 가는 길이 만나 있는 세 갈래 길이었다. 식은 우뚝 발을 멈추어버렸다. 형을 따라서 그대로 집엘 들어갔다가는 하릴없이 매를 맞아 죽을 것 같았다. 형은 식이 자기를 계속 따라오는 것으로 알고, 「농번기 때 창현네 보리 비어주러 가갖고 너는 또 좋은 낫도 잃어버렸어야. 그때도 아부지는 고이 참았어야. 그런디 이 참에는……」 하고 말하며 담 모퉁이를 돌아 가버렸다. 식은 논둑길을 달려서 수수밭 언덕길을 발발 기었다. 고구마밭 언덕을 지나자, 잔솔밭이 나왔다. 솔두벙 사이에 몸을 숨겼다. 솔잎 사이로 집을 건너다보았다. 그의 집 지붕과 마당에 하얀 햇살이 쏟아지고 있었다. 지붕에는 박넝쿨이 얽히어 있었고, 상엿집 위쪽의 소나무숲 위로는 흰구름이 솜덩이처럼 쌓여 있었다. 집안은 조용했다. 툇마루 위에 식구들이 앉아 점심을 먹고 있는데, 사립에서 형이 들어서고 있었다. 마당 한가운데 서더니, 두 손을 들어 여기저기를 가리키며 식구들을 향해 무슨 말인가를 하였다. 식구들이 모두 숟가락을 놓은 채 형을 보고 있는 듯하였다. 그랬는데 식구들이 한꺼번에 마당으로 나왔다. 형이 그가 숨어 있는 숲을 손가락질하고 있었다. 식구들은 흙담 앞에 서서 식을 불러댔다.

「식아, 걱정 말고 어서 오너라. 매 안 때린단다. 얼릉 오너라아.」

큰누님의 말이 아스라이 들려왔다. 같은 말을 하는 어머니의 목소리도 들렸다. 식은 얼굴이 화끈 뜨거워졌다.

식은 어떻게 하얀 햇빛이 쏟아지는 수수밭 언덕길로 걸어나갔는지 기억에 없었다. 식이 어정어정 숲속을 벗어나서 밭언덕으로 내려가는 것을 보고 그랬던지 어쨌던지, 식구들이 하하하하 하고 웃어대던 소리가 귀에 아득하게 남아 있을 뿐이었다. 한데 그 웃음은 그의 지붕과 흙담지붕 위로 쏟아지고 있는 햇살처럼 눈부시게 하고 그 눈부심은 그를 어질어질하게 하고, 기우뚱거리게 만들고 있었다.

이 생각 덕택에 그는 무거움의 고통을 잊고 지서의 참대울타리 문을 들어설 수 있었다. 그의 동네 울력꾼들이 벌써 돌덩이를 부려 놓고 나오고들 있었다.

「아따, 식이 돌덩어리 지고 온 것 본께 시방 장가보내도 되겄다야.」

누군가가 하는 말에 재욱이네 작은아버지가, 「아니, 뭔 놈의 돌뎅이를 두 뎅이나 지고 오냐? 그러다가 골병들어 죽으면은 어쩔래?」하고 꾸짖었다. 못 들은 척하고 지나쳐 갔다. 돌덩이를 부리고 났을 때는 온몸이 날아갈 듯이 가벼웠다. 이마와 콧등에 땀방울이 주렁주렁했고, 등줄기는 후줄그레하게 젖어 있었다. 이마의 땀이 눈썹으로 흘러 매달렸다. 땀을 훔치며 지서의 문 앞을 지나는

데, 소리소리 지르며 전화를 하는 안경 낀 순경의 옆모습이 보였다.

「느그 아부지보고 조끔 오시라고 해라」 하던 귀석이 당숙의 말이 생각났다. 얼른 면사무소로 달려가서 아버지를 만난 다음에 울력을 해야겠다는 생각이 들었다. 귀석이 당숙은 사람을 때려죽일 사람이 절대로 아니라는 말을 해주리라 했다.

참대울타리 문을 나섰다. 그의 동네 사람들은 학교 앞 신작로를 걸어가고 있었다. 면사무소에 들러 아버지를 만나고 뒤쫓아가겠다 했다. 재빠르게 뛰어 달리면, 울력꾼들이 청다리 아래의 잔솔숲에 이르는 사이에 따라잡을 수 있을 것이다 싶었다.

지게를 돌담에 벗어놓고 면사무소 문을 들어섰다. 사람들이 수없이 많았다. 책상에 앉아 글씨를 쓰는 사람, 그 앞에 서서 그걸 들여다보고 서 있는 사람, 왔다갔다하는 사람, 문밖으로 나가기 위해 내 옆을 스쳐가는 사람, 바쁘게 들어서는 사람……. 그러나 아버지의 얼굴은 보이질 않았다. 어디를 갔을까. 책상 앞으로 가서, 글씨를 쓰고 있는 서기에게 물어보려다가 그냥 나왔다. 몇 해 전, 대덕국민학교 운동회 때 아버지가 작은누님과 형과 그를 데리고 들어가서 밥을 사주던 밥집을 생각했다. 거기서 아버지는 막걸리를 세 대접이나 마시던 것이었다. 왜 진즉 이 생각을 못했을까. 장터 앞 버스정류소로 갔다. 비슷한 밥집 셋이 나란히 있었다. 지게를 문 앞에 벗어놓고 그들 뒤를 따라 들어갔다. 방이 몇 개 있었다. 방안에서는 웃음소리와 목청 높여 말하는 사람들의 말소리 들이 뒤엉켜 흘러나오기 때문에, 그 속에서 아버지의 목소리를 찾아낼 수가 없었다. 방문 앞에 널려 있는 신들을 바라보았다. 아버지의 신은 흰 고무신이었다. 그 신 바닥 안에는 불에 달군 엽전으로 지져서 반달 모양의 표를 만들어두었다. 댓돌에 놓인 스무남은 켤레의 고무신을 하나씩 살펴나갔다. 아버지의 신은 없었다. 옆집으로 갔다. 거기에도 없었다. 다시 그 옆의 밥집으로 가보아도 없었다. 어디 갔을까. 지서 안에 있을 때, 후리후리한 순경이 주임을 향해 「다 집합 됐습니다」 하고 말하던 것이 생각났다. 후리후리한 순경과 주임은 분명히 면사무소 쪽으로 가던 것이었다. 식은 면사무소 앞으로 달려갔다. 건물 옆을 돌아 뒷마당으로 갔다. 창고 같은 큰 건물이 하나 있었다. 거기에서 와르르 박수소리가 흘러나왔다. 아버지는 바로 거기에 있는 듯했다. 한데 그 출입문 앞에 총을 든 순경 한 사람이 서 있었다. 그가 오지 말고 되돌아가라는 듯 손짓을 했다. 다시 한번 돌덩이를 짊어지고 오면, 창고 안에 든 사람들이 일을 끝내고 나올 것이라는 생각이 들었다. 신작로로 달려나갔다.

　청다리 밑에서 돌덩이를 짊어지고 신작로로 올라오는 그의 동네 울력꾼들을 만났다.

　「네 이놈, 그냥 가자. 우리는 이놈 지고 가서 점심 묵을 것이다.」

　수길이네 아버지의 목소리였다. 인민군이 들어와 있을 때, 그는 날마다 아침밥상을 받을 무렵이면, 「한 집에 한 사람씩 삽가래나 괭이를 들고, 울력들 나오씨요. 이 회진 모퉁이로 굴 파러 간다우」하고 외치곤 했었다. 순경들의 군함이 득량바다에서 회진 포구를 향해 가고 있던 새벽녘에는 「시방, 저 순경들이 쳐들어오고 있은게 모두들 피란 가씨요. 피란 안 가면은 한 사람도 못 살아남는다우. 만약에, 피란을 안 가고 있는 사람은 누가 되았든지 반동자가 된다우」하고 외쳐대기도 했었다. 요즘 아침밥상을 받을 무렵이면, 「다 들어보씨요. 오늘도 대덕 지서에 울력이 있다우. 빈 지게를 지고 일찍이들 나오씨요」 하고 외쳐대곤 했다. 따로 집이 없고, 동네 사람들이 돈을 걷어 모아 지은 동청에서 사는 그는, 동네 우두머리의 시킴에 따라 늘 그렇게 외쳐대곤 하며 살아야 하는 것이었다.

　「뭣 할라고 또 가냐? 그냥 가자, 점심 묵게.」

　재욱이네 아버지가 말했다. 식은 못 들은 척하고 둑길을 내려섰다. 빈 지게를 지고 어떻게 뒤따라갈 것인가. 더구나 한차례를 빼먹고 있기까지 한 처지인데.

냇둑 근처에는 자잘한 돌덩이들뿐이었다. 잔솔숲을 향해 달려갔다. 냇둑 근처의 숲속에는 마땅하게 짚이 짚어지고 갈 만한 게 없었다. 희끗희끗하게 이끼가 낀 두 아름드리 세 아름드리의 돌덩이들만 있었다. 벌써 울력꾼들이 둑 근처의 숲을 모두 더듬어가 버린 듯했다. 학교 뒤쪽으로 더 들어갔다. 들어갈수록 숲이 짚어졌다. 소나뭇가지를 헤치는데, 머리끝이 쭝긋 서고, 등줄기에 오싹 식은땀이 흘렀다. 어디선가 굵은 목소리들이 어울려 부르는 노랫소리가 아련히 흘러나왔다.

    역적의 공산당을 쳐들어가자.
    인민공화국을 쳐들어가자.
    대한민국 만세를 부르며 가자.

중학생들이 어디서 훈련을 받고 돌아오고 있는 모양이었다. 총 메고 칼을 찬 재욱이네 형 재익의 모습이 보이는 듯했다. 자기에게는 필요 없다면서 되돌려주던 장갑이 떠올랐다. 밤새 울어대던 누님의 울음소리가 귓결에 들려오는 듯싶었다.

발을 멈추고 돌덩이를 찾아 주위를 살폈다. 아무거나 하나 짊어지고 갈 생각이었다. 여남은 걸음 앞의 잔솔숲 속에 고맙게도 파헤쳤다가 덮어버린 듯한 흙구덩이가 보였다. 조금 전에 울력꾼들이 돌덩이를 뽑아내느라고 그랬는지 몰랐다. 거기엔 혹시 짊어지기 알맞은 돌덩이가 한 개쯤 있을지 모른다 싶었다. 달려가 보았다. 베개만큼한 돌덩이 몇 개가 있고, 목침덩어리만한 것들도 두엇 있었다. 소나뭇가지에다가 지게를 기대어놓고 목침덩어리만한 돌덩이 한 개를 들어다가 얹었다. 그만한 것을 한 개만 더 얹어 짊어지리

꽃과 어둠 353

라 하며 돌덩이들을 살폈다. 납작하고 길쭉한 돌덩이 하나가 보였다. 그것이면 크지도 작지도 않고 알맞은 듯했다. 그 돌덩이의 한쪽 끝이 흙 속에 묻혀 있었다. 그걸 두 손으로 잡아 힘껏 일으켜 젖혔다. 순간, 눈앞에 번갯불 같은 빛살이 번쩍했다. 모둔 발로 껑충 뛰면서 뒷걸음질을 쳤다. 돌뿌리에 걸려 주저앉았다. 일으켜 젖힌 돌덩이 밑의 흙 속에서 튀어나온 것을 바라보았다. 눈앞에 아찔한 어둠이 스치고, 등줄기에 찬물이 끼얹어졌다. 온몸이 발발 떨렸다. 얼른 일어나서 도망가야 하는데, 다리에 힘이 빠져 일어설 수가 없었다. 흙 속에서 튀어나온 것은, 지네나 마늘을 넣어 삶아놓은 닭의 발처럼 싯누런 것 같기도 하고 푸르뎅뎅한 것 같기도 했다. 비 맞아 버드러진 대갈큇발처럼 앙상하게 뻗어나온 그것은 남자의 큰 손이었다. 그것이 식의 손목이나 바짓가랑이를 붙잡아 끌어당기기 위해 쭉 뻗어나온 것만 같았다.

떨리는 다리에 힘을 주고 몸을 일으켰다. 지게를 짊어지고 잔솔 숲을 빠져나갔다. 잘디잔 소나뭇가지들이 눈앞에서 어른거렸다. 가지와 잎사귀 들을 잡아 헤친다고 헤치는데, 바늘 같은 잎사귀들이 얼굴과 목덜미를 할퀴었다. 잎사귀 끝이 눈알에 박힐 것만 같아, 두 손을 바람개비같이 내저어 나뭇가지를 젖히면서 걸음을 빨리 했다. 왕거미줄이 이마와 눈과 콧등에 걸쳐졌다. 위아래 눈썹이 한데 엉기었다. 눈을 뜰 수가 없었다. 두 손은 반사적으로 얼굴로 가 있었다. 왕거미줄을 걷어내면서 발을 옮겼다. 바닷물 속에서 바위 밑의 해초 사이를 헤치고 오다가, 갑자기 나타나 덮쳐 싸버린 문어의 발들 속에서 벗어나려고 발버둥치는 문저리의 꼴이 되어버렸다. 머리끝이 곤두서고 등줄기가 써늘해졌다. 싯누렇고 푸르뎅뎅한 손이 왕거미줄을 던져 얼굴을 감치고 있는 듯싶었다. 숲을 벗어났다.

냇바닥으로 내려뛰다가 돌부리에 걸렸다. 돌덩이 얹혀진 지게와 함께 윗몸이 기우뚱하면서 부웅 떴다. 곤두박질쳐 넘어졌다. 냇바닥에 넙죽 엎어지는 순간, 지게 위의 돌덩이가 뒤통수를 때리면서 한걸음 앞의 자갈밭으로 떨어졌다. 눈앞이 아찔하고, 머릿속이 멍해졌다. 무릎과 손바닥에 불이 붙은 듯 화끈거렸다. 싯누렇고 푸르뎅뎅한 손이 바짓가랑이를 잡아당겨서 그렇게 넘어진 것만 같았다. 울음이 목구멍으로 넘어왔다. 이를 물고 참았다. 돌덩이를 지게에 얹어 짊어지고 달렸다. 신작로는 텅 비어 있었다. 울력꾼들이 모두 점심을 먹는 모양이었다. 학교 앞을 달려가는데, 시꺼먼 교복을 입은 학생들이 조회대 앞에 줄지어 서 있었다.

참대울타리 문을 들어서는데, 아버지가 걸어와서 지게 위의 돌덩이를 한 손으로 집어들었다. 키만큼 쌓아올려진 토치카 앞에 던지고 돌아섰다. 억눌리어 있던 울음이 터져나왔다. 그 울음 덩어리들은 내 숨통을 꽉 막아버릴 듯한 기세로 다급하게 목구멍을 타고 넘어왔다. 돌덩이 위에서 앉아 밥을 먹고 있던 울력꾼들은, 그가 헉헉 가쁜 숨을 내뿜으며 우는 것을 보고,「이때까지 어른한테 지잖게 울력을 잘하등만은, 아부지가 온께 막 어린 양을 하고 있네, 저!」「아니, 벌모레 장가를 가서, 금방 애기를 낳게 생긴 놈이 울고 있는 것 조끔 보소이」하고 한마디씩 했다.

「울지 마라, 울지 마.」

다가와서 그의 손을 잡던 아버지가,「아니, 어짜다가 이랬냐?」하고 눈을 휘둥굴렸다. 그의 손바닥을 뒤집어 폈다. 그의 손바닥에는 모래흙에 이기어진 딸기물 같은 피가 엉기어 있었다. 그도 미처 모르고 있었던 상처였다. 아버지가 손목을 잡아 위쪽으로 끌어올리면서, 입바람으로 엉겨붙은 모래를 후우 하고 불었을 때에야 그는 씀벅거리는 아픔을 느꼈다.

아버지는 그의 손목을 잡아 끌고 참대울타리 문을 빠져나갔다. 식은 후두둑 소름을 치며 따라갔다. 흙 속에서 튀어나온 싯누렇고 푸르뎅뎅한 손이 그를 잡아 끌고 있는 것만 같았다.

약방으로 갔다. 약방주인이 빨간 약으로 손바닥의 모래흙을 씻어냈다. 쿡쿡 쑤시고 쓰렸다. 이때까지도 그는 헉헉, 숨을 가쁘게 내쉬면서 울고 있었다. 울음을 그치기 위해서 그는 이를 물어보기도 하고, 혀끝을 물어뜯어 보기도 하고, 부들부들 떨리는 다리와 아랫배에 힘을 주어보기도 했다. 그러나 가슴속에서는 주체할 수 없이 많은 울음 덩어리들이 밀고 올라왔고, 그것은 목구멍을 숫제 뻐근하게 막아대곤 했다.

「시끄럽다. 고만 울어라.」

아버지가 무뚝뚝하게 말하면서, 그를 버스정류소 옆의 밥집으로 데리고 갔다. 방에 들어가서, 고리짝이라든지, 꾀죄죄한 이불이나 베개라든지, 바람벽의 헌옷가지라든지를 보면서 식은 울음을 그쳤다. 울음이 그쳐지는 게 스스로도 신기하게 생각되었다. 돼지고깃국이 나왔다. 아버지는 그가 싸들고 온 놋그릇의 밥을 국에 말아주면서, 「시장하겠다, 얼른 묵어라」하고 말했다. 떨떠름한 입 안이었다. 돼지고깃국에 만 밥알들을 숟가락으로 뒤집는데, 싯누렇고 희부득한 살점이 불거져나왔다. 식은 화닥닥 놀라면서 숟가락을 방바닥에 떨어뜨리고 몸을 움츠렸다.

「낼부터는 학교에 가거라. 울력은 사람 하나 사서 내보낼란께.」

아버지는, 식이 어른들과 함께 돌덩이를 짊어져 나르기가 너무 힘겹고 고달파서 그렇듯 울어대는 모양이라고 생각한 듯했다. 밥집의 아주머니에게 그를 좀 재워야겠다고 말했다. 그가 도리질을 해도, 아버지는 기어이 그를 아랫목에 눕혔다. 이불을 내려서 덮어주었다. 이마를 짚어보고, 「몸살날까 무섭다」하고 말하면서, 저녁나절에는 자기가 직접 토치카 쌓는 일의 감독을 하는 것으로 울력을 때우겠으니, 걱정 말고 한숨 푹 자라고 했다.

눈을 감았다. 아버지가 나갔다. 부엌에서는 설거지하는 소리가 들려왔다. 모로 돌아누우면서 손등으로 눈두덩을 눌렀다. 싯누렇고 푸르뎅뎅한 손이 눈앞을 가로막았다. 가슴이 싸늘하게 텅 비어지고, 그 차가움이 등줄기와 머리끝을 훑으면서 식은땀을 솟게 했다. 진저리를 치면서 눈을 떴다. 바람벽에 걸려 있는 액자 속의 사진들이 눈에 들어왔다. 눌눌하게 변색된 것들이었다. 학생들의 노랫소리가 들려왔다. 내일부터 학교에 나가라고 하던 아버지의 말을 생각했다. 철구나 재욱은 이때까지 많은 것을 배웠을 것이었다. 모든 것에 서투를 자기 모습이 그려졌다. 눈을 감으면서 학생들의 노래를 따라 불렀다.

　　전우의 시체를 넘고 넘어 앞으로, 앞으로,
　　낙동강아 흘러가라 우리는 전진한다…….

노랫소리가 아득하게 멀어지는 듯했다. 다음 순간, 식은 하눌재 골짜기에서 동네 앞으로 흘러내리는 개울 바닥에 서 있었다. 멱을 감던 재욱과 철구가 고추를 내놓은 채 붕어바위에 올라가 해바라기를 하고 있었다. 해가 검은 구름 속으로 막 들어가고 있었다. 재욱과 철구는 배를 철썩철썩 때리면서 「빨갱이는 필요 없다, 쩌리 가거라」 「공산당은 필요 없다, 쩌리 가거라」 하고 소리를 맞추어 식을 향해 외쳐댔다. 순경들이 들어왔는데도 학교엘 나오지 않고 있는 그를 놀려대고 있는 것이었다. 그는 슬펐다. 가슴이 답답해서 개울을 타고 내려갔다. 이때, 그들이 다시 소리를 맞추어, 「누구누구는 즈그 집에다가 즈그 매형을 숨겨놨다네. 누구누구는 즈그 굴방에 빨갱이 한 놈을 숨겨놨다네」 하고 외쳐댔다. 그는 분이 났다. 울음이 터져나오려고 했다. 그러나 그들의 놀림 따위에 울어서는 안된다고 이를 물었다. 개울 바닥의 웅덩이 하나를 건너뛰었다. 가재를 잡는 척하자고 했다. 아름드리 돌덩이 하나를 들어젖혔다. 검누른 구정물이 일어났다. 그것이 흘러가고 맑은 물이 들어오기를 기다렸다.
　「꾸정물은 나가고 맑은 물은 들오고,
　　꾸정물은 나가고 맑은 물은 들오고.」

꽃과 어둠　357

이 말을 몇 번이고 주문을 외듯 중얼거렸다. 그런데 조금 전에 젖혀놓은 돌덩이가 윗물을 막고 있어서 구정물이 얼른 나가지 않았다. 그 사이에 가재가 도망가 버릴 것 같았다. 돌덩이를 옆으로 젖혀 굴리고, 구정물 속으로 손을 넣었다. 순간, 삶은 닭발같이 싯누린 손이 쑥 나와서 손목을 훔켜잡았다. 붙잡히지 않은 손으로 돌덩이의 모서리를 잡고 버티었다. 그러나 잡아당기는 힘이 너무 세었다. 윗몸이 물 속으로 빨려 들어갔다. 검누른 구정물 속으로 머리가 처박혔다. 숨이 막혔다. 악 하고 소리치려는데 물이 코와 입으로 쏟아져 들어왔다. 그것을 꿀꺽 삼켰다. 컴컴한 땅속 깊은 곳으로 끌려 들어갔다. 수렁 같은 땅속이었다. 다시 구정물이 입 안으로 들어왔다. 두 손을 허우적거리면서 어푸어푸 하고 입 안의 물을 뱉어냈다. 뱉어지지가 않았다. 기어이 뱉어내려고 입을 힘껏 벌리는데, 싯누렇게 푸르뎅뎅한 손이 솜 한 뭉텅이를 내 입에다가 쑤셔 넣었다. 으악, 소리를 지르며 눈을 떴다. 가슴이 꽉 막힌 듯 답답했다. 온몸에 땀이 흠뻑 젖어 있었다.

「잠 많이 잤냐?」

문이 열리고 아버지가 찬바람을 싸안은 채 들어왔다. 울력이 끝났다면서 집에 가자고 말했다. 그의 머리를 짚어보더니 선뜩 놀랐다.

「뭐 땀을 이렇게 흘렸냐? 어디 아프냐?」

식은 고개를 저었다.

방을 나오는데, 밥집 문 앞에 서 있던 웬 여자 하나가 달려와서 그의 손을 잡았다. 그의 앞에서 한쪽 무릎을 꿇고 앉으며 손을 끌어다가 자기의 턱과 볼 속에 묻으면서 흐느껴 울었다. 눈물방울이 그의 손등으로 떨어졌다. 유격대원 서방하고 함께 지재산을 넘다가 죽었을 것이라고 하던 순이누나였다. 가슴이 훅 달면서 울음이 목구멍을 막았다.

「얼릉 가자. 저물겄다.」

아버지가 순이누나의 어깨를 잡아 끌었다. 순이누나가 소매 끝으로 눈물을 훔치며 고개를 들었다. 순이누나의 얼굴이 이렇게 미워 보일 수가 없었다. 깡똥하게 단발을 한 순이누나의 눈은 유달리 커져 있었다. 입술은 찢어질 듯이 얇았다. 볼에 살이 빠진 때문인지 입이 전 같지 않게 커보였다. 얼굴 살갗은 눌눌하게 뜬 듯하고 거칠었다. 눈꺼풀이 푸릿푸릿하고 광대뼈가 튀어나와 있었다. 흰 저고리의 등바대를 타고 내려와 검정 통치맛자락에서 치렁거리던 머리채는 어디서 잘라버렸을까.

지재산 마루 위로 검붉은 저녁놀이 탔다. 교통호 파기 울력을 가다가 보았던 나룻머리 검은바위 위의 핏덩이처럼 검붉은 놀이었다.

지게를 지고 나섰다. 울력꾼들이 한 사람도 보이지 않았다. 모두 돌아가버린 모양이었다. 농협창고 앞을 지났다. 지서의 참대울타리 문 옆에 국방색 천으로 포장을 한 트럭 한 대가 부르릉거리고 서 있었다. 뒤쪽의 포장이 들쳐져 있는 그 트럭 속에는 흰옷 입은 사람 여남이 앉아 있었다. 쥐털처럼 눌눌한 머리칼에 애꾸눈인 청년도 거기에 섞이어 있는 듯했다. 들쳐진 포장 옆에는 총을 멘 순경이 서 있었다. 흰옷 입은 사람들의 손은 모두 등뒤로 돌아가 있었다.

지서의 참대울타리 문 앞을 지나는데, 중머리처럼 푸릿푸릿한 머리를 뒤로 발딱 젖힌 흰옷 입은 청년이 뚱뚱한 순경의 손에 끌려나왔다. 귀석이 당숙이었다. 식은 우뚝 발을 멈추었다. 순이누나도 발을 멈추며 그 당숙을 멍히 바라보았다. 귀석이 당숙이 아버지를 보더니, 「성님」 하고 소리쳤다. 뚱뚱한 순경이 그를 트럭 안으로 밀어올렸다. 동시에, 아버지가 순이누나와 식의 손을 낚아채듯 끌어당겼다. 아버지는 고개를 떨어뜨린 채 걸음을 빨리 했다. 우리의 등뒤에서, '성님, 성니임' 하는 소리가 몇 번 더 들리는 듯했다. 아버지는 순이누나와 식의 손을 꼭 틀어쥔 채 학교 앞 샛길로 들어섰다.

꽃과 어둠

십릿길을 걸어 회진에 이르렀을 때까지 아버지는 입을 열지 않았다. 마찬가지로, 지서의 참대울타리 문 앞에서 낚아채듯이 잡은 식의 손을 거기까지 가도록 한 번도 놓지를 않았다.

선창머리 술집에서 순이누나와 식에게 빨갛고 말랑말랑한 홍시 두 개씩을 들려주고, 막걸리 몇 사발을 들이켜면서도 아버지는 흡사 벙어리가 된 듯 말이 없었다. 주인아주머니가, 「막걸리 더 드리까라우?」 하고 물어도 아버지는 고개를 끄덕거렸을 뿐이었고, 「도야지고기 조끔 썰어드리라우?」 하고 물었을 때에도 고개를 저었을 뿐이었다.

순이누나가 식의 손을 잡고 앞장서서 나룻배에 올랐다. 하늘에는 별들이 줄레줄레 달려 있었다. 잘 익는 먹딸깃빛 하늘이었다.

먹딸기나무는 계단밭귀의 이엉더미 주변이나, 상엿집 모퉁이에 많았었다. 작은어머니가 낳은 아기를 업은 채 순이누나는 그를 데리고 계단밭으로 가서 끝알만한 먹딸기를 한줌 따주었었다. 그 먹딸기알은, 순이누나의 젖가슴 끝에도 한 개 붙어 있던 것이었다.

얼굴이 후끈 뜨거워져 고개를 떨어뜨렸다. 별들이 물에 떨어져 일렁거리고 있었다. 단오날 아랫동네에서 널뛰는 노랑저고리들을 계단밭 옆 소나무 아래서 내려다본 적이 있었다. 그때, 순이누나는 김발 엮고 남은 굵은 새끼줄을 세 겹으로 꼬아서 소나뭇가지에 그네를 만들어 탔었다. 식이도 한 번 타보았다. 그러나 온몸이 하늘에 붕 떴다가 거꾸로 곤두박질쳐 떨어질 것만 같아, 발발 떨며 내려와버렸었다. 그 뒤로 순이누나는 혼자서 내내 그걸 탔었다. 그네 타는 순이누나의 치맛자락이 그넷줄을 휘감으며, 펄럭거렸다. 아랫도리는 희부득한 속곳에 감싸여 있었다. 「에이, 바보야. 이렇게 재밌는 것을 못 타냐?」 작은어머니가 아기 깼다고 소리쳤을 때, 짚신을 끌고 달려가며 순이누나는 그를 향해 허영게 눈을 흘겼었다. 저녁나절에는 학교에서 돌아온 작은누님과 형이 저물도록 그걸 탔었다. 순이누나는 등에 업은 아기의 엉덩이를 손깍지 끼어 받친 채 그걸 보고만 있었다.
 배의 이물이 널뛰고 그네뛰듯 일렁거리는 별떨기들을 으깨면서 나아갔다. 배가 나룻머리의 검은바위 끝에 닿았다. 아버지가 먼저 뛰어내렸다. 바위 끝에 서서 식에게 손을 내밀었다. 한 손을 내어 주었다. 아버지가 그의 손을 잡았다. 순간 고름을 쳤다. 검은바위 위에 엉기어 있던 검붉은 핏덩이와 싯누렇고 푸르뎅뎅한 손이 생각났다. 아버지와 형제의 의를 맺고 지내던 정찬호 아저씨의 번번한 얼굴이 눈앞에 스쳤다. 식은 한 손을 아버지에게 주고, 다른 한 손을 순이누나에게 준 채 검은바위 위에 내렸다. 순이누나가 뒤따라 내렸다. 사공이 아버지에게 조심해 가시라고 하며 삿대를 짚었다. 아버지가 안간힘 같은 소리로 대답했다. 나룻배의 이물이 회진 선창을 향해 돌아섰다. 아버지가 검은바위 위에 우뚝 선 채, 그 바위가 싣고 있는 어둠을 내려다보다가 몸을 돌렸다. 끙 하고 안간힘을 쓰면서,「저도 죽어사제」하고, 아버지는 누구에게인지 말하고 있었다. 그리고 줄곧 입을 다물었다.
 하눌재 고개를 올랐다. 소나무의 이 가지 끝에서 저 가지 끝으로 별들이 건너뛰었다. 아버지의 숨결이 거칠어졌다. 식은 조심스럽게 발을 옮겨 디뎠다. 아버지는 또 끙 하고 안간힘을 썼다.
 고개 위에 이르렀을 때, 숲 저쪽에서 부유한 전지의 불빛이 소나무숲을 뚫고 뻗치어왔다. 식을 사로잡더니, 그의 앞에서 멈칫하는 순이누나의 깡똥한 단발머리와 통치마를 더듬고, 아버지의 얼굴로 날아갔다. 전짓불을 쬐고 나니, 숲 사이로 부옇던 하늘이 보이질 않았다. 눈앞에는 오직 전짓불의 날카로운 불빛과 불빛 저쪽의 칠흑 같은 어둠이 가로막혀 있을 뿐이었다. 그 어둠 속에 누가 있을까.
「누구얏.」
 항아리를 쨍그렁 깨뜨리는 남자의 목소리가 숲을 울렸다. 식은 가슴이 철렁하면서 다리의 힘이 쭉 빠졌다. 눈앞이 아찔하면서, 가슴과 볼이 동시에 화끈 더워졌다. 아버지는 불빛 앞에 우뚝 선 채 눈을 감고, 「신기 사는 고영만이오」 하고 말했다. 전짓불빛 저쪽의 칠흑 같은 어둠 속에서 컬컬한 목소리가, 「당신, 앞으로 조심해야 겠어」 하고 말했다. 그 말이 숲을 처렁 울렸다. 아버지의 얼굴에다 구멍을 뚫어놓기라도 하려는 듯이 쏘아대던 전짓불이 꺼졌다. 더욱 시꺼먼 어둠이 눈앞을 가렸다. 땅을 쿵쿵 울리면서 시꺼먼 물체들이 찬바람을 일으키며 우리 앞을 지나갔다. 그 가운데 하나가, 「아부지, 나, 가요」 하고 목울음 섞인 소리로 낮게 말했다. 아버지는 식의 손을 으스러뜨릴 듯이 움켜쥔 채 멀뚱하게 어둠 속만 바라보았다. 식은 가슴이 꽝 하고 무너지는 것만 같았다. 눈을 힘주어 감았다. 쇠죽 솥에 넣어 삶아놓은 닭의 발처럼 싯누렇고 푸르뎅뎅한 손이 보였다. 그 손이 매형의 손목을 잡아 끌어가고 있는 것만 같았다. 식은 부르르 몸을 떨었다.

　시꺼먼 물체들이 솔숲 속의 내리받잇길을 달려 내려가고 있었다. 아버지는 그 자리에 박힌 듯 서 있었다. 아버지를 부르는 소리와 함께, 「나 한 번만 더 끄집어 내주씨요. 인제는 참말로 다시는 안 할라우」 하는 말이 들려왔다. 메아리가 뒤따라왔다. 아버지가 맥풀린 소리로, 「늦었다!」 하고 어둠 속을 향해 중얼거리듯 말했다. 순이누나와 식의 손을 더듬어 잡아 끌었다. 순간, 식은 아버지의 허리를 끌어안았다. 아버지의 앙가슴에다 얼굴을 처박으며 온몸을 부들부들 떨었다. 식의 몸은 불같이 달아오르고 있었다. 지네나 마늘이나 인삼을 넣어 삶아놓은 닭발 같은 손이, 갈퀴처럼 앙당하게 굳어진 채 그의 손목을 움켜잡고 있는 것만 같았던 것이었다.

　사린 채 혓바닥 욕만 하고 있는 구렁이나 독사 들이 뿜어낸 푸르뎅뎅한 독안개 같기도 하고, 수천 수만의 먹구렁이들이 서로 얽히어 구물거리고 있는 것 같기도 한 골짜기의 어둠 속에서, 「아부지이」 하고 부르는 소리가 고개 위의 소나무숲으로 덤벼왔다. 그 소리에 먹딸깃빛 하늘에서 민들레꽃빛 별가루들이 바늘 같은 소나무 잎사귀들 사이로 우수수 쏟아져 내리고 있었다. 이때 갑자기 순이누나가 두 손으로 입을 틀어막으며 쪼그려앉았다. 오옥, 하고 개구리 우는 소리를 내고 있었다. 그것은 구역질이었다. 시집간 지 몇 달 만엔가 온 큰누님이 뒤란에 쪼그리고 앉아 하던 그런 구역질이었다.

재를 넘어 동네로 들어온 뒤, 아버지는 순이누나가 싫다고 하는데도 기어이 그녀를 집으로 데리고 갔다. 이제 피어나는 나이의 여자 몸으로 아무도 기다리지 않을 뿐만 아니라 이때껏 한 달 가까이 비워둔 움막집에 혼자 들어가서 잘 수는 없다는 것이었다. 순이누나를 자기네 움막으로 가지 못하게 하는 것은 역시 잘한 일 같았다. 큰동네의 조태식이네 늙은 어머니와 아내가 쫓아와서 낫으로 대오리문살을 모두 쳐내고, 괭이로 바람벽 하나를 허물어버려서, 순이누나네 움막은 도깨비 나올 것같이 되어 있다던 것이었다.

아버지의 헛기침 소리가 나자, 마루에 앉아 있던 어머니와 작은어머니가 사립으로 달려나왔다.

「워따 워메, 이 일을 어쩌사 쓰께라우, 재 넘어오시다가 사우 만 났소, 어쨌소?」

어머니의 넋을 잃은 듯한 말에, 아버지가, 「시끄럽네, 시끄러. 조용히 하소잉」 하면서 툇마루로 가서 걸터앉았다. 기둥나무에 걸린 호롱불의 그림자가 툇마루를 덮고 있었다. 식은 순이누나하고 나란히 어머니의 뒤를 따라 마당으로 들어섰다. 이때, 호롱불빛에 비친 순이누나의 얼굴을 살피던 작은어머니가, 「워따 워따, 이 사자 같은 년, 너 뭣 할라고 여기 왔냐!」 하고 몸을 부르르 떨면서 말했다. 순이누나 앞으로 한걸음 다가서면서 가쁜 숨을 내뿜었다. 아버지가 지켜보는 앞이 아니었으면, 벌써 순이누나의 머리칼을 잡아 쥐었을지도 몰랐다. 순이누나는 고개를 떨어뜨리며, 오른손 집게손가락 하나를 입 속에 넣었다.

「제수씨.」

아버지가 무겁게 입을 열었다.
「즈그 오빠한테 죄가 있으면 있제, 이 애기한테는 죄 없소. 이 애기 아녔으면은 우리 식구들 모두가 몰살되었을 것이오. 내가 내 동생 죽은 것을 가벼이 생각하고 이러는 것이 아니오. 그놈이 제수씨로 해서는 남편이고, 나로 해서는 한 문으로 나온 동생이요. 그러제마는 핏줄은 핏줄이고, 죄는 죄고, 은혜는 은헨 것 아니오?」
작은어머니가 자기한테는 형제간도 뭣도 없다면서,「그 잡년 따둑거림스롱 잘살어 보씨요」하고 사랑채를 향해 몇 걸음 걸어갔다. 우뚝 발을 멈추더니 아버지를 향해 악을 쓰듯이 말했다.
「나 인제는 큰집에 발태죽도 안할 것인게 그리 아씨요. 애초에 종이 아부지가 그 악종 순돌이하고 어째서 원수가 됐드라우? 모두가 저 잡년이 새에서 방정을 떨었기 땜에 그랬어라우. 그 잡년을 집에 들여놓고 살면은 집안꼴 잘되어 갈 것이오.」
말을 마치고 작은어머니는 사랑채로 가버렸다. 순이누나가 두 손바닥으로 얼굴을 감싸면서 흐느껴 울었다. 아버지는 어둠이 술렁거리는 사립 밖만 바라보았다. 어머니가 작은어머니 뒤를 따라가면서,「어야, 동생, 내 말 들어보소」하고 말했다. 사랑방 문이 벼락치듯 열리고, 선잠을 깬 사촌동생 종이가 으앙 하고 울어댔다.
「금메, 애기는 거기다 내려놓고 내 이약 조끔 들어보란 말이시.」
「들어볼 것도 말 것도 없어라우. 성님이 나 같으면은, 저 사재하고 한 집머리에서 살겠소? 살어? 나는 못해라우. 죽어도 못해. 사지가 벌벌 떨려서 나는 이 집구석에서 더 못 있겠소. 비키시오. 절 보기 싫으면은 중이 떠난다우.」
「금메, 자네 속을 모르는 바가 아니네마는.」
어머니의 달래는 말을 아랑곳하지 않고 작은어머니는 종이를 업고 마당으로 나왔다.
「아이고, 원통하구러어. 죽어서 흙밥된 사람만 불쌍하제잉」하고 소리치며 사립을 나가버렸다. 골목길을 걸어가면서, 「산 사람들끼리 잘들 사씨요, 잘들 살어」 하고 악을 써댔다. 이때, 작은누님이 사랑채 마루로 나와서 발을 굴러대며, 「아이고, 가슴 깝깝하구러어. 어째 이럴까잉. 어째 이래에. 그 웬수 같은 년을 뭣 하게 데리고 들어와서 사람 속을 이렇게 발끈 뒤집어놓는고잉」 하고 날카롭게 소리쳤다. 유리병을 내던져 깨뜨리는 듯한 그 소리는 사랑채 마당에 서린 어둠을 후려치며 안채 마루의 호롱불 밑으로 기어들었다.

「어째서 너까지 이 야단이냐? 들어가서 잠자코 있어라이.」

어머니가 사랑채 앞으로 가면서 짜증스럽게 말했다.

「우리 집구석에서는 저 잡년이 딸보듬 더 중한가, 중해?」 하고 소리치는 작은누님을 사랑방 안으로 밀어넣으면서, 어머니가 뭐라고 낮은 소리로 말을 하였다. 작은누님이 또 으흐, 으흐 하고 울어댔다.

이때껏 호롱불의 검은 그늘에 묻힌 기둥나무에 기대 선 채 두 손으로 얼굴을 가리고 훌쩍거리고 있던 순이누나가 마당으로 내려섰다. 검은 호숫물처럼 괴어 있는 사립 저쪽의 어둠 속으로 빠져 들어갔다. 아버지가 뒤쫓아갔다. 잠시 후에, 물 속에 빠진 사람을 건져가지고 나오듯, 아버지가 순이누나의 손목을 끌고 들어왔다. 순이누나는 아버지의 손을 뿌리치려고 버둥거렸다.

「너는 누가 뭔 소리를 해도 내 말만 들어사 쓴다. 걱정 말고 오늘 밤만 우리집서 자거라. 문짝 하나도 안 붙어 있는 집에 가서 어떻게 잔다냐?」

아버지는 순이누나를 안방으로 데리고 들어갔다. 석유등잔에 불을 붙였다.

어머니가 밥상을 차려왔다. 밥이 반그릇씩이었다. 두 그릇을 가지고 세 그릇을 만든 모양이었다. 어머니는 윗목에서 삶은 고구마가 담긴 바가지를 밥상 옆으로 가져다 놓으며 순이누나와 식을 향해 배가 덜 차면 먹으라고 말했다. 순이누나는 숟가락을 들었다가 놓았을 뿐, 밥알을 한 개도 입 속에 넣지 않았다. 아버지도 밥념이 없다면서 두어 숟가락 뜨다가 말았다.

　식이 겨우 그 반그릇의 밥을 반쯤 먹었을 뿐이었다. 입 안이 떨려 밥이 들어가지 않았다. 고구마 두 개를 집어 들었다. 한 개를 순이누나의 손에 잡혀주고, 고구마의 꼭지를 물어 떼었다. 한 입 베어먹는데, 투덕거리는 발소리와 함께 「엄니」 하는 형의 목소리가 들렸다.

　「오냐, 아가」 하며 어머니가 문을 열고 나갔다. 그 문으로 어머니가 끄집어들인 것은, 아기를 업은 큰누님이었다. 형은 큰누님의 뒤를 따라 들어왔다. 큰누님의 얼굴은 종잇장처럼 희어진 채 굳어져 있었다. 생각했던 것보다는 태연했다. 어머니가 큰누님의 등에서 아기를 받아들면서, 「워따 워메, 어쩨사 쓸거나, 서방치레 못해갖고오」 하고 목울음을 섞어 푸념하듯 말을 했다. 아버지는 봉창문 앞에 앉은 채 종이쪽으로 써레기담배를 말고 있었다. 큰누님은 그 앞에 무릎을 꿇은 채 앉았다. 식은 순이누나하고 뒤란 쪽의 아랫목 구석에 앉아 있었다. 순이누나는 고개를 쿡 떨어뜨리고 있었다. 담배 마는 종이 부스럭 소리에 석유등잔불의 기름 빨아올리는 소리가 가끔 섞여 들렸다. 그것은 방바닥 한가운데에 멧돌방석만하게 드리워진 등잔 그림자를 녹여내는 소리인 듯싶었다.

　식은 몸이 나른해지면서 눈뚜껑이 무거워졌다. 윗몸을 바람벽에 기대면서 석유등잔불의 기름 빨아올리는 소리를 들었다. 그것은 어쩌면, 논에 김매기를 하고 들어온 일꾼들이 사랑방 마루나 밀짚멍석 위에서 낮잠을 자는 여름 한낮에, 잼몰 사랑의 은행나무 위에서 울려오곤 하던 매미의 울음소리 같았다. 아니, 도둑골의 빽빽한 소나무숲 속에서 소를 잃고, 어느쪽에서 소의 워낭소리가 들리는가 하며 귀를 쫑그렸을 때, 어디에선가 아스라이 들려오던, 워낭소리 같기도 하고 풀벌레 우는 소리 같기도 하던 그런 소리였다.

문득, 도둑골에서 소를 잃고 산을 헤매던 일이 눈앞에 그려졌다. 그때, 숲 사이로 아득하게 바라다보이는 지재산 위에서는 주황빛 노을이 타고 있었다. 그 노을이 꺼지면 땅거미가 금방 숲을 덮을 것이었다. 부쩍 조급한 생각이 들었다. 이놈의 소가 어딜 갔을까. 산모퉁이길을 달려가는데, 잰몰 쪽 산굽이 너머에서 어른의 목소리가 우렁우렁 울려왔다. 잘 알아들을 수 없었지만, 그게 누구의 이름인가를 부르고 있는 듯싶어 그쪽으로 내달렸다. 산굽이를 돌아선 다음, 발을 멈추고 귀를 쫑그렸다.

「식아아, 느그으 소오 여그으 있다아.」

순이누나네 떼밭이 있는 큰재벌 위에 소의 고삐를 잡고 선 남자가 소리를 지르고 있었다. 반가움에 눈물이 나왔다. 눈물을 손등으로 훔치며 달려갔더니, 그것은 순돌이었다.

「고구마 몇 가마니를 물어줄래?」

혼자서 집으로 돌아가던 소는, 하필 순돌이 떼를 떠내고 일구어 만든 밭에 뛰어들어 고구마넝쿨을 뜯어먹고 있었던 것이었다.

그새 잠이 들었던지 몰랐다. 오줌이 마렵다고 생각하며 몸을 뒤척이는데, 「그것이 뭔 소리라냐? 중질하는 세상이 세상이라냐?」 하는 어머니의 말이 귓결에 흘러들었다. 눈을 번쩍 떴다. 껌껌한 어둠이 가득 차 있었다. 봉창문과 큰문이 희붐할 뿐이었다. 봉창문 옆에 아버지가 엎드려 담배를 피우고 있었다. 그 옆에 어머니가 윗목 구석을 향해 앉아 있었다. 형이 뒤란 쪽 바람벽을 안고 누워 자고 있었다. 큰누님과 순이누나는 보이지 않았다. 부엌방으로 간 모양이었다. 요강을 더듬어 찾고 있는데, 어머니가 큰문 옆에 있는 사기요강의 시울을 가만가만 두들겨주었다. 요강 앞에 꿇어앉으며 보니, 윗목 구석에 박혀 있는 사람이 하나 있었다. 아버지가 빠는 담배의 불똥이 윗목 구석에 박혔다. 작은누님이었다. 방안에는 담배연기가 가득 차 있었다.

「꼼짝 말고 있거라. 죽은 정승보다는 산 돼지가 낫단다. 죽어 자빠지는 사람도 있는 판인디, 그까짓 상처가 뭣이라냐? 맘을 크게 묵어라. 길을 가다가 보면 땅가시에 발목을 한두 번 긁히는 수도 있고 어짜고 그러는 법이여. 아무 소리 말고 잠자코 있어. 니가 잡년질을 했냐, 화류계 갈보짓거리를 했냐? 죽어 자빠진 사람들한테 대고 살어. 느그 성이나, 작은어무니 보고 살란 말이여.」

아버지의 말에 작은누님이 큰문을 벌컥 열고 나가면서,「절로 안 보내주면은 칵 죽어버릴 텐께 그리 아씨요」하고 볼멘소리로 말했다. 마당가의 흙담 위에 얹혔던 싸라기 같은 별떨기들이 작은누님의 치마허리 옆을 흘러서 방안으로 날아들었다. 아버지가 길게 빨아들였던 담배연기를 뿜어내고 「말도 말어라, 이년아, 절, 절 해싼다마는, 절이란 절들에는 모두 다 빨갱이들이 득실거린단다. 거기 가면은 참말로 벌집 된다. 니가 뭣을 알아서 방정을 떠냐?」하고 퉁명스럽게 말했다.

학교에 다니기 시작한 지 사흘째 되는 날이었다.

전날 아침부터 내린 비는 밤이 깊어져도 그칠 줄을 몰랐었다. 빗소리를 들으며 식은 잠자리에 들었었다. 눈을 감고 누운 그의 머릿속에는, 전날 저녁 무렵에 아기를 업은 채 하눌재를 넘어 시가엘 가던 큰누님의 모습이 자꾸 살아나곤 했었다. 큰누님은 아버지와 어머니에게 눈물 한 방울 보이지 않고 돌아갔었다. 매형이 어디로 넘어가서 어떻게 되어가는가, 얼른 쫓아가 보고, 손을 좀 써달라고 아버지에게 졸라대다가 지친 것이었다. 큰누님의 졸라댐에 아버지는 얼굴을 찌푸린 채 고개를 저으며 담배만 말아 피우곤 했었다. 멍히 허공을 쳐다보는 큰누님의 헝클어진 머리칼과, 아기의 포대기 위로 부영게 내리던 빗줄기는 자꾸 그의 가슴을 아프게 하곤 했었다.

춤추듯 손뼉을 치며 뛰어다니는 마 선생 어머니의 모습과, 「워따 워메 분하구러어」 하며 뒹굴어대는 작은어머니의 모습에 큰누님의 날뛰는 모습이 겹쳐지고, 나룻머리의 검은바위에 엉킨 검붉은 핏덩이들과 흙 속에서 뻗어나온 삶은 닭발 같은 손과 차조숲 속에서 본 작은누님의 속곳자락에 대한 생각들이 헝클어진 꿈을 그는 꾸고 있었다. 깨어났을 때, 방안에는 아직 검은 어둠이 잠겨 있었다. 오줌이 마려운 것을 참고 있는데 밖에서, 「식이네 아짐」 하고 부르는 여자의 목소리가 모깃소리만하게 들렸다. 어머니가 누구냐고 하며 달려나갔다. 문소리가 가슴팍을 벌렁 움직거리게 했다. 밖에 나간 어머니는, 「어짠 일이냐고?」 하고 다잡아 묻고 있었지만, 찾아온 여자는 말이 없었다. 식은 이불 속에 묻고 있던 얼굴을 밖으로 내놓으면서 문밖으로 귀를 쫑그렸다. 순이누나가 찾아왔을 것만 같았다.

대오리문살이 모두 부서지고, 문 옆의 바람벽 하나가 허물어진 움막엘, 어머니와 함께 순이누나를 앞세우고 갔었다. 어머니는 집에서 쑤어가지고 간 밀가루 풀로 문종이를 바르고, 동청에 사는 수길이네 할아버지를 불러다가 바람벽을 고치게 했다. 어머니는 쌀도 한 말 떠다가 주고, 김치도 한 항아리 담가다 주었다.

「어디 갈래?」

어머니의 재차 묻는 말에, 여자의 흑흑 느껴 우는 듯한 소리가 얼핏 들려왔다. 순이누나가 옷보따리 같은 것을 들고 왔는지도 모른다 싶었다. 어머니가 혼자 살기에 아쉽지 않도록 살펴주기는 했지만, 순이누나는 결국 오빠가 없는 집에서 혼자 살아갈 수가 없었던 모양이었다. 그러면, 우리집에 와서 살 일이지 가긴 어디로 간다고 집을 나왔을까.

「누구 왔는가?」

아버지가 일어나 앉으면서 툇마루의 어머니에게 물었다. 어머니는 순이가 왔다고 대답을 하고, 「아야, 이리 들어오너라. 뭔 속인지, 이야기나 들어보자」 하더니, 순이누나의 손을 끌고 들어왔다.

「춥다, 이 밑으로 내려와 앉어라..」
 아버지가 아랫목 이불 밑을 가리키며 말했지만, 순이누나는 식이 누워 있는 머리맡에 와서 주저앉았다. 주저앉은 순이누나의 치마폭에서 차가운 습기가 날아들었다. 식은 이불을 걷고 일어나 앉았다. 봉창문과 큰문의 창호지가 푸르스름해지고, 방안의 어둠이 묽어지고 있었다. 순이누나는 면당에 나다니곤 할 때처럼 흰 저고리에 검정 치마를 입고 있었다.
「어딜 갈라고 그러냐?」
 어머니가 순이누나의 손을 잡아다 쥐면서 물었다. 순이누나는 한 손바닥으로 얼굴을 감싼 채 울기만 했다. 묽은 어둠이 순이누나의 눈에서 흐르는 눈물처럼 뜨겁고 끈끈하게 내 얼굴에 엉기어오는 듯 했다. 이윽고, 순이누나가 간신히 울음 버물린 소리로, 「강진으로 갈라구 그래라우」 하고 말했다.
「강진 어디야? 거기에 누가 있냐, 먼 친척이?」
 어머니가 물었다. 순이누나는 흐느껴 울기만 했다. 아버지가 무엇인지 짚이는 게 있는지, 담배 쌈지를 열고 종이쪽지 한 장을 꺼내 들면서, 「거기 가면은 일내 살어버릴래?」 하고 말했다. 이 말에 어머니가, 「워따 어메, 나는 어디로 갈란다고 나섰는고 했네. 아야, 순이야. 이것이 뭔 소리라냐? 생떼같이 젊은 년이······. 안 되야, 안돼. 시방은 어린 생각으로 그래볼까 그런다마는 안되야. 다 쓸데없어야, 혼자 사는 세상이 세상이라냐? 그러고 어메 아배가 서로 사주단자 보내고, 혼례식하고, 첫날밤에 서방이 머리 걷어올려준 것도 아닌디, 서방도 죽고 없는 데로 살라고 들어가야? 가지 마라, 가지 마. 내 말만 듣고 가지 마라. 워따 어메, 가지 마」 하고 손에 쥔 순이누나의 손등을 쓸기도 하고 때리기도 하면서 말했다. 그러자 아버지가 담배 만 종이 가장자리에 침을 칠하면서, 「당신은 여자가 되어갖고 어째서 그렇게 생각이 없는가. 시방, 순이가 어째서 거기를 기어코 갈란다고 하는지 알기나 하고 그런 소리 한가?」하고 퉁명스럽게 꾸짖었다. 순간, 식은 하눌재를 넘어오다가 순이누나가 갑자기 쪼그려앉은 채 구역질을 하던 것을 생각했다.

「아니, 그러면은?」

어머니가 묽은 어둠 속에서 순이누나의 얼굴을 뚫어지게 들여다 보다가, 「오메, 오메 이것은 또 뭔 일이라냐?」하고 탄식하듯 말했다. 아버지가 화롯불을 뒤적여, 담배에 불을 붙여 빨면서, 「잘 생각했다. 그 집에 손 이어주는 것도 나쁜 일 아니다」하고 말했다.

「그러제마는 일내 살아서는 안돼. 마땅한 데 잡아서 새로 시집가사 써. 너, 내 말 깊이 알아들어사 쓴다. 젊은 세상은 번뜩하면은 가버린다. 애기만 낳아주고는 뒤도 돌아보지 말고 그냥 오너라. 내가 좋은 데 잡아서 시집보내 주마.」

「그래라. 느그 아짐 말대로 해라. 어디로 가든지, 우리집이 느그 친정이니라 하고 살아사 쓴다.」

「참말이제, 나는 그냥 그리로 가라는 말이 안 나온다.」

툇마루에 순이누나의 흰 옷보따리가 놓여 있었다. 식은밥을 끓여 먹인 뒤, 가는 베 한 필과 노잣돈을 주어 보내며, 어머니는 식이보고 흰 옷보따리를 재 너머에까지 좀 짊어져다가 주라고 했다. 식은 말 떨어지기가 무섭게 지게를 짊어지고 나섰다. 아버지는 마당 가장자리의 담벼락 앞에 나와 서서 순이누나를 떠나 보냈다. 담 밑을 돌아 냇둑길로 나가는 순이누나는, 가마를 타고 시집가던 큰누님보다 더 슬프게 울어댔다. 냇둑까지 따라나온 어머니는 자꾸 옷고름으로 눈시울을 찍어내곤 했다.

옷보따리를 지고 재를 오르는 식은 발이 땅바닥에 닿는지 어쩌는지를 알 수 없었다. 순이누나하고 숨바꼭질을 하다가, 재욱이네 황소가 우리 암소의 허리를 엿가락처럼 휘어뜨리면서 올라타는 것을 숨어 보던 대나무숲을 뒤에 두고, 콩알만한 먹딸기를 따주던 상엿

꽃과 어둠 371

집과 이엉더미 주변의 계단을 옆에 끼고 냇둑길을 올랐다. 면당에 갔다가 오면서 그의 손에 새콤한 먹포도알 한 줌을 쥐어주던 비탈길을 지나고, 아버지랑 함께 넘어오다가 순이누나가 갑자기 쪼그려 앉으며 구역질을 하던 하눌재 꼭대기에 이르렀다. 물에 풍덩 뛰어들어 목욕을 말끔히 한 듯한 소나무숲의 검푸른 얼굴과 마른풀에는 밤새 내린 빗방울들이, 순이누나의 눈에서 흐른 눈물방울인 듯 맺혀 있었고, 그와 순이누나는 그 숲길을 올랐다.
　순이누나는 지게에서 옷보따리를 내려서 이슬 많은 풀밭에 털썩 내려놓고 그를 와락 끌어안았다. 그의 가슴이 순이누나의 뭉싯한 앙가슴 속에 박혔고, 그의 얼굴은 그 누나의 볼과 목덜미 사이에 오랫동안 묻혀 있었다. 그 누나는 그를 숫제 놓아주지 않을 듯했다. 그의 이마와 볼에 뜨거운 물방울이 떨어지고 있었다.
　그 가슴과 목 속에서 빠져나왔을 때, 순이누나의 창백하고 깡마른 얼굴은 물에 젖어 번들거렸다. 식은 얼른 바다 쪽으로 돌아섰다. 바다는 희부연 안개에 덮여 있었다. 녹동반도와 소록도는 구름바다같이 안개에 싸여 있었다. 두어 걸음 재를 내려가다가 돌아서니, 순이누나는 옷보따리를 머리에 인 채 두 손으로 머리를 감싸고 울고 있었다. 뜨거운 덩어리가 뭉클하고 가슴속에서 곤두섰다. 답답했다. 눈시울이 뜨거웠다. 식은 또 얼른 바다 쪽으로 돌아섰다. 바다의 안개가 서서히 내덕도로 몰려들고 있었다. 제일 먼저 강도령묘가 있는 멧부리와 연안을 까뭉개고, 암소의 허리처럼 늘씬한 앞메 잔등을 타고 넘었다.
　간신히 울음을 억누른 순이누나가, 「얼릉 내려가라, 흑. 그리고 어무니 아부지 말 잘 듣고 흑, 공부 잘해라, 흑」 하고 말했다. 풀섶 밟는 소리가 멀어져 갔지만, 식은 앞메 잔등을 타고 넘는 안개 자락에서 눈을 떼지 않았다. 안개는 어쩌면 살아 있는 물물 동물 같았다. 그것은, 짚불 연기 같은 잘디잔 물방울들이나 연기 같은 것으로 둔갑하여 흩어지는 꾀가 있는 이야기 속의 괴물처럼 소나무숲이나 밭언덕을 핥으며 기어들고 있었다. 가슴속에도 그런 안개가 밀려들고 있는 것만 같았다. 투후 한숨을 쉬며 돌아보니, 순이누나가 보이지 않았다. 재꼭대기로 치달아 올랐다. 재 너머 숲길을 내려다보았다. 소나무숲 사이로 흰 보따리가 내려가다가는 멈추고 내려가다가는 멈춰서고 하는 게 보였다. 흑흑 흐느끼는 소리가 솔숲 속을 기어오는 듯했다.

흰 안개는 회진 앞의 푸른 바다에도 바야흐로 밀려들고 있었다. 그 바다에 밀려드는 안개는 마치 하얀 장막처럼 주름이 져 있었다. 순이누나가 찾아가는 강진이라고 하는 곳은 어떤 동네일까. 강진은 읍내가 있고 어쩌고 하다는 말을 누구한테선가 들은 일이 있었다. 물을 건너고, 산을 넘고, 들을 지나서, 또 얼마를 더 가야 하는 땅일까. 거기 가서 혼자 어떻게 살까. 순이누나의 흰 옷보따리가 숲에 가려 보이지 않았다.

돌아서니, 안개가 어느덧 동네를 집어먹고 있었다. 우리 동네와 큰 동네 앞들이 안개바다에 잠기고 나니, 식이 서 있는 하눌재와 재 양 옆의 산봉우리들이 마치 섬같이 느껴졌다. 점차 안개가 개울둑을 타고 산언덕을 기어 올라오고 있었다.

걸음을 재촉해서 재를 내려갔다. 안개 속에 묻힐 일이 겁났다. 난리가 난 뒤부터, 안개가 끼면 묘한 울음소리가 들리곤 한다더라고 형이 말했었다. 안개 낀 날 아침나절에 강도령묘 끝에 사람 뼈 건지는 것을 구경 갔다가, 형은 분명히 무슨 소리인가를 들었다는 것이었다. 열두어 살쯤 먹은 남자아이가 '아악' 하고 피맺힌 소리를 지르는 것 같기도 하고, 나발소리 같은 것이 산모퉁이를 돌고 등성이를 넘고 골짜기를 흘러서 아득하게 메아리 쳐오는 것 같기도 하더라는 것이었다. 그리고 형은 그런 소리가 들리는 까닭을 설명해 주었다. 소리라는 것은 원래 물체가 울려 생겨지는 것인데, 그것은 결국 이 대기 가운데로 아득하게 사라져간다는 것이었다. 그런데 안개가 끼면 대기 속으로 사라져 없어진 듯했던 소리들이 다시 살아난다는 것이었다. 그것은 대기 속에 흩어진 채 그 소리의 요소들을 간직하고 있던 잘디잔 물방울이라든지 먼지라든지가 한데 어우러지면서 만드는 소리라고 했다. 그것은 반드시, 풀지 못한 원한을 가슴에 차돌멩이같이 품은 채 죽은 사람의 소리에 한한다고 했다. 구상호 씨가 살았을 때 잘 불었다는 나발소리와, 그의 아들 구정식이 짚가마니 속에 처박힌 채 울부짖었던 그 소리가 안개 낀 강도령묘 끝의 연안 근처에서 다시 들리는 것은 당연하다고 했다.

식은 거의 혼겁을 한 채 내리 뛰었으나, 결국 순이누나에게서 먹포도알을 한줌 받아먹던 숲길에 이르러가지고 짚불 연기 같은 안개를 만나버렸다. 뛰어 내려오느라고 그는 숨이 가빠 있었다.

막상 안개에 묻히면서 그는 천천한 걸음으로 숲길을 내려갔다. 가만히 귀를 기울이며 걸었다. 한데 이게 어찌된 일일까. 귀에는 나발소리나, 내 또래 아이의 울부짖는 소리가 들리는 게 아니었다. 바로 등뒤에서인 듯, 아니 코앞에서인 듯, 서로 하이칼라 머리칼을 잡은 채 이를 갈고 뒹굴어대는 작은아버지와 순돌의 씨근거리는 숨소리가 들리고 있었다. 순돌이가 분한 듯 엉엉 울어대다가 하늘을 향해 헉헉 가쁜 숨을 내쉬는 소리도 들려왔다. 작은어머니의 머리채를 휘감아 쥔 채 '말해봐라. 니 눈으로 똑똑히 봤냐?' 하고 소리치는 작은아버지의 목소리도 어디선가 들리는 듯했다. 식은 안개가 묻힌 숲길을 뛰어 내려가기 시작했다. 서로의 하이칼라 머리를 잡은 손들이 눈앞을 가리고, 땅에 묻힌 큰동네 조태식의 손에 들어 있었다는 머리칼이 생각났다. 쇠죽 쑤는 솥에서 삶아낸 듯하고, 뼈드러진 대갈퀴발같이 앙상한 손이 그의 옷자락이나 지게통발 어디를 붙잡는 것만 같았다. 냇둑으로 들어서서 달리다가 그는 기어이 돌부리에 걸려 땅바닥에 엎어지고 말았다.

집에 돌아왔을 때, 무릎은 퍼렇게 멍이 들어 있었고, 오른손 손바닥에는 검붉은 생채기가 나 있었다. 가뜩이나 무릎이 멍멍하고, 손바닥이 활활 타는 듯 후끈거리며 쑤시는데, 작은누님은 눈에 물을 가득 머금은 채, 「나 죽고 없으면은, 순이를 작은누님이라 하고 살어라」 하고 말을 하였다.

  이날 아침에 학교엘 가다가 잼몰 청년 둘한테 놀림을 받았다. 애초에 책보를 들고 학교엘 간다고 가다가 재욱이랑 철구랑 수길이랑을 따라 갯바닥길로 들어선 것이 잘못이었다.
  갯바닥을 걸어서 가면 지각을 할 것이 틀림없으므로 그냥 가자고 말을 했지만, 재욱이 듣지를 않았었다. 사람들이 밤낮 가림 없이 그물질을 해서 뼈 담긴 가마니를 건지고 있는 것도 구경하고, 안개 우는 소리도 한번 들어보자고 이끌었다. 철구가 덩달아 그러자고 나섰고, 수길도 뒤따랐다. 가슴부터 서늘해지는 일이기는 했지만 안개 울음을 들으러 가기로 하고 뼈 건지는 것을 보러 가기로 하는 일에서 그는 결코 빠질 수 없었다. 마침 강도령묘 끝에 도착할 무렵쯤에 아직 못 건지고 있다는 정식이네 어머니의 뼈 담긴 짚가마니가 그물에 걸리어 나오기라도 한다면 좋겠다고 그는 생각했다. 구정식의 뼈와 해골에 붙어 있었다는 문어들을 머리에 그리며 그들을 따라나섰다.

  그들은 안개 속을 뚫고 앞메 잔등을 넘었다.
  「이놈들, 학교를 어디로 가냐?」
  철구네 작은할아버지가 갯건부러기를 지고 오면서 말했다. 재욱이 얼른, 「갯강구랑, 고막이랑, 소랑(소라)이랑 잡어갖고 오라고 숙제 냈어라우」 하고 거짓말을 했다.
  짚불 연기 같은 안개를 이불 덮듯 하고 있는 바다는 숨을 죽이고 있었다. 폐선들이 늘어앉아 있는 모래톱을 걸어서 강도령묘가 있는 연안에 이르렀을 때, 안개 속에서, 「에에끼 죽일 노옴」 하고 탄식하는 노인의 목소리와 함께 철푸렁 하는 물소리가 들렸다. 방그물을 던지는 소리인 듯했다. 식은 그 노인이 귀석이 당숙네 할아버지일 것이라는 생각을 했다. 그물을 던짐으로 해서 일어난 잔물결 몇 주름이 모래톱으로 달려와서 핥듯이 찰브락거렸다. 지서 안에서 본 귀석이 당숙의 희고 번드럽고 파르스름하게 빡빡 깎은 머리가 생각났다. 귀석이 당숙은 정말로 구정식이네 식구들 죽이는 데에도 앞장을 섰었을까.
「아들 낳은 죄가 뭣인고잉.」
구정식이네 식구들 죽이는 데 가담했다는 사람들이 모두 한 사나흘쯤 나다니며 방그물질을 한다고 하다가, 제놈들이 저지른 죄는 제놈들이 벌을 받아야 할 일이라면서 더 나다니지를 않아버렸지만, 오직 귀석이 당숙네 할아버지만 밤낮 가림 없이 배 위에서 살며 방그물질을 한다더라고, 어머니는 안타까워했었다. 그리고 그 할아버지의 마음씨 희고 곱기로 말을 하면, 박속 같고 비단결 같다고 했었다. 그런 자기 아버지한테 그 못할 고생을 시킨 귀석이 당숙은 죽더라도 지옥에도 못 갈 것이라는 말을 했었다.
그물 당기는 소리가 들려왔다. 거기에 노인이 끙끙 안간힘을 쓰는 소리가 섞였다. 이어, 마디마디에 알심을 박아가며, 「에끼 멍충한 놈아, 차라리 니가 그 몽둥이를 맞아서 죽었으면은 죽었제, 너 살겠단다고 성성한 사람을 뚜드려 패 죽여야?」하고 말했다.
그들은 한 섬들이 멱서리 하나를 엎어놓은 듯한 강도령묘 앞에 늘어앉아 노인의 소리가 들려오는 안개 속을 내려다보고 있었다. 안개 자락 속에서 어렴풋이 채취선 한 척이 보였다. 그 위에 거무스레한 도깨비 같은 노인이 그물을 당기고 있었다.
「아무 소리도 안 들키구만 그래.」
철구가 재욱과 식과 수길을 차례로 둘러보고 말했다.
「가만 있어봐. 조용히 해사 들리제.」
재욱이 퉁명스럽게 말했다. 모두들 입을 다물고 귀를 쫑그렸다. 노인이 당기는 그물에서 흐르는 물소리가 묘 끝의 연안을 울렸다. 식은 구정식의 하얀 얼굴과 곤색의 짧은 바지와 하얀 셔츠를 생각했다. 하늘색 바탕에 빨간 혓바닥이 있는 운동화도 생각했다. 짚가마니 속에서 서로 엉키어 있었다는 문어들과, 그것들을 떼어내자 나불거렸다는 해골바가지와 갈비뼈를 생각했다. 짚가마니 속에 처박힌 채 정식은 얼마나 발버둥치며 악을 써대었을까.

그가 으쓱 소름을 치는데, 재욱이 껌벅거리고 있던 눈을 크게 벌려 뜨며, 「저 소리 안 들리냐?」 하고 물었다. 묘 아래 안개 속에서는 계속해서 그물 당기는 물소리와 노인의 앓는 듯한 안간힘 소리가 들려왔다.

「나발소리?」

철구의 물음에 재욱이, 「응, 그 소리도 들리제마는, 저 우리만한 애기가 '어메에!' 하고 악쓰는 소리가 더 크게 안 들리냐, 저?」 하고 눈을 끔벅거리며, 산골짜기 쪽으로 귀를 기울였다. 팽이같이 머리끝이 뭉툭하고 턱이 뾰족한 철구가 고개를 두어 번 갸웃거리더니, 「내 귀에는 나발소리만 들리는 것 같다야. 정식이 즈그 아부지는 보통학교 다닐 때부터 나발을 아주 기막히게 잘 불었다고 하더라. 순경질을 한 것도 나발을 잘 분 덕분에 한 것이라여」 하고 말했다. 이때, 어디선가 무어라고 외쳐대거나 악을 써대는 듯한 소리가 안개 속을 뚫고 아스라이 날아와서 그물 당기는 소리에 묻혔다. 여자의 소리 같기도 하고, 식이 또래 아이의 목소리 같기도 했다. 그들은 소스라쳐 놀라 서로의 얼굴을 바라보았다. 잠시 후에, 그 소리가 다시 한번 들렸다. 그들이 앉아 있는 곳으로 가까이 다가오고 있었다. 넓바위 쪽에서 들려오고 있었다. 그들은 모두 그쪽을 보았다. 짚불 연기 같은 안개가 술렁거리고 있었다. 그 소리가 다시 들렸다. 넓바위 연안과 강도령묘 끝 연안을 막아선 짝귀언덕 굽이를 돌아오고 있었다.

「아부니임」 하는 여자의 목울음 섞인 소리였다. 여자의 모습이 안개 속에서 보이기 시작했다. 흰 저고리에 검정 몸뻬를 입고 있었다. 그들이 있는 강도령묘 끝을 향해 오다가 모래톱에 우뚝 섰다. 귀석이 당숙의 아내였다. 안개에 묻힌 배를 내려다보고 서 있었지만, 식은 여느 때 늘 웃음을 머금고 다니는 듯하던 그 아주머니의 동글납작한 얼굴이 보이는 듯했다.
「아부니임.」
그물을 다 당기고 나서 휴유우 하고 한숨을 쉬던 노인이,「어째 그러냐?」하고 물었다. 아주머니가,「그것 놔두고, 얼른 나오시씨요」하고 애달파 죽어가는 소리로 말했다.
「왜 어째서야? 느그 서방 왔은게 데리러 왔나아?」
노인이 앓는 듯한 소리로 묻는 말에 아주머니가 모래톱에서 발을 동동 구르며,「오기는 누가 와라우? 죽었다고 기별 왔단 말이요오」하고 발버둥치듯 안달을 하였다.
「……그래야지야. ……어떻게 살기를 바랄 것이냐? 벌써 다 짐작하고 있었던 일이다.」
노인은 닻을 캐고 넓바위 연안 쪽으로 노를 저어가는 듯하더니, 노를 놓고 그물을 물로 풍덩 던졌다.
「아부니임, 얼른 나오시란 말이요오. 누가 가볼 것이요오. 그 사람한테?」
아주머니는 모래톱에 털썩 주저앉은 채 모래를 치며 소리쳤다. 그러나 배 위의 할아버지는 끙끙 앓는 소리를 하며, 노를 저어가다가 닻을 박았다. 안간힘을 쓰며 그물줄을 당기기 시작했다.
이때, 그들 가운데서 누군가가 학교에 늦겠다고 말을 했다. 그들은 귀석이 당숙네 할아버지와 아주머니가 하고 있는 것을 더 보고만 있을 수 없었다.
식이 재수 없게도 잼몰 청년 둘을 만난 것은, 큰동네 쪽으로 넘어가는 골짜기로 들어서 가지고 산언덕을 넘다가였다. 청년들은 두엄을 짊어지고 가다가 낮은 밭언덕에 지게통발을 대고 앉아 쉬고 있었다. 그들이 지나가자, 얼굴이 길쭉하고 코가 뾰족한 청년이 식을 알아보고,「느그 누님 빵꼬 때왔다냐?」하고 말했다. 식은 잠시 멍청해졌다. 재욱과 철구가 '빵꼬'라는 말을 한번씩 입에 담아보면서 식을 돌아보고 히죽히죽 웃었다.
「빵꼬 난 느그 누님 나나 주라.」
콧등에 얽죽얽죽한 곰보 자국이 있고, 이마가 툭 튀어나온 청년이 빈정거렸다. 식은 눈앞이 아찔하고, 피가 거꾸로 흐르는 것만 같았다. 자기도 모르는 사이에 밭 흙덩이를 집어 들고 두 청년을 향해 날리면서 「개자식들아」 하고 욕을 했다. 그들은 얼른 고개를 숙이며 얼굴을 가렸다. 흙덩이는 하나도 뻔뻔스런 그들의 얼굴을 바로 때리지 못했다. 식은 울어버렸다. 그러다가, 아버지한테 일러서 죽여놓으라고 하겠다고 생각하며 이를 물었다.

책보를 든 채 동네로 들어서는데, 수길이네 어머니가 동청에서 나오다가 「워따 어메에, 식아, 얼릉 가봐아라. 느그 집에 큰 난리 났단다아」 하고 말했다.
동청 모퉁이를 돌아 골목길을 달렸다. 사립을 들어서니, 마당에 동네 사람들 여남은 명이 모여 있었다.
처마 밑이나 댓돌에 서 있기도 하고, 툇마루에 모로 걸터앉아 있기도 했다. 그들은 모두 문이 활짝 열려 있는 방안을 들여다보고 있었다. 아버지는 툇마루 한가운데 걸터앉아 신문지 조각에다 만담배 끝을 조급하게 빨고 있었다. 어머니가 방바닥을 치면서, 「워따 이년아, 난리통에는 총을 맞아 죽기도 하고, 칼에 찔려 죽기도 한께, 그런 것은 길 가다가 땅가시에 찔린 폭 대고, 이 악물고 살아보란께, 아이고 아이고, 이 못난 년아. 이 꼴이 뭣이냐아」 하고 울어댔다.
「으으, 으으.」
누님의 신음소리가 들려왔다. 툇마루에 모로 걸터앉아 방안을 들여다보고 있던 재욱이네 작은아버지가, 「형수씨, 그러고 있지만 말고, 꾸정물이나 한 그릇 더 멕여보시오」 하고 말했다. 어머니가 코를 풀어서 치맛자락 속에 문지르며, 「안돼요, 얼마나 목구녕이 부어쁘렀는지, 뭣이 넘어가들 안하요」하고 말했다. 처마 밑에 서 있는 사람들 가운데서 누군가가 혀를 끌끌 찼다. 「워따워따 이것이 뭔 일이랑가?」하고 낮게 중얼거리는 사람들도 있었다. 사람들을 비집고 방안으로 들어서니 시큼한 구정물 냄새가 코에 스몄다. 머리칼이 까치집 된 작은누님은 입가에 허연 거품을 내놓은 채, 두 손으로 가슴과 목을 쥐어뜯어대면서 몸부림을 쳤다. 흰저고리의 옷고름은 풀어헤쳐지고 치맛말이 뭉싯한 두 젖봉우리를 감싸고 있었다. 작은누님이 몸부림치는 것을 내려다보며 어머니는 주먹으로 자기 가슴을 꿍 찍었다. 어머니 옆에는 작은어머니가 앉아 있었다. 방바닥에는 구정물 담긴 바가지와 걸레와 숟가락이 놓여 있었다.

「어째서 의사 부르러 간 사람은 오도가도 안하고 있다냐? 식아, 니가 쫓아가서 얼릉 오라고 해라아.」

불에 덴 송충이처럼 버둥거리고 몸부림을 치는 작은누님의 모습을 머릿속에 담은 채 마당으로 나갔다. 황토에 모래를 섞어 다진 마당과, 곳간의 황토벽이 붉은 물을 끼얹어놓은 듯했다. 처마 밑에 서 있던 사람들이 마당 끝으로 가서 하눌재를 쳐다보고 있었다.

「느그 성이 시방 의사를 데리고 오고 있을 것이다마는, 니가 쫓아가서 싸게 오라고 재촉을 해라.」

그들 중에 누군가가 하는 말을 들으며 하눌재를 쳐다보았다. 식은 소스라치게 놀랐다. 하눌재가 불타고 있는 것만 같았다. 이렇듯 불처럼 타는 노을을 처음 보는 것이었다. 재 바로 위에 뜬 구름덩어리는, 그가 교통호 파기 울력을 가다가 나룻머리에서 본 검은바위 위의 핏덩이같이 검붉었다. 그리고 그 구름덩이 위쪽의 하늘은 온통 주황빛 비단을 덮어놓은 것만 같았다. 이때 진멧몰 쪽 큰산머리에서 대포알처럼 나타난 쌕쌕이 두 대가 그 하늘을 가르며 도둑골 쪽으로 넘어갔다. 쌕쌕이 소리는, 그것이 도둑골 쪽으로 모습을 감출 무렵에야 들리기 시작하여, 한동안 산과 들과 집 안을 쌩쌩 울려댔다.

사립을 나섰다. 줄달음질쳤다. 두 주먹을 그러쥐고 뛰어가긴 하면서도, 식은 작은누님이 그렇듯 숨 넘어갈 듯 앓아대면서 버둥거리고 몸부림치는 게 정말 같지가 않았다. 꾀를 쓰고 있는 것만 같았다. 「나 죽고 없으면은 순이를 작은누님이라 하고 살어라」 하던 작은누님의 말을 생각하며 고개를 저어봐도, 믿어지지 않기는 마찬가지였다.

식이 헐레벌떡 뛰어 하눌재 꼭대기에 이르렀을 때는 타던 노을이 꺼지고, 주변의 소나무숲 속에서 땅거미가 기어나와서 마른 잔디 위를 덮고 있었다. 잠시 서서 헐떡거리는 숨을 돌리는데, 된장색 가죽가방을 든 형이 숲길을 올라오고 있었다.

「싸게싸게 오락 하데.」

내 말에 형은 걸음을 멈추고 뒤를 돌아다보았다. 한참 만에, 검은 양복바지 위에 흰 위생복을 걸쳐 입은 의사가 묽은 먹물이 잠긴 듯한 숲길을 올라왔다. 검은테 안경을 낀 의사는 숨이 찬 듯 헛기침을 하면서 느릿느릿 걸어 올라오고 있었다. 저 걸음으로 언제 집에까지 갈 것인가. 그 사이에 작은누님은 숨이 넘어가 버릴 것만 같았다.

의사가 방에 들어갔을 때, 작은누님은 벌떡 일어섰다. 으으, 으으 소리를 하며 손을 젓고 고개를 흔들며, 의사를 피해 도망가려고 했다. 아버지와 재욱이네 아버지와 형이 누님의 사지와 머리를 억눌렀다. 의사는 작은누님의 목구멍에 고무로 된 대롱을 넣고, 그 끝에다 물을 부어댔다. 그리고 누님의 윗몸을 일으켜서 그걸 토하게 했다. 그것을 몇 차례 하고, 약솜에 멀건 약을 묻혀 입 안을 닦아낸 다음, 검정 치맛자락과 흰 속곳자락을 젖히고, 하얀 엉덩잇살에다 주사 두 대를 놨다.

「어짜겄소? 살겄소, 어짜겄소?」

가방을 챙기는 의사의 소매를 붙잡으며 어머니가 물었다. 의사는 멀뚱한 안경알로 등잔불빛을 되받아 쏠 뿐이었다.

밤이 깊어지면서, 방안에 모여들어 있던 동네 사람들은 모두 하나씩 둘씩 자기네 집으로들 돌아갔다. 아버지도 형과 함께 사랑방으로 건너갔다. 어머니와 작은어머니만 남았다. 귀에는 자꾸 차조숲이 와사삭 쓰러지는 소리가 들려왔다. 「꼼짝 말어 이년아」 하는 남자의 목소리와 함께, 칼 같은 것으로 쑤시거나 도려내기 때문에 아픔을 이기지 못해 발버둥치며 외치는 듯하던 작은누님의 비명소리도 함께 들려왔다. 당꼬바지 입은 순돌의 모습이 보이고, 그를 꿇어앉힌 구레나룻 시꺼먼 유격대원과 쑥색 옷 입은 남자도 보였다. 「필요 없다고 그래」 하면서, 누님이 준 장갑을 되돌려주던 재익의 얼굴도 보였다. 「느그 누님 빵꼬 때왔다냐?」 「빵꼬 난 느그 누님 나나 주라」 하던 잼몰 청년들의 얼굴도 보였다.

식이 깜박 잠이 들었는가 하는데, 밖에서 뒤숭숭한 소리가 귓속을 파고들었다. 눈을 떠보니, 봉창문 옆에 몸부림치며 앓고 있어야 할 작은누님이 보이지 않았다. 어머니와 작은어머니도 없었다. 윗목 구석에 놓인 석유등잔불만 일렁거리고 있을 뿐이었다. 벌떡 일어나 앉는데, 「준님아아」 하는 어머니의 울음 섞인 목소리가 아련히 흘러들어 석유등잔불의 검은 그림자를 맴돌았다.

「내버려두시오, 어디 가서 죽거나 살거나, 지가 안 살라고 그러면은 별스런 짓거리를 다 해도 안되는 법이오.」

마당에서 아버지의 퉁명스런 말이 들려왔다.

「워따워따 어째사 쓸꼬잉. 암만 생각해 봐도 장흥이나 광주 병원으로 데리고 가사 쓸 모양이라고 함서, 성님이 시숙님한테 의논하러 간다고 간 뒤로, 나도 모르게 그냥 깜박 잠이 들어버렸단 말이요오⋯⋯ 아야, 준아, 식이 깨워갖고 얼릉 저 바닷가로 한 번 나가봐라.」

작은어머니가 안달을 하고 있었다. 작은누님의 이름을 부르는 어머니의 목울음 섞인 소리가 더 아득하게 먼 곳에서 들려왔다. 냇둑을 타고 하눌재 쪽으로 달려 올라가면서 외쳐 부르는 모양이었다.

작은누님은 어디를 갔을까. 하얀 햇살이 쏟아지는 푸른 숲길을 달려가고 있는 작은누님의 모습이 그려졌다. 텅 빈 검은 들판을 달려가고 있는 모습도 그려졌다. 그러다가 쓰러지는 모습, 검붉은 피 번진 흰 속곳자락을 내놓은 채 울고 있는 모습이 그려지기도 했다. 그것이 모래언덕과 바닷물 위를 달리고 있는 모습으로 바뀌어졌다. 물에 빠져 가라앉지를 않고 날치처럼 달려가는 모습이었다.

식이 툇마루로 나가니, 흙담 옆에 서 있던 아버지가 몸을 돌려 사립 쪽으로 갔다. 곳간 모서리로 달이 보였다. 앞에 잔등 위에 떠 있었다. 보리 베주러 갔다가 잃어버린 왜낫의 날을 거꾸로 걸어놓은 것 같은 달이었다.

「내버려두시오.」

사립문 밖으로 나가면서 아버지가 작은어머니를 향해 다시 퉁명스럽게 말했다. 아버지는 마치 마을에라도 가는 듯한 걸음걸이로 느릿느릿 걸어가고 있었다.

작은어머니는 형과 식에게 바닷가로 나가보라고 하면서, 자기는 뒤란 언덕을 올라갔다. 상엿집 옆의 소나무숲을 뒤져볼 모양이었다. 식은 형과 함께 골목길을 걸어 내려갔다. 아버지가 어쩌면 바닷가로 나가고 있을지도 모른다는 생각을 하며 걸음을 빨리 했다. 사장 앞 논둑길에서, 「음」 하고 헛목을 가다듬으며 앞에 가고 있는 아버지를 따라잡았다.

아버지는 두 아들을 앞세우고 걸으며, 「잠이나 자지 않고 뭣 하게 나왔냐」 하고 말했다.

이마로 달빛을 받으며 앞에 잔등을 넘었다. 넓바위 연안의 모래밭으로 나서면서 형이, 「누니임」 하고 불렀다. 짝귀 모퉁이의 절벽과 연안의 골짜기에 부딪힌 소리가 바다로 퍼져갔다. 왜낫의 날 같은 그믐달 아래서, 부우연 안개에 싸여 시야가 막힌 검은 바다는 음험한 꾀를 쓰는 마녀처럼 그 소리를 빨아들이고 있었다. 마녀의 혀와 입술놀림 같은 잔물결이 모래톱을 훑었다. 훑고 빨고 입맛 다시는 바다의 입술과 혓바닥과 이끝에 달조각이 물려 있었다. 짝귀 모퉁이의 절벽에 묻은 검은 어둠이 바다의 안개 속으로 녹아내리고 있는 듯했다. 문득, 이 검은 바다가 어쩌면 날렵한 날치처럼 날아다니는 작은누님의 몸을 한입에 넣고 우물거리거나 우적우적 씹어대고 있는 것만 같은 생각이 들었다.

짝귀 모퉁이의 사태밭 언덕으로 올라가서, 절벽 아래를 내려다보았다. 소용돌이치는 용의 못이나 수렁처럼 바닷물이 굼실거리고 있었다. 아버지가 강도령묘 끝 연안을 향해, 「준님아」하고 불렀다. 연안을 울린 소리가 묽은 바다안개 속으로 빨려 들어갔다. 바다안개 속에 둘러싸인 강도령묘 끝 연안에 거무스레한 물체 하나가 떠 있었다. 식은 그게, 이날 아침에 귀석이 당숙네 할아버지가 타고 있던 그 채취선일 것이라고 생각했다. 아버지는 그것을 향해 한 번 더 누님의 이름을 불렀다. 메아리만 울려왔다. 그게 어쩌면, 구정식이 으악 하고 비명을 지르는 소리 같기도 하고, 그 아이의 아버지가 잘 불었다는 나발소리 같기도 했다. 아니 작은누님이 바다안개 속을 날면서 대답을 해 보내는 듯한 소리 같기도 했다.

아버지가 식의 손을 잡아 끌었다.

「그냥 가자.」

이날 새벽녘에 집에 돌아와서 식은 누님을 보았다. 누님은 눈송이나 밥티꽃같이 하얀 벳자락을 날개처럼 감고 걸친 채 바다 위를 날치처럼 날아가고 있었다. 마을엔 살구꽃 벚꽃 들의 냄새가 향 맑고 산엔 철쭉꽃이 불타는 봄 초저녁, 부우연 안개 속에 으스름 달이 비추는 금강산의 어느 폭포로 혼령처럼 내려와서 잠자리 날개 같은 옷과 날개를 뱀허물처럼 벗어놓고 멱을 감은 다음, 다시 그것들을 걸치고 감고 머리 풀어헤치고 하늘을 오르는 연기인 듯 올라간다는 선녀들처럼 작은누님은 차려 입고 있었다. 그 작은누님은 자기가 빨래할 때 풀어놓던 비누거품같이, 아니, 상어의 등허리처럼 굼실굼실 밀려와서 바위에 부딪는 파도가 일으켜놓는 거품같이 희고 부드럽고 가볍게 피어나고 있었다. 어쩌면, 큰누님이 시집갈 때 둥게둥게 타서 쌓아놓은 솜덩이들 같은 구름 속에 안기어 쪽빛 하늘을 떠가고 있는 듯했다. 그것은 꿈이었다.

(1979)

■해설

욕망의 바다, 바다의 신화

황 도 경
(문학평론가)

1. 역사와 신화

우리 문학사에서 한승원은 특이한 의미를 갖는다. 주지하다시피 그의 문학은 주로 전쟁과 분단, 이념의 갈등 같은 역사의 소용돌이 속에서 상처 입은 민초들의 삶을 그려내고 있는 토속적 한의 세계로 특징지워지거니와, 흥미롭게도 그것은 비탄이나 체념의 정조 속에서가 아니라 오히려 용암처럼 들끓는 욕망과 야성의 세계 속에서 드러난다. 그가 그려내는 한의 세계는 항시 역사적 상흔과 겹쳐져 있지만, 우리가 만나게 되는 것은 우리 민족의 어두운 역사 자체라기보다 그 안에서 좌절하고 상처 입은 개개인의 욕망과 삶이다. 뿐만 아니라 전쟁과 이데올로기의 현실적 무게에 의해 삶이 파괴된 이후에도 한승원 인물들의 욕망과 생명력은 결코 소진하는 법이 없다. 그의 문학 곳곳에 등장하는 도깨비 같은 혹은 유령 같은 존재들, 그들은 상처뿐인 어두운 역사나 패배적 삶을 증언하는 존재들이라기보다 그럼에도 불구하고 멈추지 않는 원초적 생명력을 환기시키는 존재들이다. 한승원은 우리에게 있어 한이 생명에의 치열한 욕구와 닿아 있는 것임을, 다시 말해 패배와 죽음의 미학으로서가 아니라 생명의 그것으로 자리잡고 있음을 보여준다.

한승원의 소설은 거칠게 말해 죽음을 불러오는 어두운 역사의 그림자와 이에 대응하는 에로스적 욕망의 세계 사이에서 일어나는 이야기이다. 그의 문학에서 이념적 갈등과 투쟁의 현실 세계 앞에는 항시 에로스적 욕망의 세계가 있다. 그 둘은 서로 부딪치고 뒤섞이며 한승원 고유의 소설 세계를 만들어낸다. 인간의 욕망과 역사의 어두운 힘은 에로스의 세계에서 만난다. 예컨대 세 인물 사이의 반전된 삶과 운명 그리고 그 이면에 자리잡고 있는 역사의 상흔을 담아내고 있는「참 알 수 없는 일」을 보자. 마을의 세도가이던 아버지의 힘을 믿고 또래 아이들을 지렁이 밟듯 하던 정수복은 '고추를 꺼내 오줌을 갈겨, 실뱀 길바닥을 동강이내어 놓고' 건너편 아이들을 협박해서 쌀을 가져오라고 한다. 이는 이념에 의해 나라가 두 동강나 서로 싸우게 되는 현실을 예고하는 듯한 우화적 상황이라 할 수 있는데, 아이로니컬하게도 인민군이 들어왔을 때는 그 상황이 반전되어 수복이네가 쌀을 내놓으라는 위협을 받게 된다. 그런가 하면 어른이 되어 '내'가 다시 수복이를 만난 곳도 오줌 금이 그어져 있던 바로 그 자리다. 오줌 금은 '나'와 수복이의 운명을 갈라놓은 비극의 선이다. 가난했던 '나'는 훗날 부자가 되고, 부자였던 수복이는 거렁뱅이 신세가 된다. 그러나 이들의 위치가 바뀌었을망정 이들 사이에 그어져 있는 선이 사라지지는 않는다. 이들 사이에 놓인 오줌 금은 이른바 '빈/부' '지배/피지배' 사이의 경계선이다. 그리고 이 금 긋기에는 항시 갈등과 폭력이 뒤따른다. 이들을 지배하는 논리는 '그놈이 내 앞에서 무릎 꿇을 날이 있고야 말도록 하여야 한다'라는, 투쟁과 정복의 그것이다.

그런가 하면 정월이가 보여주는 것은 철저한 욕망의 세계다. 정월이가 '해변에 사는 여자답지 않게, 살결이 배꽃같이' 희고, 육덕이 좋고 태깔이 있으며, 항상 '축축하게 젖어 있는 듯한 입술'을 가진 인물로 묘사되고 있다는 것, 뿐만 아니라 그녀의 어미도 마을의 사랑방 모퉁이 같은 데 놓아둔 '오줌받이통'에 비유되고 있고 다른 마을에서도 잡년질 때문에 똥물벼락을 맞고 쫓겨난 적이 있다는 것, 그래서 정월이를 두고 '종자는 못 속이는 법'이라고 뒷공론이 많다는 사실은 이들 모녀가 철저하게 성적 욕망에 지배되는 세계에 속해 있는 인물들임을 보여준다. 수복이의 세계가 편가르기 혹은 정복과 투쟁의 논리에 의해 움직여지는 폭력적 세계라고 한다면, 정월이의 세계는 그 나누어진 세계 사이의 경계를 지우는 혼돈과 본능의 세계다. 그녀는 누구에게도 소유되거나 얽매이지 않고 자유분방하다. 그녀를 지배하는 것은 자유로운 욕망의 원리다.

정수복과 정월이 두 사람은 '나'의 의식을 지배해 온, 더 나아가 새텃골을 지배하는 두 개의 세계를 상징한다. 전자의 세계가 이념의 갈등에 기인한 역사의 상흔을 상기시키는 남성적 세계라고 한다면, 후자의 세계는 본능적인 욕망과 생명의 움직임이 꿈틀대는 신화적이고 여성적인 세계다. 흥미로운 것은 두 세계가 모두 성(性)과 연관되어 있다는 사실인데, 그럼에도 불구하고 각각의 성은 그 성격에 있어 아주 대조적이다. 예컨대 정수복이 자신과 타인을 가르기 위해 고추를 꺼내어 '오줌 금'을 그어놓을 때 그의 성은 타인에 대한 정복에의 꿈과 연결되어 있으며, 정월이의 성은 본능과 생명의 세계에 연결되어 있다. 수복이의 성이 '실뱀 길바닥을 동강이내어 놓'는 분리와 갈등의 그것이라면, 정월이의 성은 분리된 개체를 하나로 묶고 그 경계를 무화시키는 혼돈과 포용의 그것이며, 수복이의 성이 '길바닥' 위에서 발휘되는 폭력의 또다른 이름에 불과한 힘이라면, 정월이의 성은 생명의 근원인 바다로 이끄는 힘이다(그녀의 홀어미가 진도 어디선가에서 굴러 들어왔다고 하는 사실은 이들의 존재의 근원이 바다에 닿아 있음을 시사한다).

사실 한승원의 많은 작품들은 분열과 갈등의 남성적 세계와 융화와 포용의 여성적 세계의 대립으로 진행된다. 대개의 경우 새텃골의 비극은 남성적 논리인 금 긋기로부터 시작되는데, 예컨대 부유한 자와 가난한 자, 정복하는 자와 정복당하는 자, 지주와 소작농, 남쪽과 북쪽, 그리고 아랫마을과 윗마을 사이에는 금이 있다. 「해신의 늪」에는 아랫마을과 윗마을을 갈라놓는 개천둑이 있어 그 주변에서 패싸움을 벌이고, 「아리랑 별곡」에서는 재술이네와 철승이네 사이에 넘어설 수 없는 벽이 있고, 「석유등잔불」에서 식이 아버지는 남쪽과 북쪽 어느 한 편에 들 것이 요구된다. 두 세계 사이에 그어진 이 금의 경계를 지우고 허무는 것이 여성 인물들을 통해 드러나는 에로스의 세계다. 「해신의 늪」에서 영님이는 굴속에서 검은 그림자와 성행위를 벌이고, 「아리랑 별곡」에서는 재술이와 철승의 모친이 금지된 사랑을 하며, 「석유등잔불」에서 어느편도 들지 않아 '박쥐 같은' 반동자로 찍힌 아버지는 '대낮에도 감재만 찌고 있냐'는 말을 듣는다. 여기에서 드러나는 성 혹은 사랑은 바깥 세상을 움직이는 갈등과 투쟁의 원리에 대비되는 생명의 원리며, 어두운 역사를 이겨내는 신화적 힘이다.

이렇게 볼 때 한승원의 소설은 역사와 신화의 충돌, 물리적 에너지와 성적 에너지의 충돌로 설명될 수 있다. 육지와 바다가 투쟁하고, 남성적 원리와 여성적 원리가 충돌하며, 고요했던 바다는 육지에서 불어온 바람에 핏빛으로 물들고, 여성들은 남성들에 의해 유린된다(여성들의 성은 남성들의 폭력적 성 앞에서 항시 속수무책이다. 자유롭고 강한 성적 에너지를 방출하던 정월이가 수복이와 결혼해서 낳은 아이가 모두 죽었다고 하는 사실은 이들의 성/생명 에너지의 소진을 환기시키는 대목이다). 그리하여 역사의 거센 물결이 휩쓸고 지나간 갯벌에는 문어와 낙지와 게 들이 뒤엉켜 그 어두운 역사를 증거한다. 그러나 이때 정작 우리가 주목해야 하는 것은 이 어두운 역사의 현장에서 동시에 부활과 영생의 신화가 시작된다고 하는 사실이다.

2. 동물적인, 너무나 동물적인

한승원에 의하면 역사는 폭력적인 동물성의 세계다. 「참 알 수 없는 일」에서 정수복은 또래 아이들을 '지렁이 밟듯' 하던 인물이고, '나'는 '지렁이 밟히듯' 살아온 아이 중의 하나이며, '나는 새'와도 같았던 수복이도 결국에는 그 지렁이 신세가 된다. 이들을 지배하는 것은 폭력과 힘의 논리다. 그 논리에 의해 이들은 하늘을 나는 새가 되기도 하고 그것에 짓밟히고 잡아먹히는 지렁이가 되기도 하며 비굴하고 더러운 개가, 혹은 구렁이나 상어, 낙지가 된다. 한승원 소설에서 흔히 등장하는 동물의 비유는 이런 점에서 주목된다.

「여름에 만난 사람」에서 '그'가 노처녀 선생과의 만남을 통해 얻게 되는 것도 이같이 먹고 먹히는 동물적 관계 속에서의 자기 인식이다. 노총각 교사인 '그'는 한여름 한문강습에서 우연히 만난 노처녀 선생에게 끌려 청혼을 결심한다. 더욱이 허약하고 깡마른 체격의 '그'처럼 그녀 역시 깡마른 몸을 지니고 있어 '그'는 그녀에게 동질감마저 느낀다. 그러나 그녀가 살아온 삶의 이야기가 드러날 때 '그'와 그녀는 전혀 다른 부류의 사람으로 갈라진다. 그녀의 아버지는 엿장수, 거지나 다름이 없었고, 쥐약을 먹고 죽은 개를 몰래 식구들에게 먹이다 개 도둑으로 몰린 인물이며, 그녀와 비슷하게 깡마른, 기억 속의 또다른 여자인 삼월이는 굶주림 끝에 쑥을 캐다 '그'에게 들켜 (이때 '그'는 삼월이 앞에 '심술 사납고 거만한 수평아리처럼' 나타난다) '지렁이처럼' 혹은 '병든 참새 새끼'처럼 걷어채고 '개 같은 년'이란 소리를 듣는다. 이들이 이처럼 개에 의해, 혹은 개가 되어, 버려지고 상처 입는 동안 '그'는 야뇨증이 있는 허약한 몸을 보신하기 위해 염소의 생피를 먹는다. '개 같은' 삶을 살아가야 하는 노처녀 선생의 식구들과 삼월이, 그리고 그들의 피를 받아먹고 산 '그', 이들을 둘러싼 갈등과 상처의 이야기는 탐관오리들에 의해 고통받는 민초들을 구하기 위해 민란을 일으킨 전봉준의 이야기와 병행하면서 인간다운 삶의 권리를 박탈당한 사람들과 스스로 포악한 동물들이 되어버린 사람들의 어두운 세계를 담아낸다.

한승원 소설에서 '개'는 이처럼 사악한 역사의 힘이 만들어낸 인간의 추악한 실존에 대한 비유다. 예컨대 재술이네와 철승이네는 '개와 고양이' 같은 사이이고, 재익이는 철승이를 '개 같은 새끼'라고 부르고, 재익이는 '개처럼' 난리를 피우며(「아리랑 별곡」), 반동으로 몰리고 있는 식이 아버지는 자신을 친일파라고 하는 사람이나(「석유등잔불」) 뒤엉켜 싸우고 있는 작은아버지 내외를 향해(「안개바다」) '개 같은 놈들'을 연발한다. 그런가 하면 인민군이 들어와 새 세상이 왔다고 들떠 있는 마을은 온통 개 세상이다. 온 동네 개들이 한꺼번에 짖어대며 내는 소리와, 몽둥이에 맞아 죽어가며 지르는 개의 비명소리, 잡은 개를 불에 굽느라 마을 곳곳에서 피어나는 연기(「안개바다」), 한승원은 이를 '개 짖는 소리만 들끓는 어둠'으로 묘사하고 있거니와, 새텃몰을 휩쓸고 지나가는 어두운 역사는 이렇듯 개들의, 개들에 의한, 소란스런 현장이 된다.

「낙지 같은 여자」의 세계 역시 먹고 먹히는 혹은 죽고 죽이는 사악한 짐승들의 세계로 묘사된다. 아기업개로 들어와 살던 순한녜는 헤엄을 잘 치고 말소리가 부드러워 '낙지 같은 여자'로 비유되는데, 그 낙지는 사악한 상어들에 의해 끊임없이 위협을 받는다. 순한녜를 죽이러 다닌 종형 영남, 임신을 시킨 후 버리고 나서 이제는 그녀를 죽이려고 하는 '나', 아기를 떼려고 순한녜에게 독약을 먹인 '나'의 부모, 이들은 모두 부드럽고 순한 물고기를 위협하는 상어들이다. 순한녜는 이들 앞에서 '상어한테 먹물을 뿜으면서 달아난 낙지나 오징어처럼' 발발 떨고 있을 뿐이다. 다음과 같은 서두의 대목은 이렇듯 잔인한 삶의 현실을 암시적으로 환기시킨다.

내 고향 덕도의 갯벌밭에서는 낙지가 많이 잡혔는데, 낙지일
수록 어린 것을 먹어야 한다고 사람들은 말했다.
　죽기살기로 몸부림치고 발버둥치듯 손등을 감고 돌면서 혹
같은 빨판으로 살갗을 문짓문짓 빨아대는 구슬꾸러미 같은 발
들을 훑어내며 알토란 같은 머리통부터를 입에 넣고 씹노라면,
짭짤한 듯 비리고, 비린 듯 달고, 단 듯 올깃졸깃한 맛이 그만
이라는 것이었다. 그것도, 배 위에서 주낙으로 잡은 것보다는
아낙네들이 갯벌밭에서 구멍을 쑤셔 잡아온 것을 갯바구니에서
꺼내가지고 그 자리에서 바닷물에 헹구어, 소금기 밴 마파람
맞으며 연안의 돌자갈밭에 앉아 먹어야 제 맛이 난다고 했다.
(「낙지 같은 여자」, p. 77)

　낙지를 맛있게 먹는 법을 묘사하고 있는 듯한 이 같은 대목은 사
실 '나'와 영남, 순한녜를 중심으로 전개되는 이후의 이야기와 연
관되어 있다. '나'와 영남에 의해 상처 입고 버려진 순한녜의 운명
은 갯벌에서 잡혀 먹히는 신세가 되는 낙지의 그것과 마찬가지이기
때문이다. 이런 점에서 본다면 '낙지 같은 여자' 순한녜는 단순히
낙지의 유연한 몸놀림이나 물에의 친연성뿐 아니라 낙지의 이런 비
극적 운명을 닮아 있는 셈이다. 특히 위 대목에서 은연중에 풍기는
성적인 분위기와 그 폭력적 행태(예컨대 '어린 것을 먹어야 한다'
는 진술이나 '구멍을 쑤셔 잡아온'과 같은 구절은 성적 유린의 현
장을 상기시킨다)는 훼손된 성의 문제가 곧 훼손된 생명의 문제와
연결되어 있음을 시사한다. 위 인용문 뒤에는 '그것은 음험하고 잔
인한 이야기였다'는 진술이 붙어 있는데, 사실 이는 '나'와 영남,
순한녜를 중심으로 한 이야기에 그대로 적용되는 진술이다.
　그러나 순한녜를 유린하고 버린 '나'는 그녀에게 행한 자신의
'음험하고 잔인한' 일들을 잊고 살아온다. 그는 여전히 죽고 죽이는
짐승들의 세계에서 산다. 그는 생물선생이고 (반면에 종형은 서울

에서 청과물상회를 하고 있는 것으로 나타난다. 그러나, 그것은 또 얼마나 허위적으로 다가오는가), '개나 돼지처럼' 혀끝의 입맛만 다시면서 살아왔으며, 고향에 내려와 순한녜의 이야기를 하면서는 내내 생선회를 치고 있다.

> 아가미에 엄지손가락을 넣어 잡고 칼질을 했다. 살아 퍼덕거리는 이 깔따구란 놈에게 미안하다든지, 산 것을 잔인하게 죽여 죄스럽다든지 하는 생각 같은 것은 내게 없었다. (「낙지 같은 여자」, p. 86)

그리고는 토막난 고기를 초장에 찍어 먹으며 '살코기를 녹여 넘긴 다음에는 뼈를 씹는 구수한 맛이 있었다'고 진술한다. 이때 그가 씹어 먹는 것이 어찌 생선만이겠는가. 그는 아예 순한녜를 죽이려고 마음먹는다. 그러나 순한녜는 더이상 부드럽고 순한 물고기가 아니다. 낙지 같던 그녀는 쥐약을 먹여 아이를 죽인 후 스스로 상어가 된다. 이제 그녀는 '이빨이 톱날 같은 상어처럼, 빨판이 억세고 큰 낙지'로 비유된다. 요컨대 그녀는 상어가 된 낙지인 것이며, 이때 '사철을 벌거벗고 살고 있는 부드럽고 싱그러운 고기' 같은 순한 여자, 순(順)한녜는 '요염한 물귀신' 같기도 하고 인어 같기도 하며 신선 낙지 같기도 한 요정(妖精)이 된다. 그것은 결국 어두운 역사의 현실 속에서 상처 입은 그러나 그 상처로 인해 더욱 독한 생명력을 지니게 된 한 많은 우리 여인들(純恨女/純韓)의 모습이 아닌가?

이처럼 모든 인물들이 네 발 달린 짐승으로 추락한 한승원의 소설에서 '인간적'인 것은 전혀 엉뚱한 방식으로 드러난다. 「출렁거리는 어둠」에서 김 목수는 박으면 박은 만큼 못이 들어가 주는 것처럼 그날 일한 만큼의 돈을 받아가면 되는 것이라고 생각하는 지극히 '인간적인' 인물이다. 그러나 일을 시키는 대개의 사람들은 그런 질서를 깨뜨리고 얼마의 웃돈으로 은근히 사람을 착취하려 들며, 더욱이 여기에 '인간적'이라는 말을 앞세운다. '슬그머니 봐주는 척하고 등을 탁 쳐서 간을 쏙 뽑아 처묵는' 것을 '인간적'이라는 말로 호도하고 있는 것인데, 그래서 '인간적'이라는 말을 들으면 그는 구역질이 나곤 한다. '인간적'인 것을 강조하는 박 선생에게 소리를 질러댈 때 실제로 그의 입에서는 시금털털한 막걸리와 소주와 낙지 안주 따위가 뒤섞여 쏟아졌으니, 그것은 바로 그 허울좋은 '인간적'인 것에 대한 풍자, 조롱이라 할 수 있다. 결국 다시금 확인하건대, 세상을 움직여가는 것은 먹고 먹히는 혹은 죽고 죽이는 사악한 동물적 원리다. 그리하여 한승원 소설에서는 사람뿐 아니라 마을 언덕이며 안개며 바다까지 한 마리의 짐승과 같이 묘사된다. 마을의 뒷산 밭언덕은 '축 늘어진 문어발처럼' 흘러내리고 (「석유등 잔불」), 안개는 '살아 있는 물물 동물'같이 혹은 '괴물처럼' 숲과 밭언덕을 기어들어, 급기야 '동네를 집어먹'고 (「꽃과 어둠」), 바다를 덮는다. 더욱이 한승원에게 있어 바다는 고요하고 평온한 곳이 아니다. 오히려 그곳은 한 마리의 야수처럼 욕망과 분노와 음모로 꿈틀댄다.

    부우연 안개에 싸여 시야가 막힌 검은 바다는 음험한 꾀를 쓰는 마녀처럼 그 소리를 빨아들이고 있었다. 마녀의 혀와 입술놀림 같은 잔물결이 모래톱을 핥았다. 핥고 빨고 입맛 다시는 바다의 입술과 혓바닥과 이끝에 달조각이 물려 있었다. 짝귀 모퉁이의 절벽에 묻은 검은 어둠이 바다의 안개 속으로 녹아내리고 있는 듯했다. 문득, 이 검은 바다가 어쩌면 날렵한 날치처럼 날아다니는 작은누님의 몸을 한입에 넣고 우물거리거나 우적우적 씹어대고 있는 것만 같은 생각이 들었다. (「꽃과 어둠」, pp. 383~384)

한승원의 소설에서 우리는 이 같은 동물성의 바다, 우리의 삶과 죽음에 관여하는 공격적인 바다를 만난다. 그러나 그 바다는 자신의 꿈틀거리는 에너지로 생명의 신화를 만들어낸다.

3. 두 개의 불, 혹은 생명의 신화

한승원의 소설 밑바탕에 에로스적 욕망이 흐르고 있음은 이미 지적한 바 있다. 그런데 그의 소설 속 인물들의 에로스적 욕망을 조금 더 가까이서 들여다보면 그 욕망들이 서로 다른 방향으로 움직여가고 있음을 알 수 있다. 하나는 갈등과 죽음을 야기시키는 탐욕의 성이고, 다른 하나는 포용과 재생의 힘으로 작용하는 생명의 성이다. 에로스는 죽음을 향해 치닫는 어둠의 기운이기도 하고, 또한 삶에의 욕망, 생명의 움직임이기도 하다.

「여름에 만난 사람」을 보자. 이 작품은 '나이 서른아홉이 되는 이해부터는 그에게 왜 장가를 가지 않느냐고 물어오는 사람마저 없었다'라는 문장으로 시작된다. 결혼/성의 문제가 이야기의 핵심에 놓여 있는 셈인데, 이 예상대로 이야기는 서른아홉 노총각인 '그'와 노처녀 여선생과의 우연한 만남을 다루고 있다. 그러나 이들의 만남은 그의 기대와는 달리 낭만적인 로맨스로 진행되지 않을뿐더러, 결혼에 대한 '그'의 열망은 전혀 다른 문제와 부딪치며 좌절된다.

그도 자기가 그렇다는 것을 잘 알고 있었으므로 이해 들면서부터는 부쩍 조급해 하였다. 이제부터는 누구에게 중매를 서달라고 하지를 않고 직접 신부 사냥을 나서기로 한 것이었다. 애초에 살 포동포동 찐 암캐를 잡아먹자고 별렀던 것만은 아니었지만, 이러구러 새벽녘을 맞이한 늙은 호랑이가 이제 쥐고 양이고 개구리고를 가리지 않을 작정을 한 것처럼 그는 그저 눈

딱 감고 허리에 치마만 두른 것이면, 절구통이건 절굿공이건 가림 없이 일단 아내로 맞두고 보기나 하겠다는 생각을 점차 해가기 시작한 것이었다. (「여름에 만난 사람」, pp. 156~157)

이것은 주인공인 '그'가 얼마나 절실하게 결혼에 매달려 있었는지를 보여주는 서두의 대목이다. 그에게 있어 결혼은 마치 수행해야 할 필사의 과제처럼 되어 있다. 뿐만 아니라 더욱 주목되는 것은 그에게 있어 결혼 혹은 남녀간의 결합이 잡고 잡히는 혹은 먹고 먹히는 동물적 관계로 이해되고 있다는 점이다. 그것은 위 예문에서의 비유처럼 일종의 사냥과도 같다. 힘있는 자가 힘없는 자를 소유하는 것, 이것이 그가 생각하는 혼인이며, 이는 투쟁과 정복의 논리가 남녀관계에도 그대로 적용되고 있음을 보여준다. 이처럼 그가 지배자의 논리로 새로운 사냥감을 물색하고 다니는 동안, 노처녀 여선생은 전봉준의 삶에 매료되어 있다. 가난 때문에 어두운 삶을 살아와야 했던 그녀가 매달리고 있는 것은 사랑이나 결혼이 아니라 삶 그 자체다. 요컨대 살아가는 것, 혹은 살아남는 법이 문제인 것이며, 또한 그녀에겐 이것이 자연스레 사랑이나 결혼의 문제로 이어진다. 전봉준의 이야기를 하면서, 만일 그런 인물이 살아 있다면 발바닥이라도 핥아주면서 열째, 스무째 첩으로라도 살겠다고 하는 것은 그 같은 그녀의 인식을 보여준다. 그러므로 그와 노처녀 여선생은 깡마른 몸매를 가지고 있어 닮은 모습을 하고 있음에도 불구하고 전혀 다른 존재 양식을 보여주는 인물이 된다. 그의 깡마른 몸이 거세된 생명력을 환기시키고 있는 것이라면 (그는 서른 아홉이 되도록 장가를 못간 노총각이고 주변 사람들로부터 성불구자로 오해받고 있다), 여선생의 깡마른 몸은 고단했던 그녀의 삶과 이를 이겨온 그녀의 강단 있는 삶의 태도를 환기시킨다. 그러니 그와 그녀의 혼인은 애초부터 불가능한 것이었으며, 그의 청혼은 그녀에게 '쓸데없는 이야기'일 뿐이었던 것이다.

「해신의 늪」에서는 성만의 성과 아내 영님의 성이 대비된다. 제상을 차려놓은 후 나가는 아내를 뒤쫓으며 그녀의 불륜을 의식하는 성만, 그에게 있어 성이란 본질적으로 뺏고 빼앗기는 것이다. 음력 정월 대보름 전날 마을끼리 벌이고 있는 패싸움은 성만의 이 같은 성의 논리 그리고 삶의 논리를 환기시킨다. 아랫마을과 윗마을 사이에는 이 둘을 갈라놓는 개천둑이 있고, 그곳에서 아이들은 패싸움을 한다. 그는 어릴 적 아랫마을 아이들한테 져본 적이 없고, 그가 아내의 불륜의 대상일 것이라고 짐작하고 있는 점바우도 패싸움을 잘했다 (이때 성만은 구렁이에 비유되고, 점바우는 메기나 돼지의 모습을 닮아 흡사 짐승처럼 보인다고 묘사된다). 이들 남성 인물들의 폭력적인 세계와 달리 영님은 화해와 생명의 세계에 연결된다. 남편 성만이 그녀의 불륜의 현장을 상상하며 연안의 바윗굴 속으로 따라 들어갔을 때 그녀는 혼자 바위 위에 옷을 벗고 누워 다리를 버둥거린다. 그것은 '물 아래 긴 서방'이 된 달식과의 성적인 몸짓으로, 성만의 생각처럼 정욕의 몸짓이 아니라 죽음을 넘어 달식과 만나고 그를 일깨우는 생명의 몸짓이다. 패싸움을 하는 아이들의 함성소리 한 편에서 들려오는 풍물소리는 바로 그러한 여성적 생명의 소리다 (한승원 소설에서 소리, 노래 등이 갖는 의미는 주시할 필요가 있다. 「참 알 수 없는 일」에서 정수복은 몰락한 자신의 신세를 '새타령'을 부르며 달래고, 「출렁거리는 어둠」의 김 목수는 자신의 한 맺힌 삶을 소리로 풀어내고 있으며, 「아리랑 별곡」에서는 온 마을이 '아리랑 타령'으로 물결치는가 하면, 철승이는 재술이에게서 받은 깡깡이로 그 '아리랑 타령'을 연주한다. 또한 「꽃과 어둠」에서는 안개가 끼면 대기 속으로 사라져 없어진 듯하던 소리들이 다시 살아난다고 하였으니, 이 소리의 분출 혹은 부활은 어둠에 묻혀 있던 상처받은 영혼의 울음이라 할 만하다). 그런데 흥미로운 것은 남성 인물들의 폭력적 세계가 불과 연관되어 있는 것처럼 (예컨대 패싸움은 '꽃처럼 붉은 불'이 가장 맹렬하게 타오르는 개천둑에서 이루어지며, 또한 항시 불지르기로 시작된다) 이 풍물소리 역시 불의 이미지와 연관되어 묘사되고 있다는 점이다.

> 모닥불은 낭장막에서 가져온 석유를 끼얹어 태우기라도 하는 듯 달 밝은 진멧골 연안의 하늘로 불티를 날려 올리면서 활활 타올랐다. 그 불길과 함께 풍물소리 또한 숨 가쁘게 타오르듯 열기를 뿜어대고 있었다. (「해신의 늪」, p.70)

풍물꾼들이 모닥불을 중심으로 돌며 춤을 추는 대목에 대한 이 같은 묘사에서 드러나듯 풍물소리는 불의 형상으로 묘사된다. 뿐만 아니라 바윗굴에 들어간 아내 영님은 성냥불을 켜서 촛불에 불을 붙이고, 네 홉들이 병술을 다 마시고는 '고개를 불에 덴 벌레처럼 저어'대었고, '뜨거운 물에 데쳐놓은 듯' '몸이 설설 끓었다'. 그러나 남성 인물들과 연관되어 나타나던 불이 폭력적이고 파괴적인 힘이었다면, 여기에서 나타나는 불은 화해와 생명의 힘이다. 그것은 궁극적으로 물의 세계에 닿아 있다. 영님은 달이 '바다 위에 둥실 떠 있'는 밤, 연안의 바윗굴에서 '물 아래 긴 서방'을 맞아들이는 제의적 성행위를 벌이고, 이를 통해 여수 순천 반란사건에 가담하여 사변 후 학도병들에게 총살당해 바윗굴 앞바다에 버려진 달식의 영혼을 위로하고 그를 부활시킨다. 달식은 역사 속에서 죽었으나 신화 속에서 부활한다. 그것은 물과 달과 여자가 만나면서 만들어내는 완벽한 재생의 신화다.

「낙지 같은 여자」에서도 두 개의 불을 발견할 수 있다. 하나는 아버지의 억울한 죽음 이후 수시로 난리를 피워 '너 혼자 원통하고, 너 혼자 쌍불이 써져서 그 지랄하냐? 어째서 속이 주저앉을락 하면 폭폭 쑤셔서 불을 질러놓고 또 불을 질러놓고 하냐?'는 야단을 듣곤 하는 종형 가슴속에 타고 있는 불이고, 다른 하나는 '내'가 팬티 하나로 사타구니를 가린 채 석유등잔불 앞에 앉아 공부를 하고 있을 때 방으로 스며 들어오는 모닥불의 '매캐한 쑥불 냄새'다. 앞의 불이 원한으로 타는 파괴적인 불이라면, 뒤의 것은 잠든 욕망을 일깨우는 불이다. 순한례의 삶을 지배했던 것은 바로 이 두 개의 불이라 할 수 있다. 그것들은 서로 부딪치고 뒤섞이며 바닷속에 묻힌다. 그리고 그 속에서 신비로운 생명의 신화가 만들어진다.

한승원 소설에 흔히 등장하는 '바윗굴' '굴방' '동굴' 등은 이와 같은 신화적 공간으로서 그 의미를 갖는다. 영님이 죽은 달식의 그림자와 정사를 벌이게 되는 곳이 바윗굴이었거니와, 「낙지 같은 여자」에서 순한례가 살던 곳도 바로 그곳이고, 「참 알 수 없는 일」에서 돈으로 군대 안 간 수복이가 사람들을 피해 숨는 곳이 골방이었다. 이 공간들은 한승원 인물들을 죽음과 갈등의 바깥 세상으로부터 차단시키고 보호하는 자궁과도 같은 공간이다. 바깥의 세상이 이념적 갈등과 폭력의 세계로 드러나는 데 반해, 이곳은 흔히 본능적 욕망이 꿈틀대는 세계로 묘사된다.

여수 순천 반란사건과 전쟁 등의 역사적 혼란기 속에서 상처 입은 새텃몰 사람들의 삶을 연작 형태로 그려내고 있는 「석유등잔불」 「안개바다」 「꽃과 어둠」에서는 그와 같은 공간으로 '부엌방'이 자리잡고 있다. 그곳은 식이네 식구 모두가 태어난 곳이고, 이념의 혼란과 갈등 속에서 증조할아버지와 아버지, 작은아버지, 매형 등이 숨어 있다 화를 면한 곳이다. 이들에게 있어 부엌방은 말 그대로 생명의 원천이다. 그런가 하면 그곳은 식이 처음으로 성에 눈뜨게 되는 곳이기도 하다. 순이누나에게 이끌려 엄마 아빠 놀이를 하던 곳이고, 오줌을 싸라는 순이누나의 재촉에도 불구하고 오줌을 못 누었던 곳이며, 그것을 생각하며 바람벽에 오줌을 갈기다 어머니에게 들킨 곳이기도 하다. 이때 성은 기본적으로 전쟁과 칼의 논리에 의해 움직이는 바깥 세상, 혹은 어른의 세계와 대비되는 원초적이고 본능적인 세계를 환기시킨다. 어린 식이 눈을 뜨지 못한 어린 강아지에게 고추를 내어 빨리는 것, 순이누나와 식이 입으로 엿을 주거나 받아먹는 것, 울력에 아버지 대신 나온 식을 보고 '니 애비는 대낮에도 감재만 찌고 있냐'고 빈정대는 것 등, 이들 대목에서 환기되는 성은 바깥 세상에서 요구하는 규율, 질서, 금기에 대한 일종의 도전 혹은 대항으로서의 의미를 갖는다. 부엌방은 밖의 세상과 대비되는 이 같은 본능과 생명의 원리에 의해 지배되는 女-性의 세계다. 그러나 그 세계는 곧 바깥 세상의 폭력에 의해 훼손된다. 순이누나는 부엌방에서 작은아버지에게 강간을 당하고, 작은누나는 순돌이를 비롯한 세 남자에게 윤간을 당하며, 식은 이마를 다치고 찔레 가시에 찔리는가 하면, 돌부리에 넘어져 뒤통수가 깨지고 무릎에 멍이 들고 손바닥에는 검붉은 생채기가 난다. 이는 모두 투쟁과 정복의 논리로 움직여지는 세상에 의해 훼손된 몸이다. 그리고 이 훼손된 女-性은 곧 훼손된 자궁으로 이어진다.

> 소의 똥구멍 아랫구멍은 어쩌면 속으로 깊이 들어갈수록 휑하게 넓을 것 같고, 시커먼 어둠이 그을음처럼 가득 차 있을 것 같았다. 그것은 주검을 낳는 큰 굴뚝이나 불 꺼져 있는 아궁이 같은 것처럼 생각되었다. (「아들나무에 젖 뿌리기」, p. 212)

잘 먹지를 못해 다리를 저는 소, 죽은 송아지를 낳은 소, 자궁에 염증이 생겨 죽게 된 소, 이것이 창복이네 집의 희망인 소의 모습이다. 소의 자궁은 주검을 낳는 큰 굴뚝이나 불 꺼져 있는 아궁이에 비유되면서 생명을 낳는 자궁이 아닌 죽음을 낳는 자궁이 되어 있다. 이는 이들이 처한 상황이 이들에게 있어 생명의 근원 자체가 위협받는 상태임을 보여준다. 그러나, 이 원천적인 절망 앞에서도 어머니의 자궁은 여전히 살아 있으니, 전처럼 선생님 몫의 젖을 챙겨 보내면서 그녀는 이번 시험에서 동상을 탄 아들이 다음 시험 때는 은상을 탈 것을 꿈꾼다. 사이다 병에 담긴 젖, 그것은 어머니 자궁에서 길어 올려진 희망과 생명의 힘인 것이다.

  4. 하눌재, 바다로 난 길

 새텃몰 사람들의 비극적 삶을 증언하는 또하나의 공간, 그것은 하눌재다. 그곳은 수복이의 어머니와 누나가 수복이의 아버지를 구하기 위해 보안서에 갖다 줄 쌀자루며 보릿자루 등을 이고 땡볕 속에 넘던 곳이고(「참 알 수 없는 일」), 반동자 아버지를 구하기 위해 식이 어머니가 자루에 담아준 쌀 한 말을 지고 넘던 곳이며, 울력 나갈 때 그리고 집으로 돌아올 때 식이 넘던 곳이고, 흰옷 입은 여자가 비틀거리며 올라가는 곳이고, 순이누나가 면당위원회로 새 노래를 배우러 가기 위해 넘던(「안개바다」) 곳이다. 그런가 하면 큰누님이 시댁에 가기 위해 넘던 곳이고, 임신을 한 순이누나가 구역질을 하던 곳이며, 강진으로 떠나며 식을 안아주던(「꽃과 어둠」) 곳이다. 하눌재 고개에는 때로 어두운 안개가 덮이고 때론 그 너머에서 '콩 볶는 듯한 총소리'가 들려온다. 그 너머에는 갈등과 혼란과 죽음의 세계가 자리잡고 있다. 그러기에 아버지 대신 울력을 나갔다 하눌재를 넘어 집에 오면 식은 식구들로부터 '영웅처럼' 떠받들어진다. 집과 바깥 세상 사이에, 생명의 공간과 죽음의 공간 사이에, 하눌재가 있다. 식은 이 고개를 넘나들며 세상을 배운다. 그 고개 위에는 때로 흰 저고리에 분홍 치마를 입은 큰누님의 모습이 '꽃처럼' 얹히기도 하고, 잿빛 윤곽 속에 흰옷 입은 여자가 허겁지겁 넘어가는 모습이 담기기도 한다. 식과 어머니와 누님들이 아버지와 남편을 구하기 위해 넘어가는 이 고개는 이들에게 있어 십자가를 지고 넘어가는 골고다 언덕과도 같다. 거기에는 이들을 수렁 같은 컴컴한 땅속으로 잡아 끄는 싯누런 손이 숨어 있다. 요컨대 하눌재는 새텃몰 사람들의 비극적 실존의 공간인 것이니, 거기에는 꽃과 어둠, 상승과 추락, 죽음의 현실과 생명에의 꿈이 함께 있다.

하눌재가 불타고 있는 것만 같았다. 이렇듯 불처럼 타는 노을을 처음 보는 것이었다. 재 바로 위에 뜬 구름덩어리는, 그가 교통호 파기 울력을 가다가 나룻머리에서 본 검은바위 위의 핏덩어리같이 검붉었다. (「꽃과 어둠」, p. 380)

하눌재를 덮은 검붉은 노을, 이 붉은 기운은 때론 꽃이 되고 때론 피가 된다. 이때 꽃과 피와 노을이 함께 있는 그곳은 우리가 이미 보아온 바다를 그대로 닮아 있다. 예컨대 다음 대목에서 묘사되는 바다에도 노을과 피와 꽃이 함께 뒤섞이고 있다.

정씨네 선산 너머에서 바야흐로 저녁놀이 벌겋게 피고 있었는데, 그 저녁놀은 우리들이 내려다보는 바다는 물론, 우리를 에워싼 수숫잎마저도 숫제 핏빛으로 물들여놓고 있었다. (「참 알 수 없는 일」, p. 23)

손자의 가슴에서 흘러나왔을 선지피 같은 저녁놀이 우산도 끝에 뜬 구름 자락을 뻘겋게 물들이더니 순식간에 호수 같은 득량바다를 꽃자줏빛으로 덮었다. (……) 그 며느리의 창백한 얼굴과 옥색 스웨터가 바다의 꽃자줏빛에 젖어들고 있었다. (「아리랑 별곡」, p. 148)

어두운 역사의 상처와 본능적 욕망의 힘이 부딪치며 생명의 신화를 만들어내는 바다, 하눌재는 그 바다를 향해 있다. 우리의 누이들이 걸어간 이 길을 따라 걸으며 피와 눈물과 어둠의 길을 꽃과 생명의 길로 바꾸는 것, 어쩌면 이것이 한승원 소설이 궁극에 거는

믿음일지 모르며, 그러기에 그 믿음은 다음과 같은 환상을 만들어내는 것인지도 모른다.

> 누님은 눈송이나 밥티꽃같이 하얀 벳자락을 날개처럼 감고 걸친 채 바다 위를 날치처럼 날아가고 있었다. (……) 그 작은 누님은 자기가 빨래할 때 풀어놓던 비누거품같이, 아니, 상어의 등허리처럼 굼실굼실 밀려와서 바위에 부딪는 파도가 일으켜놓는 거품같이 희고 부드럽고 가볍게 피어나고 있었다. 어쩌면, 큰누님이 시집갈 때 둥게둥게 타서 쌓아놓은 솜덩이들 같은 구름 속에 안기어 쪽빛 하늘을 떠가고 있는 듯했다. 그것은 꿈이었다. (「꽃과 어둠」, pp. 384~385)

여기에서 바다와 하늘은 그야말로 하나가 된다. 물고기의 자유로운 유영은 그대로 날개를 달고 하늘을 날아오르는 새의 비상이 되고, 바위에 부딪는 파도는 하늘을 떠가는 쪽빛 구름이 된다. 마을엔 살구꽃, 벚꽃 들의 향이 맑고 산에는 철쭉꽃이 불타며, 바다에 몸을 던져 죽은 누나는 쪽빛 하늘로 날아오른다. 그러나 마지막 문장에서 드러나듯, 그것은 아직은 꿈으로밖에 실현될 수 없는, 환상 속의 세계다. 하늘로 날아오르기, 그것은 한승원 인물들에겐 이루어질 수 없는 꿈이다. 그들은 날지 못하는 새다. 「참 알 수 없는 일」에서 정수복은 '적벽가' 중 몰살당한 조조의 군사가 새로 환생하여 조조를 원망하며 우짖는 내용의 '새타령'을 부르며 떨어진 새와도 같은 자신의 한스런 삶을 노래하고, 「여름에 만난 사람」에서 삼월이는 '병든 참새 새끼'에 비유되며, 「아들나무에 젖 뿌리기」에서 창복은 상을 받고 종달새처럼 날 수도 있을 듯 가벼운 몸으로 집에 돌아오지만 집에서 그를 기다리고 있는 것은 병든 암소와 죽은 송아지의 현실이다. 그러나, 그 속에서도 아들이 더 높은 곳으로 날아오르는 꿈을 포기할 수 없는 어머니에게서 보듯, 절망적 현실이 이들의 꿈마저 멈추게 하지는 못한다.

그러므로, 다시 바다다. 죽음 속에서 생명을 길어 올리는 것, 전쟁과 갈등과 혼란의 어둠 속에서 자유로운 욕망과 생명의 힘을 복원하는 것, 한승원의 이런 갈망이 실현되는 곳은 바다다. 그 바다는 뭍의 어둠과 뒤섞여 충돌하고 종국에 그것을 품어 안는다. 거기에는 음탕한 마녀의 얼굴과 부드러운 자궁이 함께 있다.

> 아니, 어쩌면 바야흐로 무더운 이 여름의 어둠발을 타고 내려온 별들과 해수와의 은밀한 혼례가 벌어지고 있는 것인지도 알 수 없었다. 마녀처럼 음탕한 바다였다. 시커먼 빛깔의 한없이 큰 입과 끝없이 넓고 깊고 부드러운 자궁을 가진 바다는 탐욕스럽게 별들을 품에 안아 쌀을 일듯 애무하고 있었다. 거무스레한 해무를, 머리카락처럼 산발한 밤바다의 찰싹거림은 어쩌면 별들을 핥고 빨고 입맛 다시는 소리였다. (「낙지 같은 여자」, p. 95)

어둠 속의 별들과 혼례를 치르는 이 바다에선 붉은 기운과 푸른 기운이 섞이고, 죽음의 피와 생명의 바다가 섞이며, 꽃과 불이 함께 탄다. 죽음의 피와 생명의 물이, 파괴의 불과 생명의 물이, 역사와 신화가 만나는 곳, 그곳이 바로 바다다. 그러므로 다시 한번 한승원에게 바다는 꿈이자 절망이며, 푸른 생명의 세계이자 검붉은 어둠의 세계이다. 그 안에는 역사의 어두운 그림자와 이에 대응하는 원시적 생명력이 꿈틀대고 있다. 바다를 덮고 있는 피와 노을과 안개는 불꽃으로 타오르고, 이 연금술의 세계에서 생명의 신화는 만들어진다. 한승원은 바다가 만들어내는 이 신화의 힘을 믿는 작가다.

해설 : 욕망의 바다, 바다의 신화

한승원 중단편전집 제2권
원문출처 및 기타

「참 알 수 없는 일」
《한국문학》, 1976. 〈앞산도 첩첩하고〉, 창작과비평사, 1977.

「출렁거리는 어둠」
《창작과비평》, 1977. 원제「김 목수」, 〈앞산도 첩첩하고〉, 창작과비평사, 1977.

「해신의 늪」
《뿌리깊은나무》, 1977. 원제「물 아래 긴 서방」, 〈여름에 만난 사람〉, 시인사, 1979.

「낙지 같은 여자」
《한국문학》, 1977. 원제「두족류」, 〈여름에 만난 사람〉, 시인사, 1979.

「아리랑 별곡」
《세계의문학》, 1977. 〈여름에 만난 사람〉, 시인사, 1979.

「여름에 만난 사람」
《문예중앙》, 1977. 〈여름에 만난 사람〉, 시인사, 1979.

「신길동전」
《문학사상》, 1978. 〈날새들은 돌아갈 줄 안다〉, 문학예술사, 1981.

「아들나무에 젖 뿌리기」
《현대문학》, 1978. 〈안개바다〉, 문학과지성사, 1979.

「석유등잔불」(안개바다·1)
《문학사상》, 1976. 〈앞산도 첩첩하고〉, 창작과비평사, 1977.

「안개바다」(안개바다·2)
《한국일보》, 1978. 〈앞산도 첩첩하고〉, 창작과비평사, 1977

「꽃과 어둠」(안개바다·3)
《신동아》, 1979. 〈앞산도 첩첩하고〉, 창작과비평사, 1977.

아리랑 별곡

초판 1쇄 인쇄일 · 1999년 10월 10일
초판 1쇄 발행일 · 1999년 10월 15일
지은이 · **한승원**
펴낸이 · **임성규**
펴낸곳 · **문이당**

등록 · 1988. 11. 5 제 1-832호
주소 · 서울시 성북구 동소문동 4가 111번지
전화 · 928-8741(영) 927-4991~2(편)
팩스 · 925-5406
ⓒ 1999 한승원

홈페이지 http://www.munidang.com
전자우편 munidang@kornet.net

ISBN 89-7456-117-4 03810
89-7456-115-8 03810(전6권)

값은 표지 뒷면에 표시되어 있습니다.

잘못된 책은 바꾸어드립니다.
저자와의 협의로 인지는 생략합니다.
이 책의 판권은 지은이와 문이당에 있습니다.
양측의 서면 동의 없는 무단 전재 및 복제를 금합니다.